KATE ELLIOTT

Sternenkrone 12

Buch

Ganz allmählich beginnt die Welt sich von den Folgen der großen Umwälzung zu erholen, die die Rückkehr des Landes der verlorenen Ashioi ausgelöst hat. Gelegentlich lässt sich die Sonne wieder am Himmel sehen, die Erdbeben und unnatürlichen Stürme haben aufgehört. Aber viel zu viel ist vernichtet worden oder vollkommen verändert. Neue Bündnisse werden geschmiedet, nachdem die alten Verbündeten sich auf den Weg in ihre Heimat gemacht haben. Und während Sanglant um die Anerkennung als rechtmäßiger Herrscher ringt, formieren sich bereits die Mächte, die den neuen König von Wendar und Varre von seinem Thron zu fegen drohen. Wie zum Beispiel die Ashioi, die immer wieder in die Länder der Menschen eindringen und Tod und Verderben bringen. Oder Königin Adelheid von Aosta, die ein unheiliges Bündnis mit Antonia eingegangen ist, welche den tödlichen Galla befiehlt. Oder Sabella und Herzog Conrad, die ihre Truppen sammeln, um Sanglant zur letzten Schlacht herauszufordern. Und das Schlachtfeld liegt mitten im Herzen von Wendar – an einem Ort, zu dem auch Starkhand mit seinen Aikha unterwegs ist. Und sein Eroberungshunger ist noch längst nicht gestillt …

Autorin

Kate Elliott hatte bereits unter dem Namen Alis A. Rasmussen mehrere Science-Fiction-Romane veröffentlicht, bevor sie gemeinsam mit Melanie Rawn und Jennifer Roberson »Die Chronik des Goldenen Schlüssels« verfasste. »Sternenkrone« ist ihr erstes großes Solo-Projekt in der Fantasy und wurde von Kritikern und Lesern gleichermaßen begeistert aufgenommen.

Von Kate Elliott bereits erschienen:

STERNENKRONE: 1. Erben der Nacht. Roman (24742), 2. Im Namen des Königs. Roman (24743), 3. Auf den Flügeln des Sturms. Roman (24744), 4. Die Kathedrale der Hoffnung. Roman (24842), 5. Der brennende Stein. Roman (24843), 6. Das Rad des Schicksals. Roman (24844), 7. Kind des Feuers. Roman (24131), 8. Schatten des Gestern. Roman (24138), 9. Ins Land der Greife. Roman (24183), 10. Die magischen Tore. Roman (24139), 11. Das verwüstete Land. Roman (24140), 12. Die letzte Schlacht. Roman (24141)

Kate Elliott

Die letzte Schlacht

Sternenkrone 12

Ins Deutsche übertragen
von Susanne Gerold

blanvalet

Originaltitel: Crown of Stars, vol. 7, Crown of Stars
Originalverlag: DAW Books, Inc., New York

FSC
Mix
Produktgruppe aus vorbildlich
bewirtschafteten Wäldern und
anderen kontrollierten Herkünften

Zert.-Nr. SGS-COC-1940
www.fsc.org
© 1996 Forest Stewardship Council

Verlagsgruppe Random House FSC-DEU-0100
Das für dieses Buch verwendete FSC-zertifizierte Papier
Holmen Book Cream liefert Holmen Paper, Hallstavik, Schweden.

1. Auflage
Deutsche Erstveröffentlichung März 2008 bei
Blanvalet, einem Unternehmen der Verlagsgruppe
Random House GmbH, München.

Umschlaggestaltung: HildenDesign, München
Umschlagillustration: Jan Reiser, München
Redaktion: Alexander Groß
UH · Herstellung: Heidrun Nawrot
Satz: deutsch-türkischer fotosatz, Berlin
Druck und Bindung: GGP Media GmbH, Pößneck
Printed in Germany
ISBN 978-3-442-24141-5

www.blanvalet.de

Vorbemerkung

Obwohl ein Teil des Schreibens darin bestanden hat, das Mittelalter zu erforschen, versuchen diese Romane nicht, unsere eigene westliche Mittelalter-Welt neu zu erschaffen. Ich habe eher das genommen, was brauchbar erschien, und es in eine Fantasy-Welt übertragen, die unserer eigenen ähnelt, sich aber auch von ihr unterscheidet. Es gibt eine ganze Reihe guter historischer Romane und historischer Fantasy-Romane von wunderbaren Autoren, die einen Blick auf das Mittelalter ermöglichen – der hier gehört nicht dazu.

Was wollte ich tun? Es ging mir darum, einen Eindruck von einem funktionierenden System zu erschaffen. Ich habe mein Möglichstes getan, was die militärische Seite betrifft, darunter die erstaunlich kleine Anzahl von Menschen, die in die großen Schlachten eingebunden waren. Dies hängt jedoch mit der sozialen Organisation dieser Zeit zusammen. Einen Teil der Magie habe ich mittelalterlichen Praktiken »geraubt«, auch wenn ich sie ausgeschmückt und verändert habe. Der größte Teil des astronomischen Wissens befindet sich in Übereinstimmung mit dem, was entweder im christlichen Europa oder in der islamischen Welt unseres frühen Mittelalters bekannt war. Bestimmte modern wirkende Zitate stammen tatsächlich aus den Schriften mittelalterlicher Kirchenleute, aber ich überlasse es euch, herauszufinden, welche das sind.

Bei der Religion handelt es sich ganz offensichtlich nicht um das Christentum, obwohl ich den heiligen Daisan und seine Aussprüche teilweise aus dem *Book of the Laws of the Countries* (in der Übersetzung von H. J. W. Drijvers) von Bardaisan aus dem zweiten Jahrhundert entnommen habe, dessen populäre Interpretation des Christentums später als ketzerisch verurteilt wurde. Vor allem aber habe ich versucht, ein Gefühl dafür zu vermitteln, was es bedeutet, wenn Religion und Magie für die Menschen *lebendig* sind, die darin leben.

Ich habe auf *www.kateelliott.com* eine Bibliografie hinterlegt für all diejenigen, die an solchen Details interessiert sind.

Ehemalige Herrscher und Herrscherinnen von Wendar und Varre

CONRADINA
Königin von Wendar
reg. 630–645
gest. 645

keine Kinder

Eberhard
gest. 663

verschiedene Generationen

Liutgard
Herzogin von Fesse

HENRY ∞ Lucienna von Attomar
König von Wendar
reg. 645–664
gest. 664

Lucienna von Attomar
gest. 670

Kinder von Henry und Lucienna

1. ARNULF ∞ Blanche von Salia
König von Wendar
reg. 664–681
gest. 681

Blanche von Salia
gest. 680

2. Otto
gest. 670

3. Kunigunde
gest. 698

Kinder von Arnulf und Blanche

1. ARNULF ∞ Berengaria von Varre
König von Wendar und Varre
reg. 681–710
gest. 710

Berengaria von Varre
gest. 683
∞ Mathilda

2. Adelheid ∞ Louis von Varre
gest. 679

keine Kinder

Kinder von Arnulf und Berengaria

1. Sabella

Kinder von Arnulf und Mathilda

1. HENRY
König von Wendar und Varre
reg. 710

2. neun Geschwister

Kinder von Otto

1. Otto
gest. 705

Kinder:
1. Conrad der Ältere
gest. 716

Kinder:
1. Conrad der Schwarze, Herzog von Wayland

AIKHALAND
Rikin-Fjord
Slaisby
Nördliches Meer
Nordmark
SCHNATTERINSELN
ALBA
Hefenfelthe
Medemelecha
Varingia
Arconia
Saony
Mark de
Villams
Mac
burg
Fesse
Avaria
Westfal
Wayland
Verna
SALIA
Novomo
AOSTA
Darre
ANDALLA
Qurtubah
Mittleres
Ozean
Kartiako
JINNA
Schlachtfelder
Kronen
Städte und Orte
1 Osna
2 Lavas
3 Friedleben
4 Gent
5 Osterburg
6 Quedlingham
7 Herford
8 Autun
9 Kessal
10 Walburg

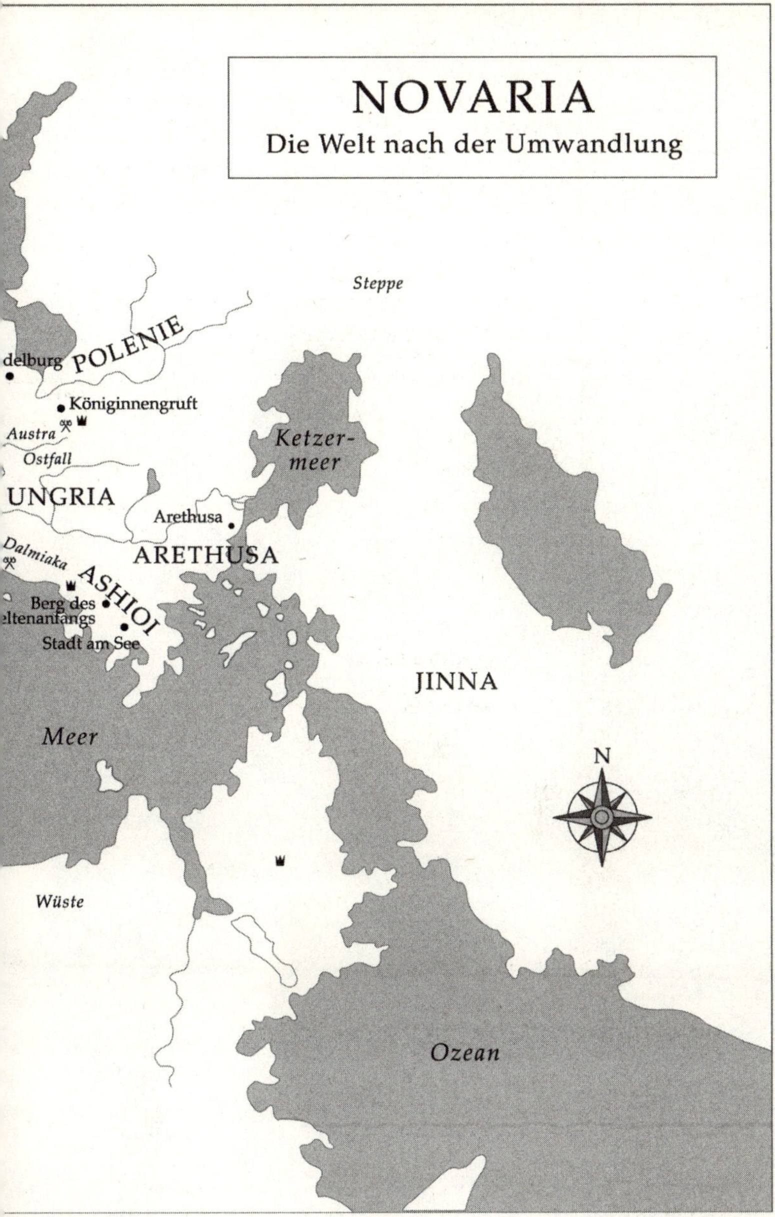

NOVARIA
Die Welt nach der Umwandlung
Steppe
POLENIE
delburg
Königinnengruft
Austra
Ostfall
UNGRIA
Ketzer-
meer
Arethusa
ARETHUSA
Dalmiaka
ASHIOI
Berg des
ltenanfangs
Stadt am See
JINNA
Meer
N
Wüste
Ozean

Prolog

Als sich die Königliche Rundreise jenseits von Gent befand und sich nach Osten auf die Marschlande zubewegte, kam sie wegen der gewaltigen Schäden, die die großen Herbststürme hervorgerufen hatten, nur langsam voran. Überall hörten sie die gleichen verzweifelten Klagen, ob sie sich auf den Straßen oder in den Dörfern befanden, durch die sie reisten: Die Bauern trauten sich nicht, etwas anzupflanzen, weil in den Nächten noch immer Frost herrschte; die Sonne schien nicht; es regnete nicht genug, wenngleich eine ständige Dunstschicht den Himmel bedeckte.

Sie verringerten ihre Essensrationen und erhielten magere Zehnte von den Gütern und Dörfern, aber niemand in der Rundreise des Königs beklagte sich, denn dort gab es noch immer jeden Tag etwas zu essen. Jeden Nachmittag, wenn sie das Lager errichteten und Holz für die Feuerstellen sammelten, tauchten Leute auf – aus dem Wald, aus der Dämmerung, aus der nebligen Nacht.

»Bitte«, flüsterte ein zerlumptes Kind, das ein noch jüngeres ausgezehrtes Kind an der Hand hielt. Beide waren barfuß, obwohl der Boden mit einer Schicht Frost überzogen war. »Habt Ihr Brot? Ein kleines Stück?«

Hagere junge Frauen und Jugendliche winkten im Zwielicht. »Alles, was Ihr wollt. Für ein bisschen Essen. Alles.«

Hausierer zogen herum. »Seile. Stoff. Schalen mit schönen Schnitzereien. Für einen guten Preis. Sehr billig. Tausche gegen Nahrung.«

Erschöpfte Verwalter und Dorfbewohner bettelten darum, den Herrscher sehen zu dürfen. Edelleute, von den Entbehrungen ausgezehrt, baten um eine Audienz.

»Eine Rattenplage, Eure Majestät. Sie haben unser ganzes Korn gefressen, sogar das, was wir zum Säen aufgehoben hatten. Sie haben sich durch das Leder gebissen, das wir gegerbt und verarbeitet haben. Sie sind wie aus dem Nichts gekommen, eine ganze Flut von ihnen. Schrecklich!«

»Es liegt am Frost. Wir trauen uns nicht, etwas anzupflanzen, weil er die Sämlinge töten wird. Aber wenn wir warten, bleibt für das Korn nicht mehr genug Zeit zum Reifen.«

»Habt Ihr die Sonne auf Euren Reisen gesehen, Eure Majestät?«

»Wölfe haben ein Kind verschleppt, Eure Majestät, und zwei unserer Milchkühe getötet. Wir haben sie verfolgt, aber sie haben uns angegriffen, als wir bei ihrem Bau waren. Sie haben vier unserer Männer getötet. Ich bin ein alter Mann. Ich habe sie niemals so dreist erlebt wie jetzt.«

»Mein Mann und meine Söhne sind auf dem Weg zum Markt getötet worden, Eure Majestät. Ich habe jetzt niemanden, der das Feld bestellt. Meine Töchter sind gerade alt genug, um verheiratet zu werden. Die Verwandten meines Mannes beanspruchen das Land für sich und wollen mich und die Mädchen mit nichts in der Hand davonjagen.«

»Räuber, Eure Majestät. Ohne bewaffnete Eskorte ist es auf den Straßen nicht sicher. In meinem Dienst stehen nur ein Dutzend Soldaten. Die übrigen sind abberufen worden, um König Henry zu dienen, möge er in Frieden in der Kammer des Lichts ruhen. Sie sind nie aus Aosta zurückgekehrt.«

Ihre Verzweiflung bereitete Liath Kopfschmerzen, aber Sanglant saß stundenlang da und hörte ihnen gerade dann zu, wenn er nichts anderes für sie tun konnte als das – zuzuhören.

»Man hat mir gesagt«, pflegte er zu antworten, »dass man die Sämlinge vor dem Frost schützen kann, indem man die Felder mit Stroh abdeckt. Es gibt viel Totholz wegen des Sturms. Entfacht Feuer entlang der Reihen, um die Luft anzuwärmen.«

»Dies ist eine Urkunde für das Land, unterschrieben von meiner Gelehrtenschule. Wenn ihr keine Neffen oder Verwandten habt, die euch bei der Feldarbeit helfen können, kann ich euch zwei verkrüppelte Soldaten aus meinem Gefolge geben, die sich bereiterklärt haben, in euer Haus einzuheiraten. Sie können nicht mehr kämpfen, aber sie können zusammen die Feldarbeit verrichten.«

»Sprecht mit Edelfrau Renate von Spelburg. Sie wird ebenfalls von Räubern belästigt. Es handelt sich zweifellos um die gleiche Gruppe. Ihr Gut liegt nur zwei Tagesmärsche weiter östlich von hier. Ihr müsst eure Kräfte bündeln. Wenn ihr so viele Leute verloren habt, solltet ihr euch für eine gewisse Zeit an einem einzigen Ort zusammenschließen. Bietet dort den gewöhnlichen Menschen Schutz. Sie verlassen sich auf euch. Vereinigt eure Soldaten. Wenn ihr nicht zusammenarbeitet, werdet ihr untergehen.«

»Die Sonne wird zurückkehren. Habt Geduld. Handelt bedächtig, bis die Krise vorüber ist. Lasst nicht diejenigen allein, die sich gegen euch wenden, wenn dies die einzige Möglichkeit ist, sich zu schützen.«

Seine Zuhörerschaft nahm seine Worte mit beinahe bemitleidenswerter Dankbarkeit auf, aber nur in einem einzigen Fall konnte er sofort handeln. Ein Führer brachte sie zu dem Wolfsbau. Liath beschwor Feuer in dem Höhlengewirr, in dem das Wolfsrudel hauste, und die Soldaten töteten über ein Dutzend Tiere, die den Flammen und dem Rauch zu entkommen versuchten. Die Wölfe waren gefährliche Räuber, aber sie waren wie alles, was gefährlich ist, auch schön. Sie hasste es, erleben zu müssen, dass sie wie Schafe geschlachtet wurden. Danach fanden sie jedoch in der äußeren Höhle die abgenagten Knochen von Kindern. Die Wölfe waren zu dreist geworden. Ein solches Rudel durfte man nicht weiter jagen lassen.

»Eine kleine Tat in einer hoffnungslosen Zeit«, sagte Sanglant am nächsten Tag, als sie wieder unterwegs waren. Seine Stimme war rau vor hilfloser Wut über die vielen Probleme, die das Reich zu zerreißen drohten. Andererseits hatte sie immer so geklungen. »Ich schäme mich, dass sie mir mit solchem Lob zu Füßen liegen. Wenn das Wetter sich nicht bessert, ist die Hälfte von ihnen im nächsten Frühjahr tot.«

»Ich muss nach St. Valeria gehen«, sagte sie. »Das, was Zauberei erzeugt hat, kann möglicherweise durch Zauberei vertrieben werden.«

»Bleib noch ein bisschen bei mir, wenigstens so lange, bis wir in den Marschlanden sind.«

»Einverstanden. Aber irgendwann muss ich gehen.«

Er nickte, aber seine Miene war ernst. »Und mich mit den Hunden allein lassen, die mir in die Fersen beißen und knurren, während ich klarstelle, wer in Wendar und Varre herrscht. Irgendwann musst du gehen. Aber jetzt noch nicht.«

Teil Eins

Tod und Leben

I

Reisende

1

Den ganzen Morgen marschierte Alain mit seinen Hunden nach Osten und Südosten, wie sie es bereits seit vielen Tagen taten. Sie hatten Gut Lavas weit hinter sich gelassen. An diesem Tag führte ihr Pfad durch den Wald eines Hochlands, der hauptsächlich aus Birken bestand, obwohl vorwiegend Fichtensämlinge den Boden durchstachen. Die Sicht in den Wäldern war frei, aber die Wolken sorgten für einen perlmutterartigen Schimmer, als würde man auf eine verlorene Welt blicken, die sich außer Reichweite befand. In der Vergangenheit oder in der Zukunft.

Die Gegenwart hatte jedoch eine unmissverständliche Art, ihn aus seinen Gedanken herauszureißen. Kummer bellte zur Warnung. Eine riesige Birke war so auf den Weg gestürzt, dass es zwar ihm selbst mühsam gelang, über den gewaltigen Stamm zu klettern, er aber unmöglich die Hunde hinüberschaffen konnte. Es gab auch keinerlei Möglichkeit, sie durch die handbreite Lücke unterhalb des Stammes zu zwängen. Er arbeitete sich den Stamm entlang hangaufwärts, nur um dort herauszufinden, dass ein Dutzend weiterer riesiger Bäume umgestürzt war – Birken und Silberfichten –, und zwar auf eine Weise, dass er eingeschlossen war. Er kehrte zu dem eigentlichen Pfad und den wartenden Hunden zurück und versuchte es in der anderen Richtung, ging um die dichte Baumkrone herum und stellte fest, dass auch hier weitere Bäume den Weg versperrten.

Alle waren in nordwestliche Richtung gestürzt, von einem Sturm gefällt, der aus Südosten gekommen war. Es war zweifellos der gleiche Sturm, der Osna im vorherigen Herbst ereilt hatte. Der Sturm, der die Welt verändert und eine riesige Spur von Trümmern hinterlassen hatte.

Er zwängte sich durch die Zweige der Baumkrone – ein schwieriger Weg, aber einer, auf dem die Hunde folgen konnten. Trockene Blätter knisterten unter seinen Füßen und zerrten an seinen Haaren und der Haut. Zweige stachen ihm zweimal fast ins Auge und drückten auf seinen Körper. Kummer jaulte, hatte die Ohren angelegt und hielt den Kopf gesenkt, während Rage sich mit erstaunlicher Anmut hindurchwand, die Pfoten beinahe wählerisch auf dem Laub und den zersplitterten Überresten des Baumes aufsetzte.

Etliche Zweige befanden sich an dem Stamm, was die Hunde verwirren musste, aber an dieser Stelle war der Baumstamm nicht so breit wie am unteren Ende und daher überwindbar. Er half ihnen, sich mühsam hindurchzuarbeiten. Zweige raschelten. Sie erzeugten so viel Lärm wie eine Schar polternder Bauern, die sich im Wald verirrt hatten.

Ein Geräusch erregte seine Aufmerksamkeit. Ein seltsam krächzender Schrei ließ seine Glieder erstarren. Er half Rage mit einem festen Griff am Genick über den schlimmsten Teil des inneren Gezweigs, aber dort, im Schutz der Zweige, blieben die beiden Hunde erstarrt stehen. Sie bellten nicht. Eine große Kreatur strich an ihnen vorbei, aber er konnte sie durch den Vorhang aus Blättern und Zweigen nicht sehen, hörte nur den schweren Schritt und ein schnaubendes Keuchen. Zweige wurden zurückgeschoben und zerbrachen entweder oder schnellten mit einem lauten Rattern wieder vor. Ein Geruch wie von Eisen würgte ihn. Plötzlich erinnerte er sich an Iso, den verkrüppelten Bruder im Kloster Herford. Hatte Iso den Sturm überlebt? Arbeitete er noch als Laienbruder unter Vater Ortulfus' strenger, aber gerechter Leitung?

Der Lärm verklang. Kummer schlug zweimal mit dem Schwanz gegen Zweige, als er den Kopf hob, begierig darauf, weiterzugehen. Keiner der Hunde bellte jedoch oder gab sonst ein Geräusch von sich. Sie kämpften sich ins Freie, dann kehrte Alain zum eigentlichen Pfad zurück. Nach etwa hundert Schritt war der Boden so aufgewühlt, als wäre ein Ungeheuer durch den Wald gestapft. Er kniete neben einer frisch in den Boden geschlagenen Stelle nieder, die von Krallen von der Größe seines Unterarms stammen musste, und tastete mit der Hand über den Abdruck.

»Ein Guivre«, sagte er zu den Hunden. Er wusste nicht, was sie in seiner Stimme hörten, aber sie legten die Ohren an, jaulten und duckten sich unterwürfig.

Kummer schnüffelte an der Spur, die die Kreatur hinterlassen hatte, und marschierte dann in den Wald hinein. Rage folgte ihm. Sie gingen schnell und verschwanden schon bald außer Sichtweite. Alain fiel rasch hinter ihnen zurück, bis er sie einige hundert Schritt entfernt vom Weg wiederfand, die Schnauzen in den Überresten eines halb aufgefressenen Hirsches vergraben. Ebenso wie er hatten sie auf dieser Reise bisher nur wenig gegessen, lediglich das, was sie im Wald jagen und in den Dörfern und bei den Höfen erbetteln konnten. Jetzt zerrten sie an den Überresten. Alain setzte sich auf einen umgestürzten Baum und kaute auf dem letzten Stück Brot und Käse herum. Er schabte mit dem Messer Schimmel vom Käse und betrachtete dann die Knospen einer aufrecht stehenden Buche. Frost hatte sich in der Morgendämmerung über alles gelegt, brannte noch auf seinen Wangen, obwohl bereits das Ende des Frühlings gekommen und es später Nachmittag war. Die Kälte scheuerte an seinen Händen. Seine Kehle schmerzte, als würde er kurz vor einer Erkältung stehen, die nie zum Ausbruch kam. Die Bäume trugen noch keine Blätter, obwohl sie um diese Jahreszeit bereits in vollem Grün hätten stehen müssen. Ein leichter

Regen strich über sie hinweg und versiegte, ließ sein Flüstern im Wald erklingen.

Dann ertönte ein anderes Geräusch über dem Knistern und Rascheln, das der Regen auf den Zweigen und dem Laub erzeugte. Die Hunde waren so hungrig, dass sie nicht darauf achteten, während sie an den Knochen nagten und das Fleisch hinunterschlangen. In dem Augenblick jedoch, da er begriff, dass es sich um eine Gruppe von Männern handelte, knurrten sie und hoben die riesigen Köpfe, starrten den Weg entlang, den das Ungeheuer gekommen war. Er trat mit dem Stab in der Hand zu ihnen und lauschte.

»Still, du Narr! Was ist, wenn es dein Geplärr hört?«

»Wir machen so viel Krach wie eine Viehherde. Auf diese Weise werden wir uns an gar nichts anschleichen!«

»Eh! Pass auf die Schaufel auf! Du hättest sie mir fast auf den Kopf gehauen.«

»Du solltest vorangehen, Atto. Du hast den Speer.«

»Das werde ich nicht tun! Ich wollte eigentlich gar nicht mit! Das Ganze ist eine dumme Idee! Wir werden dabei sterben, und niemand hat etwas davon.«

»Still.«

Die Männer kamen hinter umgestürzten Bäumen und verstreuten Zweigen zum Vorschein. Sie hatten ihn noch nicht bemerkt, und so pfiff und rief er, um auf sich aufmerksam zu machen und zu verhindern, dass sie überstürzt handelten und irgendjemandem Schaden zugefügt wurde.

»Ich bin hier«, sagte er. »Ein Reisender. Das Wesen, das Ihr sucht, ist vor einiger Zeit hier vorbeigekommen. Meine Hunde und ich haben es gehört.«

Sie kamen rasch näher, stellten sich als das heraus, was er vermutet hatte: eine verängstigte Gruppe von Ortsansässigen, die sich mit Speeren, Stäben, Schaufeln und Sensen bewaffnet hatten und von einem finster dreinblickenden, grobknochigen Mann angeführt wurden, der mit dem einzigen Schwert in der Hand hinter der Gruppe herging.

»Wer seid Ihr?«, fragte er und drängte sich zwischen den anderen hindurch. Als er die großen Hunde sah, blieb er stehen.

»Ich bin Alain. Ein Reisender. Ich suche Unterkunft für die Nacht, um morgen meine Reise nach Autun fortsetzen zu können.«

»Ihr habt die Bestie gesehen und lebt noch?« Er deutete auf den Kadaver und die blutigen Schnauzen der Hunde. »Entschuldigt, Freund, wenn ich an Eurer Geschichte zweifle. Niemand, der die Bestie zu Gesicht bekommt, überlebt.«

»Dann hat sie Menschen getötet? Nach was für einer Bestie sucht Ihr? Habt Ihr keine Angst, ein Wesen zu jagen, das Euch tötet, sobald Ihr es seht?«

Einige von ihnen strichen sich über die Bärte, während sie nachdachten.

Der, den sie Atto genannt hatten, war noch so jung, dass er erst ein kleines Bärtchen hatte. Er blickte besorgt hin und her. »Das stimmt, Hanso. Wir haben nur einen einzigen toten Mann gefunden, und der war splitternackt und so dünn, dass er vermutlich verhungert ist.«

»Er ist angefressen gewesen.«

Atto zuckte mit den Schultern. »An einer Leiche kann alles Mögliche fressen. Ein Bär. Wölfe. Wilde Hunde. Ratten, Krähen und Geier.«

»Und was ist mit den fehlenden Schafen und Kühen?«, fragte der Anführer herausfordernd. »Wie erklärst du dir das? Wir müssen uns schützen.«

»Indem wir uns dafür töten lassen?« Atto schüttelte den Kopf. »Das ist ein Schlachtergang. Ich werde nicht weitergehen.«

»Dann wirst du meine Tochter nicht heiraten.«

Der Pfeil fand sein Ziel. Dass die beiden Männer sich nicht mochten, war offensichtlich, so steif und mit vorgeschobenem Kinn, wie sie voreinander standen. Jetzt wichen die anderen sieben Männer zurück, als fürchteten sie, dass die beiden sich schlagen könnten.

»Versuch doch, uns aufzuhalten!«, erwiderte Atto grinsend.

»Wir gehen nach Autun. Die Herrin nimmt Männer als Soldaten in ihren Dienst. Es heißt, dass sie jeden ernährt, der bereit ist, eine Waffe für sie zu tragen. Wir schlagen uns schon irgendwie durch. Auf jeden Fall wirst du diesmal nicht hinter uns herrennen und sie zurückholen, wie du es beim letzten Mal getan hast. Sie ist jetzt zwei Jahre älter – alt genug, um selbst für sich zu entscheiden.«

»Und mit deinem Bastard schwanger zu werden!«

Füßescharren erklang, als beide ihre Position veränderten. Hanso holte mit der Faust aus.

Rage trottete vor und ließ sich gemächlich zwischen den beiden nieder. Ihr Knurren brachte die Männer so sehr zum Schweigen, dass das Geräusch der herabfallenden alten Blätter des vergangenen Herbstes deutlich zu hören war.

»Wir sind fertig miteinander«, sagte Atto. Er warf einen unsicheren Blick auf den Hund.

»Wir sind niemals fertig«, murmelte Hanso. Aber er ließ die Faust sinken und richtete seinen finsteren Blick auf Alain. »Was habt Ihr gesehen?«

Alain beschrieb die Begegnung, und die Männer lauschten respektvoll. »Hat irgendjemand von Euch diese Kreatur gesehen?«, fragte er.

Nein, das hatten sie nicht, aber Gerüchte hatten sich wie Unkraut verbreitet. Bei einer heiligen Quelle war die Leiche eines unbekannten Mannes gefunden worden. Seit dem Sturm im letzten Herbst, der die Bäume entwurzelt und die Dächer von ein Dutzend Scheunen und Häusern in den umliegenden Siedlungen gerissen hatte, wurden Mutterschafe und Kühe vermisst. Die beiden kräftigen Pflugochsen, die den Dorfbewohnern gemeinsam gehört hatten, waren verschwunden und nie wieder aufgetaucht. Das Dach der winzigen Kirche war eingestürzt, die Diakonissin getötet worden. Dann hatten sie Lärm im Wald gehört, furchtbare Schreie und schreckliches Husten. Die Überreste von Hirschen waren entlang der Wildpfade gefunden worden, die von einem riesigen Tier aufgewühlt worden waren: mehr als zwanzig tote Tiere, und in allen krabbelten Maden und Würmer, die das Ungeheuer ausgespuckt hatte. Zwei Monate zuvor war eine Gruppe von Flüchtlingen aus dem Wald gewankt und hatte erzählt, dass vier von ihnen zu Stein erstarrt wären.

»Ja, aber später in dieser Nacht haben wir gesehen, wie sie die Skeattas gezählt haben, die sie ihren toten Kameraden abgenommen haben«, bemerkte Atto sarkastisch. »Ich frage mich daher, ob sie sie nicht einfach getötet und jemand anderem die Schuld dafür gegeben haben.«

»Bezweifelst du etwa, dass da draußen ein Ungeheuer ist?«, fragte Hanso.

»Natürlich ist da ein Ungeheuer«, sagte Atto mit dem gleichen schneidenden Grinsen. »Aber es lässt sich genauso in den Herzen der Menschen finden wie im Wald.«

»Du bist ein Narr!« Hanso spuckte aus, aber sein Blick blieb weiter auf Rage gerichtet. Er unterließ jeden Versuch, eine Schlägerei anzufangen.

Offensichtlich stimmten einige der anderen Männer dieser Einschätzung von Attos Charakter zu, aber Atto hatte den guten Speer und eine sarkastische Zunge, was genügte, um sogar den wütenden Hanso in Schach zu halten. Er besaß den Stolz der Jugend und das unbekümmerte Herz eines jungen Mannes, der seiner selbst gewiss war, ob er nun falschlag oder nicht. Er hatte eine Frau geschwängert; manchmal genügte dies, um einem Mann das Gefühl zu geben, dass er unbesiegbar war.

»Es ist ein Guivre«, sagte Alain und bemerkte, wie sie schlagartig wieder zu ihm hinsahen, als hätten sie ganz vergessen, dass er da war. »Ein Guivre wird Euch nichts tun, solange Ihr ihm nichts tut. Lasst es in Ruhe, und es wird nur im Wald jagen. Wenn Ihr es aber angreift, wird es Euch in Stein verwandeln.«

»Ihr seid genauso verrückt wie er!« Hanso spuckte erneut aus. Seine Wut verlagerte sich mühelos von demjenigen, gegen den er nichts ausrichten konnte, auf ein neues Ziel. »Kommt!«, sagte er zu seinen Kameraden. Sie starrten Alain an, als würden sie die Bestie ansehen, schulterten murmelnd ihre Werkzeuge und gingen fluchend den Weg zurück, den sie gekommen waren.

Atto blieb noch. Er musterte die Hunde. »Beißen sie?«

»Wenn sie herausgefordert werden. Sie verteidigen sich, das ist alles. Ansonsten sind sie so sanft wie Schafe.«

Er schnaubte. »Eine gute Geschichte! Wer seid Ihr?«

»Ich heiße Alain. Ich bin ein Reisender.«

»Das habt Ihr gesagt. Woher kommt Ihr?«

»Aus Osna. Das liegt im Westen, an der Küste. Es ist ein fünf- bis zehntägiger Marsch von Osna bis nach Lavas. Ich bin zehn oder fünfzehn Tage unterwegs, seit ich Lavas verlassen habe.«

»Ich habe noch nie davon gehört. Warum geht Ihr nach Autun? Um Euch den Soldaten anzuschließen, wie ich? Wenn Ihr bis morgen wartet, begleiten Mara und ich Euch. Wir kennen den Weg zum Teil. Das heißt aber nicht, dass wir schon einmal da waren. Wart Ihr schon einmal dort?«

»Ich habe Autun gesehen, ja.«

»Es heißt, dass es dort so viele Häuser gibt, dass man sie nicht zählen kann. Und eine große Mauer, die sie zusammenhält. Und einen Kirchturm, der so groß ist, dass man oben mit den Fingern durch die Wolken fahren kann. Es heißt, es wäre ein heiliger Ort, wo der alte salianische Kaiser gestorben ist. Ich habe seinen Namen vergessen.«

»Taillefer.«

»Genau! Seid Ihr ein gebildeter Mann? Ein Frater vielleicht?« Er fuhr mit den Fingern durch seine rauen Stoppeln. »Nein, Ihr habt einen leichten Bart. Als Kirchenmann müsstet Ihr rasiert sein. Trotzdem.« Er zuckte mit den Schultern. »Räuber reisen in Wolfsrudeln, und Diebe schleichen sich an. Vielleicht seid Ihr wirklich einfach nur das, was Ihr behauptet. Ein Reisender. Ein Pilger.«

Die Hunde hatten sich niedergelassen, um die Reste des Kadavers zu vertilgen. Alain trug eine Tasche aus geflochtenem Schilf über der einen Schulter, und jetzt tat er ein paar Knochen hinein, an denen noch Fleischreste und Sehnen waren.

»Zu schade, dass Ihr nichts von dem Fleisch bekommen habt«, sagte Atto. »Wir hätten es braten können. Hirsche sind in diesem Frühling schwer zu erwischen. Wir haben alle Angst, in den Wald zu gehen, da wir nicht wissen, was uns dort erwartet. Das bisschen Vieh, das wir haben, können wir nicht schlachten, und trotzdem hat es diesmal nur wenig Lämmer gegeben und gar keine Zwillinge.«

»Dieses Ungeheuer. Hat es Euer Vieh und Eure Schafe getötet?«

»Es ist nicht bis zu unserer Weide und in unsere Scheune gekommen. Vielleicht hat es die gekriegt, die weggelaufen sind. Niemand ist mutig genug, um ihm bis zu seinem Bau zu folgen.« Er lachte hüstelnd, während er nach Norden deutete. »Ich werde sicher nicht derjenige sein, der es herausfindet! Das Land da ist rau. Dichter Wald. Wölfe, heißt es. Ein See, den ich allerdings noch nie gesehen habe, und eine Schlucht. Dort versteckt es sich.« Er hatte dicke Lippen, blaue Augen und eine seltsame Art, andere Leute anzusehen, als wollte er sie gar nicht mögen. »So sagt man. Niemand weiß es genau. Sie reden und reden einfach nur und tun nichts, außer sich über ihr Pech zu beklagen, dass das Dorf von Unglück heimgesucht wird und der Frost immer noch kommt und das Korn nicht wächst und alles immer schlimmer wird.«

»Vielleicht haben sie recht. Habt Ihr seit letztem Herbst die Sonne gesehen?«

Die Bemerkung verblüffte Atto. Er warf einen Blick zum Himmel, aber es war nichts zu sehen als das Dach der Zweige und ein silbriger Schimmer. »Ich bleibe nicht hier und warte. Ich gehe zusammen mit Mara nach Autun. Dort wird es besser sein.«

2

Eine eindrucksvolle Sperre aus gefällten Bäumen und dem Schutt von zerbrochenen Wagen lag über dem nordöstlichen Pfad der Weggabelung. Hanna war neben Edelfrau Bertha an der Spitze der Kavalkade geritten; jetzt näherten sie sich dem Hindernis, um es zu begutachten.

»Das stammt nicht vom Sturm, auch wenn es so aussieht«, sagte Bertha. »Jemand hat es errichtet.«

»Ein Stück weiter den Weg entlang befindet sich ein Dorf«, sagte Hanna. »Ich erinnere mich, dass die Einwohner mich eingeladen haben, als ich im Auftrag von König Henry unterwegs war.«

Bertha musterte sie, dann betrachtete sie das Hindernis mit den Zweigen und trockenen Blättern, die im Regen raschelten.

»Jetzt verhalten sie sich eher abweisend.« Ihr Blick wanderte weiter, vorbei an dem Dickicht und den Eiben, die unerwarteterweise die Straße säumten. Ein Stück dahinter waren lichtere Felder zu sehen, wo hohe Buchen ein Dach bildeten. Es regnete leicht. Überall tropfte es. Hanna wischte sich über die Nasenspitze.

»Eh! Du da! Zwischen den Bäumen!« Bertha hatte eine hohe, kräftige Stimme, die dafür geeignet war, den Lärm einer Schlacht zu übertönen.

Hanna war genauso überrascht wie der Junge zwischen den Eiben, der ausrutschte, nach Zweigen griff und sich verriet, als Nadeln in der Luft tanzten.

»Wir suchen eine Unterkunft für die Nacht. Ich bin Bertha von Austra und Olsatia, Tochter von Judith, Markgräfin von Austra und Olsatia, möge ihr Andenken in Frieden ruhen. Ich bin die Schwester der gegenwärtigen Markgräfin Gerberga. Bei mir sind Mitglieder der Gelehrtenschule des Königs. Wir sind seit Monaten unterwegs. Wir sind von Aosta aus nach Norden gereist, über den Brinne-Pass und durch Westfall. Es war ein langer Weg, der uns schließlich nach Avaria und Wendar geführt hat. Wir brauchen Unterkunft, ein Feuer und eine Mahlzeit.«

Der Baum war wieder reglos, dann schwankten Zweige und stellten sich auf, und ein schriller Hornruf erklang wie das Meckern einer verängstigten Ziege. Die Ziegen in Berthas Gefolge meckerten als Antwort. Die drei Hunde bellten wie wahnsinnig, bis Feldwebel Aronvald sie mit scharfen Befehlen zum Schweigen brachte.

Bertha zog die Brauen hoch. Sie winkte, und der Feldwebel – der Hauptmann war tot – trabte auf dem scheckigen Pferd zu ihr.

»Seid wachsam«, sagte sie.

»Jawohl, Edelfrau.« Er gab Befehle aus.

Die Nachhut kam jetzt herbei und errichtete eine Schildmauer hinter den drei Wagen. Die Männer, die hinter Bertha marschierten, fielen zurück, um die Flanken zu schützen, während die Geistlichen sich unter dem Wagen verbargen. Es war ein vertrauter Ablauf, eingeübt in den vielen Monaten, die sie zusammen reisten.

Nur ein Dutzend Pferde war übrig geblieben sowie die drei kräftigen Wagenpferde, die das beste Futter bekamen, weil außer ihnen niemand die Wagen hätte ziehen können. Die Hunde liefen nebenher, von den Soldaten als Maskottchen und Wächter übernommen. Die Ziegenherde hatte sich unterwegs von drei auf elf vergrößert, und hier und dort hatten sie ein paar verirrte Hühner aufgegriffen, deren Knochen und Fleisch den Zwiebeleintopf bereicherten, den sie so oft aßen. Dieser Eintopf und die Ziegenmilch und der Käse bildeten die Grundlage ihrer Ernährung. Auf ihrer langen Reise war es den Pferden am schlechtesten ergangen, den Ziegen am besten und den Menschen leidlich.

»Was befindet sich hinter dem Dorf?«, fragte Bertha.

Hanna dachte nach. »Dieser Weg endet beim Dorf. Ein kleiner Fluss befindet sich weiter stromabwärts, der in die Veser mündet. Das Dorf erstreckt sich in einer Flussbiegung auf erhöhtem Gelände, so dass das Wasser von drei Seiten Schutz bietet.

Sie haben Bienenstöcke. Eine Obstwiese. Ein Bohnenfeld. Hafer. Dinkel. Keine Kirche, aber einen guten Zimmermann und ein Geschäft.«

»Und was findet man auf diesem Weg?« Sie deutete auf den anderen Weg, der nach Nordnordwesten führte.

Regen tropfte durch die geöffneten Lippen in Hannas Mund. »Aigensberg, nach etwa einem Tagesmarsch.«

»Dann ziehen wir am besten weiter, nicht wahr? Ein Palast klingt besser als ein Dorf, das sich mit den Sturmtrümmern verbarrikadiert.«

»Es ist alles abgebrannt.«

»Was ist abgebrannt? Das Dorf?«

Hanna zitterte. »Der Palast. Er ist vor ein paar Jahren abgebrannt.«

»Da muss eine Siedlung in der Nähe sein, eine Stadt, die durch den Palast erblüht ist.«

Hanna schloss die Augen, kämpfte gegen aufsteigende Erinnerungen. Schlagartig wurde ihr heiß, und sie schwitzte. »Ich weiß es nicht. Es könnte sein.«

»Ist sie in der Feuersbrunst ebenfalls abgebrannt? Was quält Euch, Adler? Es sieht Euch gar nicht ähnlich, so zu …« Bertha war eine ruhige Befehlshaberin, aber sie konnte auch wütend werden. »Sagt mir alles, was ich wissen muss!«

Hanna stellte fest, dass ihre Hände, mit denen sie die Zügel hielt, zitterten, und sie musste die Knie anspannen, um das Pferd an Ort und Stelle zu halten, als es ihre Stimmung auffing. »Bitte vergebt mir. Diese Stadt lag auf dem Weg, den das Heer der Qumaner genommen hat. Ich erinnere mich nicht. Ich weiß nicht, ob jemand überlebt hat.«

Das Trampeln und Schlurfen von Schritten warnte sie davor, dass jemand in dem Dorf noch lebte. Bertha hob die Hand, um ihren Bogenschützen und Speerwerfern mitzuteilen, dass sie sich bereitmachen sollten.

Drei Männer kamen den Weg entlang, jeder mit einem Gegenstand bewaffnet, den sie zu einer Waffe gemacht hatten: Einer trug einen gespitzten Stab, einer hatte einen Stab mit einer Sense daran, so dass er wie eine Hellebarde wirkte, und der dritte hielt ein richtiges Eisenschwert in der Hand, wie es der Wächter einer Edelfrau schwingen mochte. Er hatte am linken Arm auch ein Brett in Form einer Träne befestigt, das ihm als Schild dienen mochte – notdürftig, aber wirkungsvoll und ohne jedes Wappen darauf.

Es war dieser Mann, der auf einen der Stämme kletterte und sie musterte, ohne zu lächeln oder sie willkommen zu heißen.

»Ihr könnt nicht zu uns. Wir haben die Straße versperrt.«

»Wir brauchen eine Unterkunft«, sagte Edelfrau Bertha. »Wir sind treue Untertanen des Herrschers, gute wendische Leute. Ich begleite diese heiligen Männer und Frauen, die König Henry als Teil seiner Gelehrtenschule gedient haben. Wir haben Aosta vor Monaten verlassen und sind unterwegs nach Saony.«

»Ihr könnt nicht zu uns«, sagte er erneut. »Ihr bringt möglicherweise die Pest mit Euch. Was ist in den Wagen?«

»Futter für die Pferde. Vorräte. Und eine heilige Äbtissin, die alt und schwach ist. Sie braucht Unterkunft und einen Platz am Feuer gegen den Frost, der uns jede Nacht zusetzt.«

»Eine pestverseuchte Bettlerin, zweifellos.« Er war ein stämmiger Mann, hatte die breiten Schultern und dicken Arme eines Menschen, der jeden Tag mit den Händen arbeitete. »Oder Männer mit Tiergesichtern, die sich unter den Zeltplanen verstecken. Wir können das Risiko nicht eingehen.«

»Du bist der Sohn des Zimmermanns«, sagte Hanna plötzlich. »Ich erkenne dich. Ich bin ein Adler des Königs. Ich habe vor ein paar Jahren eine Nacht in eurem Dorf verbracht. Erinnerst du dich an mich?«

Er musterte sie. Er hatte dunkelbraune Augen, östliche Augen, wie man in dieser Gegend sagte, eine Erinnerung an die Plünderer aus dem Osten, die gekommen und gegangen waren, aber den späteren Generationen etwas hinterlassen hatten. Er schüttelte den Kopf, und als Hanna sah, dass er sie nicht erkannte, schob sie die Kapuze zurück.

»Ich bin mit vier Löwen hier gewesen«, fügte sie hinzu. »Wir sind aus dem Osten gekommen.«

»Oh!«, sagte er. »Ich erinnere mich an die Haare. Ihr kommt aus dem Norden, habt Ihr erzählt.«

»Dort wurde ich geboren. Bitte, Freund, vergiss nicht die Höflichkeit, die ihr den Geistlichen und Adlern schuldet. Lasst uns nur diesen Nachmittag und eine Nacht bei euch bleiben. Wir werden uns morgen früh gleich wieder auf den Weg machen.«

»Nein.«

Edelfrau Bertha drängte Hanna zur Seite. »Gebt uns diese eine Nacht Unterkunft, Haferbrei und Bier, wenn das alles ist, was ihr habt. Im Namen von Henry und seinem Sohn Prinz Sanglant befehle ich es.«

Er deutete mit seinem Schwert auf sie, als wollte er einen bösen Geist abwehren. »Wir werden auf diesen Trick kein zweites Mal hereinfallen!«

»Auf welchen Trick?«, fragte Hanna.

Sein Blick glitt an ihrem Gesicht vorbei, und sie drehte sich im Sattel um und sah, dass Schwester Rosvita und einige der jungen Geistlichen vorgetreten waren.

»Dies sind nur einige der Geistlichen, die wir beschützen«, sagte Hanna. »Es ist kein Trick. Bitte –«

»Nein!« Er machte eine Geste. Der Hornruf erklang erneut von irgendwo tiefer im Wald. Schritte waren zu hören. Zweige raschelten. »Geht weiter! Geht weiter!« Er wirkte wütend, oder den Tränen nahe. Eine Narbe leuchtete auf seiner Stirn. Einem seiner Kameraden fehlte ein Finger an der einen Hand, der andere hatte einen roten Ausschlag auf der Wange und an der einen Halsseite. »Wir lassen niemanden zu uns. Wir können niemandem trauen.«

»Ich bin ein Adler des Königs!«, rief Hanna aufgebracht.

»Wo sind denn der König und die königliche Gerechtigkeit? Verschwunden, so sieht es aus! Ihr werdet bei uns keine Unterkunft erhalten. Wir werden kämpfen, wenn Ihr es versucht.«

»Ich bin noch nie so respektlos von Wendanern behandelt worden! Ist es möglich, dass ihr gar keine Avarianer seid, sondern Geschöpfe des Feindes, die die Körper anständiger Menschen bewohnen?«

»Ihr müsst es wissen, nicht wahr? Da Ihr von Henrys Bastard sprecht! Die Brut von Dämonen!«

»Macht Euch bereit, Aronvald!«, rief Bertha.

Der Feldwebel gab ein Zeichen. Die Bogenschützen hoben die Bogen. Der Sohn des Zimmermanns rief den unsichtbaren Leuten im Wald und ein Stück den Weg entlang etwas zu, aber er machte keine Anstalten, sich vor den Pfeilen in Sicherheit zu bringen.

Schwester Rosvita trat näher und nahm Berthas Zügel.

»Tut das nicht, Bertha«, sagte sie mit freundlicher Stimme.

»Sie sind verpflichtet, uns Unterkunft zu geben!«, sagte Bertha, aber sie blickte auf die Geistliche herunter, runzelte die Stirn und hob die Hand. Die Bogenschützen senkten die Bogen, aber ansonsten veränderten sie ihre Positionen nicht.

»Seht Euch sein Gesicht an«, sagte Rosvita. »Er meint, was er sagt. Er ist verzweifelt, ängstlich und entschlossen. Ja, unsere guten Soldaten werden das Scharmützel gewinnen. Wir sind mit Leder und Kettenhemden ausgerüstet und haben gute Eisenschwerter und Speere und sechs gute Bogenschützen. Aber was ist, wenn wir auch nur einen Soldaten verlieren, wenn auch nur einer meiner treuen Geistlichen verletzt oder getötet wird, obwohl wir bereits einen so gefährlichen Weg überstanden haben? Wenn wir diesen Adler verlieren, der uns führt? Das ist die Unterkunft für eine Nacht nicht wert.«

Bertha brummte zur Antwort, zu wütend, um zuzustimmen, aber zu weise, um Einwände zu erheben. Hanna kochte, aber auch sie sagte nichts, als die Soldaten wieder Marschordnung einnahmen und sie alle weiterritten. Die Dorfbewohner versammelten sich bei dem Hindernis und starrten ihnen nach, bis sie verschwunden waren.

»Wie konntet Ihr nur?«, fragte Hanna schließlich. »Sie waren verpflichtet, uns Unterkunft zu geben!« Sie stockte, zu wütend, um weiterzusprechen.

Rosvita ging neben ihnen. Die gesamte Kavalkade bewegte sich langsam genug, damit es angenehm war für die Wagen, die stets halb im Schlamm stecken zu bleiben schienen, aber tatsächlich hatte diese Reise Rosvita nicht geschwächt. Sie war drahtig geworden, stark genug, um den ganzen Tag gehen zu können, ohne zu erlahmen. Sie bemerkte häufig voller Überraschung, wie viel besser es ihrem schmerzenden Rücken ging, obwohl sie meistens auf dem Boden schlief.

»Ich kenne diesen Blick in den Augen eines Mannes, Adler«, sagte sie jetzt. »Dieser Kampf ist nicht würdig, gefochten zu werden.«

»Was kann sie so verzweifelt gemacht haben?«

Bertha schnaubte. »Der Krieg zwischen benachbarten Edelmännern. Die qumanischen Barbaren. Die Pest. Der große Sturm. Ich weiß nicht, was ihnen sonst noch zugesetzt hat.«

»Ich bin verwirrt über das, was er über die Menschen mit Tiergesichtern gesagt hat«, erklärte Rosvita. »Wieso er sich gegen uns gewandt hat, als Edelfrau Bertha Prinz Sanglant erwähnt hat. Es ergibt keinen Sinn.«

»Jeder kann die Faust gegen den Herrscher schütteln, wenn er leidet, und den König lieben, wenn es ihm gutgeht«, sagte Bertha abweisend. »Aber ich wundere mich. Wir haben nur wenige Menschen in diesen letzten Wochen gesehen, obwohl wir mehr hätten sehen müssen. Sieben verlassene Dörfer. Kinder, die sich ohne Eltern in den Wäldern verstecken. Frisch ausgehobene Gräber. Einzelne Leichname. Das ist nicht nur die Hungersnot.«

»Was dann?«, fragte Rosvita.

Bertha zuckte mit den Schultern. Und auch Hanna hatte keine Antwort darauf.

II

Pfeile im Dunkeln

1

Am Ende schlugen sie ihr Lager am Rand der nassen Straße auf. Als sie am nächsten Tag die Ruinen von Aigensberg erreichten, bestand Edelfrau Bertha darauf, das Lager dort zu errichten, wo sie zumindest etwas Schutz vor dem unablässigen Nieselregen hatten.

Sie bildeten – in gewisser Weise – eine beeindruckende Prozession mit den fünfzehn Pferden, drei Wagen, einer Edelfrau, elf zerlumpten Geistlichen, vierzehn kräftigen Soldaten, einer sich verbergenden kerayitischen Schamanin und ihrem Sklaven, den Ziegen, gackernden Hühnern und treuen Hunden. Nach der Schlacht gegen die Streitkräfte der Heiligen Mutter Anne waren viele gestorben: sämtliche kerayitischen Wächter, Sorgatanis zwei Sklaven, sechzehn von Berthas Gruppe. Seit Hanna in Arethusa zu ihnen gestoßen war, hatten sie jedoch wundersamerweise niemanden mehr verloren. Nur ein einziger Soldat war dauerhaft verletzt worden, als der kleine Wagen, neben dem er auf einem Bergpfad hergegangen war, umgekippt und einen Hang hinuntergestürzt war. Sein rechter Fuß war dabei zermalmt worden.

Zwei Männer machten sich auf die Suche nach einer Wasserquelle, während Feldwebel Aronvald die Ruine der Palastkapelle mit einer Umzäunung versah. Steine wurden unter die Wagenräder geklemmt, die Pferde weggeführt, damit sie grasen, trinken und sich frei bewegen konnten. Soldaten räumten Trümmerstücke aus der Kapelle, um Platz zum Schlafen zu schaffen, während einige der Geistlichen Zeltstoffe über die Apsis spannten, wo einst der Altar gestanden hatte. Bruder Breschius verließ den Wagen der Kerayitin mit zwei Bronzeeimern, die mit Deckeln versehen waren und von denen der eine leicht, der andere schwer war. Er schritt zum hinteren Bereich des Palastes, wo sich einst die Küchen befunden hatten.

Edelfrau Bertha trat neben Hanna. »Wollt Ihr mitkommen, Adler? Schwester Rosvita und ich werden uns die Stadt auf der Suche nach etwas Brauchbarem ansehen.« Drei Soldaten waren hinter ihr und rieben sich die Hände, um sie zu wärmen.

»Ich werde im Palast umhergehen«, sagte Hanna. »Wenn Ihr gestattet.«

»Eine gute Idee. Niemand weiß, wo die Ratten sich verbergen. Kommt!« Das Letzte war an die Soldaten gerichtet. Sie gingen davon.

Nachdem Hanna ihr Pferd abgerieben und es zu den anderen geführt hatte, wanderte sie durch die Palastruine. Umgestürzte Säulen schufen Streifen auf dem Boden. Sie konnte Korridore und Räume erkennen, die zu bloßen Linien auf dem Boden geworden waren. Ein seltsames Gefühl kroch über ihre Haut, wie Feuer, das sich erwärmte, aber nicht brannte. Hier war sie mit Bulkezu und seinem Bruder Cherbu gewesen. An dieser Stelle hatte Cherbu den Namen der Frau erfahren, deren Zauberei das riesige Gebäude vernichtet hatte.

»Liathano«, sagte sie leise. Sie schloss die Augen und lauschte, aber alles, was sie hörte, waren das Prasseln des leichten Regens auf den Steinen und dem Gras sowie das Rascheln des Windes in den weiter weg stehenden Bäumen. Dieser Ort war ausgestorben.

»Was ist mit der Stadt geschehen?«, fragte Bruder Fortunatus, während er neben sie trat.

Sie zuckte zusammen, hustete.

»Ich bitte um Entschuldigung«, sagte er, lächelte leicht und berührte ihren Ellbogen mit den Fingern. »Ich wollte Euch nicht erschrecken.« Sie lächelte zurück, aber es war ein falsches Lächeln, und er kniff die Augen zusammen. »Was betrübt Euch, Hanna? Geister?«

Von dieser Stelle aus konnten sie den größten Teil der Stadt sehen, die sich unterhalb von ihnen ausbreitete. Ein skelettartiges Gebilde, umgeben von verlassenen Feldern und einer verwüsteten Obstwiese. Eine Reihe von Bäumen war umgestürzt, vermutlich hatte der Sturm sie entwurzelt. Nebel hing zwischen der eingestürzten Palisade.

»Keine Geister, sondern Erinnerungen. Auch eine Art Geister, wie ich vermute, sofern die Erinnerungen uns quälen.« Sie schluckte und stellte fest, dass sogar diese kleine Bewegung ihr die Luft abschnürte.

»Erinnerungen sind die schlimmsten Geister von allen.« Seine Hand schloss sich um ihren Ellbogen, und die Geste ermutigte sie.

»Es ist viele Jahre her. Ich bin mit dem Heer der Qumaner hier durchgeritten, als ich ihre Gefangene war. Es gibt hier keine guten Erinnerungen für mich.«

»Das tut mir leid. Haben sie die Stadt niedergebrannt?«

Weide- und Schwingelgras wuchsen zwischen den Trümmern, überall dort, wo sie Wurzeln schlagen konnten. Weißdorn und Himbeeren hatten ebenfalls Fuß gefasst. Brennnesseln schossen auf, wo letzte Ascheflecken den Boden sprenkelten. Schon bald würde die Fette das, was die Prinzen errichtet hatten, an sich reißen und mit Blumen bedecken, wenngleich bisher nur ein paar Veilchen blühten.

»Es ist spät für Veilchen«, sagte sie, deutete auf eine Stelle voller zarter Blütenblätter.

Er neigte den Kopf, musterte sie, dann folgte er ihrem Blick. »Es liegt an den Wolken. Ich fürchte, dieses Jahr wird alles spät wachsen und sich auch nicht sehr lange halten.«

»Ich habe vergessen, was mit der Stadt geschehen ist«, sprach sie weiter. »Ich weiß es nicht. Sie hat noch gestanden, als der Palast abgebrannt war. Die Flammen haben sie nie erreicht. Wir haben damals dort Unterschlupf gefunden, alle, die bei der Rundreise des Königs gewesen waren. König Henry hat in der Halle eines wohlhabenden Kaufmanns in dessen Bett geschlafen. Wie kann das alles weg sein? Wo ist es geblieben? Hat Bulkezu es niedergebrannt? Ich erinnere mich nicht daran.«

Ein seltsames farbiges Funkeln zog ihren Blick auf sich, und sie kniete sich hin und wischte Spreu und Erde, Asche und den Schutt vieler Jahre beiseite. Eine Messinggürtelschnalle in der Gestalt eines Löwen kam zum Vorschein.

»Seht nur! Ich frage mich, ob sie einem der Löwen gehört hat, die in der Feuersbrunst gestorben sind.« Sie blickte auf. Fortunatus lächelte traurig auf sie herunter. Er war schmaler geworden, sein Gesicht kantiger, aber irgendwie auch freundlicher. Wenn Bertha der Stachelstock war, der sie vorantrieb, und Rosvita die Ausdauer, die ihnen den Mut verlieh, weiterzugehen, war Fortunatus der Arm, der Rosvita stützte, wenn sie zu stolpern drohte.

»Liath hat den Palast niedergebrannt«, sagte sie, obwohl er keine Frage gestellt hatte. »Hugh hat sie angegriffen. Er wollte sie vergewaltigen. Sie war so voller Angst. Sie hat Feuer gerufen. Sie wollte es nicht. Ihre Angst hat den ganzen Palast niedergebrannt. Sie hat ein Dutzend oder mehr Leute getötet.«

»Ich weiß, Hanna«, sagte er sanft. »Ich war dort, als es passiert ist.«

»Oh, Gott, natürlich. Natürlich. Ich habe es vergessen. Ich bin später gekommen. Wir sind über die Berge gekommen, die Löwen und ich. Wir haben den Rauch gesehen. Das heißt, Ingo, Folquin, Leo und der junge Stephen, der damals noch kein Löwe war, aber einer werden wollte …« Nachdem sie erst einmal begonnen hatte, konnte sie nicht mehr aufhören, nicht einmal, als die Geschichte sich der schrecklichen Gefangenschaft bei den Qumanern näherte. Sie redete eine ganze Weile einfach drauflos, während Fortunatus wartete und nickte und zuhörte und gelegentlich kurze Bemerkungen von sich gab, um zu zeigen, dass es ihm nicht gleichgültig war, dass sie von diesen Erinnerungen überwältigt wurde.

Nach einer Weile, als der Nieselregen aufhörte und sich in einen leichten Bodennebel verwandelte, versiegte auch der Strom von Worten.

»Es tut mir leid«, sagte sie.

Er lächelte auf eine Weise, die ihr Herz erwärmte, reichte ihr eine Hand und half ihr aufzustehen. »Wir müssen alle einmal sprechen. Ihr habt viel durchgemacht.«

»Nicht so viel wie andere. Nicht so viel wie jene, die gestorben sind.«

»Solche Vergleiche anzustellen ist nicht sinnvoll, sofern man nicht selbst darüber entschieden hat, wer leben durfte und wer sterben musste.«

Seine Hand berührte ihre Schulter, aber ein Geist packte ihr Herz. Sie erinnerte sich so deutlich an Bulkezus Stimme, als würde er neben ihr stehen. »*Barmherzigkeit ist Zeitverschwendung. Wenn ich wähle, werde ich zehn für die Krähen zurücklassen.*«

»Es waren immer zehn«, flüsterte sie. »Für sie gab es das Leben, für die anderen den Tod.«

»Es war nicht Eure Entscheidung, Hanna. Wenn Ihr nicht gewählt hättet, wären zehn weitere gestorben. Immerhin habt Ihr zehn gerettet, soweit es Euch möglich war. Ihr müsst Euch vergeben. Bitte.« Tränen glänzten auf seinen Wangen.

»Danke, Bruder.«

Er segnete sie mit einem Kuss auf die Stirn. Er war ein Geistlicher und somit in der Lage, sich für diejenigen bei Gott einzusetzen, die bereuten oder litten, obwohl sie unschuldig waren.

Von ihrem Platz aus konnten sie das Licht sehen, das die Flammen erzeugten, wenngleich das Feuer selbst hinter den Steinwänden der Kapelle verborgen war. Einer der Soldaten lachte, noch ein Stephen, ein älterer Mann, der seit Jahren bei Edelfrau Bertha diente. Hanna kannte inzwischen ihre unterschiedliche Art und Weise, zu lachen und zu fluchen. Sie kannte Ruodas zuversichtlichen Umgang mit den Hunden und Gerwitas Angst vor dem großen Saurüden Mercy, Jeromes schüchternes Stottern, wenn er gezwungen war, mit mehr als zwei Leuten gleichzeitig zu reden, sowie das Geräusch von Jehans ständig trockenem Husten. Sie kannte jede Silhouette, unter anderem auch diejenige, die wie ein verlorenes Schaf an einem umgestürzten Mauerstück entlangging.

»Seltsam«, sagte sie.

»Was ist seltsam?«

»Ich habe nie daran gedacht, Prinzessin Sapientia mitzuzählen, obwohl man sie sicherlich noch vor allen anderen erwähnen müsste. Selbst Edelfrau Bertha hat vergessen, auf sie hinzuweisen, als die Bauern uns nicht in ihr Dorf reiten lassen wollten.«

Er drehte sich um und sah in die gleiche Richtung wie sie. Schwester Petra trat zu ihrem Schützling und führte sie zurück in den Schutz der Kapelle und des Feuers.

»Was wird mit ihr werden?«, fragte Hanna.

Fortunatus schüttelte den Kopf, aber sie wusste nicht, was diese Geste bedeutete – ob »Ich weiß es nicht« oder »Mögen Gott Erbarmen mit ihr haben« oder gar »Für sie ist alle Hoffnung verloren«.

Ein Ruf erklang in der Dämmerung. Sie drehten sich um und sahen fünf Menschen und drei Hunde die Straße entlanggehen, die von der Stadt herführte. Die angespannten Schultern und die Kopfhaltung verrieten, dass es Probleme gab.

Hanna lief ihnen entgegen, aber Edelfrau Bertha und ihre drei Soldaten marschierten an ihr vorbei zum Lager. Schwester Rosvita blieb stehen, packte Fortunatus am Arm und beugte sich vornüber, um zu Atem zu kommen.

»Puh!« Sie hielt sich die Seite, als hätte sie einen Krampf, aber als sie sah, dass Schwester Petra dabei war, Prinzessin Sapientia in das behelfsmäßige Lager zu ziehen, runzelte sie die Stirn. »Wir sollten uns beeilen. Was ist mit den Männern, die sich auf die Suche nach Wasser begeben haben?«

Ohne eine Antwort abzuwarten, hastete sie weiter, und Hanna und Fortunatus sahen sich kurz an und folgten ihr. Es gab nichts zu sagen. Während sie zwischen den eingestürzten Resten des Portikus hindurchgingen, hörten sie die Stimme von Edelfrau Bertha.

»Schafft die Pferde hoch. Sie müssen die ganze Nacht bewacht werden. Ich brauche die Männer, die zum Wasserholen ausgeschickt worden sind, und die ganze Nacht über eine doppelte Wache.«

»Was ist los?«, fragte Hanna.

Von dieser Stelle aus verbarg der Hügel die Stadt. Es war jetzt zu dunkel, um die Felder noch deutlich erkennen zu können. Lediglich abwechselnde Flecken von unterschiedlichem Grau waren zu sehen, die abrupt vor einer Baumreihe endeten.

»Die Obstbäume sind nicht im Sturm umgestürzt, sondern gefällt worden«, sagte Rosvita, immer noch keuchend. »Wir haben überall frisches Sägemehl vom Fällen gesehen. Der Nebel hat den Rauch verhüllt. Es kann noch nicht lange her sein, dass diese Stadt in Brand gesetzt und zerstört worden ist. Sie ist möglicherweise erst gestern angegriffen worden.«

»Mögen Gott Erbarmen haben«, murmelte Fortunatus und schlug einen Kreis vor der Brust.

»Waren Leichen da?«, fragte Hanna. »Irgendwelche Überlebenden?«

»Wir haben nicht genau nachgesehen. Falls ein Feind im Wald wartet, weiß er, dass wir hier sind. Wir haben morgen noch Zeit dazu.«

In der Brise wehte ein Pfeifen zu ihnen heran, eine sanfte, verschlungene Melodie, die Hanna noch nie zuvor gehört hatte. Die Soldaten gerieten augenblicklich in Alarmbereitschaft, zogen Schwerter und legten Pfeile an die Bogensehnen. Eine Reihe von Speeren senkte sich. Die Hunde bellten jedoch zur

Begrüßung, ganz und gar nicht herausfordernd. Die Gestalt, die zwischen den Ruinen auftauchte, trug zwei Eimer, von denen der eine mit Wasser gefüllt und der andere leer war. Bruder Breschius stellte die Eimer neben dem bemalten Wagen ab, musterte erst den einen, dann den anderen.

»Was ist los?«, fragte er.

»Habt Ihr den Brunnen gefunden?«, fragte Edelfrau Bertha.

»Ja, das habe ich. Er befindet sich etwas weiter hinten, wo der Berg steil abfällt. Ich bin vor vielen Jahren durch Aigensberg gereist und habe mich daran erinnert, weil da ein besonderer …« Er schüttelte den Kopf. »Was ist los?«

»Laurent und Tomas sind vor Euch losgegangen. Habt Ihr sie gesehen?«

»Nein. Wussten sie denn, wo die Quelle ist? Sie haben sich möglicherweise in den Ruinen verlaufen.«

»Habt Ihr etwas gehört?«

»Was ist los?«, fragte er erneut.

Als sie es ihm erklärten, rieb er sich das glattrasierte Kinn mit dem Stumpf des rechten Arms, als hätte er für einen Augenblick vergessen, dass er keine Hand besaß.

»Sollen wir einen Suchtrupp losschicken?«, fragte Feldwebel Aronvald.

Inzwischen war die Nacht angebrochen. Jenseits des Feuerscheins war nichts mehr zu erkennen, abgesehen von der dunklen Wand, die die ferne Baumreihe bildete.

»Sie können das Feuer sehen«, sagte Edelfrau Bertha. »Und wenn sie verletzt sind, können sie rufen.«

Sie war eine harte Befehlshaberin. Hanna hatte erlebt, wie sie ihre Männer über Bergpfade getrieben hatte, die sich mehr für Ziegen eigneten, und wie sie selbst die Wagen eine Straße entlanggeschoben hatte, die durch etliche Abflüsse nur noch aus einer Reihe trockener Rillen bestanden hatte. In der Schlacht gegen Annes Streitkräfte hatte sie sich eine Verletzung zugezogen, über die niemand sprach, obwohl sie ihr einen großen Teil der Beweglichkeit des linken Armes genommen hatte. Nie beklagte sie sich darüber, auch wenn die Verletzung sie quälen mochte. Allerdings lächelte sie auch nie. Ein tiefes Stirnrunzeln war in ihrem Gesicht zu sehen, als sie ihre untereinander murmelnden Gefolgsleute musterte.

»Wenn sie in einen Hinterhalt geraten sind und wir einen Suchtrupp losschicken, geben wir unseren Gegnern nur die Möglichkeit, diese Männer ebenfalls zu töten. Sofern sie sich aber verirrt haben, ohne dass sie in Gefahr sind, finden sie uns entweder mit Hilfe des Feuerscheins oder morgen früh bei der Morgendämmerung.«

»Der Boden dort ist uneben«, sagte Bruder Breschius. »Es gibt einen Hohlweg und einige steile Abhänge. Dieser Palast hat sich die Höhe zunutze gemacht. Sie könnten gestürzt sein.«

Ihre Miene veränderte sich nicht. »Das ist möglich. Wenn es so ist, werden wir sie in dieser Dunkelheit wohl kaum finden. Wir werden sie bei Morgendämmerung suchen.«

Sie sah Schwester Rosvita an. Diese zögerte einen Moment, dann nickte sie als Zeichen, dass sie einverstanden war. Hanna sah an den zwei Frauen vorbei zu der Feuerstelle. Schwester Petra hatte ihren Schützling zum Sitzen gebracht und bemühte sich, ihr etwas Brühe einzuflößen.

Prinzessin Sapientia starrte ins flackernde Feuer. Sie wirkte nicht so, als hätte sie den Verstand verloren. Sie verhielt sich nicht wie eine Wahnsinnige, drauflosplappernd und schreiend und mit den Armen herumfuchtelnd wie eine Mondsüchtige oder spuckend und schäumend wie jemand, der von einem Dämon besessen war. Sie sprach nur einfach nicht und antwortete nicht, als hätte sie den Faden zerschnitten, der die Handlungen des einen Menschen mit denen anderer verband, so dass alle zusammen das Gewebe des Seins bildeten. Sie handelte, als wäre sie bereits tot.

»Zieht die zwei Wagen vor die offene Seite«, sagte Bertha. »Befestigt Schilde daran, soweit es möglich ist. An den anderen Seiten sollen Männer auf der Mauer Wache halten. Auch dort oben in den Dachbalken, sofern sie stabil genug sind.«

Der Feldwebel wandte sich an Hanna. »Übernehmt bitte die erste Wachschicht bei der zweiten Mauer. Haltet besonders Ausschau nach Irrlichtern, irgendwelchen seltsamen Lichterscheinungen. Spitzt die Ohren.«

Hanna ging zu der niedrigen Steinmauer, die sich etwa fünfzig Schritt von der Kapelle entfernt befand. Der andere Stephen trat zu ihr. Er war ein gutes Dutzend oder mehr Jahre älter als sie, hatte helle Haare, blaue Augen, war kräftig, freundlich, geduldig und zäh.

Sie bezogen etwa eine Körperlänge entfernt voneinander Position, um möglichst viel von dem Gelände überblicken zu können, das sich unterhalb von ihnen erstreckte und jetzt durch die Dunkelheit verborgen war. Bei gutem Wetter hätten sie den Lauf der Zeit am Auf- und Untergang der Sterne verfolgen können, aber so saßen sie einfach nur da, beobachteten und lauschten. Hin und wieder strich ein leichter Regen über sie hinweg, versiegte jedoch immer wieder. Es war ruhig und kühl. Stephen verlagerte gelegentlich das Gewicht, und seine Stiefel scharrten über den Boden. Aus irgendeinem Grund schmerzten ihre Hände, und zweimal stiegen ihr der seltsame Geruch von verbranntem Holz und der beißende Gestank von Wacholder in die Nase.

»Habt Ihr das gehört?«, fragte Stephen.

»Nein.«

Nachtgeräusche, nichts weiter: das flüchtige Prasseln von Regen, das Knistern von Zweigen, über die der Wind strich. Die sich vor Kälte verziehende Erde. Eine kalte Brise strömte vom Himmel herab, schien direkt von oben auf sie herunterzuregnen.

Wir sind allein auf der Welt, dachte Hanna.

Und dann: Alle Dinge sind allein, und doch ist nichts allein, alles ist miteinander verbunden wie bei einer Fischreuse, die ein Hindernis oder Ablenkungsmanöver darstellt, oder wie bei einem Wandteppich, dessen Teile zusammen ein größeres Ganzes bilden.

Sie spürte Stephen neben sich, spürte, wie er seine Position veränderte, um eine bessere Stellung für sein rechtes Knie zu finden, wie er einen Hustenreiz unterdrückte und in ein Grunzen verwandelte. Sie spürte den Luftzug dort über das Land streichen, wo es abfiel. Sie roch die Funken und Asche der Feuerstelle und die Haare und Pisse und den Dung von Pferden. Ein Mann hustete im Schutz der Kapelle.

Sie gähnte, schwankte leicht und glitt in den halbwachen Zustand hinüber, der weder Wachheit noch Schlaf war.

Der Wind hob sie so mühelos auf, als wäre sie eine Daunenfeder, und sie wirbelte durch die Ruine, über einen Fluss und ferne Weiler und Weideland und Waldland und darüber hinaus und noch weiter. Ungezählte Wegstunden blitzten unter ihr auf, bis die Landschaft nur noch aus Gras und nochmals Gras bestand, das hell in der Morgendämmerung schimmerte. Der Schimmer einer blaustichigen Sonne ist hinter einem Dunstschleier zu sehen, als sie über einem goldgrünen Grashorizont aufgeht. Eine Prozession bewegt sich in gleichmäßiger Geschwindigkeit durch das Gras, seltsame Leute mit mandelförmigen Augen und der Hautfarbe des Ostens. Einige sind Qumaner und tragen gefiederte Flügel an den Überwürfen; andere sind Frauen, die unterhalb der Hüfte die Körper von Pferden haben. Da ist ein Schamane, der die Tätowierungen seiner geistesverwandten Kameraden trägt; bei Bedarf kann er ihre Magie herbeirufen. Sie folgt ihnen. Sie bringen sie dorthin, wohin sie gehen muss.

An der Stelle, an der der Fluss sich als silbernes Band in langen, geschlängelten Kurven durch die goldene Landschaft zieht, wird das Land zu Marschland mit hohem Schilf und flachen Teichen aus stehendem Wasser. Dahinter sind Flecken von hellerem Gras zu sehen, die wie Pilze wirken, aber es sind Zelte, die im Wind wehen. Das Lager erwacht. Die Leute dort drängen an die Ränder, um die Gruppe zu beobachten, die zu ihnen kommt.

Weit über ihnen ertönt ein schriller Schrei. Eine Frau, die zugleich eine Stute ist, dreht sich um und deutet darauf, ruft ihren Kameradinnen eine Warnung zu, dann hebt sie ihren Bogen und schießt einen Pfeil in den Himmel. Er brennt, und Hanna taumelt. Taumelnd sieht sie Greifen über sich kreisen, einen goldenen und einen silbernen. Sie fliegen nach Osten auf die dunklen Gipfel der fernen Berge zu. Sie gleiten über sie hinweg, und sie wirbelt herum und steht plötzlich in knöcheltiefem Wasser, zwängt sich durch Schilf hindurch, dessen messerscharfes Gras sie verletzt, als sie vom Teich auf trockenes Land drängt, das zunächst bei jedem Schritt unter ihr nachgibt, dann trockener wird und sich schließlich in staubige Erde mit einem Schimmer von goldgrünem Gras verwandelt, das so frisch und neu ist, dass es nach Frühling riecht.

»Wir kehren zurück«, sagt die Zentaurin, die die anderen anführt. Sie steht in der Mitte des Lagers, wo sich ein Kreis aus niedergedrücktem Gras befindet. »Wir haben schreckliche Dinge gesehen. Unser alter Feind ist zurückgekehrt.«

»Wo ist das Kind?«, fragt der qumanische Schamane.

»Gegangen, gegangen«, seufzen die anderen, schütteln dabei ihre Köpfe. »Verschwunden von ihrem Platz unter dem Berg.«

»Wohin ist sie gegangen?«

Sie wissen es nicht.

»Wo ist die Geheiligte?«, fragt die Zentaurin, die die Neuankömmlinge anführt. »Ich habe eine Nachricht für sie.«

Die Geheiligte tritt langsam vor, zieht die Hinterbeine in einer Weise nach, die auf großen Schmerz hindeutet. Sie ist nicht silberweiß, sondern so alt, dass jedes Haar grau geworden ist, so alt, dass es unvorstellbar erscheint, dass sie noch lebt. Die Magie hat sie all die Zeit am Leben erhalten.

Ihre Ohren zucken. »Du bist zurückgekehrt, Capi'ra. Was für eine Nachricht hast du? Was für Neuigkeiten gibt es?«

Die Herde lauscht in tiefem Schweigen, als sie die Geschichte erzählt, und Hanna erhält die Nachrichten, nach denen sie so lange gesucht hat: Liath ist am Leben, reist mit Prinz Sanglant. Aber jetzt ist er König. Henry ist tot.

Sie wischt sich über die Augen, aber die Tränen fließen weiter. Sie berührt den Smaragdring mit den Lippen, den er ihr gegeben hat, aber nicht einmal diese Geste vermag ihr Trost zu spenden.

König Henry ist tot.

Eine große Umwälzung hat die Erde erschüttert.

»Krieg steht bevor«, sagt Li'at'dano. »Die alten Pfade entlang des brennenden Steins sind mir jetzt versperrt. Der Äther ist zu schwach, um die Pfade für mehr als ein paar rasche Blicke offen zu halten. Dies ist das erste Mal, dass ich von diesen Ereignissen höre. Es verändert alles. Wir sind zu weit entfernt, um denen zu helfen, die unsere Verbündeten sein würden.«

»Ich bin hier!«, ruft Hanna.

Li'at'dano hebt überrascht den Kopf. Zuerst sucht sie bei der Herde, findet Hanna dort nicht und entdeckt sie schließlich im Gras. Sie nickt. Hanna tritt vor.

»Sorgatanis Glück«, sagt die zentaurische Schamanin, aber nur sie kann sie sehen. Nicht einmal der qumanische Schamane erblickt sie. Die anderen lauschen, aber Hanna begreift, dass nur die Geheiligte sie sehen und hören kann, denn Hanna bewohnt dieses Land als Teil jenes Traumes, der nur der kerayitischen Prinzessin bekannt ist, die durch vor langer Zeit gewebte Fäden mit dem Pferdevolk verbunden ist.

»Was für Neuigkeiten gibt es?«, fragt Li'at'dano.

Rasch erzählt Hanna, was sie weiß: Sie berichtet von der Schlacht bei den Menhiren zwischen Anne und Liath, von der Bertha und Sorgatani erzählt haben; sie berichtet davon, wie Berthas Gruppe und die Geistlichen, die bei dem arethusanischen Heer waren, den großen Sturm erlebt haben; sie berichtet von der Zerstörung entlang der Küste, die die kaiserliche Stadt von Arethusa vernichtet hat; sie erzählt, wie die kleine Gruppe sich über eine große Entfernung hinweg durch Berge und Wälder gekämpft hat, um schließlich Wendar zu erreichen. Sie ist ein Adler, darin ausgebildet, zu beobachten und zu berichten.

»Wieso seid Ihr hier? Wo ist meine Tochter Sorgatani?«

»Sorgatani schläft in ihrem Wagen. Ich habe gerade Wache. Wir befürchten, dass Feinde uns angreifen, Räuber oder Gesetzlose. Der Wind hat mich hergebracht. Ich weiß nicht, warum.«

»Da!« Der qumanische Schamane zeigt zum Himmel. »Achtung!«

Rauch wirbelt zum Himmel empor, bildet schmutzige Streifen vor dem weißblauen Glanz. In der Ferne erklingen Rufe. Pferde wiehern alarmiert.

»Plünderer haben das Gras angezündet!«

»Wo sind sie? Was ist passiert?«

»Sie haben die Gesichter von Tieren!«

Li'at'dano taumelt, als wäre sie getroffen worden. Pferdeleute und ihre kerayitischen Stammesgenossen geraten in Bewegung. Der Strudel erfasst Hanna, als würde sie auf einer Rauchfahne höher und höher steigen.

»Achtung!«, schreit der qumanische Schamane erneut.

Etwas zischt an ihrer Wange vorbei, und es brennt.

»Ah! Uh!«

Stephens Schrei riss sie zurück in die Nachtschatten. Die Hunde bellten laut, jaulten und knurrten. Zuerst begriff sie nichts, abgesehen davon, dass es Nacht war. Die Luft roch nach Regen, aber es fielen keine Tropfen.

Ein zweites Zischen zupfte an ihrem Ohr. Die Luft zitterte, als sie verdrängt wurde, und dann ragte ein bebender Pfeil einen Fingerbreit von ihrem linken Knie entfernt aus der Erde, als wäre er aus dem Boden geschossen.

Sie wurde wach.

»Uh! Oh, Gott! Gott!«

Stephen war auf den Rücken gefallen. Sie stürzte sich der Länge nach neben ihn. Blut bedeckte seine Schulter. Ein Schaft ragte aus dem Fleisch. Ein dritter Pfeil zischte über sie hinweg.

»Angriff! Angriff!« Sie sprang auf, packte seinen gesunden Arm und schleifte ihn mit sich zur Kapelle. Er war ein so großer Mann, dass es ihr hätte schwerfallen müssen, aber er half mit seinen Beinen, und außerdem raste ihr Herz, ihr Körper stand in Flammen, ihr Gesicht war gerötet, und der Atem stockte ihr. Edelfrau Bertha rief Befehle, die bei dem Lärm der Hunde kaum zu hören waren, und kurz darauf stolperte Hanna in den

Schutz der halb eingestürzten Kapelle. Andere Hände griffen nach Stephen und schleppten ihn weg. Sie sank auf die Knie, beugte sich vornüber und versuchte verzweifelt, zu Atem zu kommen. Dumpfe Aufschläge ertönten an der anderen Seite der Mauer, als der Feind aus dem Schutz der Dunkelheit Pfeile auf sie abschoss.

Hanna verschaffte sich im Licht der rotglühenden Kohlen ein Bild von ihrer Situation. Die Hunde schwärmten kläffend um Edelfrau Bertha herum. Mehrere Soldaten befanden sich in der Kapelle, ein paar auf der Mauer, andere hinter den Wagen oder Schilden. Einer schnitt den Pfeil aus Stephens Schulter.

»Du hast schon Schlimmeres durchgemacht, alter Freund!«, scherzte der Feldarzt. »Gib zu, dass du nur eine Narbe wolltest, um eine neue Geliebte zu beeindrucken …«

Stephen würgte. Sein Körper erstarrte und wurde dann so sehr von Krämpfen geschüttelt, dass der andere Mann ihn aus dem Griff verlor. Hanna stolperte zu ihm und drückte ihn zu Boden, aber als der Anfall aufhörte, hörte er auch zu atmen auf und erschlaffte.

Er war tot.

Der andere Soldat – Feldwebel Aronvald – sah sie an. Ungläubigkeit lag in seinen Augen. »Daran hätte er nicht sterben dürfen.«

Hanna berührte den Schaft an der Stelle, wo er in die Haut gedrungen war. Sie betastete sie mit dem Finger, roch dann daran. »Vielleicht Gift. Oder Magie.«

»Gift!«

Sie wischte sich die feuchte Haut an den Beinkleidern des toten Mannes ab, rieb dann zur Sicherheit auf dem Boden, bis sie davon ausgehen konnte, dass alles weg war.

Ein Mann auf der Mauer schrie auf. »Uhh! Verflucht. Er hat mich gestreift. Bin aber noch in Ordnung.« Sie sah nur seinen Schatten. Er drehte den Pfeil in der Hand herum und legte ihn an die Sehne.

»Bisher gibt es nichts weiter zu sehen als diese verfluchten

Pfeile aus der Dunkelheit«, sagte Bertha von der Ecke aus, bei der der Wagen an die Steinmauer stieß. Sie brachte die Hunde zum Schweigen.

»Es wäre am besten, das Feuer ganz zu löschen«, sagte Hanna, ohne richtig zu begreifen, dass sie eine Stimme besaß.

Die Kohlen spendeten gerade genug Licht, um die Schemen voneinander unterscheiden zu können. Die Pferde waren zu dem erhöhten Podest getrieben worden, auf dem der Altar gestanden hatte. Ihre Hufe hallten auf dem Stein, als sie sich unruhig bewegten, während sich Berthas Pferdeknecht Geralt, Schwester Ruoda und Bruder Jerome um sie kümmerten. Zeltstoffe waren aufgespannt worden, um Schutz vor dem Regen zu bieten.

Sorgatanis Wagen stand vor der rechten Mauer. Es sah aus, als würde das Flechtwerk, das auf die Wagenwand gemalt war, sich langsam entfalten und wieder verflechten. Dahinter waren die Ziegen in einer Reihe angebunden, meckerten in einem beständigen Chor.

Unter den Wagen hatte man Mutter Obligatias Pritsche geschoben. Andere waren bei ihr, so viele, wie dort Platz gefunden hatten: die schluchzende Gerwita, Petra und Prinzessin Sapientia, Hilaria, Diocletia und der schmächtige Jehan. Heriburg kauerte zwischen dem Wagenrad und der Steinmauer, schärfte unablässig Weidenruten zu spitzen Stöcken, die sie als Waffen benutzen konnten, wenn alles andere fehlschlug. Hanna konnte Schwester Rosvita und Bruder Fortunatus jedoch nicht sehen.

»Beten wir, dass sie es irgendwann leid werden und sich in den Wald zurückziehen«, murmelte der Feldwebel.

»Oh! Oh! Was ist das für ein Feuer, das mich verbrennt?«

Der Mann auf der Mauer, der von einem Pfeil gestreift worden war, brüllte auf vor Schmerz, zuckte und taumelte. Er fiel nicht mehr als zehn Fuß tief, aber er kam mit einem nassen Geräusch hart auf dem Boden auf und blieb reglos liegen. Sein Bogen lag neben ihm. Einer der Hunde lief zu ihm und schnüffelte an der Pfeilspitze, die ihn getötet hatte, dann zog er sich knurrend wieder zurück.

Der Feldwebel sah Hanna an, und sie erwiderte den Blick. Er kroch zu dem gefallenen Mann, beugte sich über dessen Kopf. Einen Moment lang kam kein neuer Pfeil; nur der Wind strich über die Ruine.

Er hob den Kopf. »Edelfrau Bertha! Ich fürchte, diese Pfeilspitzen sind vergiftet. Jeder Kratzer, jede Berührung ist tödlich. Mögen Gott Erbarmen mit uns haben!«

Ein Pfeil schlug gegen die Mauer.

»Ich bin getroffen worden«, sagte Jerome von den Pferden aus.

Seine Worte waren wie ein Schlag, und alle zuckten zusammen. Eine Weile rührte sich niemand, und es sprach auch niemand. Es kamen keine weiteren Pfeile. Selbst das Geräusch von Heriburgs Messer verklang. Regen prasselte auf die Bäume.

War es überhaupt Regen? Kiesel, die in einem Kürbis geschüttelt wurden, mochten ein solches Geräusch erzeugen. Jaulend verzogen sich die Hunde wieder unter die Wagen.

Der Schrei eines Mannes erscholl in der Dunkelheit. Niemand rührte sich. Alle hatten Angst, von einer vergifteten Pfeilspitze getroffen zu werden. Der Schrei erstarb. Das an Regen erinnernde Geräusch verklang.

»Das war Wilhelm«, sagte der Feldwebel. »Zwanzig Schritt weiter vorn bei der ersten Mauer.«

Die Männer starrten in die Dunkelheit. Sie waren lediglich als Silhouetten zu erkennen. Ihre Speere, Schwerter und Bogen hatten keinen größeren Nutzen als Zweige. Beim nächsten Pfeilhagel könnten alle getroffen werden und sterben.

Hanna erhob sich. »Versteckt euch. Unter den Wagen. Den Schilden. Dem Zeltstoff. Unter irgendetwas. Bedeckt eure Gesichter. Was ihr auch hört, seht nicht hin! Tut so, als wärt ihr blind!«

»Wir können nicht kämpfen, wenn wir blind sind und uns verstecken«, sagte der Feldwebel.

Der Feind hatte die Entfernung nicht richtig eingeschätzt. Die nächste Salve prallte gegen Stein, und mehrere Pfeile schlitterten die Zeltstoffe entlang. Einer bohrte sich eine Armeslänge vom Feldwebel entfernt in den Boden, ein anderer streifte Edelfrau Bertha, die sicherlich ein Kettenhemd zum Schutz trug.

»Oh, Gott!«, rief der Feldwebel. »Seid Ihr verletzt, Edelfrau Bertha?«

Berthas Gesicht war bleich, aber Hanna konnte nicht erkennen, ob der Pfeil die Haut aufgerissen hatte. Sie antwortete nicht.

Ein Soldat über ihnen schrie. »Oh! Oh! Ich bin getroffen!«

Zwei Männer stürzten von der Mauer. »Peter ist getroffen worden! Wir hängen hier oben fest wie Enten an einer Schnur auf dem Marktplatz!«

»Es brennt!«, schrie Jerome, und Ruoda begann zu schluchzen und zu jammern. »Nein, nein, Jerome! Gott! Ich bitte euch, verschont ihn!«

»Runter!«, schrie Hanna.

»Runter!«, schrie auch Bertha. »Alle! Sucht Deckung! Bedeckt eure Gesichter! Tut, was der Adler sagt!«

Hanna lief zum Wagen, wartete nicht darauf, ob sie ihr gehorchten. Der zitternde Regen erklang erneut.

Sie kommen näher.

Sie zog die Tür auf, sah Bruder Breschius nur eine Handbreit entfernt von der Türschwelle stehen und schob sich an ihm vorbei ins Innere. Schreie wurden von unmenschlichen Kehlen ausgestoßen, aber der Schlachtruf bestand aus einem vertrauten Namen:

»Sanglant! Sanglant!«

»Sorgatani! Wir sind verloren, wenn du nicht kommst! Wir können uns gegen ihre Waffen nicht verteidigen. Ich bitte dich! Ich weiß nicht, um was für Feinde es sich –«

»Ich weiß es.«

Die kerayitische Schamanin erstrahlte zugleich wunderschön und schrecklich in ihrem goldenen Gewand. Ihre Miene war kühl. In der einen Hand hielt sie ein Armband mit Glöckchen. Sie sagte nichts, als Hanna zur Seite trat, um sie durchzulassen.

»Hanna«, sagte Breschius. »Verlangt so etwas nicht von ihr.«
»Sie muss gehen, oder wir werden alle sterben.«
Sorgatani trat über die Schwelle und stieg die Stufen hinunter, schüttelte die Sklavenglöckchen wie ein Amulett vor sich hin und her. Es war Macht in ihr. Ihr Gewand fing das verblassende Licht der Kohlen ein und schimmerte mit einem schwachen Glanz, der auf dem Boden eine gespenstische Spur hinterließ, beinahe einen lebendigen, atmenden, kriechenden Nebel aus schimmerndem Kupfer, der sich mit gesprenkelten Flecken von blutrotem Dunst vermischte.
»Das ist schrecklich«, murmelte Breschius. »Ich kann es nicht mit ansehen.« Er schützte die Augen mit einem Unterarm.
Hanna ging zur Tür. Eines der Pferde war gefallen; seine Schreie und Zuckungen hatten die anderen Pferde in den Mittelgang getrieben, so dass sie jetzt in der offenen Kapelle herumliefen. Jeromes Leiche war von ihren Hufen zertrampelt worden. Weder der Pferdeknecht noch Schwester Ruoda waren zu sehen, auch die anderen nicht, abgesehen von einem halben Dutzend Füßen und zwei Rümpfen, die unter dem Zeltstoff hervorlugten, den sie auf sich gezogen hatten, sowie Schemen, die unter den Wagen und den Schilden kauerten. Sorgatani pfiff leise, und die Pferde beruhigten sich. Die Hunde schwiegen. Sogar die Ziegen hörten mit ihrem Gemecker auf.
Eine Bewegung blitzte bei der schmalen Lücke auf, wo der Wagen mit den Vorräten an die Mauer stieß. Zuerst dachte Hanna, ihr Feind wäre gekommen, um über sie herzufallen. Dann sah sie, dass es etwas anderes war. Etwas Schreckliches.
Sie sah Edelfrau Bertha an der Wand lehnen. Sie kämpfte mühsam darum, auf den Beinen zu bleiben, obwohl nichts darauf hindeutete, dass sie verletzt war. Sie grinste schief, als hätte ihr halbes Gesicht bereits an Beweglichkeit und Gefühl verloren.
»Oh! Oh!«, sagte sie keuchend vor Schmerz, als sie versuchte, mit der goldenen Erscheinung zu sprechen. »Zu spät für mich. Zu spät. Aber ich musste es sehen. Ich habe mich immer gefragt, wie Ihr ausseht. So schön!«

Sie brach zusammen, sank auf die Knie und sackte mit dem Rücken gegen die Mauer, die Augen nach wie vor geöffnet, aber ins Leere starrend.

Sorgatani ging an ihr vorbei, ohne stehen zu bleiben, und trat durch die Lücke. Hanna lief in den Schutz der Wagenreihe. Sorgatani schritt in die Dunkelheit. Sie war ihre eigene Laterne. Der Nebel wallte unter ihrem Gewand hervor, strömte die Hänge in einer Flut hinunter, die sich in jede Bodenspalte grub, in jede Lücke und jeden Riss der Ruinen.

Die Schreie ihrer Feinde klangen wie die von unbekannten Tieren, die aus einem fernen, unwegsamen Wald drangen: schwach, abgehackt und verzweifelt. Ein paar Pfeile wurden abgeschossen. Keiner berührte die kerayitische Prinzessin. Gestalten rannten zwischen den niedrigen Mauern umher, stürzten jedoch zu Boden, noch während Hanna erstaunt zusah. Sie konnten der Zauberei nicht entkommen. Sie starben an Ort und Stelle, wenn sie von ihr berührt wurden, bis das Licht sich über den eingestürzten Palast und die Hänge ergoss, über alles, was Hanna sehen konnte, als hätte das Mondlicht, das sie seit Monaten nicht mehr erblickt hatte, sich jetzt in einen Fluch verwandelt und nicht in eine Gnade. Die Farbe war falsch, sie war der Dunst der Verderbtheit.

Hanna stand bei der Lücke. Der Wind hatte sich gelegt. In dieser Welt hörte sie jeden Schritt, als Sorgatani zurückkehrte und die Kapelle umrundete, um jeden herauszuspülen, der sich dahinter verbergen mochte.

Sogar dieser Lärm verklang, als wäre sie taub geworden, als wäre die Welt verstummt.

Sie stolperte heraus, achtete auf ihre Füße, sah verrenkt daliegende Gestalten auf dem Boden und suchte so lange zwischen Unkraut und Stein, bis sie Sorgatani in einem Teich aus hellem Licht gefunden hatte. Sie kniete auf dem Boden und würgte. Sie hatte sich auf ihre Hände gestützt, und ihre Schultern bebten.

Hanna hockte sich neben sie, aber sie berührte sie nicht. »Sorgatani?«

Das Licht zog sich zusammen, stahl sich in ihr Gewand zurück. Schleifen aus wütendem Glanz wanden sich den Boden entlang wie leuchtende Schlangen, bis auch diese versiegten. Schließlich warteten sie gemeinsam in der dunklen Nacht. Ein schwacher, kupferfarbener Glanz strahlte noch immer von Sorgatanis Händen ab, aber ansonsten hüllten Schatten sie ein.

»Der Fluch ist wahr«, flüsterte Sorgatani heiser. Hanna konnte ihre Miene nicht deuten. Hatte sie sich damit abgefunden? Fühlte sie sich siegreich? War sie entsetzt? Gleichgültig?

»Du hast uns gerettet«, sagte Hanna.

Die Schamanin erhob sich und starrte auf ihre schimmernden Hände. »Ich bin eine Waffe, die die Verfluchten nicht kennen und an die sie sich nicht erinnern. Meine Art war noch nicht an die Pferdemenschen gebunden, die unsere Mütter sind. Glaubst du, dass wir Kerayitinnen deshalb gemacht wurden?«

»Nur wenige von euch sind derart verflucht.«

»Man braucht nur wenige.« Sie blickte sie nicht an. Alles, was Hanna sah, war ihr besorgtes Profil, die Augen und die Brauen, die beunruhigt zusammengezogen waren, die zusammengepressten Lippen, ein goldenes Drahtgeflecht mit Perlen, das ihre schwarzen Haare bedeckte und eigenartig glänzte, wo Licht das Netz vergoldete.

»Kann das Pferdevolk so etwas so lange geplant haben?«

Sorgatani sah sie an, halb lachend und halb grimmig. »Können sie es nicht? Die Geheiligte ist so alt, wie das Exil der Verfluchten währt. Sie muss sich gefragt haben, ob sie jemals zurückkehren werden, ob der Zauberspruch sein eigenes Muster weben wird, das sich uns erst enthüllt, wenn es zu spät ist.«

»Was wirst du tun?« Hanna sträubte sich dagegen, am nächsten Morgen zwischen den Toten umherzugehen. Sie wollte sie nicht zählen müssen. Und doch würde genau das geschehen.

»Sorg dafür, dass unsere Leute sich noch verbergen. Ich muss wieder in meinen Wagen gehen.«

Zurück in ihr Exil. In ihr Gefängnis.

Zum ersten Mal begriff Hanna, was es bedeutete. Sogar Sorgatanis Sklaven besaßen mehr Freiheit als sie.

2

Beim ersten Tageslicht krochen sie unter den Wagen hervor und suchten die Toten zusammen: die Bogenschützen Peter und Rikard, Bruder Jerome, Aurea, Rosvitas geliebte Dienerin, Stephen und Wilhelm und Gund, die weiter draußen Wache gehalten hatten. Es war nicht klar, ob Gund vom Feind oder vom Fluch getötet worden war, denn er wurde ein gutes Stück entfernt in einer Gruppe von Kriegern gefunden. Es sah aus, als hätten sie ihn gefangen genommen und noch lebendig weggeschafft.

Es spielte jetzt keine Rolle mehr. Edelfrau Bertha war tot, der Feind vernichtet. Sie hörten auf, die feindlichen Toten zu zählen, als sie bei neunzehn angekommen waren. Es wurde kurz daran gedacht, die Leichen zu verbrennen, aber niemand wollte sie berühren, denn diese Wesen ähnelten den Menschen nur wenig. Sie hatten bronzefarbene Haut und furchtbare Tiermasken und bronzene Rüstungen, die der Form ihrer Körper folgten. Tatsächlich wollte auch niemand ihre Waffen oder eine Rüstung haben. Niemand wollte irgendetwas anderes, als möglichst rasch von diesem Ort zu verschwinden. Schwester Rosvita erklärte, dass das Kloster Korvei sich zehn oder zwölf Tagesmärsche entfernt befand, im Grenzland zwischen den Herzogtümern von Avaria und dem südöstlichen Fesse. Von Korvei aus könnten sie sich nach Norden wenden, um nach Quedlingham und Gent zu gelangen, oder sie könnten Richtung Westen nach Autun gehen.

Hanna half dabei, zwei Gräber auszuheben, eines für die Soldaten sowie Jerome und Aurea und eines nur für Edelfrau Bertha. Schwester Rosvita und die älteren Nonnen entkleideten sie und hüllten sie in ihren pelzgesäumten Umhang, ehe sie sie begruben. Rosvita sprach den Segen über die Toten. Berthas sieben noch lebende Soldaten weinten. Alle weinten, bis auf Hanna, die keine Tränen hatte, und Mutter Obligatia, die zu viel Tod gesehen hatte, um von dem berührt zu werden, was hier geschehen war.

»Wieso haben die Angreifer Prinz Sanglants Namen gerufen?«, fragte Feldwebel Aronvald.

»Ich weiß es nicht«, sagte Rosvita.

»Sie haben ausgesehen wie er. Wie seine Verwandten.«

»Das stimmt«, pflichtete sie ihm bei.

»Glaubt Ihr, dass er uns verraten hat?«, fragte der Feldwebel.

»Von uns allen seid Ihr als Letzter mit ihm gereist, Feldwebel. Was sagt Ihr?«

Er starrte auf den Erdhügel. »Meine Herrin hat ihm vertraut. Aber die Wesen haben seinen Namen gerufen. Wieso sollten sie das tun, wenn er nicht mit ihnen gemeinsame Sache macht? Aber meine Herrin hätte ihr Vertrauen nicht jemandem geschenkt, der sie betrügt.« Er warf einen Blick auf Prinzessin Sapientia, die nach wie vor stumm und ohne jede Gefühlsäußerung war, wie eine Marionette, die an schlaffen Fäden hing. »Besser, *sie* wäre gestorben und nicht unsere mutige Herrin«, murmelte der Feldwebel, aber er war vorsichtig genug, so leise zu sprechen, dass nur Hanna ihn hören konnte.

Danach sattelten sie die Pferde. Während sie die Vorräte verstauten und sich zum Abmarsch bereitmachten, bemerkte Hanna, wie die anderen auf den bemalten Wagen starrten, der sich in ihrer Mitte befand.

Sie fürchteten sich vor derjenigen, die sie gerettet hatte.

»Adler.« Rosvita winkte sie zu sich, und sie entfernten sich ein Stück, wichen dabei einem toten Mann mit Echsenmaske aus. Fortunatus stellte sich mit dem Rücken zu den anderen.

»Was ist los?«, fragte Hanna, obwohl sie es bereits daran erkannt hatte, wie sie erneut zum Wagen blickten.

»Ich dachte …« Rosvita seufzte, runzelte die Stirn und berührte die Stirn mit den Fingerspitzen, als würde sie dadurch die Worte finden können. »Edelfrau Bertha und ich haben gestern darüber gesprochen, dass es an der Zeit wäre, Euch vorauszuschicken, wie es für Adler üblich ist, um unsere Ankunft anzukündigen.«

»Wohin wolltet Ihr mich schicken?«

Sie schüttelte den Kopf. »Das spielt jetzt keine Rolle. Gestern wusste ich noch nicht Bescheid. Was sie ist.«

»Jedenfalls keine Daisanitin«, sagte Fortunatus. »Sie glaubt nicht an Gott.«

Ihre Mienen ließen Hanna frösteln. Alles mochte geschehen, wenn Sorgatani allein bei jenen blieb, die nicht mit ihr sprechen und ihr niemals ins Gesicht sehen konnten.

»Vertraut ihr«, sagte sie. Sie hasste das Zittern in ihrer Stimme. Es verriet ihre Verzweiflung und plötzliche Furcht. »Bitte. Sie hat uns gerettet.«

»Was ist, wenn sie sich gegen uns wendet?«, fragte Rosvita. Sie war weder verärgert noch verbittert oder argwöhnisch, sie fragte lediglich, wie es eine Anführerin tun musste, die Informationen brauchte. »Sie ist nicht wie wir.«

»Vertraut ihr, und sie wird Euch vertrauen. Misstraut ihr, und sie wird Euch misstrauen.«

»Ist das der einzige Rat, den Ihr uns geben könnt, Adler?«

»Es gibt nichts weiter zu sagen.«

»Sie ist eine schreckliche Waffe. Ein Fluch.« Das graue Licht des Morgens milderte die Falten in Rosvitas Gesicht. Die Reise hatte sie altern lassen, sie aber nicht bezwungen. Sie führte sie jetzt an, da Bertha tot war. Sie würde stark bleiben.

»Eine schreckliche Waffe, ja«, sagte Hanna. Sie dachte an Bulkezu und seine qumanischen Horden, an echsenschnauzige Kreaturen, die vergiftete Pfeile aus der Dunkelheit auf sie abgeschossen hatten, an Greifen und Zentauren. Sie dachte an Hugh. »Aber es ist besser, wenn wir es sind, die eine solche Waffe besitzen, oder nicht? Besser, als wenn unsere Feinde sie hätten.«

Fortunatus und Rosvita wechselten einen langen Blick. Möglicherweise wölbte er kaum wahrnehmbar eine Braue, so dass Hanna es nicht bemerkte. Vielleicht bewegte er auch leicht die Lippen. Die beiden gingen ebenso vertraut miteinander um wie die Mitglieder einer Familie. Hanna wusste, dass sie sich austauschten, aber sie konnte nicht verstehen, was gesagt wurde.

»Ja«, erwiderte Rosvita auf die Worte, die er nicht laut ausgesprochen hatte. »Mutter Rothgard ist wegen ihres Wissens bezüglich der Zauberei bekannt. Vielleicht sollten wir ihren Rat einholen. Um uns zu schützen.«

»Um *sie* zu schützen!«, wandte Hanna ein.

Fortunatus schloss die Augen; er wirkte gequält und erschöpft.

»Man könnte es auch so sagen«, pflichtete Rosvita ihr bei. »Leider sind wir so weit gekommen, dass es in unserem Interesse ist, einen derart vergifteten Pfeil an unser Herz zu drücken.«

»Sie ist das, was das Pferdevolk und ihre eigenen Mütter aus ihr gemacht haben. Sie ist gut!«

Sie sahen sie an. Sie bezweifelten es. Sie glaubten ihr nicht.

Vielleicht glaubte sie es tief in ihrem Herzen auch nicht, aber sie erinnerte sich an Sorgatanis Tränen.

»Gott bitten uns um Mitgefühl, Schwester. Oder nicht?«

»Das tun Sie. Warum sagt Ihr das?«

»Dann seht sie als jemanden vor Euch, der in meinem Alter ist. Seht sie als jemanden, der sein ganzes Leben lang in diesem Wagen eingesperrt war, abgesehen von den wenigen Malen, da sie irgendwo im Wald oder Grasland wandeln kann, wenn sichergestellt ist, dass niemand unvermutet auftauchen wird. Seht sie vor Euch, und spürt Euer Mitgefühl. Dann werdet Ihr ihr vertrauen.«

Fortunatus verscheuchte eine Fliege von seinem Gesicht. Sein Mund zuckte, sein Blick heftete sich auf den Wagen.

»Was ist mit diesem Gerücht?«, fragte Hanna, um sie von Sorgatani abzulenken. »Einige Soldaten behaupten, dass die Plünderer mit Prinz Sanglant gemeinsame Sache machen.«

»Man könnte auch sagen, dass sie Sanglant gesucht haben,

um ihn zu töten«, erklärte Rosvita. »Furcht spricht aus ihnen. Ich glaube es nicht. Glaubt Ihr es?«

Glaube ich es? Hanna konnte es weder leugnen noch bestätigen. Rosvita lächelte traurig und schien etwas sagen zu wollen, aber sie hielt inne, neigte den Kopf und lauschte.

Ein scheußliches, schwaches Rattern erklang, wie von aneinanderstoßenden Eimern. Die Hunde bellten. Feldwebel Aronvald rief eine Warnung. Die Männer, gereizt vor Erschöpfung und Trauer, griffen fluchend nach ihren Waffen.

Schweigend warteten sie, abgesehen von den bellenden und schwanzwedelnden Hunden.

Dann kamen wie durch ein Wunder Laurent und Tomas mit hin und her schwingenden Eimern den Weg entlanggeschritten. Sie zuckten zusammen, als sie sich näherten und die zum Aufbruch bereiten Wagen sahen.

»Wolltet ihr uns etwa zurücklassen?«, rief Laurent fröhlich. »So leicht werdet ihr uns nicht los!«

Niemand rührte sich. Alle sahen sie nur an, als könnten sie von irgendetwas besessen sein.

»Was ist passiert?«, fragte der Feldwebel.

»Wir haben uns verirrt, sind völlig im Kreis gelaufen. Dann fanden wir es zu gefährlich, im Dunkeln zurückzugehen. Wir hätten uns leicht ein Bein brechen können. Also haben wir im Wald geschlafen. Ich hatte einen schlimmen Anfall, als der Regen kam, und der dumme Tom hat Brennnesselstiche an der linken Hand abgekriegt, aber ansonsten haben wir es überlebt, ohne von Wölfen gefressen oder von irgendwelchen ...«

Laurent war ein dunkelhaariger Bursche mit einem runden, rosigen Gesicht, das sich durch die Plackerei nicht verändert hatte. Er war jünger als Hanna und freute sich, einen Witz gemacht zu haben, auch wenn er es nicht vorgehabt hatte. Als er jedoch in ihre Gesichter starrte, veränderte sich auch seine Miene, wurde erst dunkel und sackte dann in sich zusammen. Er schloss den Mund.

Tomas sah eine Leiche. Mit bleichem Gesicht stieß er Laurent an und deutete darauf. Seine linke Hand war tatsächlich voller Pusteln und gerötet von Brennnesselstichen.

»Oh, Gott!«, rief Laurent. »Was ist los? Was haben wir verpasst?«

»Bewegt euch«, sagte der Feldwebel, ohne ihm eine Antwort zu geben. »Bewegt euch.«

III

Alte Freunde

1

Nach vielen Tagen stieß die Rundreise des Königs auf die Odar und ritt in südliche Richtung nach Walburg. Sie erreichte die Festung der Villams am Festtag des Translatus, was bedeutet, dass sie die Feier bei der heiligen Kathedrale begehen konnte, die von Helmut Villam begonnen, aber nicht vollendet worden war. Hier, im Osten, verließ Bischöfin Alberada Sanglant, um in die noch weiter östlich gelegenen Marschlande zurückzukehren. Hier teilte ihm drei Tage später auch Markgräfin Gerberga mit, dass sie sich von der Rundreise verabschieden und mit ihrem königlichen Ehemann nach Südosten zu ihrem Besitz in Austra und Olsatia aufmachen würde.

»Überall herrschen Unruhen«, sagte sie in der für sie typischen entschiedenen Weise, als Sanglants vertraute Kameraden es sich in der großen Kammer gemütlich machten, die Markgräfin Waltharia ihnen zur Verfügung gestellt hatte. »Ich kann nicht noch länger wegbleiben. Es könnte Plünderungszüge aus der Wildnis geben. Man muss mit allem rechnen.«

Die Fensterläden standen offen und ließen eine kalte Brise herein. Am nächsten Morgen würde jede Pfütze im Hof mit einer Eisschicht überzogen sein, aber im Turmzimmer herrschte eine behagliche Wärme. Ein Teppich schützte vor den harten Dielen. Abgesehen von der Feuerstelle stand ein halbes Dutzend Kohlenpfannen auf Dreibeinen überall im Raum verteilt und strahlten Hitze ab. Sanglant saß auf dem Stuhl, der einst seinem Vater gehört hatte. Es war der Königsstuhl, dessen Rückenlehne die Gestalt von Flügeln hatte, während die Füße in den festen Pranken eines Löwen endeten und die Stuhllehnen in Form von Drachengesichtern geschnitzt waren. Der Stuhl hatte den Sturm und das Feuer am Ufer des Mittleren Meeres überstanden. Jede Nacht stellten seine Bediensteten ihn auf, und jeden Morgen, wenn sie sich wieder auf den Weg machten, nahmen sie ihn auseinander. Es war eine geschickte Arbeit, leicht zu handhaben und beeindruckend anzusehen. Aber man saß unbequem darauf, obwohl sich ein Kissen auf der Sitzfläche befand. Sanglant fragte sich oft, ob Henry es so hatte haben wollen, ob er sich auf diese Weise daran erinnern wollte, dass Gefahren und Schwierigkeiten die Folge sein würden, sollte er das Herrschen jemals zu leicht nehmen und zu nachlässig werden.

Die Edelleute des Reiches machten es sich auf Sofas, gut gepolsterten Stühlen oder robusten Bänken gemütlich, die mit Federkissen ausgestattet waren. Prinz Ekkehard saß im Schneidersitz auf dem Teppich und spielte mit Gerbergas jüngerer Schwester Theucinda Schach. Das Mädchen war angenehm, alt genug, um heiraten zu können, aber jung genug, um zu kichern, was sie jetzt tat, als Ekkehard seinen Bischof in eine gefährliche Position brachte und seinen Fehler zu spät begriff.

Theophanu spielte ebenfalls Schach. Sie saß am Tisch gegenüber einer der Geistlichen der Gelehrtenschule. Sie plante ihre Züge schweigend und blickte ernst drein. Ihr Blick schweifte nicht ein einziges Mal vom Brett ab, als ihre Gegnerin die roten und weißen Figuren musterte. Einer von Theophanus Türmen war bedroht, aber Schwester Elsebet hatte einen Adler eingebüßt und schien kurz davor zu stehen, auch den zweiten zu verlieren. Niemand war deutlich im Vorteil, aber beide konnten in fünf Zügen gewinnen.

Herzogin Liutgard schrieb einen Brief, angeleitet von einer Geistlichen ihres Haushalts. Hin und wieder sagte sie etwas zu Waltharia, die neben ihr saß. Waltharia bestickte den Ärmel einer mitternachtsblauen Tunika, die der Größe nach einem Mann passen musste. Offensichtlich bereitete sie sich auf den Ehemann vor, den zu finden sie Sanglant gebeten hatte, als Ersatz für Edelmann Druthmar.

Er seufzte.

»Ich habe es nicht fallen gelassen.«

»Doch!«

»Nein, du hast es falsch hingestellt. Es war nicht mein Fehler, es war deiner.«

»Du gibst immer mir die Schuld!«

Die Stimmen kamen aus der Ecke, in der Rotrudis' Töchter Sophie und Imma saßen und flüsterten. Obwohl sie sich hassten, hingen sie stets zusammen. Ihr Bruder Wichman schnarchte auf einem Sofa, in der rechten Hand einen leeren Becher, der jeden Augenblick auf den Boden fallen konnte.

Geistliche, Verwalter, Bedienstete: Sanglant musterte sie alle. Er kannte sie alle. Jene, die neu in seinem Gefolge waren, enthüllten ihm Tag für Tag ihre Eigenarten und Stimmungen. Die Einzige, die fehlte, war natürlich seine Frau. Er runzelte die Stirn.

»Alles ist möglich«, sagte Gerberga. Ihr Blick fiel kurz auf ihren Mann, und sie errötete und wedelte mit der Hand, als wollte sie eine Fliege verscheuchen.

Ekkehard sah auf. »Warum muss Cinda hierbleiben?«

Das erregte die Aufmerksamkeit aller. Sie hoben die Köpfe. Nach einem Atemzug, oder nach drei Atemzügen, blickten die meisten wieder weg, aber alle lauschten. Sogar Wichman rührte sich und öffnete die Augen. In einer ruhigen Nacht wie dieser mussten sie sich mit der Unterhaltung begnügen, die sich ihnen von allein bot.

»Du hängst zu sehr an ihr, Ekkehard.«

Theucinda sah ihre Schwester mit einem leichten Zittern an,

aber sie sagte nichts. Sie war die Jüngste von Judiths Brut. Als Letztgeborene nach dem wunderschönen Hugh, der freimütigen und gebieterischen Gerberga sowie der raubeinigen und kampfbereiten Bertha war es kein Wunder, dass sie eine Maus war.

»Sie ist für mich wie eine Schwester!«, wandte Ekkehard ein. »Nicht wahr?«, sagte er und drängte Theucinda damit zu einer Antwort, obwohl es offensichtlich war, dass das Mädchen es vorgezogen hätte zu schweigen. »Nicht wahr?«

Etwas veränderte sich in ihrer Miene. Vielleicht verbarg sich hinter dem zarten, sommersprossigen Antlitz mit dem rosigen Mund letztendlich doch die störrische austrische Ader. Sie war ein sehr hübsches Mädchen, aber ganz und gar nicht nach Sanglants Geschmack. Glücklicherweise war er einer Heirat mit ihr entkommen.

Die kleine Gestalt sprach mit sanfter Stimme. »Ich will nicht in die Kirche eintreten, Gerberga.« Die Worte klangen wie auswendig gelernt. Sie sah Ekkehard an und errötete.

»Ich habe doch gesagt, dass ich sie heiraten würde!«, rief Wichman, der jetzt aus seiner Benommenheit erwachte. Er kratzte sich im Schritt, rülpste und starrte verständnislos in seinen leeren Becher.

Gerberga schnaubte. »Wenn dein Vetter Sanglant einen geeigneten Ehemann für dich findet, wirst du nicht in die Kirche eintreten müssen, Theucinda. Er will es für Waltharia tun, also warum nicht auch für dich?« Sie lächelte Sanglant an.

Eine Herausforderung! Er hob die Hand, um zu zeigen, dass er ihrer Bitte nachkommen würde.

Theophanu hatte, allem Anschein zum Trotz, dennoch zugehört. Sie ließ die Hand, mit der sie gerade den Turm verrücken wollte, mitten in der Luft hängen und sah hinüber. So kühl ihre Stimme auch war, ihre Worte brannten vor Schärfe. »Sofern es noch geeignete Männer gibt, was ich bezweifle. Aber es gibt keinen Grund zu verzagen, Theucinda. Vielleicht musst du gar nicht mehr lange warten. Es könnte eine Einrichtung für dich gegründet werden, so wie damals für meinen lieben Bruder Ekkehard. Wenn du dann erst deinen Schwur geleistet hast, wirst du ganz sicher Heiratsangebote erhalten.«

»Das reicht«, sagte Gerberga, jetzt sichtlich verärgert. »Theucinda bleibt bei der Rundreise. Wir brechen morgen früh auf, Ekkehard.«

»Gott, ich muss pinkeln«, sagte Wichman.

Rotrudis' Sohn besaß eine gewisse taktische Klugheit. Es war möglich, dass er sich erhob und eine Schau aus seinem Weggang machte, um die Versammlung aufzulösen und den anderen die Möglichkeit zu geben, sich zum Schlafen zurückzuziehen, ohne dass es Streit gab. Es konnte aber auch sein, dass er tatsächlich einfach nur pinkeln musste, nachdem er fünf oder zehn Becher Wein getrunken hatte. Er taumelte hinaus, und zu zweit oder zu dritt folgten sie ihm. Sanglant blieb sitzen und wartete. Schließlich saß er allein mit Waltharia da. Sie reichte ihre Stickerei einer Bediensteten und wölbte eine Braue, wartete ihrerseits. Kohlen wurden gebracht. Die Dienerin faltete die Tunika zusammen und verstaute sie in einer Truhe. Ein Mann stellte die Becher auf ein Tablett und ging damit weg.

Sanglant bemerkte, dass er sich allein mit ihr unbehaglich fühlte. Ohne es zu wollen, berührte er den Goldreifen an seinem Hals. Sie war es gewesen, die ihn dazu überredet hatte, ihn zu tragen. Er spürte, wie Hitze seine Wangen versengte, und wusste, dass er rot geworden war.

Sie lächelte. Sie kannte ihn gut genug.

»Ich weiß, wo Liath ist«, sagte sie und erhob sich.

»Ich dachte, sie würde herkommen«, klagte er. »Aber sie ist in der ganzen letzten Stunde nicht aufgetaucht. Woher willst du wissen, wo sie ist?«

Sie kicherte. »Sie hat mich nach einer bestimmten Person gefragt, die bei uns ihre letzten Tage verbringt.«

Die Worte trafen ihn. Waltharia und Liath hatten Geheimnisse miteinander. Sie vertrauten einander. Es war beunruhigend und tatsächlich auch ärgerlich. Aber er sagte nichts, stand einfach nur auf und gab Hathui, die bei der Tür wartete, ein Zeichen.

Sie gingen die breite Steintreppe hinunter, vorbei an einer dunklen Halle, in der vor kurzer Zeit noch die Edelleute gespeist hatten. Die Lampe, die eine Verwalterin trug, beleuchtete für kurze Augenblicke Alkoven und Bänke. Zusammengerollte Gestalten schliefen hier, dicht gedrängt, da es auf diese Weise wärmer war. Zwei Hunde schnüffelten auf dem Boden, suchten zwischen den Binsen nach Essensresten. Sanglant konnte noch immer den quälenden Geruch von gebratenem Fleisch riechen, ebenso wie die Hunde. Sie bellten, als sie einen Rivalen witterten, aber dann schlichen sie davon.

Eine Tür führte auf den Hof, von dem aus man zu den Küchengebäuden gelangte, die sich weit genug von der Halle entfernt befanden, um sie im Falle eines ausbrechenden Feuers nicht zu gefährden. Waltharia ging an den Gebäuden vorbei zu einem kleinen Haus, das sich in einem Garten mit einem Brunnen und verwelkten Blumen befand. Sie drückte die Tür auf, und sie traten ein. Eine einzelne Lampe erhellte den Raum. Liath saß vornübergebeugt auf einem dreibeinigen Stuhl und lauschte einer älteren Frau, die auf Kissen gestützt in ihrem Bett lag und das schlichte Leinenkleid einer Gebrechlichen trug. Sofort erkannte er das schmale, faltige Gesicht, die geraden Schultern und den scharfen Blick, aber ihre Miene war nicht feindselig, wie vor Jahren, als er diese alte Frau zum ersten Mal in Walburg gesehen hatte. Damals hatte sie ihre Feindseligkeit auf den alten Adler Wulfhere gerichtet.

Sie sah als Erste auf. Wie gewöhnlich war Liath so sehr mit dem beschäftigt, was sie tat, dass es einen Moment dauerte, ehe sie die Ankömmlinge bemerkte. Das war bei ihm anders; wenn sie einen Raum betrat, in dem er sich befand, spürte er ihre Anwesenheit sofort.

Nun gut.

»Sanglant«, sagte sie und winkte ihn zu sich. Sie nickte Waltharia zu, die sie nicht begrüßen musste. Irgendwie wirkte dadurch die Beziehung zwischen den beiden Frauen vertrauter als die, die sie mit ihm hatte.

»Das hier ist Hedwig«, erklärte Liath. »Sie war ein Adler.«

Die alte Frau rührte sich, griff nach einem Stock und wirkte ziemlich verblüfft – aber nicht wegen seiner Anwesenheit, wie er vermutete.

»Bitte, Adler«, sagte er. »Ihr müsst Euch nicht erheben. Ich erinnere mich an Eure alten Verletzungen. Ich werde mich hierher setzen.«

Da war ein Stuhl. Er packte ihn an der Lehne und schwang ihn zu sich herüber.

»Danke, Eure Majestät«, sagte sie mit einem Hauch von Verdrießlichkeit, während sie Liath einen vorwurfsvollen Blick zuwarf. Sie ließ den Stock los und sank in die Kissen zurück.

Er setzte sich neben Liath und betrachtete den alten Adler. Waltharia blieb am Fußende des Bettes stehen. Hathui ging umher, wärmte ihre Hände am Herdfeuer. Rauch wirbelte im Lampenlicht. Eine Bedienstete eilte herbei und legte weiteres Holz ins Feuer. Es war trotzdem so kalt, dass Liaths Atem Wölkchen bildete, wenn sie sprach.

»Wiederholt bitte, was Ihr eben gesagt habt, Hedwig.«

Die alte Frau starrte erst mit gerunzelter Stirn auf Liath, dann auf die Dunkelheit über ihr. Sie bildete die Worte in ihrem Geist, ehe sie sie sprach. Sanglant lachte beinahe, denn ihr Anblick brachte ihn dazu, sich jung zu fühlen. Sie war genau die Art von alten Frauen, die ihm als Junge immer Angst gemacht hatte, weil sie dazu neigten, ein unglückliches Kind dafür zu schelten, dass es ein Stück Kuchen aus der Küche gestohlen hatte, obwohl nur der Hunger es dazu getrieben hatte. Frauen wie sie waren unbarmherzig, auch wenn sie es mit aufrichtiger Not zu tun hatten. Auch wenn sie es mit einem königlichen Prinzen zu tun hatten, der bei anderen ein wenig Nachsichtigkeit hätte erwarten können.

»Wulfhere hat uns die Adlersicht gebracht«, sagte sie.

»Hat er das?« Die Bemerkung überraschte ihn.

»Ich dachte, dieses Wissen wäre vom Herrscher auf den Erben übergegangen. Bis dahin sind wir für ihn geritten und haben beobachtet, aber wir konnten nicht durch das Feuer sehen oder miteinander sprechen.«

»Kein Wunder, dass König Arnulf so viel Gefallen an Wulfhere gefunden hat. Die Adlersicht hat ihm einen mächtigen Vorteil verschafft.«

»Und doch ist mir die Adlersicht jetzt verschlossen. Ich kann nur Bruchstücke sehen.« Sie nickte Liath zu. »Diese Blindheit betrifft uns alle, wie sie glaubt. Die Sicht ist irgendwie durch den Sturm, der letzten Herbst über uns gekommen ist, beschädigt worden.«

»Genau darüber haben wir gerade gesprochen«, sagte Liath zu Sanglant.

»Erklär es bitte noch einmal.«

Liath hatte eine Art und Weise, die Stirn zu runzeln, die weniger ein Stirnrunzeln war als vielmehr ein nachdenkliches Gesicht, während sie ihre Gedanken sammelte. Eine Aufgabe von unzweifelhafter Vielschichtigkeit, da sie so viele vielschichtige Dinge wusste.

»Ich glaube, dass die Adlersicht den Fäden des Äthers folgt. Äther existiert in den Himmeln jenseits der Erde der Sterblichen. Gewöhnlich ist sie hier in den Landen unterhalb des Mondes sehr selten und schwach. Die Kronen lenken und verstärken die Fäden des Äthers, weshalb sie zu einem Tor gewebt werden können. Aber die Adlersicht hat den Äther auf andere Weise berührt. Sie wurde durch ein Tor gezogen, das einige von uns als einen Menhir mit blauem Feuer gesehen haben. Dieser Stein war wie eine Kreuzung. Der Stein selbst war das Tor zwischen dieser Welt und den höheren Sphären. Er wurde von dem Zauberspruch erschaffen, der in uralten Tagen gewebt wurde, als das Land der Ashioi entwurzelt und in die Himmel geschleudert worden ist. Durch dieses Tor ist mehr Äther als gewöhnlich auf die Erde geströmt. Seit also das Tor zwischen dem Äther und der Erde durch die Rückkehr der Ashioi getrennt wurde, ist die Adlersicht verklungen; sie ist so beschädigt worden, dass es ist, als könnten wir gar nicht mehr sehen. Die Kronen sind vor langer

Zeit errichtet worden, bevor das Portal durch den Zauberspruch geöffnet worden ist. Diese Kronen müssten eigentlich noch weben können, aber unsere Adlersicht ist verloren gegangen. Möglicherweise für immer. Ich weiß es nicht.«

»Herrin.« Die Stimme der alten Frau und ihr Verhalten veränderten sich. Sie neigte achtungsvoll den Kopf. »Ich dachte, Ihr wärt ein Adler wie ich.«

»Das bin ich auch! Nun, ich war einmal ein Adler.«

»Jetzt sehe ich, dass Ihr nicht die seid, für die ich Euch gehalten habe, sonst würdet Ihr den König nicht mit solcher Vertrautheit anreden. Wer seid Ihr? Seid Ihr diejenige –?« Sie brach ab.

»Welche?«, fragte Liath.

Hedwig schüttelte den Kopf. »Unwichtig. Ihr seid diejenige, die Wulfhere gesucht hat, als er aus der Verbannung zurückgekehrt ist.«

»Aus der Verbannung?«, fragte Sanglant.

»Ja, Eure Majestät. Ihr wisst sicher davon. Henry hat Wulfhere nach Arnulfs Tod verbannt. Vielleicht auch später, nach der Geburt des Prinzen. Das seid Ihr, Eure Majestät.« Sie strich mit zitternden Händen die zerknitterten Laken glatt. »Nein, nein. Mein Gedächtnis lässt nach. Ihr seid ein Junge gewesen, als König Arnulf gestorben ist, Eure Majestät. Ihr wart bereits einige Jahre am Leben.«

»Ich war fünf oder sechs«, pflichtete Sanglant ihr bei. »Ich erinnere mich an seinen Tod und die Trauer meines Vaters. Ich erinnere mich auch, dass Wulfhere einige Jahre verschwunden ist.«

»Ja, das war die Verbannung, in die König Henry ihn geschickt hat, sobald es ihm möglich war. Aber ich wusste, dass Wulfhere nicht tot war. Er ist einer von jenen, die nur schwer zu töten sind – und die den Tod am meisten verdienen! In bestimmten Abständen habe ich im Feuer einen Blick auf ihn erhascht, aber ich konnte nicht erkennen, wo er war und was er tat. Dann – wie leicht wir den Lauf der Zeit aus den Augen verlieren – kehrte er zurück. Die Adler stoßen nie einen der ihren aus, müsst Ihr wissen.«

»Ich bin überrascht, dass er zurückgekehrt ist«, sagte Liath. »Oder dass König Henry ihm erlaubt hat zurückzukehren.«

Sie kicherte, dann hustete sie. »Nun, das wundert mich nicht, meine Herrin. Ich war es, die König Henry davon überzeugt hat, ihn zurückzuholen.«

»*Ihr* wart das?«, fragte Sanglant mit einem Lachen.

»Ja, ich«, antwortete sie mit der Stimme, mit der eine Frau wie sie einen Jungen daran zu erinnern pflegte, dass es ihm nicht gestattet war, an einem so wichtigen Festtag etwas aus der Küche zu stibitzen. »Wulfhere war zu wertvoll. Er hatte so viel für die Adler getan, und auch für Arnulf. König Arnulf hat niemandem mehr vertraut als ihm. Der junge Prinz – Ihr, Eure Majestät – war alt genug, um leichter beschützt zu werden. Ihr wart nicht mehr in Gefahr. Aber Wulfhere verhielt sich Euch gegenüber ohnehin gleichgültig, weil Eure Schwestern geboren worden waren. Er suchte jemand anderen.«

Liath nickte. »Ja, das stimmt.«

»Ich bitte Euch, Hedwig«, sagte Waltharia. »Ich habe diese Geschichte zwar schon zuvor gehört, aber offensichtlich nicht alles, wie ich begreife. Wenn Ihr diejenige wart, die sich für Wulfheres Rückkehr ausgesprochen hat, warum habt Ihr Euch dann später mit Wulfhere entzweit?«

Es fiel der Frau schwer, die Hände zu heben, aber es gelang ihr dennoch, auf Liath zu zeigen. »Dieses Mädchen. Wulfhere hat gegenüber Henry, Arnulfs Sohn, keine Treue empfunden, nicht so, wie es hätte sein sollen. Er hat auch Wendar gegenüber keine Treue empfunden, wie es hätte sein sollen. Er ist nur zurückgekehrt, um etwas herauszufinden. Über sie. Ich habe schon bald begriffen, dass dies der einzige Grund war, weshalb er zurückgekehrt ist. Und deshalb habe ich ihm nicht mehr vertraut.«

Sie hustete wieder, und die Verwalterin reichte ihr einen Becher Wein. Liath half ihr zu trinken.

»Wo ist Wulfhere jetzt?«, fragte Waltharia.

»Das weiß niemand«, sagte Sanglant. »Er hat mich in Sordaia verlassen. Vielleicht ist er tot.«

»Was spielt es für eine Rolle, was aus Wulfhere geworden ist?«, fragte Waltharia.

Liath gab der Verwalterin den Becher zurück. Eine Weile saß sie da und starrte Hedwig an, die Hände im Schoß gefaltet.

Sanglant lauschte den mühsamen Atemzügen der alten Frau, die auf Lungenschwindsucht hinwiesen. Sie war krank. Sie war alt. Dass sie mit ihren verkrüppelten Beinen und dem kranken Körper, mit der schwindenden Gesundheit so lange gelebt hatte, war nur Waltharia zu verdanken, in deren Obhut sie sich befand. Was für eine Bedeutung hatte diese alte Frau für Waltharia? Wieso gaben die Villams ihr Obdach?

»Das heißt also, es war folgendermaßen«, sagte Liath. »Wulfhere hat mich gesucht, weil mein Vater mich den Sieben Schläfern geraubt hatte. Sie wollten mich als Waffe gegen Sanglant einsetzen, den sie für ein Werkzeug der Verlorenen hielten, mit dem diese die Menschheit erobern wollten.«

Waltharia beäugte ihn von der Seite. Sie sah aus, als wollte sie lachen, aber sie tat es nicht. »Ein starker Speer«, sagte sie.

Liath prustete. Sanglant wurde rot.

»Wulfhere hat dich nicht verraten, Liath«, sagte Hathui plötzlich. »Er hat dich beschützt. Hat Wulfhere dich zu den Sieben Schläfern zurückgebracht?«

Liath sah Hathui mit einem seltsamen Lächeln an. »Er hat ihnen gesagt, wo ich bin. Auf diese Weise hat Anne mich in Werlida gefunden und nach Verna gelockt. Glaubst du, es war anders, Hathui? Weißt du etwas, das wir nicht wissen?«

Alle sahen den Adler an, sogar Hedwig.

»Niemand kann zwei Herren dienen«, sagte Hathui. »Ich glaube, dass Wulfhere zwei Menschen mehr als alle anderen geliebt hat: Anne und Arnulf. Er ist wie der Mann, der sich bei Vollmond in einen Wolf verwandelt. Auf diese Weise bleibt er beiden Teilen von sich treu, aber er wird nie ganz sein. Er ist hin- und hergerissen zwischen zwei Körpern.«

»Das ist nur zu wahr«, sagte Waltharia. »Niemand sollte zwei Herren dienen. Wer zwischen zweien hin- und hergerissen ist, kann keinem von ihnen treu ergeben sein. Er muss sich entscheiden, denn früher oder später wird es zu einem Konflikt kommen.«

»Was ist sein Geheimnis?«, fragte Liath. »Er ist der letzte der Sieben Schläfer. Er hat Anne gut gekannt, kannte ihre Ziele ganz oder zumindest zum großen Teil. Wenn er noch lebt, muss ich mit ihm sprechen, denn ich glaube, er hat noch einiges zu enthüllen.«

»Und wenn nicht?«, fragte Hathui. »Was ist, wenn er genau das ist, was er zu sein scheint, und nichts weiter?«

»Ein Verräter?«, fragte Waltharia mit einem scharfen Lachen.

»Ein Wolf unter Menschen?«, fragte Sanglant. »Der niemandem die Treue hält?«

»Ein Diener, der dazu ausersehen wurde, Nachrichten zu überbringen«, entgegnete Hathui. »Nach allem, was ich über König Arnulf gehört habe, war er ein freundlicherer Herr als Anne.«

»So müde«, flüsterte Hedwig.

Liath beugte sich vor. »Wir haben Euch überanstrengt. Verzeiht.«

»Er war so müde«, wiederholte Hedwig. »Als ich ihn hier gesehen habe. Das letzte Mal. So müde. Bekümmert. Traurig. So mag ein Mensch sein, der im Krieg mit sich selbst liegt. Einem solchen Mann kann man nicht trauen. Er kann sich selbst nicht trauen.«

Ihr Atem ging pfeifend. Das Sprechen nahm ihr die Luft. Sie warteten, lauschten ihren mühsamen Atemzügen.

Schließlich schüttelte Liath sich und stand auf. »Ich danke Euch für das, was Ihr mir erzählt habt, Hedwig.«

Der alte Adler bewegte die Finger, konnte sie aber nicht von der Bettdecke heben. Und sie konnte auch nichts mehr sagen. Sie keuchte etwas.

»Ich werde Clara zu Euch schicken«, sagte Waltharia.

Sie verließen sie, traten in die kalte, dunkle Nacht. Der Wind brannte in ihren Nasen und in den Augen, während sie den Hof überquerten. Beim Eingang zur Halle wurden Bedienstete beauftragt, Kohlen zu bringen, einen heißen Umschlag und jemanden, der während der Nacht bei der alten Frau wachen würde.

»Wieso geben die Villams ihr Unterkunft?«, fragte Sanglant. »Hat sie keine Familie, die sie hätte aufnehmen können?«

Waltharias Lächeln bereitete ihm Unbehagen, und dann sah sie auch noch zunächst Liath und erst danach ihn an. »Sie war für eine kurze Zeit eine der vielen, vielen Geliebten meines Vaters.«

Hedwig war eine so alte Frau, dass es leicht war, zu vergessen, dass auch Villam ein langes Leben gehabt hatte.

»Meine Mutter hat mich vor ihrem Tod schwören lassen, sie aufzunehmen, sollte sie im Alter Unterkunft benötigen.«

»Deine *Mutter*? Wieso sollte sie sich auf solche Weise belasten?«

Sie warf Liath einen Blick zu. Sie sahen sich an. Sie lächelten beide leicht. Sie unterließen es, ihn anzusehen. »Weil mein Vater es nicht getan hätte. Mein Vater war ein guter Mann und ein starker und kluger Markgraf, Sanglant, aber in anderer Hinsicht gedankenlos. Hedwig war eine junge Bedienstete meiner Mutter. Sie wurde ein Adler, nachdem – nun, ihre Familie hat es als Entehrung betrachtet. Sie wollten mit ihr nichts mehr zu tun haben. Hätte meine Mutter nicht für sie vorgesorgt, sie wäre in Armut gestorben.«

»Das überrascht mich«, sagte Liath. »Ich dachte, die Adler kümmern sich um ihresgleichen.«

»Das tun sie auch. Nicht viele werden so alt. Wenn sie zu behindert oder zu alt oder krank sind, um noch reiten zu können, werden sie in den Ruhestand versetzt, wie die alten Löwen – diejenigen, die ihren Dienst überleben. Die Villams haben Münzen für ihre Pflege erhalten.«

»Es gab einen Ausspruch bei den Drachen, dass alle Drachen jung sterben, indem sie die Ehre des Herrschers beschützen«, sagte Sanglant mit einem unerwarteten Anflug von Bitterkeit.

»Wirst du eine neue Truppe von Drachen aufstellen?«, fragte Waltharia. »Du musst darüber nachdenken, wie du weißt. Es müssen Adler und Löwen eingezogen werden, um unser Heer zu verstärken. Und Drachen, die rasch dorthin gelangen können, wo sie am dringendsten gebraucht werden.«

Er runzelte die Stirn. »Und wer soll sie anführen?«

»Sapientia hat eine Tochter, oder nicht?«

»Sie ist noch ein Kind, nicht älter als sechs oder acht Jahre. Nein. Ich warte, bis die Edelleute mir ihre Kinder bringen. Dann werde ich entscheiden, was ich tue.«

Liath war unter den Dachvorsprüngen hervorgetreten und starrte zum Himmel hoch, als könnte ihr Blick die Wolken durchdringen. Sanglant hatte den Eindruck gehabt, als hätte sie nicht zugehört, aber jetzt sprach sie. »Ich werde meine eigene Gruppe von Gelehrten haben.« Sie kicherte. »Ein Nest von Phönixen. So werde ich sie nennen.«

»Ein Nest von Phönixen?« Waltharia war bestürzt und zeigte das auch.

»Das glaube ich nicht!«, sagte Sanglant.

Liath drehte sich zu ihnen um und blickte sie an. Er konnte nur ihre Umrisse sehen, aber er wusste, dass ihre Sicht in solcher Dunkelheit sehr viel besser war als seine. Was sie sah, was sie in ihren Mienen suchte, wusste er nicht. »Der Phönix fliegt wie der Adler. Er ist aus Feuer geboren, aus Leidenschaft, und erneuert sich selbst. Wäre der Phönix nicht ein schönes Tier für Gelehrte?«

Manchmal war sie so naiv!

»Ich bitte dich, Liath«, sagte er, brach dann ab, als er hörte, wie verärgert er klang, und weil er wusste, dass es nichts mit ihr zu tun hatte, was ihn schmerzte, sondern mit den Erinnerungen an Gnade.

Hathui trat vor. »Vielleicht bist du dir nicht bewusst, dass vom Phönix im gleichen Atemzug gesprochen wird wie von der Ketzerei. Es ist eine Geschichte umgegangen, die –«

»Wenn man Wichman glauben kann, ist sie nur zu wahr«,

sagte Sanglant. »Er war einer derjenigen, die das Tier umgebracht haben.«

»Sie haben einen Phönix getötet?« Liath schnappte erschrocken nach Luft.

»Die Dorfbewohner sagten, dass der Phönix Vieh gerissen hätte. Aber da war auch Gerede von einem Wunder, einem Stummen, der geheilt worden ist, und so weiter. Und jetzt – nein, Liath, es wird kein Nest von Phönixen geben, wenn du nicht entschlossen bist, zur Ketzerin zu werden.«

»Das bin ich nicht«, sagte sie nachdenklich. »Aber diese Geschichte interessiert mich. Ich muss mit Wichman sprechen.«

»Nur in meinem Beisein!«

»Wenn du es möchtest. Ich habe keine Angst vor ihm.«

»Prinz Ekkehard hat ebenfalls alles miterlebt«, erklärte Hathui. »Allerdings sind die meisten anderen, die dabei waren, inzwischen in einem der Kriege gestorben.«

»Ekkehard und Wichman!«, sagte Liath voller Erstaunen.

»Nicht jetzt«, erwiderte Sanglant. »Bitte. Morgen ist früh genug.«

»Morgen ist früh genug«, unterstützte Waltharia ihn, wie es ihre Pflicht als Markgräfin war. »Meine Hände sind zu Eis geworden. Gehen wir hinein.«

2

Beim ersten Morgengrauen stand Liath auf.

Sanglant stöhnte und schloss die Augen wieder. »Weder Wichman noch Ekkehard werden jetzt schon aufstehen, mein Liebling. Warte noch etwas. Komm zurück unter die Decke.«

»Ich kann nicht aufhören, darüber nachzudenken.«

Sie kleidete sich allein an, ohne die Dienerinnen hereinzuholen, dann öffnete sich die Tür, und er spürte den eisigen Luftzug des Treppenschachts an seinen Wangen – lieber hätte er sie gespürt! –, ehe sich die Tür mit einem dumpfen Geräusch wieder schloss. Einige Zeit später öffnete sie sich erneut, und die kräftigen Schritte von vier Dienern erklangen, die die Kammer betraten und sich so leise wie möglich an dem Wasser, den Kohlen und der Kleidung zu schaffen machten sowie an dem Rest seiner Ausrüstung. Obwohl sie eigene Namen hatten – Johannes, Robert, Theodulf und Ambrose –, sah er in ihnen immer noch Dens Bruder, Malberts Vetter, Johannes' Onkel und Chustaffus' Bruder. Warme Luft strömte über seine Haut, als einer von ihnen – es musste Johannes sein, der aufgrund eines missgebildeten rechten Fußes ungleichmäßig ging – eine Kohlenpfanne näher ans Bett rückte, damit er aufstehen konnte.

Draußen erklangen Stimmen mit einer Eindringlichkeit, die davon zeugte, dass ein Aufruhr sich in eine kritische Lage verwandelte. Er öffnete ein Auge, aber es war noch immer dämmrig, was so bleiben würde, bis er die Erlaubnis erteilte, die Fensterläden wegzunehmen.

»Nein«, hörte er Hathui sagen. »Ich gehe *jetzt* hinein.«

Die Tür öffnete sich. Er seufzte und setzte sich auf, fügte sich ins Unvermeidliche. Als er noch Hauptmann der Drachen gewesen war, hatte es Tage gegeben, da er beim ersten Tageslicht aufgestanden war, aber es war ebenfalls vorgekommen, dass er bei Morgendämmerung nichts Dringenderes zu tun gehabt hatte als … nun, es spielte jetzt keine Rolle.

»Was ist los?«, fragte er.

Sie machte eine Geste zur Tür, was bedeutete, dass Ärger bevorstand. »Markgräfin Gerberga.«

Robert reichte ihm sein Untergewand, und er zog es an und schwang sich aus dem Bett, während Ambrose den ersten Fensterladen abnahm und dann den nächsten. Ein kühler Luftzug strömte von draußen herein, brachte den Geruch von Rauch, Dung und frisch gespaltenem Holz. Ein Teppich schützte ihn vor den Dielen, was gut war, da er noch barfuß war, aber immerhin ordentlich gekleidet, als Gerberga hereinstürmte. Ihr

Gesicht war rot, die geflochtenen Haare zurückgebunden für die Nachtruhe.

»Er ist weg!«, rief sie. »Verschwunden!«

Nur Gleichrangige oder seine vertrauten Bediensteten wagten es, hereinzustürmen, ohne sich anzumelden. Nach Gerberga kam Theophanu herein, mit einer so ausdruckslosen Miene, dass er sich wunderte und sich fragte, ob sie wütend war oder erheitert.

»Das ist nicht das erste Mal, dass Ekkehard vorschnell gehandelt hat«, sagte Theo zu Gerberga, als würden sie eine bereits begonnene Unterhaltung fortsetzen. »Vergesst nicht, dass er Eurer Mutter Edelmann Baldwin weggenommen hat.«

»Verflucht sei er!«

»Und dass er in Gent völlig verkommen ist, während er sich als Abt eines Klosters darstellte, das sein Vater selbst gegründet hatte«, fügte Theophanu so beherrscht hinzu, dass Sanglant tatsächlich glaubte, dass sie heimlich lachte – sofern Theophanu überhaupt jemals lachte. »Und dass er seine eigenen Landsleute verraten hat und mit dem qumanischen Ungeheuer geritten ist.«

»Wenn ich ihn finde …« Gerberga starrte Sanglant wütend an, als hätte er etwas gesagt, und ohne ein weiteres Wort an ihn zu richten, verschwand sie so wie ein Sommergewitter, das einen Moment sprühender Klarheit hinter sich zurücklässt.

»Hathui«, sagte er. »Sorgt dafür, dass Pferde gesattelt sind.«

Sie nickte und verschwand.

»Was ist, wenn du ihn findest?«, fragte Theophanu kühl. »Ich bin überrascht, dass du ihm die Erlaubnis gegeben hast, Gerberga zu heiraten, ohne ihm klarzumachen, dass er deine Wünsche achten muss. Durch diese Handlung fordert er deine Autorität heraus.«

»Theo«, sagte Sanglant sanft. »Ich zweifle keinen einzigen Augenblick daran, dass es Ekkehard nur um sein eigenes Vergnügen geht, da er nie den Eindruck erweckt hat, als könnte er mehr als einen Gedanken auf einmal im Kopf behalten.«

Die gelassene Nachdenklichkeit, mit der sie ihn betrachtete, ließ ihn wachsam werden, als könnte sie jederzeit ein Messer ziehen.

»Sie lieben dich«, sagte sie.

»Wer liebt mich?«

»Alle. Die Bediensteten. Die Adler. Die Soldaten. Das gewöhnliche Volk. Du bist es, das uneheliche Kind, das sie als ihren Retter sehen, obwohl ich das rechtmäßig geborene Kind bin. Es gibt ein paar, die mich lieben, mein treues Gefolge, aber es sind wenige verglichen mit denen, die dich lieben.«

Da es keine Antwort darauf gab, sagte er nichts.

»Sie blicken zu dir auf, Sanglant. Ich vermute, auch ich tue das.« Sie lächelte. »Ich müsste es besser wissen, aber ich kann nicht anders. Ich bin nicht anders als sie. Ich glaube, dass du uns retten kannst, wenn es überhaupt jemand kann.«

»Vielleicht. Ich bin nur der Erste unter Gleichen. Ohne die Stärke der Herzogtümer und der Marklande wird Wendar zusammenbrechen.«

»So wie Varre?«, forderte sie ihn heraus. »Das dem Ehrgeiz von Sabella und Conrad anheimgefallen ist?«

»Das werden wir sehen, wenn die Rundreise nach Westen zieht. Du bist stark und zuverlässig, Theophanu. Ich brauche dich hinter mir.«

Sie besaß die Größe ihres Vaters und den kräftigen Körperbau ihrer Ahnen, aber der Ton ihrer Hautfarbe und ihrer Augen und die unnatürliche Undurchsichtigkeit ihrer Miene verrieten, dass zur Hälfte fremdes Blut in ihr war. *Vertraue niemals den Geschenken der Arethusaner.*

»Stets im Hintergrund.« Da war der Hauch eines Gefühls in ihrem Gesicht, ohne dass er es deuten konnte: Sich-Schicken ins Unvermeidliche; Erheiterung, Neid oder Verärgerung oder etwas anderes, weniger Schlichtes. Er kannte sie ziemlich gut, aber tatsächlich kannte er sie nicht sehr gut.

Schritte kündigten Hathui an. Sie tauchte in der Tür auf, sah von einem zum anderen. »Die Pferde sind gesattelt, Eure Majestät. Eure Hoheit.«

Theophanu deutete zur Tür. »Ich folge dir, wohin du gehst. Sorgen wir dafür, dass Ekkehard *seiner* Pflicht nicht davonläuft.«

»So sind wir das, was unser Vater aus uns gemacht hat«, sagte er.

Sie neigte den Kopf, presste die Lippen zu einem angedeuteten Lächeln zusammen. »Das ist nur zu wahr.« Sie war sowohl erheitert als auch verbittert. »Vater hat immer bekommen, was er wollte. Selbst um den Preis seines Todes.«

3

An diesem Morgen war es so kalt, dass selbst starke Menschen fröstelten. Die Pferde blieben immer wieder im matschigen Boden stecken, der wegen der fehlenden Sonne nirgendwo richtig getrocknet war. Die Luft war furchtbar, legte sich schwer über alles, so dass sie in verdrießlichem Schweigen dahinritten. Wieso musste Ekkehard sich wie ein Narr benehmen?

»Manche Fragen lassen sich nicht beantworten, Eure Majestät«, sagte Hathui, und Sanglant begriff, dass er laut gesprochen hatte.

Die Wachen am Tor hatten nach Norden gewiesen. Bei einem Weiler teilte sich die Straße, aber eine alte Frau, die offenbar nachts nicht gut schlafen konnte, weil ein Schmerz in der Hüfte das Liegen zu einer Qual machte, wollte gehört haben, wie eine Gruppe von Reitern in der frühen Dämmerung die nordwestliche Straße genommen hatte. Ein beunruhigter Hausierer, der seinen Karren den schmalen Weg entlangschob, hatte bei Morgengrauen ein Dutzend Reiter an seinem verborgenen Lager vorbeipreschen sehen.

»Wir kommen ihnen näher«, sagte Hauptmann Fulk. »Seht nur. Da sind frische Abdrücke von Pferdehufen.«

Liath hatte sich ans Ende des vierzig Kopf großen Trupps zurückfallen lassen, um mit Edelmann Wichman zu sprechen. Sanglant warf einen Blick zurück und drehte sich dann etwas im Sattel herum, um sie sehen zu können. Liath sprach. Wichman schien einsilbig zu antworten. Hathui schnaubte.

»Ihr braucht keine Angst zu haben, Eure Majestät«, sagte sie.

»Dass Liath bei Wichman Trost suchen könnte? Wohl kaum!«

»Nein, das meine ich nicht. Dass er ihr etwas tun könnte. Seht nur seine Haltung.«

Es sah so aus, als würde er etwas schief auf seinem Pferd sitzen, um so weit wie möglich von seinem Gesprächspartner entfernt zu sein.

»Dieser verdammte Phönix«, sagte Sanglant. »Er lässt sie nicht mehr los.«

»Sie ist, was sie ist, Eure Majestät.«

Er seufzte.

Ein Späher tauchte auf, ritt ihnen im leichten Galopp entgegen. Der Mann zügelte sein Pferd und wartete, bis die Gruppe des Königs in Hörweite war. »Sie sind ein Stück voraus!«, rief er dann. »Das Pferd der Edelfrau lahmt, und sie sind sich uneins darüber, ob sie es zurücklassen sollen.«

»Das ist die falsche Schlacht«, murmelte Fulk.

Hathui kicherte.

»Umso leichter werden sie uns in die Hände fallen«, sagte Sanglant ermüdet. »Ich bin froh, dass wir sie nicht lange suchen müssen.«

Ekkehard und seine Gruppe wurden auf sie aufmerksam, noch ehe sie auf einer Lichtung auf sie stießen. Die Lichtung war von Weißbuchen und Eichen umgeben, von denen einige umgestürzt waren und auf Weißdorn, Ringelblumen und blühenden Sternmieren lagen. Die anderen türmten sich wie Säulen über den unglückseligen Soldaten und der verängstigten Edelfrau auf, die gerade auf Pferde stiegen, die durch die Angst ihrer Reiter unruhig geworden waren. Ekkehard saß bereits im Sattel. Er ritt seinem Bruder entgegen, platzierte sich zwischen seinen Verfolgern und seinem Gefolge.

»Weshalb bist du gekommen?«, fragte er herrisch. »Ich gehe nicht zu Gerberga zurück!« Er zog sein Schwert.

Sanglant bedeutete den anderen, stehen zu bleiben, und ritt seinem Bruder allein entgegen. »Ich bitte dich, Ekkehard«, rief er mit erhobener Stimme, »mach kein Aufheben und komm mit zurück. Edelfrau Theucinda kann keinen Mann heiraten, der bereits verheiratet ist. Oder willst du mit ihr das Lager teilen und sie dann wegschicken?«

Das Mädchen sah Sanglant an, als es das hörte, aber es war zu weit weg, und so konnte Sanglant seine Miene nicht deuten.

»Nein, das will ich nicht!«, entgegnete Ekkehard. »Es ist nicht das, was ich vorhabe! Ich werde sie heiraten!«

»Bist du nicht bereits mit Gerberga verheiratet?«, fragte Sanglant so freundlich, wie es ihm möglich war. »Habt ihr die Ehe nicht bereits vollzogen?«

Ekkehard errötete tief, was ihn wütend und lächerlich zugleich erscheinen ließ. Sanglant spürte ein Aufwallen von Mitgefühl für den voreiligen Narren, aber es verflog rasch, als er sich daran erinnerte, dass Ekkehard mit Bulkezu und den qumanischen Eindringlingen geritten war.

»Schäm dich«, sagte Sanglant so leise, dass nur sie beide es hören konnten. »Schäm dich, Ekkehard. Nimm die Strafe an, die du verdient hast. Misshandelt Gerberga dich?«

»Nein«, gab Ekkehard schmollend zu. »Aber sie achtet mich auch nicht. Sie achtet nur meinen Rang und meinen Titel. Sie hätte mich nicht gewollt, wenn ich nicht Henrys Sohn wäre.«

Er schwang das Schwert. Sanglants Männer flüsterten besorgt, aber Sanglant hob die Hand, um sie zum Schweigen zu bringen. Ekkehard verlieh lediglich seiner Wut Ausdruck.

»Wieso bekommst du, was du haben willst?«, fragte Ekkehard listig. »Wieso du und wir nicht? Niemand will sie als Königin. Sie entstammt keinem besonders edlen Haus, nur einer geringeren Familie mit Landbesitz. Und sie ist auch gar nicht Taillefers

Enkelin, wie sie selbst zugibt, sie ist irgendein Geschöpf, eine Daemonin. Vielleicht hat sie nicht einmal eine Seele. Und sie ist eine Zauberin. Wieso muss ich wegen eines Bündnisses heiraten, das meiner Familie nützt, und du nicht?«

Es gab keine Antwort auf diese Frage.

Ekkehard grinste frohlockend. »Einfach, weil du es kannst und ich nicht. Weil du das Heer hast und ich ein Gefangener bin.«

Kam das Läuten in seinen Ohren von seinem Blut und der zunehmenden Verärgerung? Alle lauschten und beobachteten. In einer Schlacht kannte er jeden Gegenschlag, aber in der Welt der Höflinge war er nicht sehr begabt.

Ein scharfer Geruch wie von Eisen brachte ihn zum Niesen. War in dem letzten Dorf eine Kapelle gewesen, deren Glocken läuteten?

Ekkehard hob das Kinn wie ein Junge, der schließlich seinen mächtigen Gegenspieler besiegt hatte. »Du kannst mir keine Antwort darauf geben!«, frohlockte er.

»Sanglant!« Ihre Stimme übertönte alles.

Er drehte sich im Sattel um und sah Liath auf ihrem Pferd näher kommen. Sie sprach, während sie in einer Art und Weise ritt, die Hathuis und Fulks Aufmerksamkeit erregte. Seine Wachen verstreuten sich wie Spreu im Wind.

»Was ist los?«, fragte er.

Zu spät erkannte er die Bedrohung.

»Hinter mir!«, rief sie und ritt dabei zu ihm. »Ich habe noch meinen Bogen und ein Dutzend Greifenfedern. Ekkehards Leute müssen sich verteilen. Sie dürfen nicht zusammenbleiben.«

Das hatte er in jener Nacht in den Ausläufern des Alfar-Gebirges selbst erlebt.

»Wie viele sind es?«, fragte sie. »Ich kann sie nicht sehen.«

Galla.

Jetzt roch er sie. Er hörte ihre glockenähnlichen Stimmen, zwei, vier, die seinen und Liaths Namen flüsterten: *Sanglant. Liathano.* Aber er konnte sie nicht zwischen den Bäumen sehen.

»Vier, glaube ich.«

»Wen suchen sie?«

»Dich und mich.«

»Oh, Gott.« Sie war wütend, verängstigt und entschlossen. »Wer hat sie geschickt?«

»Da!«

Zweige schwankten und knackten. Dort, wo sie gingen, schlugen sie eine Schneise durchs Unterholz.

»Ich sehe nur drei.« Sie hatte den Bogen bereits gespannt, zog eine Eisenfeder aus dem Köcher und legte sie an die Sehne, ungeachtet des Blutes auf ihrer Haut.

Die Galla näherten sich von Süden, zwei direkt hintereinander und das dritte etwa dreißig Schritt seitlich von ihnen. Sanglant zischte, schloss dann die Augen, suchte, lauschte, schnüffelte, ließ die Berührung des Windes auf seiner Wange sprechen. Da war noch ein schwächeres Glockengeläut, aber der Klang der drei anderen Galla übertönte das Geräusch, so dass er die Richtung, aus der das vierte kam, nicht ausmachen konnte.

Pferde wieherten. Männer schrien und versuchten, sie zu beruhigen. Er hörte den Sturz eines Mannes, den dumpfen Schlag, mit dem er auf dem Boden aufkam und sich einen Knochen brach, hörte ihn fluchen.

»Fulk!«, rief Sanglant, ohne nachzusehen, wo er war. Er traute sich nicht, den Blick von den näher kommenden Galla abzuwenden. »Zerstreut die Leute und haltet sie fern von mir und Liath! Tut, was ich sage!«

»Rasch!«, sagte Ekkehard hinter ihnen. »Wir können ihnen entkommen.«

Sanglant zog sein Schwert, denn er konnte sich ihnen nicht ohne Waffe in der Hand entgegenstellen, auch wenn er wusste, dass ein Schwert nutzlos war.

»Zurück!«, sagte Liath zu ihm. »Ich muss frei schießen können.«

Sie spannte den Bogen, hielt den Pfeil aber noch fest. Ihre Lippen teilten sich, der Blick war so fest wie die Sehne. Der Zopf hing über ihren Rücken. Sie hatte das Kinn leicht gehoben, die

Schultern perfekt ausgerichtet. Das sanfte Licht tauchte ihre Haut in einen üppigen Glanz. Ihre Augen flackerten blau. Sie war wunderschön, strahlend, aufrecht und tödlich. Kein Wunder, dass er sie so liebte.

Die Galla erzitterten, als sie die Bäume hinter sich ließen, als würde das bleiche Licht des bewölkten Tages ihnen Schmerz zufügen. Licht tat ihnen weh, denn sie wurden aus den Scherben der Dunkelheit gebildet. Sie waren Säulen aus schwarzem Rauch, wirbelnd und gesichtslos, aber nicht ohne Stimme. Er hörte sie sprechen.

»*Sanglant. Liathano. Liathano.*« Und ein bisschen schwächer: »*Liathano.*« Einer für ihn, drei für sie. Wieso nicht zwanzig? Wieso nicht hundert? Er schwitzte; er fror.

Sie kamen näher.

»Nein!«, rief Fulk. »Bleibt zurück! Bleibt zurück!« Er klang, als würde er jeden Augenblick weinen, aber er hatte bereits zuvor Galla gesehen. Keine menschliche Waffe konnte etwas gegen sie ausrichten.

Liath schoss ihren ersten Pfeil ab.

Das erste Galla verschwand mit einem klingenden Jammern, einem Zischen und einem Krachen. Die Rauchsäule erlosch. Jetzt hörte er seinen Namen nicht mehr, nur noch ihren.

»Halte Abstand zu mir«, sagte sie, als sie eine zweite Greifenfeder aus dem Köcher zog. Er schob sein Schwert zurück und ritt zu ihr, um eine Feder aus dem Köcher zu nehmen. Die harte Befiederung schnitt durch die Lederhandschuhe und die Haut darunter, aber der Schmerz war unwichtig angesichts der Bedrohung.

»Verflucht.« Ihr Gesicht war angespannt. Eine unangenehme Blässe machte ihre Haut grau, aber ihre Hände waren fest. »Geh zur Seite. Ich brauche Platz zum Schießen.«

Er lenkte Fest beiseite und sah, wie nah die anderen beiden Kreaturen gekommen waren, als hätte der Tod der ersten sie veranlasst, ohne Zögern voranzupreschen. Waren sie klug? Oder nur gedankenlose Diener? Sie schoss. Ein zweites Galla löste sich auf.

Der Wind kam von Osten; das dritte Galla wurde nach Westen

abgedrängt, als wäre es durch den Wind vom Kurs abgekommen. Liath legte einen weiteren Pfeil an die Sehne. Er hörte Ekkehards Soldaten die Straße entlangreiten. Feiglinge. Sie fluchte, als der Pfeil ihren blutigen Händen entglitt.

Plötzlich erklang hinter ihm ein schrecklicher Schrei, der voller Schmerz und Furcht war, eine Kakophonie von Entsetzensschreien. Er drehte sich um und schnappte nach Luft. Ekkehards Leute waren vom westlichen Pfad abgekommen. Weinend und jammernd versuchten sie, dem vierten Galla auszuweichen, das unerwartet zwischen den westlichen Bäumen aufgetaucht war. Theucindas Pferd schoss los. Der über die Lichtung preschende Dämon hatte es so in Panik versetzt, dass es geradewegs auf das aus dem Wald kommende Galla zulief.

Es war zu weit weg, um mit einem Pfeil getroffen werden zu können.

Liath hatte es gesehen. Sie starrte auf Theucinda. Das Mädchen zerrte vergeblich an den Zügeln seines Pferdes. Ekkehard schrie.

Feuer brach im Gras aus, verlief in einer Linie, die Theucinda rasch von dem Galla trennte. Das Pferd machte einen scharfen Schwenk vor den Flammen und stolperte. Theucinda prallte hart auf den Boden und schrie vor Schmerz. Das Pferd galoppierte davon. Das Galla lief unbehelligt durch das Feuer, aber es ließ Theucinda in Ruhe.

»Kümmere dich darum«, sagte Sanglant. »Ich nehme das andere.«

Ohne eine Antwort abzuwarten, ritt er dem dritten Galla entgegen, das inzwischen zurückgekehrt war und sich ihnen näherte. Ein überwältigender Gestank nach Eisen und Blut überschwemmte ihn. Er hörte nichts als das Läuten und Liaths Namen. Von dieser Stelle aus wirkte es so groß wie die Bäume, wie ein gewaltiger schwarzer Turm. Es sang *Tod*. Es sang *Lass mich frei*. Sanglant zog Fest nach rechts und beugte sich nach links, streckte die Greifenfeder weit von sich und schnitt mitten durch die Schwärze.

Fest preschte mit unruhiger Energie auf die Bäume zu. Er brachte den Wallach dazu, umzukehren, sah das vierte Galla zwischen dem einen und dem nächsten Atemholen verschwinden. Rauch strömte zum Himmel empor, als das Feuer sich weiter ausbreitete. Männer schrien durcheinander, aber er konnte schwach hören, wie Fulk Befehle gab und für Ordnung sorgte. Sanglant blieb keine Zeit zum Atemholen. Er ruhte sich nur so lange im Sattel aus, bis seine Soldaten Ekkehards Gruppe zurückgeholt und Theucindas scheues Pferd eingefangen hatten. Das Mädchen hinkte, schien aber ansonsten unverletzt zu sein. Einer von Fulks Soldaten war gestürzt und hatte sich den Arm gebrochen. Alles in allem waren sie noch einmal davongekommen.

Liath ritt zu ihm. Sie wischte sich Schweiß von der Stirn und drückte sein Handgelenk mit der nicht blutenden Hand. »Du bist nass.« Ihre Stimme zitterte, aber ansonsten war sie ruhig.

»Die Greifen haben uns verlassen«, sagte er leise zu ihr, als wäre es ein Geheimnis. »Wir haben nur noch fünfzehn Federn.«

»Jetzt sind es nur noch elf.«

»Wenn die Galla uns erneut suchen …«

»Du meinst, wenn sie erneut auf uns gehetzt werden.«

»Wer sie herholt, muss jemanden töten. Muss Menschen schlachten.« Die Vorstellung bereitete ihm Übelkeit.

»Hoffen wir also um ihretwillen, dass sie aufgeben.« Ihr Lächeln widersprach dem. Sie wusste, dass ihre Feinde niemals aufgeben würden.

4

Von Walburg aus ritt die Rundreise des Königs nach Westen, indem sie sich zunächst über einen grasbedeckten Pfad durch fruchtbares Gebiet hinunter nach Süden wandte und dann wieder hinauf nach Norden entlang der Veser Richtung Osterburg.

Schließlich überquerten sie den Veserling und ritten über eine breite Straße durch einen Wald, in dem drei Jahre zuvor Sanglants Soldaten das qumanische Heer verfolgt und schließlich geschlagen hatten. Es war ein grauer Tag und so kalt, dass die Pfützen entlang der Straße vereist waren. Das Eis knackte und brach unter dem Gewicht von Pferdehufen, Stiefeln und Wagenrädern. Von den Zweigen tropfte es. Einige Bäume trugen Knospen, aber es war wenig frisches Grün zu sehen.

Auf einer Lichtung fand Liath einen Hügel, der ihr seltsam vertraut erschien. Sie konnte ihn zunächst nicht einordnen, aber beim Näherkommen sah sie herumliegende Knochen und Reste von verrottenden qumanischen Schwingen. Ihr Brustkorb zog sich zusammen, und sie bekam kaum noch Luft.

»Auf dieser Wiese haben wir die Qumaner besiegt«, sagte Sanglant mit belegter Stimme. »Es war ein schlimmer Tag. Ich dachte, Gnade wäre tot.«

Mehr konnte er nicht sagen. Und sie auch nicht. Der Gedanke an Gnade schmerzte zu sehr, aber sie wurde ihn nicht los. Schweigend ritten sie über die Lichtung. Sie musterte sie, aber abgesehen von den Bäumen auf der Kuppe und der unübersehbaren Gestalt des eigenartigen kleinen Hügels konnte sie diese friedliche, einsame Lichtung nicht mit dem Gemetzel und Chaos eines verzweifelten Kampfes in Verbindung bringen, die sie in einer Vision gesehen hatte.

Sie verließen den Wald bei einem kleinen, einzelnen Hügel, der von morastigem Boden, brackigen Pfützen und verrottendem Schilf und Farngestrüpp umgeben war.

»Hier ist Bayan gestorben«, sagte Sanglant und deutete auf den Hügel. Auf der Kuppe wuchs nicht das Geringste, als wäre sie kürzlich abgebrannt worden. Er zeigte auf einen freien Flecken in den westlichen Bergen, die jenseits der Veser aufragten. »Dort war das Lager der Qumaner.«

Liath spürte eine Art kalten Luftzug, aber es war nicht der Wind. »Hier ist ein mächtiger Zauber gewebt worden. Ich kann ihn noch spüren.«

»Zwei, genau genommen. Von dem ersten ist Bayan getötet worden. Der zweite war die Rache seiner Mutter gegenüber dem Zauberer, der sowohl ihren Sohn als auch sie selbst getötet hat.«

»Er hat auch sie getötet? Wieso?«

»Bayan war ihr Glück. Sie war eine kerayitische Schamanin.«

»Oh.« Liath spürte ein Prickeln auf ihrer Haut, wie wenn ein Gewitter bevorstand. Sie dachte an Hanna und Sorgatani, aber sie waren verschwunden, und sie hatte keine Möglichkeit, sie zu finden.

Hornrufe erklangen von den Zinnen und wurden beantwortet. Sanglants Soldaten bildeten eine Linie, während sie sich dem Tor von Osterburg näherten. Die Hymne war tief in den Reihen verwurzelt und fegte wie ein Sturm über das ganze Heer hinweg.

Öffnet die Tore des Sieges, damit ich eintreten kann,
Damit ich Gott preisen kann.

Es war ein bekannter Psalm, und als sie die Straßen von Osterburg betraten, hatte ein großer Teil der Bevölkerung die Hymne aufgenommen, wurden die Verse von holprig, aber aufrecht klingenden Stimmen wiederholt. So viele Leute strömten auf die Straßen, um den Herrscher mit seinen edlen Kameraden vorbeireiten zu sehen, dass es schwer war, voranzukommen. Flüchtlinge aus umliegenden Gebieten waren dabei, in denen es keine Nahrung und keinen Schutz mehr gab. Fünf- oder zehntausend, schätzte Liath, eine große Zahl, und doch kam ihr Osterburg – kamen ihr alle wendischen Städte – klein vor verglichen mit den großen Städten des Südens entlang der Ufer des Mittleren Meeres und in den Landen der ungläubigen Jinnen. Sogar Darre, jetzt nur noch ein trauriger Abglanz des Kaiserreichs, stellte eine so wichtige Stadt wie Osterburg in den Schatten. Aber wendische Soldaten hatten Aostas beste Heere besiegt. Das Neue überrannte häufig das Alte, wenn das Alte erschöpft und mitgenommen war. So war der Lauf der Welt, wie ihr Vater ihr beigebracht hatte.

Besonders neu waren die Ashioi. Flüchtlinge, die endlich nach Hause zurückgekehrt waren.

5

Als Liath in der Morgendämmerung erwachte, nachdem am Abend zuvor ein rauschendes Fest zu Ehren von St. Sormas und der Einsetzung der neuen Herzogin von Saony gefeiert worden war, schlief Sanglant noch. Es fiel ihr schwer, länger als bis zum Tagesanbruch zu schlafen. Kaum war sie wach, dachte sie an Gnade, und wenn sie an Gnade dachte, konnte sie nicht so leicht wieder einschlafen. Sanglant hingegen schlief tief und fest, den einen Arm über dem Kopf und den anderen auf dem Rumpf. Seine Haut fühlte sich kalt an. Er hatte eine Menge getrunken. Liath zog sich an und verließ den Raum der königlichen Gemächer. Obwohl sie leise ging, weckten ihre Schritte Hathui, die auf einer Pritsche gegenüber der Tür schlief, die in den inneren Raum führte.

»Was ist los? Oh, Liath.«

»Schlaf weiter. Ich gehe nur etwas spazieren.«

Hathui stöhnte, legte eine Hand auf ihre Stirn. »Du hast dafür offenbar den richtigen Kopf. Meiner tut weh.«

»Das kommt davon, wenn man so viel trinkt«, sagte Liath lachend.

Hathui rülpste. »Nun, es war ein gutes Fest.«

»Und nur zu verdient«, sagte Liath, während sie weiterging, um allein zu sein. »Prinzessin Theophanu wird Saony weise und gut regieren.«

Was stimmte und daher kaum erwähnt werden musste. Dennoch war Theophanu ihr ein Rätsel. Sie achtete sie, aber sie empfand ihr gegenüber keinerlei Wärme oder Kameradschaft.

Theophanu war nicht wie Waltharia. Liath lächelte, als sie an die Markgräfin dachte. Vielleicht war sie eine Freundin. Sicherlich eine Verbündete.

Sie bemühte sich, die anderen Verwalter und Bediensteten nicht aufzuwecken, die auf Pritschen schliefen, die mitsamt Decken weggeräumt wurden, wenn der Tag richtig begonnen hatte. Aber die Hälfte von ihnen erwachte bereits, streckte sich und stand auf. Die Leute nickten ihr voller Achtung zu. Liath konnte ihre Mienen nie so deuten, dass sie die Gewissheit hatte, zu verstehen, was sie dachten. Sie besaß nicht halb so viel Geschick darin wie Sanglant. Er schien die Gabe zu besitzen, die Stimmungen und Launen bis ins Kleinste erkennen zu können. Sie erreichte die äußere Tür und fand zwei schläfrige Hunde zu Füßen eines schnarchenden Dieners. Als sie sie kommen spürten, schlichen sie winselnd und mit angelegten Ohren davon. Liath trat durch die Tür und schritt durch den Raum der Soldatenunterkünfte, an dessen beiden Wänden Soldaten schliefen. Über dieses Zimmer gelangte man zu einem Absatz, der ebenfalls voller schlafender Leute war. Sogar auf den Stufen schliefen Leute, aber in so unbequemer Position, dass sie sich fragte, wie das überhaupt möglich war. So viele Gefolgsleute waren in Osterburgs herzoglichem Palast versammelt, dass sie an die frische Luft musste, um sich von dem Gestank der ungewaschenen Körper zu befreien. Als sie den zentralen Innenhof des Palastturms betrat, fand sie schlafende Leute auf den erhöhten und überdachten Gängen, die den alten zweigeschossigen Turm mit dem neueren eingeschossigen Flügel verbanden. Sie kauerten unter Dachvorsprüngen und Wagen, einfach überall, wo sie im Trockenen waren oder weg vom Boden. Eine Eisschicht knackte unter Liaths Füßen. Sie schlüpfte durch das innere Tor hindurch. Die Wachen starrten sie an und traten zurück. »Herrin«, sagten sie besorgt mit einiger Verspätung und neigten die Köpfe.

Am Brunnen im äußeren Hof versammelten sich Leute, um Wasser heraufzuziehen und sich über das Fest auszutauschen.

Rauch stieg von den Küchengebäuden auf. Zwanzig Soldaten marschierten aus dem Haupttor auf die Stadt zu, aber sie sprachen und sangen nicht. Nur ihre Schritte verrieten sie. Sie fand eine der schmalen Treppen in der Mauer entlang des ältesten Turms, der hundert Jahre vor Saonys erstem Herzog errichtet worden war. Hier lebte dem Brauch nach die Herzogin, wenn sie nicht durch ihr Reich reiste. Theophanus Soldaten standen Wache, aber sie ließen Liath durch. Sie ging den Wehrgang der Palisade entlang zu einer der mit Streben und Pfosten versehenen Ecken. Dort kletterte sie eine Leiter hinauf zu einem der Aussichtspunkte, der aus über die Mauer gelegten Holzlatten bestand.

Jemand war bereits vor ihr hergekommen, denn eine schlanke Gestalt lehnte an der Brüstung und starrte nach Osten auf die fernen Berge und den endlosen Wald.

»Edelfrau Theucinda.«

Das Mädchen hatte sie nicht einmal kommen gehört. Es schrie auf, zuckte zusammen und drehte sich um. Dann errötete es, fasste sich aber schnell wieder. »Edelfrau Liathano. Habt Ihr mich gesucht?«

»Nein. Ich wollte die Aussicht bewundern.«

Die Aussicht war bemerkenswert. Die Stadt erstreckte sich wie ein Saum um den Palasthügel. Der Fluss folgte einer breiten Biegung, verschwand in der dunstigen Ferne im Süden und Norden. Bauern bewegten sich bereits jenseits der Stadtmauer, zogen Karren mit Nachtdung mit sich und trieben Vieh auf die Felder und die Weiden. Die Glocke der bescheidenen Kathedrale läutete, die dreißig Jahre zuvor zur Zeit von Arnulf dem Jüngeren in dem neuen Teil der Stadt errichtet worden war.

Theucinda schien nicht reden zu wollen, also lehnte Liath sich gegen die Brüstung und sah zu, wie der Tag anbrach. Die Wolken wirkten heute heller, aber die Sonne kam nicht durch. Es war immer noch fürchterlich kalt, obwohl sie in der letzten Nacht das Fest von St. Sormas gefeiert hatten, das am dreizehnten Tag des Monats Avril stattfand, sechs Wochen nach der Frühlings-

Tagundnachtgleiche. In Friedleben brachten die Leute am Ende des Monats Yanu gewöhnlich die Saat aus, in einem besonders kalten Jahr auch Anfang Avril. Osterburg lag viele Tagesmärsche südlich von Friedleben. Aus dieser Entfernung wirkte der große Wald kahl. Nur das Immergrün zeugte von irgendwelchem Leben.

»Liath?«

Sie drehte sich um. Ein rothaariger Mann trat von der Leiter und starrte sie überrascht an. Er trug den vielgeflickten Überwurf eines Löwen und die Zeichen eines Hauptmanns.

»Hauptmann Thiadbold!«, lächelte sie erfreut darüber, ihn zu sehen. »Wie kommst du hierher?«

»Ich bin seit über einem Jahr hier – nein, eigentlich seit drei Jahren, wenn ich so darüber nachdenke. Wir sind einige Male zur Küste nördlich und westlich von hier geritten, um Banditen und Rebellen zu vertreiben. Und du?« Dann erinnerte er sich, und er verbeugte sich respektvoll. »Ihr seid kein Adler mehr, Herrin. Ich bitte Euch, vergebt mir meine Kühnheit.«

»Keine Ursache. Und nicht so förmlich, bitte. Behandle mich einfach wie eine alte Kameradin und nicht wie ... das, was ich jetzt bin. Du bist nach Osten marschiert, nicht wahr? Mit Prinz Bayan und Prinzessin Sapientia. Nachdem unsere Wege sich getrennt haben.«

Er pfiff. »Es war ein langer Weg. Du kennst ihn ebenso gut wie ich, nachdem wir die Rebellion in Varre niedergeschlagen haben.«

Sie sprachen ein bisschen über die alte Zeit wie alte Kameraden, die gemeinsame Erinnerungen hatten: Edelfrau Svanhilde und ihr rücksichtsloser Sohn Charles; die Schlacht bei Gent und der Tod des Aikha-Anführers Blutherz.

»Wir sind danach mit der Rundreise geritten. Hinunter nach Thersa und von da aus nach Werlida.« Er wirkte beschämt. »Du erinnerst dich sicher.«

»Ja. Und wohin bist du dann gegangen? Es muss eine lange, schwierige Reise gewesen sein. Im Dienst des Königs.«

»Ja, das war es, und ich habe leider die Hälfte meiner Männer verloren. Eine Weile war es ruhig in Varre. Wir sind nach Autun gegangen und haben die heilige Kapelle gesehen, in der Kaiser Taillefer ruht. Was für ein Anblick!« Er lächelte, aber kurz darauf runzelte er die Stirn. »Aber dann wurden wir mit Prinzessin Sapientia und Prinz Bayan nach Osten geschickt. Er war ein guter Mann. Ein guter Befehlshaber. Ich vermute, wir sind zu weit gegangen. Wendaner sollten nicht über die Marklande hinausgehen.«

Er sprach eine Weile über die grasbewachsenen östlichen Gefilde, über einen Ort, den er »Königinnengruft« nannte und der ein altes Hügelgrab sein musste mit einer zerstörten Steinkrone darauf. Ihr Rückzug war offenbar nur Prinz Bayans guten Nerven und seiner schlauen Taktik zu verdanken gewesen. Es hatte Unruhen in Handelburg gegeben.

»Und dieser Adler Hanna ist vollkommen ohne eigenes Verschulden in den Tod geschickt worden«, sagte er mit rauer Stimme. »Schuld daran ist …« Er brach ab, sah Edelfrau Theucinda an und kam nach einiger Mühe zu der Entscheidung, sich lieber klug als kühn zu verhalten.

»Sie ist nicht gestorben«, sagte Liath, die plötzlich fröstelte.

»Nein, das haben wir später herausgefunden. Dennoch hat ihre Geschichte keinen guten Verlauf genommen. Bei Machteburg sind wir auf Prinz Sanglant gestoßen – Seine Majestät, meine ich. Dort haben wir ein paar unserer Leute wieder eingesammelt, eine Handvoll, nicht mehr. Sie waren zu Ketzern geworden. Aber ich kann dir sagen, ich glaube, in einer so unruhigen Zeit wie dieser sollte es keine Rolle spielen, ob jemand ein Ketzer ist, sondern ob er kämpfen kann.«

Theucinda sah ihn an und schien etwas sagen zu wollen, aber sie tat es nicht.

»Du wirst von mir keinen Widerspruch hören«, sagte Liath. »Im Gegensatz zu den Kirchenmüttern.«

»Dann bitte ich dich, nicht weiterzuerzählen, was ich gesagt habe.«

»Das tue ich nicht. Was war nach Machteburg?«

»Danach haben wir die Qumaner gesucht. Sie sind weit nach Wendar eingedrungen. Sie haben auf ihrem Marsch alles niedergebrannt und geplündert und getötet. Es war schrecklich, und am Ende gab es die Schlacht an der Veser.«

»Du hast meine Tochter in dieser Schlacht gerettet.«

Er zuckte mit den Schultern. »Es war ein schwerer Kampf.«

»Ich weiß.«

Er sah sie an, verwirrt über ihre Worte, und sie schwieg. Sie konnte ihm nicht sagen, dass sie, als sie in den Sphären gewandelt war, kleine Bruchstücke von dem Kampf auf dem Hügel gesehen und sich dennoch zurückgehalten hatte. Den letzten Pfeil hatte sie nicht einmal abgeschossen, um ihre einzige Tochter zu retten. Aber obwohl sie von Schuldgefühlen geplagt worden war, wusste sie, dass sie die richtige Entscheidung getroffen hatte. Die notwendige Entscheidung.

Vielleicht kam sie sich deshalb so oft wie ein Ungeheuer vor.

»Aber schließlich haben wir gesiegt«, fügte er hinzu. »Wir haben gesiegt.«

»Erzähl mir davon.«

Thiadbold war ein guter Beobachter, und er besaß die Fähigkeit, die schlimmsten Geschehnisse mit trockenem Humor und die schönsten mit Bescheidenheit zu erzählen. Er beschrieb die Schlacht schnell und mit einem bemerkenswerten Sinn für die Bewegungen der verschiedenen Truppenteile. »Als wir gerade alles für verloren hielten und glaubten, bis auf den letzten Mann – und das Kind, wie ich leider sagen muss – abgeschlachtet zu werden, ist der Prinz gekommen. Seine Majestät, meine ich. Einen besseren Anblick habe ich noch nie gesehen!« Er lachte, aber sein Lachen war von Kummer gezeichnet. »Ich habe gute Männer verloren. Zu viele. Dennoch, so ist der Lauf. Wir haben gesiegt, und sie haben verloren.«

»Aber du bist danach nicht mit Sanglant nach Osten marschiert.«

»Nein. Seine Majestät hat nur berittene Soldaten mitgenommen. Wir wurden nach Westen geschickt, um einen Adler zu begleiten – nun, es war wieder Hanna.«

»Sie ist nicht mit Sanglant nach Osten geritten?«

»Sie ist sehr krank gewesen. Sie war eine Gefangene der Qumaner, des Ungeheuers persönlich.« Er zögerte. »Ich habe gehört, dass er jetzt tot ist.«

»Ja, er ist tot.«

Er hielt inne, als erwartete er, dass sie noch mehr sagen würde, aber das tat sie nicht, und so sprach er weiter.

»Nun. Wir haben den Adler nach Gent begleitet. Danach ist sie nach Süden nach Aosta geschickt worden. Das ist das Letzte, was ich von ihr gehört habe. Wir erhielten den Befehl vom Prinzen – Seiner Majestät, meine ich –, Prinzessin Theophanu zu dienen, während er im Osten war. Das haben wir getan. Wir waren hauptsächlich hier in Osterburg und haben die Mauern instand gesetzt und diese Feldzüge durchgeführt, von denen ich zuvor gesprochen habe.« Er fuhr mit dem Finger den Kreis nach, der über seiner Brust hing. »Einmal rundherum, würdest du wohl sagen. Jetzt diene ich wieder dem Herrscher.«

»Ist es das, was du erhofft hast?«

Er lächelte. »Was soll ich der Frau sagen, die ihn besser kennt als jeder andere Mensch? Natürlich ist es das, was ich mir erhofft habe!«

Sie lachte. Es fiel ihr leicht, in das kameradschaftliche Geplauder einzustimmen. Es war leichter, ein Adler zu sein als eine Königin.

Er wurde ernst. »Er ist ein guter Befehlshaber. Der beste nach seinem Vater, dem König.«

Sie hätte gern mit ihm über Hanna gesprochen, aber Theucinda stand noch immer da. Sie hatte ihnen den Rücken zugedreht und starrte nach Osten in den Dunst.

»Wieso bist du hier, Thiadbold? Ist dies deine Wache?«

Er deutete mit einem Nicken auf Theucinda, dann auf den alten Turm, in dem Theophanu wohnte. Sanglant hatte Theucinda in Theophanus Gewahrsam gegeben. Das Mädchen wirkte wie eine Maus mit seinem zierlichen, schlanken Körperbau. Eine zerbrechliche Schönheit, die leicht die Aufmerksamkeit eines störrischen, verdorbenen und unzufriedenen Jungen wie Ekkehard erregen konnte. Sie hatte weder gejammert noch geweint, als sie und Ekkehard von Sanglants Gruppe ergriffen worden waren. Es war schwer zu sagen, ob sie hatte ergriffen werden wollen oder ob sie eingesehen hatte, dass Weinen ihr nichts nützen würde und sie sich daher zurückhalten sollte. Auf jeden Fall machten die fehlenden Tränen sie interessant.

Thiadbold wartete.

»Edelfrau Theucinda«, sagte Liath. »Kommt Ihr häufig so früh am Morgen hierher?«

Das Mädchen sah sie an, als wüsste es noch nicht, ob es sprechen wollte. Schließlich zuckte es mit einer Schulter. »Manchmal. Wir sind erst sieben Tage hier. Sie beobachten mich.« Sie sah Thiadbold an, begegnete aber nicht seinem Blick. »Sie glauben, ich würde weglaufen«, sagte sie verbittert.

»Würdet Ihr das?«

»Wo sollte ich hinlaufen? Gerberga wird mich nicht zurückhaben wollen, und Ekkehard ist mit ihr weggegangen. Ohnehin kann ich ohne Gefolge nicht davon ausgehen, dass ich den ganzen Weg bis Austra schaffe und ihn finde. Warum sollte ich es also versuchen?« Sie zuckte wieder mit der Schulter.

»Ich hätte es getan«, sagte Liath. »Und ich wäre sogar noch weiter gelaufen.«

»Das sagt Ihr! Wenn die Geschichten über Euch stimmen, seid Ihr entweder nichts als der Seitensprung Eures Vaters oder die verlorene Erbin eines Kaisers. Ihr seid die Konkubine des Königs oder seine Königin. Ihr seid eine exkommunizierte Zauberin oder berührt durch die Hand einer Heiligen. Ihr könnt die Himmel brennen lassen oder die Herzen der Männer dazu bringen, sich vor Begierde nach Euch zu verzehren. Ein schlichter Adler oder eine seelenlose Daemonin. Wie leicht kommen Euch solche Worte über die Lippen! Wieso glaubt Ihr, dass es für mich ebenfalls so leicht ist?«

Die verbitterten Worte trafen Liath. Thiadbold hustete und sah zur Seite, als wünschte er, sie nicht gehört zu haben.

»Vergebt mir!«, flüsterte das Mädchen. Tränen schimmerten in seinen Augen. Sein Mund zitterte, und es umklammerte die Brüstung, als erwartete es, von einem stürmischen Windstoß weggeweht zu werden. »Verbrennt mich nicht!«

Liath wurde schlecht. In dem Entsetzen in Theucindas Gesicht sah sie nichts als Verurteilung.

»Ihr braucht keine Angst vor mir zu haben«, sagte sie rau. »Ich habe nicht vor, irgendjemandem irgendetwas zu tun.«

»Ich werde jetzt gehen, Hauptmann«, sagte das Mädchen mit erstickter Stimme. Es raffte sein Kleid mit einer Hand zusammen und kletterte die Leiter hinunter.

Liath musste ihren ganzen Mut aufbringen, um Thiadbold in die Augen zu sehen. Würde er sie ebenfalls zurückweisen?

Sein Blick blieb fest. Er strich mit einem Finger über die Narbe am Ohr, das er zu einem Teil verloren hatte. »Du hast mit uns gekämpft. Wir Löwen vergessen unsere Freunde nicht.«

»Danke.« Es war schwer, es zu sagen, ohne in Tränen auszubrechen.

Er nickte ernst, dann folgte er Edelfrau Theucinda.

Liath lehnte sich mit den Ellbogen auf die Brüstung und musterte die Schönheit des Landes und den dunstigen, perlmuttartigen Glanz des frühen Morgenlichts. Vielleicht hatten sich die Wolken etwas gelichtet. Vielleicht würde die Sonne bald durchbrechen. Aber ihre Freude über diesen Tag war verschwunden.

Wie konnte Sanglant jemals hoffen, sie zu seiner Königin zu machen, wenn solche Gerüchte in seinem eigenen Gefolge die Runde machten? Besonders, wenn viele von ihnen – vielleicht die meisten – zutrafen? Und kümmerte es sie tatsächlich? Sie wollte keine Königin sein, belastet mit Bürden, Pflichten und Intrigen, die jede Königsgemahlin akzeptieren musste. Aber die Vorstellung, seine Konkubine zu sein, ihn mit einer anderen Frau teilen zu müssen – denn der Herrscher musste heiraten –, war unerträglich. Und ihn zu verlassen war undenkbar.

Was für eine Närrin Theucinda doch war! Das Mädchen würde niemals verstehen, dass es tatsächlich leicht gewesen war, die Adler zu verlassen und mit Sanglant wegzureiten, als Sanglant nichts weiter gewesen war als der Hauptmann der Drachen des Königs.

»Ich lasse mich davon nicht unterkriegen«, sagte sie und lauschte in der Hoffnung, dass der Wind eine Antwort für sie bereithielt. Aber natürlich tat er das nicht.

IV

Vergebliche Mühe

1

An der Stelle, von der aus man zum ersten Mal den Turm der Kathedrale sehen konnte, bog die Straße in einen alten Eichenwald ab, der jetzt von allen Seiten von Lichtungen und Kahlschlägen angenagt war.

»Gott verschone uns!«, rief Atto aus. »Mara! Sieh nur!«

Mara blieb gehorsam stehen und hob den Kopf. Sie hatte jetzt die erste Hälfte der Schwangerschaft hinter sich und war müde und erschöpft. »Sind wir bald da?«, fragte sie und blinzelte dabei in die Ferne.

»Sieh nur, wie hoch er ist!«, rief Atto. »Wie kann jemand etwas so Hohes bauen, ohne dass es umfällt? Noch dazu ganz aus Stein!«

»Ja, tatsächlich«, sagte sie mit ihrer hellen Stimme. Ihr Blick schweifte über die Baumkronen und den Himmel, blieb jedoch nicht beim Turm hängen. Schließlich sah sie Atto an, wartete darauf, dass er sie zum Weitergehen aufforderte.

Eine Lücke zwischen den Bäumen bot freie Sicht auf die Kathedrale. Rauch trat irgendwo aus dem Wald aus, aber die Schwaden vermochten den gewaltigen steinernen Glockenturm nicht zu verhüllen. Die Wolken hingen als grauweiße Schicht am

Himmel; möglicherweise war es an diesem Tag etwas heller als an dem zuvor, aber es war sicher nicht wärmer.

»Siehst du den Turm, Mara?«, fragte Alain leise genug, dass Atto es nicht hören konnte.

Sie zuckte mit den Schultern, aber er kannte sie seit den Tagen, die sie zusammen reisten, gut genug, um zu wissen, dass sie Atto niemals widersprach oder etwas sagte, das ihm missfallen könnte. Alain wunderte sich, dass Atto gar nicht bemerkte, dass sie weit entfernte Dinge nicht sehen konnte.

Atto schnüffelte in der Luft. »Da vorn … was ist das? Ich rieche Holzrauch. Und Scheiße.«

Alain roch es auch, und er roch noch etwas anderes, das er gelernt hatte, mit Verzweiflung in Verbindung zu bringen. Er setzte sich in Bewegung, aber Mara ging erst los, als Atto es ihr sagte. Sie schritt zwischen den beiden Männern einher, besorgt wegen der Hunde und verschämt über jeden Schritt. Sie hatte die braunen Haare zurückgebunden und bedeckte sie meistens mit einem Schal. Ihr Gesicht war angenehm und lebhaft, wenn sie sich über die Schönheit von Blumen ausließ, aber ihre Schultern waren ständig hochgezogen. Sie war wie ein Hund, der damit rechnete, bestraft zu werden. Alain empfand Mitgefühl für sie, so gefangen, wie sie zwischen den beiden kraftvollen Männern war, aber er fragte sich auch, was wohl passieren würde, wenn sie sich jemals für sich einsetzte.

Die Hunde, die bisher umhergelaufen waren, kehrten mit aufgestellten Ohren und in der Luft schnüffelnden Schnauzen zurück. An der Stelle, wo der Pfad zwischen den Bäumen hindurchführte, stießen sie auf eine Art Siedlung. Die Hütten bestanden aus schiefen Ästen und Zweigen und waren mit geflickten Zeltstoffen bedeckt oder mit straff verwobenen Schösslingen, die man mit Blättern und Schlamm zusammengeschmiert hatte. Die Bäume um diese armselige Hüttensiedlung waren zurückgeschnitten worden, so dass Lücken im Laubdach klafften. Etwa sechzig Leute kauerten dort in abgetragenen Umhängen und starrten die Reisenden mit der abgestumpften Verärgerung jener

Menschen an, die jede Hoffnung verloren hatten und vom Hunger geschwächt waren. Es stank, und Alain hatte den Verdacht, als hätten die Leute sich nicht die Mühe gemacht, Gruben auszuheben oder eine Stelle für den Müll zu bestimmen, sondern als würden sie sich lediglich ein paar Schritte von ihren Hütten entfernen, wenn sie sich erleichtern wollten. Ihr Hab und Gut befand sich in Körben oder angeschlagenen Töpfen. Ein mageres Huhn war in einem Käfig und wurde von einem jungen Mann mit einem spitzen Stock bewacht. Kinder kauerten im Schmutz, statt den Pfad entlangzuhüpfen, wie es gesunde, neugierige Kinder zu tun pflegten, wenn Reisende vorbeikamen. Das beunruhigte sogar Atto. Er klopfte bei jedem Schritt mit dem Speerende auf den Boden, damit alle sehen konnten, dass sie bewaffnet waren. Mara bedeckte Nase und Mund mit einer Hand und bemühte sich, Schreie oder Würgereize zurückzuhalten.

Die Leute sahen sie an, als sie vorbeigingen. Niemand sprach oder rührte sich und unterbrach das Knistern des Feuers, das in dem einzigen Loch im Boden brannte und von qualmendem grünen Holz genährt wurde. Ihr Schweigen sprach für sich; diese zerlumpten Menschen hatten jede Hoffnung aufgegeben. Sie saßen reglos da, bis ein neues Geräusch zu hören war.

Es klang zuerst wie ein hohles Ratt-a-tatt, als würde ein Specht in der Ferne einen Frühlingsruf trommeln. Alain war so überrascht darüber, dass er stehen blieb und den Kopf neigte, um herauszufinden, aus welcher Richtung das Geräusch gekommen war. Um ihn herum vertiefte sich die Stille. Dann schnappte eine Frau geräuschvoll nach Luft, und die Leute standen auf, packten Kinder, Säcke und Körbe zusammen und liefen in den Schutz des Waldes davon. Als die rufenden und lachenden Reiter schließlich um die Biegung des Weges kamen, fanden sie die Lichtung verlassen vor. Ein einziges kleines Kind war vergessen worden; es saß mit geballten Fäusten und hochrotem Gesicht auf dem nackten Hintern und brüllte vor Angst.

»Wir hätten auch weglaufen sollen«, flüsterte Mara, während sie zitternd nach Attos Arm griff.

»Still!«, schalt er. »Wir haben mit ihnen nichts zu schaffen. Rühr dich nicht vom Fleck!«

Alain pfiff die Hunde zu sich, als vier Männer Anstalten machten, sie herauszufordern. Die anderen Soldaten gingen durch das Lager, zertrennten Seile und schlugen Dächer mit Speeren und Messern ein. Es gab keinen Grund dafür; sie genossen einfach die Zerstörung. Zwei der Männer trugen Lampen und setzten damit die Hütten in Brand. Das Kind schrie immer noch.

»Stellt dieses Ding ab«, sagte der Feldwebel, ohne sich umzusehen. Seine Männer trugen Lederwesten; er jedoch hatte ein Kettenhemd und einen Eisenhelm mit einer Messingnase und lederbesetzten Seiten. Er wartete rittlings zwei Pferdelängen von Alain entfernt, musterte die Hunde mit dem Interesse eines gelangweilten Kämpfers, der endlich etwas gefunden hatte, das gefährlich zu sein schien.

Ein Mann stieg ab und versetzte dem kleinen Jungen einen Schlag, aber dadurch schrie er nur noch schriller und durchdringender.

»Iiieee!«, rief der Mann, schnaubte und hustete übertrieben. »Er *stinkt*! Pfui! Das ist kein Junge, das ist eine Sau!«

»Zurück!«, sagte Alain zu den Hunden.

»Halt!«, rief der Feldwebel, als Alain an dem ausgestreckten Speer vorbeiging und zu dem verängstigten Kind trat.

Die Soldaten sahen ihn neugierig an, aber sie mischten sich nicht ein, als er sich neben das Kind kniete. Der kleine Junge stank tatsächlich. Er war dünn, bestand fast nur aus Haut und Knochen. Seine Nase lief, die Haut war voller Schmutz und noch schlimmerem Dreck, das Gesicht voller entzündeter Stellen und abklingender Narben von Kuhpocken. Es verblüffte Alain, dass ein so zerbrechliches Kind die Krankheit überhaupt hatte überleben können. Er fragte sich, wo der Junge den Ausbruch erlitten haben mochte und wo die Dämonen jetzt wandelten, die diese Seuche verbreiteten.

»Still«, sagte Alain leise. »Still, Kind. Wie heißt du?«

Der Junge bekam einen Schluckauf. Als er Alain ansah und

seinem Blick begegnete, zögerte er, wurde ruhiger. Dann starrte er ihn so fest an, als könnte er sich von dem Anblick von Alains Gesicht nicht mehr lösen.

»Wie heißt du?«

»Hund«, flüsterte der kleine Junge.

»Du heißt ›Hund‹?«

»Hund.« Er hob einen spindeldürren Arm und deutete auf die Hunde.

»Ja, das sind zwei Hunde. Wo sind dein Vater und deine Mutter? Deine Schwestern und Brüder? Wo ist deine Familie, Kind?«

»Hund.«

»Wo ist deine Mutter?«

»Hund.«

Die Soldaten traten jetzt näher, um das Schauspiel zu genießen. »Allerdings!«, schnaubte der Feldwebel. »Dieses Kind hatte ganz sicher eine Hündin zur Mutter!«

Seine Männer lachten.

Der Junge verzog das Gesicht. Seine Lippen zitterten, und er holte Luft zu einem neuen Schrei.

»Still«, sagte Alain, obwohl es ihn Mühe kostete, in einem Ton zu sprechen, der nicht so wütend war, dass er das Kind verängstigte. Ohne sich zu erheben, sah er den Feldwebel an. »Macht es Euch Spaß, ein so hilfloses Wesen zu verspotten? Habt Ihr Befehl, diese armen Menschen zu vertreiben?«

»Diese armen Menschen? Ihr seid wohl nicht von hier, was? Alle möglichen Leute treiben sich seit letztem Herbst auf den Straßen herum. Es ist ein Hinweis darauf, dass das Ende nahe ist.«

»Ist es das?«

»Arme Menschen! Das sind Betrüger, Bettler, Huren und Diebe und Mörder! Wir mussten sie aus Autun vertreiben, weil sie zu viel Ärger gemacht haben! Jetzt lassen sie sich hier nieder und belästigen auf der Straße ehrliche Reisende und auf den Feldern ehrliche Bauern! Dieser Junge ist der Bastard irgendeiner Schlampe, die sich an einen Mann verkauft hat, der dafür bezahlt hat. Niemand wird ihn vermissen. Seht nur!«

Der Feldwebel machte eine ausschweifende Geste mit der Hand, die das gesamte brennende Lager einschloss. Dahinter, zwischen den Bäumen, sah Alain Bewegung aufblitzen. Jemand sah von einem Versteck aus zu.

»Vielleicht hat er auch keine Mutter. Vielleicht ist sie gestorben. Niemand hat ihn gewollt. Sie haben ihn einfach hier zurückgelassen. Was passiert mit einem schmutzigen Balg, der keine Familie hat, die sich um ihn kümmert? Er ist tot besser dran. Wollt Ihr das bestreiten?«

»Wollt Ihr Gottes Platz einnehmen und den Wert der Seele eines anderen Menschen bestimmen? Vor Gott sind wir alle gleich.«

»Seid Ihr ein Frater? Mit diesem Bart? Was spielt es überhaupt für eine Rolle? Wer hat Brot für ein Waisenkind übrig? Ich nicht.«

»Was ist mit der Herrin, die in Autun herrscht? Ernährt sie die Armen nicht, wie es ihre Pflicht ist?«

Der heitere Gesichtsausdruck des Feldwebels wurde ernst. Er machte seinen Männern ein Zeichen. »Gehen wir. Wir haben sie vertrieben.«

»Für heute«, sagte Alain. »Werden sie nicht zurückkommen? Wohin können sie gehen?«

Der Feldwebel wandte seine Aufmerksamkeit von ihm ab. »Was ist mit dir?«, fragte er und zeigte auf Atto. »Warum bist du nicht weggerannt?«

»Ich gehöre nicht zu denen, die hier gelagert haben«, sagte Atto. Mara drückte sich an seine Seite. »Ich komme von meinem Dorf, um mich den Soldaten in Autun anzuschließen. Ich habe gehört, dass die Herrin Soldaten sucht.«

»Ho! Ho!« Einige der Soldaten lachten höhnisch. »Ein Dorfjunge, der in der Stadt seinen Speer schwingen will!«

Flammen, die sich durch eine dicke Laubschicht gefressen hatten, griffen auf ein Stück Zeltstoff über und loderten hoch auf.

An anderen Stellen versiegte das Feuer zu einem Glühen, als ihm die Nahrung ausging.

»Wir sind Brüder und teilen brüderlich«, sagte der Feldwebel. »Was ist mit deinem Mädchen? Oder ist es deine Schwester?«

»Meine Verlobte«, sagte Atto, musterte die Blicke in den Augen der Soldaten und mochte sie offensichtlich nicht, wie seinem eigenen Blick anzusehen war.

Der Feldwebel betrachtete die Hunde, die sich hingesetzt hatten, und blickte Alain an, der bei dem stummen Jungen kniete. Dann musterte er die Schatten zwischen den Bäumen, aber es war ihm anzusehen, dass er nicht die Absicht hatte, in den Wald zu gehen, obwohl es leicht gewesen wäre.

»Es gefällt mir, wie du dich für dich selbst einsetzt«, sagte er zu Atto. »Kannst du reiten?«

»Ich bin auf Eseln geritten. Es gibt keine Pferde in meinem Dorf. Aber ich werde es lernen.«

»Vielleicht.« Der Feldwebel betrachtete Mara, die sich noch näher an Atto schmiegte. »Du hast dieses Mädchen geritten, wie ich sehe. Also gut, komm mit. Vielleicht nimmt der Hauptmann dich in seine Wache auf. Es werden Männer gebraucht, die die Straßen und Tore bewachen. In letzter Zeit gibt es immer mehr Bettler, die Ärger machen. Dabei haben wir nicht einmal genug zu essen für diejenigen, die es verdient haben.« Er reckte trotzig das Kinn und sah Alain an, als wollte er ihn auffordern, ihm zu widersprechen, aber Alain blickte ihn nur an, wartete ab, was er als Nächstes tun würde. Er gab seinen Männern ein Zeichen, und sie bezogen Position für den Rückritt.

»Woher kommen sie?«, fragte Alain, während er sich erhob. Die Hunde sahen ihn an, aber sie rührten sich nicht.

»Meine Soldaten? Aus Autun und den umliegenden Dörfern. Von den Besitztümern der Herrin und sonst woher.«

»Ich meinte die Bettler, die Eurer Herrin so viel Ärger bereiten.«

Der Feldwebel hob die Hand und führte seine Soldaten im Schritttempo weg. Atto und Mara ließen Alain ohne ein einziges

Wort zurück; nur Mara blickte sich noch einmal um. Es sah aus, als würde sie weinen, aber sie erhob keine Einwände.

Tatsächlich hatte er während der Tage, die sie zusammen gereist waren, Atto nicht mögen gelernt. Mara bedauerte er zwar, aber er konnte sie nicht achten, auch wenn es ihm leidtat, dass er so hartherzig gegenüber einem so ängstlichen Menschen war. Aber so war es nun mal; erst tadelte man einen anderen Menschen wegen seiner Selbstgerechtigkeit, und dann beging man den gleichen Fehler.

Als die Patrouille außer Sichtweite geraten war, erhob sich Alain langsam und schnitt vom unteren Teil seines Umhangs einen Streifen ab. Er hatte ihn dem Jungen gerade um die mageren Schultern gelegt, als der erste Mann wieder auf der Lichtung auftauchte. Er hatte einen kräftigen Stock in der Hand und trug in der anderen einen wertvollen bronzenen Eimer mit einer Delle, die von einem Pferdehuf stammen mochte. Die Leute kamen zu zweit und zu dritt, hin und wieder auch einzeln mit einem kostbaren Bündel oder einer zersprungenen Schüssel oder einem zerrissenen Taschentuch, in dem sich ein wertvoller Gegenstand befand. Sie durchstöberten das Lager und taten, als würden sie Alain, den Jungen und die Hunde nicht sehen, blickten nur ein einziges Mal hinüber und dann nicht mehr, als würde der Fremde verschwinden, wenn sie ihn nicht beachteten. Sie nahmen mit, was sie tragen konnten. Sie sahen aus wie Vogelscheuchen, unbeholfen, blass und lächerlich, abgesehen von der Verzweiflung, die sich in ihren schlurfenden Schritten bemerkbar machte, in ihren hochgezogenen Schultern und den gesenkten Köpfen, ihren scharfen Gesten und der Art und Weise, wie ihre Blicke zur Straße und zu den Bäumen schossen, wann immer ein Knacken, Pochen oder Flüstern in den Zweigen zu hören war, wenn sich die Brise für einen Augenblick in einen richtigen Windstoß verwandelte. Der Junge interessierte sich nicht für die Menschen, bei denen er gelebt hatte. Er starrte weiter auf die Hunde.

»Woher kommt ihr?«, fragte Alain schließlich und überlegte, ob irgendjemand antworten würde.

Seine Stimme war nicht laut, und dennoch klang sie wie krachender Donner an einem schwülen Tag. Die meisten Flüchtlinge zogen sich zwischen die Bäume zurück. Er hatte keine Ahnung, wohin sie gehen würden.

Es gab einen, der mutiger war als die Übrigen, einen Mann, dessen Alter unmöglich zu schätzen war, denn die meisten Zähne waren ihm ausgefallen, und er war derart dünn, dass sein Gesicht so eingefallen war wie das eines Greises. Die Haut war wettergegerbt, die Haare verfilzt und farblos. Er hatte sie mit einem biegsamen grünen Zweig zurückgebunden, damit sie ihm nicht in die Augen fielen.

»Geht besser nicht nach Autun«, sagte der Mann. »Selbst ehrliche Menschen verlieren dort ihr Heim. Bettler werden auf offener Straße geschlagen und vor die Tore geworfen.«

»Seid ihr aus Autun?«

»Ja, das sind wir.«

»Und jetzt versteckt ihr euch hier im Wald. Wieso?«

»Wir wurden vertrieben, als die Soldaten Platz für ihre Unterkünfte brauchten.« Er sprach so gelassen, als würde er über das Wetter reden. Was immer er an Wut oder Kummer in sich bewahrte, er behielt es für sich. Er wirkte zu erschöpft und schwach, um zu schreien oder zu weinen. »Wir wissen nicht, wohin wir sonst gehen sollen, also haben wir uns hier niedergelassen.« Er deutete auf die schmutzige Lichtung.

»Gibt es im Palast der Herrin von Autun keine Unterkünfte für Soldaten?«

»Nicht für die vielen, die ihr jetzt dienen.«

»Wieso braucht sie so viele Soldaten?«

Er verscheuchte eine Fliege von seinem Arm und hockte sich hin. Er war so dünn, dass es aussah, als würde er bei einem stärkeren Windstoß umfallen. »Woher soll ich das wissen?«

»Du könntest eine Vermutung haben. Du könntest etwas gesehen haben und zu eigenen Schlüssen gekommen sein.«

Er blies durch die Nase und wischte Rotz mit einem Unterarm weg, der bereits von unerkennbaren Substanzen verschmiert war. »Vielleicht bin ich das. Sie fürchtet, dass man ihr das Herzogtum wegnimmt, so wie früher. Ihr wendischer Bruder hat es ihr weggenommen. Ich habe es erlebt.« Er klopfte sich auf die Brust. Seine Rippen standen so sichtbar hervor wie nackte Zweige, die Brust war eingesunken, aber er reckte die Schultern ein bisschen, als ihn Stolz über das erfüllte, woran er sich erinnerte und was er herausgefunden hatte – ein gewöhnlicher Mann, der niemals in die Pläne seiner edlen Herrscher eingeweiht gewesen war. »Jetzt sucht sie Soldaten. Sie und derjenige, den sie Conrad den Schwarzen nennen. Ich habe ihn gesehen. Ihn und seine Frau, die sie jetzt unsere Königin nennen.«

Die sie jetzt unsere Königin nennen.

Da war es, das Beben in seinem Herz, der Schmerz der Zuneigung und Treue, die er ihr einst geboten und die sie zurückgewiesen hatte. Sie hatte ihn zweimal verraten. Sie hatte versucht, ihn zu töten.

Aber es war nichts als eine Erinnerung, die keine Macht mehr über ihn hatte. Sie reichte nicht mehr tief. Es tat ihm lediglich leid, dass die Leute einander aufgrund ihrer eigenen Ängste Schmerz zufügten. Es machte ihn wütend, dass sie aufgrund dieser Ängste Unschuldigen und Schuldigen so viel Schaden zufügten. Was ihn betraf, war er frei von der Bürde, Rache nehmen zu wollen. Das verlieh ihm ein gewisses Maß an Stärke.

»Edelfrau Sabella. Conrad der Schwarze. Tallia. Gegen wen wollen sie kämpfen?«

Der Mann zuckte mit den Schultern. »Woher soll ich die Wege und Weisen der Edelleute kennen?«

»Wieso müssen sie unschuldige, rechtschaffene Leute wie euch aus Autun verjagen?«

Der Mann sagte nichts. Ein Rasseln erklang bei jedem seiner Atemzüge, deutete darauf hin, dass sich Fäulnis in seiner Lunge festgesetzt hatte. Das Kind saß reglos da, starrte die Hunde gebannt an. Erneut entschlüpfte ihm das Wort.

»Hund.«

Die Hunde saßen geduldig mit erhobenen Köpfen da und

schnüffelten in der Luft. Rascheln und Knistern waren im Wald zu hören, kündeten von Bewegung, aber niemand kam zu ihnen auf die Lichtung. Nach einer Weile begriff Alain, dass er keine Antwort erhalten würde.

»Was ist mit dem Kind? Wo ist seine Familie?«

Der Mann zog an einem Stück Schorf an der Unterlippe. »Seine Mutter ist tot. Er hat sonst niemanden.«

»Es gibt niemanden, der sich um ihn kümmert?«

Ein Kopfschütteln war die Antwort.

»Wer sorgt für ihn?«

»Niemand. Er hat irgendwelche Reste gegessen, die er finden konnte. In ein paar Tagen wird er tot sein.«

»Ihr kehrt der Menschheit den Rücken, wenn es euch nicht interessiert, ob er tot ist oder lebt. Wir müssen Mitgefühl haben und uns umeinander kümmern.«

»Es gibt nicht genug Nahrung für alle.« Der Mann machte eine Bewegung mit dem Ellbogen. »Ihr habt was in Eurem Sack. Wollt Ihr uns davon etwas abgeben oder alles für Euch behalten?«

»Es sind Knochen für meine Hunde, nichts weiter. Ich habe selbst seit heute Morgen nichts gegessen.«

»Ich würde auch das essen, was ich noch von einem Knochen abnagen kann. So hungrig bin ich. Bitte.«

In den letzten paar Tagen hatte Alain fast alle Knochen des toten Hirsches an Kummer und Rage verfüttert. Nur zwei waren noch übrig. Er stand auf, und während er über die Lichtung ging, gab er dem Mann einen davon. Der Streifen Fleisch und das Fett und die Sehnen, die noch daran hingen, hatten bereits den Geruch von verderbendem Fleisch. Der Mann riss ihm den Knochen fast aus der Hand, grunzte und sabberte vor Hast, hinunterzuschlucken, was er abnagen konnte. Während er aß, krochen einige heruntergekommene Menschen aus dem Wald. Sie hefteten ihre Blicke auf Alain, als wäre er ein goldener Talisman, der vor ihren habgierigen Augen hing.

»Bitte, bitte«, sagten sie.

Der Junge stemmte sich auf die dünnen Arme, bewegte sich keuchend und schniefend in Richtung Alain. Er zog die Beine hinter sich her, und jetzt konnte er erkennen, dass beide gebrochen und schief zusammengewachsen waren, so dass er sie nicht benutzen konnte. Alain beäugte die Lichtung. Drei Männer krochen hinter ihn, eine Frau näherte sich mit einem festen Stock in der erhobenen Hand.

»Wie ich sagte«, sprach der Mann mit dem Knochen. »Ihr solltet uns den anderen geben, und Euren Umhang und die Kleider, wenn Ihr lebendig hier weggehen wollt.«

Verzweifelten Menschen konnte man keinen Vorwurf machen.

Rage und Kummer standen knurrend auf. Alain hob den Stab.

»Es ist eure Entscheidung«, sagte er mit klarer, deutlicher Stimme. »Ich will nicht gegen euch kämpfen, aber ich werde mich nicht ausrauben lassen.«

»Wenn Ihr barmherzig seid, gebt Ihr uns alles, was Ihr habt, denn wir brauchen es dringend. Bitte, Herr!«, rief die Frau mit dem kräftigen Stock. Sie war so dünn und sah so krank aus, dass ein anständiger Mensch sie auf den ersten Blick bedauert hätte, aber als sie sich näherte, sah Alain, dass ihre Lippen sich zu etwas verzogen, das keinesfalls ein Lächeln war, eher ein hässliches Grinsen.

Er sollte besser so rasch wie möglich verschwinden.

Alain pfiff, und die Hunde sprangen zu ihm. Kaum bewegten sie sich, wichen die Leute aus Angst vor ihren Zähnen zurück. Er hob den kleinen Jungen vom Boden auf und legte ihn sich über die Schulter, schritt dann begleitet von Kummer und Rage in den Wald. Den ganzen Weg über spürte er die Schatten der Leute um sich herum; sie warteten auf eine Möglichkeit, ihn anzugreifen, aber die Hunde waren zu wachsam.

»Hund … Hund«, sagte das Kind.

Der arme Junge stank, und als sie den Wald verließen und zu den offenen Feldern kamen, die die Mauern Autuns umgaben, pinkelte er. Warme Flüssigkeit lief an Alains Seite entlang. Der Junge hatte nicht viel Urin in sich, aber der wenige stank. Rage bellte, wandte den Kopf und schnüffelte an Alains Hüfte.

Bauern waren auf den Feldern und pflügten, obwohl es für diese Jahreszeit zu spät war. Zwei berittene Soldaten patrouillierten. Sie kamen zu ihm geritten, musterten ihn von oben bis unten, hielten dabei Abstand zu den Hunden. Der jüngere war ein sommersprossiger Bursche von etwa sechzehn Jahren, der seinen Speer zaghaft festhielt. Sein Kamerad wirkte mutiger; er war etwa doppelt so alt, hatte dunklere Haare und auf der einen Wange eine schuppige Stelle, die blutig gekratzt worden war.

»Wer bist du?«, fragte der Ältere. »Was willst du in Autun?« Er deutete mit dem Speer auf das Kind. »Bettler sind in Autun nicht gestattet. Geh woandershin.«

»Ich habe das Kind im Wald gefunden. Es ist verlassen worden. Hat die Bischöfin kein Waisenhaus? Gibt es kein Kloster in der Nähe, das Waisen aufnimmt?«

»Ich weiß es nicht«, sagte der Mann. »Aber vermutlich nicht. Sie haben nicht einmal genug Korn, um den Haushalt der Edelfrau und ihr Heer zu ernähren. Ganz sicher gibt es nichts für ein schmutziges, verkrüppeltes Gör wie das da. Siehst du, Jochim?« Er wandte sich an den Jungen. »Die verrenkten Beine.«

»Er ist verkrüppelt«, sagte der Junge lebhaft.

»Das ist er, aber ist er bereits mit den verrenkten Beinen geboren worden? Oder haben seine Mutter oder sein Onkel ihm einen Tritt gegeben, damit andere ihn bedauern und ihr Brot und ihre Münzen hergeben?«

»Nein.« Der Junge schüttelte den Kopf. »Keine Mutter würde so etwas tun. Oder etwa doch?«

»Einige schon. Vielleicht auch ein hübscher Onkel wie der da, der ihn trägt. Sieh dir nur an, wie ordentlich er gekleidet ist, während er das Kind in ein Stück abgerissenen Stoff gewickelt hat. Er hat das Kind im Wald gefunden? Ich weiß, was im Wald lauert. Alle sind auf Befehl meiner Herrin aus der Stadt vertrieben worden. Diebe, Huren und Mörder. Nein, Junge.« Er senkte den Speer, um den Weg zu versperren. In der Ferne standen zwei Bauern und sahen zu ihnen herüber. »Wir wollen Leute wie dich nicht in unserer Stadt.«

»Sein Umhang ist zerrissen«, sagte der Junge. »Siehst du? Das Kind trägt ein Stück davon. Aber wieso sollte er seinen eigenen Umhang zerreißen, wenn er sich aus dem Kind nichts macht, sondern es ihm nur um sein eigenes Wohl geht? Er hätte einem Hausierer einen Fetzen abkaufen und seinen Umhang schonen können.«

»Hund«, sagte das Kind.

»Es sei denn, er ist aus der Stadt rausgeworfen worden und hat das, was das Kind getragen hat, im Wald verloren.«

Alain seufzte. »Ich bin kein Bettler. Wenn Ihr mir sagt, wo ich ein Waisenhaus finde, bringe ich das Kind dorthin.«

Sie zuckten mit den Schultern. Der Junge schien erpicht darauf zu sein, wegzugehen. Der Ältere zögerte. »Es spielt keine Rolle, ob ich dir glaube oder dich für einen Lügner halte. Du kannst die Stadt mit diesem Bettlerkind nicht betreten. Alle können sehen, dass es ein Bettlerkind ist. Du hast keinen Zutritt.«

»Gibt es in der Halle der Edelfrau keine Armen, die von ihren Verwaltern ernährt werden?«, fragte Alain. »Hat sie diesen alten Brauch etwa vergessen? Hat König Henry nicht jeden Tag ein Dutzend Bettler mit dem ernährt, was auf seinem eigenen Tisch war?«

Der Ältere spuckte aus. »Nur weiter so. Sprecht nicht von Henry, dem Besetzer. Nun. Er ist weg. Einige sagen, er ist tot.«

»Wirklich?«, fragte der Junge. »Ein Dutzend Bettler jeden Tag?«

»An Festtagen noch mehr«, sagte Alain mit ruhiger Stimme.

»Woher willst du das wissen?«, fragte der Ältere. »Wie kann ein Mann wie du das wissen? Wie solltest du wohl jemals in der Halle gestanden haben, in der Edelleute ihr Essen einnehmen?«

»Ich war einmal ein Löwe.« Und noch mehr, aber über diese Zeit würde er nicht mit diesem Mann sprechen.

»Ein Löwe!« Der Junge pfiff anerkennend. Respekt stand in seinem Gesicht. »Ein Löwe! Sie haben heftige Kämpfe auszufechten, heißt es. Herzog Conrad nimmt jeden Löwen auf, den er kriegen kann. Herumstreunende, meine ich.«

Der Blick des älteren Soldaten hatte sich auf unbestimmte Weise verändert. »Ist es das, was du jetzt tust? Hast du irgendwelche Kämpfe erlebt? Jemals einen Mann getötet?«

Müde begegnete Alain seinem Blick. »Ich habe Kämpfe erlebt. Ich habe einen Mann getötet.« Einen, der bereits im Sterben lag.

»Oh. Ich glaube dir. Nun.« Er blickte auf die Stadtmauer, auf die zwei Banner, die schlaff vom Turm hingen, so dass das Wappen nicht zu sehen war. Die Wolken zogen träge über den Himmel, obwohl Alain den Eindruck hatte, als würden sie sich gar nicht bewegen. Nicht mehr. »Die Herrin braucht Soldaten. Wenn du dich ihr anschließt, erhältst du ein Bett und eine Mahlzeit an jedem Tag. Interessiert?«

»Was ist mit dem Kind?«

»Ist er aus deiner Familie?«

»Ich habe ihn im Wald gefunden, wie ich gesagt habe.«

»Warum belastest du dich dann mit ihm? Sieh ihn dir doch an! Der Junge ist halb tot, verkrüppelt und nutzlos. Kann er überhaupt sprechen?«

»Hund«, sagte das Kind.

»Hund!«, schnaubte der jüngere Soldat. »Ein guter Name, was? Wir könnten ihn saubermachen und als Maskottchen in den Unterkünften halten, Calos. Wir setzen ihn auf einen Stuhl neben die Tür und bringen ihm bei, jedes Mal ›Hund‹ zu sagen, wenn einer von Hauptmann Alfonses salianischen Prahlern vorbeikommt.«

Calos schluckte ein Lachen hinunter, aber es war leicht zu erkennen, dass die Bemerkung ihn erheiterte.

»Die Herrin hat salianische Soldaten in ihrem Gefolge?«, fragte Alain.

»Oh, sogar sehr viele, diese verfluchten Schnecken!«, sagte

der Junge mit dem Humor eines Mannes, der noch nie richtig dafür gebüßt hatte, dass er seine Kameraden so geringschätzte. »Schlecht gelaunt und gefräßig. Sie sind mit dem salianischen Edelmann gekommen, der einer der Befehlshaber der Herrin ist, aber ich erinnere mich nicht an seinen Namen. Es sind zu viele Salianer. Sie haben jetzt keinen König. Sie gehen sich gegenseitig an die Kehle, wie es heißt. Kein Wunder, dass sie nach Osten kommen. Hier ist es sicherer.«

»Nicht für diejenigen, die vertrieben und in den Wald gejagt werden«, sagte Alain und machte eine Geste in Richtung des Weges, den er gekommen war.

»Sie haben sich den Ärger selbst zuzuschreiben«, sagte Calos mit einem höhnischen Grinsen. »Was ist mit dem Kleinen? Mir gefällt Jochims Idee, je länger ich darüber nachdenke. Damit geben wir's ihnen. Sie werden sich nicht trauen, einem kleinen Kind etwas zu tun, das so verkrüppelt ist wie das da.«

»Würdet Ihr einen Hund so behandeln?«, fragte Alain, verärgert über seinen Vorschlag.

»Wir behandeln unsere Hunde gut!«, erwiderte Calos ungehalten. »Für wen hältst du uns? Wir behandeln jeden Hund gut, der zu uns kommt. Wir bilden ihn aus und ernähren ihn.«

»Ihr würdet dieses Kind nicht anders behandeln?«

Calos schüttelte den Kopf. »Wo denkst du hin, Freund?«, fragte er mit einem schiefen Lächeln und einem gesenkten Blick, als würde er Alain schelten oder sich über seine Einfalt erheitern. »Dieses arme Kind ist in seinem ganzen Leben noch nicht so gut behandelt worden, wie wir, die wir unter dem Befehl von Hauptmann Lukas stehen, unsere Hunde behandeln. Ich schwöre dir, dass es ihm gutgehen wird. Besser als bisher. Und wir können etwas Lustiges in unserer Unterkunft gebrauchen.«

»Was geschieht mit dem Kind, wenn Ihr in Eure Dörfer zurückkehrt?«

Sie lachten beide, aber es lag Schmerz in dem Lachen.

»Ich bin in der Stadt geboren«, sagte Calos. »Der Dienst bei der Herrin ist mein Leben, Freund. Und was Jochim betrifft, hat er kein Dorf, in das er zurückkehren könnte. Es ist überschwemmt worden, als der Fluss im letzten Herbst zurückgekehrt ist. Seine gesamte Familie ist bei der Überschwemmung gestorben, die meisten anderen Leute ebenfalls. Die Übrigen mussten an den Straßen betteln, und ich vermute, dass die meisten von ihnen im Laufe des Winters und des beginnenden Frühlings gestorben sind. Er hat Glück, dass er jeden Tag eine Mahlzeit erhält und ein Bett zum Schlafen hat. Er hat Glück, dass wir in ihm jemanden gesehen haben, der einen guten Soldaten abgeben könnte, und ihn aufgenommen haben. So wird es auch dir ergehen – du kannst von Glück reden, wenn wir dich aufnehmen. Oder hast du es nicht gehört? Es sind schwere Zeiten. Wenn dieser Frost sich nicht legt und die Sonne nicht rauskommt und das Korn nicht wächst, wird es noch schlimmer werden. Viel schlimmer.«

»Bitte«, flüsterte der junge Jochim und wischte sich eine Träne aus dem Auge. »Sprich nicht so unheilvoll. Der Feind könnte uns hören.«

»Kommst du mit?«, fragte Calos. »Können wir den kleinen Burschen adoptieren?«

Sein Blick war ohne Angst, als er Alain ansah, vollkommen starr, während er ihn musterte und selbst gemustert wurde. Er war auf seine Weise ein aufrichtiger Mann, zwar ohne Mitgefühl, aber auch nicht grausam. Er meinte, was er sagte. Er machte seine Arbeit, und er war jenen gegenüber treu, denen er die Treue geschworen hatte. Vielleicht hatte er recht, was das Kind betraf. Vielleicht konnte dem verkrüppelten und verlassenen Kind einer Bettlerin in dieser Zeit nichts Besseres geschehen, als wie ein gut gehaltener Hund behandelt zu werden.

2

Hauptmann Lukas – ein Mann, der hart im Nehmen war – fand die Vorstellung, ein Kind als Maskottchen zu benutzen, das nur das Wort »Hund« sagen konnte, ebenso erheiternd wie seine Soldaten. Es war klar, dass er die salianischen Eindringlinge hasste; niemand musste es laut aussprechen. Die Bewohner von Autun hatten die Salianer immer gehasst. Es lag ihnen im Blut. Es war unerheblich, dass der geschätzte Kaiser Taillefer selbst Salianer gewesen war, dass er als Kaiser über Salia und Varre und noch viele andere Gebiete geherrscht hatte und seine berühmte Kapelle sowie den Palast in Autun errichten ließ, von wo aus er genauso regiert hatte wie von anderen Orten. Dass er sich hier hatte beerdigen lassen, sollte lediglich zeigen, dass er eigentlich doch kein Salianer war. Und so erzählte man sich, dass er auf einem Landbesitz geboren worden war, der inzwischen zu Varingia gehörte, was bedeutete, dass er im Grunde aus Varre stammte und somit Varre Salia erobert hatte und nicht umgekehrt.

»Das gefällt mir«, sagte der Hauptmann. Er und seine Feldwebel lachten, während Calos und Jochim zusahen. Er klatschte sich auf den Oberschenkel. »Ja, das ist gut! Seht zu, dass er gut ernährt wird und die Hunde ihn bewachen. Dann können wir vollkommen unschuldig sagen, dass er ja nur mit ihnen spricht!«

Alain gefiel die Idee nicht, aber er wusste, dass er keine brauchbare Alternative hatte. Die Welt veränderte sich nicht von einem Tag auf den anderen oder innerhalb eines Jahres. Möglicherweise veränderte sie sich gar nicht. Es konnte aber auch sein, dass diese schlichte und sogar selbstsüchtige Geste der Freundlichkeit gegenüber einem verkrüppelten Waisenkind einhundert weitere Taten aufwog, die von sichtlich großer Bedeutung waren und die Großen und Mächtigen des Landes einbezogen. Hund, wie jetzt alle den Jungen nannten, saß in einer Ecke und schlürfte Brei. Er schien keinerlei Angst zu haben, obwohl in den Unterkünften ständig Männer hin und her gingen, laut redeten, Witze machten, husteten, lachten und derbe Possen rissen.

»Jemand muss ihn waschen«, fügte der Hauptmann hinzu. »Das ist deine Aufgabe, Calos. Du hast ihn schließlich hergebracht.«

»Jochim, das ist deine Aufgabe«, sagte Calos. »Was ist mit diesem Mann, der behauptet, ein Löwe zu sein?« Er deutete auf Alain, der etwas abseits stand.

»Ich möchte die Hunde sehen, von denen du erzählt hast«, erklärte Hauptmann Lukas, schritt mit übertriebener Gleichgültigkeit zur Tür und ließ seinen Blick über die Veranda schweifen. Kummer und Rage betrachteten ihn mit ihren dunklen Augen. Als sie Alain sahen, klopften sie mit den Schwänzen auf die Holzplanken, aber ansonsten rührten sie sich nicht.

Der Hauptmann musterte die Hunde einige Zeit. Dann wandte er seinen Blick zu Alain. Er erkannte ihn. Alain sah es in seinem Lächeln und auch an der Art und Weise, wie er sich nachdenklich die Stirn rieb, und er erkannte es daran, wie er dreimal mit dem Fuß auf den Boden klopfte, als er zu einem Entschluss gekommen war.

»Am besten gehen wir zur Herrin«, sagte er, ohne direkt zu Alain zu sprechen. Er drehte sich um und winkte seine Feldwebel zu sich. »Ich brauche ein Dutzend Männer. Feldwebel Andros, du übernimmst hier, während ich weg bin.«

»Für heute Nachmittag steht ein Streifzug durch das Südwestviertel an, Hauptmann.«

»Verfahrt wie üblich.«

»Jawohl, Hauptmann.«

»Bitte.« Der Hauptmann gab Alain zu verstehen, dass sie zusammen gehen würden. »Ihr seid vermutlich hier, um Edelfrau Sabella zu sehen.« Ohne Alain die Möglichkeit zu einer Antwort zu geben, erteilte er den zwölf Männern, die sie begleiten würden, Anweisungen.

Sie standen im staubigen Innenhof eines Gebäudekomplexes, der früher einmal einem Kaufmann gehört hatte, jetzt aber als

Unterkünfte und Stallungen diente. Der Komplex bestand aus zwei langgestreckten Gebäuden, die an ihren nördlichen Enden durch eine weiträumige Halle miteinander verbunden waren. Am südlichen Ende gab es eine offene Küche und kleine Schuppen für Vorräte. Die eine Hälfte der Halle wurde von den Männern benutzt, in der anderen waren ihre Pferde untergebracht. Es gab insgesamt drei Trupps, jeweils einen in jedem Gebäude. Alle zusammen etwa dreihundert Mann, sofern Alain die Größe von Hauptmann Lukas' Trupp richtig einschätzte. In den geöffneten Türen zu den Unterkünften standen Männer, betrachteten das Kommen und Gehen der anderen Soldaten, ob es sich nun um Freunde oder Rivalen handelte. Hunde schlichen um die verschiedenen Veranden herum, auf der Suche nach einem Brocken oder einem freundlichen Tätscheln. Sie hielten sich von Kummer und Rage fern, aber eine außergewöhnlich mutige Hündin wagte sich näher heran und schnüffelte an ihnen. Ein Karren mit Dung wurde von zwei Soldaten zu den Feldern gezogen. Auf dem offenen Innenhof stank es nach Schweiß und Scheiße, Urin, Staub und jenem ungreifbaren Geruch von Männern, die andere Männer auf Schwachstellen hin abschätzten. Zwei Männer witzelten laut.

»Oh, da sind wieder die varrenischen Eber! Sieh nur, da marschiert der arschkriechende Hauptmann!«

Alain blickte den Hauptmann an, aber er schien sich nichts aus ihren Worten zu machen. Tatsächlich war es, als hätte er sie gar nicht verstanden, als würden sie in einer Sprache reden, die er nicht kannte. Aber Alain verstand sie. Die vielen Bewegungen raubten ihm die Orientierung. Die Männer, die ihren Arbeiten nachgingen, die zurückweichenden Hunde, die Kummer und Rage Platz machten, ohne sie herauszufordern, das Pferd, das unruhig vom Eingang der Stallungen zurücktrat – all das gab ihm das Gefühl, als würde sich die Welt um ihn herum drehen. Er taumelte und streckte die Hand aus, um sich festzuhalten

Sie gleiten über eine so reglose, klare Wasseroberfläche in den Rikin-Fjord, dass er das Gefühl hat, als könnte er in die Tiefe

sehen, bis hinunter zu dem uralten Meeresgrund, der vor Äonen aus glitzerndem Fels gehauen wurde. Aber das ist nur eine Illusion. Was er sieht, sind die Rücken von Fischen, die um seine Hülle schwärmen.

Einer taucht auf.

Es sind keine Fische, sondern Merwesen, sogar ein ganzer Schwarm. Er lehnt sich gegen die Reling und mustert sie. Die Soldaten an Deck rufen. Wie immer, wenn sie das nördliche Meer durchkreuzen, segeln sie mit einer Eskorte von Merwesen um Bug und Heck. Diese hier, findet er, ähneln eher einem räuberischen Wolfsrudel, das sich auf ein Schlachtfeld stürzt.

»Achtung!«, ruft Diakonissin Ursuline, ein Mitglied seines Rates.

Papa Otto meldet sich vom Heck. »Ein Schwarm hat sich hier versammelt. Das gefällt mir nicht! Ich fürchte, sie wollen uns etwas antun!«

Als hätten die Worte Zauberkraft, neigt sich das Boot nach steuerbord. Seine Fersen rutschen zurück, und er packt die Reling, um nicht auf das Deck zu stürzen, aber als er die Füße aufsetzt, neigt sich das Boot erneut und so abrupt nach backbord, dass er sich nicht halten kann. Er stürzt vor, verliert den Griff um die Reling und fällt in das kalte blaue Wasser des Fjords.

Eiskaltes Wasser spritzte gegen sein Gesicht, als er sich an einem schrägen Pfosten festhielt, während der Boden unter seinen Füßen noch immer zu schwanken schien.

Hauptmann Lukas fluchte. »Verfluchtes Wetter! Was für ein Regen! So kalt, dass man meinen könnte, es wäre noch Winter!«

Alain blinzelte Regen aus den Augen und schüttelte den Kopf, um sich von den Gedanken zu befreien. Der Regenguss hatte alle auf dem Hof überrascht. Hunde und Männer liefen los, um sich irgendwo unterzustellen. Der Hauptmann lachte und beschämte seine Männer, indem er noch langsamer ging.

»Was? Ihr lauft gleich beim ersten kalten Tropfen davon? Was für zimperliche Schnecken seid ihr denn?«

Die Vision, die so schnell und unerwartet gekommen war, löste sich beim Anblick des Gebäudekomplexes und der Gerüche auf. Sie schritten zwischen den Küchengebäuden hindurch, in denen es nach Brei und Qualm roch, passierten einen Lagerraum, dessen Tür offenstand. Im Innern kauerten etwa zwanzig Leute um eine Gruppe von Betten. Sie saßen, lagen, husteten: vielleicht ein Krankenraum. An der Tür stand ein Kind und sah sie mit aufgerissenen Augen und ernster Miene an, als sie vorbeigingen.

»Ihr wart zu lange unterwegs«, sagte der Hauptmann. »Die Edelfrau mag den Geruch der Straße nicht. Ihr müsst erst ein Bad nehmen.«

»Darf ich das übernehmen, Hauptmann?«, fragte einer der sie begleitenden Soldaten.

»Ha! Mir würde ein gutes Bad gefallen, Hauptmann!«, sagte ein anderer.

»Ich habe gehört, bei den Bädern sind ein paar neue Waschfrauen«, lachte ein dritter. »Nicht wie früher, wenn ihr versteht, was ich meine. Mehr nach unserem Geschmack.«

»Still«, sagte Hauptmann Lukas, aber er war offenbar nicht wütend auf seine Männer.

Die Unterkünfte befanden sich beim Südtor und damit nicht gerade in der Nähe des Palastkomplexes, der sich auf einem Hügel befand. Auf den Straßen war um diese Tageszeit nicht viel los. Zweimal passierten sie ein Lagerhaus, das jeweils von einem Dutzend Soldaten bewacht wurde.

»Was bewachen sie?«, fragte Alain.

»Korn. Ist so kostbar wie Gold.«

Ein paar Leute pflegten Gärten an freien Stellen. Noch war der Platz innerhalb der zur Zeit Taillefers errichteten Mauern von Autun nicht ausgefüllt worden. An anderen Stellen waren Gebäude eingestürzt und nicht wieder errichtet worden, so dass der Boden dort verwahrlost war. Eine Frau und ein Mann, die in frischen Mistmulden herumstocherten, richteten sich auf und sahen den Soldaten beim Vorbeigehen zu. Auch sie grüßten nicht, wie das Kind an der Tür zum Lagerhaus, und der Hauptmann nickte ihnen ebenfalls nicht zu. Ihr Schweigen beunruhigte Alain, der zu ahnen begann, dass die Beziehung zwischen den Stadtbewohnern und den Soldaten einmal besser gewesen war.

Die Bäder befanden sich am Fuß des Palasthügels. Das ursprüngliche Gebäude war von den alten Dariyanern errichtet worden, aber es war vor hundert Jahren erneuert worden und seither nicht sonderlich verfallen. Kummer und Rage saßen unter einem Säulenvorbau bei zwei besorgten Aufpassern. Im Innern der steinernen Halle hatten zwei alte Frauen das Sagen, aber tatsächlich wurden sie von fünf jüngeren, hübscheren Frauen unterstützt, die sofort in die hinteren Zimmer getrieben wurden, als die Soldaten eintraten.

»Hier«, sagte Hauptmann Lukas und schob Alain in ihre Richtung. »Ich hole ihn später wieder ab.«

Sie führten ihn in ein Zimmer, in dem er sich entkleiden konnte. Die Bediensteten musterten ihn mit dem Blick von Frauen, die schon alles Mögliche gesehen hatten. Sie zwickten ihn sogar ins Gesäß und maßen den Umfang seiner Arme, indem sie ihre Hände darumlegten.

»Ziemlich hübsch«, bemerkte die größere Frau so leise zu der kleineren, dass er es offensichtlich nicht hören sollte. »Aber zu dünn.«

»Sind das heutzutage nicht alle?«

Seine Kleidung wurde weggebracht, und ein schlaksiger Jugendlicher brachte zwei Eimer Wasser. Er stellte die Eimer auf dem Steinboden ab und zog sich wieder zurück.

»Hebt die Arme!«, sagte die alte Frau.

Gehorsam hob er die Arme.

»Schließt die Augen!«

Er schloss die Augen.

Das Wasser versetzt ihm einen solchen Schlag, dass ihm fast das Herz stehen bleibt. Die Kälte strömt über sein Gesicht und seinen Nacken. Von einem Augenblick zum nächsten ist er so nass und kalt, dass sich alles versteift, die Lippen sich zu einer

Grimasse verzerren und die Glieder erstarren wie bei der Leichenstarre.

Wie kann irgendetwas nur so kalt sein?

Dann erinnert er sich daran, dass die Kälte ihm nichts antun kann, nicht so wie den Menschen. Er ertrinkt in seiner Vision. Er muss die Augen öffnen, rasch. Warum geriet das Schiff auf den Wellen so plötzlich ins Schwanken?

Er öffnet die Augen, als das Wasser an ihm vorbeifließt und ein Gewicht gegen ihn stößt, erst sanft, dann kräftiger. Er wedelt mit den Armen im Wasser, versucht, sich zu orientieren, um zur Oberfläche zurückzukehren.

Er ist von Merwesen umringt.

Sie umkreisen ihn, als wollten sie ihn töten.

Sie wollen ihn töten.

»Warum?«, fragte die Ältere sarkastisch. »*Warum?* Glaubt Ihr, wir lassen Euch so schmutzig in die Bäder? Wascht erst den Dreck ab. Und dann seift Euch ein.«

»Es ist furchtbar kalt!«, sagte er mit zusammengebissenen Zähnen. Eine Gänsehaut breitete sich überall auf der Haut aus, aber er hätte nicht sagen können, ob sie von dem kalten Wasser stammte oder von der Furcht, die ihn unkontrolliert zittern ließ.

»Glaubt Ihr, wir erhitzen es für Euch? Nun, wir können darüber nachdenken, sofern Ihr das Holz spaltet und vorher dafür bezahlt!«

»Flucht nicht über Euer Schicksal, junger Mann. Ihr seid einer, der Glück hat!«

Sie waren beide alt und lebhaft. Die vollen Wangen und üppigen Hüften verrieten, dass sie gut zu essen bekamen, und obwohl sie fröhlich genug waren, um sich über ihn zu erheitern, blieben sie stets wachsam, blickten in regelmäßigen Abständen zur Tür, als erwarteten sie, dass jemand hereinstürmte. Sie redeten weiter, und in der Flut ihrer Worte beruhigte sich sein Zittern.

»Ihr habt Glück, dass Ihr überhaupt ein Bad bekommt! Als Bischöfin Constanze noch geherrscht hat, hat das gewöhnliche Volk die Bäder an Himmelstag, Sekuntag und Jedutag für einen

Skeatta benutzen können, aber jetzt ist das nicht mehr so. Jetzt bleiben sie dem edlen Gefolge der Herrin und ihren Hauptleuten vorbehalten.«

»Hör auf«, sagte die andere. »Wenn sie uns wegen Aufwiegelei gegenüber der Herrin aus der Stadt jagen, verhungert meine Familie! Auch wenn ich nichts sage und nur du redest, bin ich doch genauso schuldig wie du!« Sie reichte Alain ein öliges Stück rauer Seife. »Ich bitte um Vergebung, Herr. Wir meinen es nicht böse mit unserem Gerede.«

»Ich bin kein Herr«, sagte er und griff dankbar nach der Seife. »Und ich danke Euch für Eure Mühe.« Er seifte sich ein. Er war nicht so schmutzig, wie man hätte denken können, nicht annähernd so dreckig, wie er schon einmal gewesen war, aber es fühlte sich gut an, als der Schmutz sich löste und abfiel.

Sie glucksten, als hätte er einen Witz gemacht. Die größere Frau ging. Die kleinere goss Wasser in die Rinne, als er sich die Haare wusch.

»Fertig?«

Er bereitete sich auf den Aufprall des kalten Wassers vor. Es versetzte ihm einen Schlag.

Es ist eiskalt. Er keucht. Die Luft weicht aus seiner Lunge und steigt in Bläschen zur Oberfläche auf. Ein Schatten baut sich im Wasser auf, so nah, dass die Zähne fast sein Gesicht berühren. Er tastet nach seinem Messer und zieht es hervor, aber die Klinge verfängt sich im Stoff seiner Hose.

»Zu spät«, flüstert das Merwesen. Es ist seltsam, dass es unter Wasser in Worten sprechen kann, die Starkhand versteht. »Zu spät für dich, Starkhand. Jetzt bin ich der Sieger, auch wenn du bei Kjalmarsfjord gewonnen hast.«

Es ist seltsam, dass es mit der Stimme von Nokvi spricht, Starkhands letztem Rivalen unter den Aikha.

Keuchend fuchtelte er mit den Armen herum.

»He! He!«, rief die Frau. Sie stieß ihm das Ende des Besenstiels in die Rippen, und er musste husten. »Wenn Ihr gewalttätig werdet, rufe ich die Wachen!«

»Nein, ich bitte um Vergebung. Es ist nur –« Er konnte ihnen nichts sagen.

Nokvi, Starkhands letzter Rivale um die Führung der Aikha, war tot. Starkhand hatte ihm eigenhändig den tödlichen Hieb versetzt und Nokvi über Bord und den Merwesen vorgeworfen. Alain hatte die Schlacht bei Kjalmarsfjord miterlebt, während er selbst auf dem Hügel bei Königinnengruft mit den Löwen gekämpft hatte und schließlich von der Herrin der Schlachten niedergeschlagen und getötet worden war. Wie konnte es sein, dass Nokvi aus der Tiefe des Meeres sprach?

»Ja«, sagte die Alte. Sie wirkte jetzt amüsiert, als sie sah, dass Alain sich etwas beruhigt hatte. »Es geht allen gesunden jungen Männern so. Sie brüllen wie die Säuglinge, wenn sie ins kalte Wasser kommen. Und jetzt weiter, zu den heißen Bädern.«

Sie schob ihn mit dem Besen voran, drückte die Borsten fest gegen die zarte Gesäßhaut. Er schrie auf – und sie kicherte –, während er in den nächsten Raum gescheucht wurde. In der gewölbten Steinkammer befand sich ein gefliestes Bad, das nach Mineralsalzen roch. Dampf stieg aus Rillen im Boden auf. Er trat ein, setzte sich auf eine Steinplatte, die etwa eine Rumpfhöhe über dem Boden angebracht war, und wurde von der gewaltigen Hitze überrascht. Eine Woge von Schwindel ergriff ihn, als würde er ins Meer springen, und er versank

Wasser strömt über sein Gesicht. Wird es diesmal das Ende sein?

Nein.

Niemals.

Nicht auf diese Weise.

Er will friedlich in seinem Bett sterben, nicht unerwartet auf diese schändliche Weise durch einen verschwundenen Feind, der tot ist. Den er getötet hat.

Es ist nur ein Merwesen, klüger als ein Hund und nicht so intelligent wie ein Mensch. Aber ein wütendes Merwesen, das sich der Rache verschrieben hat, ist dennoch ein beachtlicher Gegner.

Während das Wesen zum tödlichen Schlag ansetzt, macht Starkhand eine Rolle im Wasser und stößt mit den Füßen zu, trifft den Rumpf des Merwesens. Die Bewegung ist träge, die Reaktion seltsam gedämpft, weil das Wasser alle Bewegungen verlangsamt und unbeholfen macht. Das Meer ist ihr Element, so wie der Fels, das Feuer und die Luft seine Elemente sind.

Es sind ein Dutzend Merwesen oder einhundert. Er kann nicht in die Tiefe sehen. Hüllen behindern das Licht. Ein anderer Aikha stürzt neben ihm ins Wasser, versucht, nicht unterzugehen, aber dieser Bruder bleibt unberührt, während die Merwesen weiter um Starkhand herumschwärmen. Gleich wird er das Bewusstsein verlieren, er wird Meerwasser einatmen und in die Tiefe sinken und ertrinken. Sie werden ihn fressen, wie sie all die anderen gefressen haben, die ins Meer geworfen worden sind. So war der Handel, der vor langer Zeit geschlossen wurde.

Wieso wollen sie das Fleisch von Menschen und Aikha haben, wenn es doch so viele Fische im Wasser gibt?

Er hat das Messer von seiner Hose befreit, stößt es nach oben, in die Seite des Merwesens, benutzt sein Fleisch als Hebel, um sich an die Oberfläche zu hieven, während sein Opfer zuckt und andere näher kommen, um sich an Blut und Eingeweiden zu nähren.

Eine Hand packt seinen Knöchel. Zähne graben sich in seine Wade. Er durchbricht die Oberfläche, hustet und spuckt, atmet Luft

Alain schluckte einen Mundvoll Wasser. Mit Händen und Füßen um sich schlagend fand er sich unter Wasser wieder

Aber es ist zu spät. Das Wasser schließt sich wieder über ihm, als etwas sein Bein packt und ihn hinunterzieht. Die Zähne der Merwesen sind härter als Eisen, sie können die Haut der Felsen-Kinder leicht durchdringen. Er hat sein Messer verloren, aber er besitzt andere Waffen.

Seine ausgefahrenen Klauen streichen durch die zuckenden Haare der Kreatur, die sich an ihm genährt hat. Wie abgetrennte

Aale schwärmen sie jetzt durchs Wasser, das von dem Blut desjenigen getrübt ist, der mit der Stimme von Nokvi gesprochen hat. Sein Bein ist frei. Er schwimmt nach oben und durchbricht erneut die Wasseroberfläche, als eine Hand seine Haare packt und daran zieht, ihn auf das Schiff zurückholt

Der Schmerz, als an seinen Haaren gezogen wurde, schob alle anderen Gedanken beiseite. Er brüllte, und dann bellten die Hunde wie wahnsinnig, und er hörte Männer fluchen und alarmiert aufschreien.

»Was tut Ihr da?«, rief die Alte. »Wollt Ihr Euch ertränken?«

Sie zuckte zusammen, als ein Schrei ganz in der Nähe erklang, ließ seine Haare los und drehte sich um. Sie schrie vor Angst. Er schnappte noch immer nach Luft, hatte kaum Zeit, das Kratzen der Krallen auf Stein zu bemerken, die großen Gestalten, die zu ihm liefen und mit einem mächtigen Platschen das gesamte Bad zum Erzittern brachten.

Dann brach Chaos aus wie bei einem Kampf. Leute rannten herbei, um zuzusehen, zu brüllen oder zu lachen und Beschwerden von sich zu geben, ganz dem jeweiligen Naturell entsprechend. Alain musste lachen, als er Kummer und Rage zum Rand des Beckens schwimmen sah, aber sie konnten nicht allein herausklettern, also schwamm er zu ihnen und schob sie mit großer Mühe aus dem Wasser. Sie niesten und schüttelten sich, verbreiteten eine Kaskade von Tropfen und niesten erneut, angewidert von dem Geruch und der Hitze.

»Raus! Raus!«, rief die größere Frau, während die kleinere den Besen gegen eine vielbenutzte Harke eintauschte, um die langen Hundehaare aus dem Wasser zu fischen. So viel Wasser in so kurzer Zeit vergossen!

Alain schürfte sich ein Knie auf, als er herauskrabbelte. Er bekam nicht einmal ein trockenes Tuch, mit dem er sich hätte abtrocknen können, als bereits Hauptmann Lukas rief, dass er sich beeilen sollte. Der Hauptmann wartete jedoch in sicherer Entfernung. Die Hunde gähnten breit und ließen ihre Zähne sehen.

Als sie weitergingen, war Alain immer noch nass, aber er war in ein Wollgewand gekleidet, das von einem unbekannten Schenker stammte und nach getrocknetem Dorsch roch. Dazu trug er seine eigenen abgetragenen Sandalen, und unter der Wolltunika das lockere Leinenhemd, das er von Tante Bel bekommen und das er bisher sauber gehalten hatte. Er beklagte sich nicht, als sie die steilen Stufen zum Palast hochstiegen. Es regnete leicht, aber die Stufen waren den ganzen Weg zum Hügel hinauf überdacht; offenbar hatte man verhindern wollen, dass der Kaiser nass wurde, wenn er auf dem Weg zum Bad oder zurück gewesen war. Steinsäulen trugen das Holzdach. Es gab keine Mauern. Als sie höherstiegen, breitete sich die Stadt unter ihnen aus, schmale Gassen, Innenhöfe und Zisternen, die auf eine Weise angeordnet waren, dass ein gebildeter Mensch daran erinnert wurde, dass Autun vor Jahrhunderten als dariyanische Festung errichtet worden war. Rechteckig, methodisch, erklärbar. Seine Gedanken allerdings wirbelten so heftig wie das unruhige Wasser des Rikin-Fjords, das noch immer in erinnerten Bruchstücken vor seinem Auge aufblitzte.

Keuchend spuckt er Meerwasser und dreht sich zu seinem Retter um. Es ist Papa Otto, der ihn festgehalten und hochgerissen hat, während seine Aikha-Brüder mit Speeren nach den herumschwärmenden Merwesen stoßen. Jetzt, da er nicht mehr im Wasser ist, brechen sie den Angriff ab. Der Aikha-Bruder schwimmt unbelästigt zum dritten Schiff und wird dort an Bord gezogen.

Er ging an Säulen vorbei, die die Gestalt beeindruckender Tiere hatten. Ein edler Greif starrte ihn mit meeresblauen Augen an. Ein Wolf, ein Adler und ein stolzer Löwe.

Das blaue Meerwasser wirbelt auf, als ein zweiter Schwarm von Merwesen den Schiffen von Starkhand folgt und in den Fjord drängt. Sie umkreisen die kleine Flotte, ehe sie in den Abgrund hinuntertauchen. Führen sie Krieg gegeneinander, die eine Gruppe gegen die andere? Er kann die Tiefe nicht durchdringen, die jetzt so bewölkt und trübe ist wie der Himmel, aber da ist noch ein dunklerer Schleier aus strömendem Blut, das von dem Kampf in der Tiefe heraufsteigt.

Starkhand steht am Steven des Schiffs und starrt ins Wasser, aber er kann nichts erkennen und hat nur Fragen. Sein Bein blutet, das helle Blut tropft auf das Deck und wird von dem Salzwasser verwässert, das bei der leisesten Neigung des Schiffes hin und her plätschert, während es in die Meerenge gleitet.

Er wendet sich an Papa Otto. »Du hast mich gerettet«, sagt er. »Wie kann ich dich belohnen?«

Der Mann schüttelt den Kopf. »Herr.« Mehr sagt er nicht.

»Was möchtest du? Du bist einst ein Sklave gewesen. Jetzt sprichst du in meinem Rat. Was möchtest du?«

»Herr«, sagt der Mann. Er zittert jetzt, und es ist klar, dass er von einem starken Gefühl überwältigt wird. Er wird nicht sprechen. Er kann es nicht.

»Also schön, Otto. Wenn du es weißt, musst du es mir sagen. Du hast dir heute eine Belohnung verdient.«

»Ja, Herr«, sagt der Mann gehorsam, aber er weint, wie Menschen es tun, wenn ihre Gefühle sie überwältigen. Und trotzdem versteht Starkhand sie immer noch nicht ganz.

Von weiter vorn kann er die Feuerstellen seiner Heimat riechen. Ein schwaches Summen bringt seine Nackenhaare dazu, sich aufzurichten. Seine Hunde jaulen auf.

AltMutter wartet auf ihn.

»Sie ist in der Kirche und betet«, sagte eine Wache zu Hauptmann Lukas.

Alain hielt abrupt inne, verhinderte gerade noch, dass er gegen den Hauptmann prallte. Lukas war oben stehen geblieben, bei einem Tor, das mit dariyanischen Rosetten verziert war. Dahinter befand sich der Innenhof, an der einen Seite von einer Steinkolonnade gesäumt, an der anderen, gleich links von ihnen, von einem Steinwall eingefasst, der eine atemberaubende Sicht auf die Stadt gestattete, auch wenn Alain von seiner Position aus nur eine Ecke des Turms der Kathedrale sehen konnte. Der mit Kies versehene Innenhof war erst kürzlich geharkt und gesäubert worden. Gegenüber befand sich die berühmte achteckige Kapelle mit den stolzen Strebepfeilern aus Stein. Der Gesang von Hymnen erklang.

»Eine seltsame Zeit zum Beten«, bemerkte der Hauptmann, »es sei denn, man ist die Königin.«

Die Wache und Lukas waren offenbar alte Freunde, und tatsächlich trug der andere Mann das Hauptmanns-Abzeichen an seinem Umhang. »Nur zu wahr.« Er kicherte und sagte dann mit einem Grinsen: »Es sind Dankgebete. Die Königin hat bei Morgengrauen ein Kind geboren.«

»Tatsächlich?«, fragte Hauptmann Lukas. Seine Augen weiteten sich, als er sich zu seinem Kameraden vorbeugte. »Ein Mädchen oder einen Jungen?«

»Einen Jungen natürlich! Die Geburt wird in drei Tagen verkündet werden, wenn der kleine Wurm so lange überlebt. Die anderen zwei haben es nicht geschafft.«

»Ja, ich erinnere mich, aber dem älteren Mädchen scheint es gelungen zu sein. Dennoch.« Er sah sich um, um sicherzugehen, dass keine der anderen Wachen zuhörte, und rückte noch näher an ihn heran. »Dennoch. Wie nimmt der Herzog es auf?«

»Da«, sagte die andere Wache und deutete an ihm vorbei auf die Treppe. »Er kommt gerade von der Jagd zurück.«

Die Stufen wanden sich in Kehren den Hang hinunter, aber weil sie überdacht waren, war die Prozession schwer zu erkennen, von der der andere Hauptmann gesprochen hatte. Allerdings brachte der Wind lebhaftes Geklapper. Die Hunde stellten die Ohren auf und sahen interessiert den Weg hinunter.

»Was sind das für große Tiere?«, fragte der Hauptmann und streckte Kummer dann eine Hand entgegen. »Hier, Junge. Bist du freundlich? Ganz schön groß, was?«

Kummer knurrte drohend und legte die Ohren an, und der Mann zog die Hand zurück. »Ich habe solche Tiere schon einmal gesehen, aber ich erinnere mich nicht mehr, wo das war. Man sollte meinen, dass man solche Ungeheuer nicht vergisst!«

»Kommt«, sagte Hauptmann Lukas und winkte seinen Männern, die alle noch auf den Stufen warteten, die auch die Kompanie emporkam. »Geht zur Kapelle, aber bleibt im Hintergrund und verhaltet euch still.« Er nickte Alain zu. »Die Herrin wird nichts dagegen haben, wenn die Hunde gleich bei der Tür warten. Sie nimmt häufig ihre Jagdhunde mit hinein, ebenso wie der Herzog. Seine Windhunde sind gewöhnlich immer bei ihm. Werden sie sich mit den anderen Hunden streiten?«

»Nur, wenn sie angegriffen werden.«

Der Hauptmann nahm ihn beim Wort. Nur wenige Menschen kannten ihre Hunde nicht gut genug, um nicht zu wissen, wie sie sich verhielten. Solche Hunde hätten niemals für längere Zeit still dagesessen. Sie wären herumgelaufen und hätten in jeder Spalte und Lücke geschnüffelt und sie ausgekundschaftet, egal, wie verärgert ihr Herrchen sie auch zurückgerufen hätte. Die meisten Leute hatten nicht die Zeit, sich mit schlecht ausgebildeten Hunden abzugeben, und sicherlich machten sie sich nicht die Mühe, sie zu ernähren.

Mehrere Soldaten hingen bei der Kolonnade herum und sahen voller Interesse zu, aber sie rührten sich nicht.

»Es sind viele Soldaten in Autun«, bemerkte Alain.

»Das stimmt«, pflichtete Hauptmann Lukas ihm freundlich bei, während sie über den Kiesboden gingen. Ihre Schritte erzeugten ein leises Knirschen. »Mehr Soldaten als gewöhnliche Leute, heißt es.«

»Wie werden die Soldaten ernährt?«

»Steuern.« Er zuckte mit den Schultern. »Die Herrin nimmt sich, was sie braucht. Es dient dem Wohl aller, beschützt zu werden.«

»Was ist, wenn es dieses Jahr nur eine schlechte Ernte gibt? Es sieht danach aus, oder nicht? Es ist immer noch so kalt, dass die Leute nicht riskieren können zu pflanzen, weil ein später Frost die Schösslinge töten könnte.«

»Das betrifft mich nicht.«

»Das könnte es aber noch tun, wenn die Herrin ihre Soldaten nicht mehr ernähren kann.«

»Sie wird uns nicht aus der Stadt werfen. Krieg steht bevor. Vielleicht habt Ihr davon nicht gehört.«

»Was für ein Krieg soll das sein?«

»Es heißt, die Wendaner wollen uns von hier vertreiben, obwohl wir keinerlei Lust haben, wieder unter das Joch des wendischen Herrschers zu geraten. Nicht mehr. Jetzt, da wir eine eigene Königin haben.«

Der Gedanke an Tallia schmerzte nicht mehr. Sie betraten die Kapelle und nahmen im hinteren Bereich Platz, unter dem Kreuzgang, wo die anderen Bediensteten und Mitglieder des Gefolges warteten.

Es war eine Andacht, in gewisser Weise. Edelfrau Sabella kniete auf einem dicken Kissen, ihr Kinn ruhte auf einer Faust. Sie starrte nicht auf den Altar, bei dem eine Geistliche stand und Psalmen las, sondern auf das Steinbildnis von Taillefer. Kurz darauf beugte sie sich nach rechts und murmelte ihrem Begleiter etwas zu, einem jungen Mann mit den kräftigen Schultern eines Kämpfers und Jägers. Ein Dutzend edler Kameraden umgab sie, und das Summen ihrer Unterhaltung begleitete die frommen Gebete der Geistlichen.

Alain hatte schon einmal in dieser berühmten Kapelle gestanden. Etwas stimmte nicht. Einander abwechselnde Blöcke aus dunklem und hellem Stein verliehen den acht Gewölben des Erdgeschosses ein bestimmtes Muster. Über ihnen erstreckte sich eine hohe Kuppel, an deren Rand sich ein zweiter und ein dritter Stock von Säulen befanden. So mochten die Gläubigen zum Himmel aufsteigen, die Rechtschaffenen sogar noch höher, wie es die Bilder auf den steinernen Pfeilern zeigten, bis schließlich die Engel die strahlende und ferne Kammer des Lichts weit oben berühren konnten.

Die Kapelle hatte sich nicht verändert. Der Sturm hatte sie nicht erschüttert. Aber etwas stimmte tatsächlich nicht, und er musste die Kapelle ein zweites Mal mit Blicken durchsuchen, ehe er begriff, was es war.

Die Hände, die zu der Steinplastik von Kaiser Taillefer gehörten, waren leer. Die Sternenkrone war verschwunden. Die Steinfigur griff in die Luft. Der Anblick kam Alain so seltsam vor, dass er lächelte. So oft versuchte man, etwas zu greifen, das man nicht festhalten konnte, und selbst dann, wenn man es verloren hatte, war das Leben von diesem Wunsch und der Handlung des Zugreifens geprägt. So war es auch mit jenen, die wie Stein in eine unveränderliche Gestalt gemeißelt worden waren. Man verwandelte sich selbst in Stein, weil man Angst davor hatte, sich zu verändern.

»›Wie kann ich Gott all das zurückgeben, was Sie mir gegeben haben?‹«, sangen die Geistlichen. »›Ich hebe den Becher der Hingabe und spreche mein Gelübde gegenüber Gott in Anwesenheit Ihres Volkes.‹«

Eine Gruppe von begeistert klingenden, lachenden und sich unterhaltenden Männern, die noch schweißnass und schmutzig von ihrem Ausritt waren, kam durch die Tür gerauscht. Sabella blickte auf. Sogar die Geistlichen unterbrachen ihren Gesang, drehten sich um und sahen nach, aber einen Moment später ging die Messe trotz der unangemessenen Unterbrechung weiter.

Conrad der Schwarze kniete neben Sabella nieder, zupfte einen trockenen Grashalm aus seinem Bart und zerkrümelte ihn zwischen den Fingern.

»Neuigkeiten von der Grenze.« Möglicherweise bemühte er sich, als Zeichen der Ehrerbietung gegenüber den Dankgebeten gedämpft zu klingen, aber in dieser Halle erklangen seine Worte so laut, dass alle im Kreuzgang ihn hören konnten. »Wir haben die Herrschaft über die Minen zurückerlangt, aber ich brauche Arbeiter. Dieser Plünderungszug der Aikha letztes Jahr hat das Land leergefegt. Sie haben die gesamte Küste fest im Griff.«

»Gibt es keine Arbeiter in Wayland?«

»Die Straßen sind in schlechterem Zustand als unsere hier, wegen der Erdrutsche und umgestürzten Bäume im letzten Herbst. Es ist leichter, von Autun zu den Minen zu marschieren, als von Bederbor, auch wenn die Strecke an sich länger ist.«

Sie hatte die Faust geöffnet. Ihre bisher ernste und ziemlich gelangweilte Miene zeigte jetzt waches Interesse. »Dann also salianische Arbeiter.«

»Du willst, dass ich ins Hornissennest eindringe? Das wäre eine armselige Verwendung meiner Soldaten. Ich könnte sie jederzeit brauchen.«

»Nein, nein«, sagte sie gereizt. »Ich meine, du solltest die Flüchtlinge nehmen, so viele, wie du willst. Auf diese Weise werden wir sie von den Straßen bekommen, und sie werden uns hier keine Probleme bereiten. Treib sie zu einer Herde zusammen. Auch in Autun gibt es Leute, die du nehmen kannst. Einige haben wir zwar bereits vertrieben, aber es sind immer noch welche da, mehr, als wir brauchen können. Sprich mit meinen Hauptleuten. Es gibt hier viele Arbeiter für die Minen. Wir werden einiges an Brot einsparen.«

»Ja«, erklärte Conrad nachdenklich. »Das würde gehen. Aber es wird lange dauern, ehe wir aus den Minen einen Nutzen ziehen können.«

»Dennoch ist es besser, wenn wir über sie herrschen und nicht die Salianer, um so die Kontrolle über die kostbaren Metalle für die bevorstehende Schlacht zu haben.«

»Wird es denn zur Schlacht kommen?«, fragte er. »Wenn Mutter Scholastika uns unterstützt, braucht es keine Schlacht zu geben.«

»Hast du Angst vor dem Bastard?«

Er schnaubte. »Ich bin kein Narr. Er ist ein starker Befehlshaber. Bezeichne es als Angst, wenn du willst. Ich nenne es Vorsicht.«

»Bist du unwillig wie ein Hund, der sich weigert zu kämpfen? Ich nenne das unterwürfig.«

»Lächerliche Versuche, mich anzustacheln. Ich kämpfe, wenn ich kämpfen muss, aber nicht, wenn die Aussichten gegen mich sprechen.«

»Sollen wir ihnen Varre einfach so überlassen«, fragte sie süßlich, »und darum beten, dass unsere wendischen Verwandten ihre Füße auf unseren Rücken stellen, während wir uns im Dreck suhlen? Wir könnten alles haben, Conrad. Alles!«

Er lachte kurz angebunden. »Dann führe du den Angriff. Wenn du so begierig darauf bist.«

»Sprich nicht so respektlos mit mir!«

Er glühte. Er war errötet, erhitzt, gereizt. Die Geistlichen hielten den Atem an und begannen einen neuen Psalm zu singen.

»Ich lobe Gott, und Gott haben geantwortet.
Gottes Liebe ist fest.
Gottes Treue ist ewig.«

Rage jaulte, legte die Ohren an und drehte den Kopf, um zur Tür zu sehen.

»Es ist in Ordnung, dass du vorsichtig sein willst«, sagte Sabella. »Und ich will mich auch nicht über dich lustig machen, Conrad. Meine Tante ist jedoch aufrichtig in dem, was sie uns mitgeteilt hat, wie ich glaube. Wenn wir mutig und schlau sind, werden wir über Varre *und* Wendar herrschen. So, wie ich es längst hätte tun sollen, da ich Arnulfs ältestes Kind bin.«

Conrads Kameraden hatten sich auf den freien Plätzen niedergelassen, und so konnte Alain die Gewölbe nicht mehr richtig sehen, aber er sah immer noch Sabella, Conrad und Taillefers gemeißeltes Antlitz. Conrad war ein gutaussehender Mann, er hatte einen kräftigen Körperbau, war schlank, breitschultrig und muskulös. Er hatte ein dunkles Gesicht und einen gepflegten schwarzen Bart um bewegliche Lippen.

»Was ist das?« Er warf einen Blick zur Tür. »Gütiger Gott!«

Seine Miene verdüsterte sich. Er erhob sich, die Hände in die Hüften gestemmt, während er das Gesicht verzog.

Unruhe breitete sich unter den Betenden aus, so wie der Wind eine Herbstwiese aufwühlte, indem er Blätter und Zweige herumwirbelte. Die Leute riefen. Jemand schrie vor Furcht auf. Dann kamen Verwalter in roten Überwürfen und bahnten einen Weg; hinter ihnen folgten vier Bedienstete mit einer Sänfte. Und hinter diesen stolperte eine weinende Amme mit einem Bündel aus weißem Leinen in ihren Armen voran.

»Tallia!«, sagte Conrad.

»Was tust du da?« Sabella streckte eine Hand aus, und zwei ihrer Kameraden sprangen vor, um ihr beim Aufstehen zu helfen.

Ihr Anblick schmerzte doch noch. Es war keine Qual, war eher wie der Schmerz eines Nadelstiches, wenn die Spitze die Haut durchdringt und einen Tropfen Blut lockt. Er hatte ihr vergeben. Er war über sie hinausgewachsen und hatte sich in der Liebe mit einer Frau verbunden, die all dieser Gefühle würdig gewesen war. Aber die unschuldige Liebe, die er einmal Tallia entgegengebracht hatte, war noch immer ein Teil von ihm, und dieser betrogene Teil erinnerte sich.

Tallia lag auf Kissen aufgestützt in der Sänfte. Sie war blass, als hätte sie viel Blut verloren, aber ihre Haut glänzte, angespannt von den Nachwirkungen der Schwangerschaft. Sie stöhnte, rückte sich unzufrieden zurecht. Den Wölbungen ihres Körpers nach zu urteilen, die sich unter dem Stoff abzeichneten, waren alle Spuren ihres asketischen Hungerns ausgelöscht. Jemand hatte sie dazu gebracht zu essen, und zwar gut zu essen. Ihre schönen weizenblonden Haare waren schweißnass und verworren. Sie hob den Kopf.

»Betet!«, sagte sie mit leiser, gequälter Stimme. »Betet für das Kind. Oh! Es ist zu spät!«

Conrad klopfte mit der Faust gegen seine Brust, einmal, zweimal, ein drittes Mal. »Oh, Gott! Ich habe es befürchtet!« Er weinte, wie ein derart beraubter Vater es tun sollte, und seine Kameraden weinten mit ihm.

»Bringt das Kind her«, befahl Sabella.

Die Amme näherte sich zögernd, aber als sie Sabella das Kind geben wollte, winkte die Edelfrau ab. »Ich sehe es! Es gibt keinen Grund, es anzufassen! Wo ist die Hebamme?«

Niemand wusste es.

»Sucht sie.« Sabella schnippte mit den Fingern und sah sich um, fand dann Hauptmann Lukas im hinteren Teil der Menge. Seine Größe machte es leicht, ihn zu erkennen. »Eure Aufgabe, Hauptmann. Seht zu, dass Ihr sie findet.«

»Bleibt hier«, sagte er zu Alain. Er rief seine Männer zu sich und eilte nach draußen, ließ zwei Männer beiderseits von Alain zurück. Die Hunde winselten, als sie von den weiteren hereindrängenden Menschen an die Wand gepresst wurden. Tallias Prozession hatte Aufmerksamkeit erregt. Überall tuschelten Leute.

Ihr Schrei zerfetzte das Gemurmel. »Oh! Oh! Möge Gott Erbarmen haben!«

Edelfrau Sabella drehte sich zu ihrer Tochter um und starrte sie an. Conrad hob überrascht den Kopf. Tallia hatte sich auf einen Ellbogen aufgestützt. Mit der anderen Hand deutete sie auf Alain. Ihr Zeigefinger war ausgestreckt, der Arm zitterte. Ihr Gesicht war weiß, und die Augen flackerten vor Entsetzen.

»Ein Geist!«, schrie sie heiser. »Ein Geist, den der Feind geschickt hat, um mich zu quälen!« Sie zeigte auf Alain. »Hinweg mit dir! Hinweg mit dir! Du hast keine Macht über mich!«

Conrad wischte sich Tränen mit dem Handrücken aus dem Gesicht. »Was redest du da?«

Edelfrau Sabella hatte Alain gesehen und verstand. »Was ist denn das?«, fragte sie lächelnd. Alain gefiel das Lächeln nicht, aber er hatte keine Angst. »Kommt her. Ich erkenne Euch. Lavastins unehelicher Sohn, der versucht hat, Edelmann Jeoffrey seinen Besitz zu rauben.«

Alain ging zu ihr, gefolgt von seinen Hunden. Einige der Anwesenden stießen sich gegenseitig an, um ihnen aus dem Weg zu gehen.

Er kniete nicht vor ihr nieder. »Edelfrau Sabella«, sagte er. »Herzog Conrad.« Und dann, obwohl die Worte schwerer auszusprechen waren, als er gedacht hatte: »Edelfrau Tallia.«

Sie schrie, bedeckte die Augen mit ihrem Arm und brach auf ihren Kissen zusammen, als wäre sie in Ohnmacht gefallen. Die Sänfte geriet ins Wanken, und die Bediensteten, die sie trugen, mussten sich anstrengen, um sie wieder ruhig zu halten. Niemand sprach. Schweigen lastete auf dem stummen Bildnis von Taillefer. Schweigen trieb in die Kuppel hinauf, als wollte es den Himmel selbst betäuben.

»Und doch seid Ihr hier«, fügte Sabella hinzu. »Ich gestehe, dass es mich interessiert, zu erfahren, woher Ihr kommt und wieso Ihr hier seid.«

Alain stand jetzt so dicht bei der Amme, dass er das bläulichweiße Antlitz des Säuglings unter dem Leinenstoff sehen konnte. Er war vollkommen reglos, verzog weder das Gesicht, noch verriet er sonst irgendwie, dass Leben in ihm war. Kummer bellte, und die Amme schrie auf und taumelte zurück, prallte gegen das Grab. Sie verlor das Kind aus den Armen.

Alain sprang vor und

Am Ufer von Rikin Fjell steht das gute, starke Volk des Rikin-Stammes und wartet darauf, ihn begrüßen zu dürfen. Hier sind die Aikha-Krieger, die zu langsam gewachsen sind, um über die Meere segeln und in fremden Ländern kämpfen zu können, aber sie sind stark genug, um zu bauen und zu arbeiten und ihre Heimat zu verteidigen. Hier sind auch die heimischen Krieger, die den Fjord so lange beschützen, bis sie die Gelegenheit zum Segeln erhalten. Und hier wartet Diakonissin Ursulines Herde, gesunde, muntere Menschen, die jetzt näher kommen, im Gegensatz zu der Zeit, als sie eingepfercht und stumm gewesen waren.

»Was habt Ihr uns mitgebracht, Mutter?«, rufen sie, als sie die Diakonissin sehen.

»Welche Gaben werden uns bereichern, Diakonissin?«, fragen sie sie. »Ihr müsst Euch ansehen, was wir während Eurer Abwesenheit geschaffen haben!«

»Fragt euren Herrn, was er zur Bereicherung des Stammes mitgebracht hat«, erklärt sie ihnen, und sie sehen ihn an und schweigen, neigen respektvoll den Kopf. Sie fürchten ihn, aber die Furcht ist nicht mehr der einzige Speer, der sie antreibt.

»Die Reichtümer von Alba gehören jetzt uns«, sagt er. »Silberne Broschen und Löffel. Zinn. Eisenbarren. Schilde. Schwerter. Glasbecher, Krüge und Trinkhörner. Wollstoffe. Armreifen aus Elfenbein. Perlen aus Bernstein und Bergkristall. Und vieles mehr. Zieht die Ladung ans Ufer, und schafft sie in die Halle.«

Er lässt seinen Blick über das Wasser schweifen, aber die Oberfläche liegt reglos da. Der unerwartete Kampf hat sich in die Tiefen verzogen, und er kann ihn sich immer noch nicht erklären. Tatsächlich zögert er, ehe er das Schiff verlässt, als er sich an den Augenblick erinnert, da er Nokvi in dem flachen Gesicht des Merwesens erkannt hat, das ihn angegriffen hat. Nokvi ist tot, verschlungen von seinen Verbündeten – von denen einige nicht länger seine Verbündeten sind. Aber vielleicht sind die Merwesen auch niemals seine Verbündeten gewesen.

Er erreicht das Ufer. Erster Sohn folgt ihm mit der Standarte. Seine Berater stehen beisammen, tuscheln untereinander.

Die RaschTöchter stehen in Reihen bei der Halle von Alt-Mutter. Sie warten, wunderschön mit ihrer deutlich metallisch gefärbten Haut: Kupfer, Silber, Gold und Eisen. Schnee bedeckt das Tal, ein Flechtwerk aus Weiß zwischen Feldern und Steinen. Kleine rennen von der Haupthalle herbei, rufen und lachen und nehmen stolpernd ihre Plätze ein, einige auf zwei Beinen und andere auf vieren, sie stoßen sich an und schnappen und zwicken und schieben einander hin und her. Sie sind mit dem Instinkt geboren, zu kämpfen und sich zu messen. Dennoch bemerkt er, dass es von ihnen weniger auf vier Beinen gibt und mehr auf zwei Beinen, als es sonst eigentlich bei einem Wurf üblich ist.

Sie spüren sein Interesse, gehen zu ihren Meuten und verhalten sich still. Sie beobachten ihn.

Sie sind halb so groß wie er, aber sie wachsen schnell. In einem Jahr werden sie ausgewachsen sein, und in ein oder zwei weiteren Jahren werden sie das sein, was die Menschen Erwachsene nennen: so klug, schnell und stark, wie sie jemals sein können. Die neue Generation von Aikha-Kriegern. Er hat selbst nur zehn oder zwölf Winter erlebt, seit er ausgeschlüpft ist. Ihr Leben ist kurz, aber die meisten Geschöpfe der Erde haben nur ein kurzes Leben zu erwarten.

»Antwortet«, sagt er scharf zu ihnen. »Mit roher Kraft und glänzendem Schmuck werdet ihr keinen Sieg erringen.«

Zuerst antworten sie mit Schweigen. Die alten, schwächer

werdenden Krieger und die jüngeren Heimatkrieger sowie die Menschen sehen ihn an. Dies ist das erste Mal, dass der Erzeuger seine Ausgebrüteten trifft.

Einer von ihnen ergreift mutig das Wort. »Mit was dann?«

»Wer bist du?«, fragt er.

»Erster Sohn des Dritten Wurfs.«

Er nickt.

»Zuerst müsst ihr beobachten«, sagt er. »Dann lernen. Wenn ihr das getan habt, müsst ihr denken. Dies sind die drei Beine, auf denen wir stehen.«

»Wir haben nur zwei Beine«, sagt Erster Sohn des Dritten Wurfs. Jemand von den Kleinen kichert.

»Wie heißt du?«, fragt er den, der kichert.

Das Kleine zuckt zusammen, was nie ein gutes Zeichen ist. Aber schließlich werden nicht alle überleben, und sie sollen es auch gar nicht. Einige werden sich nie auf etwas anderes stützen können als rohe Kraft und rasches Laufen. Überleben werden diejenigen, die beobachten, lernen und denken. Sie sind diejenigen, die herrschen werden.

»Dritter Sohn des Sechsten Wurfs«, sagt der Kichernde. »Es gibt auch Vierbeiner. Drei liegt zwischen zwei und vier, aber es gibt keine Wesen mit drei Beinen.«

»Nicht?« Er sieht die Ausgebrüteten stirnrunzelnd an. Alles in allem sind sie eine gutaussehende Gruppe, nicht die Größten, die er jemals gesehen hat, aber er besitzt selbst keinen gewaltigen Körperumfang und keine Körperbreite, die er ihnen hätte geben können. Er hat ihnen etwas Wertvolleres gegeben. »Das dritte Bein ist dein Bruder. Zwei Beine, wenn du allein stehst. Aber wenn du gemeinsam mit anderen stehst, wirst du nicht so leicht umgeworfen werden können.«

packte eine Ecke des Leinenstoffs, als der winzige Körper auf dem Boden aufschlug. Der Stoff lag in Wogen darum herum. Alain stürzte hinunter und griff zu, keuchte ungläubig auf.

Das Kind gluckste. Die Lippen schmatzten und suchten. Es wimmerte schwach, dann bekam es einen Schluckauf.

Würde es sich selbst einen Namen geben? Erster Sohn? Viertes Kind? Nein, es war ein hilfloses Menschenkind, zu vielen Jahren Kindheit verdammt, die ersten zwei oder drei Jahre nach seiner Geburt unfähig, zu laufen und zu kämpfen. Es war so winzig und so schwach! Kein Wunder, dass die Aikha die Menschen für weich hielten.

Die Amme riss Alain das Kind aus den Armen, öffnete das Mieder und legte das Kind an die Brust. Es suchte ein paar Augenblicke, dann wurde es fündig und begann zu saugen.

Dann brach ein solcher Aufruhr los, dass Alain die Hunde an den Halsbändern packen musste, um sie davon abzuhalten, jemanden zu beißen, während die Leute aufgeregt herumschwärmten, riefen, schrien und gestikulierten. Menschen strömten herein und hinaus, rechter Hand und linker Hand von ihm, bis Sabella mit lauter Stimme für Ordnung sorgte und ihre Soldaten sich daranmachten, Kameraden, Begleiter und Höflinge hinauszutreiben.

»Hier entlang«, sagte Hauptmann Lukas, der neben ihm auftauchte, als wäre er nie weggegangen. »Kommt bitte mit.« Die Worte klangen drängend. Sein Stirnrunzeln erinnerte an einen drohenden Sturm. Alain folgte ihm, weil es leichter war und weil der Anblick des Kindes ihn beunruhigte. Es war so ruhig gewesen. Es hatte so ausgesehen, als wäre es hart auf dem Boden aufgeschlagen, aber es war sicher Gottes Barmherzigkeit: Etwas hatte seinen Atem zum Stocken gebracht, und der Schock hatte ihn gelöst. Neugeborene waren so zerbrechliche Wesen. Weiwaras Zwillinge – wie konnte er sie vergessen? Das jüngere Kind war ähnlich geboren worden – zu schwach, um selbständig Luft zu holen. Was war mit dem Kind geschehen? Hatte es das große Weben überstanden, oder war es vom Sturm verschluckt worden? Hatte Adica gewusst, dass die Beschwörung jene vernichten würde, die sie liebte? Hatte sie trotz dieses Wissens weitergemacht?

Er würde es nie erfahren.

»Wartet hier«, sagte der Hauptmann und öffnete eine Tür.

Alain betrat dankbar den schwach beleuchteten Raum und sank auf eine Bank. Die Tränen überraschten ihn. Er vermisste Adica so sehr. Die Hunde leckten an ihm, lehnten sich an ihn, berührten ihn mit den Pfoten. Schließlich legten sie sich über seine Füße, da sie zu groß waren, um es sich in seinem Schoß bequem zu machen, wie sie es am liebsten getan hätten. Langsam wurde er ruhiger, hob den Kopf und sah sich um.

Das Zimmer war mit den kostbaren Möbeln eines edlen Haushaltes ausgestattet: einem schön polierten Tisch und Bänken; zwei mit Seidenstoffen bedeckten Sofas, die der Erholung und Unterhaltung dienten; einem Hocker, der zusammengefaltet und leicht weggetragen werden konnte; Wandteppichen und einer kalten Herdstelle. Das Licht war zu schlecht, um die Szenen der Wandteppiche erkennen zu können. Eine einzige Kerze brannte in einem Messinghalter an der linken Seite eines geschwungenen Schreibtisches. Jemand hatte ein Blatt Pergament dort liegen lassen, halb mit Worten beschrieben, die er nicht lesen konnte. Da war das Wort *Herrscher*, ein Wort, das er kannte, weil es auch in der Heiligen Botschaft auftauchte. Weiter unten erkannte er »einen starken Sturm«, wie er in der Geschichte der Pentekoste erwähnt wurde, und dann eine Reihe von siebenfach Vorkommendem: sieben Städten, sieben Tagen, sieben Anteilen von Korn, sieben Edelleuten, deren Namen er nur mühsam enträtselte. Es handelte sich bei allen um salianische Edelleute oder welche der westlichen Grenzlande, wie es schien: Guy, Laurant, Amalfred, Gaius, Mainer, Baldricus, Ernalda. Es gab keine Buchmalereien. Der Text war mit schlichter Tinte in der gewöhnlichen Schrift geschrieben, die Lavastins Geistliche benutzt hatten, wenn sie Verträge oder Kapitularien niedergeschrieben hatten. Das Tintenfass war verschlossen. Ungeschärfte Federn lagen in einem Kästchen auf dem Schreibtisch neben einem zugeklappten Buch. Sämtliche Fensterläden waren geschlossen. Modriger Geruch deutete darauf hin, dass das Zimmer den ganzen Winter über nicht gelüftet worden war.

Mit einiger Mühe zog er seine Füße unter dem schweren Gewicht der Hunde hervor. Eine Seitentür öffnete sich, als er den Griff betätigte. Er betrat einen Wehrgang entlang der Brustwehr. Es regnete und war kalt und ungemütlich, ein unbarmherziger, grauer Tag. Die Wolken hingen tiefer als je zuvor. Die Stadt war von hier aus kaum zu sehen. Der Fluss strömte am Grund des Steilufers dahin. Von diesem schmalen Steinhof schien kein Weg wegzuführen, es gab nur zwei niedrige Türen in der Mauer, die vermutlich einen Abort verbargen.

Er drehte sich um und kehrte in dem Augenblick in das Zimmer zurück, als die Hunde sich mit steifen Gliedern und angelegten Ohren erhoben. Zuerst traten zwei Verwalter ein und nahmen die Fensterläden herunter. Danach kamen zwei Wachen, dann folgte Hauptmann Lukas und schließlich Edelfrau Sabella. Sie setzte sich auf eines der Sofas und musterte Alain eine Weile, ohne etwas zu sagen. Jetzt, da es heller war, sah er, dass die Wandteppiche die berühmte Schlacht beim Fluss Nysa wiedergaben, in der der junge König Louis, der letzte unabhängige König von Varre, den Tod gefunden hatte.

»Es heißt«, bemerkte Sabella, »dass niemand weiß, wessen Hand den Schlag geführt hat, der Louis den Schönen getötet hat. In Wendar sagt man, es wäre ein Aikha-Prinz gewesen. Aber in Varre glaubt man, dass er von einem Verräter getötet worden ist, der dem wendischen König, der alles für sich haben wollte, hörig gewesen ist.«

»Ich kenne die Geschichte. Ich bin bei Osna aufgewachsen.«

»In einer Gegend, die dem Grafen von Lavas untersteht.«

»Ja.«

Ihr Blick sollte ihn einschüchtern, aber er hielt ihm gelassen stand. Die Hunde knurrten leise, wann immer sie in ihre Richtung blickte. Draußen prasselte Regen auf die Steine.

»Wieso seid Ihr hergekommen? Was wollt Ihr?«

»Ich habe versprochen, den wahren Erben von Lavas zu suchen.«

»Oh.« Sie lächelte, aber ihre Zähne blieben unsichtbar. »Ihr habt gehört, dass Edelmann Jeoffrey mich verraten hat.«

Rage jaulte, als sich die Tür öffnete und ein halbes Dutzend Menschen hereinströmte, angeführt von Conrad dem Schwarzen. Seine Anwesenheit erfüllte den gesamten Raum. Er lachte.

»Schreit wie am Spieß!«, sagte er zu einem seiner Kameraden. »Gütiger Gott! Wie konnte sie den kleinen Burschen nur für tot halten?«

»Ich hoffe, du hast ihr Verstand eingeprügelt«, sagte Edelfrau Sabella.

Conrad blickte sie voller Abscheu an, vielleicht sogar angewidert, und ließ sich auf dem anderen Sofa nieder. Er sah Alain mit dem Rücken beim kalten Herdfeuer stehen, dann bemerkte er die Hunde, die wie Schatten beiderseits von ihm kauerten. »Seht euch nur an!«, sagte er mit der Stimme eines Mannes, der Hunde liebte und verstand. »Was seid ihr doch für hübsche Geschöpfe!«

Kummer klopfte einmal mit dem Schwanz auf den Boden. Rage stellte die Ohren auf, aber beide bewegten nicht einmal eine Pfote.

»Er ist es«, sagte Sabella zu Conrad, als könnte Alain sie nicht hören. »Lavastins Bastard.«

»Ja, ja«, sagte er ungeduldig, noch immer voller Bewunderung für die Hunde. »Was geht das uns an?«

»Edelmann Jeoffrey geht uns etwas an.«

»Ah! Welchen Nutzen bringt uns das?«

»Jeoffrey hat uns verraten. Er hat Constanze bei sich untergebracht. In den letzten Jahren sind Gerüchte über Unruhen und Unzufriedenheit in seiner Grafschaft bekannt geworden. Er könnte uns die Rechtfertigung bieten, die wir brauchen.«

»Ich verstehe. Wir reiten nach Lavas, um den rechtmäßigen Erben von Lavastin einzusetzen – den Mann, den Lavastin selbst ernannt hat, der von Henry jedoch wieder abgesetzt worden ist. Tallia wird Einwände erheben. Sie hat gerade geweint und gestöhnt und sich wie eine Wahnsinnige benommen, als ich weggegangen bin.«

Sabella zuckte mit den Schultern. »Das ist unwichtig. Sie ist das Kind jetzt los. Du kannst sie nach Bederbor zurückschicken, je früher, desto besser, was meinen Seelenfrieden betrifft.«

Er schnaubte. »Deine Abneigung ihr gegenüber macht dir keine Ehre.«

»Magst du sie?«

Er zuckte mit den Schultern. »Ich akzeptiere, was notwendig ist. Meine Kinder werden sicherlich nicht so werden wie sie! Ich hoffe, du behandelst den kleinen Burschen besser, sonst werde ich ihn dir wegnehmen.«

»Beleidige mich nicht, Conrad.« Ihre Hand schloss sich um das Kissen, aber sie bemühte sich, ihre Stimme freundlich klingen zu lassen. »Und drohe mir nicht. Wo sind deine Töchter?«

»Sie bewundern ihren Bruder, da sie ihn schon so bald verlassen müssen. Und ich gestehe, dass ich sie als Wachen eingesetzt habe. Ich traue Tallias Fantastereien nicht. Sie sagt, dass er befleckt ist, vergiftet.« Er hob das Kinn in Alains Richtung. »Der da – wie ist Euer Name?«

»Alain.«

»Er hat den kleinen Jungen in der Kapelle berührt. Hast du es nicht gesehen?«

»Ich habe es gesehen«, sagte Sabella. »Tallia ist krank, Conrad.«

»Ganz sicherlich ist sie charakterschwach. Nun.« Er nickte Alain zu. »Das Kind hätte Eures sein können.« Er schien noch mehr sagen zu wollen, unterließ es aber. Er hatte eine starke Ausstrahlung, beherrschte den Raum, ohne Furcht einflößen zu müssen, wie es bei Sabella war. Er musterte Alain noch eine Weile, und Alain erwiderte den Blick gelassen. Schließlich lachte Conrad leise und nickte. »Ihr wollt Lavas zurück, ja?«

»Ich bin nicht der Erbe.«

»Das muss uns nicht bekümmern. Wir können Euch dennoch mit Leichtigkeit zum Grafen machen.«

»Warum solltet Ihr das tun? Ich habe weder ein Gefolge noch ein Heer, um Euch zu unterstützen.«

»Ich brauche einen loyalen Mann in Lavas«, sagte Sabella.

»Gerüchte sind der starke Wind, der die Zweige zum Rascheln bringt«, fügte Conrad hinzu. »Es heißt, dass der Bürgerkrieg Salia in ein Dutzend Gruppen zersplittert hat, die einander bekämpfen. Es heißt, dass Sanglant aus Aosta zurückgekehrt ist und nach Varre marschiert, um es von uns zurückzufordern.«

»Stimmt es, dass Ihr Euch dem wendischen Herrscher widersetzt? Obwohl Ihr Abkömmlinge dieses Geschlechts seid?«

»Wir sind Abkömmlinge des varrenischen Königsgeschlechts«, erwiderte Sabella scharf. »Es ist an uns, dieses Land zu regieren.«

»Und zwar weise, wie ich hoffe«, sagte Alain. »Der Sturm wütet noch immer. Er ist noch nicht vorüber.«

»Was ist das für ein Gerede?«, fragte Conrad lachend. »Ich habe das Gefühl, bei einem weisen, geheimnisvollen Orakel zu sein!«

»Im letzten Herbst ist ein großer Sturm über das Land gezogen. Ihr mögt glauben, dass Ihr das Schlimmste überstanden habt, aber das Schlimmste steht noch bevor. Ist irgendetwas gepflanzt worden, obwohl die Saatzeit schon vorangeschritten ist? Oder tötet der Frost noch immer Nacht für Nacht die Schösslinge? Habt Ihr die Sonne gesehen? Wann wird sich die Wolkendecke lichten? Wie bereitet Ihr Euch für den Fall vor, dass sich das Wetter nicht ändert?«

»Wieso sollte sich das Wetter nicht ändern?«, fragte Sabella. »Der Sommer wird bald einkehren. Unsere Vorratslager werden eine Weile reichen – sogar noch länger, wenn unsere derzeitige Unternehmung gut verläuft.«

Conrad pfiff leise, versuchte, die Hunde zu sich zu locken, aber obwohl sie winselten und mit den Schwänzen auf den Boden klopften, sahen sie Alain an und weigerten sich, sich ohne seine Erlaubnis vom Fleck zu rühren. Der Herzog lehnte sich zurück und ließ sie in Ruhe.

»Dies sind keine unvernünftigen Gedanken«, sagte Conrad mit der sanftesten Stimme, in der Alain ihn jemals hatte sprechen hören. »Es ist wie in einer Schlacht, da auch der beste Plan umgeworfen werden kann. Man muss mit einem Angriff von der Flanke rechnen – oder mit einem Ausbruch von Chaos. Und dann muss man entsprechend handeln.« Er nickte Alain zu. »Deshalb brauchen wir Lavas. Deshalb könnt Ihr uns helfen.«

»Jeoffrey herrscht auf eine Weise, die mir nicht gefällt«, sagte Sabella. »Lavas braucht eine strengere Hand.«

»Was sagt Ihr, Edelmann Alain?«, fragte Conrad freundlich. »Seid Ihr interessiert? Wir könnten einander helfen.«

»Das ist nicht der Grund, weshalb ich hergekommen bin.«

»Das ist auch nicht nötig«, erwiderte Conrad in dem gleichen warmherzigen Ton. »Nehmt es als unverhofften Glücksfall. Ihr habt kühn gehandelt. Kühnheit verdient eine Belohnung.«

»Er wird eine Frau brauchen«, sagte Sabella, verrückte ihre Figuren auf dem Brett. »Wir können eine geeignete finden. Herzogin Yolanda hat eine Tochter. Auch du, Conrad, hast eine Tochter, die beinahe im heiratsfähigen Alter ist.«

Alain zuckte zusammen, als er an Tallia dachte, an den Säugling, den sie Conrad gegeben, ihm jedoch vorenthalten hatte, und so auch Lavastin. Das war am schlimmsten zu vergeben. Das, was er mit einer Lüge zu verbergen versucht hatte. Er hatte Lavastin enttäuscht.

Kurz zuckte in ihm die Vorstellung auf und reizte ihn: Er könnte wieder heiraten, wieder Graf sein und sein Versprechen gegenüber dem Mann einhalten, den er »Vater« genannt hatte.

»Oder meine Enkelin«, fügte Sabella hinzu, als wäre ihr der Gedanke gerade erst gekommen. »Berengaria ist wie alt? Vier oder fünf? Sie könnte jetzt verlobt und später verheiratet werden, wenn sie älter ist. In zehn Jahren wird sie alt genug sein, um Kinder zu gebären. Es würde ihn für den Verlust von Tallia entschädigen.«

»Ist es nicht Inzest, einen Mann mit der Tochter der Frau zu verheiraten, die einst seine Ehefrau war?«, fragte Conrad.

»Tallia hat die Ehe für ungültig erklären lassen. Die Ehe ist nie vollzogen worden.«

Er musste die Augen schließen, aber wenn er atmete und an Adica dachte, besaßen solche Worte nicht die Macht, ihn zu verbrennen.

»Das stimmt! In diesem Fall zählt es gar nicht als Ehe. Ja, es könnte gehen. Berry wird eine gute Verbindung brauchen. Sie braucht einen Ehemann, der stark genug ist, um ihre Herrschaft als Königin zu unterstützen. Jemanden, dem man aufgrund eigener Macht und eigenen Landes Achtung entgegenbringt.«

Tallias Tochter heiraten. Als ihr Ehemann über Varre herrschen. Und vielleicht auch über Wendar.

Dies war verlockend, in der Tat.

»Ich bitte Euch«, begann Alain, aber in diesem Augenblick öffnete sich die Tür, und ein Verwalter eilte herein. Seine Haare waren vom Wind zerzaust, das Gesicht gerötet.

»Der Reiter ist zurückgekehrt«, sagte er und machte Platz für einen Boten, der hereinstolperte und vor den Edelleuten niederkniete. Er roch nach Blättern und Regen und Wind und Erde, und nach Rauch, als hätte er an vielen Feuern gesessen und sich danach nicht gewaschen. Er zog die Handschuhe aus und nahm dankbar einen Becher Wein an.

»Was gibt es für Neuigkeiten?«, fragte Sabella.

»Oh, Gott!«, sagte Conrad. »Lass ihn doch erst mal austrinken.«

Bevor der Mann sprechen konnte, erschien ein zweiter Verwalter in der Tür.

»Edelfrau Sabella. Der Soldat ist hier, nach dem Ihr gerufen habt.«

Sie winkte ihn herein.

Hauptmann Lukas trat mit Atto ein. Der junge Mann schwitzte; er war so bleich, als würde er jeden Augenblick ohnmächtig werden. Er sank sofort auf die Knie, und als er Alain sah, zuckte er merklich zusammen.

»Du bist also derjenige, der von der Spur des Guivre berichtet hat?« Sabella hatte eine Art und Weise, junge Männer anzusehen, die sie dazu brachte, sich zu winden, aber diesmal achtete sie nicht auf seine äußere Erscheinung.

»J-ja, Herrin. Ich komme aus einem Dorf entlang des Westwegs. Wir nennen es Helmbusch, wegen des Kamms, müsst Ihr wissen. Der Felsen erhebt sich genau dort, wo die Kapelle liegt. Es gibt zehn Häuser und drei Milchkühe, und wir haben zwei eigene Pflugochsen …« Er brach ab, leckte sich über die Lippen und schluckte.

»Kannst du uns hinführen?«

»Nach Helmbusch? Oh, ja, natürlich, aber ich hatte nicht die Absicht, zurückzukehren. Es ist nicht mehr gut dort, seit das Wetter so schlecht ist, das Vieh wegläuft und man auf den Straßen von Flüchtlingen belästigt wird. Ich bin hergekommen, um eine Arbeit zu finden –«

»Zum Guivre!«

»Zum Guivre?« Sein Stimmbruch lag schon lange zurück, aber jetzt schoss seine Stimme dennoch eine Oktave höher.

»Zum Bau der Kreatur. Wenn du seine Spur gesehen hast, kannst du meine Soldaten sicher zu seinem Bau führen.«

»Aber ich weiß nichts darüber«, sagte er verzweifelt. »Ich bin hergekommen, um als Soldat zu dienen.«

»Das kannst du auch. Du wirst uns zum Guivre führen.« Sie musterte ihn, während er unruhig an seinem Ärmel zupfte. Er hielt den Kopf gesenkt, beugte sich aber etwas von ihr weg, was eine eigene deutliche Sprache war. »Wenn ich es befehle, gehorchen meine Soldaten«, fügte sie hinzu.

Er antwortete nicht.

»Da ist eine junge Frau, die mit ihm gekommen ist«, sagte Hauptmann Lukas. »Seine Verlobte. Ich habe sie in den Küchen untergebracht.«

Sabellas Lächeln war schwach, aber kühl, als sie den jungen Atto musterte. Sie mochte keine Narren oder Feiglinge. Sie schien zu jenen Frauen zu gehören, die überhaupt keinen Menschen richtig mochten. »Könnte sie uns nicht besser im Bordell dienen? Wir haben genug Bedienstete im Palast.«

Atto riss den Kopf hoch, verlagerte sein Gewicht auf ein Knie, zog das andere unter seinen Körper, als wollte er sich darauf vorbereiten, jederzeit aufspringen zu können. »Sie ist meine Verlobte! Sie ist schwanger! Sie kann nicht –« Zu spät erinnerte er sich, mit wem er sprach, und er brach ab.

Sie nickte, zufrieden damit, die Reaktion erhalten zu haben, die sie sich gewünscht hatte. »Wenn du mir gut dienst, werde ich dafür sorgen, dass sie eine geschützte Stellung in den Küchen erhält.«

Die Bedrohung hatte Atto verletzbar gemacht. Er zuckte, wütend genug, um kühn zu sein, und zeigte auf Alain. »Er weiß besser Bescheid. Er hat das Guivre gesehen. Das hat er jedenfalls behauptet.«

»Habt Ihr das?«, fragte Conrad mit einer Freundlichkeit, die das große Interesse, das er plötzlich hatte, kaum verhüllen konnte. Er stützte die Ellbogen auf die Knie. »Ihr habt es gesehen und überlebt?«

»Ich habe es im Wald gehört«, sagte Alain. »Ich habe es nicht gesehen. Ich war hinter den Zweigen eines umgestürzten Baumes verborgen.«

»Er kann Euch führen! Besser als ich!«

»Nein, du wirst uns führen«, sagte Sabella zu Atto, der erzitterte. Sie wandte sich an Alain. »Aber Ihr begleitet uns. Ich erinnere mich an die Schlacht damals, als Ihr als Lavastins Erbe gekämpft habt. Es hieß, Ihr hättet gut gekämpft. Ich erinnere mich sogar daran, dass es hieß, Ihr hättet Bruder Agius geholfen, mein letztes Guivre zu töten. Als Entschädigung könnt Ihr mir helfen, ein neues zu fangen.«

»Es scheint mir recht gefährlich und mit nur wenig Nutzen verbunden zu sein.« Conrad schüttelte den Kopf.

Sabella wandte sich dem wartenden Boten zu, der jetzt zu Atem gekommen war und genug getrunken hatte. »Was für Neuigkeiten gibt es?« Sie lehnte sich zurück, als wüsste sie bereits, was er sagen würde.

»Ich komme aus Quedlingham, Herrin. Prinz Sanglant ist in

Anwesenheit von Mutter Scholastika und mindestens fünf oder sechs Bischöfinnen und vielen Edelleuten zum Herrscher gekrönt worden.«

Niemand murmelte vor Entsetzen oder Angst. Niemand stieß einen Ruf der Überraschung oder Entrüstung aus. Man hatte damit gerechnet.

»Ihr seid so schnell wie möglich geritten, um diese Nachricht zu überbringen?«, fragte sie.

»Jawohl, Herrin.«

»Müssen wir schon bald mit einem Angriff rechnen?«

»Wir haben noch etwas Zeit. Er führt die Königliche Rundreise nach Osten, nach Saony und in die Marklande, um von der Bevölkerung gesehen und von den Edelleuten anerkannt zu werden. Wenn er sich in Wendar mit Krone und Schwert als König gezeigt hat, wird er nach Westen reiten, nach Varre.«

»Wir müssen bereit sein«, sagte Sabella. »Hauptmann Lukas!« Sie machte eine Geste, und er trat vor. »Es ist Zeit, unseren Angriff vorzubereiten.«

»Längst überfällig«, murmelte Conrad. »Wie ich dir mehrmals gesagt habe. Wir brauchen Kessals Kornlager.«

»Da ist noch etwas anderes, Herrin«, fügte der Bote hinzu. Er wirkte unsicher, als wüsste er nicht, ob er weitersprechen sollte. »Es ist schwer zu glauben, aber ich habe es selbst gesehen.«

»Sprecht.«

»Greifen, Herrin.«

»Greifen?«, fragte Conrad und setzte sich auf. »Was meint Ihr damit?«

»Der Prinz reist mit einem Greifenpaar. Er hat sie im Osten gefangen genommen. Sie folgen ihm wie … Hunde.«

Die Höflinge blickten Sabella an, wollten sehen, ob sie diese ungeheuerliche Geschichte glaubte.

Sie nickte lediglich. »Jetzt siehst du, Conrad, wieso wir ein Guivre benötigen, um dieser Bedrohung zu begegnen. Ein Guivre wird uns gestatten, zuerst zuzuschlagen, bevor Sanglant mit einer Schlacht rechnet.«

»Wir schlagen bereits dadurch zuerst zu, dass wir uns mit jemandem verbünden, dem er vertraut.«

»Möglich. Aber ein Guivre wird uns den Sieg garantieren.« Sie lächelte bitter, während sie ihre Aufmerksamkeit auf Alain richtete. »Glaubt Ihr nicht, Edelmann Alain? Wäre dies nicht eine weise Strategie?«

Alain nickte. Eine Art Frieden senkte sich über ihn. Er hatte das Richtige getan, als er hergekommen war. Er erkannte jetzt, was er tun musste. »Ja«, sagte er. »Ein Guivre wird den Sieg garantieren.«

3

Als die formalen Begrüßungen am Ufer beendet waren und die Leute damit begannen, die albischen Güter von den Schiffen zu schaffen, stieg Starkhand den Hang des Tals hinauf. Er betrat den Schatten, der von den Höhen geworfen wurde, ging über die dünne Schicht aus weichem grünem Gras, die AltMutters Halle umgab. Spät blühende Schneeglöckchen sprenkelten den Boden. RaschTöchter musterten ihn von den Eingängen ihrer Höhle aus. Ihre wehenden Haare wirkten wie ein Bann, und abgelenkt von ihrer Schönheit blieb er an der Schwelle stehen. Eine unerwartete Brise stieß zitternd gegen seinen Rücken, und er schüttelte sich und trat ein.

Er trat in eine so umfassende Dunkelheit, dass es unmöglich schien, sie könnte von einem endlichen Raum eingeschlossen sein, umso weniger von den Dachvorsprüngen und Balken, die die äußeren Ausmaße der Halle kennzeichneten. Ein Zittern lief durch den Boden. Wie aus weiter Ferne hörte er ein stimmloses Pfeifen, das wie keuchende Atemzüge klang. Es waren keine Sterne zu sehen; Schwärze verhüllte den Himmel. Reglosigkeit herrschte, als gäbe es in dieser Welt keinerlei Wind. Es war so reglos und kalt wie die Oberfläche der Steine mitten im Winter.

»Starkhand«, sagte sie.

»Ich bin hier.«

»Geh zum Fjell«, sagte sie. »Die WeisMütter erwarten dich.«

Die Luft begann zu wirbeln, drehte den Stab herum, den er in der rechten Hand hielt, und er taumelte zurück und wurde durch den Eingang ins Freie gestoßen. Das Licht überraschte ihn. Die RaschTöchter waren verschwunden. Die Schiffe unterhalb von ihm standen hoch im Wasser oder waren – um ihre Ladung erleichtert – an den Strand gezogen worden.

Wie hatte die Zeit so rasch vergehen können? Durch einen Zaun aus Kiefern und Fichten sah er, wie Leute bei der Halle und beim entfernten Dorf damit beschäftigt waren, Güter auszusortieren und zu begutachten. Die meisten widmeten sich wieder ihren Arbeiten, seit die Aufregung um seine Ankunft verklungen war.

Sie hatten ihn nicht vergessen. Er ging zwischen ihnen hindurch, um zu dem Pfad zu gelangen, der zu den höchsten Gefilden des Tals führte, und als er diesen Weg einschlug, fand er sich von einer Eskorte begleitet, die überwiegend aus Kindern bestand, von denen niemand wagte zu fragen, was er zu dieser späten Tageszeit noch vorhatte.

Die Kinder sprangen wie ein Rudel übergroßer junger Hündchen den Weg entlang, in jenem Durcheinander, das dadurch entstand, dass sie sich immer wieder zu Zweier- und Dreiergruppen zusammenschlossen, um sich bald danach mit anderen zu verbinden. Menschenkinder rannten bei den Ausgebrüteten, die er gezeugt hatte. Sie rempelten sich an wie die Kameraden eines einzigen Wurfs, und die weicheren, schwächeren Menschen schlugen mit festen Stöcken auf die Vierbeiner ein, schützten sich so vor deren scharfen Zähnen, sobald sie etwas zu übermütig zuschnappten und rangelten. Der Anblick dieses umfassenden Rudels war wie eine Vorahnung. Was die Menschenkinder stärkte, schwächte die Kinder des Steins, die nicht zum tödlichen Sprung ansetzten, wie sie es früher in einer solchen

Gruppe getan hätten. Sie rannten wie ein einziges großes Tier, das aus vielen Gliedmaßen bestand, die er kaum voneinander unterscheiden konnte, liefen wild durcheinander, riefen und galoppierten und kicherten.

Vielleicht war es zu leicht, sie zu verurteilen, dachte er, während er unermüdlich weitermarschierte und dabei den süßen Duft der Heimat einatmete, der angefüllt war mit dem Geruch von brennender Kohle, Kiefernsaft und der kalten Luft des Nordens. Den Berechnungen seiner kurzlebigen Art zufolge waren die alten Tage leicht von den längeren Zeitspannen der Menschen verschluckt worden, die das, was ihnen zur Verfügung stand, nicht richtig zu schätzen wussten. Siebzig Jahre zu leben, wie einige von ihnen es taten! Selbst Diakonissin Ursuline, die behauptete, vierzig oder fünfzig Jahre alt zu sein, konnte sich mit einer Lebensspanne brüsten, die selbst den Zauberern der Aikha-Stämme unbekannt war, jenen, die selbst Einfluss nahmen und Herzen und Seelen und Zaubereien stahlen, um ihr Leben zu verlängern.

Egal. Eine Flamme mochte immer noch hell brennen, auch wenn der Docht kurz war.

Rikin-Fjord blühte auf, weil es jetzt ein Tier mit vielen Gliedmaßen war. Schafe grasten, wo Weiden auf ebenem Boden Fuß fassten, aber er fand nur wenige Zwillingslämmer bei den Mutterschafen: Vorboten eines bevorstehenden harten Jahres. Ziegen erklommen lebhaft die steilen Hänge des Tals. Pferche hüteten das verwöhnte Vieh, das einen gemütlichen Schuppen für den Winter benötigte. Es war immer noch Winter. Frost ließ bei jedem Schritt ein Knirschen ertönen, und wo die Schatten sich am längsten hielten, lag Schnee. Eine späte Aussaat mochte sich als zu kurz für eine gute Ernte erweisen.

Dennoch konnten die Aikha sich auf ihre Plünderungszüge verlassen, was das Füllen ihrer Speisekammern betraf. Lange Zeit hatten sie ihre Fähigkeiten geschärft, so wie die Wölfe des Meeres. Jetzt schien es, als müssten sie lernen und sich verändern, und sie würden lernen und sich verändern. Es gab kein Zurück.

Der Boden wurde steiniger, als der Weg zum Fjell steil anstieg. Die Kinder wurden ruhiger. Viele kehrten um, aber ein paar blieben ihm auf den Fersen, zu neugierig, um stehen zu bleiben. Es folgten ihm keine Erwachsenen so weit, aber weiter unten am Weg sah er ein Dutzend oder mehr zu ihm hochblicken. Die Bäume sahen immer verwelkter und verkümmerter aus, und dann wichen sie ganz, ließen nackten Fels, Moosflächen und Flechten übrig. Er hielt vergeblich nach der jüngsten WeisMutter auf diesem Pfad Ausschau, aber sie war verschwunden.

Er trat über den Rand und kam auf die hügelige Ebene, die den Fjell bildete. Schnee bedeckte die offenen Gefilde, wo der Wind gegen alles prallte. In dem Schutz von Felsen und auf den ungleichmäßigen Erhöhungen und Senken der Erde hatte alter Schnee sich verhärtet. Es war so kalt, dass seine Schritte Echos erzeugten, als er mit seinem Gewicht die Reste des letzten Schneefalls zerstieß.

In der Ferne, dort, wo das Land zu einer Mulde absank, versammelten sich die WeisMütter. Eine weitere stand bei ihnen: bis vor kurzem AltMutter und diejenige, die ihn und seine Brüder ausgebrütet hatte, hatte sie jetzt ihre Bestimmung erreicht. Er durchquerte die Ebene, rutschte an einer Stelle aus, an der Schnee auf losem Schutt entlang eines kleinen Gefälles lag. Das Heulen des Windes verklang zu einem Stöhnen, und als er den Rand des Kreises erreichte, war er ganz versiegt. Die Wolken warfen einen grauen Schleier über den Tag. Alles wirkte gedämpft und geschwächt. Sogar die WeisMütter wirkten für einen Augenblick lediglich wie große, unförmige Steine, die in einem ungleichmäßigen ovalen Kreis um eine sandige Vertiefung standen und deren glatte Oberfläche unberührt blieb von Schnee oder auch nur einem kleinen Stückchen Flechte. Der Hügel, der die Mitte kennzeichnete, hatte sich vollkommen verändert. Früher einmal hatte die Wölbung einen perlmutterartigen Glanz gehabt. Jetzt verströmte sie eine Bedrohung, die er nicht näher beschreiben konnte. Zersetzung hatte sich ausgebreitet und die

Oberfläche so schwarz gemacht wie Kohle, als wäre sie von innen her verrottet.

Er zitterte und verspürte Angst, aber sie bezog sich auf nichts, was er hätte berühren oder riechen, hören oder sehen können. Es kam ihm dumm vor, den Sand zu durchqueren, um sich auf etwas zu stellen, das so aussah, als könnte es sein Gewicht ebenso wenig aushalten wie das von Feuer zerfressene Deck eines Schiffes. Der Geruch von Schwefel brachte seine Augen zum Tränen und ließ seine Haut jucken. Der Gestank schien tatsächlich vom Boden zu kommen. Dann glaubte er, ihn regelrecht in Wellen vom Boden aufsteigen zu sehen. Der Geruch bereitete ihm Übelkeit, und er würgte, schnappte nach Luft und stieß sie aus, hustete und würgte und beruhigte sich schließlich wieder.

Von den Eiswyrm war nichts zu sehen, nicht einmal eine Spur unter dem glänzenden Sand.

Er stand eine lange Zeit da, versuchte zu entscheiden, was er tun sollte, und nach einer Weile hörte er das Wispern des Windes zwischen den Steinen, und schließlich begriff er, dass der Wind sich gelegt hatte und Stimmen an ihm zupften, schwach und weit entfernt, sich zurückziehend wie ein Reisender, der vom Ufer wegsegelt.

»Dein. Bruder. Du. Schuldest. Ihm. Eine. Schuld. Ist. Sie. Bezahlt.«

Ein Leben für ein Leben. Er wusste, wovon sie sprachen.

»Geh. Zu. Ihm. Jetzt. Bezahl. Diese. Schuld. Jetzt.«

Jetzt.

Ein Geräusch erklang, ein Bersten, als würde erhitzter Stein auseinanderspringen. Ohne es zu wollen, duckte er sich. Die Luft hatte sich verändert, war dicker geworden, härter, bis er kaum noch Atem holen konnte. Eine Woge heißer Luft nach der anderen wallte aus der Mulde.

Ihre Stimmen waren so schwach wie das Säuseln einer herabsinkenden Feder.

»Unsere. Aufgabe. Ist. Beendet. Du. Bist. Jetzt. Allein. Unsere. Kinder. Unsere. Kinder. Geboren. Aus. Stummem. Stein.

Menschlichem. Fleisch. Drachenblut. Du. Musst. Deinen. Eigenen. Weg. Gehen. Ohne. Uns.«

Ein Zittern lief durch die Erde. Ein seufzendes Stöhnen, das wie Sehnsucht klang. Die Oberfläche der Mulde verlagerte sich. Als würden unterirdische Tunnel einstürzen, strömte der Sand in sich verzweigende Rillen hinein, die nicht breiter waren als seine Klauen. Der schwarze Hügel krachte heftig, so laut, dass das Geräusch von der gegenüberliegenden Bergseite widerhallte. Er hörte es wie durch eine riesige Kammer hindurch, entlang eines weiten Pfades, verstärkt um ein Vielfaches, als würde er nicht ein einzelnes Geräusch hören, sondern ein hundertfaches Krachen, von dem jedes ihn in die alte Vergangenheit schickte:

Schreiend vor Wut und Schmerz tauchen die Drachen nach unten ab. Bevor sie den Schutz der Erde erreichen, platzen ihre Herzen unter dem Druck des großen Webens. Ihr Blut regnet hinab auf die Menschen, die bei den Felsen Schutz suchen. Der Regen aus glühendem Blut brennt ihr Fleisch in den Felsen, verschmilzt alles zu einem einzigen Wesen aus Mensch, Drachenblut und stummem Stein.

Ein Riss fuhr zitternd durch die Oberfläche des Hügels, wurde breiter und zerfetzte die glatte schwarze Oberfläche ohne Vorwarnung. Die Mulde sank noch tiefer und brach nach innen zusammen, als ein dunkler Schemen aus dem strömenden Sand auftauchte.

Starkhand kroch vom Rand weg, stolperte über einen Stein und fiel auf sein Gesäß, als das Ausgebrütete sich auf die Hinterbeine stellte. Es hob seinen goldenen Kopf und entfaltete mit Mühe feuchte Flügel, schüttelte sie im Wind. Es war so groß wie ein Schlachtross, größer noch, aber schlanker und von gleicher Anmut. Die Augen waren wie Kohle, schwarz und unergründlich. Es ließ seinen Blick über ihn schweifen, ohne dass es erkennen ließ, ob es in ihm etwas anderes sah als Stein, Sand und Flechten. Es schüttelte die Flügel, die sich über der Senkgrube spannten, die sich inzwischen gebildet hatte. Säurehaltiger

Sprühdunst ergoss sich über ihn, verbrannte ihn, aber er unterdrückte einen Schmerzensschrei.

Ein Ruf erklang entlang des Horizonts.

Das Ausgebrütete drehte den Kopf und starrte nach Norden.

Irgendwo da draußen ist noch eins geboren worden.

Kaum hatte der Gedanke Gestalt angenommen, begriff Starkhand, wie dumm er war. Es war nicht nur eins, es waren hundert und mehr, eines für jeden Stamm, für jeden Kreis von Weis-Müttern, die für diese Zeitspanne die Eier der ErstMütter ausgebrütet hatten, die früher mit den lebenden Geistern der Erde gebrütet und seine Art hervorgebracht hatten.

So erzählte man sich die Geschichte bei den Aikha.

Es sprang. Der Druck, der von den Flügelschlägen des noch unerfahrenen Ausgebrüteten ausging, nagelte ihn rücklings auf den Boden. Es fand Aufwind, schlug aber dennoch mit den Flügeln, als wollte es die Ruhe dieses Tages zu einem Sturm aufpeitschen. Die Wolken rissen auf, als es zwischen ihnen verschwand. Starkhand lag benommen auf dem Boden, sah den leuchtend blauen Himmel und spürte – für so kurze Zeit! – die Wärme einer frühen Sommersonne.

Der Wind wirbelte um ihn herum, als wollte er ihn in den Himmel hinaufziehen. Vom Sturm aufgewirbelte Steinchen trommelten auf ihn ein. Flechten und Moos schlängelten sich in Streifen durch die Luft. Der Wind strömte in ihn ein, blies regelrecht durch seine Haut und in jeden Teil von ihm, umhüllte und ertränkte ihn.

Alain steht an der Mauer und starrt nach Norden, aber er weiß nicht, wie er dorthin gekommen ist, bei Abendanbruch und einem Wind, der durch ihn hindurchströmt. Er brennt, als wäre der Wind Feuer auf seiner Haut.

Er hört ihre Rufe, obwohl sie so weit entfernt sind, dass er sie eigentlich gar nicht hören kann. Sie erzeugen ein Klirren, das tiefer als Glockenklang ist und in seinem Körper widerhallt, bis er weint, ohne zu wissen, warum. Die Hunde winseln, lecken seine Hände, aber er kann die Tränen nicht zurückhalten.

Ein armseliges, kaltes und zerbrechliches Geschöpf tritt an seine Seite, aber es ist nur der Bedienstete, der dazu ausersehen ist, im Palast für sein Wohlergehen zu sorgen. »Herr? Ich bitte Euch, Herr, ist irgendetwas nicht in Ordnung? Kann ich Euch irgendwie helfen?«

Es schmerzt, aber er weiß nicht, warum. Er lauscht den letzten Echos, die flüsternd von Norden kommen.

Ihre Stimmen drangen zu ihm, tausende, unzählige, aber sie waren ihm alle bekannt und wurden alle auf ihre Weise von ihm geliebt.

»Gut. Dass. Du. Eine. Starke. Hand. Hast. Sohn. Leb. Wohl. Sei. Weise.«

Der Sturm legte sich. Eine zerrissene Flechte senkte sich aus der Luft und ließ sich auf seinem Gesicht nieder. Er wischte sie beiseite, schüttelte sich und sprang auf. Die Wolken über ihm zogen sich wieder zusammen. Der Wind war vollkommen erstorben, und der Tag wurde wieder still und gefärbt von dem perlgrauen Schleier einer verhüllten Sonne. Der Fjell war leer. Nichts rührte sich, niemand sprach, nichts atmete, abgesehen von ihm. Er hätte das letzte noch lebende Geschöpf im ganzen Land sein können.

Sicherlich war er allein.

Ganz und gar allein.

Er spürte ihn sofort, denn er war größer als die Leere: ein Abgrund dort, wo einmal feste Erde unter den Füßen seines Volkes gewesen war. Eine seltsame Flaute beeinflusste die Sehnsucht des Windes und das Flüstern des Sandes, wo Körner die steilen Hänge der neuen Senkgrube hinunterrollten, in eine flache Kammer hinein, die zur Hälfte mit dem Geburtssand gefüllt war, der sie einst bedeckt hatte. Ein paar winzige eisweiße Gestalten lagen zusammengekrümmt dort: die Eiswyrm, die den Schatz, den die WeisMütter ausgebrütet hatten, lange beschützt hatten. Auch sie waren jetzt so reglos wie der Tod.

Er war umgeben von Tod, obwohl Leben von dort ausgegangen war.

Er trat vor und legte eine Hand auf die nächststehende Weis-Mutter. Er spürte nur Stein. Keinerlei Bewusstsein belebte das Innere. Sie waren fort. Gegangen.

Tot.

»Könnt ihr mich hören? Könnt ihr mir antworten?«, rief er denen zu, die das Leben ihrer Kinder waren. So lange hatten sie sie mit der Voraussicht der Alten geleitet, die weiter sahen, als ihre kurzlebigen Kinder es jemals tun konnten.

Er wartete, und er lauschte.

Aber alles, was er hörte, war der Wind.

V

Alte Geister

1

Als die Rundreise des Königs in westlicher Richtung den Osterwaldweg entlangritt und gerade den Schatten der Wildnis verließ und die offene Straße betrat, stieß ein Adler zu ihr.

»Rufus«, sagte Sanglant.

Der Rotschopf war mit König Henry in Aosta gewesen und dann mit ein paar anderen Adlern in Saony zurückgelassen worden, als der König nach Osten in die Marklande geritten war.

»Eure Majestät. Mutter Scholastika hat mich vorausgeschickt, um Euch mitteilen zu lassen, dass sie Euch in Osterburg erwartet. Ich hatte nicht damit gerechnet, Euch auf der Straße zu begegnen.«

Früher einmal hätte ein gut ausgebildeter Adler durch Feuer sehen können, um herauszufinden, wo sich der König aufhielt. Er hätte es anhand von landestypischen Kennzeichen erkennen können, die er beim Blick durch die Flammen sah. Das war nicht mehr so.

»Wir werden meine Tante in Quedlingham treffen, noch bevor sie mit uns rechnet.« Ihm gefiel der Gedanke, sie zu überraschen und sich so einen Vorteil zu verschaffen.

»Sie hat Quedlingham bereits verlassen. Ich bin vorausgeritten, um die Verwalter in Osterburg zu benachrichtigen. Ihr werdet sie unterwegs auf dieser Straße treffen, Eure Majestät.«

Überlistet. Dennoch konnten dieses Spiel zwei spielen. »Trinkt und esst, Rufus. Ihr werdet neue Pferde erhalten und zu ihr zurückkehren. Sagt ihr, dass sie uns in …« Er brach ab, dachte über den genauen Weg nach.

Jetzt endlich wandte Liath ihm ihre Aufmerksamkeit zu. »Goslar hat einen kleinen Palast.«

»Sagt ihr, dass sie uns in Goslar erwarten soll. Gibt es noch etwas, Adler? Hat sie eine Nachricht geschickt? Was hat sie vor?«

»Weiter nichts, Eure Majestät. Das heißt, nichts, was sie mir erzählt hätte.« Er war ein guter Reiter und hatte eine gute Haltung, aber er war sehr ernst, als er neben dem König herritt. Es war für Sanglant nicht zu erkennen, ob er es beabsichtigt hatte, dass seine Bemerkung so trocken klang.

Liath löste sich aus der Reihe, um mit dem jungen Mann zurück zu den Versorgungswagen zu reiten. Er hörte, wie sie miteinander sprachen, als sie sich entfernten. Es fiel ihm stets leicht, ihre Stimme aus der Menge herauszuhören.

»Wann war es noch mal, dass du Hanna das erste Mal begegnet bist? Bei Darre? Also nicht früher? Du hattest sie vorher noch nie gesehen – du bist mit Prinzessin Sapientia nach Osten geritten? Oh, ich verstehe.«

Ihre Worte gingen in den mannigfachen Geräuschen der Prozession unter.

Liutgard, die rechts von ihm ritt, warf einen Blick zurück, und auch er tat das. Obwohl Späher und eine Vorhut vorausritten, befand sich der größte Teil der Rundreise in Viererreihen hinter ihm, eine lange Reihe, die sich durch die Landschaft aus Wald, offenem Gelände und gelegentlichen Höfen schlängelte. Die Hälfte der kleinen Güter und bescheidenen Gehöfte war erst kürzlich verlassen worden. Eines war abgebrannt und geplündert worden. Liutgard und er waren ein Stück von den anderen Kameraden entfernt, die von dem ständigen Gerede von Sophie und Imma aufgehalten wurden. Die saonischen Zwillinge hatten stets die Angewohnheit, langsamer zu reiten, wenn sie in eine ihrer langen Tiraden verfielen, wie immer angestachelt durch ihren gelangweilten Bruder. Ihre schrillen Stimmen erhoben sich leicht über den Lärm des Heeres.

»Hast du Gerbergas Gesicht gesehen, als Sanglant Ekkehard zurückgebracht hat? Es ist rot gewesen. Rot! Allein der Gedanke!«

»Wie demütigend es ist, wenn man feststellen muss, dass der Ehemann mit der eigenen Schwester weggelaufen ist.«

»Immerhin braucht ihr euch darum keine Sorgen zu machen«, sagte Wichman. »Zu keiner von euch würde je ein Mann laufen.«

»Du wagst es! Als hättest du etwas Besseres zu erwarten!«

»Irgendwann wird dich der Bruder oder Ehemann einer der armen Frauen umbringen, die du vergewaltigst, Wichman.«

»Bevor oder nachdem ich zum Markgrafen von Westfall ernannt worden bin?«

»Das ist eine Beleidigung, Sophie!«

»Allerdings! Er bekommt einen Sitz als Markgraf angeboten, und wir – nichts! Nicht einmal achtbare Ehemänner, lediglich die zweiten und dritten Söhne von geringen Edelleuten!«

»Ich hatte gehofft, sie würden zu Conrad laufen«, sagte Sanglant leise zu Liutgard. »Aber ich fürchte, dass sie bei uns bleiben.« Er lächelte.

Sie nicht. »Darf ich offen sprechen?«

Er seufzte.

»Henry hat letztendlich recht gehabt«, sagte sie. »Er wollte dich mit Königin Adelheid verheiraten. Es wäre eine gute Partie gewesen. All dies hätte vermieden werden können.«

»Nicht alles.« Er deutete auf Rotrudis' streitende Brut.

»Nun.« Sie lächelte schief. »Nicht alles.«

»Was willst du mir sagen, Liutgard? Du hast mich bisher treu unterstützt. Ich weiß das zu schätzen.«

»Du musst heiraten. Schon bald.«

Er wischte ihre Bemerkung mit einer Handbewegung beiseite.

»Nein, geh nicht einfach so darüber hinweg. Du weißt, dass ich recht habe.«

Sie hatte viel erlitten und sich nie beklagt. Sie hatte ihre eigenen Ländereien seit mehr als vier Jahren nicht gesehen. Ihre Töchter waren groß geworden, während sie weg gewesen war, ihre Verwalter hatten sich um Fesse gekümmert, während sie gegangen war, um Henry die Treue zu halten. Sie hatte die Hälfte ihrer Männer verloren und sich nicht beklagt. Sie hatte ihre Erbin verloren und sich nicht beklagt.

»Da ist eine Linie, die ich nicht überschreiten werde, Sanglant. Ich habe zu viel erlitten, um zuzulassen, dass mein Land unter einen Bann gerät, weil du an einem Geschöpf wie ihr festhältst.«

»Einem *Geschöpf*! Beleidige sie nicht!«

»Missversteh mich nicht. Ich habe nichts gegen sie. Aber man munkelt über sie. Man hat Angst vor ihr.«

»In Gent haben sie ihr Blumen zu Füßen gelegt.«

»Ja, das haben sie getan«, gab sie zu. »Sorge dafür, dass die Bischöfinnen und Äbtissinnen sie anerkennen, dass die Exkommunikation aufgehoben wird und die heiligen Frauen ihr ihren Segen geben. Dann werden wir sehen.«

»Wirst du mich dann unterstützen? Wenn der Bann in Autun aufgehoben wird?«

»Wir werden sehen.«

Es war alles, was sie versprechen konnte. Ihre Worte beunruhigten ihn, so wie ein Hund sich über einen abgenagten Knochen beunruhigte.

»Was hast du gehört?«, fragte er schließlich. »Was wird gemunkelt?«

Sie war eine kühle Frau, gebildet und stark, fruchtbar und zuversichtlich, eine Kameradin, die ihm an Rang gleichkam. Als ehelich geborenes Kind benötigte sie keine Rechtfertigung, um ihre Position und ihren Titel als Herzogin von Fesse zu halten. Sie war die letzte Nachfahrin von Königin Conradina durch deren jüngeren Bruder Eberhard, der Liutgards Urgroßvater gewesen war.

»Hörst du dir an, was du nicht hören willst?«, fragte sie. »Das solltest du nämlich tun.«

2

Der Palast von Goslar war hundert Jahre alt und zur Zeit der letzten Königin Conradina erbaut worden. Es gab eine stabile Halle, Stallungen und eine bunte Mischung von Außengebäuden, zu denen auch die Küche und eine Schmiede zählten. Eine schulterhohe Palisade umgab den Palast. Jenseits davon befanden sich Gärten, Obstwiesen, Felder und das Gut, dessen Bewohner sich rund ums Jahr um das Land kümmerten. Goslar gehörte zum wendischen Königshaus, aber wie Liath sich in Erinnerung rief, war die Verwalterin von der Äbtissin des nahe gelegenen Quedlingham ernannt worden.

Und so fanden sie Mutter Scholastika mit ihrem Gefolge beschäftigt vor, als sie eintrafen. Obwohl sie von Vorreitern über die Ankunft des Königs in Kenntnis gesetzt worden war, tauchte sie zur Begrüßung Sanglants nicht auf, sondern wartete drinnen auf ihn.

»Sie will, dass ich wie ein Büßer vor sie trete«, sagte er zu Theophanu und Liutgard, die neben ihm ritten.

Liath ritt ein Stück abseits von den Edelleuten und betrachtete nachdenklich den Anblick, der sich ihr bot. Sie schien sich mehr für die Anlage des Gebäudes als für die Architektur der Hofpolitik zu interessieren. Aus irgendeinem Grund sah sie an diesem Tag besonders schön aus, mit den zu einem Zopf geflochtenen Haaren, dem dunkelhäutigen, wohlgenährten Gesicht, den blauen, strahlenden Augen mit ihrer unheimlichen und ihn immer noch verblüffenden Angewohnheit, hin und wieder vor Lachen oder vor Wut aufzublitzen. Sie war nicht mehr so dünn wie zuvor: als er sie das erste Mal gesehen hatte, als sie in Verna gewesen waren, als sie nach der Umwälzung zu ihm zurückgekehrt war. Obwohl sie ständig unterwegs waren und trotz des gelegentlichen Nahrungsmangels auf der Reise gen Norden hatte sie an allen richtigen Stellen Fleisch angesetzt. Er wusste es, und dennoch sehnte er sich danach, es zu überprüfen, immer und immer wieder.

Liutgard berührte seinen Arm. »Wenn du sie weiter so anstarrst wie ein Schwachsinniger, wird jeder in diesem Heer glauben, dass sie dich tatsächlich mit ihren Zauberkräften verhext hat.«

Ihre scharfe Bemerkung traf ihn unvorbereitet. Er sah erst sie an, dann Theophanu. Theophanu zuckte mit den Schultern.

»Glaubst du das wirklich?«, fragte er.

»Ja«, sagte Liutgard. »Es heißt, dass sie Henry auf die gleiche Weise verzaubert hat.«

»Das war nicht ihr Fehler! Und auch nicht ihre Absicht! Sie hat nie ein Interesse an Henry gehabt! Sie hatte sich bereits für mich entschieden.«

»Eine kluge Entscheidung, da Henry sie niemals geheiratet hätte«, bemerkte Liutgard.

»Was sagst du dazu, Theophanu?«, fragte er, inzwischen deutlich verärgert.

Sie lächelte, wie eine Katze es tun mochte, vor der man eine Schüssel Sahne abstellt. »Ich glaube, dass du für deine Schwäche für Frauen bekannt bist, Bruder. Es ist bemerkenswert, dass du mit einer zufrieden bist. Manche könnten es für Zauberei halten.«

»Tust du das?«

Sie wölbte eine Braue. »Nein. Sie ist hübsch auf eine Weise, die Männer anzieht. Die Frage ist eher, wieso sie sich so viel aus dir macht, da es doch so scheint, als könnte sie jeden haben.«

Liutgard lachte zum ersten Mal seit Wochen. »Soll das ein Witz sein? Sieh ihn dir doch an! So muskulös und hübsch! Die Frauen fallen ihm zu Füßen und geradewegs in sein Bett.«

»Das ist nicht witzig.«

»Und dennoch ist es wahr«, sagte Theophanu zu Liutgard. »Aber er ist nicht so schön wie Hugh von Austra. Hugh hat sich nie etwas aus Frauen gemacht, abgesehen von seiner Mutter und abgesehen davon, wenn eine Frau ihm etwas geben kann, das er haben will. Aber er wollte nur sie.«

»Ich weiß nicht, was Hugh will, aber es stimmt, dass er der schönste Mann ist, den ich jemals gesehen habe. Möge mein armer Frederic in Frieden in der Kammer des Lichts ruhen, denn ich will ihn nicht beleidigen. Aber wenn Hugh von Austra sie ebenfalls will, wirkt das dann nicht wie Zauberei, Theo?«

»Lass sie in Ruhe«, sagte Theophanu plötzlich. »Lass sie in Frieden, Liutgard, bitte.«

»Sie hat in dir sicher eine Kameradin gefunden! Gibt es etwas, das du weißt, das auch ich wissen sollte, um meinen Geist zu beruhigen?«

»Bitte, Liutgard, lass es sein.« Ein Hauch von Wut verdunkelte Theophanus ruhiges Gesicht, und sie deutete auf den Palast und die Phalanx von Soldaten, die die Überwürfe der alten Grafschaft Quedlingham trugen: gekreuzte Schwerter auf einem grünen Feld. »Was wirst du tun, Sanglant? Eine Belagerung durchführen, wie du es in diesem Frühling in Quedlingham getan hast, als du nach Wendar zurückgekehrt bist?«

»Wenn du geduldig bist, werde ich dich bitten, hier zu warten. Ich werde allein hineingehen, wie ein demutsvoller Neffe, der um den Segen seiner heiligen Tante bittet. Das stellt sie vielleicht zufrieden.«

Er gab Fulk den Befehl, das Lager zu errichten, und reichte Sibold die Zügel, nachdem er abgestiegen war. Dann suchte er Liath, aber sie war weggegangen. Ein paar Augenblicke später hatte er sie gefunden: Sie plauderte freundschaftlich mit einigen Löwen.

»Wer ist das?«, fragte er Hathui, die zu ihm trat, als Fulk gegangen war.

»Das ist – ich glaube – ja – es ist der Trupp von Hauptmann Thiadbold.«

»Ja. Ja. Jetzt erkenne ich ihn. Sein Helm verbirgt die roten Haare.« Er kaute auf der Unterlippe. »Sie scheint sie gut zu kennen.«

Hathui musterte ihn befremdet. »Das weiß ich nicht, Eure Majestät. Ein Adler trifft unterwegs viele Leute. Adler und Löwen helfen einander häufig, wenn sie in der Klemme stecken.«

Er runzelte die Stirn, aber dann riss er sich zusammen. »Begleitet mich bitte.«

Sie überquerten den grasbewachsenen Hof und gingen die Stufen hinauf. Die Wachen öffneten die Tür und ließen sie eintreten. Tische befanden sich in der Halle, an denen Geistliche saßen und schrieben. Scholastika führte den Vorsitz vom Podest aus, aber sie saß nicht auf dem Herzogssitz, sondern auf einem schönen Stuhl, der mit einer stoffbezogenen Rückenlehne und Kissen ausgestattet war. Sie tat, als wäre sie mit Lesen beschäftigt, aber es war offensichtlich, dass sie ihn erwartet hatte. Eine Nonne flüsterte ihr etwas ins Ohr. Sie reichte ihr das Buch und hob eine Hand, um Sanglant die Erlaubnis zu geben, vorzutreten.

»Geht bitte sofort zu Theophanu und Liutgard«, sagte er zu Hathui. »Sagt ihnen, dass ich die Angelegenheit falsch eingeschätzt habe. Wenn sie sofort kommen könnten, wäre ich ihnen sehr dankbar. Wir brauchen meinen Thron und auch ihre Stühle. Beeilt Euch.«

Sie ging davon.

Scholastika betrachtete ihn voller Geduld, Interesse oder Verwirrung. Sie sagte nichts. Er sagte nichts. Zwischen ihnen herrschte ein Patt. Die Wachen hatten die Türen geschlossen, aber die Läden waren von sämtlichen Fenstern genommen worden. Während er wartete, lauschte er dem Lärm des Heeres, das sich für die Nacht bereitmachte, den meckernden Ziegen, den lachenden Männern, den rufenden Feldwebeln und fluchenden Stallknechten sowie den bellenden Hunden. Über Papier kratzende Federn erklangen in der Halle; draußen strich der Wind durch das Geäst von Goslars Obstbäumen.

Er hörte, wie sie sich der Halle näherten und die Stufen emporstiegen. Die Tür öffnete sich, und sie traten ein, nur die beiden, gefolgt von Hathui. Ohne etwas zu sagen, winkte er sie zu sich und näherte sich von ihnen umgeben seiner Tante. Sie wirkte streng und entschlossen.

»Ich komme in Begleitung des Drachen von Saony und des Adlers von Fesse«, sagte er zu ihr.

»Was ist mit Rotrudis' Kindern?«, fragte sie, jegliche Nettigkeiten beiseiteschiebend.

Ja, sie war verärgert.

Bedienstete traten vor und falteten die Reisestühle auseinander. Theophanu und Liutgard warteten, bis er sich gesetzt hatte, dann ließen auch sie sich nieder. Jetzt bildeten alle vier eine gemütliche kleine Runde, aber drei von ihnen waren jung, und eine wurde langsam alt. Sie klammerte sich an die Vergangenheit, obwohl die Vergangenheit in einer einzigen Nacht im vergangenen Herbst vernichtet worden war.

»Rotrudis' Kinder sind nicht in der Lage zu herrschen, Tante. Theophanu ist es sehr wohl, wie Ihr wisst.«

»Wenn Theophanu in der Lage ist zu herrschen, sollte sie die rechtmäßige Herrscherin sein«, sagte Scholastika. »Aber das ist sie nicht. Ich habe einen Vorschlag für dich, Sanglant.«

Er nickte, aber sie wartete nicht auf seine Einwilligung, sondern hielt nur inne, um ihre Gedanken zu sammeln.

»Theophanu ist nicht die einzige Bewerberin. Es gibt andere. Wenn du deinen Rücktritt akzeptierst, kannst du deinen Platz als Hauptmann der Drachen des Königs zurückerhalten. Das Reich wird deine Stärke benötigen. Du dienst am besten auf die Weise, für die du am geeignetsten bist.«

»Ich bin bereits gekrönt und gesalbt worden. Durch Eure Hand. Wieso erhebt Ihr jetzt diese Einwände?«

»Ich möchte Krieg verhindern, Sanglant.«

»Wie wird mein Rücktritt Krieg verhindern? Wer soll dann herrschen?«

»Conrad und Tallia.«

»Nein!«, schrie Theophanu und sprang wütend auf.

»Conrad?« In Liutgards Lachen steckte ein böser Kern. »Tallia? Sabellas Tochter? Dieses weißgesichtige Wesen, das Blut weint und schreit und stöhnt?«

»Sie hat sich zur Ketzerei bekannt«, sagte Theophanu. »Ihr habt sie selbst aus Quedlingham hinausgeworfen, oder nicht?«

»Das habe ich nicht getan«, sagte Scholastika kühl. »Henry hat sie Lavastins Erben zur Heirat gegeben, diesem Dieb, Lügner und Bastard.«

»Conrad?«, murmelte Sanglant, aber sosehr er auch darüber nachdachte, er verstand nicht, wieso seine Tante bereit sein könnte, die Königsherrschaft aus Henrys Geschlecht zu verbannen. Aus ihrem eigenen.

»Conrad besitzt einen Anspruch.« Liutgard war weiß vor Verärgerung. »Und ich habe auch einen, Mutter Scholastika. Was ist mit mir? Ich bin die letzte Nachfahrin von Königin Conradina. Sie hat die Krone immerhin nicht ihrem jüngeren Bruder, sondern ihrem Rivalen und Verbündeten gegeben, dem älteren Henry, der dann Herzog von Saony gewesen ist. Ihre Worte sind berühmt geworden. Tatsächlich lernen wir sie in Fesse von früh an, um nicht die Befleckung der Ehre unserer Familie zu vergessen. ›Denn es ist wahr, Bruder, dass unsere Familie alles hat, was für die Königswürde nötig ist, abgesehen von Glück.‹ Sanglant hat uns bisher vor Unheil bewahrt. Wer sonst hätte das geschafft? Es war Henrys letzter Wunsch, dass Sanglant nach ihm König werden soll. Ich habe Henrys letzte Worte gehört.«

Sanglant klopfte mit dem Fuß auf den Boden; er wartete. Die Holzdielen der Halle waren sauber. Keinerlei Teppiche bedeckten die langen Bretter. Das Kratzen der Federn ging unaufhörlich weiter. Geistliche beugten ihre Köpfe über Tische, schrieben und schrieben und schrieben. Er fragte sich, ob ihre Hände nicht allmählich schmerzten.

»Dann eine angemessene Heirat«, sagte Mutter Scholastika.

»Wir haben bereits in Gent darüber gesprochen«, entgegnete er.

»Ein geschickter Spieler hat den Zug gemacht. Ihre Verwandten aus Bodfeld sind nicht einmal Grafen, nichts weiter als geringere Edelleute. Ihr Vater war für die Kirche bestimmt und hätte niemals ein Kind zeugen dürfen. Es ist nicht einmal bewiesen, dass sie ein eheliches Kind ist. Es ist nicht einmal bewiesen, dass sie überhaupt eine Seele hat. Ohne deine Unterstützung, Sanglant, ist sie nichts weiter als eine Exkommunizierte, die verbotene Zauberei ausübt. Sie hat mit Hinrichtung zu rechnen, wenn die Kirche das wünscht.«

»Bei Euren offenen Worten werdet Ihr wohl kaum erwarten, dass ich ihr meinen ›Schutz‹ entziehe«, erwiderte er. »Ich bin dieses Spiel leid.«

»Der Thron oder die Frau.«

»Es ist eine falsche Wahl. Wieso seid Ihr so störrisch?«

»Wieso bist du so störrisch?« Sie war sehr unzufrieden. Ihre Verärgerung verunsicherte ihn, aber er weigerte sich zurückzuweichen. »Du bist ein Narr, Sanglant. Es wäre besser gewesen, Henry hätte dich mit Villams Erbin verheiratet, wie Villam es gewünscht hat.«

»Ihr seid damals gegen die Verbindung gewesen, wenn ich mich recht entsinne.«

»Das war ich. Nun. Villam besaß bereits zu viel Macht in Henrys Rat.«

»Waltharia ist im Augenblick unverheiratet. Würdet Ihr jetzt Einwände gegen sie erheben?«

Scholastika zögerte. Liutgard blickte überrascht drein, aber Theophanu lächelte auf ihre elegante, rätselhafte Weise, die nichts preisgab.

»Ich würde Einwände erheben«, sagte Liutgard schließlich.

Scholastika antwortete noch immer nicht.

»Habt Ihr jemanden im Sinn?«, fragte er seine Tante.

»Man könnte ein Bündnis mit einer Prinzessin aus Salia oder Alba besiegeln«, sagte sie langsam. »In diesen Zeiten vielleicht sogar mit den Polensern, obwohl ich sie für eher unbedeutend halte. Es müsste eine angemessene Verbindung sein, die ein wertvolles Bündnis mit sich bringt. Etwas, das uns helfen wird.«

»Wie Liath es getan hat. Sie hat uns gerettet. Uns alle.«

Scholastikas Stirnrunzeln verriet Strenge, und ihre Stimme klang hart. »Niemand weiß, was sie getan hat. Nicht einmal du. Niemand ist dabei gewesen. Sie kann alles Mögliche getan oder gesagt haben. Du weißt es nicht.«

»Ich weiß, was sie mir gesagt hat. Ich weiß, was geschehen ist. Ich weiß, dass Anne tot und ihre Gruppe von Zauberern zerstreut ist.«

»Woher weißt du, dass der große Sturm nicht von der Magie dieses Geschöpfes erzeugt worden ist? Dass er nicht ihr Werk war? Oder dass sie nicht jemandem geholfen hat, den sie dann getötet hat? Du weißt gar nichts, Sanglant. Du kannst nichts beweisen. Diejenigen, die sie begleitet haben, sind tot. Sie können nicht mehr sagen, was sie gesehen haben. Sie ist eine Zauberin. Der Abkömmling einer Daemonin. Seelenlos. Gefährlich.«

»Eine Heilige ist ihr in Gent erschienen.«

»Eine Täuschung!«

»Eine Täuschung – wenn Ihr so sagt –, die von der Hälfte der Bevölkerung geglaubt wird, ganz besonders von denen, die dabei gewesen sind. Die sie gerettet hat!«

»Narren, die leicht zu beeinflussen sind! Sie kann ihnen alles Mögliche gesagt haben, um sie dazu zu bringen, ihr zu folgen.«

Er erhob sich langsam, die Hände an den Seiten, die Schultern angespannt.

»Sanglant«, flüsterte Theophanu warnend.

»Ich bin da gewesen!«, sagte er aufgebracht. »Sie hat unter Einsatz ihres eigenen Lebens andere Menschen gerettet. Sie hätte weglaufen können, aber das hat sie nicht getan. Erzählt mir nicht, dass es eine Täuschung war! Alle meine Drachen sind gestorben, und auch die Hälfte der Stadtbewohner!«

Seine Wut beeindruckte sie nicht, ebenso wenig wie seine Größe und seine Stärke, als er sich vor ihr aufbaute.

»Du bist nicht gestorben.« Ihr faltiges Gesicht verriet keinerlei Furcht und Besorgnis, nur ihren störrischen Willen, sich nicht von seinesgleichen einschüchtern zu lassen. »Obwohl es eigentlich so sein müsste, wie mir scheinen will. Es heißt, dass deine Mutter einen Bann in dein Fleisch gewoben hat. Es heißt, du könntest nicht sterben. Manchmal habe ich mich gefragt, ob dein Mut in der Schlacht wirklich ein Zeichen der Ehre, des Pflichtgefühls und der Treue ist oder ob er nicht vielmehr dem Wissen entspringt, dass du niemals das Schicksal deiner Männer erleiden wirst, wie viele von ihnen auch sterben mögen.«

Er knurrte sie jetzt beinahe an. Sie war sein Feind, und er hatte es bisher nicht gesehen. Sie hatte ihn getäuscht, als sie mit ihm vor seinem Heer gestanden hatte, vor seinen Greifen und den Gebeinen seines Vaters. Aber er besaß Disziplin. Er blieb ruhig.

»Was ist, wenn deine Konkubine die ganze Zeit über mit den Zauberern gemeinsame Sache gemacht hat?«, sprach Scholastika beherrscht und mit fester Stimme weiter. »Jetzt ist sie in einer bedeutsamen Position der Macht. In deinem Bett! Aus der Geschichte wissen wir, dass bereits andere Frauen auf diese Weise geherrscht haben, auch wenn ihnen dadurch keinerlei Anerkennung und Würde erwachsen sind.«

Er war zu wütend, um etwas sagen zu können.

Liutgard wirkte beunruhigt. »Es ist wahr. Dieses Gerede von einer geheimen Verschwörergruppe, diesen Sieben Schläfern. Es wäre denkbar, dass es einen größeren Plan gibt.«

»Tante«, sagte Theophanu mit ihrer kühlen Stimme. »Ich bitte Euch, wenn das wahr ist, warum hätte Liathano dann die Annahme zurückweisen sollen, dass sie Taillefers Erbin ist? Niemand außer ihr selbst hat das bestritten. Wir alle haben es geglaubt. Wieso sollte sie einen solchen Anspruch auf Macht beiseiteschieben, wenn sie nach Macht strebt?«

»Verteidigst du sie?«, fragte Scholastika.

»Ihr habt Theos Frage nicht beantwortet.« Sanglant nickte Theophanu zu, und er konnte ein Grinsen nicht unterdrücken. Es gefiel ihm, seine Tante verwirrt zu erleben. Sie verdiente es.

»Sie ist raffiniert«, sagte die Äbtissin schließlich.

»Sie ist nicht raffiniert«, erwiderte Theophanu mit einem Kopfschütteln. »Am Hof ist sie ein Wolfsjunges unter ausgewachsenen Wölfen. Sie ist unbeholfen und neigt dazu, das Falsche zu sagen, statt zu schweigen. Ich bitte um Vergebung, Sanglant.«

Er zuckte mit den Schultern. »Es ist wahr.«

»Wäre sie raffiniert«, sagte Liutgard, »würde es weniger Unruhe geben. Aber es stimmt, sie ist nicht für den Hof gemacht. Sie hat nicht das geringste Verständnis für die Verpflichtungen, die den Ehegatten binden. Die Leute fürchten sie, denn sie haben seltsame Geschichten über sie gehört. Dennoch scheint es, als gäbe es bei der Rundreise welche, die sie schätzen.« Sie lächelte leicht. Vielleicht war auch das ein Grinsen, als Antwort auf seines. »Adler und Löwen. Gewöhnliche Leute.«

»Eine gewöhnliche Frau kann in Wendar nicht Königin werden«, sagte Scholastika. »Im alten Salia, so heißt es in den Geschichtsschreibungen, konnte eine Sklavin Königin werden, wenn sie die Aufmerksamkeit des Königs auf sich zog und sein Verlangen erregte –«

Natürlich brach sie an dieser Stelle ab. Sie dachte nach. Sie sah Sanglant an, und Gott im Himmel, er spürte, wie er errötete.

»Offensichtlich nicht nur im alten Salia«, bemerkte sie. Ein hässlicher Ton schwang in ihrer Stimme mit. »Ich hatte vergessen, dass sie eine Zeitlang aufgrund der Schulden ihres Vaters eine Sklavin war. Es heißt, dass sie die Mätresse von Hugh von Austra gewesen ist – einem guten und aufrechten Frater!«

Sanglant stieß seinen Stuhl um und schritt zum Ende der Halle, unfähig, still zu stehen.

»Beunruhigt dich das nicht, Neffe?«, fragte sie hinter ihm.

Er drehte sich um, um eine Bemerkung zu machen, hielt dann aber inne.

Theophanu beugte sich vor und drückte die Hände ihrer Tante. Scholastika zuckte zusammen, als Theophanu den Griff verstärkte. »Glaubt nur nicht, dass sie freiwillig in das Bett von Hugh von

Austra gegangen ist. Wenn ich irgendetwas zu sagen habe, wenn Ihr mir überhaupt irgendetwas glaubt, dann glaubt das.«

»Was weißt du darüber?«

»Genug. Sie hat mir vor vielen Jahren das Leben gerettet, als sie nur ein Adler war und ich dumm und blind.«

»Was willst du damit sagen? Sprich weiter!«

Aber Theophanu ließ sich nicht beirren.

»Und so wird das Netz der Täuschung von der Spinne gewebt«, erklärte Scholastika, als sie ihre Hände zurückzog.

»Ihr seid dickköpfig«, sagte Sanglant, schritt zurück und stellte sich neben seinen Stuhl.

»Bin ich das? Du bist derjenige, der dickköpfig ist, Sanglant. Du, ein von einer fremden Frau geborener Bastard. König Arnulf hat immer gesagt, dass Henry auf unwürdige Weise von dieser Frau besessen war. Dass Henry ein voreiliges Versprechen gegeben hat, um sie in sein Bett zu bekommen. Ich bin nur wenige Jahre jünger als Henry. Ich erinnere mich sehr gut daran!« Sie lächelte spöttisch. »Ein gehorsamer Sohn. Der Liebling unseres Vaters. Aber dieser Frau wegen hat er dem König getrotzt. Wie ähnlich du Henry doch bist!«

»Ich kann mir kein größeres Kompliment vorstellen, als mit meinem Vater verglichen zu werden«, sagte er grimmig.

Sie schnitt ihm das Wort ab. »Aber wenn ich dich ansehe, wenn irgendjemand dich ansieht, sehe ich das Gesicht deiner Mutter. Ich sehe das Gesicht eines Volkes, das sich bereits im Krieg mit uns befindet.«

Jetzt hatte sie den Schlag ausgeteilt, der ihn innehalten ließ. »Im Krieg mit uns? Was meint Ihr damit?«

»Hast du es nicht gehört? Oh.« Ihre Augen verengten sich. Ihr Mund verzog sich zu einer flachen Linie, während sie ihn musterte.

Liutgard seufzte leise.

Theophanu lehnte sich zurück.

»Ich bitte dich, Neffe, erkläre mir die Aufstellung deines Heeres. Wer reitet mit dir, und wer ist zurückgeblieben? Dann werde ich dir Bericht über das erstatten, was ich gehört habe. Ich hoffe, es wird dich überraschen.«

»Ich bin bereits überrascht.« Er setzte sich, aber er war zu unruhig, um still zu sitzen, und klopfte mit dem Fuß mehrere Male auf den Boden. »Wovon sprecht Ihr?«

»Ich spreche davon, dass die Dörfer und Güter in den Landen westlich von Quedlingham auf höchst tückische Weise von den Verlorenen angegriffen worden sind, die wieder Gestalt angenommen haben. Unsere Feinde sehen aus wie du.« Ihr Blick schweifte durch die Halle. Ihre schweigenden Geistlichen, ihre edlen Verwandten, die fernen Wachen: Sie alle hatten die gleiche wendische Robustheit, die hellen Haare, den kräftigen Körperbau. Einzig er mit seiner Hautfarbe und seinem Antlitz unterschied sich von ihnen. Einzig er war der Bastard, der eine fremdländische Mutter besaß.

Theophanu berührte ihn am Knie, als wollte sie ihn daran erinnern, dass auch sie eine fremdländische Mutter hatte, eine Fremde, der die guten, aufrechten Wendaner nie ganz getraut hatten. Dennoch ähnelte Theophanu mehr ihrem Vater als ihrer arethusanischen Mutter.

»Es gibt Gemurmel, dass du dies auf uns herabgebracht hättest«, sagte Scholastika. »Viele fragen sich, wie du Herrscher geworden bist. Ob alles Teil eines größeren Komplotts ist, Wendar von außen zu erobern und zu beherrschen. Verstehst du, die Überlebenden dieser Angriffe haben erzählt, dass die Verlorenen, wenn sie angreifen, deinen Namen rufen.«

3

Die Morgendämmerung hatte noch nicht eingesetzt, als Liath sich im Zwielicht auf die Reise zum Kloster St. Valeria vorbereitete.

»Kannst du nicht hierbleiben?«, fragte sie besorgt, weil er sich den ganzen vorherigen Abend in ungewöhnlichem Schweigen seinen Angelegenheiten gewidmet hatte. »Bis ich aus St. Valeria zurück bin?«

»Zu welchem Zweck?« Er drehte sich um, als Ambrose einen mit einem Deckel versehenen Krug voll heißem Wasser auf den Tisch neben die Wasserschüssel stellte. Sanglant bedankte sich bei dem Mann. Er war aufmerksam gegenüber seinen Bediensteten. Er kannte ihre Namen, ihre Geschichten und ihre Fähigkeiten und, wie ihr manchmal schien, auch ihre Sünden. Ambrose goss Wasser ein. Sanglant wusch sich Hände und Gesicht und trocknete sich dann mit dem Tuch ab, das er ihm reichte. »Ich muss Varre erreichen, noch bevor sie mit mir rechnen.«

»Glaubst du nicht, dass deine Tante sie längst über deine Absichten in Kenntnis gesetzt hat, wenn sie sich so sehr zu ihren Gunsten geäußert hat?«

»Das ist möglich. Dennoch darf ich nicht zögern. Conrad und Sabella werden stärker, je länger ich warte.«

»Wollen sie Wendar oder nur Varre?«

»Spielt es eine Rolle?« Seine Miene erschreckte sie. Er war Henrys Sohn. Sie durfte das nicht vergessen. Henry hatte Wendar und Varre regiert, wie vor ihm sein Vater und Großvater. Sein Erbe durfte nicht verlieren, was für Henry so kostbar gewesen war.

»Was ist, wenn es eine Schlacht gibt?«, fragte sie.

Er schüttelte den Kopf, als Robert und Theodulf ihm das Untergewand, die Beinkleider und die gute Wolltunika brachten. Das Blau strahlte förmlich in dem Raum, der nur von einer einzigen Kerze und dem dunstigen grauen Licht beleuchtet wurde, das durch das offene Fenster schien und den kommenden Tag ankündigte.

»Conrad strebt nicht danach, gegen mich zu kämpfen. Er hat eine starke Position als Herzog von Wayland, an der sich nichts ändern wird. Sabella ist diejenige, um die es geht. Sie stachelt ihn an, wenn ich mir ein Urteil erlauben darf, angetrieben von ihrer eigenen Bitterkeit, die alles ist, was sie am Leben hält.«

»Starke Worte. Bist du sicher?«

Er hob beide Hände. »Ich kann viele Fragen nicht beantworten, für die es keine guten Antworten gibt. Du weißt das. Tu, was du tun musst, und komm so bald wie möglich zu mir zurück.« Er legte seine Hände auf ihre Schultern, küsste sie und ließ sie los. »Geh, bevor ich meine Meinung ändere. Ich habe die Galla nicht vergessen, die uns unterwegs begegnet sind. Ich denke auch an die Geschichten über die Verlorenen, die in einsamen Dörfern und Gehöften hilflose Menschen angreifen.«

»Vergiss die Räuber nicht«, sagte sie, ärgerte sich über seine seltsame Stimmung. Wie auch immer, sie hatte tatsächlich Angst, allerdings nicht um sich, sondern um ihn. Aber diesen einen Satz brachte sie nicht über die Lippen: *Stirb nicht, mein Liebling. Pass einfach nur auf, dass du nicht stirbst, dann werde ich zufrieden sein.*

»Räuber sind die geringste Gefahr. Aber du bist bewaffnet und durch eine Macht geschützt, die größer ist als das, was ich dir bieten könnte. Fürchte nicht, sie einzusetzen, wenn es nötig ist.« Er berührte sie am Arm, runzelte die Stirn und strich sich eine schwarze Haarsträhne aus dem Gesicht. Dann ließ er sie los. Sie blinzelte Tränen zurück, nahm ihre Satteltasche, den Schwertgürtel und den Bogen und ging davon.

Übelkeit breitete sich in ihrer Magengrube aus, eine Angst, die sie schwer, müde und krank machte. Dieses Durcheinander hatte sich in ein unerträgliches Labyrinth verwandelt.

Er würde Herrscher sein, weil sein Vater es von ihm verlangt hatte. Einige unterstützten ihn, weil sie ihn liebten. Andere unterstützten ihn, weil er ein Heer hinter sich hatte. Seine eigenen Verwandten spielten ein verborgenes Spiel auf dem Schachbrett, boten ihm mit der einen Hand eine Figur, während sie mit der anderen ihre Kraft seinen Rivalen zukommen ließen. Wäre er Henrys ältestes rechtmäßiges Kind gewesen, es hätte keinerlei Probleme gegeben, aber das war er nicht, und sie war nicht dumm. Dass sie bei ihm war, half ihm ganz und gar nicht. Was Theucinda laut ausgesprochen hatte, verbreitete sich wie Gift im Heer. Es war Sanglants Schwäche, dass er keinerlei gegen sie gerichtete Worte zuließ, und ihre, dass sie sich nicht auf dem Altar der Pflicht opfern konnte. *Für das Wohl des Königreiches.* Sie könnte sich der Barmherzigkeit der unbekannten Mutter Rothgard überantworten und sich als Nonne verpflichten. Das würde ihm die Freiheit geben, entsprechend seinem Rang und seiner Position zu heiraten, um das Königreich aus seiner dunkelsten Stunde herauszuführen.

Oh, Gott! Sie lachte schwach, als sie ihre Eskorte warten sah. Was für eine erbärmliche Nonne oder Diakonissin sie abgeben würde! Ihr Leben mit Pa hatte sie verdorben. Wie das Zwielicht vor der Morgendämmerung stand sie zwischen allem, für nichts richtig geeignet und doch nicht bereit, sich mit dem zufriedenzugeben, was zu erstreben vernünftig und verantwortungsbewusst gewesen wäre.

Ohne Zweifel runzelten Gott die Stirn über ihre Selbstsucht, aber sicherlich verströmten Gott die Liebe in die Welt. Sich von der Liebe abzuwenden bedeutete also sicherlich auch, sich von Gott abzuwenden.

Zweifellos.

Es sei denn, sie hatte die Frage in einer Art und Weise gestellt, dass sie nur die Antwort bekam, die sie haben wollte.

4

Sie grübelte den ganzen Tag, während ihre Gruppe sich einen kleinen, ausgetretenen Pfad entlangbewegte, nahm sich aber auch die Zeit, sich den anderen gegenüber über die Landschaft des kühlen, späten Frühlings zu äußern. Der Weg führte durch hügeliges Land. Die großen Güter und Gehöfte von Saony lagen einige Tagesmärsche weiter westlich und östlich zwischen Osterburg und Quedlingham. Goslar war ein Jagdgut, das in unbewohntem Gebiet errichtet worden war, in dem Edelleute und Herrscher Wild in Hülle und Fülle fanden.

Keiner der zurzeit mit Sanglant reisenden Adler war jemals über diesen Weg geritten, aber Hathui hatte vor einigen Jahren von Wulfhere davon gehört und ihn ihr in allen Einzelheiten geschildert. Am späten Nachmittag des zweiten Tages würden sie einen kleinen Außenposten von Freisassen erreichen, die sich mit der Zustimmung von König Arnulf dem Älteren dort niedergelassen hatten. Dann würden sie einen Fluss überqueren und zwei weitere Tage marschieren, ehe sie das Kloster erreichten, das abgeschieden in einem winzigen Tal zwischen zerklüfteten Bergen lag.

Liath ging in der Vorhut neben Hauptmann Thiadbold, der das Tempo auf dem matschigen Pfad angab. Ein Pferdeknecht führte ihr gesatteltes Pferd. Hinter ihr ritten Ernst und Rufus. Dann folgten die Übrigen der Kompanie, vierzig Löwen unter dem Kommando von Thiadbold. Sie waren nicht so schnell wie die Reitersoldaten, aber wie Sanglant bemerkt hatte, eignete sich ein erfahrener Hauptmann mit disziplinierten Fußsoldaten bestens für eine Reise durch wildes Bergland. Man wusste, dass sich das Kloster St. Valeria in den Bergen verbarg, damit die heiligen Nonnen, die dort gegen das Böse kämpften, sich in Ruhe ihren Studien widmen konnten. Oder damit niemand von ihnen leicht in die weite Welt flüchten konnte, in Versuchung geraten durch das Versprechen der Macht, die mit den schwarzen Künsten verbunden war.

»Ich habe allerdings den Eindruck«, sagte sie zu Thiadbold, »dass viele Leute sich mit den schwarzen Künsten beschäftigen, um ihre Ernte zu verbessern, ihre Erben fruchtbar oder ihre Rivalen unfruchtbar zu machen. Wäre es nicht besser, man würde den Leuten beibringen, dem etwas entgegenzusetzen?«

»Möglicherweise. Aber manche Leute würden sich dazu verleiten lassen, ihre Macht auf schädliche Weise zu benutzen, sie gegen die Nachbarn einzusetzen, denen sie eigentlich helfen sollten.«

»Das tun sie ohnehin.«

»Das ist nur zu wahr. Der Müller in meinem Dorf war ein

wohlhabender Mann. Dann überkam ihn das Verlangen nach einem bestimmten Mädchen – eine Kusine von mir –, und er schob seine alte Frau beiseite. Er erklärte meiner Tante und meinem Onkel, dass er kein Korn mehr mahlen würde, wenn er das Mädchen nicht bekäme. Sie gingen zur Diakonissin, aber die weigerte sich, ihnen zu helfen, weil der Müller seinen Zehnten großzügig bezahlte und sie ihn nicht vor den Kopf stoßen wollte.«

»Es ist genau das, was ich gesagt habe, nicht wahr?«

Er lächelte, aber es lag Ironie darin. »Die Geschichte ist noch nicht zu Ende. Er hat sie geschlagen und grausam behandelt, so dass die Eltern schließlich zu dem Edelmann gegangen sind und darum gebeten haben, einzuschreiten. Er hat das Mädchen zu seiner Konkubine gemacht, als er es gesehen hat.«

»Dann hat die Schönheit ihr keinen Vorteil verschafft.«

»Möglicherweise nicht. Als ihre Eltern sich erneut bei der Diakonissin beklagten, erklärte die heilige Frau, was wir alle wissen: dass es Gottes Wille ist, dass einige oben stehen und andere unten.«

»Ist das so? Das sagen die edlen Geistlichen und Edelleute, die selbst oben auf dem Turm stehen.«

»Nicht nur sie. Auch meine Kusine hat das gesagt, als sie ein Kind geboren hat, das dem Geburtsrecht nach ein Anrecht auf ein Gut hatte.«

»Es ist leicht, das zu sagen, wenn man den Vorteil auf seiner Seite hat. Aber in der Kammer des Lichts sind alle gleich.«

»Glaubst du das?«, fragte er aufrichtig neugierig. Er war kein Mann, der sich zu Gedanken über die Welt und die Menschen hinreißen ließ, aber er besaß einen scharfen Blick und einen klugen Verstand.

»Ich muss es glauben. Sonst würde mein Gefühl für das leiden, was gerecht ist. Ich habe zu viele Edelleute getroffen, die Narren sind, um etwas anderes zu glauben.«

Er kicherte, dann blickte er sich unruhig um, ehe er sich daran erinnerte – jedenfalls glaubte sie das –, dass niemand außer seinen eigenen Männern ihn hören konnte. »Möglicherweise. Der Kirche werden deine Worte nicht gefallen.«

»Sieh nur!« Sie deutete auf einen Schatten, der sich schwerfällig zwischen den Bäumen bewegte und im Gebüsch verschwand.

»Ein Auerochse! Vielleicht kriegen wir heute Abend Wild zu essen.«

Das taten sie. Ein Kundschafter der Nachhut schleppte einen Hirsch an. Ein Stück voraus erlegten zwei Männer, die sich im Wald umsahen, einen Auerochsen, der eine Speerwurfweite von der Straße entfernt zum Grasen auf einer Lichtung stehen geblieben war.

»Sie eignet sich gut für ein Lager«, sagte einer der Kundschafter, als er seinem Hauptmann Bericht erstattete. »Es gibt einen alten Steinkreis dort und freien Boden.«

»Ich möchte die Lichtung sehen«, sagte Liath.

Sie ging mit einer Eskorte von einem Dutzend Soldaten dorthin, während die Übrigen auf der Straße warteten. Der andere Mann hatte bereits damit begonnen, auf der Lichtung den Auerochsen zu schlachten, und der beißende Gestank seines Blutes wehte ihr entgegen. Als sie die tief hängenden Zweige beiseiteschob, sah sie, auf was für einen Platz sie geraten waren.

Sie schüttelte den Kopf, musterte die große Fläche, auf der eine niedrige Schicht aus Federgras und blühendem Geißblatt wuchs. Die Bäume waren in all der vergangenen Zeit nicht näher gerückt. Die Steine standen aufrecht.

»Eine Macht hat kürzlich diese Krone aufgerichtet«, sagte sie. »Sieh nur diese Pflanzen. Man sieht noch, wo die Steine einmal auf dem Boden gelegen haben.«

»Wer könnte solche großen Steinblöcke aufrichten, ohne eine Spur zu hinterlassen?«, fragte der Kundschafter.

Zauberei konnte die Kronen aufrichten, aber Liath konnte sich nicht vorstellen, wer solche Macht besitzen sollte. Und wie viele Leute gab es überhaupt noch auf der Welt, die in der Lage waren, die Kronen zu weben?

Mich.

Und Hugh von Austra.

Sie sah Thiadbold an.

Er nickte. »Wir werden weitermarschieren und eine bessere Stelle suchen.«

»Nein«, sagte sie, denn sie wollte der Furcht nicht nachgeben. »Es ist einfacher, hierzubleiben und den Auerochsen zu essen. Mein Mund ist bereits wässrig.«

Er zuckte mit den Schultern. »Wenn es dir nicht gefällt, marschieren wir weiter. Ich habe genug seltsame Orte gesehen. Ich habe gelernt, ihre Macht zu respektieren.«

Sie roch nichts als Pflanzen, feuchte Erde und die Innereien des toten Tieres, die sich aus dem aufgeschlitzten Bauch ergossen. »Wenn Räuber auftauchen sollten, haben unsere Bogenschützen hier bessere Sicht, wo sie die Steine als Deckung benutzen können. Was denkst du?«

Er nahm sich Zeit, darüber nachzudenken, schritt den Rand der Lichtung ab und trat zwischen die Steine. Es gab keine Löcher, keine Erdgänge, keine Verstecke. Es war ein toter Ort. Alle fünf Steine standen aufrecht. Ihre Oberfläche war unnatürlich glatt und ohne jedes Fleckchen Moos oder Flechte. Obwohl sie viele umgestürzte Steine gesehen hatte, die zerbrochen und von jahrhundertelangem Regen und Eis durchlöchert waren, zeigte keiner dieser Steine ähnliche Spuren.

»Es scheint trocken zu sein«, sagte er und schickte einen Mann aus, um die übrige Kompanie zu holen. »Wir werden Feuerstellen als Grenze errichten.«

Sie lachte. Ihr gefiel sein Sinn fürs Praktische. »In Ordnung, Hauptmann.«

Sie aßen gut an den sechs Feuerstellen, die sie gleich außerhalb des Steinkreises auf der Lichtung errichteten. Es war leicht, Totholz zu finden. Es fing rasch Feuer und loderte fröhlich, und das Fleisch schmeckte gut, besser als jede Mahlzeit, die sie seit Tagen gehabt hatte, denn sie saß ungezwungen mit ihren Kameraden zusammen und unterhielt sich über dieses und jenes.

Schließlich fand sie heraus, dass unter diesen Männern welche waren, die Hanna gut gekannt hatten.

»Ja, es stimmt«, sagte einer namens Ingo, ein breitschultriger, gutaussehender Mann mit einer Narbe und einem schalkhaften Lächeln. »Wir kannten sie bereits von früher, als sie mit Prinz Bayan nach Osten marschiert ist, möge er in der Kammer des Lichts ruhen. Dann haben wir sie beim Veserling gefunden und aus der Hand dieses Ungeheuers befreit. Wir sind mit ihr nach Westen marschiert und haben sie in Gent zurückgelassen, obwohl sie damals todkrank war. Es ist ein Wunder, dass sie überlebt hat, aber sie hat es geschafft. Und danach ist sie mit uns nach Osterburg gegangen. Anschließend wurde sie nach Aosta geschickt. Wie Ihr bereits wisst.«

»Sie hat von Euch gesprochen«, sagte der Jüngste von ihnen schüchtern.

»Sie ist eine gute Freundin von mir«, erklärte Liath. »Ich bin froh, dass sie den Sturm überstanden hat.«

Es fiel ihr leicht, mit diesen Männern zu reden. Sie verhielten sich manchmal ehrfürchtig wegen ihres Wissens und ihrer Bildung, aber Thiadbold und der fröhliche Folquin hatten keine Angst davor, sie zu fragen, wenn sie etwas nicht verstanden. Die älteren Männer ließen sich nicht einschüchtern; sie hatten zu viel gesehen. Sie hatte einem von ihnen das Leben gerettet. Das genügte, um sie als Kameradin anzusehen. Die endlosen Kämpfe, die auf der Königlichen Rundreise gefochten wurden, hatten hier keine Macht über sie.

Später, als die Wachen gewechselt hatten, legten sich auch jene Männer hin, die bisher noch wach geblieben waren. Liath jedoch war ruhelos, als wäre die Schlaflosigkeit, die Sanglant so häufig überfiel, auf sie übergegangen. Es war vorstellbar, dass solche Beschwerden von der Haut des einen Menschen auf die eines anderen gerieben werden konnten oder dass sie von Mund zu Mund gehaucht wurden. Wer die Heilkunst erlernte, wusste, dass kranke Leute häufig eine Spur der Krankheit hinter sich herzogen. Wieso sollte dies nicht auch für andere Beschwerden gelten?

Sie ging um den Kreis herum, den die Wachen bildeten, blieb zwischen jeder Feuerstelle stehen und starrte zum Himmel hinauf. Wolken verdeckten die Sterne, aber es kam ihr so vor, als könnte sie beinahe die schwachen Fäden sehen, die sich von ihrem Licht zu den Kronen herunterzogen. Würde es möglich sein, die Kronen zu weben, wenn der Himmel nicht klar war? Ein guter Mathematikus mit einem Astrolabium und einer Tabelle sowie dem notwendigen Wissen über den Tag und die ungefähre Stunde konnte vorhersagen, welcher Stern aufging und welcher unterging. Er konnte dicht genug auf die Stelle am Himmel zeigen, wo diese oder jene Konstellation war und wie ihr Verlauf war, während die Stunden vorüberzogen.

Sie besaß diese Dinge nicht, nur ihr Gedächtnis, und selbst ihr geräumiges Gedächtnis konnte nicht so viel Wissen bewahren wie ein Astrolabium. Deshalb hatten die jinnischen Astronomen es entwickelt.

»He!«

Der Ruf brachte sie dazu, sich zu der Feuerstelle umzudrehen, die etwa vierzig Schritt entfernt von der Krone brannte. Eine Wache schwankte, hielt sich die rechte Schulter mit einer Hand.

»Achtung! Achtung! Ich bin getroffen worden!«

Kundschafter riefen. Zwei Männer packten Stöcke und hielten sie ins Feuer, um brennende Fackeln zur Verfügung zu haben. Sie lief zu der Wache, die gerufen hatte. Als sie sie erreichte, standen der Hauptmann und Feldwebel Ingo bereits neben dem Mann und begutachteten den Pfeil. Es war eine oberflächliche Wunde. Der Pfeil hüpfte jedes Mal, wenn der Mann zusammenzuckte und fluchte, hin und her.

»Von wo kam er?«, fragte sie.

»Das weiß ich nicht«, sagte er mit zusammengebissenen Zähnen. »Ah! Zieht ihn endlich raus, oder hört auf, ihn anzufassen!«

»Komm mit, damit ich sehen kann, ob die Spitze Widerhaken hat«, sagte Ingo und zog ihn mit sich.

»Still!«, sagte Liath, während das Lager um sie herum erwachte. Männer riefen einander etwas zu, Schwerter klopften gegen Schilde, und Kettenhemden klirrten leise, als die Männer sich bereitmachten.

»Still!«, brüllte Thiadbold.

In der rasch einkehrenden Stille hörte sie einen Zweig knacken, direkt vor ihnen zwischen den Bäumen. Sie brauchte keinen Bogen. Sie lenkte ihren Willen auf die Spitze der Bäume und rief Feuer.

Der Wald wurde von einem scheußlichen, falschen Tageslicht erleuchtet, als Baumkronen Feuer fingen und ein Dutzend zerlumpte Männer mit Speeren, Stöcken und Bogen enthüllten. Sie hasteten aus dem Lichtschein heraus und liefen in den Schatten der Bäume, aber da Funken und Asche auf sie niederregneten und die Flammen über ihnen brannten, flohen sie schließlich in die Dunkelheit. Pfeile wurden ihnen nachgeschossen, bis Thiadbold befahl, damit aufzuhören. Die Löwen jubelten, als sie ihren Feind vertrieben hatten.

»Das ist ein guter Trick«, sagte Thiadbold ernst, während er die Flammen musterte. »So etwas könnte die Entscheidung in einer Schlacht bringen. Aber ich würde es nicht in trockenem Gelände tun. Wird das Feuer sich ausbreiten?«

»Ich hoffe nicht.«

Dies war nicht die glühende Wut gewesen, kein Ausbruch von Angst, die eine Feuersbrunst erschuf. Das Feuer war größer, als sie es beabsichtigt hatte, verbrannte insgesamt sechs Bäume, aber mit der Zeit würde es von allein ausgehen. Die Wache hatte nur eine leichte Verletzung erlitten, die sich rasch versorgen ließ. Der Mann legte sich nieder, und der Hauptmann verdoppelte die Wachen für den Rest der Nacht.

Dennoch konnte Liath nicht schlafen. Erst als das Feuer vollkommen erloschen war, legte sie sich hin, aber wann immer sie die Augen schloss, sah sie brennende Männer, deren Fleisch verkohlte.

Hatte Pa deshalb die Magie von ihr ferngehalten? Hatte er nur versucht, sie vor sich selbst zu schützen? Aber diese Frage kam ihr schrecklich dumm vor. Pas Motive ließen sich nicht so leicht ergründen, und sie waren auch nicht einfach. Pa war nicht dumm gewesen, auch wenn er nicht die Willenskraft besessen hatte, die nötig gewesen wäre, um Anne zu besiegen.

Ohne dass die Sterne den Verlauf der Zeit ankündigten, zog sich die Nacht unendlich in die Länge, aber schließlich tauchte das erste Licht auf, und ein Vogel zwitscherte. Sie sprang auf, als sie das Geräusch hörte. Ein Vogel! Sie erhob sich unsicher auf müden Beinen, lauschte angestrengt und blinzelte in das sie umgebende Gehölz, aber sie konnte nicht erkennen, von wo der Ruf gekommen war, und sie hörte ihn auch kein zweites Mal.

5

Der Außenposten hieß Freiberg und bestand aus etwa achtzig argwöhnischen Leuten, deren Siedlung von einer eindrucksvollen Palisade umgeben war. Es gab fünf strohgedeckte Langhäuser, etwa ein Dutzend kleinere Gebäude und – was bemerkenswert war – die stumpfe Spitze einer winzigen Kapelle. Ein einsamer Bauer lebte außerhalb der Mauern gleich dort, wo der Pfad den Wald verließ, aber es war nicht klar zu erkennen, ob der lebhafte alte Bursche die Verbannung gesucht hatte oder ob es ihm nicht gestattet worden war, sich im Schutz der Mauer aufzuhalten. Er sah der vorbeireitenden Gruppe zu, ohne ein Wort zu sagen, und widmete sich wieder seiner Gartenarbeit. Sechs Bienenstöcke befanden sich auf seinem eingezäunten Grundstück.

Das Tor stand offen. Leute arbeiteten auf den Feldern, Frauen wuschen Kleider im glitzernden Fluss. Fleisch trocknete unter eingezäunten Bretterverschlägen, bereit, weggebracht und verarbeitet zu werden. Das Geräusch eines Schmiedehammers überraschte sie; Schmiede fanden sich – wie Gold – gewöhnlich in höherstehenden Siedlungen.

Die Leute hielten inne und musterten sie. Ein Dutzend junger Männer stand mit Bogen bewaffnet auf dem Wehrgang der Palisade.

»Sie sind misstrauisch«, murmelte Liath Thiadbold zu, aber er nickte nur gedankenvoll und führte die Löwen geradewegs in das, was eine Falle sein mochte, überquerte den Graben und ritt durch das offene Tor. Die Löwen blieben gleich jenseits des Tores stehen, auf einem offenen Platz, der genug Raum bot für Waffenübungen, einen Markt oder Wettkämpfe. Schon bald waren sie von Menschen umzingelt. Der Ältestenrat trat zu ihnen.

»Wir haben bereits gehört, dass Ihr unterwegs seid«, sagte ihr Sprecher, ein freundlicher Mann mit silbergrauen Haaren, einem silbergrauen Bart und einem schiefen Lächeln von einer Lähmung, die die linke Seite seines Gesichts befallen hatte. Ansonsten wirkte er gesund. »Ich bin Meister Helmand.«

»Ich bin Hauptmann Thiadbold. Meine Löwen und diese drei Adler sind in Angelegenheiten des Königs unterwegs zum Kloster St. Valeria. Wir würden uns freuen, wenn wir eine Nacht im Schutz Eurer Mauern verbringen könnten. Letzte Nacht sind wir von Räubern angegriffen worden. Einer unserer Männer ist verletzt worden, aber wir haben sie vertrieben.«

»Wo war das?«, fragte Meister Helmand, während die Leute um ihn herum flüsterten und nickten.

»Bei einem Steinkreis. Dort haben wir letzte Nacht das Lager aufgeschlagen.«

»Alte Geister wandeln dort. Niemand begibt sich freiwillig an diesen Ort.«

Es war für Liath klar, dass der Mann sie für Narren hielt, weil sie an einem solchen Ort gelagert hatten, aber bei dem Bekenntnis schien sich sein Misstrauen etwas zu legen. Wie sehr konnten Narren schon ein bewaffnetes Dorf bedrohen?

»Kennt Ihr das Kloster?«, fragte sie. »Wir wollten Euch um einen Führer bitten, der uns den Weg zeigen könnte.«

»Oh, ja. Sie kommen zweimal im Jahr hierher, um mit uns zu

handeln und die Messe zu singen und die Gebete für die Toten zu sprechen.«

Liath machte eine Geste zur Kapelle, die jetzt so klein wirkte, als würden nicht mehr als zwanzig Leute darin Platz finden. »Ihr habt eine Kapelle, wie ich sehe.«

»Aber keine Diakonissin.« Er zögerte, blickte die anderen Ältesten an, sprach dann weiter, als sie mit flinken Handbewegungen und Nicken ihrer Köpfe ihre Zustimmung gaben. »Vielleicht könnt Ihr dem Herrscher eine Bitte überbringen, Adler. Ihr dürft gern hier übernachten, obwohl wir nach diesem langen Winter und dem nicht sehr guten Frühling nicht viele Vorräte haben. Wir sind hier dem Herrscher verpflichtet, wie Ihr wisst. Freisassen. Wir haben eine Urkunde darüber!«

»Habt Ihr die?«, fragte Liath interessiert. »Wann ist sie geschrieben worden?«

Er räusperte sich. Alle sahen ihn beschämt an. »Nun ja, in der Zeit des alten Henry, der Vater des ersten Arnulf. Sie wird uns nur zweimal im Jahr vorgelesen, im Frühling und im Herbst, aber in diesem Frühling ist niemand vom Kloster hergekommen.«

»Nein?« Liath sah Thiadbold fragend an. Er zuckte mit den Schultern. »Ist irgendjemand zu ihnen gegangen, um nachzusehen, ob es dort ein Problem gibt?«

»Der Fluss ist über die Ufer getreten. Die Furt war monatelang nicht passierbar. Es gibt keinen anderen Weg dorthin.«

»Gibt es dann keine Möglichkeit, dass wir dorthin gelangen können?«

Er winkte einem Mann, der auf der Mauer stand. Er kam herunter, und es stellte sich heraus, dass er der Gemeinschaft als Jäger und Spurenleser diente. Ein Mann, der weit herumkam.

»Ich heiße Wolf«, stellte sich der Mann vor, nachdem Helmand die Situation erklärt hatte. Er musste ungefähr in Thiadbolds Alter sein, irgendwo zwischen Ende zwanzig und Mitte dreißig, hatte eine dunkle Haut, wirkte drahtig, stark, hatte hübsche Augen und eine Narbe am Kinn von einer alten Verletzung. »Ich war vor zehn Tagen dort oben. Vielleicht ist es jetzt besser. Wir können es versuchen.«

»Das müssen wir«, erklärte Liath, ehe sie sich an die Ältesten wandte. »Wir sind sehr dankbar für Eure Gastfreundschaft. Ich kann Euch die Urkunde vorlesen, wenn Ihr sie hören möchtet.«

Oh ja, das wollten sie.

Eine richtige Zeremonie hatte sich um die zweimal jährlich stattfindende Lesung ihrer Urkunde entwickelt, auf die gleiche Weise, wie sich Treibgut um einen Felsen sammelt, der sich am Sandstrand erhebt. Ein Tisch und ein Stuhl wurden hinaus in die frische Luft getragen, und eine Tischdecke wurde aufgelegt. Jeder Haushalt holte Becher und Getränke, stellte sie auf den gemeinsamen Tisch. Schließlich wurde ein helles Horn aus einer verschlossenen Truhe herausgenommen. Sein Ruf erklang viermal, in jede Ecke der Palisade gerichtet, bevor sie es wieder weglegten. Laternen wurden entfacht, als die Bewohner sich versammelten und in einem ordentlichen Halbkreis aufstellten. Die Kinder standen vorn, die Erwachsenen hinten. Alle blieben stehen, als Meister Helmand mit einer kleinen Zedernkiste in den Händen vom größten Langhaus kam. Er stellte sie auf den Tisch, öffnete sie ehrfurchtsvoll und nahm ein gefaltetes Pergament heraus. Dieses breitete er auf dem Tisch aus, drückte mit der einen Hand den oberen Teil herunter und mit der anderen den unteren. Laternen wurden beiderseits davon aufgestellt, obwohl es für Liath noch hell genug war, um die scharfen Buchstaben lesen zu können.

Der Text war knapp formuliert und begann auf der helleren, fleischigeren Seite des Pergaments. Die rahmfarbene, körnigere Seite war leer, und die Ecken hatten die Neigung, sich in ihre Richtung zu rollen. Es war ein Loch im Pergament, und die Schreiberin hatte um diesen Fehler herum ihre Linien gezogen und den Text geschrieben. Das Schriftstück wirkte alt. Es waren alles Unzialbuchstaben, wie es in jenen Zeiten üblich gewesen war. Die Schrift war nicht besonders schön; Liath hätte es besser machen können. Aber sie konnte sie lesen.

»›Ich, Henry, Herrscher von Gottes Gnaden in Einigkeit über Wendar, gewähre den Bewohnern von Freiberg die untenstehenden Bräuche und Sonderrechte …‹« Während sie vorlas, erinnerte sie sich an den Tag einige Jahre zuvor in einer Siedlung in einem Wald westlich von Gent, wo sie eine ähnliche Urkunde vorgelesen hatte. »›Wer immer Eigentum durch das Bearbeiten des Ödlands erwirbt, soll es für den gleichen Preis besitzen wie sein Haus … Niemand, weder Herrscher noch sonst jemand, soll von den Haushalten in Freiberg irgendwelche Unterstützung oder Hilfe erwarten … Sie werden keine Zölle und keine Steuern auf ihre Nahrungsmittel oder den Wein zahlen, der in ihren eigenen Reben wächst … Wer immer ein Jahr und einen Tag in dieser Siedlung lebt, wird von da an unbehelligt bleiben.‹«

Der Wortlaut war ähnlich wie der der Urkunde, die die Freisassen im Bretwald vom jüngeren Henry erhalten hatten, auch wenn die Einzelheiten sich unterschieden. Die Dorfbewohner lauschten eingehend wie Gelehrte, als Liath langsam und mit klarer Stimme weiterlas.

»›Dieses Sonderrecht wurde beschlossen von Henry, durch Treu und Glauben anerkannt und angenommen von den folgenden Personen … im Jahr 660 seit der Erklärung der Heiligen Botschaft, am 11ten Sormas, dem Festtag der Heimsuchung.‹« Sie blickte überrascht auf. »Das ist heute!«

Da sie keine Diakonissin hatten, die den Kalender für sie verfolgen konnte, waren sie zugleich schockiert und erfreut. Voller Freude machten sie sich ans Trinken. Zuerst tranken die Kinder – die den Anspruch auf diese Länder übernehmen würden, wenn sie erbten. Nach ihnen kamen die Älteren, die in dieses Gebiet eingeheiratet hatten, und schließlich all jene, die jetzt die Felder bearbeiteten. Es gab genug für alle, was selten war, wie Liath dachte, als sie von dem sauren Apfelwein trank, der sich bereits in Essig verwandelte, aber noch nicht ganz umgekippt war.

Bei einer derart vom Glück begünstigten Gelegenheit verschwand auch der letzte Argwohn. Löwen und Adler wurden mit Essen versorgt und hier und dort untergebracht, einige in den

Langhäusern und andere in den Scheunen oder in Hütten, wo sie auf Betten aus aufgehäuftem Stroh schliefen. Liath bat nicht darum, einen besseren Platz zu erhalten als die anderen, und der Hauptmann schwieg dazu und bot ihr auch nicht von sich aus eine Bevorzugung an. Zum ersten Mal seit vielen Tagen schlief sie gut, halb vergraben in einem Haufen kratzigen Strohs, nur eine Decke unter sich und den Wollumhang über sich. Früher, vor langer Zeit, hatte sie oft so geschlafen, wenn sie unterwegs gewesen war, erst mit Pa und dann als Adler. Als sie in den Schlaf glitt, sah sie Pa vor sich, wie er leise murmelte, wie er mit sich selbst sprach, was er oft getan hatte, wenn es keinen gebildeten Erwachsenen gab, mit dem er sich hätte unterhalten können. Und wie gern er sich unterhalten hatte. Bei all seiner zurückgezogenen Art hatte Pa die Menschen geliebt, er hatte das Reden geliebt und die Streitgespräche. Er hatte einen unruhigen, schweifenden Geist gehabt, unstet und meist nicht zufriedenzustellen. Sie drückte ihre Satteltasche an die Brust. Das Buch war beruhigend, trotz all der Probleme, die es ihr bereitet hatte. Es war, in gewisser Weise, Pas Unterhaltung mit sich selbst in all jenen Jahren. Sie weinte ein bisschen, als sie an ihn dachte, und schlief ein, träumte von Gnade als winzigem Säugling, der friedlich in ihren Armen schlief.

»Liath? Oh, Gott! Sie ist es!«

Dass Hannas Stimme sie derart in ihren Träumen beunruhigen konnte, überraschte sie nicht – nicht, nachdem sie zwei Tage mit den Löwen gereist war. Auch die Löwen waren in diesem Traum.

»Nun, ich habe dir doch *gesagt*, dass sie es ist«, erklärte einer, der gekränkt klang.

»Seit wann sollte irgendwer deinen wilden Geschichten glauben, Folquin?«

»Seit ich gelernt habe, mich nach dir zu richten, Ingo!«

»Liath!«

Dass eine Hand ihre Schulter auf so vertraute Weise berühren und sie aus dem Schlaf reißen konnte, verwunderte sie dann doch. Sie öffnete die Augen.

Sie träumte immer noch.

Fünf lange Atemzüge starrte sie die Erscheinung an, die Traumgestalt, die vor ihr schwebte, aber tatsächlich gar nicht schwebte. Die Gestalt hockte in einer Weise da, die sehr der eines gewöhnlichen Wesens ähnelte. Ihre Beinkleider waren faltig und ausgebeult an den Knien. Ihr weizenblondes Haar ergoss sich über die Schulter, und als sie mit einem Lächeln den Kopf schüttelte, fiel es ihr frei über den Körper.

»Hanna?« Liath setzte sich auf.

Und dann begannen die Umarmungen und das Weinen.

VI

Kein Zurück

1

Sie machten sich sofort auf den Weg zum Kloster.

»St. Valeria braucht ein paar Arbeiter, die die zerstörten Mauern reparieren«, erklärte Hanna. »Deshalb bin ich hergekommen. Während die anderen meiner Gruppe sich dort ein paar Tage ausruhen, wollte ich Hilfe holen.«

»Ihr habt es geschafft, den Fluss zu überqueren?«, fragte derjenige namens Wolf. Seit sie mit Liath aus der Scheune gekommen war, hatte er seinen Blick nicht von Hanna abgewandt. »Hattet Ihr keinen Führer? Wie hoch stand das Wasser?«

Während Hanna über die Reise vom Kloster zum Dorf berichtete – sie hatte eine Nacht im Freien geschlafen –, starrte Liath sie an. Es kam ihr so vor, als wäre sie mitten in einen Traum marschiert. Sie hatte sich dieses Wiedersehen seit langer Zeit so sehr gewünscht, dass sie es jetzt kaum glauben konnte. Hatte Sanglant sie auf die gleiche Weise angestarrt, als sie aus dem Äther zurückgekehrt war? Aber sie fühlte sich bei Hanna weniger unbeholfen als die erste Zeit mit Sanglant. Da war vor allem Erleichterung, als hätte sie herausgefunden, dass die Hand, die sie schon verloren geglaubt hatte, doch da war.

Als Hanna zu Ende erzählt hatte, sah sie Liath an und lächelte.

Sie schüttelte den Kopf. »Ich kann es immer noch nicht glauben. Ich habe in den vergangenen Jahren so oft an dich gedacht. Ich muss immer noch träumen. Sorgatani wird dich unbedingt sehen wollen!«

So viele erstaunliche Ereignisse mussten erklärt werden. Während die beiden Frauen sich ununterbrochen unterhielten, flog der Tag nur so vorbei, wie die Dichter zu sagen pflegten. Sie marschierten über einen grasbewachsenen Weg, der kaum mehr als ein matschiger Trampelpfad war. Der Fluss stand noch immer hoch – Hanna hatte ihn überqueren können, weil ihr Pferd so schwer war –, und sie spannten ein Seil von einer Seite zur anderen, damit die Löwen sich daran festhalten konnten und nicht von der Strömung mitgerissen wurden. Danach wand sich der Weg in unebenen Steigungen und Kehren die steilen, bewaldeten Hänge empor, die von uralten Schluchten und neuen Abstürzen durchzogen waren. Hin und wieder ließ sich der Spurensucher über einen Erdrutsch aus, der einen Teil des Pfades zerstört hatte, oder über einen neuen Wasserfall, der durch eine Spalte in einem Felsauswuchs strömte. Bäume knackten und schwankten. Es war tatsächlich ein Wunder, dass Hanna überhaupt durchgekommen war, zumal sie ein Pferd dabeihatte.

»Dies ist kein gewöhnliches Pferd«, sagte sie. »Es ist Edelfrau Berthas Reitpferd, ein edles Tier, unglaublich mutig und willensstark. Tückisch.«

»Wieso reitest du es dann?«

Hanna kicherte. »Das ist sein Name. Es heißt, als Edelfrau Bertha die Stute erhalten hat, hätte sie sie gebissen. Ich weiß nicht, ob das stimmt. Sie kann allerdings springen, und sie hat vor nichts Angst.«

»Bitte, Hanna, erzähl mir noch einmal, was alles seit dem Sturm im letzten Herbst passiert ist. Ich kann nicht glauben, dass Edelfrau Bertha mit so wenigen ihrer Begleiter überlebt hat, um dann so nah ihrer Heimat doch noch zu sterben! Bist du sicher, dass du es gesehen hast?«

»Ich werde dir alles noch einmal erzählen«, erklärte Hanna ernst, ohne sich – wie Liath wusste – über die Frage zu ärgern. »Frag mich, was du willst. Vielleicht erinnere ich mich an etwas, das ich vergessen habe. Es war eine schreckliche Nacht. Die Pfeile sind aus der Dunkelheit gekommen.« Sie zitterte. »Hätte es mir jemand anders erzählt, ich würde es nicht glauben.«

Und so erzählte sie die Geschichte noch einmal. Hanna hatte gut beobachtet und berichtete, ohne sich zu sehr von ihren Gefühlen beeinflussen zu lassen, soweit das möglich war angesichts der Tatsache, dass sie in die Ereignisse verwickelt gewesen war.

»Also Ashioi«, pflichtete Liath ihr bei. »Sie haben auch an anderen Orten angegriffen. Wie sind sie so weit nach Norden gekommen?«

»Auf ihren eigenen zwei Füßen, vermute ich.«

»Nun ja. Und wieso?«

»Um Wendaner zu töten, schätze ich. Oder um Prinz Sanglant zu töten. Sie haben seinen Namen gerufen.«

»Einige glauben, dass er mit ihnen gemeinsame Sache macht, seit er Herrscher ist. Dass er Wendar und Varre erobern will, um das Königreich dem Volk seiner Mutter zu übergeben.«

»Du glaubst das nicht.«

Liath sah sie von der Seite an; sie fragte sich, ob Hanna Sanglant misstraute. Ob sie *ihr* misstraute, wegen Sanglant. »Nein, ich glaube es nicht.«

Als Hanna die Stirn runzelte, wirkte sie um Jahre gealtert. »Ich weiß nicht, was ich glauben soll. Ich fürchte mich vor diesen Kriegern mit ihren vergifteten Pfeilen mehr, als ich mich jemals vor Bulkezu und seinen Qumanern gefürchtet habe.«

»Das macht Sanglant allerdings noch nicht zu ihrem Verbündeten. Er würde das Andenken seines Vaters nie verraten.«

Ein Flüsschen hatte seinen Wasserlauf in den letzten Monaten geändert und eine tiefe Furche durch den Pfad geschnitten. Sie mussten absteigen. Die Löwen bearbeiteten die Ränder mit den Schaufeln, so dass die Pferde das Hindernis überwinden konnten. Kiefern raschelten über ihnen. Das Laubdach des Waldes beschattete den Pfad, als sie oberhalb des Flussbetts wieder aufstiegen.

Hanna verlängerte ihre Schritte. Liath beeilte sich, sie einzuholen, stellte dann fest, dass sie den anderen ein gutes Stück voraus und außer Hörweite waren.

»Was ist los, Hanna? Ich sehe dir an, dass dich etwas bedrückt.«

Hanna sah zurück, dann nach vorn, blickte sogar zu dem grünen Dach über ihr. Der schwere Duft des Harzes verfing sich in Liaths Kehle; lange Zeit hatte sie nur modriges Laub und den eiskalten Atem der unzeitgemäßen Winterstürme gerochen.

»Ich gebe zu, dass ich noch immer wütend auf Prinz Sanglant bin, weil er Bulkezu am Leben gelassen hat, obwohl er ihn hätte hinrichten sollen. Es tut mir leid, das zu sagen. Es ist die Wahrheit. Ich weiß nicht, ob sie für oder gegen mich spricht. Ich weiß es nicht.«

»Es ist ehrlich. Wir sind alle keine Heiligen.«

»Das ist wahr!« Sie lächelte trocken, dann runzelte sie die Stirn auf eine Weise, die Liath beinahe dazu brachte, sie zu berühren. Aber sie hielt sich zurück. »Ich müsste es besser wissen. Wenn du ihm vertraust, sollte ich es auch tun.«

»Danke.«

»Es ist der Gedanke an Sorgatani, der mich darauf gebracht hat. Die anderen haben Angst vor ihr wegen der Dinge, die sie bei Aigensberg getan hat.«

»Sie kannten den Fluch, der aufgrund ihrer Macht auf ihr lastet. Sie hat nie etwas anderes behauptet, oder? Ist sie nicht ehrlich ihnen gegenüber gewesen?«

»Ehrlichkeit ist nicht das Gleiche wie Vertrauen. Es war schlimmer als die vergifteten Pfeile. Sie sind gestorben, nur weil sie sie angesehen haben.« Sie gab ein Geräusch von sich, das wie ein Lachen oder ein Husten klang. »Sorgatani hat mir gesagt, dass ihr wie Schwestern wärt, dass du als Einzige nicht an sie gebunden und doch stark genug bist, sie ansehen zu können, ohne zu sterben. Hast du das erste Mal keine Angst gehabt, mit dem Wissen um ihren Fluch?«

»Ich erinnere mich nicht daran, dass ich überhaupt daran gedacht habe.«

Hanna blieb stehen und sah sie ehrfurchtsvoll an.

»Ich habe leichtfertig gesprochen«, sagte Liath. »Verzeih. Natürlich muss es sie erschrecken. So sehr, wie es die Leute erschrecken muss, in meiner Nähe zu sein.«

»In *deiner* Nähe? Wieso?«

Liath ahnte, wie schief das Lächeln in ihrem Gesicht aussehen musste. »Weil ich ebenfalls Menschen töten kann.«

»Das können wir alle, mit einem Schwert oder einem Speerstoß. Mit unseren eigenen Händen, wenn wir stark genug sind.«

»Ich kann sie bei lebendigem Leib verbrennen. Die Leute haben Angst vor mir, und das sollten sie auch.«

»Aber du würdest doch niemals –«

»Sorgatani würde es auch niemals, oder?«

»Sie hat danach geweint.«

»Und doch werden die Leute sie anblicken und eine Fremde sehen. Einen Dämon.«

»Ja, es stimmt, das tun sie.« Mit einem traurigen Lächeln hob Hanna die Hand und berührte Liaths dunkle Wange. »Ich bin so froh, dass wir uns endlich wiedergefunden haben.«

Liaths Kehle war wie zugeschnürt, und ihre Stimme zitterte. »Endlich«, sagte sie. Es war das Einzige, was sie sagen konnte, ohne in Tränen auszubrechen.

2

Das Kloster lag in einer Schlucht, deren Eingang so geschickt verborgen war, dass Liath geradewegs daran vorbei weiter nach Südosten marschiert wäre, weiter in die Wildnis hinein. Hanna bog an einer Stelle ab, an der Geißblatt wuchs. Sie folgten einem steinigen Pfad, der zwischen hohen Felswänden hindurchführte. Es war unmöglich, dass zwei Menschen nebeneinandergingen; er war kaum breit genug, dass die Packpferde Platz hatten. Ein Vogel pfiff, und Hanna gab sich mit einem Ruf zu erkennen. Das Klappern der Hufe und das Stampfen der Stiefel erzeugten unheimliche Echos. Sie versiegten, als die Schlucht sich öffnete und den Blick auf ein wahres Juwel von einem Tal preisgab. Ein Bach querte ihren Pfad; Wasser drängte gegen die Ränder. Der dahinter liegende Eingang zum Tal war von einer gewaltigen Steinmauer versperrt, die jetzt allerdings an drei Stellen eingestürzt war, da dort Hochwasser den Grund unterspült hatte. Zäune aus ineinander verflochtenen Zweigen verhüllten die Lücken.

Dahinter umgab eine niedrige Palisade ein weißgetünchtes Langhaus und eine Reihe von Nebengebäuden. Hühner gackerten. Ziegen meckerten. Obst- und Nussbäume standen in ordentlichen Reihen. Frisch gepflügte Erde kennzeichnete einen großen Garten.

Alle kamen heraus, um sie zu begrüßen: magere Soldaten, mit Speeren und Schwertern bewaffnet, Geistliche in zerlumpter Kleidung und ein Dutzend Nonnen in unterschiedlichem Alter, die in schlichte Wollgewänder gekleidet waren und Harken, Schaufeln und Sensen in den Händen hielten. Eine Gruppe von Ashioi hätte ihre Reihen in wenigen Augenblicken vernichten können, hätten sie sie hier gefunden.

Hanna war so aufgeregt, dass sie ihr Pferd bei den Löwen zurückließ und zu ihnen lief. Sie war immer noch das Kind, an das Liath sich aus Friedleben erinnerte – ihre erste richtige Freundin –, und doch hatten die Jahre sie ruhiger gemacht. Das gutmütige Wesen, die aufmerksamen Augen und das aufrechte Herz waren immer noch da, aber wenn sie sprach, kniff sie die Lippen auf eine Weise zusammen, dass Liath sie am liebsten umarmt hätte, als könnte dies den Schmerz lindern. Was hatte sie erlitten, das sie nicht erwähnt hatte? Vielleicht wussten es diejenigen, die hier versammelt waren.

Ihre Freude, als sie Hanna sahen, war unverkennbar: Sie mochten sie und vertrauten ihr.

Liath stieg ab und näherte sich mit einiger Vorsicht Schwester Rosvita, die ihr zur Begrüßung entgegenkam. Die Reise hatte die Haare der Geistlichen silberweiß werden lassen, und sie war so dünn wie eine Vogelscheuche, aber es lag ein rötlicher Glanz auf ihrem Gesicht, und ihr Schritt war voller Energie.

»Adler! Oder muss ich Euch anders nennen? Wir liegen hoffnungslos zurück, was irgendwelche Neuigkeiten betrifft. Wie geht es Euch?«

Sie begrüßten sich auf die formale Weise, drückten einander die Arme wie Höflinge, die sich nicht ganz trauten, aber die Hoffnung hatten, es aufgrund ihrer beiderseitigen Liebe zum Herrscher tun zu können. »Es ist eine lange Geschichte. Ich bin wegen Mutter Rothgard gekommen. Ist sie hier?«

Rosvita schüttelte den Kopf. »Sie ist nicht bei uns.«

Die Enttäuschung traf sie wie ein Hieb in die Rippen. »Wo ist sie?«

»Tot.« Liath hörte keine Trauer in Rosvitas Stimme, nur Erschöpfung. »Sie war bereits tot, als wir vor zwei Tagen hier angekommen sind. Das hier ist Schwester Acella, die jetzt den übrigen Nonnen als Mutter vorsteht.«

Es dauerte etwas, ehe Liath alles begriff. Zuerst begrüßte sie die wenigen, die von Berthas Gefolge überlebt hatten – den Feldwebel und etwa ein Dutzend Männer. Sie verspürte Trauer, als sie nur noch so wenige sah, und doch wurde sie von diesen voller Achtung und Erleichterung darüber begrüßt, dass sie die Frau wiedersahen, die sie in ihre Verdammnis geführt hatte. Die Mitglieder von Rosvitas Gelehrtenschule stellten sich selbst vor; lediglich Bruder Fortunatus kannte sie von früher. Er war jetzt so dünn, wie er einst rundlich gewesen war. Die Nonnen von St. Valeria standen ein Stück entfernt und sahen zu, während Schwester Acella sie in die Halle führte und an einem Tisch Platz nehmen ließ. Ein Krug Bier wurde gebracht.

»Die Löwen und die anderen Adler werden auch durstig

sein«, sagte Liath, als sie bemerkte, dass nur Rosvita und Acella sich mit ihr dort niederließen. Hanna war nicht mitgekommen. Zwei Nonnen sahen sie mit unangenehmem Interesse aus den Schatten am anderen Ende der Halle an, aber sie näherten sich nicht.

»Es wird sich jemand um sie kümmern«, erklärte Acella. »Sagt mir jetzt bitte, weshalb Ihr hergekommen seid.«

»Das tue ich gern, wenn Ihr mir sagt, was aus Mutter Rothgard geworden ist und wie sie gestorben ist.«

Diese Geschichte war rasch erzählt. Der Herbststurm hatte einen Teil des Daches des Langhauses weggerissen. Mutter Rothgard war gestorben, nachdem sie von einer Leiter gestürzt war, als sie das Strohdach hatte reparieren wollen. Wasser hatte die Mauer entwurzelt, und kühn gewordene Wölfe hatten vier Nonnen im Laufe des Winters getötet. Schwächere Seelen hätten diesen Ort vielleicht verlassen, aber es entschieden sich ohnehin nur wenige für das abgeschiedene, schwierige Leben in St. Valeria, und jene, die zurückgeblieben waren, hatten sich dafür ausgesprochen, zu bleiben und das Zerstörte lieber wiederaufzubauen, als vor den vielen Schwierigkeiten wegzulaufen.

»Ansonsten hätten wir die Bücher verbrannt«, sagte Schwester Acella mit ihrer mürrischen Stimme. Sie schien einen fröhlichen Zynismus zu besitzen.

»Die Bücher verbrannt!«

»So befiehlt es unsere Urkunde. Die Bücher, die hier liegen, dürfen diese Bibliothek niemals verlassen oder abgeschrieben und weggebracht werden. Damit sie nicht in falsche Hände gelangen.«

»Nicht einmal dann, wenn der Herrscher es befiehlt?«

Acella hatte ein herzliches Lachen. Wie alle Schwestern war sie dünn wie Schilf, aber sie hatte Muskeln in den Armen, denn sie arbeitete ebenso unermüdlich, wie sie betete. »Besonders, wenn der Herrscher es befiehlt. Unsere Urkunde stammt von der Skopos, nicht vom Herrscher. Es ist natürlich viele Jahre her.

Wir sind im letzten Jahr der Herrschaft von Kaiser Taillefer gegründet worden, als hier noch in jede Richtung zehn Tagesmärsche weit Wildnis herrschte, bis jenseits der Grenze.«

»Ein seltsamer Ort, um solche gefährlichen und seltenen Texte aufzubewahren«, sagte Liath. »Jeder Plünderer könnte herkommen und sie wegschaffen.«

»Dieser Ort ist gut verborgen. Und besser bewacht, als Ihr glaubt.« Sie deutete auf die Tür, die ein Stück offen stand und das dunstige Licht des Mittags hereinließ, das die Dachbalken und Dachvorsprünge nicht ganz zu durchdringen vermochte. »Die Arbeit der Löwen wäre eine große Hilfe für uns, wenn Ihr etwas Zeit erübrigen könntet.«

»Ein Handel also«, sagte Liath. »Da ich im Auftrag des Herrschers hier nach Wissen suche. Die Wolken müssen gelichtet werden, damit das Korn wachsen kann, wenn nicht sehr viele Menschen in den bevorstehenden Monaten sterben sollen.«

Acella sah Schwester Rosvita an, dann wandte sie sich wieder an Liath. Sie hatte einen federleichten, kaum wahrnehmbaren Schnauzbart, das Zeichen einer starken Frau, die es geschafft hatte, das mittlere Alter zu erreichen. »Was für Wissen sucht Ihr? Wir haben von Euch gehört, dem Adler namens Liathano. Prinzessin Theophanu ist hier vor vielen Jahren geheilt worden. Sie hat gesagt, dass Ihr ihr das Leben gerettet hättet. Wir haben gehört, dass Ihr bei einer Versammlung in Autun exkommuniziert worden seid. Ist dieser Bann aufgehoben worden?«

»Ich bin hier«, sagte Liath und wünschte sich, dass sie diesen Tanz nicht noch einmal aufführen müsste. »Ich bitte Euch, wenn Ihr vorhabt, Euch zu weigern, tut es gleich. Ich verfüge nicht über die Gabe der Überredungskunst wie die Höflinge. Ich suche die Geheimnisse der Tempestari, in der Hoffnung, dass Zauberei die Bewölkung aufheben kann.« Sie begriff, dass sie noch keinen Hinweis auf den Wagen der Kerayitin gesehen hatte. »Wo ist Sorgatani? Sie ist eine Wetterwirkerin. Sie hat bei den Ältesten gelernt, den Uralten.«

»Dies ist heiliger Boden«, sagte Schwester Acella und lächelte leicht. »Ungläubigen ist es nicht gestattet, ihren Fuß innerhalb dieser Mauern zu setzen.«

»Ihr habt gesagt, dass Ihr viermal im Laufe des letzten Winters von Wölfen angegriffen worden seid.« Liath starrte sie ungehalten an. »Was ist, wenn es einen Überfall der Ashioi gibt? Ihr könnt sie unmöglich allein im Wald zurückgelassen haben!«

Sie antworteten nicht, obwohl sie ihre Stimme leidenschaftlich erhoben hatte. Ihr Schweigen verärgerte sie.

»Wisst Ihr, was sie ist?«, fragte Schwester Rosvita schließlich. »Niemand kann sie ansehen und am Leben bleiben, abgesehen von ihren Sklaven und Bediensteten.«

»Hanna ist nicht ihre Sklavin! Und ich bin es auch nicht!«

»Ihr? Was wollt Ihr damit sagen?«

»Dass ich sie angesehen habe und am Leben geblieben bin.«

Es war die falsche Antwort. Schwester Acella sagte nichts, aber Rosvita holte geräuschvoll Luft, ehe ein Ausdruck des Bedauerns auf ihr Gesicht trat.

Liath erhob sich. »Ich bitte Euch, zeigt mir oder sagt mir, wo ihr Wagen steht, und ich werde sie selbst aufsuchen. Was das andere betrifft, werden die Löwen so lange für Euch arbeiten, wie ich die Bibliothek benutzen darf.«

»Es sieht so aus, als hätten wir keine Wahl«, sagte Acella trocken. »Und wenn wir uns weigern?«

»Wenn das Korn nicht wächst, werden die Leute sterben.«

»Freigelassenes Wasser kann das eine Feld bewässern und das andere überschwemmen.«

»Ist das ein Rätsel, Schwester Acella, das ich beantworten soll?«

»Es ist eine Warnung. Zauberei unterliegt dem Bann, und das aus guten Gründen. Ich habe auf diesen ›Feldern‹ mein Leben lang gearbeitet. Wir hier in St. Valeria wissen, dass Wissen gefährlicher sein kann als Waffen, dass Magie mehr Schaden anrichten kann als Stahl.«

»Der Sturm, der im letzten Herbst auf uns niedergegangen ist, war kein natürlicher Sturm, sondern er wurde vor langer Zeit durch Zauberei erzeugt. Wie sonst sollen wir dagegen ankämpfen, wenn nicht mit unserer eigenen Zauberei?«

»Dies ist ein tückischer Pfad.«

»Ich ziehe es vor, die Menschen nicht sterben zu lassen, wenn ich es irgendwie verhindern kann.«

»Auch wenn Ihr dafür verdammt werdet?«

»Die Kirche mag mich verdammen, wenn es sein muss. Ich glaube aber nicht, dass Gott es tun werden.«

Rosvita stand auf und legte Acella eine Hand auf die Schulter, um sie daran zu hindern aufzuspringen.

Die Wut in Acellas Gesicht blieb jedoch unübersehbar. Ihre Worte waren knapp und aufgebracht. »Das war nicht gut gesprochen, Adler. Wollt Ihr behaupten, Gottes Willen zu kennen?«

Liath hob eine Hand und ließ sie dann wieder sinken. »Behauptet Ihr es?« Ihre eigene Wut machte es ihr unmöglich, noch mehr zu sagen.

»Bitte, Schwester Acella«, sagte Rosvita beschwichtigend. »Sehen wir uns das Schriftstück an, das dieser Adler von König Henry mitgebracht hat. Sie kommt mit dem Siegel und der Autorität des Königs.«

»Henry ist tot«, sagte Liath. »Wusstet Ihr das nicht?«

»Tot?«

Die Geistliche taumelte. Sie wurde bleich. Schwankte. Bruder Fortunatus, der die ganze Zeit über bei der Tür gestanden hatte, ohne zu versuchen, das Gespräch mitzuverfolgen, lief zu ihr und half ihr, sich auf die Bank zu setzen.

»Ist das wahr?« Der Ausdruck in ihrem Gesicht brach Liath das Herz.

»Es ist wahr. Er ist in Aosta gestorben.«

Rosvita verbarg das Gesicht hinter den Händen.

Fortunatus sah Liath an. Er war bleich, aber nicht so erschüttert wie Rosvita. »In Aosta? Wenn das stimmt, dann …« Seltsamerweise warf er einen Blick auf das im Schatten liegende Ende der Halle, wo die zwei aufmerksamen Nonnen so aufrecht und wachsam wie Soldaten standen. »Ist es möglich, dass schließlich …«

Rosvita ließ die Hände sinken. Durch ihre Tränen hindurch sah sie Liath an. »Wer ist jetzt Herrscher? Wer hat Euch die Macht gegeben, nach St. Valeria zu reiten? Wer herrscht über diese Löwen? Wer herrscht über Wendar?«

»Sanglant.«

Sie hätte auch »der Feind« sagen können, und sie hätten sie weniger entsetzt angesehen.

Schwester Acella sprang auf. »Genug! Ich kann sie nicht in die Bibliothek lassen, Schwester Rosvita. Wir wissen nicht, ob ihre Geschichte wahr ist. Wie kann ein Bastard über Wendar herrschen? Nicht durch das Recht, nur durch das Schwert.«

»Wartet, geehrte Mutter«, sagte Fortunatus beschwichtigend. »Sicherlich gibt es eine Erklärung für alles. Edelfrau Bertha und ihre Soldaten sind als Eskorte von Liathano nach Dalmiaka geschickt worden. Um gegen König Henrys Feinde zu kämpfen.«

»Um gegen die Skopos zu kämpfen, meint Ihr wohl«, zischte Schwester Acella. »Woher sollen wir wissen, ob diese Geschichte wahr ist? Woher sollen wir wissen, ob Prinz Sanglant nicht einfach nach Aosta marschiert ist, um seinen eigenen Vater zu töten, damit er den Thron erhält?«

Liath konnte sich nur mit Mühe dazu bringen, höflich zu antworten, aber sie wusste, dass sie das tun musste. Sie verspürte den Wunsch, Acella einen Schlag zu versetzen, so sehr ärgerten sie ihre selbstgefällige Miene und die harten Worte. »Dann fragt die anderen Adler oder die Löwen.«

Allerdings hatten die Löwen die Ereignisse in Aosta nicht miterlebt. Unglücklicherweise hatte sie niemanden von denen mitgenommen, die in der Nacht im letzten Octumber bei Sanglant gewesen waren. Sie hatte niemanden bei sich, der bezeugt hatte, wie Henry die Krone von Wendar in die Hände seines geliebten Sohnes gelegt hatte. Sie hatte niemanden bei sich, dem man glauben würde.

»Wenn nur Hathui mitgekommen wäre!« Sie machte Anstalten, wegzugehen, und drehte sich um. Sie hatte genug von ihnen und dem Aufruhr in ihrem Herzen.

»Hathui?« Fortunatus streckte die Hand aus, als wollte er sie am Ärmel festhalten, aber dann zog er sie zurück, ehe er sie berührte.

»Hathui lebt?«, fragte Rosvita. Trauer machte ihre Stimme heiser.

»Sie ist bei Sanglant. Sie *dient* Sanglant.«

»Ihr könnt sagen, was Ihr wollt«, erwiderte Schwester Acella.

»Das kann ich. In diesem Fall ist es zufällig wahr.«

»Ich bitte Euch.« Fortunatus legte Acella eine Hand beschwichtigend auf den Ellbogen. »Bitte, geehrte Mutter. Setzt Euch. Beruhigt Euch.« Er starrte Liath an. Sie alle taten das.

»Gott im Himmel«, flüsterte Acella mit einer Stimme, die eine Frau benutzen mochte, wenn sie einen Anhänger des Feindes auf der Türschwelle vorfand. »Sie *strahlt*.«

Liath wich einen Schritt zurück, als hätte sie einen Schlag erhalten. Sie sah jetzt, wie sie sie alle voller Furcht und Zweifel ansahen. Es war die gleiche Miene, die sie bei ihnen gesehen hatte, als sie von Sorgatani gesprochen hatten, die für sie wie ein Schrecken war, der sich in der Nacht erheben mochte, um sie zu verschlingen. Sie fand keine Worte, keine Gründe, um sie zu überzeugen. Sie zog sich zurück, wollte weglaufen.

»Bitte, Liathano.« Die Stimme – eine dunkle Frauenstimme – kam aus den Schatten, rief sie voller Klarheit und Beherrschtheit zu sich. »Die Heilige Mutter möchte mit Euch sprechen.«

»Sie soll aus diesem Haus verschwinden!«, rief Acella.

Es gefiel Liath, sich über sie hinwegzusetzen, und daher durchquerte sie die Halle und ging zu den Schatten, in denen die zwei Nonnen auf sie warteten. Es waren ältere Frauen, drahtig, stark, entschlossen. Ihre Gewänder waren so dünn, dass sie an einigen Stellen – wie oberhalb der Knie und an den Schultern – beinahe durchscheinend waren, als warteten sie nur darauf, aufgerissen zu werden. Sie sah dies, weil sie Salamanderaugen besaß und auch bei schwachem Licht sehen konnte. Das war zweifellos ein weiterer Grund, der gegen sie sprach.

»Ich dachte, Mutter Rothgard wäre tot«, sagte sie. »Was hat dies zu bedeuten?«

»Wir dienen einer anderen Mutter«, erklärte die Ältere, trat zur Seite und gab den Blick auf zwei Betten frei, die unter dem Dachgesims eingebaut waren.

Auf dem rechten Bett saßen zwei Frauen und starrten sie an. Voller Entsetzen erkannte sie, dass es sich um Prinzessin Sapientia handelte – aber wie verändert sie war! Die Prinzessin starrte sie an, ohne irgendeine Reaktion von sich zu geben. Ihre Kameradin, eine unscheinbare Frau in einem Nonnengewand, musterte Liath mit gerunzelter Stirn. Die Nonne hielt die Hand der Prinzessin, wie man die eines unruhigen Kindes halten mochte, aber Sapientia rührte sich nicht und sprach auch nicht, sie starrte einfach nur vor sich hin, als wäre dieses Starren die einzige Waffe, die sie besaß. Oder als wüsste sie nicht, wer Liath war.

Kein Wunder, dass Schwester Rosvita so überrascht gewesen war zu hören, dass Sanglant den Thron erhalten hatte, wenn doch seine rechtmäßig geborene Schwester bei ihnen war.

»Herrin?«, sagte sie, unsicher, was sie sagen oder wie sie mit dieser heiklen Situation umgehen sollte. Oh, Gott. Sapientia war als Gefangene der Pechanek-Qumaner verloren gegangen. Sie hatte keinen Grund, ihren Bruder zu lieben, und jeden, ihn zu hassen. Und jetzt saß sie hier. Ihr grübelnder Blick begann Liath zu ängstigen, die seit langem die Furcht vor den meisten Dingen verloren hatte – seit sie wusste, wie leicht sie sie zerstören konnte. Der Wunsch nach Rache befand sich außerhalb ihrer Macht, und das ängstigte sie.

Wie würde Sanglant reagieren, wenn die Schwester, die er in den Untergang geschickt hatte, wieder auftauchte?

»Kommt, Prinzessin«, sagte die Begleiterin, die bei ihr war und Sapientias Hand mit ihren eigenen rieb. »Legt Euch wieder hin.«

»Sie spricht nicht«, erklärte die ältere Nonne sachlich. »Seit vielen Wochen nicht mehr, nicht erst seit der Umwälzung. Armes Wesen. Wir fürchten, dass sie den Verstand verloren hat.«

»Lasst sie sich setzen, wenn sie einverstanden ist«, sagte eine neue Stimme, eine, der man das Alter anhörte und die eigentümlich vertraut klang. »Wie strahlend sie ist! Ich sehe Bernard in ihr. Die Ähnlichkeit ist bemerkenswert. Gutes Kind! Gutes Kind! Lass mich deine Hand halten.«

Jemand lag in den Schatten des zweiten Bettes, eine zerbrechliche Gestalt, die sich auf Kissen aufstützte. Sie war vermutlich der älteste Mensch, den Liath jemals gesehen hatte, älter sogar als Ältester Onkel. Die Stimme zog sie zu sich, durch ein Gefühl in den Worten, das sie nicht benennen und dem sie sich auch nicht widersetzen konnte. Sie rückte näher und blieb am Rand des Bettes stehen. Sie starrte in ein faltiges Gesicht, das ihr Gedächtnis bedrängte und sie zum Taumeln brachte, sie vor Verblüffung benommen machte.

»Ich kenne Euch. Ich habe Euch schon einmal gesehen.«

»Ja, ja, gutes Kind. Du bist es. Bernards Kind.«

»Ich bin Bernards Tochter.«

»Setz dich. Nimm meine Hand. Ich möchte dich berühren.«

Man sagte nicht »nein« zu einer Frau in so fortgeschrittenem Alter. Zu einer Frau, die darüber hinaus den Ring einer Äbtissin trug.

Liath setzte sich gehorsam hin und streckte zögernd ihre Hand aus. Die runzlige, blasse und schrumpelige Hand packte ihre mit einer stürmischen Kraft. Die Augen, die sie musterten, waren von einem verblüffenden Himmelblau, ähnlich wie ihre eigenen.

»Haltet die Kerze näher«, sagte die alte Frau. Ihre Begleiterinnen knieten sich mit der Flamme auf das Bett.

»Das Galla!«, sagte Liath, als sie sie erkannte. »Ihr gehört zu denjenigen, die das Galla heimgesucht hat.«

»Es war dein Pfeil, der uns gerettet hat«, sagte die alte Frau. »Wir wären tot, wenn du nicht gekommen wärst.«

Liath fand keine Worte, obwohl sie nach ihnen suchte. Sie hatte an diesem Pfeil festgehalten, durch Sturm und Schlachten hindurch, und jetzt wusste sie, dass sie das Richtige getan hatte. Dass sie den richtigen Menschen gerettet hatte, auch wenn ihr noch nicht klar war, wieso.

»Das Strahlen lässt nach«, sagte die alte Frau.

Sie errötete. »Es kommt nur, wenn ich sehr wütend bin. Wenn eine Leidenschaft auflodert, wird die Flamme entzündet.«

»Das sehe ich, ›Liathano‹. Dies ist der Name, den Bernard dir gegeben hat.«

»Ihr sprecht von ihm, als würdet Ihr ihn kennen – als hättet Ihr ihn gekannt.«

»Nun, gutes Kind«, sagte sie mit einem Kichern. »Ich bin in meinen letzten Tagen geistesabwesender geworden. Ich habe so lange auf diesen Augenblick gewartet, dass ich angenommen hatte, du wüsstest bereits, wovon ich so lange geträumt habe.« Sie hatte Tränen in den Augen, aber ihr Gesicht verriet große Freude, und ein Leuchten erschien, das Liath den Atem nahm. Die Finger strichen sanft über ihre. Der Gegensatz zwischen der leichten Berührung ihrer zerbrechlichen Hände und der kraftvollen Stimme war verblüffend.

»Ich bin Bernards Mutter. Deine Großmutter. Endlich treffen wir uns. Meine Gebete sind erhört worden.«

So musste sich der Ochse fühlen, der zur Schlachtung im Novarian ausgewählt worden war, wenn der erste Hammerschlag seinen Kopf traf und ihn benommen machte, ehe ihm die Kehle durchtrennt wurde. Einmal gewählt, gab es kein Zurück.

Die alte Frau füllte Liaths gesamtes Bewusstsein aus, den gesamten Kosmos, so dass es nur noch sie gab, diese zerbrechliche alte Frau, die etwas Erstaunliches behauptet hatte: dass sie ihre *Großmutter* wäre. Es war Liath unerklärlich, dass das Universum sowohl groß genug als auch eng genug war, um ein solches Wesen zu beherbergen.

Niemand sprach während ihres Staunens. Nach einiger Zeit erhob sich aus den dunklen Ecken des Bettes der schwache Geruch von Moder, drang vermischt mit dem Duft von süßem Rosenöl in ihr Bewusstsein. Sie begann, Geräusche zu hören: das Rascheln einer Matratze, als jemand sich in der Nähe bewegte; flüsternde Stimmen; die Anspannung in einem Oberschenkel als Folge der Art und Weise, wie sie das Knie gebeugt hatte; das Scharren einer Bank, die über den Holzboden gezogen wurde; Thiadbolds herzliches Lachen von draußen.

Sein Lachen brachte sie auf die Erde zurück. Die Welt nahm wieder ihre alten Proportionen an, nur dass sie sich für immer durch die simple Tatsache verändert hatte, dass es jetzt eine Großmutter gab. Pas Mutter.

»Unmöglich«, sagte sie.

»Sicherlich unerwartet«, entgegnete die alte Frau erheitert. »Ich bin Mutter Obligatia. Ich bin Äbtissin – oder war es, denn wir sind jetzt Flüchtlinge. Ich war Äbtissin des Klosters St. Ekatarina. Wir haben in unserem Felsturm in Aosta viele Jahre in Frieden gelebt. All das ist jetzt vorbei. Ich habe dir viel zu erzählen, Kind, und ich habe viele Fragen.«

»Wie ist das möglich?«

»Wirst du dir die Geschichte anhören?« Es war schwer zu sagen, ob plötzlich eine Verzagtheit sie überkommen hatte oder ob sie einfach nur außer Atem war.

»Natürlich werde ich sie mir anhören«, sagte Liath, die das Gefühl hatte, selbst nur mit Mühe den Atem aufbringen zu können, um Worte zu formen. Sie beugte sich näher zu der alten Frau. »Ruh dich aus, wenn es nötig ist. Sprich leise. Überanstrenge dich nicht.«

Es war seltsam, aber es kam ihr so vor, als würde die alte Frau *sie* trösten, denn sie strich über ihre Hände, als sie mit einer Stimme sprach, die nicht weiter drang als bis zu der kleinen Zuhörerschaft, die dicht um sie herum versammelt war: Liath und die beiden Nonnen, die das Licht hochhielten. Auch sie schienen zu weinen, schweigend, als würden in ihrem Körper die Gefühle widerhallen, die in der Seele ihrer Äbtissin pochten. Die Kämme und dunklen Täler, die die zerknitterten Decken bildeten, waren die einzige Landschaft in dieser Szenerie. Regen klopfte auf das Dach und verklang.

»Ich bin Bernards Mutter, aber vorher habe ich ein anderes Kind geboren.«

Das Gewebe von Liaths Leben und Herkunft hatte stets mehr verborgen als enthüllt, aber Obligatias Geschichte füllte viele dieser klaffenden Löcher. Das wurde deutlich, als Liath Fragen stellte und jene beantwortete, für die sie Antworten hatte. Eine Stunde verging, während sich die Geschichte entfaltete. Sie trank einen Becher Bier, den sie mit der alten Frau teilte. Ihrer Großmutter. Es war noch immer undenkbar, dieses Wort zu benutzen, aber sie musste es benutzen, denn obwohl alles auch nur eine Erfindung sein mochte oder ein Irrtum, wusste sie in ihrem Innern, dass diese Geschichte alles Übrige verständlich machte.

Bernard und Anne waren Halbgeschwister. Obligatia selbst war als Schachfigur in den dynastischen Plänen benutzt worden, die die Sieben Schläfer gewebt hatten. Es war schwer zu sagen, was sich Bischöfin Tallia und Schwester Clothilde davon versprochen hatten, als sie das vierzehnjährige Mädchen mit dem fünfzigjährigen Mönch zusammenkommen ließen, außer der Tatsache, dass sie eine willfährige, familienlose Frau brauchten, die sich von dem letzten rechtmäßig geborenen Sohn von Taillefer begatten ließ. Niemand würde jemals alles wissen, da Anne tot war, und selbst Anne konnte nicht alles gewusst haben, da sie in vielerlei Hinsicht selbst eine Schachfigur gewesen war.

»Einen Teil der Geschichte habe ich von Schwester Rosvita erfahren«, sagte Obligatia zum Schluss. »Das Übrige weiß ich aus eigener Erfahrung.«

»Bist du müde? Wenn du dich ausruhen willst, werde ich warten.«

Sie spürte einen Händedruck; da war noch so viel Kraft! »Nein, ich werde weitersprechen, denn ich habe das mir rechtmäßig zustehende Maß an Jahren bereits überschritten. Ich wage nicht, länger zu warten, gutes Kind. Ich habe nur so lange ausgehalten, weil ich dich sehen und berühren wollte. Ich kann in deinem Gesicht meinen geliebten Jungen Bernard sehen, der dein Vater war, aber wie kommt es, dass Anne behauptet, deine Mutter zu sein? Stimmt das?«

»Nein. Meine Mutter war eine Feuerdaemonin, die auf die Erde gelockt und in einem Netz aus Zauberei gefangen gehalten worden ist. Bernard hat *sie* geliebt, nicht Anne. Die Daemonin war meine Mutter. Ich weiß es, weil ich in den Sphären gewandelt bin.«

Sie erklärte Obligatia, was es bedeutete, in den Sphären zu wandeln, und wie sie dazu gekommen war, es zu tun. Obligatia zeigte keinerlei Abscheu, keine Angst angesichts der Entdeckung – oder Bestätigung –, dass ihre Enkelin nicht ganz menschlich war. Sie war freundlich und großzügig, leidenschaftlich und weise und ruhig und heiter; sie besaß tatsächlich jede Eigenschaft, die Liath sich jemals in einer Großmutter erträumt hatte, die zu finden sie die Hoffnung lange zuvor aufgegeben hatte.

»Da ist noch etwas«, fügte Liath hinzu. »Bruder Fidelis war der Sohn von Taillefer und Radegundis. Mein Vater stammt von dir und einem Edelmann, der dem Geschlecht Bodfeld entstammt.«

»Ich habe ihn immer aufgezogen, indem ich ihn Maus genannt habe. Sein Name war Mansuetus, was sehr passend war, denn er war ruhig, klein und sanft.« Sie kicherte. Die Erinnerung lag so weit zurück, dass sie keinen Kummer zu verursachen schien. »Und er war ängstlich gegenüber seinen Tanten und seinem Onkel, obwohl er sich ihnen widersetzt und mich geheiratet hat.«

»Das liegt also in der Familie«, sagte Liath mit einem Lachen. »Aber wer waren *deine* Eltern?«

Obligatia lächelte traurig. »Das weiß niemand. Ich war ein Findelkind und bin im Kloster St. Thierry aufgewachsen. Damals hatte ich einen anderen Namen, den ich wie so vieles andere zurückgelassen habe.«

»Wo liegt St. Thierry?«

»In Varre. Im Herzogtum Arconia.«

Liath hob die Hände der alten Frau und küsste sie, legte sie dann wieder auf die Decke zurück. »Du hast zwei Ehemänner verloren und zwei Kinder – alle wurden dir genommen. Wie ist es möglich, dass du so lange überlebt hast, ohne dem Kummer und der Wut anheimzufallen?«

Obligatia hob ihre zittrigen Hände an Liaths Gesicht, und Liath hielt sie fest. »Ich vermute«, sagte sie mit einer Stimme, die ebenso sehr zitterte wie die Arme und leiser wurde von der sie überwältigenden Erschöpfung, »dass es etwas in mir gab, das gewartet hat. Das gehofft hat. Immer.«

»Worauf?«, fragte Liath und neigte sich näher, um die Antwort hören zu können.

»Auf dich.«

3

»Mutter Obligatia ist eine mächtige Verbündete«, sagte Hanna sehr viel später zu Liath. Sie aßen eine Schüssel Haferbrei zusammen, der so kräftig mit Lauch gewürzt war, dass Liath ihn noch nach zwei Bechern Bier schmeckte, während Hanna von ihren Erlebnissen in Aosta und im Osten erzählte. Jetzt, als Hanna das Ende ihrer Geschichte erreicht hatte, blieben sie an der Mauer stehen. Löwen arbeiteten im letzten Tageslicht, rückten Steine an ihren ursprünglichen Platz.

Thiadbold trat zu ihnen, um mit ihnen zu sprechen. Wie die meisten anderen Löwen hatte er alles bis auf die Unterbekleidung ausgezogen; dennoch und trotz der abkühlenden Luft schwitzte er. Schmutzstreifen waren in seinem Gesicht, an den Händen klebte getrocknete Erde. Er hatte sich ein Tuch um die Haare gebunden, um sie vor dem Dreck zu schützen. Rote Strähnen kringelten sich um die Ohren, und er strich mit dem Handgelenk eine Locke über dem linken Auge weg.

»Ein Steinmetz würde es nicht gerade bewundern«, sagte er mit einer Geste zu den arbeitenden Männern. »Aber es wird die nächste oder sogar zwei Jahreszeiten überstehen, bis jemand es besser machen kann.«

Folquin winkte ihnen zu, dann schrie er auf und sprang zurück, als Leo einen Stein nur eine Handbreit von ihm entfernt auf den Boden fallen ließ.

»Wie lange wird es dauern, wenn alle daran arbeiten?«, fragte Liath.

Er zuckte mit den Schultern. »Einen Tag oder zwei, mehr nicht.« Er lächelte Hanna zu. »Du hast sie erlebt.«

»Ja, das habe ich«, sagte sie, und Liath bemerkte, wie sie leicht errötete. »Sie sind die besten Soldaten, die der Herrscher hat.«

Er lachte. »Gut gesprochen, und sogar wahr. Diese Löwen haben harte Prüfungen treu überstanden und große Verluste erlitten.« Er deutete auf den Wald. »Wir haben gehört, dass bei den Bäumen eine Hexe ist. Brauchst du eine Eskorte?«

»Ihr Wagen befindet sich ganz in der Nähe«, sagte Hanna. »Und es besteht Gefahr für deine Männer, wie du vermutlich ebenfalls gehört haben wirst.«

»Weil der Blick der Hexe tödlich ist? Wir haben das Gerücht gehört.«

»Es ist kein Gerücht. Ihr Blick wird euch töten, wenn ihr sie anseht. Es ist ein Fluch, der ihr auferlegt wurde, keine Zauberei, die sie sich freiwillig ausgesucht hat.«

»Ein schreckliches Schicksal für einen Menschen, immer allein zu sein«, sagte er, und Liath bemerkte, wie er Hanna forschend ansah, wie sie daraufhin errötete und rasch etwas sagte, um ihr Unbehagen zu verbergen.

»Schick zwei Bogenschützen zu dem Baumstumpf da vorn. Wenn es irgendwelchen Ärger gibt oder wir auf Wölfe stoßen, werden sie unsere Rufe hören.«

Thiadbold wischte sich wieder über die Stirn und sah Liath an. »Du wirst keine Probleme mit Wölfen haben, vermute ich.«

»Ich hoffe nicht.« Liath strich mit einer Hand über ihren Bogen. Sie hatte einen Köcher mit Pfeilen und ein Schwert und eine Scheide erhalten, als Ersatz für das, was sie verloren hatte. Die Pfeile mit der Befiederung aus Greifenfedern rochen metallisch. »Wir sind gut bewaffnet.«

»Das seid ihr«, pflichtete er ihr etwas rätselhaft bei.

Kaum hatten sie den Graben überquert, wandte Liath sich leise an Hanna. »Er mag dich, Hanna. Wie gut kennst du ihn?«

»Nicht wirklich gut!«

»Du wirst rot. Er ist ein guter Mann, sieht gut aus, ist vernünftig und besitzt das Vertrauen des Herrschers. Hast du nie daran gedacht –«

»Lass es, bitte. Ich bin in den letzten Jahren keine gute Straße entlanggegangen.« Aber sie wurde weicher, lächelte auf eine Weise, die nach Bedauern aussah. »Ich gebe zu, dass alles, was du über ihn gesagt hast, zutrifft. In einer anderen Zeit, an einem anderen Ort – es sind gute Männer, diese Löwen. Sie haben mich von Bulkezu befreit. Ich vermute, dass ich mich an dieses Ungeheuer erinnere, wenn ich sie sehe.«

»Bulkezu? Er ist tot.«

»Tot.« Sie blieb stehen und sah Liath an. »Sorgatani hat mir erzählt, dass er tot wäre. Wie ist es passiert?«

Liath berührte den Bogen, der über ihrer linken Schulter hing. Er war gespannt, bereit zum Kampf. »Ich habe ihn getötet.«

Hanna bedeckte die Augen, und Liath brauchte zwei Schritte, um zu begreifen, dass ihre Freundin weinte. Sie drehte sich zu ihr um und umarmte sie. Eine Weile blieben sie einfach unter dem Dach des Waldes stehen.

»Nun ja. Ich hatte geschworen, das nie zu tun.«

»Wie sehr hat er dich verletzt?«, flüsterte Liath.

Hanna legte eine Hand an ihre Stirn. »Ich habe schreckliche Dinge gesehen, aber er hat mich nie angerührt. Oh, Gott. Ich werde nie vergessen, was ich gesehen habe.«

»Nein, natürlich nicht. Und das sollst du auch gar nicht.«

»Ich wünschte, ich könnte es. Ist es schlimm, dass ich mir das wünsche?«

Liath nahm ihre Hand. »Nein. Komm, gehen wir zu Sorgatani.«

Ein Pfad, der von Schafen benutzt wurde und von ihren Hinterlassenschaften verunreinigt war, führte sie über einen plätschernden Bach hinweg auf eine Weide, die an drei Seiten von einem Erdwall umgeben war, den Überresten einer alten Siedlung. An der vierten hatten die Nonnen oder ihre Bediensteten einen Zaun errichtet, so dass sie dort Vieh weiden lassen konnten. Der bemalte Wagen stand mitten im Grün, umgeben von Veilchen. Vier Pferde grasten friedlich in der Nähe. Bruder Breschius hockte bei einem Feuer, über dem ein eisernes Dreibein stand. Er zerbröselte Kräuter in einen Eisentopf, der an dem unteren Gestänge des Dreibeins befestigt war. Er drehte sich um, als er ihre Stimmen hörte.

»Herrin!«, rief er und ging ihr sichtlich erfreut entgegen. »Oh, Gott! Wir dachten schon, wir hätten Euch verloren!«

Er hätte sich beinahe hingekniet und ihre Hand geküsst, aber sie ließ es nicht zu. Er lachte, als er sah, wie entschlossen sie war, und zog seine Hand zurück. Dann nahm er eine kleine Glocke von seinem Gürtel und löste die winzige Bedeckung vom Klöppel. Die Obertöne des Glockenklangs wurden vom Wald zurückgeworfen.

Die Tür im hinteren Teil des Wagens öffnete sich, und Sorgatani schaute heraus. Sie sah ihn, sah Hanna und – sah Liath. Die Kinnlade fiel ihr herunter.

»Liath!«

»Du kannst herauskommen«, sagte Hanna. »Wir sind allein.«

Obertöne zupften noch immer am Rand von Liaths Gehör. »Besitzt das Kloster eine Glocke? Hörst du das?«

»Was soll ich hören?«, fragte Hanna.

Breschius musterte besorgt die Lichtung und die Bäume. »Ich hoffe, Ihr habt ihnen gesagt, dass sie sich fernhalten sollen. Ich läute die Glocke nur, wenn es sicher für sie ist, herauszukommen.«

Der Hauch eines Geräusches trieb in der Brise, sanfter als die Berührung eines Schmetterlingsflügels auf erwartungsvollen Lippen. *Liathano.*

»Das ist keine Glocke.« Liath nahm ihren Bogen ab und zog einen Pfeil aus dem Köcher. »Geht in den Wagen. Ich laufe in den Wald, um es wegzulocken.«

»Galla«, sagte Hanna. »Ich habe sie schon einmal gehört.«

»Es ist hinter mir her. Geht in den Wagen. Ich kann es leicht mit einer Greifenfeder töten, aber wenn ihr ihm im Weg steht, wird es euch verschlingen.«

Breschius beobachtete sie besorgt, aber auch verständnislos. »Es wird dunkel. Ein Bogenschütze ist blind in der Nacht.«

»Für mich ist es noch nicht zu dunkel. Geht!«

Hanna packte Breschius am Handgelenk und zog ihn mit sich. »In den Wagen, Sorgatani!«

Liath lief aus der Eingrenzung hinaus und zwischen die Bäume, suchte eine freie Stelle. Es wäre besser gewesen, sie hätte sich dem Galla auf der Lichtung entgegenstellen können, aber dort, wo sich der Wagen befand, konnte sie seine Bewegungen nicht kontrollieren. Während sie lief – ihre Beinkleider stießen immer wieder gegen das Unterholz –, spürte sie das Galla näher kommen, dann hörte sie in dem Glockenton eine Veränderung, als würde es die Richtung ändern und einen anderen Weg nehmen. Es gab nur dieses eine.

Das Zwielicht wurde zu Grau. Das letzte Tageslicht sickerte durch das Dach, das hier hauptsächlich aus nackten Zweigen und einer gelegentlichen Kiefer oder einsamen Fichte bestand. Ein Stück voraus blitzte etwas zwischen den Bäumen auf, und sie rannte auf eine Wiese, über die ein Bach floss. Wasser spritzte auf, als sie ihn durchquerte – es war nur knöcheltief – und durch kniehohes Gras lief, bis sie die Mitte der Lichtung erreicht hatte. Sie drehte sich um und lauschte, musterte den Wald forschend. Der Wind verlagerte sich, verbarg den Eisengeruch des Galla und dämpfte seine tiefe Stimme.

Irgendwo hinter ihr zwischen den Bäumen ließ eine Grasmücke ihren Ruf ertönen, der vom Krächzen einer Elster beantwortet wurde. Sie blinzelte, wunderte sich. Es gab noch Hoffnung, wenn die Vögel zurückgekehrt waren, um ihre Nester zu bauen.

Sie hörte das Geräusch eines Ausatmens, aber da war es bereits zu spät. Sie wirbelte herum. Ein Pfeil traf sie in den Oberschenkel. Sie stolperte zurück, packte den Pfeilschaft und konnte ihn erstaunlicherweise herausziehen. Er war blutverschmiert. Blut lief ihre Beinkleider hinunter und um das Knie herum.

Oh, Gott, es brannte schlimmer als der Pfeil, der sie an das tote Pferd genagelt hatte. Sie taumelte, fiel, stützte sich mit einer Hand ab.

Liathano. Die Stimme des Galla tönte in ihrem Herzen wie der Puls ihres Blutes; es atmete mit ihr, als es sich näherte.

Sie tastete nach ihrem Bogen, der im Gras lag, aber der Schmerz, der von der Wunde in ihrem Oberschenkel ausging, brannte so heftig, dass er ihr Fleisch von innen nach außen versengte.

So fühlt es sich an, bei lebendigem Leib vom Feuer verzehrt zu werden.

Noch immer kniend stützte sie sich auf die Hand. Wenn sie fiel, würde sie sterben. Gras kitzelte ihr Gesicht, als sie schwankte. Ihr gesamtes Bein stand in Flammen, die sich jetzt zur Brust hin hochfraßen, bis sie nicht mehr atmen konnte, nur noch brannte.

Als die Schatten sich aus dem Wald lösten und zu ihr liefen, begriff sie. Es waren Menschen mit den Gesichtern von Tieren. Die Ashioi waren gekommen. Sie war vergiftet worden.

Liathano.

Rechts von ihr kam die riesige Schwärze aus dem Wald geschwankt, die den sterblichen Körper des Galla kennzeichnete. Der Geruch der Schmiede schwappte über sie hinweg, blendete sie. Sie tastete mit der rechten Hand – die linke fühlte sich an wie Asche – und fand die scharfen Enden der greifenbefiederten Pfeile. Schmerz schoss in ihre Finger. Sie spürte, wie sie das

Gleichgewicht verlor, ihr Körper zur Seite kippte, als das Gift in ihrem Geist wütete und alles versengte.

Sie versuchte zu sprechen, aber sie hatte keine Stimme.

Katzenmaske beugte sich über sie. »Was für eine Kreatur hast du auf uns gehetzt?«

Sie verrückte den Pfeil einen Fingerbreit, was ihn dazu brachte, ihn anzusehen. »Töte es«, flüsterte sie. »Mit einer – Greifenfeder.«

Ein Fuchsgesicht beugte sich über sie. »Das ist die, die wir suchen! Du hast sie getötet!«

»Zurück! Lasst mich einen Pfeil abschießen!«

Liathano.

Sie war tot, so oder so, dachte sie verbittert, als ihr Blick sich bewölkte, überschattet von einem Schleier der Dunkelheit. *Das Galla wird mich verschlingen.* Oh, Gott, Sanglant. Das Kind, der kostbare Segen. Die Flammen verschlangen sie, und sie stürzte.

Ich konnte nicht einmal Hanna warnen.

Ein Funke blitzte auf. In einem Lichtschauer verschwand das Galla. So wie auch sie.

4

Da Hanna bereits einmal gespürt hatte, wie die Luft roch, die um einen Schwarm Galla herumwirbelte, bemerkte sie seine Anwesenheit auch diesmal an ihrem Körper. Und obwohl Liath in den Wald gelaufen war, wusste Hanna sofort, wann die Kreatur wieder verschwunden war, so als wäre ein großes Gewicht von ihrem Körper genommen worden.

»Kommt!« Sie öffnete die Tür von Sorgatanis Wagen und stieg die Stufen hinunter. Sie packte ihren Stab, den sie draußen gegen die hohen Räder gelehnt hatte, und blickte sich suchend auf der Lichtung um, in der Hoffnung, Liath zurückkehren zu sehen.

»Was denkt Ihr?« Breschius stand in der Tür. Die kerayitische Schamanin stand hinter ihm und rieb sich die Stirn.

»Mein Gesicht schmerzt«, sagte sie. »Genauso schmerzt es, bevor ein Sturm ausbricht. Etwas ist geschehen.«

»Das Galla ist weg.«

»So kurz vor Einbruch der Nacht solltet Ihr nicht nach ihr suchen«, sagte Breschius. »Ihr könntet Euch in der Dunkelheit verirren. Alles Mögliche könntet Ihr dort draußen finden. Wölfe oder Räuber.«

Es war zu dunkel, um mehr als Schemen und Schatten zu erkennen, keinerlei Einzelheiten waren auszumachen. Der Himmel war sternenlos und verriet keinen Hinweis auf den Verlauf der Zeit.

»Ich verfluche diese Narren«, sagte Hanna wütend.

»Wen?«, fragte Breschius.

»Die Nonnen. Alle, sogar Schwester Rosvita, weil sie Euch hier draußen gelassen haben.«

»Nein.« Eine Lampe brannte hinter Sorgatani. Das goldene Netz, das ihre schwarzen Haare umgab, glitzerte im Licht. »Ohne mich sind sie in Sicherheit. Und ich bin allein ebenfalls in Sicherheit.«

Hanna hatte gelernt, nicht mit Sorgatani zu streiten, die seit dem Angriff in Avaria ungewöhnlich mürrisch war. »Also schön. Ihr wartet hier auf Liath. Ich werde den Nonnen und den Löwen von dem Galla erzählen. Wenn eines gekommen ist, könnten andere folgen.«

»Können sie etwas tun, wenn ein Galla kommt?«

»Nein. Genau das müssen sie wissen.«

Sie zog ihr Schwert. Ihr gefiel das Gefühl nicht, es in der Hand zu halten. Sie besaß kein Vertrauen darin, damit zu töten, aber wie so viele andere Dinge war es notwendig. Sie konnte froh sein, dass sie es hatte – es hatte einem von Edelfrau Berthas Soldaten gehört, der gestorben war.

Das Trällern einer Grasmücke erklang aus dem Wald, und sie runzelte die Stirn. »Ich komme bei Morgendämmerung wieder. Bleibt im Wagen.«

»Mir gefällt das nicht«, sagte Breschius plötzlich. »Ihr solltet hierbleiben, Hanna. Es ist sicherer für Euch, wenn Ihr bei uns bleibt.«

Sie lief nicht nur deshalb davon, um das Kloster zu warnen, sondern auch, um seinen Bitten zu entkommen. Etwas stimmte nicht. Sie wusste es, aber sie konnte es nicht erklären. Liath hätte zurückkehren müssen – sofern das Galla sie nicht ergriffen hatte. Verschlungen hatte.

So etwas durfte sie nicht denken.

Das Zwielicht beeinträchtigte ihre Sehfähigkeit, aber sie war diesen Pfad in den letzten paar Tagen ein Dutzend Mal gegangen. Ein Atemhauch – ein heller Pfeil – zischte an ihr vorbei.

»Oh, Gott.« Sie duckte sich, lief mit kurzen, raschen Schritten weiter, plötzlich hellwach. Ihr Herz raste. Sie stürzte aus dem Wald auf das freie Gelände, das das Kloster umgab.

»Angriff! Angriff!«, schrie sie, hörte, wie ihre Stimme von Furcht erstickt wurde, und versuchte es noch einmal. »Zu den Waffen! Zu den Waffen! Aronvald! Thiadbold!«

Ein Pfeil ragte eine Körperlänge von ihr entfernt aus dem Boden. Sie lief im Zickzack, stolperte einmal, lief weiter, obwohl sie sich die Hand aufgeschürft hatte. Blut tropfte von der Handfläche. Eine Fackel tauchte an der Mauer auf, dann eine zweite, eine dritte und eine vierte, so viel Licht, dass sie sehen konnte, wie die Gestalten dort Verteidigungspositionen einnahmen, wo die Mauer sie schützte. Die Arbeit, die sie am Nachmittag verrichtet hatten, würde nicht genügen.

»In Deckung! In Deckung!« Das Licht gab sie preis. Sie raste auf den Graben zu. Pfeile donnerten in den Boden.

Ein Horn verkündete einen Warnruf. *Alarm! Alarm!*, schien es zu rufen. *Aufwachen! Bereitmachen!*

»Bogenschützen! Wartet!« Das war Thiadbold, der vom Schutz der Mauer aus seinen Männern Befehle gab. Von weiter weg erklang die Stimme von Feldwebel Aronvald, als er seinen drei verbliebenen Bogenschützen zurief: »Bleibt in Deckung! Alle anderen, runter! Haltet eure Köpfe unten, verflucht!«

Sie lief durch das Tor, ließ das Schwert fallen und sank keuchend auf die Knie, während Ingo, Folquin, Leo und Stephen zu ihr gerannt kamen. Sie hatte atmen können, als sie gelaufen war, aber jetzt war es, als könnte sie keine Luft bekommen.

»Hanna!«

»Ich … muss … warnen … Die Pfeile sind … vergiftet … tot … wer getroffen wird … ist tot. *Tot.*«

Sie suchte in ihren Gesichtern nach Hinweisen, dass sie den Ernst der Situation begriffen. Als sie vom Dorf hergeritten war, hatte sie vom Angriff bei Aigensberg erzählt, aber wer konnte glauben, dass ein Mann nur einen kleinen Kratzer am Arm erhalten mochte und dann unter Krämpfen starb?

Thiadbold kniete neben ihr. »Komm, Hanna.«

Sie packte seinen Arm so fest, dass er aufkeuchte. »Ihr müsst Deckung suchen. Wenn … irgendein Pfeil die Haut durchdringt … ihre Pfeile sind vergiftet. Sie töten auf der Stelle. Sogar ein Kratzer. Glaub mir!«

»Das tue ich!«, sagte er mit einem Blick über die Schulter zum Tor, das gerade von zwei kräftigen Löwen geschlossen wurde. Kaum sichtbar in der hereinbrechenden Nacht, versammelten sich Löwen dort hinter Schildwällen, wo die Mauer noch offen war. Die Mauer barg nur geringe Verteidigungsmöglichkeiten; es gab keinen Wehrgang, der den Wachen und Bogenschützen einen Blick auf die andere Seite gewährt hätte. Die Nonnen hatten offensichtlich niemals Schwerter, Bogen und Speere benutzt, um sich zu verteidigen.

»Dennoch werden sie zögern, uns an der Mauer anzugreifen, wenn es dunkel ist«, fügte Thiadbold hinzu.

»Sie schießen mit Pfeilen.« Sie hustete, und er half ihr auf. »Nur ein kleiner Kratzer …«

Drei Pfeile regneten aus der Nacht herab, drangen in den Boden.

»Sucht Deckung!«, rief Thiadbold, und die Männer zerstreuten sich, zugleich verblüfft und entsetzt. Er sah Hanna stirnrunzelnd an. Weil er seinen Helm trug, konnte sie nur die Augen und den unteren Teil seines Gesichts sehen, aber er wirkte so unerschütterlich wie immer. »Sie können es sich nicht leisten, ihre Pfeile sinnlos zu vergeuden. Wenn sie zum Plündern hier sind, werden sie sich ihre Pfeile und das Gift aufheben.«

»Vielleicht, aber wir sind nicht mehr als sechzig oder siebzig Leute. Wenn sie nur zu zehnt sind und jeder zehn Pfeile hat, können sie uns damit leicht töten.«

»Du hast Angst vor ihnen.« Er legte ihr eine Hand auf den Arm, wie ein Mann es bei seiner Geliebten tun mochte.

»Ich habe Angst vor ihrem Gift. Ich habe meine Kameraden fallen sehen. Oh, Gott.«

Er nickte. »Hast du einen Bogen?«

»Ja, aber ich schieße nur mittelmäßig. Feldwebel Aronvald muss mehr Waffen haben, denn er hat die der gefallenen Soldaten mitgenommen. Er hat nur noch drei gute Bogenschützen, aber ein halbes Dutzend starker Bogen. Und wir haben Pfeile hergestellt, während wir unterwegs hierher waren.«

Er ließ sie los und rief Ingo. »Du übernimmst den Befehl, während ich zur anderen Seite gehe. Haltet die Köpfe unten und geht in Deckung. Schießt nur, wenn ihr ein klares Ziel habt. Niemand darf sich im Licht der Fackeln zeigen.«

»Sollen wir die Fackeln löschen?«

Er kaute an der Unterlippe. »Hätten wir einen Fackelring draußen vor der Mauer errichtet, könnten wir sie kommen sehen, sollten sie zu stürmen versuchen.« Er schüttelte ungeduldig den Kopf. »Aber wir haben keinen. Die Fackeln bleiben, wie sie sind. Niemand darf sich in ihrem Licht zeigen. Komm, Hanna. Erzähl es mir noch einmal.« Er begann wegzugehen, und sie schob das Schwert zurück in die Scheide und beeilte sich keuchend, ihn einzuholen.

»Aronvald!«, rief er. Sein Ruf erhielt eine Antwort aus den Schatten bei der Webscheune, wo ein massives Mauerstück den Schuppen und die Obstwiese vom dunklen Wald trennte.

»Eine gute Stelle, um sich anzuschleichen«, murmelte er.

Sie stolperte über einen Stein und stürzte zu Boden. Es war

ein alter Baustein, der halb im Boden begraben und mit Moos bewachsen war – was in Gottes Namen tat er hier? Einmal hatte ein Gebäude hier gestanden, aber in der Dunkelheit konnte sie nicht erkennen, was für eins es gewesen sein mochte. Mit einem Stirnrunzeln stand sie auf und klopfte sich den Staub von den Handschuhen. Thiadbold, der sah, dass sie unverletzt war, beeilte sich, sich mit Edelfrau Berthas Feldwebel zu beraten. Die beiden Männer standen unter den Dachsparren des Webschuppens zusammen. Hanna sah sich um, versuchte sich zu orientieren. Ihre Augen hatten sich an die Dunkelheit so gut gewöhnt, wie es möglich war; sie hatte diesen Teil des Klosters noch nie bei Tag gesehen.

Feldwebel Aronvald hatte keine Fackeln entfacht. Seine Männer warteten in den Schatten; vier standen auf Leitern, um über die Mauer hinwegschießen zu können. Sie trugen Kettenhemden und Helme, die sie zum Teil den Toten abgenommen hatten. Das halbe Dutzend Löwen, das unten beim schmalen Tor zur Obstwiese wartete, trug Brigantinen und ebenfalls Helme. Alle hatten Bein- und Armschützer aus Leder, Handschuhe mit Kettengliedern und gute Stiefel – der beständige Freund eines Soldaten auf dem Feldzug.

Ein Stöhnen erklang aus dem Wald, mehr Klagen als Schluchzen, ein furchtbarer Krach, der sie zusammenzucken ließ. Sie hasste sich wegen ihrer Furcht.

»Was war das?«, flüsterte einer der Männer, als das Geräusch verklang. Wind raschelte in den Zweigen. Die Obstwiese schwankte, als würde jeder Baum versuchen, die Wurzeln zu bewegen und sich vom Boden zu lösen, um dem Lärm zu entkommen, der sich ein zweites Mal erhob, in der Luft hing und verklang.

»Mir gefällt das nicht«, sagte ein anderer Löwe.

Es gab keine weiteren Hindernisse auf dem Weg zu Thiadbold und Aronvald, die sich mit der Eindringlichkeit von Männern unterhielten, die wussten, dass rasch eine Entscheidung gefällt werden musste.

»… Feuer«, sagte Thiadbold gerade. »Damit wir sie sehen können. Vielleicht können wir sehen, wenn wir brennende Pfeile zwischen die Bäume schießen.«

»Es wird vermutlich nicht funktionieren«, erwiderte Aronvald. »Dazu ist es zu feucht, aber diese Idee ist immer noch besser als gar keine, Hauptmann, und das ist genau das, was ich habe, nämlich gar nichts, nicht die geringste Idee, da wir bereits die Hälfte unserer Truppe und unsere Herrin an diese Kreaturen verloren haben.«

»Sofern es sich um die Gleichen handelt. Es könnten auch Räuber sein. In der Nacht, bevor wir Freiberg erreicht haben, sind wir auf welche gestoßen, aber Liath hat sie vertrieben. Mit Feuer. Das hat mich auf diese Idee gebracht.«

»Es gibt einen Trick, wie die Flammen nicht ausgehen, während der Pfeil fliegt.«

»Ich werde meine Männer dransetzen. Vielleicht besitzen diese guten Nonnen etwas Pech – oh! Hanna!«

»Ich werde sofort zu ihnen gehen und fragen, und dann gebe ich Ingo Bescheid«, sagte sie.

»Folquin und Leo können sich um die Pfeile kümmern. Sie haben so etwas früher schon gemacht und sind geschickt darin. Geh.«

Diesmal war sie klug genug, um den Stein herumzugehen, über den sie beim ersten Mal gestolpert war. Während sie einen großen Bogen um ihn machte, flackerte ein goldenes Licht über ihr auf, zischte, als Funken sprühten. Hatte einer von Aronvalds Bogenschützen so schnell Feuer an einem Pfeil befestigen können?

Das leuchtende Wurfgeschoss drang durch das Strohdach der Haupthalle, und sofort regneten Flammenfäden auf das schräge Dach. Ein zweiter Pfeil glitt daran entlang und fiel zu Boden. Zwei weitere erhellten den Himmel, schlugen einen Bogen über die Mauer, aber sie verfehlten die Halle und rutschten über die Ziegel der kleinen Kapelle, das einzige Gebäude, das kein Dach aus Stroh besaß.

»Achtung! Achtung!«, rief Aronvald. »Laurent! Tomas! Zu den Pferden! Los!«

Sie drehte sich in dem Augenblick um, als ein Pfeil seinen brennenden Kopf in dem Dach des Webschuppens vergrub. Das Dach der Halle begann zu schwelen, fing aber kein Feuer. Als jedoch ein zweiter Pfeil das Dach des Webschuppens traf, flackerten Flammen auf, hüpften und tanzten. Das Licht erzeugte zuckende Schatten und färbte die Haut der Männer gelblich, als sie zurückwichen. Ihr Feind nutzte dieselbe Idee für den Angriff: Er wollte sie ausräuchern.

»Wasser! Wasser!«, rief Thiadbold.

Das Wiehern der Pferde drang vom Pferch her. Wenn sie in Panik gerieten …

Schwester Rosvita und Schwester Acella tauchten unter dem Vordach der Halle auf. Rauch züngelte aus der Tür, hüllte sie in eine zuckende graue Aura, die sich einen Augenblick später im Wind auflöste.

Ich muss gehen, dachte sie, obwohl sie wusste, dass sie ungeschützt sein würde, und dann konnte sie sich nicht mehr rühren, als das Dach einer Vorratshütte Feuer fing. Lärm brach beim Haupttor aus, Männer riefen Warnungen, Männer rannten. Einer schrie.

»Getroffen! Getroffen!«

»Zieht ihn zurück!« Das war Ingo, der Befehle gab. Oh, Gott. »Wo ist der Karren? Schneller, Jungs! Schafft ihn her! Haltet die Köpfe unten!«

»Es brennt! Oh! Oh!«

»Haltet ihn unten! Schafft ihn zur Halle!«

»Hanna!« Der Ruf kam von Thiadbold.

Sie drehte sich zu ihm um, sah einen Streifen, einen Schatten. »Thiadbold!«

Zu spät. Ein Pfeil schnitt durch seinen Handschuh und blieb stecken, bewegte sich hin und her, während er fluchte und ihn herausriss. Aronvald, der hinter ihm stand, machte einen Satz auf ihn zu, stieß den Hauptmann so kräftig zu Boden, dass Thiadbold auf den Rücken fiel, die Arme von sich gestreckt. Der Feldwebel schwang sein Schwert mit aller Kraft und zielte genau. Er trennte Thiadbolds linken Arm in der Mitte des Unterarms sauber ab.

Thiadbold schien unter Schock zu stehen, vielleicht vom Aufprall seines Hinterkopfes auf dem Boden, während der Feldwebel sein Schwert fallen ließ, auf die Knie sank und seinen Gürtel abnahm. Da war Blut, aber Hanna war zu weit weg, um es aus der Wunde spritzen zu sehen; sie sah nur die Blutspur, die an Aronvalds kauernder Gestalt vorbeilief. Der Strom versiegte zu einem Tröpfeln.

Aronvald drehte sich um. »Hanna!«

Ein Pfeil donnerte eine Körperlänge von ihr entfernt in die Erde. Ein anderer blieb zitternd hinter dem Feldwebel im Boden stecken, der sein Schwert packte und aufstand.

»Oh, Gott!« Die Stimme von der Mauer klang ruhig. »Feldwebel, ich bin getroffen worden. In die Schulter.«

»Komm runter«, sagte der Feldwebel genauso ruhig. Tote Männer gingen langsam, weil sie keinen Grund hatten, zu laufen, da sie ihr Schicksal bereits kannten. Thiadbold starrte zum Himmel. Die linke Hand lag neben seinem Körper.

Schließlich gelang es Hanna, erst einen Schritt zu machen und dann einen zweiten. Wie in einem Traum sah sie einen Pfeil aus der Dunkelheit über die Mauer kommen und näher gleiten, erhellt von dem grässlichen Gelb der Flammen, bis er sein Ziel fand: Er schürfte Thiadbolds Arm oberhalb des Ellenbogens auf.

Schweigend hob Aronvald sein Schwert noch einmal.

»Lieber sterbe ich, als dass ich auch den anderen verliere«, sagte der Hauptmann mit einer Stimme, die so gelassen klang, als würde er über das Wetter reden. »Ich muss Deckung haben. Hanna, hilf mir bitte.«

Er hatte sie also die ganze Zeit gesehen; in dem schwachen, zuckenden Licht war es unmöglich zu erkennen gewesen. Das Dach des Webschuppens loderte, als Flammen sich gen Himmel wanden. Der heftige Qualm brannte in ihrer Nase, als sie – endlich – ihre Beine fand und lief. Ihre Augen brannten von dem Qualm, der vom Dach des Gebäudes strömte. Sie packte Thiadbold unter den Armen und half ihm auf, als Aronvald zur Mauer lief und gerade rechtzeitig dort ankam, um einen Mann in Empfang zu nehmen, der von Krämpfen geschüttelt die Leiter hinunterstürzte.

Das unheimliche Heulen kam von irgendwo tiefer im Wald, während Hanna Thiadbold mit sich schleppte, der sich mit der verbleibenden Hand an ihrer Schulter festhielt. Er konnte zwar seine Beine bewegen, stand aber immer noch unter Schock. Blut sickerte langsam aus dem Armstumpf. Sie half ihm die Stufen hoch. Es gab eine Pritsche in der Halle, eine von mehreren. Sie half ihm, sich hinzulegen, und er stöhnte – vor Schmerz möglicherweise, oder vor Angst, oder einfach nur vor Erleichterung.

Schwester Acella kniete sich neben ihn. »Schwester! Eine feste Schnur, rasch! Dieser Gürtel hält das Blut nicht ganz auf. Erhitzt die Kohlen noch mehr. Ich brauche eine Paste aus Roten Betonien –«

»Wir haben keine mehr, Schwester.«

»Dann Taubnesseln. Lorbeer, wenn wir welchen haben. Am besten aber Fieberwurz. Ich weiß, dass wir davon noch etwas haben.« Sie sah nicht auf, während sie sprach. Die jüngere Nonne lief davon, um alles zu holen.

Rauch strömte vom Dach herunter. Hanna hustete. Der Gestank brachte ihre Augen zum Tränen.

»Geht, Hanna«, sagte Schwester Rosvita, die neben sie getreten war. »Wenn es noch etwas anderes gibt, das Ihr tun könnt.«

Sie sollte wieder in den schrecklichen Pfeilhagel hinausgehen.

Hanna zitterte, aber war sie hier drinnen sicherer, wenn noch mehr brennende Pfeile das Dach dieser Halle trafen? Sie hatte Ingo noch nicht die Nachricht von den Feuerpfeilen und Thiadbolds Plan überbracht. Von draußen erklang ein neuer Schrei, gefolgt von einem langgezogenen Heulen, dem unheimlichen

Ruf aus dem Wald. Unter den Dachsparren kauerten Geistliche, starrten sie mit bleichen Gesichtern an. Sie hasste sie, weil sie sich hier versteckten, aber nur einen Moment lang. Es gab nichts, was sie hätten tun können. Sie schwangen keine Waffen, sondern Schreibfedern, und ihrem Gemurmel nach vermutete sie, dass sie so stürmisch beteten, wie es ihnen möglich war.

Thiadbold hatte die Augen geschlossen. Vielleicht war er bewusstlos geworden. Die Krämpfe würden jeden Augenblick beginnen, und tatsächlich konnte sie es nicht ertragen, ihn sterben zu sehen, auch wenn sie sich wegen ihrer Feigheit hasste.

»Ich werde auf ihn aufpassen.« Rosvita hockte sich neben Thiadbold, während Schwester Acella die Schnur nahm, nach der sie verlangt hatte, und ihm eine bessere Aderpresse anlegte.

Hanna zog sich, feige, wie sie war, zurück. Sie betrat den Vorbau und sah, wie Feuer den Webschuppen verzehrte, Flammen über die Ecke einer Hütte leckten, nicht ganz aufzuckend, nicht ganz ersterbend. Eine Leiter war gegen den Dachvorsprung am anderen Ende der Halle gelehnt; dort stand Ruoda, die Fortunatus einen Eimer Wasser reichte, das er auf das qualmende Dach schüttete. Sie waren genauso ungeschützt wie sie selbst, nur dass sie überhaupt nichts hatten, womit sie sich hätten verteidigen können.

Beschämt lief sie zum vorderen Tor. Nicht ein einziger Pfeil prallte in den Boden um sie herum. Wohlbehalten erreichte sie den Schutz der Mauer – übereinandergestapelte Steine, die höher waren, als ein Mensch greifen konnte.

»Hanna! « Ingo deutete auf die Leichen von drei Männern, die auf dem Boden lagen. »Wie du gesagt hast. Nur ein Kratzer, und sie sind gestorben.«

Sein Flüstern klang wie ein Ruf. Es war so still um sie herum geworden, dass sie nicht einmal das Rauschen des Windes in den Zweigen hören konnte, nur das Zischen und Knistern des Feuers. Die Hitze des brennenden Webschuppens prallte gegen sie. Plötzlich zerriss Donner die Stille. Regen prasselte, verwandelte sich von einem Atemzug zum nächsten in einen Platzregen, der so überraschend kam, dass sich niemand rührte. Sie wurden pitschnass, bis der Niederschlag so abrupt aufhörte, wie er gekommen war.

Sie warteten, machten sich auf das Schlimmste gefasst, aber es gab keinen neuen Angriff mehr. Es war, als wäre die Welt jenseits der Mauer gestorben, als wären alle Lebewesen gestorben und vielleicht sogar der Wald und das Land im Abgrund verschwunden, so dass sie von einem unendlichen schwarzen Nichts umgeben waren.

»Hanna?«

»Ah! Was?«

»Du hast gewimmert, Hanna.« Das war Folquins vertraute, freundliche Stimme. Sie erkannte sie jetzt.

»Mein Kopf tut weh.«

Er brummte zustimmend. Er kauerte hinter ihr; Leo und Stephen waren bei ihm.

»Glaubst du, sie warten da draußen, Ingo?«, fragte Folquin.

»Ich wette nicht dagegen. Du?«

»Nun, ich werde mich nicht freiwillig melden, um als Erster an diesen Fackeln vorbeizumarschieren, wenn es das ist, was du wissen willst. Aber Leo wird diesen Gang sicher gern machen, oder nicht, Leo?«

»Nachdem ich auf dein Grab gepisst habe«, sagte Leo liebenswürdig.

»Wer ist tot?«, fragte Hanna.

»Niemand, den du kennst«, erwiderte Ingo. »Corvus. Wir haben ihn wegen seiner schwarzen Haare so genannt.« Er deutete auf eine der Leichen. Es war zu dunkel, um das Gesicht des Mannes erkennen zu können; er war lediglich ein unbekannter Toter, von dem nichts bleiben würde als ein Name und ein paar Anekdoten. »Das da ist der arme Ermo, der zu Hause ein Mädchen hatte, das er heiraten wollte. Und das da ist sein Vetter Arno, der nicht viel Verstand besaß, aber einen Klafter Holz schneller spalten konnte als jeder andere, den ich kenne.«

Das alte, würgende Gefühl in der Kehle tauchte wieder auf,

und Hanna wusste, dass sie kurz davor war zu weinen. Sie erhob sich. »Ich sehe am besten nach dem Hauptmann.«

»Ist er verletzt?«, fragte Ingo mit vor Furcht gedämpfter Stimme.

»Ist der Hauptmann tot?«, flüsterte Folquin und legte ihr eine Hand auf die Schulter. Hanna vermutete jedoch, dass er damit eher sich selbst trösten wollte als sie.

»Ich werde nachsehen«, sagte sie. »Aber ich befürchte es.«

Leo fluchte leise. Stephen holte zwischen zusammengebissenen Zähnen hindurch geräuschvoll Luft. Folquin ließ sie los. Ingo erhob sich mit ihr.

»Gib mir Bescheid«, sagte er ruhig. »Ich werde dann Hauptmann sein, da ich der Älteste von uns Übrigen bin. Wenn es nach mir ginge, wäre es besser, wenn er am Leben bliebe.«

»Das wäre auch für uns besser, da wir keine Lust haben, nach Ingos Pfeife zu tanzen«, sagte Folquin in dem Versuch, einen Witz zu machen. Er ging ins Leere.

Sie lief zur Halle zurück, blieb an den Stufen zum Vorbau stehen. Jenseits der Mauer hörte sie den Wind in den Bäumen rauschen, als er wieder stärker wurde. Die Nacht war jetzt erfüllt vom Geruch des ersterbenden Rauches und der üppigen feuchten Pflanzen, hatte dadurch unmerklich etwas eigentümlich Vertrautes angenommen und verströmte eine Sicherheit, als wäre es eine ganz gewöhnliche Nacht.

Der entsetzliche Schmerzensschrei eines Mannes drang aus der Halle. Sie schreckte zurück, fing sich dann, ehe sie davonlaufen konnte. Sie keuchte, als der Schrei abrupt aufhörte, als hätte ein Schwerthieb ihn abgeschnitten. Stimmen murmelten. Sie nahm einen schrecklichen Gestank wahr und begann hemmungslos zu weinen, bis Feldwebel Aronvald aus der Halle trat. Er klopfte ihr etwas grob auf die Schulter.

»Nun, nun, Adler! Genug! Ihr seid noch am Leben. Ich habe einen weiteren Mann verloren.«

Vier insgesamt.

»Ist der Hauptmann …?«

Er zuckte mit den Schultern. »Dieser Nonne möchte ich nicht in die Quere kommen. Puh! Sie hat den Stumpf angesengt, um die Blutung zu stoppen.« Er schwankte etwas. »Ich dachte schon, ich würde ohnmächtig, aber sie hat nicht ein einziges Mal gezögert.« Plötzlich stolperte er zur Seite und erbrach sich, winkte sie mit der Hand weg.

Vorsichtig betrat sie die Halle. Sie fand dort einen toten Mann, einen lebenden, der am Knie verwundet worden war, aber noch keine Todeskrämpfe bekommen hatte, und einen bewusstlosen Thiadbold, an dessen Seite Acella kniete. Die Schwester hielt den Stumpf, der roh und versengt war und stank, während sie zwei jüngeren Nonnen etwas erklärte. Eine der beiden blickte interessiert drein, aber die andere erweckte den Anschein, als würde sie jeden Augenblick dem Beispiel von Aronvald folgen. Sämtliche jungen Geistlichen von Schwester Rosvita – bis auf Gerwita – waren in die Schatten geflüchtet. Hilaria saß am Kopfende von Thiadbolds Pritsche und hielt seine Schultern für den Fall fest, dass er sich bewegte. Sie hatte offenbar Aronvald geholfen, ihn festzuhalten.

»Es sind die Anhänger des Feindes, die töten«, erklärte Schwester Acella ihren Schützlingen. »Sie sind mit den Augen der Sterblichen nicht zu sehen. Sie entzünden die Körpersäfte, die den Körper im Gleichgewicht halten. Feuer verjagt sie und hält den Blutfluss auf, der den Hauptmann ebenso töten könnte. Wir brauchen Salben, um die Blutung weiter aufzuhalten, den brennenden Schmerz zu lindern und die Entzündung zu verringern. Wenn es uns gelingt, den Feind in Schach zu halten, könnte der Hauptmann immer noch überleben. Ich brauche Taubnessel. Schwester Hilaria, wollt Ihr mir helfen?«

Sofort erhoben sich die vier Nonnen und gingen zum anderen Ende der Halle, wo eine einzelne Lampe brannte. Ein lautes Geräusch erklang über ihnen an den Balken. Jemand war auf das Dach geklettert und untersuchte es auf schwelende Stellen hin. Ein Loch befand sich dort, wo Mutter Obligatia lag. Hanna sah, wie sich bei ihr etwas bewegte, vor und zurück schwankte. Nach einem Augenblick begriff sie, dass es Sapientia war.

»Schwester Acella weiß eine ganze Menge über die Heilkunst«, sagte Gerwita mit dünner Stimme. »Glaubt Ihr, wenn es sicher ist, dass ich bei ihr lernen könnte, Schwester Rosvita?«

Rosvita lächelte die junge Frau an, tätschelte sanft ihre Hand. »Gewiss könnt Ihr das, wenn es sicher ist, Kind.«

Hanna kniete neben Thiadbold nieder und nahm seine Hand. Er lebte noch. Seine Hand war warm. Die Finger zuckten, und als sie ihn ansah, stellte sie fest, dass seine Augen offen waren und sich auf sie richteten.

»Was ist mit dem Angriff?«, fragte er.

»Im Augenblick ist es ruhig«, antwortete sie.

Rosvita stand auf, nahm Gerwitas Hand und ging mit ihr weg.

»Du solltest schlafen … solange du noch die Möglichkeit dazu hast.«

Sie lächelte. »Ich kann jetzt nicht schlafen. Du bist derjenige, der schlafen muss.«

Er versuchte zu grinsen, brachte aber nur eine Grimasse zustande. »Ich kann nicht. Es tut so weh. Gott!« Er senkte die Lider, als er Kraft sammelte, dann öffnete er sie wieder, richtete den Blick so fest auf sie, dass sie sofort wusste, was bevorstand und was Rosvita gesehen hatte. Weshalb sie weggegangen war. Sterbende Menschen neigten dazu, etwas zu sagen, das sie ansonsten vielleicht für sich behalten würden.

»Hast du jemals … daran gedacht … was du tun wirst … wenn du die … Adler verlässt?« Es fiel ihm schwer zu reden, aber er war entschlossen. »Hast du jemals … an Heirat gedacht?«

Er tat ihr leid, und sie hasste sich, und sie tat sich leid und hasste ihn, alles in der kurzen Zeit eines Atemzugs. Sie konnte nicht lügen, und doch wagte sie es nicht, ihn zu bekümmern, nicht, wenn er eine Chance hatte zu überleben. Sie rechnete eher damit, dass er sterben würde, aber dennoch konnte sie ihn in diesem Augenblick nicht anlügen, und abgesehen davon, was wäre, wenn Schwester Acella über bestimmte magische Heilkünste verfügte und er überlebte und sie ein Versprechen gegeben hatte, das sie nicht halten konnte? Es war am besten, die Wahrheit zu sagen, auch wenn es nur ein Teil der Wahrheit war.

»Ich bin bereits versprochen. Wäre das nicht so, würde ich ganz sicher darüber nachdenken, Thiadbold. Du bist ein guter Mann.«

Er lächelte, obwohl er unter so starken Schmerzen litt, dass er den Kiefer zusammenbiss und den Nacken so kräftig anspannte, als würde man ein Seil bis kurz vor dem Reißen straffen.

Sie beugte sich zu ihm hinunter und gab ihm einen Kuss auf die Lippen. Als sie den Schweiß und die Süße seines Mundes schmeckte, stellte sie zu ihrer Überraschung fest, dass es stimmte. Sie fand ihn tatsächlich attraktiv. An einem anderen Tag, an einem anderen Ort hätte sie ihn vielleicht erwählt.

Er glitt in eine Art Schlaf hinüber. Sie wartete eine Zeitlang, und nach noch einer Weile fragte sie sich, ob er an dem Gift gestorben war.

Schwester Acella ließ sich neben ihr nieder. »Wenn er die nächste Woche übersteht, wird er die Verletzung vermutlich überleben. Was die anderen betrifft – sechs sind getroffen worden, vier davon sind sofort gestorben. Wir sind uns einig, dass es ein Gift sein muss.«

»Ein tödliches«, murmelte Hanna, die immer noch Thiadbolds schmutzige Hand hielt. »Aber wieso sind er und dieser andere nicht gestorben?«

»Sicherlich waren die Pfeile nicht vergiftet, die sie getroffen haben.«

»Hat er seine Hand dann völlig umsonst verloren?«

»Oh.« Die Nonne lächelte auf eine beinahe verschwörerische Art und Weise. »Indem Feldwebel Aronvald die erste Pfeilwunde vom Körper abgetrennt hat, hat er ihm das Leben gerettet – sofern der Pfeil vergiftet war. Wir werden es nie erfahren, nicht wahr? Sind sie weg?«

Hanna zuckte zusammen, so sehr war sie in den Anblick von Thiadbolds gelocktem Bart versunken, der ordentlich geschnitten und tatsächlich schön und edel wirkte, als sie ihn jetzt so betrachtete. »Wer?«

»Diejenigen, die uns angegriffen haben«, erwiderte die Nonne trocken.

Sie legte eine Hand auf seine Brust, spürte seine Atemzüge, dann erhob sie sich. »Ich werde am besten nachsehen, auch wenn ich keine Warnrufe gehört habe.« Sie ging leicht befangen weg.

Draußen war es still, abgesehen von dem Wind und dem gelegentlichen Wiehern von einem der Pferde, die von sechs Männern beaufsichtigt wurden. Die Pferde waren kostbar, nachdem sie die schreckliche Reise überstanden hatten. Sie sah Tückisch bei ihnen stehen, erkannte die glänzenden Konturen des Fells.

Ingo stand mit Folquin, Leo und Stephen am Tor Wache. Die Hälfte der Männer befand sich auf dem Boden und versuchte mit dem Rücken an die Mauer gelehnt zu schlafen. Der Webschuppen qualmte noch, aber das Feuer war überall ausgegangen. Der Regen hatte aufgehört, hing jedoch nach wie vor in der Luft. Die drei toten Männer waren weg.

»Der Hauptmann lebt noch«, sagte sie zu Ingo. »Die Nonnen sagen, wenn er diese Woche übersteht, wird er vermutlich am Leben bleiben.«

Er seufzte.

»Lass mich Wache stehen, bitte«, sagte sie. »Ich kann nicht schlafen. Es ist besser, ich halte Ausschau, für den Fall, dass die kerayitische Prinzessin auftaucht. Du hast doch davon gehört?«

Er hatte davon gehört. »Legt euch hin«, sagte er scharf zu den anderen. »Hanna wird eine Weile Wache stehen.«

In der Mauer neben dem Tor befand sich ein Sims, etwa in zwei Drittel ihrer Höhe, so dass eine Wache dort beinahe bequem sitzen und das Tal und die Stelle überblicken konnte, an der sich die Schlucht öffnete. Von hier aus konnte sie auch den bewaldeten östlichen Teil des Tales sehen, in den Sorgatani sich zurückgezogen hatte. Hanna ließ sich auf dem rutschigen nassen Stein nieder und beobachtete das Gelände.

Von den vier Fackeln, die zuvor gebrannt hatten, waren drei ausgegangen. Die vierte steckte auf einem Pfosten und flackerte unruhig. Sie sah die Biegung eines Helms am Rand des Feuerscheins, aber als sie ein zweites Mal genauer hinsah, und dann noch ein drittes Mal, begriff sie, dass der Helm einfach nur dort hing, um Pfeile anzuziehen.

War es eine Lüge, die halbe Wahrheit zu erzählen? War es richtig gewesen, einem sterbenden Mann weiteren Kummer zu ersparen? Oder hatte sie nur deshalb so mit Thiadbold gesprochen, um sich selbst das unbehagliche Gefühl zu ersparen?

Ich bin bereits versprochen – den Adlern.

Dennoch, als sie allein auf dieser Mauer saß, wusste sie, dass sie nicht gelogen hatte. Auch wenn sie die Adler außer Betracht ließ, war das, was sie gesagt hatte, durchaus wahr, nur hatte sie es noch nicht gewusst oder es vor sich selbst noch nicht zugegeben. Tränen trockneten auf ihren Wangen, und dann rollten ein paar weitere über ihre Wangen, gefolgt von einem unaufhörlichen Strom, der von Kummer und dem Gefühl des Verlustes genährt wurde. Fühlte es sich so an, wenn einem das Herz gebrochen wurde? Sie hatte ihr Herz jemandem versprochen, den sie nie haben würde. Thiadbold war ein guter Mann, und er würde einen guten Ehemann abgeben, aber es wäre niemals anständig ihm gegenüber.

Aber warum nicht? Sie könnte lernen, ihn zu lieben. Und Liebe war nicht alles. In einer Ehe waren andere Eigenschaften wichtiger: Respekt, Zuneigung, Zuverlässigkeit, die Bereitschaft, hart zu arbeiten, Standhaftigkeit, Ehre, Verbindungen zwischen Familien. Sie konnte auch bei den Adlern bleiben, wie Hathui, immer und ewig, weil sie es selbst nach all dieser Zeit noch liebte, ein Adler zu sein. Hier fühlte sie sich zu Hause, wie sie so mitten in der Wildnis Wache hielt, umgeben von Feinden und ein paar guten Freunden im Rücken, die alle dem Herrscher dienten. Hier verspürte sie ein gewisses Maß an Frieden, wie sie so auf dem Absatz in der feuchten Luft und dem Nachtwind saß. Ohne zu wissen, was der nächste Tag bringen würde, und voller Schmerz angesichts der Ungewissheit darüber, was denen geschehen war, die sie liebte.

Ihre Familie, ihre Mutter und ihr Vater, ihre Brüder. Ihre selbstsüchtige Schwester.

Sorgatani. Liath.

Ivar.

Mit einem lauten Ächzen stürzte der Webschuppen ein. Asche und Rauch stießen eine Wolke in die Luft, die sich vor dem dunklen Hintergrund der Nacht hell abzeichnete. Sie folgte ihrem Lauf nach oben, schnappte nach Luft, während sie den Kopf in den Nacken legte und zum Himmel starrte.

Zum ersten Mal seit Monaten schimmerten Sterne dort, wo der kurze Sturm die Wolken in Fetzen gerissen hatte. So blieb es die ganze Nacht hindurch; nur ein paar wenige Sterne veränderten ihre Position, während sie über den Zenit wanderten. Bei Morgendämmerung schob sich der rote Rand der Sonne so strahlend und funkelnd über die Bäume, dass alle herkamen und zusahen, trotz der Verluste, die sie erlitten hatten. Sie lachten und riefen, als der Dunst sich wieder über den Himmel zog und die Schlucht verdeckte.

Sie sah keinen Hinweis darauf, dass sich irgendjemand zwischen den Bäumen aufhielt.

»Ich muss zu ihr gehen und nachsehen«, sagte sie zu Ingo, der die ganze Zeit wachsam, aber schweigend unterhalb von ihr stehen geblieben war.

»Ich halte das für keine gute Idee.«

»Ich kann Sorgatani nicht im Stich lassen.«

»Wenn das stimmt, was man über sie sagt, befindet sie sich nicht in Gefahr. Und sie kann auch den Frater beschützen, der bei ihr ist.« Er warf ihr einen schrägen Blick zu. »Einige haben gesagt, dass er ihr Liebhaber wäre.«

»Das ist er nicht. Er hat viele Jahre Prinz Bayan gedient, der später Prinzessin Sapientias Ehemann geworden ist.«

»Nun.« Er streckte die Hand aus, um ihr beim Herunterklettern zu helfen, dann nahm Stephen ihren Platz ein. Ingo ließ seine große Hand auf ihrem Oberarm liegen und beugte sich zu ihr, zog sie mit sich, um allein mit ihr zu sprechen. Er roch nach Rauch – wie zweifellos auch alle anderen –, aber da war auch ein leichter Minzgeruch an ihm, als hätte er die ganze Zeit Blätter gekaut.

»Was ist?«, fragte sie etwas bestürzt über seine Größe und Stärke.

»Ist es wahr? Dass Prinzessin Sapientia lebt? Niemand von uns hat sie gesehen, aber alle sprechen davon.«

»Ja, sie lebt.«

»Und du bist die ganze Zeit mit ihr gereist? Erzähl mir davon, Hanna, bitte. Wir müssen es wissen.«

Sie zögerte, und er runzelte die Stirn.

»Sanglant ist ein starker Herrscher«, sagte er jetzt noch leiser. Er war so nahe, dass er sie hätte küssen können, aber sein Interesse an ihr war stets das eines älteren Bruders gewesen. »Als er nach Osterburg gekommen ist, haben wir zum ersten Mal wieder Mut gefasst, seit König Henry nach Aosta aufgebrochen ist. Ich bitte dich, Hanna, was hat die Prinzessin vor? Wird sie ihn herausfordern?«

»Ich weiß es nicht.«

Er seufzte, ließ die Schultern hängen und sah zur Seite. Dann verzog er das Gesicht.

»Sie ist krank, Ingo. Hör mir zu. In der Zeit, die ich mit ihr gereist bin – Monate inzwischen –, habe ich sie nicht ein einziges Mal sprechen hören. Sie leidet an irgendeiner Geisteskrankheit. Sie ist kaum mehr als ein Einfaltspinsel, auch wenn ich nicht das Recht habe, so etwas über eine königliche Prinzessin zu sagen.«

»Es ist wichtig, das zu sagen, wenn es wahr ist! Sanglant ist der Herrscher, und das Heer liebt ihn. Wir folgen ihm, aber es gibt andere, die munkeln, dass er nicht der rechtmäßige Herrscher ist. Was werden diese Edelleute tun, wenn Sapientia zurückkehrt?«

»Wie können wir das wissen?«

»Wem wirst du dienen, Hanna, wenn du dich entscheiden musst?«

»Willst du damit behaupten, dass es einen Bürgerkrieg zwischen ihnen geben könnte? Die Prinzessin kann sich nicht einmal selbst ernähren, geschweige denn ein Heer anführen.«

»Ein Heer kann in ihrem Namen angeführt werden.«

»Von wem? Ihrer Schwester?«

»Nein, nicht von Prinzessin Theophanu, sofern sie nicht ein verborgenes Spiel spielt, von dem wir nie etwas gesehen haben. Wir haben mehr als zwei Jahre in Osterburg verbracht, Mauern errichtet und Räuber gejagt. Sie ist eine treue Verwalterin. König Sanglant hat sie zur Herzogin von Saony ernannt, und sie hat eingewilligt.«

»Wer dann?«

Er zuckte mit den Schultern. »Ich habe mich nur gefragt, das ist alles.«

»Ich gehe am besten jetzt und suche Liath, wenn du Prinz Sanglants Glück erhalten willst.«

Er dachte darüber nach, runzelte noch immer die Stirn.

»Was denkst du?«, fragte sie.

»Es wäre leichter für ihn, wenn er eine richtige Königin heiraten würde, aber das tut er nicht. Allerdings kennt der Hauptmann sie von früher; er hat nicht schlecht über sie gesprochen, obwohl einige behaupten, dass sie eine Zauberin ist und unheilvolle Magie angewandt hat, um den Herrscher an sich zu binden.«

Sie schüttelte seine Hand ab. »Ich kenne sie auch von früher. Ich lasse nicht zu, dass man schlecht über sie spricht. Sie ist nicht das, was du gesagt hast. Wer hat das behauptet? Wer?«

Er hob beide Hände, formte sie zu einem Schild gegen ihre Wut. »Schon gut. Ich wiederhole nur die Gerüchte. Sie sieht gut aus, wie dir jedermann bestätigen wird.«

Hanna schnaubte. »Es geht bei ihr um mehr als nur darum, ob Männer sie anziehend finden!«

»Thiadbold schwört, dass sie sich in einem Kampf behaupten kann. Dass sie einem Löwen das Leben gerettet hat, vor ein paar Jahren. Wir haben es vor ein paar Tagen selbst gesehen.« Er blickte sie nicht an. Irgendwie waren ihm die Worte peinlich. »Sie hat Feuer aus den Baumkronen gerufen. Es heißt, dass sie einen Menschen bei lebendigem Leib verbrennen kann, wenn sie das will.«

Hanna sagte nichts.

»Macht dir das keine Angst?« Er sah sie immer noch nicht an, und der Anblick dieses großen, starken Mannes, der so empfindlich wirkte, ließ sie nichts anderes wünschen, als vor ihm davonzulaufen.

»Ich habe keine Angst vor Liath«, entgegnete sie. »Und du solltest auch keine haben.«

»Bei lebendigem Leib verbrannt werden«, wiederholte er. »Was nützen da Waffen und Rüstungen?«

»In dem Fall ist es wohl am besten, wenn der Herrscher sie an sein Bett gefesselt hält«, sagte sie sarkastisch, aber er nickte voller Ernst.

»Vielleicht. Es wäre eine gute Strategie, was König Sanglant betrifft.«

In seinen Augen konnte Sanglant offensichtlich nichts falsch machen. Seltsam, dass er nie erwähnte, dass Sanglant seine eigene Schwester als Geisel benutzt und später bei ihren Feinden zurückgelassen hatte. Dass Sanglant Bulkezu am Leben gelassen hatte. Dass Sanglant gegen seinen eigenen Vater marschiert war.

Aber welche Wahl hatte der Prinz gehabt? Henry war von einem Daemon besessen gewesen. Sanglant hatte seinen Vater gerettet, oder er war seiner Rettung so nahe gekommen, wie es überhaupt irgendwem möglich gewesen war. Die Löwen hatten ihr die Geschichte von der Schlacht unter den Flügeln des Sturms erzählt, die sie selbst von den überlebenden Soldaten gehört hatten, die dabei gewesen waren. Die aus Aosta zurückgekehrt waren, wo sie ihren toten Herrscher und ihre Hoffnungen auf ein Kaiserreich zurückgelassen hatten.

Sie konnte dies alles jetzt zusammensetzen, daraus die letzte Geschichte formen, die ihr half, die Geschehnisse jener Tage zu verstehen, als sie und die anderen bei den Arethusanern gefangen gewesen waren.

»Nun«, sagte Ingo unsicher. »Ich werde die Jungs wieder auf die Mauer schicken. Wie viele willst du mitnehmen?«

»Niemanden. Wenn der Feind wirklich wartet, sollte nur ich sterben.«

»Nein«, sagte er gereizt. »Ich kann dich nicht allein dorthin gehen –«

»He!«, rief Stephen von der Mauer aus, und einen Augenblick später meldete sich eine zweite Wache, die weiter unten postiert war. »Da kommt ein Mann aus dem Wald – er scheint unbewaffnet zu sein und er … er hat nur eine Hand …«

»Lass mich sehen.« Ingo legte seine Hände so zusammen, dass sie einen Fuß hineinstemmen und sich hochhieven konnte. »Es ist Bruder Breschius. Öffnet das Tor.«

Sie lief ihm entgegen, traf ihn gleich jenseits des Grabens. Er nahm ihre Hand. Tränen standen in seinen Augen.

»Ich hatte Angst um Euch, als wir die Verlorenen gehört haben«, sagte er.

»Wie geht es Sorgatani?«

»Sie ist unverletzt. Wie ich auch, wie Ihr seht.« Er blickte zum Kloster hinüber. Zwanzig Köpfe tauchten auf der Mauer auf und sahen zu ihnen hin, aber sie wagten sich nicht näher heran. »Sie hat letzte Nacht den Wagen verlassen, denn wir wussten, dass sie Euch angreifen würden.«

»Hat sie sie vertrieben? Wir haben ein fürchterliches Heulen gehört.«

»Ich weiß nicht, was das war. Begleitet Ihr mich? Liath ist nicht zurückgekehrt. Wir sollten sie suchen.«

»Oh, Gott«, flüsterte sie. Sie spürte einen dumpfen Schmerz im Bauch. Zweifellos würde es Ingo gefallen, dachte sie wütend. Sie hasste ihn.

»Wir könnten schneller suchen, wenn wir mehr Leute hätten«, sagte er. »Aber wenn die Verlorenen noch im Wald sind, werden sie sie töten.«

»Sie haben Euch nicht getötet, als Ihr hergekommen seid.«

»Ich bin keine Bedrohung für sie. Vielleicht fürchten sie Sorgatani, was sie auch tun sollten.«

Sie nickte. »Ich komme mit. Sorgatani wird uns beim Suchen helfen.« Sie lief zum Tor zurück und erklärte Ingo, was sie vorhatte. Als er Einwände zu erheben begann, schnitt sie ihm das Wort ab. »Achte darauf, dass niemand auf die andere Seite dieser Mauern geht, damit er nicht etwas sieht, das ihn töten wird. Glaube mir, und wenn du mir nicht glaubst, dann glaube wenigstens Aronvald oder Schwester Rosvita. Bleibt hier.«

Es war alles ruhig auf dem Pfad. Nichts geschah, nur Wasser tropfte hin und wieder von den Zweigen. Sie blieb einmal stehen, um aus einem scheußlich kalten Bach zu trinken. Sie hatte vergessen, wie durstig sie war, schluckte das Wasser hinunter und spürte, wie ihr Kopf schmerzte, als würde die Kälte versuchen, ihn wegzufrieren.

Sorgatani wartete bei ihrem bemalten Wagen, musterte besorgt den Wald. »Sie sind weg«, sagte sie zu Hanna, ohne sich umzudrehen und nachzusehen, wer da gekommen war.

»Bist du sicher?«

Sie zeigte mit dem Finger auf den Wald. »Liathano ist in diese Richtung gegangen. Komm.«

Sie bildeten eine langgestreckte Linie, ließen Sorgatani in der Mitte gehen. Es gab keinerlei Leichen zwischen den Bäumen. Sofern Sorgatani irgendjemanden getötet hatte, mussten einige überlebt haben, um die Toten wegzuschaffen. Das Licht, das durch das Blattwerk der Bäume fiel, war an diesem Tag heller, obwohl eine Dunstschicht wieder den Himmel bedeckte. War sie dünner? Gab es Hoffnung, dass sich das Wetter besserte?

»Seht nur!«, rief Breschius von irgendwo.

Hanna schlug einen Pfad mit ihrem Stab, schnitt durch Dickicht und mühte sich durch eine matschige Stelle, die ihre Stiefel verschmierte. Er stand auf einer Lichtung und starrte auf einen Gegenstand, der im Gras lag. Sorgatani stand neben ihm; sie verbarg die Augen hinter der Hand, als wollte sie nicht sehen und wüsste doch, dass sie hinsehen musste. Hanna ging zu ihnen.

Nie hätte sie Liaths Bogen mit einem anderen verwechseln können. Er lag gespannt im Gras, nachlässig hingeworfen. Daneben lag der unberührte Köcher, in dem noch sämtliche Pfeile steckten. Ein glänzender schwarzer Käfer krabbelte über die Pfeilschäfte, dann stockte er, als er die scharfe Kante der Greifenfeder berührte.

»Glaubt Ihr … dass das Galla sie ergriffen hat?«, flüsterte Breschius, als würden die Worte tatsächlich schmerzen.

Der Käfer verschwand den Schaft eines gewöhnlichen Pfeils entlang, der vom wehenden Gras verborgen wurde, als der Wind zunahm und dann erstarb. Ein Gewicht legte sich auf Hannas Brust, das sie nicht abschütteln konnte. Und doch musste sie sich alles einprägen. Sie musste Bericht erstatten. Das war ihre Pflicht. Sie öffnete eine zusammengeballte Hand und bückte sich, um den Bogen aufzuheben.

»Es müssten Knochen da sein. Es ist das Einzige, was die Galla von ihren Opfern zurücklassen.«

»Wohin ist sie gegangen?« Sorgatani musterte den Wald. Nur der Wind war in den Bäumen zu hören.

Hanna richtete sich auf. Der Bogen *summte* in ihrer Hand, als versuchte er, mit ihr zu sprechen. Seine Berührung fühlte sich eher an wie der Wespenstich, der sie mit Sorgatani verband. *Hier ist Zauberei anwesend,* dachte sie und legte den Bogen wieder ins Gras. Sie nahm den Köcher hoch, zerrte sich einen Muskel wegen der unerwarteten Schwere. Bei den Pfeilen befand sich, eingewickelt in Öltuch, ein anderer Gegenstand, dessen Form ihr vertraut war. Sie wickelte ihn aus, um einen Blick darauf zu werfen, aber sie wusste bereits, was es war. Wie war das *Buch der Geheimnisse* wieder in Liaths Besitz gelangt?

Es war unwichtig. Als sie es sah, überkam sie Verzweiflung.

Sie blickte ihre Kameraden an. »Liath hätte diese Dinge niemals freiwillig zurückgelassen. Niemals.«

»Ist sie tot?«, rief Sorgatani.

»Die einfachste Antwort ist gewöhnlich die beste«, sagte Hanna. »Auch wenn es mich krank macht, daran zu denken. Es würde auch erklären, wieso die Plünderer verschwunden sind.«

»Ah«, sagte Breschius.

Sie nickte. »Sie haben sie gefangen genommen und sind mit ihr weggelaufen.«

»Wie konnten sie sie gefangen nehmen?«, fragte Sorgatani. »Sie ist zu mächtig, um von ihnen überwältigt zu werden.«

Breschius kniete nieder, strich mit der Hand über das Gras, wo es einige Zeit zuvor eingedrückt worden sein musste, da es sich nur langsam wieder aufrichtete. »Blut.« Er schnüffelte daran und drehte die Hand so, dass die beiden Frauen den roten Fleck an seinen Fingern sehen konnten.

Sorgatani legte den Kopf in den Nacken und stieß ohne Vorwarnung ein hohes, langgezogenes Heulen aus, das Hanna bis ins Mark erschütterte. Leute schrien so am Grab eines geliebten Menschen.

»Auch sie ist verletzbar gegenüber unerwarteten Angriffen«, sagte Breschius überflüssigerweise, da sie alle es sehen konnten.

»Oh, Gott.« Hanna sank auf die Knie. Sie hatte das Gefühl, ohnmächtig zu werden, aber sie wurde es nicht. Sie hielt durch. »Ein vergifteter Pfeil könnte sie töten!«

»Ganz ruhig.« Breschius stützte sie. »Warum hätten sie sie dann mitgenommen?«

»Ihr Körper wäre der Beweis für ihren Tod«, sagte Sorgatani. »So ist es Brauch bei meinem Volk. Eine Trophäe. Die Beute.«

Wie war es möglich, dass sie Liath nur gefunden hatte, um sie sogleich wieder zu verlieren?

»Das sind nicht die Nachrichten, die ich Prinz Sanglant gern überbringe«, fügte Breschius hinzu.

Hanna schüttelte den Kopf und erhob sich. Letztendlich würde sie weitermachen. Es war das, was sie zuvor getan hatte. Es war das, was Adler tun mussten, auch wenn ihre Herzen gebrochen waren. »Das müsst Ihr auch nicht. Ich werde es tun, wie es meine Pflicht als Adler des Königs ist.«

5

Als die Rundreise des Königs an einem späten Nachmittag in Quedlingham eintraf, wurde sie von einem Adler in der Audienzhalle des alten Herzogspalastes erwartet. Die Frau, die beim warmen Herdfeuer vor sich hin döste, war an der linken Schulter verwundet worden. Obwohl sie saubere, geflickte Kleidung trug und die Schulter verbunden worden war, hatte sie offensichtlich nur mit viel Glück eine anstrengende Reise überstanden.

»Was gibt es für Neuigkeiten?«, fragte Sanglant sie, bevor er das Getränk zu sich nahm, das man ihm gereicht hatte, und bevor er seine Rüstung ablegte. Seine Höflinge drängten in die Halle, ein rauchbeflecktes Gebäude, das etwa halb so lang und halb so breit war wie die neueren Paläste, die von einem der Arnulfs errichtet worden waren. Dieser Palast stammte aus einer Zeit, da die Edelleute von Quedlingham bescheidenere Ziele verfolgt hatten. »Wann seid Ihr eingetroffen?«

»Vor vier Tagen, Eure Majestät«, antwortete die Frau voller Ehrfurcht. Sofern sie sich fragte, was mit König Henry geschehen war, war sie klug genug, nicht ausgerechnet *ihn* zu fragen. Er hatte eine vage Erinnerung, dass er sie vor Jahren einmal gesehen hatte, als sie jünger gewesen war und weniger mitgenommen gewirkt hatte, aber er erinnerte sich nicht genau an ihren Namen oder ihre Herkunft. Elsa möglicherweise, irgendetwas Gewöhnliches. »Ich habe schlechte Nachrichten, fürchte ich. Ich konnte kaum lebendig entkommen, wie Ihr seht. Kessal ist dem Verrat anheimgefallen.«

»Kessal!« Liutgard packte Theophanus Arm, um sich aufrecht zu halten. »Was ist geschehen?«

»Ein unerwarteter Angriff von Edelfrau Sabellas Truppen. Sie haben das Gastrecht beansprucht, als sie in Kessal eingetroffen sind. Edelfrau Ermengard hat ihnen Obdach für die Nacht gewährt. Es hieß, dass ihre Gruppe angegriffen worden wäre. Sie sagten, dass Kreaturen entlang der Waldstraße lauerten, die mit vergifteten Pfeilen auf sie geschossen hätten. Vielleicht stimmt das, vielleicht war es aber auch eine Lüge. Im Laufe der Nacht haben sie den größten Teil der Palastwache getötet und Eure Tochter als Geisel mitgenommen. Landrik, der Sohn der Verwalterin, hat mir geholfen, mit einem Pferd zu entkommen. Als er mich verteidigt hat, damit ich fliehen konnte, wurde er erschossen. Dabei bin ich verwundet worden.« Sie berührte die verbundene Schulter. Es war offensichtlich, dass ihr die Verletzung selbst weniger ausmachte als die Erinnerung. »Ich kenne einige wenig benutzte Pfade, daher konnte ich meinen Verfolgern entkommen. Herrin, Eure Tochter war noch am Leben, als ich sie das letzte Mal gesehen habe.«

Sie weinte, als sie zu Ende gesprochen hatte.

»Lasst sie Platz nehmen«, sagte Sanglant. »Wie ist Euer Name, Adler? Ihr habt Eure Sache gut gemacht.«

»Elsa, Eure Majestät«, sagte sie unter Tränen. »Ich stamme aus Kessal, bevor ich vor Jahren ein Adler wurde.« Ambrose führte sie zu einer Bank.

Liutgard ließ Theophanu los und packte Sanglants Schulter so fest, dass er zusammenzuckte. »Das ist der Preis, den ich dafür zahle, dass ich deinem Vater auf seiner Narrenreise nach Aosta gefolgt bin!«, sagte sie mit rauer Stimme. Sie blickte grimmig drein. »Eine Tochter verloren, die andere in den Händen einer Frau, deren Taten sie zu meinem Feind machen!«

»Setz dich, Liutgard«, sagte Theophanu mit ihrer ruhigen Stimme.

Sie ließ sich von Theophanu zu einer Bank führen, von der aus sie Sanglant anklagend anstarrte.

Er nickte in Anerkennung ihrer Wut. »Wir brechen morgen auf, Liutgard. Ich werde dich nicht im Stich lassen.«

An der Tür stand Mutter Scholastika und beobachtete sie. Sie wirkte unerbittlich, verärgert und vornehm – und kein bisschen überrascht.

Er erwachte in der Morgendämmerung aus einem unruhigen Schlaf. Der Lärm der Vorbereitungen drang zu ihm – von Pferden, die gesattelt wurden, von Menschen, die sich zum Aufbruch bereitmachten. Das Bett, in dem er lag, hatte zweifellos hundert Jahre lang unruhige Schläfer erlebt. Es befand sich unter den Dachsparren in der Mitte der Halle und war erst kürzlich mit einem neuen Federbett und einer Federdecke ausgestattet worden, die ihn so sehr wärmte, wie es möglich war, obwohl er nie richtig warm wurde, wenn Liath nicht bei ihm lag.

Er setzte sich auf und zog den Vorhang beiseite. Jemand hatte bereits die Tür geöffnet, wie er sah. Kalte Luft strömte herein, als die Leute sich von ihren Schlafmatten erhoben und zum Aufbruch bereitmachten. Einige schliefen noch. Diejenigen, die auf den Beinen waren und sich bewegten, trugen alle das Wappen von Fesse.

Hathui kam von draußen herein. Als sie sah, dass er wach war, ging sie zu ihm. Sie brachte den Geruch der Ställe mit sich.

»Eure Majestät.«

»Irgendwelche Neuigkeiten?«, fragte er. »Eine Nachricht von Liath?«

»Nein, Eure Majestät. Es wird viele Tage dauern, ehe Ihr mit einer Nachricht rechnen könnt.«

Er schloss die Augen. Er hatte seine eigene Tochter verlassen, wie Gott bezeugt hatten. Er hatte Entscheidungen getroffen, die nicht anders waren als diejenigen, die Liath vor Jahren getroffen hatte, Entscheidungen, wegen denen er so wütend gewesen war. Nun. An dieser Stelle der Reise gab es kein Zurück.

»Es wird ihr gutgehen«, sagte er heiser. »Sie ist mächtiger als irgendjemand von uns.«

Hathui nickte, aber sie wirkte blass. »Ja, Eure Majestät. Wie lautet Euer Wunsch?«

Er winkte seinen Bediensteten, die mit seiner Kleidung und

seiner Rüstung herbeikamen. »Wir können nicht hierbleiben und warten. Liath muss uns folgen. Sie weiß das. Wir reiten nach Westen. Nach Kessal.«

VII
Richtungswechsel

1

Sie brannte.

Während sie sich in den Flammen wand, sah sie das Gesicht von Katzenmaske über ihr aufragen. Zuerst war er eine Katze, schlank und unerschrocken, dann war er ein Mann, stolz und gutaussehend, mit jener rötlich bronzefarbenen Haut, die sie bei Sanglant so bewunderte, mit den breiten Wangenknochen und massigen Schultern eines Mannes, der keine Jagdkatze ist, sondern nur hin und wieder wie eine aussieht, so wie es jetzt der Fall war. Er hatte sich erneut verändert.

Er sprach nicht, aber sie hörte ihn oder andere sprechen, während sie in einem Bett aus Feuer schwebte. Die Worte drangen wie durch einen gedämpften Schleier zu ihr. Das Flüstern ihrer Stimmen erinnerte sie an Wasser, das sich von einem sandigen Ufer zurückzog.

»Das Gift hätte sie töten müssen.«

»Sie hat Zauberei im Blut. Sie ist in den Sphären gewandelt.«

»In den Sphären gewandelt? Ist sie geopfert worden? Was meinst du damit?«

»Als wir im Exil gelebt haben, sind einige derer, die die Magie studiert haben, in den Sphären gewandelt. Sie sind in die Himmel gegangen. Ich verstehe es nicht, aber es ist geschehen. Die meisten, die es versucht haben, sind gestorben, aber Federkleid hat überlebt. Deshalb ist sie so mächtig geworden.«

»Und die hier hat auch so etwas getan? Das glaube ich nicht. Sie soll in die Himmel hinaufgegangen sein? Sie hat nur Glück gehabt. Nicht alle Pfeile sind vergiftet.«

Katzenmaskes Stimme war die einzige, die sie erkannte. »Meine waren es aber! Und wieso sollte ein harmloser Pfeil sie in ein solches Delirium versetzen? Es ist Zauberei, dass sie von dem Gift verschont bleibt.«

»Sie ist so schnell gestürzt. Wie könnte sie da die Zeit oder die Möglichkeit gefunden haben, Zauberei zu wirken, um sich zu schützen?«

»Vielleicht hat nicht Zauberei, sondern etwas Tieferes sie geschützt. Secha – die vorher Federkleid war – hat sie verbannt, als sie in unser Land gekommen ist. Secha hat gesagt, dass sie mehr als nur einen äußeren Anschein hat. Mehr als nur eine Seite.«

»Was für ein Gräuel!«

»Sie hat gesagt, dass sie die Erbin von Shana-ret'zeri ist.«

»Lassen wir sie sterben«, murmelten die anderen Stimmen. »Sollen die Blutmesser sie nehmen. Ihr Blut wird die Götter nähren.«

»Wir können sie nicht den Blutmessern geben«, sagte eine Frauenstimme. »Sie ist die Beute, nach der *er* verlangt hat.«

Katzenmaskes Verachtung war unmissverständlich. »Du kümmerst dich darum, was Bleichhaar will?«

»Sein Wissen ist eine Waffe. Er hat uns bereits geholfen. Wir haben ein Bündnis geschlossen. Geh zu den Steinen, und warte dort auf ihn. Wenn er kommt, sag ihm, was wir haben.«

Katzenmaske schnaubte in der Art eines Mannes, dessen Stolz sich in Starrsinn verwandelt hat. »Ich lasse mich nicht zu seinem Kuppler machen. Tu es doch selbst.«

»Noch besser wäre«, sagte eine neue Stimme, »wenn wir Federkleid entscheiden lassen würden.«

»Ja. Ja. Federkleid soll entscheiden.« Die Stimmen krachten gegen sie wie eine sich brechende Welle und zogen sie in die Tiefe.

2

Sie nannten ihn »Graf« und »Herr«, und er ritt an der Spitze der Prozession neben Edelfrau Sabella und Herzog Conrad und ihren edlen Kameraden, die alle begierig darauf waren, an dem Unternehmen teilzuhaben, ein Guivre zu fangen. Die schmutzige und gefährliche Arbeit würde natürlich von Soldaten erledigt werden, die hinter ihnen gingen, aber diese Jagd hatte ungewöhnlich viele Menschen angezogen, mindestens einige hundert Leute. Herzog Conrad hatte achtzig eifrigen Soldaten befohlen, bei der Streitmacht in Autun zu bleiben, und mit Stirnrunzeln und Seufzern der Missbilligung gehorchten sie.

Einige Tage marschierte die Kavalkade die Nordstraße entlang Richtung Nordwesten – den Weg zurück, den Alain gekommen war. Vorn an der Spitze ritten zwei Dutzend Edelleute auf ihren schönen Pferden, hinter ihnen kamen die berittenen Soldaten. Die Wagen mit den Haken, Netzen, Klammern und dem Käfig ratterten ein Stück hinter ihnen, gefolgt von den vierzig Soldaten der Nachhut, die zu Fuß jagen würden, sowie den drei Hunderudeln mit ihren Hundeführern. Die Hunde bellten unaufhörlich, aber niemand kümmerte sich darum, denn alle waren an den Lärm gewöhnt.

In der ersten Nacht schliefen sie behaglich in einem Gutshaus, das einem königlichen Kloster gehörte, die zweite Nacht verbrachten sie im Herrenhaus eines Edelmanns. Sie schlugen zwei Nächte ihr Lager im Freien auf, aber in der fünften Nacht verteilten sie sich in einem Dorf. Als sie am Morgen Vorräte aus dem Lagerhaus schafften, weinten die Leute, die sich derart ihrer Vorräte beraubt sahen, denn Sabella verlangte sämtliche Säcke mit Korn für sich.

»Das ist unser Saatkorn«, sagte der Mann, der als Sprecher auftrat. Er rieb sich die Hände, kniete ängstlich vor Sabella. Er konnte ihr nicht in die Augen sehen. »Ich bitte Euch, Herrin. Wir haben es mühsam vom letzten Jahr beiseitegeschafft, und es ist nicht einmal mehr alles, denn wir mussten aus der Not heraus bereits einen Teil davon essen. Es ist dieses Wetter! Es ist schon fast Quadrii, aber noch immer friert es jede Nacht.« Er deutete auf die Pfützen, die am Rand vereist waren. Seine Hände waren gerötet von der Kälte. »Wir wagen nicht, es auszubringen.«

»Es wird bald zu spät dafür sein!«, rief eine Frau aus der Menge.

»Ich hoffe, dass das Wetter sich bald ändert.« Sabella war bereits auf ihr Pferd gestiegen und wartete ungeduldig darauf, aufzubrechen. Ihre Verwalter würden die Vorratsbeschaffung abschließen und der Gruppe folgen. »Ich brauche diese Vorräte im Interesse des Herzogtums.«

Der Mann verzog besorgt das Gesicht und sprach erneut, den Blick auf den Boden geheftet. »Wenn wir nichts zum Pflanzen haben, wird es keine Ernte geben. Wir werden verhungern.«

»Wenn wir diesen Krieg verlieren, wenn Wendaner und Salianer, Räuber und Aikha unsere Ufer besetzen und es niemanden gibt, der euch verteidigt, werden eure Leichen in den Feldern verrotten, bevor ihr verhungert seid! Belästigt mich nicht weiter!«

»Ich bitte Euch«, sagte Alain, denn alle in seiner Gruppe schwiegen, und die Dorfbewohner knieten im Staub. »Lasst ihnen die Hälfte ihrer Vorräte. Es liegt Wahrheit in dem, was sie sagen.«

Sie sah ihn finster an. Sie war eine Frau, die nicht damit rechnete und es auch nicht mochte, wenn sie kritisiert wurde, aber er ließ sich nicht einschüchtern.

Schließlich sagte er etwas weicher: »Ihr Schweiß und ihre Plackerei werden Euch reichlich belohnen.«

Ihre Miene spannte sich an. Ihre Höflinge zogen die Schultern hoch, warteten auf den Hieb, aber er kam nicht.

Unerwarteterweise kicherte sie, nicht so sehr, weil er sie erheitert hatte, sondern weil sie es nicht gewohnt war, herausgefordert zu werden. »Gesprochen wie ein Frater. Also schön. Sollen sie die Hälfte der Vorräte behalten. Den Rest nehmen wir mit.«

3

Als Liath erwachte, war es um sie herum dunkel. Ihr Oberschenkel pochte. Sie drehte sich auf die Seite, um den Druck zu lindern, und ihr Bauch zog sich schmerzhaft zusammen. Übelkeit stieg in ihr auf, obwohl es nichts gab, was sie hätte erbrechen können. Nicht einmal Galle.

Ihr ganzer Körper schmerzte. Ihre Lunge fühlte sich an, als hätte sie Rauch eingeatmet, und vielleicht hatte sie das ja auch. Das reinigende Feuer hatte sie geschwächt und durstig gemacht, aber sie war noch am Leben – oder zumindest kam es ihr so vor, denn sie konnte das Heben und Senken ihres Brustkorbs spüren, und sie konnte den kiesbedeckten Stein unter den Handflächen spüren, das getrocknete Blut an ihrer Wange, wo sie sich das Gesicht aufgeschürft hatte. Sie besaß nichts, abgesehen von ihrer Kleidung und ihrem Leben. Ihr Bogen, ihr Köcher, das Buch, das Messer, das Schwert – alles war weg.

Sie blieb liegen, bis ihr Magen sich beruhigt hatte und sie es riskieren konnte, sich aufzusetzen. Eine ganze Weile musste sie immer wieder krampfartig gegen die Übelkeit ankämpfen. Sie war derart erschöpft, dass bereits eine so einfache Handlung wie das Aufsitzen unmöglich zu sein schien, aber sie stützte sich auf die Arme und hielt stand, bis sie denken konnte. Nicht einmal mit ihren Salamanderaugen konnte sie die Dunkelheit durchdringen. Sie musste lauschen und mit dem geistigen Auge suchen, aber alles, was sie spürte, waren Luft und Stein.

Ich bin lebendig in einer Höhle begraben.

Sie hatte nicht die Kraft, nach den Feuerzungen zu greifen, die im Innern des Steins ruhten, und so legte sie sich wieder hin und ruhte sich aus. Sie tastete nach dem Riss in ihren Beinkleidern und fand getrocknetes Blut. Als sie den Konturen des Blutes nachspürte, fand sie die Wunde an der Innenseite des Oberschenkels: ein flaches, an den Rändern zerfetztes Loch, das wehtat, wenn man auf die umgebende Haut drückte.

Sie stöhnte und zog die Hand zurück, dachte an diejenigen, die auf sie warteten: Sanglant. Gnade. Hanna und Sorgatani. *Eine Großmutter.*

Sie schlief.

Sie wachte auf, hörte ein Geräusch, ein verstohlenes Wispern, einen Fuß, der über den Boden glitt. Sie setzte sich auf. Sie war noch immer schwach, aber die Übelkeit hatte nachgelassen. Sie hörte wieder das Geräusch, das jetzt klang, als würde jemand fegen, zweimaliges Scheuern, dann Stille, und eine rasche Folge von weiterem Scheuern.

War es besser, still zu bleiben und zu hoffen, dadurch der Aufmerksamkeit zu entgehen, oder sollte sie annehmen, dass das Wesen, das den Lärm verursachte, von ihr wusste? Sie entschied sich zur Vorsicht und blieb still.

Noch ein weiteres Mal hörte sie das Scheuern, aber diesmal erklang es nach dem zweiten Mal nicht wieder.

Vorsichtig tastete sie nach der Wunde, die noch immer sehr empfindlich war, aber sie trocknete bereits und zog sich zusammen. Sie rollte sich vorsichtig auf Hände und Füße, stellte fest, dass sie kriechen konnte, ohne von Schmerz überwältigt zu werden. Sie tastete sich voran. Der Boden war ungewöhnlich eben. Es gab keinen Abgrund. Es lagen auch keine losen Steine auf ihrem Weg. Sie zählte jedes Mal, da sie mit der Hand auf dem Boden aufkam, um die Entfernung abschätzen zu können, und bei zweihundertachtzig Handschritten veränderte sich die Luft bemerkenswert, und nach zehn weiteren erreichte sie eine Mauer. Sie ragte geradewegs aus dem Boden, beinahe rechtwinklig. Die verhältnismäßig glatte Oberfläche und die Wölbung an der

Stelle, wo sie auf den Boden stieß, ließen vermuten, dass sie von irgendwelchen Wesen hergestellt worden war. Ihr Oberschenkel schmerzte, ihre Knie taten weh, und die Hände brannten, aber die Dunkelheit bereitete ihr zu viel Unbehagen, um aufstehen und gehen zu können. Nach einer Pause tastete sie umher, suchte nach etwas, mit dem sie diese Stelle kennzeichnen konnte, aber sie fand nicht einmal genug Kieselsteine, um ein Zeichen herzustellen. Schließlich zog sie die Unterhose herunter und pinkelte wie ein Hund. Sie hatte nicht viel; sie brauchte unbedingt Wasser, aber mitten in der Grube hatte sie keine Möglichkeit, etwas zu bekommen.

Sie kroch weiter. Sie war zu schwach, um schnell zu kriechen, und so war es möglich, den Geruch in der Luft zu schnuppern und mit der rechten Hand über den Stein der Wand zu tasten, auf der Suche nach einer Öffnung. Sie zwang sich, hundert Handschritte weit zu gehen, ehe sie sich ausruhte. Ihre Knie schmerzten, eine der Handflächen blutete, aber die Wunde im Oberschenkel öffnete sich nicht wieder, und so ging sie weiter.

Es war hoffnungslos. Sie fand vier Steinscherben, die sie in ihren Ärmel band. Eine war scharf genug, um als Waffe zu dienen, wenn es nötig sein sollte, und die anderen konnten ihren Ausgangspunkt kennzeichnen, wenn sie noch rechtzeitig zurückkam, um den nassen Flecken vorzufinden. Sie fand keinen Hinweis auf Wasser und auch keinen auf irgendeine Öffnung, die hinausgeführt hätte.

Nach eintausendreihundertneunundsechzig Handschritten fand sie eine feuchte Stelle, die nach Urin stank: ihr eigenes Kennzeichen. Der Kreis hatte sich geschlossen. Wenn es einen Tunnel gab, der aus dieser Höhle hinausführte, befand er sich entweder oben in der Wand oder irgendwo auf dem Boden, versunken in der Dunkelheit und leicht zu verfehlen, selbst wenn sie hundertmal kreuz und quer über den Boden kriechen sollte, während sie schwächer wurde und durstig und schließlich ganz versagte.

Sie war gefangen.

Da war es wieder: zweimaliges Scheuern, Stille und zweimaliges Scheuern. Sie lauschte noch eine ganze Weile, aber es war nichts mehr zu hören.

4

Rosvita saß in der Halle des Klosters St. Valeria und blickte auf das aufgeschlagene *Buch der Geheimnisse,* das vor ihr auf einem Tisch lag. Sie hatte dieses Buch Jahre zuvor gestohlen und es bald danach wieder verloren, daher hatte sie nie die Zeit gehabt, es Seite für Seite zu begutachten. Es war ein gewaltiges Dokument, vollkommen faszinierend. Das Buch beinhaltete drei Bücher. Eines war auf Papier geschrieben, in der Art und Weise der Ungläubigen und in der gewundenen Schrift der Jinnen. Es war unmöglich zu entziffern. Das mittlere Buch war auf altem, verblichenem Papyrus geschrieben, und hin und wieder waren die fremden Buchstaben ins Arethusanische übersetzt worden. »Verbergt es«, so lauteten die ersten übersetzten Worte, und so hatte Bernard es verborgen. Der größte Teil des Textes war nicht übersetzt, aber das, was in Arethusanisch dort stand, ließ sie ahnen, dass diese Schriftrolle die gefährlichste Ketzerei predigte, die die Kirche kannte, nämlich die der Erlösung.

Sie hatte nicht die Kraft, jetzt darüber nachzudenken. Sie wandte sich dem ersten Teil des Buches zu.

Der Mann namens Bernard, Liaths Vater, hatte eine Sammlung von unschätzbarem Wert zusammengetragen. Jahrelang hatte er jeden Hinweis aufgeschrieben, den er bezüglich der Künste der Mathematiki erhalten hatte. Rosvita war vertraut mit den Methoden der Zeitzählung, die sich nach dem Aufgehen der Sterne und den Konstellationen richteten, aber vieles von dem, was hier niedergeschrieben war, empfand sie als schwierig und technisch: Quadrant, Winkel, Äquant, Trigon, Gegenläufigkeit. Es gab einen Katalog von mehreren hundert

Sternen, darunter Angaben über den jeweiligen Breitengrad, Längengrad und die erkennbare Helligkeit. Andere Teile konnte sie überfliegen, während sie auf jeder Seite innehielt und sich über die Geheimnisse wunderte, von denen viele widersprüchlich waren.

Das gesamte Universum besteht aus neun Sphären. Die Himmelssphäre ist die äußerste, sie umhüllt alles Übrige … In ihr sind die ewigen Drehungen der Sterne befestigt. Darunter befinden sich die sieben tieferen Sphären, die sich in entgegengesetzte Richtung drehen.

Unterhalb des Mondes ist alles sterblich und flüchtig. Oberhalb des Mondes ist alles ewig. In der Mitte befindet sich die Erde, die sich niemals bewegt.

Ihre Hypothesen besagen, dass die Fixsterne und die Sonne feststehend sind und dass die Erde von einem kreisförmigen Orbit um die Sonne herum getragen wird.

Es ist leicht nachzuweisen, dass der unveränderliche Äther sich überall erstreckt und die gesamte austauschbare Substanz auf der Erde durchdringt.

Die meisten zufälligen Ereignisse von großer Bedeutung zeigen deutlich ihren Grund, da sie von den Himmeln kommen.

Die Sterne weben das Schicksal der Menschen.

Vielleicht war das so, aber Gott hatten die Sterne erschaffen und auch jeden Teil des Universums, wie der geheiligte Daisan gelehrt hatte, und sie erinnerte sich auch an seine Worte:

Die Sonne und der Mond, die Fixsterne und Wandelsterne sind Untertanen des Gesetzes, demzufolge sie nur tun, was zu tun ihnen befohlen worden ist, und nichts sonst. Jedoch ist es den Menschen gegeben, ihr Leben entsprechend ihrem freien Willen zu führen.

»Schwester Rosvita!«

Die Stimme ließ sie zusammenzucken. »Ich bitte Euch, Schwester Acella! Ich habe Euch nicht eintreten hören.«

Schwester Acella hatte den geschürzten Mund und die zusammengekniffenen Augen einer verärgerten Frau, und sie zögerte nicht, ihre Meinung kundzutun. »Was höre ich da? Ihr habt den Adler geschickt, um mich holen zu lassen, und doch höre ich bereits die Soldaten sagen, dass Ihr das Kloster verlassen und uns zwingen wollt wegzugehen?«

»Ihr müsst von hier weggehen.«

»Das werden wir nicht tun.«

Mit einem Seufzer schloss Rosvita das Buch. Sie hatte sich schon zu lange damit beschäftigt, seit Hanna es ihr mit der Nachricht in den Schoß gelegt hatte, dass Liath verschwunden war, möglicherweise sogar tot war, sich aber ganz sicher in der Hand der Ashioi befand.

»Schwester Acella, Ihr müsst weggehen. Ich befehle es Euch im Namen des Herrschers.«

»Henry ist tot, wie sie sagen! Selbst dann, wenn der Bastard Sanglant König ist, nehmt Ihr in seiner Rundreise keinen Rang ein.«

»Ich behalte meine Position in der Gelehrtenschule des Herrschers so lange, wie ich nichts anderes vernommen habe.«

»Ihr könnt mir keine Befehle geben!«

»Das kann ich tun, und das werde ich auch tun, denn ich muss es tun.« Sie erhob sich. Es tat ihr leid, dass es so weit gekommen war. »Es ist nicht mehr sicher hier. Glaubt Ihr, ich möchte, dass Euer Schatz an Büchern den Ashioi in die Hände fällt? In irgendwelche Hände abgesehen von denen der Kirche gelangt?«

Acella blieb still, aber sie nickte, um zu zeigen, dass sie zuhörte. Rosvita sah in ihrer Miene bereits die ersten bitteren Anzeichen der Akzeptanz der unglückseligen Wahrheit.

»Wenn ein Überfall geschehen konnte, kann auch ein zweiter stattfinden. Ich frage mich, wie die Ashioi zeitlich so nah beieinander an so vielen weit voneinander entfernten Orten Überfälle begehen können. Wir haben einen Angriff in Avaria erlebt, und jetzt hier einen. Wir haben von den Löwen gehört, dass es Überfälle im Norden und Westen gibt. Überall, wie es scheint. Obwohl wir Wochen – Monate! – gebraucht haben, um über den Brinne-Pass von Süden hierherzukommen.«

Acella sah auf das Buch, und Rosvita öffnete es, zeigte die eng beschriebenen Seiten des Sternenkatalogs.

»Die Ashioi benutzen Zauberei. Sie gehen in die Kronen. Einige von ihnen können sie weben. Wir dürfen nicht das Risiko eingehen, dass sie von dieser Bibliothek erfahren. Wir müssen sie unbedingt beschützen. Ihr werdet Eure Bücher einpacken, und Vorräte und die Tiere und das Saatkorn und Ableger Eurer besten Bäume ebenfalls. Alles andere lasst Ihr hier. Wenn wir Glück haben, könnt Ihr eines Tages Eure Schwestern hierher zurückführen.«

»Wir müssen die Bücher verbrennen, wie es in unserem Vertrag geschrieben steht.«

»Das kann ich nicht zulassen.« Rosvita sagte es nicht, aber sie wusste, dass es offensichtlich war: Ich habe eine Kohorte von Löwen, die meinen Willen ausführen.

»Lasst Euch nicht durch Zauberei verführen! Diese Liathano – sie hat keine Ahnung, was wir seit Generationen hier in St. Valeria gelernt haben. Tempestari können das Wetter verändern, Winde herbeirufen oder einen Sturm, aber sie vergehen rasch wieder. Sie können keine größeren Veränderungen bewirken.«

»Eine Beschwörung ist vor tausenden von Jahren gewebt worden, die uns allen eine Umwälzung beschert hat. Es muss eine Möglichkeit geben, den Auswirkungen etwas entgegenzusetzen.«

»Hütet Euch davor, mit etwas herumzuspielen, das Ihr nicht versteht, denn wenn es stimmt, dass vor langer Zeit eine Beschwörung gewebt worden ist, die uns diese Umwälzung beschert hat, können wir nicht wissen, was für Folgen sie sonst noch haben wird! Deshalb hat die Kirche diese Künste verboten. Sie sind zu gefährlich. Niemand kann sie kontrollieren, nicht wirklich. Das hat Mutter Rothgard uns gelehrt.«

»Ich glaube Euch«, sagte Rosvita. »Aber wir dürfen uns nicht auf den Pfad der absichtlichen Unwissenheit begeben, wenn es eine Möglichkeit gibt, uns zu retten, indem wir eine tückischere Straße entlanggehen.«

Eine lange Zeit sagte Schwester Acella nichts, aber das feinsinnige Spiel der Gefühle auf ihrem Gesicht verriet so viel, wie Worte es vermocht hätten.

»Es muss geschehen«, wiederholte Rosvita. »Die gesamte Bibliothek muss in die Hände von Mutter Scholastika nach Quedlingham gelangen, wenn Ihr nicht wollt, dass sie der Obhut der Gelehrtenschule des Königs übergeben wird.«

»Wir trauen dem König nicht, der, wenn die Gerüchte stimmen, genau die Frau in sein Bett nimmt, deren Hände von Zauberei geschwärzt sind«, sagte Acella.

Sie ging hinaus, vorbei an Hanna, die gerade eintrat.

Hanna sah Acellas angespannten Rücken und Rosvitas Miene. Sie pfiff leise. »Hat sie Einwände erhoben?«

»Ja. Aber es spielt keine Rolle, Hanna. Gibt es Neuigkeiten?«

»Aronvald hat gesagt, dass wir morgen früh aufbrechen können. Alles wird bereit sein. Es gibt zwei Wagen in einer der Scheunen, die schnell repariert werden können.« Sie machte eine Pause, und Rosvita lauschte mit ihr den aussagekräftigen Geräuschen von Hammerschlägen.

Sie hatte noch immer eine Hand auf dem Buch. »Frater Bernard ist in den Osten gereist und hat dort seltsame Dinge gefunden«, murmelte sie.

»Ich verstehe nicht, Schwester.«

»Schon gut. Bitte, Hanna, sucht Fortunatus, und bittet ihn, das Einpacken der Bücher zu beaufsichtigen. Nur er, niemand sonst. Aber Heriburg und Ruoda sollen ihm helfen.«

»Glaubt Ihr, dass Schwester Acella versuchen wird, Bücher vor Euch zu verstecken?«

»Das ist schwer zu sagen. Es muss eine Liste in der Bibliothek geben, auf der jedes Buch und jede Schriftrolle eingetragen ist. Sagt ihm, dass er sie suchen und jedes Buch verzeichnen soll, wenn es weggepackt wird. Es darf nichts zurückgelassen oder vergessen werden.«

»Jawohl, Schwester.« Sie zögerte.

»Möchtet Ihr noch etwas sagen, Hanna?«

»Nur – was haltet Ihr von Liaths Plan, Schwester? Dass sie die Künste der Wetterwirker erlernen wollte, um die Wolken und das kalte Wetter zu vertreiben? Glaubt Ihr, die Kirche würde es erlauben?«

»Ich weiß es nicht.«

»Verdammt Ihr sie, dass sie so denkt?«

»Dass sie wie die Mathematik denkt, die sie ist?«

»Ich vermute, ja.«

»Nun, es ist schwer zu erkennen, ob in einem Fall wie diesem der Zweck die Mittel rechtfertigt, nachdem wir die schreckliche Umwälzung gesehen haben, die durch Zauberei heraufbeschworen worden ist. Hätten die Alten nicht mit ihrer Beschwörung in den ordentlichen Lauf des Universums eingegriffen, würden wir jetzt nicht leiden. Ihr müsst verstehen, Hanna, dass ich skeptisch bin gegenüber der Bemerkung, dass Zauberei uns retten kann, wenn es Zauberei war, die uns den Schaden zugefügt hat.«

»Ihr habt uns mit Zauberei gerettet, als Ihr die Krone gewebt habt und wir Edelmann Hugh entkommen sind.«

»Das stimmt.« Dieses Wissen zehrte an ihr; ein Teil von ihr frohlockte, erinnerte sich an den herrlichen Bogen mit dem himmlischen Licht, den sie mit Mutter Obligatias Hilfe gewebt hatte. Ein anderer Teil in ihr erzitterte; dieser Teil wusste, dass sie mit offenen Augen gesündigt hatte. Hatte auf diese Weise der Feind rebelliert? Voller Stolz und doch mit zehrenden Zweifeln, die sich in seinen Unterleib gruben, wo die Dunkelheit brodelte? »Ich habe es getan und bin doch immer noch nicht sicher, ob es richtig war.«

»Ich kann es nicht anders sehen. Nur deshalb lebe ich noch.«

Rosvita lächelte. »Danke, Adler. Ich bin nicht immer sicher, ob mein Pfad ein rechtschaffener ist.«

»Deshalb vertrauen wir Euch, Schwester, weil Ihr uns mit Aufrichtigkeit führt.«

Völlig unerwartet stiegen Rosvita Tränen in die Augen, als sie diese Worte hörte. Hanna sah es und beugte sich vor, als wollte sie Rosvitas Hände berühren, aber dann zog sie sie im letzten

Augenblick mit einem schmerzlichen Lächeln zurück und eilte davon, um ihre Aufgaben zu erledigen. Adler trösteten keine edlen Geistlichen. Das war nicht ihr Platz.

Aber die Geste erinnerte Rosvita an Hathui, deren Würde unantastbar war. *Der Herr und die Herrin lieben uns in ihren Herzen alle gleich,* hatte sie gesagt. *Vor Gott sind wir alle gleich.*

Rosvita trat nach draußen und sah den Löwen und Wachen dabei zu, wie sie hämmerten, Dinge einpackten und hin und her schleppten. Es gab versiegelte Fässer mit Öl und einen Korb Äpfel vom letzten Jahr, die aus dem Keller hochgeschafft wurden. Es gab kostbare Werkzeuge aus Eisen und Bronze, mit Kupfer eingefasste Eimer und Körbe voller Eisennägel und Talgkerzen. Gesponnene Wolle, Wollstoffe, ein Butterfass, einen Sahnetopf und Paddel, auf Rahmen aufgespanntes Pergament, ein Ochsenjoch, aber keinen Ochsen, und dann noch die Klosterglocke mit dem umhüllten Klöppel. Die Bibliothek war ein Anbau neben der Kapelle und teilte sich mit ihr das gleiche Dach; hier packte ein halbes Dutzend Nonnen unter Fortunatus' Aufsicht die Bücher in Körbe und Kisten, die von einigen Löwen gleich an Ort und Stelle zusammengenagelt wurden. Schwester Acella verließ den Krankentrakt, trug Bündel mit getrockneten Kräutern bei sich.

»Schwester Rosvita, wie können wir Euch helfen?«, fragte Schwester Hilaria und trat zusammen mit Diocletia zu ihr. »Ihr könnt Euch zur Heiligen Mutter setzen. Wir werden unser Möglichstes tun.«

»Diocletia, kümmere dich bitte um das Bettzeug und die anderen Gegenstände des Haushalts, die sich in der Halle befinden. Pack ein, was für die Reise notwendig oder zu kostbar ist, um zurückgelassen zu werden. Und du, Hilaria, hilf bitte Schwester Acella.«

Hilaria lächelte kurz. Ihr entging nichts. »Ich werde verhindern, dass etwas zufällig zurückgelassen wird.«

Es war eine Erleichterung, in die Halle zurückkehren und sich zu Mutter Obligatia unter die Dachsparren setzen zu können.

Prinzessin Sapientia hockte in ihrem Bett neben ihnen und sang ein unsinniges Lied:

Tralla li tralla la.
Wo der Fluss fließt, fliegt der Rab'.

»Bücher sind ein kostbarer Schatz«, sagte Mutter Obligatia, als Rosvita der alten Frau von ihren Sorgen erzählt hatte.

»Auch Bücher, die so gefährlich sind wie diejenigen, die sich hier befinden?«

»Auch diese. Vor langer Zeit haben die Leute all diese Dinge in ihren Köpfen bewahrt und das Wissen auf diese Weise von der Mutter auf den Sohn und vom Vater auf die Tochter übertragen. Was in den Büchern steht, geht leichter verloren.«

»Glaubt Ihr das?«

»Denkt an die Bibliothek vom Kloster St. Ekatarina. Ich muss immer noch weinen, wenn ich daran denke, dass wir sie verlassen haben und sie möglicherweise für immer verloren ist.«

»Wir haben eine Abschrift Eurer Chronik. Meiner Geschichte. Der *Lebensgeschichte* von St. Radegundis.«

»Es sind nur so wenige! Was, wenn dies die einzigen Bücher sind, die dieser Umwälzung entkommen konnten? Wenn alle von St. Marcia verloren sind!«

»Es gibt andere Abschriften.«

»Wenige, und die sind verstreut. Eustacias *Bemerkungen* über ihren Traum. St. Alisias *Memoria* und die heiligen Schriften der Heiligen Mutter St. Gregoria. St. Augustinas weise Worte – obwohl ich inzwischen finde, dass es ziemlich selbstgefällig ist, sich in der Jugend wie ein Tugendbold zu verhalten und dann jene zu tadeln, die nicht genauso sind. Was ist mit St. Peter dem Geometer und seiner *Ewigen Geometrie*?«

»Die ich nicht ganz verstehe.«

Die Äbtissin kicherte. »Ihr seid nicht die Erste, die das zugibt. Was ist mit den *Katechetischen Reden* von St. Macrina? Was mit Bischöfin Arianas *Bankett*?«

»Das ist ein ketzerischer Text. Von einer Arethusanerin!«

»Ja, das stimmt, aber er ist dennoch unterhaltsam. Habt Ihr ihn jemals gelesen?«

»Nein!«

»Oh! Sie hatte ein böses Auge und eine noch bösere Zunge, fast wie unser guter Bruder Fortunatus. Ich kann nicht glauben, dass es besser ist, dass auch nur *ihre* ketzerischen Schriften rausgeworfen werden. Es ist besser, wir vergessen sie nicht, damit wir uns merken, wie wir gegen sie argumentieren können. Es sind auf ihre Weise ebenfalls Chroniken. Wie Eusebes *Geschichte*.«

»Wie die *Chronik* von Vitalia«, pflichtete Rosvita ihr bei. Sie rief sich die Bücher in Erinnerung, die sie und ihre Novizen in Darre gelesen hatten. »Und die *Annalen von Autun*.«

»Richtig. Das Gedächtnis ist unsere Rüstung, und unsere Waffe, Schwester Rosvita. Ansonsten werden wir verletzbar bleiben.«

»Das werden wir.« Rosvita drückte Obligatias kalte Hände so sanft, als würde sie ein neugeborenes Hündchen anfassen. »Wir müssen weitermachen, so gut wir können.«

»Wohin gehen wir?«

»Zum Herrscher.«

»Ah. Dann werde ich meinen angeheirateten Enkel kennen lernen.« Sie lächelte. »Ich freue mich darauf. Ein edler, kräftiger und schöner Mann, wie es heißt.«

»Das ist er. Mehr als das, was er zu sein scheint.«

»Schlauer, als er aussieht?« Die alte Äbtissin kicherte.

»So scheint es zu sein, den Neuigkeiten nach zu urteilen, die wir von der Schlacht in Dalmiaka und den Entwicklungen in Wendar erhalten haben. Sofern sie stimmen.«

Tralla li tralla le.
Wo der Fluss fließt, flieht das Reh.

»Was wird wohl passieren, wenn wir mit Sapientia dort auftauchen?«, fragte Obligatia mit deutlich leiserer Stimme.

»Ich weiß es nicht. Sie macht nicht den Eindruck, als könnte sie herrschen.«

»Unsere Chroniken beweisen, dass die Frage des Geeignetseins kein Hindernis für die Könige von Salia und Aosta war. Es gibt immer wieder Geschichten über schwachsinnige Kinder, die aufgezogen worden sind, den Thron zu besteigen, und dann von denen beherrscht wurden, die die Zügel in der Hand hielten.«

»Das hat es in Wendar nicht gegeben. Wir Wendaner haben immer verlangt, dass unsere Herrscher dieses Titels würdig sind.«

»Ist Prinz Sanglant so einer? Ist er des Titels würdig?«

»Wie es heißt, schweigen die Gesetze in Anwesenheit der Waffen. Sanglant besitzt die Loyalität des Heeres. Und wenn es stimmt, auch Henrys Segen sowie das Glück des Königs, ohne das kein Herrscher existieren kann. Ansonsten ist sein Anspruch nicht so groß. Wie die Löwen sagten, herrscht Uneinigkeit bezüglich der Frage der Königin, die exkommuniziert und als Zauberin bekannt geworden ist. Das wird nicht sehr hilfreich sein.«

Mutter Obligatia dachte über diese Worte nach, berührte dann das Buch, das Rosvita in ihrem Schoß liegen hatte. »Werden wir sie wiedersehen? Glaubt Ihr, dass sie verloren ist?«

»Wie die Bücher?« Rosvita hatte das *Buch der Geheimnisse* ganz vergessen, obwohl sie es noch immer an sich gedrückt hielt. Sie hatte Angst, es loszulassen, als würde es verschwinden, wenn es nicht mehr durch irgendeinen Teil ihres Körpers mit der Erde verbunden war. »Sie ist verloren für uns. Wir müssen rasch aufbrechen, ehe wir wieder angegriffen werden. Wir müssen beten, dass wir Quedlingham erreichen und sicher zur Rundreise des Königs gelangen. Was das Übrige betrifft, kann ich nichts dazu sagen. Es heißt, dass die Daemonen der oberen Sphären sowohl in die Vergangenheit als auch in die Zukunft blicken können. Aber wir sind sterblich, wir beide, gebunden an die Gegenwart.«

»Lehm, nichts weiter«, stimmte Obligatia ihr zu. Der Gedanke brachte sie zum Lächeln, als sie Rosvitas Hände auf die gleiche

Weise tätschelte wie den Kopf eines Kindes, das man trösten will. Ihr Blick glitt zu den Nonnen, die mit Einpacken beschäftigt waren, und blieb dann an Schwester Diocletia hängen, die in eine Kiste starrte und mit den Fingern zählte: *elf*. Am anderen Ende der Halle hängte eine junge Nonne die Fensterläden ein und verschloss sie für die bevorstehende Abreise. Es war eine stabile Halle, dazu gedacht, Stürme und Jahre zu überdauern. Sie würde noch stehen, wenn all diese Unruhen vorüber waren.

»Es könnte Frieden in mir sein, da ich sie nun endlich getroffen habe«, sagte Mutter Obligatia. »Aber ich habe noch ein paar Fragen an sie. Deshalb glaube ich auf selbstsüchtige Weise, dass sie sicherlich noch am Leben ist und zu uns zurückkehren wird.«

Rosvita nickte traurig. »Das ist genügend Hoffnung für mich. Beten wir, dass Ihr recht habt.«

5

»Li-at-dano.«

Sie war verwirrt, als sie erwachte, und konnte immer noch nichts sehen. Sie hatte nicht einschlafen wollen, denn sie wusste, dass sich etwas in der Dunkelheit um sie herum rührte, aber die Wirkung des Giftes hatte sie überwältigt.

»Li-at-dano.«

Es war eine weibliche Stimme, und sie klang sarkastisch und vertraut. Sie kam aus der Dunkelheit, aber aus keiner bestimmten Richtung.

»Wieso bin ich hier?«, fragte sie. Das Sprechen fiel ihr schwer. Sie war entsetzlich durstig.

»Vielleicht war es ein Zufall. Vielleicht die Gunst der Götter. Weißt du, wer ich bin?«

»Ja. Lass mich frei. Lass mich zu deinem Sohn zurückkehren.«

»Der Stein, der dich gefangen hält, ist mächtiger als die Zauberei in deinen Adern.«

»Wo bin ich?«

»Im Herzen des Berges des Weltenanfangs. Ich vermute, dass du auch Stein verbrennen kannst, aber sicher nicht schnell. Es wird dich ermüden. Du wirst dir deinen Weg nur mühsam freibrennen können.«

»Ich werde zuvor an Durst und Hunger sterben. Wenn das dein Ziel ist.«

»Es wäre wirksamer als das Schlangengift, wenn ich darüber nachdenke. Du findest Wasser und Nahrung an der Wand.«

»Wieso lässt du mich überhaupt am Leben?«

»Ich habe eine bestimmte Verwendung für dich.«

»Zeige dich.«

»Nein.«

»Ich könnte dich verbrennen!«

»Wenn du das tust, wirst du immer noch gefangen sein. Du weißt nicht, wie du hier herauskommst. Nur ich kenne den Weg.«

Liath erhob sich, aber sie hatte nicht die Kraft, stehen zu bleiben. Sie ließ eine Steinscherbe zurück, um ihre alte Position zu kennzeichnen, und bewegte sich so schnell wie möglich, in der Hoffnung, sich an ihre Feindin anschleichen zu können. Sie musste kriechen, obwohl ihre Knie und Hände bereits aufgeschürft waren. Es tat weh, und der Schmerz im Oberschenkel war schlimmer als zuvor.

Fünfhundert Handschritte weiter fand sie eine Ansammlung von Ledergefäßen, die zuvor nicht dort gewesen waren. Das Wasser war kühl, und es würde für mehrere Tage reichen, wenn sie es sich vorsichtig einteilte. Sie trank zuerst etwas, weinte beinahe, als sie die Flüssigkeit in ihrer trockenen Kehle spürte. Dann tastete sie weiter, probierte etwas salzigen getrockneten Fisch, knabberte an hartem Fladenbrot und erkundete die länglichen Formen und die glatte Haut von einem Dutzend süßer Früchte. Wie sich herausstellte, war die weichste von ihnen mit der Kante ihrer Steinscherbe leicht zu schälen. Die Frucht war saftig und süß und hatte einen Geschmack, den sie noch nie erlebt hatte, wie Ambrosia, sicherlich – die Nahrung der Götter im alten Arethusa. Sie aß und trank vorsichtig, unsicher, ob ihr wieder übel werden würde, aber die schlimmste Wirkung des Giftes war bereits vorüber.

Nun hatte sie also Essen und Trinken für eine Handvoll Tage.

Von Kansi-a-lari, die sie verspottet hatte, hörte und vernahm sie nichts mehr.

6

Ivar war mit einem Dutzend Reiter zurückgeblieben, um die Pferde für den Fall zu bewachen, dass sich die Räuber von Hauptmann Ulric und der Streitmacht wegschleichen würden. Sie warteten auf einer von Buchen umstandenen Lichtung. Dünne Nebelschwaden wirbelten durch den Wald. Er blickte hangabwärts, wo Eichenbäume standen und Brombeersträucher wucherten. Dahinter, am Fuß des langgestreckten Hügels, befand sich Marschland mit niedrig wachsenden Birken, Gruppen aus Erlen und allen möglichen Arten von Riedgras und Weidengräsern. Der Hauptmann war klug genug, in solchem Gelände nicht zu reiten; die Soldaten waren bei der Morgendämmerung zu Fuß aufgebrochen.

Ivar und die anderen lauschten. Die Lage des Geländes ermöglichte es ihnen, den Angriff wie fernes Glockengeläut zu hören: das Klirren von Waffen, ein Ruf, ein bellender Hund, Stille, als der Wind sich drehte, und dann wieder Lärm, als der Wind zurückkehrte. Ivar blies in seine Hände. Wachen streiften am Rand seines Blickfelds herum. Zwei Hunde machten auf dem feuchten Boden ein Nickerchen. Über ihm hingen Wolken, aber es kam ihm so vor, als wäre der Nebel weiß und der Himmel noch weißer, ganz so, als würde die Sonne versuchen hindurchzubrennen.

»Man sollte meinen, es wäre wärmer oder der Sommer würde bevorstehen«, murmelte einer der Pferdeknechte und stampfte mit dem Fuß auf.

»He!«, rief eine Wache. »Da ist Erkanwulf!«

Ivar hielt sich abseits von denen, die sich um den zurückgekehrten Helden scharten. Er hatte Blut an der Wange und runzelte die Stirn.

»Es ist vorbei.« Er fing Ivars Blick auf und nickte. »Dedi hat eine Wunde am Oberschenkel, und Guy ist bewusstlos. Zwei Jungs haben Schrammen und Beulen, aber wir leben alle noch. Wir haben sie überrascht. Wir haben ein Dutzend Gefangene für die Bischöfin. Die Übrigen sind tot.«

»Für Edelmann Jeoffrey«, wandte der Mann ein, der sich über den Sommer beklagt hatte. Er war ein Gefolgsmann von Lavas.

»Für die Bischöfin«, wiederholte Erkanwulf. »Für die Gerechtigkeit.«

Der Geruch von Qualm wehte vom Marschland in ihre Richtung.

»Was ist mit den ermordeten Mädchen?«, fragte Ivar.

Erkanwulf zog eine Grimasse. »Ja, wir haben sie gefunden. Sie haben sie wie Müll zur Seite gezerrt. Sieht so aus, als würden sie sogar ihren Dung besser behandeln, den sie immerhin begraben haben, damit er keine Fliegen anzieht. Tiere sind bereits in ihnen gewesen. Ich wollte nicht bleiben, aber ich weiß, dass der Hauptmann sie begraben lassen will, statt ihre Gebeine zurückzuschleppen, was wir ohnehin nicht hätten tun können, da das, was von ihnen noch übrig war, alles verstreut war.« Er war rot geworden, während er geredet hatte, und jetzt wischte er sich die Stirn mit dem Handrücken, obwohl es gar nicht warm war.

»Schlimm?«, fragte Ivar. Erkanwulf sah ihn direkt an und nickte. Sie waren lange genug zusammen gereist, um sich ohne ausgiebige Erklärungen zu verstehen. »Ich hätte ein Gebet über sie sprechen können.«

»Befehl des Hauptmanns«, sagte Erkanwulf. »Er wollte, dass du die Nachhut befehligst.«

»Er wollte nicht, dass ich überhaupt mitkomme, wenn ich mich recht entsinne.«

»Du bist ein Geistlicher, Ivar. Du bist nicht zum Kämpfen gedacht.«

Aber Ivar war ruhelos. Seit Bischöfin Constanze sich auf Gut Lavas niedergelassen hatte, fühlte er sich hin- und hergerissen. Er besaß nur wenige Fähigkeiten, die er zu ihrer Gelehrtenschule hätte beisteuern können, aber er war auch kein Soldat. Tatsächlich war die Reise, die er mit Erkanwulf unternommen hatte, das Beste gewesen, das ihm in den letzten Jahren passiert war. Das er erlitten hatte. Er musste an Hanna denken, die als Adler reiste. Auf der Straße hatte er das Gefühl gehabt, dass er wenigstens überhaupt irgendwohin ging, und die Rettung von Baldwin hatte ihm ein gewisses Maß an Frieden beschert, auch wenn Baldwin nicht mehr der war, der er einst gewesen war.

So haben wir uns alle verändert, dachte er.

Er wünschte sich Hanna bei sich, damit er ihr von seinen Gedanken erzählen könnte, wie er es früher getan hatte, aber zweifellos würde sie nur über ihn lachen. Wenn sie überhaupt noch am Leben war. Angst nagte an ihm, und er zog den Kopf zwischen die Schultern, rieb sich die Augen.

»Es gibt gutes Land um Gut Ravnholt«, sprach Erkanwulf weiter, der diese Zeichen offenbar nicht erkannte. »Es ist eine Schande, dass es so verrottet.«

»Da kommen sie!«, rief eine Wache.

Hauptmann Ulric führte die Truppe aus dem Nebel heraus. Bei ihnen waren Gerulf und Dedi, die beiden Löwen, die Ivar und seine Freunde aus Königinnengruft gerettet hatten. Sie sahen Ivar und nickten. Dedi humpelte.

Sie hatten die Räuber mit Seilen an den Knöcheln und Handgelenken gefesselt. Die Gefangenen schlurften mit gesenkten Köpfen, ihr Widerstand war gebrochen, sie waren verwundet, schnieften und stöhnten. Einer mit einer blutigen Nase versuchte, die Blutung auf den aufgesprungenen Lippen mit einer Faust aufzuhalten. Ein jüngerer Bursche hielt eine blutende Hand in dem anderen Arm. Edelmann Jeoffrey ging am Ende der Reihe, aber alle wussten, dass in Wirklichkeit Hauptmann Ulric den Überfall geplant und durchgeführt hatte.

»Sie werden mehr Barmherzigkeit erfahren als die Mädchen, die sie umgebracht haben«, sagte Erkanwulf.

»Wieso?«, wollte Ivar wissen, der sich fragte, wie jemand so tief sinken konnte wie diese Männer. Sie sahen schlimmer aus, als er sich fühlte. Sie waren die schmutzigsten Menschen, die er jemals gesehen hatte, voller Dreck und Schlimmerem, ganz abgesehen von ihren Sünden.

»Sie werden eine Verhandlung bekommen, und ihr Tod wird rasch erfolgen. Sie haben Glück.« Er spuckte aus.

»Da war eine Frau, die diesem Heric zufolge die Männer angestachelt haben soll, die Mädchen zu töten.«

Erkanwulf sah zur Seite und wischte sich über den Mund. »Sie war tot. Ich weiß nicht, wer sie getötet hat.«

Der Junge mit der verletzten Hand weinte. Ivar hatte den Eindruck, als wäre es ein dunkler Tag, als würden sich die Wolken niemals heben. Gut Ravnholt war gerächt, aber niemand schien Freude darüber zu empfinden.

Auf Gut Lavas wurden die Gefangenen in die Zwinger gesperrt, die für Graf Lavastins berühmte Hunde gedacht gewesen waren. Ivar blieb stehen und sprach mit Feldwebel Gerulf, der zur ersten Wachschicht eingeteilt worden war.

»Wie geht es Dedi?«

»Er wird es schaffen, solange sich die Wunde nicht entzündet. Bischöfin Constanze weiß einiges über die Heilkunst. Und abgesehen davon kann Bruder Baldwin ihn sicherlich heilen, wenn es notwendig werden sollte.«

»Vielleicht.«

»Irgendwelche Zweifel daran?«, fragte Gerulf mit dem Anflug eines Lächelns. »Sie sagen, er wäre ein Heiliger.«

Ivar seufzte, aber er und Gerulf hatten ein Band geknüpft aus den bitteren Umständen, die sie gemeinsam überlebt hatten. »Es fällt mir schwer, Baldwin als das zu sehen, was Ihr gesagt habt.«

»Es würde sein hübsches Gesicht erklären. Einige sagen, dass es ein Zeichen der Gunst Gottes ist.« Gerulf kicherte. »Schon gut. Ich habe nur einen Witz gemacht. Dedi wird es auch so gutgehen. Es ist nur eine oberflächliche Wunde.«

»Seid Ihr zufrieden mit Eurem Dienst bei Hauptmann Ulric?«

»Herzog Conrad hat uns dem Hauptmann zugeteilt, und ich habe nichts gegen den Herzog, da er uns angesichts der Tatsache, dass die Herrin unseren Tod gewünscht hat, ziemlich gerecht behandelt hat. Es muss einen Grund geben, dass Dedi und ich zu Ulrics Truppe gekommen sind. Meine Loyalität gilt König Henry, und ich diene Henry, indem ich seiner Schwester diene, nicht wahr?«

»Wenn Henry noch lebt.«

»Dann Henrys Erben. Das ist nicht alles. Da ist eine Witwe in Ulrics Zug, die ich heiraten möchte. Erkanwulf hat davon gesprochen, eine kleine Gruppe zu nehmen und sich mit ihr auf Gut Ravnholt anzusiedeln, da es verlassen ist. Für einen Mann meines Alters lohnt es sich, darüber nachzudenken. Ich bin zufrieden, Edelmann Ivar. Und Ihr?«

Ivar zuckte mit den Schultern, und Gerulf lächelte schief, als wollte er sagen, dass er die Worte kannte, die Ivar sprechen würde, wenn er sich denn traute – was er nicht tat. Die Rastlosigkeit nagte an ihm, eine tödliche Krankheit. Irgendwo gingen sicherlich Ereignisse von großer Bedeutung vor sich, und wie gewöhnlich steckte er hier im Stauwasser fest, während die Schlacht weiterzog und er zurückgelassen wurde.

Constanze saß neben dem lodernden Feuer in der Halle, gemeinsam mit ihrer Gelehrtenschule und der jungen Edelfrau Lavrentia. Sie lauschten dem Zeugnis zweier Waldarbeiter.

»Es war vor ein paar Jahren, Eure Heiligkeit. Wir haben diese Flüchtlinge eingehend ansehen können, und wir wussten, dass sie im nächsten Winter vermutlich tot sein würden. Aber als wir im nächsten Jahr auf der Fährte eines Ebers wieder dorthin gekommen sind, waren sie immer noch am Leben. Sie sagten, es wäre der Umhang gewesen, dass sie von Gott oder so gesegnet worden wären. Es war schwierig, sie zu verstehen, denn da sie aus dem Süden kamen, haben sie nicht richtig gesprochen.«

Baldwin und Sigfrid schrieben, und Ermanrich schnitt Federn an der anderen Seite des Tisches. Lavrentia saß unbehaglich auf einem Stuhl neben Constanze, hielt ihre Hände im Schoß gefaltet. Ihre Stöcke ruhten bei ihren Knien. Sie sagte kein Wort und rührte sich auch sonst nicht. Ivar konnte nicht sagen, was sie empfand, abgesehen davon, dass sie zurücklächelte, wenn Constanze sie gelegentlich anlächelte.

An der anderen Seite der Halle lagen drei verwundete Soldaten auf dem Boden. Hathumod kniete neben einem von ihnen, strich eine weiße Salbe auf die Schnittwunde, die seinen Oberschenkel aufgerissen hatte. Es war Dedi, der vor Schmerz das Gesicht verzog. Dann lachte er schnaubend, als Hathumod etwas sagte, das ihn erheiterte.

Die Waldarbeiter gingen wieder. Ein Mann trat zögernd vor, der eine weiche Kappe in den Händen hielt und herumdrehte.

»Nur keine Angst«, sagte Constanze sanft. »Seid Ihr derjenige, der den ganzen Weg von der südlichen Grenze von Lavas hergekommen ist? Edelfrau Hildegard ist die Besitzerin dieses Teils der Grafschaft. Ich habe gehört, dass es ein langer Weg war – fünf Tage!«

Er sank auf die Knie, als hätte sie einen Pfeil auf ihn abgeschossen. »Sechs, Eure Heiligkeit. Ich bin von unserem Dorf geschickt worden, um dem Grafen eine Bitte zu überbringen.« Er blickte sich ängstlich in der Halle um, sah Edelfrau Lavrentia an, rieb mit der Kappe an seinem Kinn und hustete. »Ich war mir nicht sicher, mit wem ich sprechen sollte, Eure Heiligkeit.«

Constanze berührte das Mädchen am Arm, und mit einer

piepsenden, aber klaren und weichen Stimme fragte sie: »Woher kommt Ihr?«

»Wir nennen unser Dorf Schatting, Herrin. Ich bitte um Vergebung, Eure Heiligkeit, aber stimmt es, dass es einen neuen Grafen gibt? Einige Leute haben es behauptet, weshalb wir aus Schatting beschlossen haben, dass einer von uns herkommen sollte, aber nach allem, was ich hier höre, scheinen sie Unsinn geredet zu haben.«

»Edelmann Jeoffrey herrscht noch immer für seine junge Tochter Lavrentia«, sagte Constanze und deutete auf Lavrentia. »Ist sie es, die Ihr meint?«

Er zog den Kopf zwischen die Schultern, zu verblüfft, um sprechen zu können. Das Mädchen starrte ihn an, sagte aber nichts. Schließlich sah es Constanze an.

In der Zeit vor ihren Verletzungen hätte Constanze ihn möglicherweise eingeschüchtert. Sie war eine Edelfrau von einer solchen Größe und Stärke, dass es einem einfachen Bauern in ihrer Gegenwart die Sprache verschlagen hätte. Aber das, was sie erlitten hatte, ließ sie jetzt weniger eindrucksvoll erscheinen, obwohl Ivar wusste, dass sie sich nicht verändert hatte.

»Edelmann Jeoffrey ruht sich aus. Ich bin mit Gräfin Lavrentia hier, wie Ihr seht. Wir werden Eure Ausführungen niederschreiben« – sie deutete auf Sigfrid –, »wenn Ihr uns erzählt, aus welchem Grund Euer Dorf Euch geschickt hat.«

Ein Mann mochte so die Stirn runzeln, dachte Ivar, um sich zu einem Angriff auf einen bewaffneten und mächtigen Feind bereitzumachen. Aber der Mann schluckte, wappnete sich, indem er tief ausatmete, und begann mit fester, wenn auch leicht hastiger Stimme zu sprechen.

»Wir haben im letzten Sommer unsere Diakonissin an die schwarze Fäulnis verloren, und auch den größten Teil unseres Saatkorns und ein Dutzend guter Leute unseres Dorfes. Wir hatten gehofft, dass der Graf bereit wäre, uns eine neue Diakonissin zu schicken, damit wir anständig leben und beten können, wenn es angemessen ist, und die Geschichten der Heiligen Botschaft hören. Vor ein paar Jahren ist uns versprochen worden, dass wir den neuen Pflug benutzen können, von dem wir gehört haben, um den Boden aufzubrechen, aber wir haben nie wieder etwas davon gehört. Er würde uns in diesem Jahr besonders helfen, bei dem schlechten Wetter. Zwanzig Siedler sind in unser Tal gekommen, die im großen Sturm im letzten Herbst aus zwei Dörfern vertrieben worden sind. Wir können nicht alle ernähren, ohne dass dieses neue Land mit dem Pflug bearbeitet wird. Und da sie bei uns sind, bitten wir darum, dass wir dieses Jahr einen niedrigeren Zehnten zahlen müssen, um mehr für uns behalten zu können, da wir jetzt und nächsten Winter so viel mehr Münder zu füttern haben werden. Herrin. Und wenn ich kühn sein darf, Eure Heiligkeit.«

»Sprecht weiter.«

Sigfrids Feder kratzte, während er schrieb. Baldwin starrte verträumt ins Feuer.

»Wir haben Steuern an Edelfrau Hildegard zu zahlen, aber sie ist gestorben, als das Dach ihrer Halle während des Sturms eingestürzt ist.«

»Ja, das ist verzeichnet worden«, sagte Constanze. »Sie hat keine direkten Erben hinterlassen. Ich habe gehört, dass es eine Kusine im fernen Osten gibt, die das Erbe übernehmen wird, aber es gibt einige Schwierigkeiten, sie ausfindig zu machen.«

»Ja, Eure Heiligkeit. Wir hoffen, dass sie sich finden lässt, Eure Heiligkeit, denn die Verwalterin der Herrin hat uns in der letzten Zeit schlecht behandelt und droht jetzt damit, mit Soldaten zu kommen und die Steuern mit Gewalt einzutreiben. Wenn die Herrin nicht bald kommt, möchten wir darum bitten, ob nicht eine andere Verwalterin eingesetzt werden kann, die gerechter mit uns umgeht.«

»Ihr seid kühn«, sagte das Mädchen.

»Ich bitte um Vergebung, Herrin. Wir sind verzweifelt, Eure Heiligkeit. Wir hatten im letzten Jahr schon alles für verloren gehalten, und dann …« Er unterbrach sich, drückte die Kappe zusammen.

Baldwin lächelte auf jene Weise, die beruhigte, weil sie benommen machte.

»Sprecht weiter«, sagte Constanze freundlich.

»Es gab Omen und Zeichen, Eure Heiligkeit. Eine Sense, die ich mir ausgeliehen hatte – ich habe die Eisenklinge im Teich verloren, und doch wurde sie mir zurückgegeben, obwohl sie hoffnungslos in Wasser und Ried verborgen lag. Meine Nichte, ein gutes Mädchen, ist getötet worden, als eine Mauer auf sie stürzte, ich schwöre in Gottes Namen, dass sie zu atmen aufgehört hatte, aber sie lebte weiter, und sie lebt immer noch, ein scharfzüngiges Gör, das wir aber alle lieben. Dies waren Zeichen der Veränderung. Glaubt Ihr nicht?«

»Wunder«, sagte Constanze ernst.

Er neigte den Kopf.

»Erzählt noch einmal alles, und diesmal mit mehr Einzelheiten«, sagte sie. »Ich möchte, dass meine Geistlichen all diese Geschichten mitschreiben. Ich habe viele Geschichten gehört, seit ich auf Lavas bin, und noch weitere unterwegs. Seltsame Strömungen.«

Lavrentia blickte auf ihre Hände.

Constanze sah Ivar an und nickte, aber er war nicht von Nutzen für sie. Er konnte die Buchstaben kaum in der unbeholfensten Weise aufschreiben, und im Gegensatz zu einigen Geistlichen hatte er kein so geübtes Gedächtnis, dass er die Heilige Botschaft in ihrer Gesamtheit hätte wiedergeben oder die Ahnengeschichte der Herrscher und Edelleute bis zurück zur zehnten Generation hätte aufsagen können.

Der Bauer begann, eine wirre Geschichte über einen Wahnsinnigen zu erzählen, der in Schmutz und Moos gekleidet zu ihnen gekommen war. Während Baldwin zu schreiben begann, ging Ivar nach draußen, stieß ein paar Kieselsteine über den Hof und bis zum Tor und noch darüber hinaus bis zu dem Wallgraben, ging dann ziellos weiter, ehe er zu der kleinen Kirche kam, in der sich das seltsame und reglose steinerne Bildnis des letzten Grafen befand.

Er betrat den Vorraum, aber dann sah er, dass eine andere Person weinend und betend im dämmrigen Licht der Kirche kniete: Edelmann Jeoffrey.

Ich bin nicht die einzige gequälte Seele. Und hatte er wirklich so viele Sorgen? War er so verzweifelt? Unzufriedenheit war nicht das Gleiche wie Verzweiflung. Edelmann Jeoffrey hatte seine Frau und seinen Vetter verloren – ob er gegenüber dem verstorbenen Grafen Lavastin Zuneigung empfunden hatte, wusste er nicht. Seine jetzt verkrüppelte Tochter hatte nur eine schwache Verbindung zu dem Land, das in ihrem Namen beansprucht wurde, und seine zwei jungen Söhne wurden in Autun von Edelfrau Sabella gefangen gehalten. Die Ortsansässigen sprachen sich leise gegen ihn aus, einige sagten sogar ganz offen, dass Jeoffrey den Platz des rechtmäßigen Erben besetzt hätte, um die Ländereien und den Titel für seine Tochter zu erhalten, und damit auch – weil sie noch ein Kind war – für sich selbst.

Kein Wunder, dass er weinte.

Beim Tor läutete die Glocke. Zwei Banner flatterten in der Ferne, als eine Gruppe von Reitern sich dem Gut näherte.

»Was gibt es für Neuigkeiten?«, fragte Jeoffrey, als er aus der Kirche trat.

»Ich weiß es nicht«, sagte Ivar verblüfft über seinen schroffen Ton.

»Hat Bischöfin Constanze Euch nicht geschickt? Wer sind diese Reiter?«

»Ich weiß nicht mehr als Ihr.«

»Dann wisst Ihr zumindest, dass dieses Leben aus nichts anderem besteht als aus Tränen und Leid! Oder verfügt Ihr Geistlichen über Psalmen, die anderer Meinung sind?«

Ivar fielen keine ein. Die Psalmen, die in seinem Kopf auftauchten, lobten Gott, quälten die Feinde, freuten sich über die Erlösung und bestraften jene, die nicht so handelten, wie sie es hätten tun sollen, obwohl der heilige Daisan gelehrt hatte, dass das Handeln gegen das, was recht war, auf gewisse Weise Strafe in sich selbst war.

»Die Taten der Menschen bleiben ein Rätsel«, sagte er schließlich. »So viele tun Übles, obwohl sie es besser wissen müssten, während einige Gutes tun, obwohl sie Schaden anrichten wollten.«

Jeoffrey schnaubte, als wäre er verärgert, machte sich dann zum Tor auf, um die Neuankömmlinge zu begrüßen. Ivar eilte ihm nach und kam gerade rechtzeitig zur Halle, um mitzuerleben, wie ein hochmütiger junger Mann mit Jeoffrey und Constanze sprach. Er hatte das Benehmen eines Jugendlichen, der in einer edlen Familie aufgewachsen war. Menschen hatten sich um sie geschart, um zuzuhören.

»Edelfrau Sabella schickt Edelmann Jeoffrey von Lavas, Herrscher anstelle von Lavrentia, Gräfin von Lavas, folgende Nachricht. ›Man hat mich darüber in Kenntnis gesetzt, dass Ihr Bischöfin Constanze beherbergt, die eine Rebellion gegen mich angezettelt hat. Übergebt sie meinem Gewahrsam in Autun, oder Eure Söhne werden unter dem Vorwurf des Verrats hingerichtet werden.‹«

»Verrat!«, schrie Jeoffrey. Der Bote blieb ruhig, ungerührt von der Wut des Edelmannes. »Es sind Kinder! Der Jüngere hat nicht einmal fünf Sommer erlebt!« Er drückte die Handballen gegen die Stirn und stieß Flüche aus, während seine Tochter klein und ruhig hinter ihm saß. »Es wäre besser, wenn sie mit ihrer Mutter gestorben wären!«

Auf Lavrentias Gesicht bildeten sich Falten, als sie sich bemühte, Tränen zurückzuhalten.

»Die Hoffnungslosigkeit ist eine Sünde, Jeoffrey«, sagte Constanze. Sie nahm seinen Arm und zog seine Hände nach unten.

»Soll ich etwa darüber jubeln?«

Sie fing seinen Blick auf und hielt ihn fest, und nach einem Moment wich sein wilder Blick etwas anderem, etwas, das wie Scham wirkte. Ivar drängte sich durch die Reihen hindurch zu seinen Freunden, die beim Herdfeuer warteten. Der Bote wurde durch diese Bewegung aufmerksam und sah in seine Richtung. Er verzog das Gesicht zu einem Grinsen, dann blickte er wieder weg.

»Ich hätte Euch nicht mit meiner Anwesenheit belastet, wäre mir der Gedanke gekommen, Sabella könnte Euch auf diese Weise bedrohen«, sagte Constanze.

»Sie hört auf salianische Berater!« Jeoffrey schien lachen zu wollen. »Salianer pflegen immer ihre Kinder zu töten, um sich ihren eigenen Weg zum Thron oder zu Reichtümern zu ebnen.«

»Das sagen die Chroniken«, stimmte Constanze ihm mit sanfter Stimme zu, um ihn zu warnen, aber Jeoffrey war nicht in der Lage zuzuhören.

»Sie könnten bereits tot sein. Dann ist niemandem damit gedient, dass Ihr Euch ebenfalls ergebt. Wir sollten uns an das halten, von dem wir wissen, dass es wahr ist. Vielleicht täuscht Sabella auch nur etwas vor. Sie hat vielleicht gar nicht den Mut, zwei unschuldige Kinder zu töten.«

»Glaubt Ihr das?«, fragte Constanze.

Er schwankte von einer Seite zur anderen, als würde er durch den scharfen Ruck an einem Seil erst in die eine, dann in die andere Richtung gezogen werden. »Ich weiß nicht, was ich glauben soll! Wie kann nur alles so schiefgegangen sein? Ich muss gehen! Ich werde mich selbst als Tausch für sie anbieten! Soll sie mich töten, wenn sie das will! Ich werde meinen Tod begrüßen!«

»Edelmann Jeoffrey! Ihr vergesst Euch!«

Er verbarg sein Gesicht. Seine Tochter schluchzte hinter vorgehaltenen Händen, ein Echo ihres Vaters. Die Gefolgsleute und Bediensteten standen in ehrfurchtsvollem Schweigen da, und ein paar schlichen wie geprügelte Hunde davon, in der Hoffnung, unbemerkt zu bleiben. Der Bote sah aufmerksam zu, prägte sich die Ereignisse ein, damit er – wie Ivar vermutete – Sabella von Jeoffreys Schwäche berichten konnte.

»Ihr müsst hier in Lavas bleiben und Eure Tochter und dieses Land bewachen, Jeoffrey. Hauptmann Ulric und seine Truppe werden bei Euch bleiben. Bedenkt, dass dies ein Versuch sein könnte, Euch herauszulocken.«

»Aber warum? Lavas ist für Sabella nicht von Bedeutung. Sie

will Euch, weil Ihr Henrys Anspruch auf die Herrschaft in Varre darstellt. Weil Ihr die rechtmäßige Herzogin von Arconia seid, nachdem Sabella den Titel durch ihre eigene Rebellion verloren hat. Sie ist die Verräterin! Nicht ich. Nicht ich! Wie auch immer, wenn Ihr zu ihr geht, wird sie keinen Grund haben, meine Söhne zurückzugeben. Sie kann dann mit Euch tun, was sie will – sie könnte Euch sogar töten –, und dennoch meine Söhne behalten.«

»Kein Kind von Arnulf wird es wagen, eines der Geschwister zu töten«, sagte Constanze. »Wir sind keine Salianer!«

»Ich muss gehen, wenn ich nicht meine Ehre verlieren will!«

»Ihr müsst bleiben und zusammen mit Hauptmann Ulric Lavas bewachen. Ich werde Euch eine Geisel als Pfand zurücklassen – diesen Boten.«

Der junge Mann zuckte zusammen und machte einen Schritt zurück, als wollte er weglaufen. Ulric hatte jedoch bereits seine Männer in Position gebracht, um eine Flucht zu verhindern.

»Ich werde meine vertrauten Freunde mitnehmen.« Sie deutete auf ihre Geistlichen.

»Dann war also alles umsonst«, klagte Jeoffrey. »Dass Ihr aus Königinnengruft befreit worden seid. Alles! Es ist in meinen Händen verrottet!«

»Wir sind noch nicht tot und besiegt, Jeoffrey!« Sie packte ihren Gehstock und kämpfte sich auf die Beine. Das Lächeln auf ihrer Miene mochte von dem Schmerz stammen oder von ihrem Ärger über Jeoffrey, aber möglicherweise galt es auch dem Boten, der bestürzt dreinblickte, als er begriff, dass er jetzt ein Gefangener war. »Vertraut auf Gott. Ich tue es.«

»Die Wahrheit erhebt sich mit dem Phönix«, murmelte jemand in der Menge.

»Das habe ich zu glauben begonnen.«

Ulric wartete an der Tür zu den inneren Gemächern auf sie. »Euer Gnaden. Wir wissen, dass Räuber die Straßen unsicher machen, und möglicherweise noch Schlimmeres. Wölfe. Schatten. Ich vertraue Gott, aber ich wünschte, Ihr würdet bewaffnete Männer mitnehmen, die Euch beschützen können.«

»Sabella hat mir freundlicherweise eine Eskorte geschickt. Ich werde mit ihr zurückkehren, bis auf den Boten, der hierbleiben wird. Die meisten aus meiner Gelehrtenschule sind zu schwach, um reisen zu können, und ich vertraue darauf, dass Ihr für sie sorgen lasst, Hauptmann. Aber ich glaube, dass einige meiner treuen Geistlichen mich begleiten werden!« Sie lächelte Ivar, Sigfrid, Ermanrich und Hathumod an. Ihr Blick blieb ein bisschen länger an Baldwin hängen, der sie mit einem leichten Stirnrunzeln musterte.

»Sie mögen in der Lage sein, Waffen zu tragen«, sagte Ulric mit missbilligendem Blick, »aber ich bezweifle, dass sie Euch viel nützen werden, wenn es zu einem Kampf kommt, Euer Gnaden.«

»Wir haben gekämpft!«, sagte Ivar. »Wir sind mit Prinz Ekkehard in die Schlacht geritten.«

Ulric rollte mit den Augen, aber dann unterbrach er sich, atmete tief ein und hustete scharf.

»Meine kühnen Geistlichen!«, rief Constanze, und irgendwie klangen die Worte aus ihrem Mund ganz und gar nicht spöttisch.

7

Was hatte sie aufgeweckt? Sie lag still da und lauschte, aber sie hörte nichts und sah nichts. Ein bitterer Geruch berührte sie; er war so beißend wie faule Eier, verflog aber rasch wieder.

Schließlich kam sie zu dem Schluss, dass nichts Ungewöhnliches sie geweckt hatte. Sie verlagerte das Gewicht und setzte sich auf. In diesem Augenblick strich ein Hauch von Schwefel an ihren Wangen vorbei. Sie hörte zweimal ein Schrappen, als würde etwas Schweres über kiesigen Fels gezogen, dann erklang ein Seufzen wie das Geräusch eines Blasebalgs und wieder zweimal ein Schrappen. Der Gestank in der Luft brachte ihre Augen zum Tränen, aber er kam aus einer bestimmten Richtung, wehte von Nordnordwesten zu ihr, sofern sie davon ausging, dass hinter der Mauer, an der sie lehnte, wirklich Süden war. Irgendwo brachte eine Bewegung die Luft dazu, sich zu verändern. Wo es eine Brise gab, gab es auch eine Verbindung nach draußen.

Sie untersuchte ihren Oberschenkel. Das alte Blut schuppte sich, und es war nur noch ein bisschen Feuchtigkeit an einem Ende der Wunde, wo sie etwas aufgerissen war. Eine lange Schorfnarbe begann sich zu bilden. Ihr Körper schmerzte immer noch, aber Essen, Trinken und Schlafen hatten den Schmerz etwas gelindert, und ihr Verstand hatte seine Klarheit zurückerhalten.

Ich kann mich befreien, wenn ich nur geduldig und schlau bin.

Sie saß eine ganze Weile da und lauschte. Das Gewicht des Felsens erdrückte sie, aber hier hauste auch Macht, spürbar als ein Summen tief in der Erde. Kansi-a-lari hatte diesen Ort das Herz des Berges des Weltenanfangs genannt.

Die Städte der Ashioi, die sie gesehen hatte, sahen anders aus als die Wohnorte der Menschen, die sich willkürlich erhoben, auch wenn sie um ein zentrales Gebäude errichtet worden waren, das heilige Macht besaß – eine Kathedrale oder eine Kirche, oder in früherer Zeit eine Festung. Die Kronen enthielten Macht; indem man Fäden in eine Steinkrone webte, zog man die Melodie der Sphären zur Erde.

Sie atmete in ihren Bauch hinein, in den Stein, und es kam ihr so vor, als würde sie umso tiefer sinken, je tiefer sie atmete. Die Ashioi kannten sich aus mit der Macht, die in der Landschaft lag, und sie errichteten ihre Gebäude so, dass sie verstärkt wurde. Dieses Herz war ein Kern, um den herum die Stadt sich erhoben hatte. So tief und so hoch, pulsierend mit einer Kraft, deren Hitze und Konturen – beinahe zu schwach, um sie wahrnehmen zu können – den Geschmack des Äthers besaßen, der zu diesem Ort geleitet wurde, so wie ein Kanal Regenwasser in einen Teich fließen ließ.

Sie stand auf und rief ihre Flügel herbei.

Sie flackerten golden auf, und sie schwebte eine Handbreit über dem Boden. Ein riesiges Dach wölbte sich über ihr, so hoch, dass die Spitze im Schatten lag. Darüber glitzerten Speere aus Blitzen, Felsformationen, die wie Spitzen von der Decke hingen. Die Höhle war riesig, die Mauern verloren sich in der Dunkelheit. Der Boden war glatt und unbeschädigt.

Abgesehen von *dort*.

Ein schmaler schwarzer Turm erhob sich vom Boden, etwas größer als ein Mann und so weit von ihr entfernt, dass sie ihn in der Düsternis kaum sehen konnte. Blaues Feuer flackerte daran entlang, als der ätherische Glanz, den ihre Flügel warfen, über ihn strich. Wie ein Schatten erwachte daneben ein zweiter zum Leben, ein brennender Stein, durch den sie sehen konnte.

»Li'at'dano! Wo bist du?« Die Schamanin spricht von einer Stelle jenseits des Tores zu ihr. Die Zentaurin ist körperlos, aber dennoch anwesend. Sie beschattet die Augen gegen ein grelles Licht und blinzelt durch das Tor in Richtung Liath.

»Ich bin hier, im Herzen des Berges des Weltenanfangs!«, ruft Liath.

»Ich habe nach dir gesucht, Tochter, aber der Äther ist dünn, das Tor verschlossen. Komm zu mir! Rasch!«

Der Puls des Äthers war auch hier zu schwach, um ihre Flügel aufrechtzuerhalten. Sie schrumpften zusammen, und Liath sank die Handbreit zurück auf den Boden und stolperte, als ihr verletztes Bein zu sehr belastet wurde. Die glühende Erleuchtung verschwand, und der brennende Stein löste sich langsam auf.

Gefangen im letzten sanften Zwielicht kroch eine Gestalt aus den Schatten und huschte zu dem Turm. Sie drehte sich um, und Liath sah, dass sie nicht menschlich war. Sie hatte leuchtende Ausbuchtungen, wo Augen hätten sein müssen. Die Haut hatte den Anschein von Granit.

Schwärze verschluckte Liath und die Gestalt. Sie hörte das zweimalige Schrappen, dann das Seufzen der Blasebälge, gefolgt von zweimaligem Schrappen, und dann wieder nichts.

Sie kämpfte darum, ihre Flügel erneut herbeizurufen, aber die erste Anstrengung hatte sie erschöpft. Sie flackerten nur wie die Funken eines Dochts, bevor er ausgeht. Sie konnte nicht genug Licht erzeugen, um zu dem schwarzen Turm zu gelangen.

Sie hatte sich diese Kreatur nicht eingebildet. Tatsächlich hatte sie eine gute Vorstellung davon, was es sein musste, denn Mutter Obligatia hatte ihr von den unmenschlichen Gestalten erzählt, die tief im Stein unterhalb des Klosters St. Ekatarina hausten und die Schwestern mit ihren milden Gaben viele Monate lang ernährt hatten. In den Legenden hatten die Menschen zahlreiche Namen für sie gefunden: Kobolde und »Alte« und viele andere.

Kreaturen, die in der Erde lebten, mussten Mittel haben, um sich zu bewegen, so wie Maulwürfe durch Tunnel gingen. Wo sie kriechen konnten, konnte auch Liath es tun. Es war nur eine Frage der Nahrungsvorräte und des gleichmäßigen Lichts.

Oh, Gott. Wenn nur nicht das Tor des brennenden Steins so plötzlich zusammengebrochen wäre. Wenn sie nur hätte hindurchtreten können – Li'at'dano erreichen können –, hätte sie ihre Freiheit wiedererlangen und Gnade wiedersehen können, sofern das Mädchen noch lebte.

Es musste noch leben.

»Ich will es«, murmelte sie in dem Wissen, dass Worte nicht aus sich heraus Magie waren, sondern nur deshalb, weil sie auf eine Weise gewebt wurden, dass sie wie Zauberei einen Bann um jene sponnen, die sie hörten.

Sie saß eine Zeitlang da, atmete gleichmäßig, um ihr Herz und ihren Geist zu beruhigen, kämpfte aber gleichzeitig gegen die Erschöpfung an, die über sie hinwegstrich und zwischen dem einen Atemzug und dem nächsten über sie hinwegschwappte. Die Wunde im Oberschenkel schmerzte jedes Mal, wenn sie sich bewegte, und sie lehnte sich gegen die Wand, um ihre Beine ruhig zu halten. Konnte sie Li'at'dano erreichen? Die Gedanken wanden sich langsam hinunter, und sie schlief ein.

Was hatte sie geweckt?

Liathano.

War das die Stimme der Schamanin? Liath musste gehört haben, wie die Schamanin ihren Namen in dem Traum rief, den sie gerade hatte, der bereits wieder verklang und ein leises Läuten in ihren Ohren hinterließ, als hätte sie in Geräuschen geträumt und nicht in Bildern.

Liathano.

Eine Stimme, die wie eine Glocke klang.

Eine übelkeiterregende Furcht überkam sie, ließ sie durch und durch erzittern.

Oh, Gott. Ein Galla.

Kansi hatte sie gefangen genommen und wollte sie töten. Nein, da sprach die Furcht. Sie hatte keinen Grund, anzunehmen, dass Kansi die Galla kannte oder sie jemals benutzt hatte.

Liathano.

Die Galla kamen von einem Ort außerhalb dieser Welt, und deshalb bewohnten sie sie auch nicht richtig. Luft und Wasser hatten keine Bedeutung für sie. Wärme und Kälte konnten nicht in die Gestalten eindringen, die sie ihre Körper nannten. Stein hielt sie nicht fest.

Es war ihretwegen gekommen, und sie besaß keine Waffe, um es zu töten.

Liathano.

Sie fror, und sie war entschlossen, und sie glühte vor Hitze, eine Folge ihres rasenden Herzens und des bitteren Wissens. *Ich bin so gut wie tot, aber ich werde nicht sterben, ohne zu kämpfen.*

Sie erhob sich, stellte ihre Füße fest auf dem Boden auf und versuchte, den Schmerz ihrer Wunde nicht weiter zu beachten, suchte mit Hilfe des Geschmacks, des Geruchs und des Gehörs nach der Richtung, in der sich das Galla befand.

Von wo kommt es? Da!

Da! Die Höhle war pechschwarz, es gab nicht einmal genug Licht, um die eigene Hand vor den Augen sehen zu können. Aber das Galla war noch schwärzer. In solcher Dunkelheit nahm sie es als Leere wahr, die in einen anderen Ort hineingeschnitten worden war, einen schlimmeren Ort, eine Stelle, die voller Qualen war, die für das Galla eine gesegnete Gnade sein mussten, verglichen mit den Qualen der Erde. Es war nicht wie die Menschen, es war nicht dafür gedacht, auch nur die Dauer eines Atemzugs hier zu verbringen, den sie tat, ein und aus, während sie auf dem Boden stand und tief in dem Stein nach den Körnern des Feuers suchte, die in seine Struktur eingewoben waren.

So schwach waren sie, aber sie war verzweifelt, und das Läuten kam näher und näher, strömte über die riesige Breite der Höhle.

Liathano!

Es kannte sie. Es wollte nur nach Hause, und sie war das Tor.

Der Gedanke verlieh ihr eine seltsame Hoffnung. Sie strich mit ihrem Bewusstsein an den Feuerkörnern vorbei und suchte nach den abgeschwächten Adern des Äthers. Durch dieses Tor konnte sie Greifen finden. Vielleicht konnte sie durch dieses Tor entkommen.

Sie rief ihre Flügel herbei. Als sie aufflackerten, zitterte die hohe schwarze Säule, die das Galla war, wie von einem starken Wind bewegt.

Sie suchte: Im Herzen des Äthers lag der brennende Stein, das Tor – so weit weg, so schwach …

Es blühte auf, zerbrechlich, aber vorhanden, so groß und breit wie ein Mensch, schimmerte mit dem pulsierenden blauen Äther.

Die Schamanin stand noch immer da – oder sie war zurückgekommen, um sie zu suchen. Die blasse Gestalt der Pferdefrau schwankte, umrahmt von Blau, als sie die Arme in einer Geste des Willkommens ausstreckte.

»*Liath!*«, rief die Schamanin.

»Ich komme! Da ist ein Galla …«, rief sie, während sie einen Satz nach vorn machte, aber das Bein gab nach. Das Tor brach bereits zusammen, schrumpfte von Mannshöhe zur Größe eines Kindes und dann bis zum Knie. Zu spät! Zu schwach! Es gab nicht genug Äther, um es offen zu halten. Ihre Flügel lösten sich in Funken auf. Das Galla hielt auf sie zu.

Die Stimme der Schamanin klang klar und deutlich durch die letzte Handbreit der Öffnung. »Ich bin Li'at'dano. Komm rasch her zu mir!«

Es war der gleiche Name, im Laufe der Jahrhunderte zu einem Wort geworden, das weicher über die Lippen strömte, aber sich vom Wesen her nicht verändert hatte.

Es war der gleiche Name, und sie hatte ihn weit länger getragen als Liath.

Die stechende Anwesenheit des Galla versengte sie, aber es strich an ihr vorbei, drängte sich durch das verschwindende Tor, auf der Spur derjenigen namens Li'at'dano. Liathano.

Es ertönte ein Schmerzensschrei, und ein blendender Blitz flackerte auf, als das Galla seine Beute umschlang und verzehrte.

Das letzte Licht des ätherischen Feuers zog sich in sich selbst zusammen, verlosch, als das Tor zusammenbrach.

Tot.

Verschlungen.

Liath stürzte in die Stille, in die Dunkelheit. Ihre Ohren klingelten, ihr Puls pochte, schlug wild, als sie auf dem kalten Stein kniete und so heftig schluchzte, dass es schien, als könnte sie nie wieder aufhören.

8

Das Wetter hielt sich. Es regnete nicht, fühlte sich nicht einmal nach Regen an. Sie genossen eine Reihe von angenehmen frühen Sommertagen, die warm hätten sein können, wäre da nicht der beständige Schleier gewesen, der die Sonne verbarg und das Land abkühlte. Sämtliche Edelleute sahen Sabella Tag für Tag daraufhin an, ihre Stimmung zu erkunden; es war Conrads Herzlichkeit, die die Gruppe erwärmte.

»Also sagte ich zu ihr: ›Wenn eine so hübsche Frau wie du sich diese vier Jahre an ihren Schwur gehalten und niemals mit einem Mann verkehrt hat, wieso nennt dich dann dieser kleine Sprössling, der sich an deine Beine klammert, Mutter?‹ Sie sah mir fest in die Augen, und ihre Stimme war ziemlich kühl, sage ich euch! Und sie sagte: ›Weil ich die Äbtissin dieser bemitleidenswerten Einrichtung bin, mein Herzog, nicht die Dienerin, für die Ihr mich haltet. Ich bin die Mutter für diejenigen, die in meiner Obhut leben.‹«

Seine Zuhörer lachten, und er sprach weiter. »Es ist eine Schande, wahrhaftig, dass Gott der Welt solche Schätze stiehlt und sie in die Kirche verbannt. Ich habe selten eine hübschere Frau gesehen. Sie war so reif wie die Beeren im Aogoste. Aber ich hatte kein Glück an diesem Tag! Ihr verächtlicher Blick war geeignet, jeden Mann zum Schrumpfen zu bringen! Dennoch habe ich mir Gedanken gemacht, was dieses kleine Kind angeht. Der Junge hatte eine ziemlich dunkle Haut.«

Einer der Höflinge gluckste. »Vielleicht seid Ihr einmal in der Nacht zu ihr gegangen, Conrad, so wie ein Alb! Vor ein oder zwei Jahren? Sie hat davon vielleicht gar nichts gemerkt! Heißt es nicht, dass heilige Frauen feuchte Träume haben?«

Conrad hob die Hand, um das Gelächter und Gekicher zu unterbrechen. »Nicht ich! Daran hätte ich mich erinnert! Wohl eher die Drachen, die damals vorbeigeritten sein könnten. Tatsächlich erinnere ich mich jetzt daran, dass in Erwägung gezogen worden ist, sie eine Nacht oder länger im Gästehaus des Klosters unterzubringen, zwei Jahre, bevor ich dort nachgefragt habe. Und ich vermute, wenigstens einer hätte dort eine einladendere Halle gefunden als ich. Immerhin war es das Kloster St. Genovefas, der heiligen Schutzpatronin der Hunde.«

Neues Gelächter brach aus.

»Sagst du das einfach nur so«, fragte Sabella, »oder glaubst du es wirklich? Dass Sanglant irgendein uneheliches Kind bei einer heiligen Äbtissin gezeugt hat, als er Hauptmann von Henrys Drachen gewesen ist? Wo hätte das stattfinden sollen? Und wie könnte die Existenz eines solchen Kindes uns einen Vorteil verschaffen? Ansonsten solltest du nicht meine Zeit verschwenden.«

Ihr finsterer Blick schüchterte die Höflinge ein, aber Conrad lachte. Er besaß ein bemerkenswertes Lächeln, das andere Leute einlud, mit einzustimmen, und er hatte keine Angst, Witze über sich selbst zu machen, auch wenn es Alain so vorkam, als hätte er dafür gesorgt, dass das Messer noch tiefer in das Fleisch seines unwissenden Rivalen drang. »Ich erzähle Geschichten, um mich und meine Kameraden zu unterhalten, während wir diese langweilige Straße entlangreiten. Wenn du das nicht willst, wirst du mir beim Singen zuhören müssen.«

Sogar Sabella musste kichern, auch wenn dieses Nachgeben nur einen kurzen Augenblick währte. »Dann erzähl lieber weiter deine Geschichten, denn ich will deinen Gesang nicht hören, wenn meine Geistlichen nicht hier sind, um ihn zu versüßen.«

»Zumal dein lieblichster Sänger entflohen ist«, bemerkte Conrad mit Unschuldsmiene. »Zurück zu den Engeln, von denen er sich erhoben hat.«

Ihre Augen blitzten, und ihr Pferd wieherte, als sie an den Zügeln riss. Rage bellte ein Stück entfernt am Straßenrand, verursachte eine Unruhe, die sich auf das nächste Pferd übertrug und eine Kette von Fehltritten unter den Reitern und dann den Verwaltern und schließlich den berittenen Soldaten hinter ihnen auslöste. »Genug, Conrad!«

»Dieses herrliche Wesen hat nicht für mich gesungen«, sagte Conrad, der weitersprach, als würde er die Unruhe gar nicht bemerken. »Mutter Armentaria, so hieß sie, glaube ich. Ich mache mir tatsächlich Gedanken über meinen Verwandten und dieses dunkle Wesen, das sich am Kleid der heiligen Frau festhielt und mich mit braunen Augen ansah. Ein einnehmendes Wesen. Es könnte das Kind eines Bettlers sein oder das eines Prinzen. Wie können wir das wissen, wenn die Mutter nicht sprechen kann oder will?«

Er warf Alain einen Blick zu, ehe er seine Aufmerksamkeit wieder auf die Höflinge richtete.

»Es heißt, dass Prinz Sanglant, selbst ein Bastard, einhundert Bastarde gezeugt hätte«, sagte einer der jüngeren Männer. »Aber ob das stimmt?«

»Er ist ein gutaussehender Mann«, sagte Conrad. »Wäre ich als Frau geboren und nicht als Mann, ich würde vermutlich versuchen, ihm einen Kuss abzuringen. Und ich kann ihn nur beneiden, denn er hat eine echte Schönheit zur Frau, ein hübsches Wesen, das so strahlt wie Feuer.«

»Mit einer unsicheren Ahnenkette«, sagte Sabella. »Sie sind vermutlich beide Bastarde. Sie ist exkommuniziert und als Zauberin angeklagt worden.«

»Ja, das stimmt«, sagte Conrad mit einem schiefen Lächeln. »Da ist es nur gut, Sabella, dass wir beide uns daranmachen, das kostbare Königreich unseres Großvaters von solchen Eroberern zu befreien.«

»Unseres Urgroßvaters«, sagte sie schroff. »Tallia ist eine entfernte Verwandte von dir.«

»Ja, in der Tat, entfernt genug, dass wir mit der Zustimmung der Kirche verheiratet werden könnten«, pflichtete er ihr freundlich bei. Seine Miene verriet Erheiterung. »Aber als ich meine Bitte an anderer Stelle vorgebracht habe, hielt mein teurer Verwandter Henry meine Verwandte Theophanu für zu nah verwandt, um der Verbindung zuzustimmen.«

»Sprich nicht über Henry!«

Ihr Blick sollte ihn bezwingen, aber Conrad lächelte. »Wir sind umgeben von Verbündeten, Sabella. Niemand in unserem Gefolge wird der Kirche vorjammern, dass ich eine Blutsverwandte geheiratet habe. Wie weit entfernt? Sieben Grade? Acht? Sechs? Weit genug, abgesehen von Henrys Geschmack, da er eine solche Verbindung zwischen seinen Kindern und meinen nicht dulden wollte.«

»Er hatte Angst vor dir.«

»Vielleicht. Ich glaube, dass Henry die ganze Zeit nur gewartet hat.«

»Worauf?«, fragte sie, und sämtliche Höflinge drehten die Köpfe, als sie erst Sabella und dann Conrad ansahen, dann wieder Sabella, bis ihre Blicke schließlich an Conrad hängen blieben.

»Darauf, einen Weg zu finden, wie er Sanglant über Sophias Kinder hinweg zum Erben erheben könnte. Und er hat einen gefunden. Wir kämpfen nicht gegen Sanglant, sondern gegen Henrys gefühlsduselige Zuneigung zu dem Kind, das das eine nicht haben konnte, was Henry ihm am liebsten gegeben hätte. Aber er hat es dennoch bekommen. Sanglant hat immer seinen Willen bekommen, auch wenn er niemals schadenfroh oder schroff deshalb gewesen ist. Der beste aller Männer!«

Sabella lächelte hart. »Das sagst du, Conrad? Willst du deine Soldaten nach Osten führen, um dich mit ihm zu verbünden? Mit dem besten aller Männer?«

Conrad hatte ein ansteckendes Lachen, in das alle anderen einstimmten. Als der Anfall von Heiterkeit vorüber war, sprach er mit einer Stimme, die trotz des beschwingten Zaubers ernsthaft klang. »Ich bin mir sehr sicher über das, was ich will, was ich verdiene und was ich zu beanspruchen vorhabe.«

»Pferde ein Stück voraus, Herzog. Herrin.« Ein Feldwebel rief von der vordersten Linie der Reiter, und eine Woge – Männer, die ihre Schwerter zogen und Speere bereitmachten – rollte rückwärts durch die Truppe. »Nein, es sind nur die Kundschafter.«

Atto kehrte mit den drei Männern zurück, die vorausgeschickt worden waren, um ihm beim Suchen des Weges zu helfen und sicherzustellen, dass er nicht davonlief. Der Junge wirkte ziemlich nervös, er schwitzte und war blass. Seine Haare sahen aus wie ein Rattennest, da er nicht aufhören konnte, mit den Händen hindurchzufahren. Er beriet sich mit Sabellas Hauptmann, und als sie schließlich an eine Weggabelung gelangten, ritten sie nicht auf dem Hauptweg weiter, sondern wandten sich auf einem holprigen Pfad durch zerklüftetes Waldland. Hier konnten sie nur zu zweit nebeneinander reiten, und so bildeten sie eine lange Reihe. Die Edelleute kämpften um ihre Position, aber Alain ließ sich zurückfallen, wartete, bis der Hauptteil der Gruppe vorbei war, ehe er sich bei den Wagen wieder eingliederte. Er nickte dem Soldaten zu, der neben dem großen Käfig ritt, der für das Guivre gedacht war.

»Herr«, sagte Hauptmann Tammus zögernd und senkte den Blick, während sich seine Hände fest um die Zügel schlossen.

Kummer knurrte tief in der Kehle, aber Alain ließ den Hauptmann und die ersten Wagen ebenfalls vorbei. Er begab sich hinter die Versorgungswagen mit ihren Fässern mit Bier und den Korn- und Mehlsäcken, den kleinen Käfigen aus gewebten Schösslingen mit den gackernden Hühnern und einer wütenden Gans. Drei mit Seilen angebundene Ochsen marschierten hinter einem Wagen, gefolgt von zwei Dutzend Schafen, zwei Schafhirten und ihrem schlauen Hund. Hinter dem letzten Wagen ging ein halbes Dutzend Männer, die jeder einen flachen Karren vor sich her schoben, in dem die zusammengebundenen Kadaver von Hirschen lagen.

»Woher sind die?«, fragte er eine Verwalterin.

Die Frau ritt auf einem kräftigen Pony und war jung und müde, die Haare waren mit einem blassgelben Tuch bedeckt. Sie trug einen Handschuh über der rechten Hand, während die linke unbedeckt war. Ein Ausschlag verlief über die drei Mittelfinger.

»Ihr wisst, wie es ist, Herr«, sagte sie vorsichtig. Sie erkannte ihn, wie es sich für eine gute Verwalterin gehörte. Sie musste jeden Edelmann und jede Edelfrau erkennen, die mit der Herrin ritten. »Drei unserer Jäger haben sie teilweise gestern und vorgestern erlegt. Die anderen kommen vom Gut. Die Leute jagen bereits früh in diesem Jahr Wildtiere. Die Schafe haben wir als Teil des Zehnten erhalten, zusammen mit dem Korn. Draußen im Wald werden wir keine nennenswerten Vorräte finden, denn nur wenige Menschen leben in der Wildnis. Wir müssen sie mit dem ernähren, was wir hier vorfinden.«

Er nickte, und zu ihrer offensichtlichen Erleichterung ließ er sich weiter zurückfallen, um mit der Nachhut zu reiten. Noch weiter zurück hätte er die Kundschafter der Nachhut gefunden, aber er blieb den Rest des Tages dort, wo er war. Das Land veränderte sich; sie betraten ein Gebiet aus steilen Bergen, zerklüfteten Felsauswüchsen und niedrigen Felszinnen, die aus der Erde aufragten. Immer wieder gab es Bäche, aber keinerlei Hinweise auf Behausungen. Die Leute flüsterten, dass sie sich dem Bau des Guivre näherten, das sich in einem Gewirr aus Steindämmen verbarg. Sogar die Tiere wurden nervös. Ein schwacher Gestank von verrottenden Kadavern tauchte hin und wieder mit der Brise auf, aber er verklang so rasch, wie er gekommen war.

9

Kansis Stimme kam früher als erwartet, hallte in der Dunkelheit. »Was für eine Kreatur sucht unser Land heim? Was war das?«

»Lass mich frei, und ich werde es dir sagen«, erklärte Liath. Ihre Stimme war heiser vom Weinen, und die Wut hatte sie erschöpft.

»Sag es mir!«

Obwohl Kansi-a-lari sie verfluchte und es ihr befahl, sagte Liath nichts mehr.

Danach herrschte eine lange Zeit Stille, in der sie schlief, trank, aß und wieder schlief. Obwohl sie keinen körperlichen Schaden erlitten hatte, fühlte sie sich zerschlagen und mitgenommen. Die rechte Gesichtshälfte, an der das Galla vorbeigestrichen war, fühlte sich so empfindlich an, als hätte sie sich die Haut an einem Stein aufgeschürft. Die Wunde im Oberschenkel schmerzte nicht so sehr.

Als die Erschöpfung sich gelegt hatte, blieb die Wut. Aber jetzt war sie klug genug, nicht Kansi-a-lari zu verfluchen. Sie hatte ihre eigenen Pläne und Hoffnungen, aber sie hatte nicht das

Galla gerufen. Liath hütete ihre Kraft und schmiedete eigene Pläne.

»Li'at'dano!«

Es schmerzte, den Namen in der alten Weise ausgesprochen zu hören, aber obwohl sie vor Wut schreien wollte, antwortete sie so ruhig, wie es ihr möglich war.

»Ich bin hier. Was willst du?«

»Die Antwort auf meine Frage. Diese Kreatur hat auf ihrem Weg durch unser Land ein Kind getötet, vier Erwachsene und viele wertvolle Ziegen. Sie sind bis auf die Knochen gehäutet worden. Ist das eure Weise, gegen uns zu kämpfen?«

»Lass mir weiteres Essen und Wasser herunter. Dann werde ich es dir sagen.«

»Ich weiß, wie viel du hast. Es reicht, wenn du es dir einteilst.«

»Ich will mehr. Und ein Messer.«

Sie lachte. »Kein Messer. Du wirst genügend Messer erhalten, wenn ich mich entschließe, dich den Priestern zu übergeben.«

Danach trat Stille ein, aber später hörte Liath ein schwaches Schrappen und ein noch ferneres Pochen.

Kansi sprach aus der Dunkelheit. »Beantworte meine Frage. Ich habe getan, worum du gebeten hast.«

Sie ist oberhalb von mir.

»Ich werde sprechen«, sagte Liath. »Wenn ich mich davon überzeugt habe, dass ich bekomme, was ich haben will.«

Da Kansi-a-lari von hoch oben sprach, hätten die Nahrungsmittel eigentlich an der gleichen Stelle auf dem Boden aufkommen müssen, an der sie sie beim ersten Mal gefunden hatte. Da dies nicht so war, musste es andere Öffnungen geben, die ihren Salamanderaugen verborgen waren. Kansi-a-lari konnte nicht von einer Stelle aus sprechen, an der Tageslicht herrschte, sonst hätte Liath zumindest einen kleinen Lichtfetzen sehen müssen. Eine Höhle über einer Höhle? Fels schützte Kansi. Liath konnte nicht spüren, wo sie war, sie fand ihren Geruch nicht, nicht einmal ihre Anwesenheit, abgesehen von ihrer Stimme.

Sie ging die Wand entlang, strich mit ihren Füßen über den Boden und stellte fest, dass ihr Bein heftig schmerzte. Nach vierhundertfünfunddreißig Fußschritten stieß sie auf Gegenstände: ein Dutzend knollenförmige Früchte; ein Dutzend Fladenbrote; drei große Lederbeutel mit einem süß schmeckenden Nektar; ein Käse, der besser schmeckte, als er roch; Eier, die in öliger, ungekämmter Wolle lagen.

Kein Messer.

»Ich bin zufrieden«, sagte sie laut, »dass du in dieser Angelegenheit aufrichtig gewesen bist. Lass mich frei.«

»Das werde ich nicht tun.«

»Dann hör zu. Dieses Wesen heißt Galla. Es kommt aus einer anderen Ebene der Existenz.«

»Vom Äther?«

»Das glaube ich nicht. Tritt durch eine Lücke in der Mauer, und du kannst vielleicht in einen verborgenen Garten gelangen. Tritt durch die Sphären, und du kannst in andere Welten gelangen.«

»Eine seltsame Bemerkung«, sagte Kansi. »Sprich weiter.«

»Die Galla werden mit Blut auf diese Welt beschworen. Diejenigen, die sie rufen, gewähren ihnen ihre Freiheit durch einen Namen. Sie müssen die Person jagen und verschlingen. Wenn sie diejenige verschlungen haben, die sie suchen, öffnet sich die Lücke in der Mauer, und sie können nach Hause zurückkehren.«

»Warum hast du es gerufen?«

»Ich habe es nicht gerufen. Ich bin schon zuvor von solchen Wesen angegriffen worden. Deshalb weiß ich, was sie sind.«

»Wie hast du dich davon befreit? Gibt es einen Bann?«

Ihre Kehle zog sich zusammen, aber schließlich fand sie ihre Stimme, denn sie musste sprechen. »Greifenfedern können die Galla vertreiben. Es ist die einzige Möglichkeit, sie zu verbannen, die ich kenne.«

»Du bist nackt zu uns gekommen, abgesehen von deinen Kleidern. Wie hast du dieses verbannt?«

»Du magst glauben, dass ich mit nichts herkam, aber ich habe es dennoch verbannt.« Sie musste weitermachen, ehe sie zu viel dachte und in Tränen ausbrach. Sie loderte vor Wut, und sie durfte nicht vergessen, wer wirklich die schuldige Person war. »Ich habe jetzt keine Greifenfedern mehr. Wenn ein weiteres Galla kommt, bin ich hilflos.« Sie konnte nicht schlucken; sie konnte nicht einmal sprechen, ohne dass ihre Stimme zitterte. Aber warum auch nicht? Sollte Kansi glauben, dass sie Angst hatte. Es war die Wahrheit.

»Wenn du mich lebend willst, solltest du begreifen, dass ich jetzt hilflos gegenüber den Galla bin. Und du solltest Folgendes wissen: Die Galla sind auch hinter deinem Sohn her.«

»Zuangua hat gesagt, dass Sanglant Greifen hat. Er ist gut geschützt. Kluger Junge!«

»Er *hatte* Greifen. Sie sind zurück nach Osten geflogen, um zu brüten. Er hat sieben Federn übrig. Für jedes einzelne Galla, das auftaucht, eine weniger. Willst du ihn sterben lassen, wenn er keine Greifenfedern mehr hat?«

»Ich kann gegen diese Galla ohne Greifenfedern nicht kämpfen? Dann sag mir, Liathano, wenn du dich so um meinen Sohn sorgst: Welcher Zauberer hat das Galla aufgefordert, dich zu jagen?«

Liath lächelte, ihre Lippen formten ein stummes Gebet, als sie ihre Worte abwägte und schließlich sprach. »Ich weiß es nicht genau, wie ich zugeben muss. Es gibt allerdings nur einen Menschen, der in der Vergangenheit das Wissen und die Fähigkeit und auch den Wunsch hatte, Galla zu rufen. Ihr Name ist Schwester Venia, einst auch bekannt als Bischöfin Antonia von Mainni. Ich weiß nicht, wo sie jetzt ist.«

Es herrschte so lange Schweigen, dass Liath schließlich zu dem Schluss kam, dass Kansi gegangen sein musste. Sie öffnete eine der Früchte und kostete das süße Innere. Das weiche Fruchtfleisch kam ihr leicht bitter vor. Sie wischte sich das Kinn mit den Fingern ab und schleckte die Flüssigkeit auf.

Kansis Stimme erklang in der Dunkelheit und überraschte sie. Der Ton war kühl und verursachte Liath eine Gänsehaut. »Meine Leute werden sie finden und sich mit ihr beschäftigen.«

»Wieso hältst du mich hier fest?«

»Das ist eine dumme Frage. Du bist – wie würden sie es am Hof von Wendar nennen, dieses Spiel mit geschnitzten Figuren, die über ein Brett geschoben werden? Du bist eine Schachfigur für mich. Mit dir in der Hand habe ich die Macht über jene, die dich für sich haben wollen.«

»Wer könnte das sein?«, fragte Liath, denn es kam ihr seltsam und unheilvoll vor, dass Kansi in der Mehrzahl gesprochen hatte.

»Die Blutmesser, und natürlich« – sie unterbrach sich einen Augenblick, ehe sie weitersprach – »mein Sohn.«

»Sanglant will Frieden. Und er braucht Frieden, um das Land nach der Umwälzung wiederaufzubauen. Wieso willst du gegen ihn kämpfen?«

»Ich möchte mein Volk beschützen. Wir können der Menschheit nicht trauen.«

»Du hast ihn von Henry aufziehen lassen.«

»Das war der Beschluss des Rates der Älteren. Ein armseliger Plan, der fehlgeschlagen ist. Wir werden es besser machen, das verspreche ich dir.«

»Diese Zeit ist längst vorüber. Wir müssen einander vertrauen, um zu überleben.«

»Ermüdende Worte. Glaubst du wirklich daran?«

»Sanglant ist nicht dein Feind.«

Es kam keine Antwort darauf, und nach einer Weile musste Liath akzeptieren, dass Kansi gegangen war.

Also gut. Sie ruhte sich noch ein bisschen aus, aß und trank noch etwas. Sie begann mit den rohen Eiern, die sicherlich zerbrechen würden. Danach rieb sie an einem der stumpfen Steine herum, um schärfere Kanten zu erzeugen. Sie nahm ihre Obertunika aus Wolle ab und entledigte sich des leichten Untergewands aus Leinen, ehe sie die Wolltunika wieder anzog. Die Wolle kratzte, aber es war besser, die festere und wärmere Tunika aufzuheben. Mit der Schneide trennte sie verschiedene Streifen ab, und mit einiger Mühe gelang es ihr, mit Knoten und Schlaufen sämtliche Nahrungsvorräte an der Hüfte zu befestigen. Sie aß die restlichen Eier, erhob sich und ging umher, sprang hoch, um die Festigkeit der Knoten zu prüfen.

Sie hielten.

Der Mitte der Höhle zugewandt, rief sie nach ihren Flügeln.

Sie flackerten und verklangen so rasch, dass sie Nachbilder hinter ihren Augen zurückließen. Sie versuchte es erneut, aber es hatte keinen Zweck. Die Unterströmungen des Äthers pochten noch durch ihr Herz, aber etwas fehlte: Li'at'danos Macht, die sie von der anderen Seite des Tores gerufen hatte.

Waren immer zwei nötig gewesen, um das Tor des brennenden Steins zu öffnen? War ein Band zwischen dem einen und dem anderen gewebt worden? Musste sie mehr Aufmerksamkeit aufwenden, oder verschwand der brennende Stein langsam aus dem Bereich der Welt?

Sie wischte sich brennende Tränen aus dem Gesicht und kratzte sich die juckenden Schultern, gestattete sich einen Ausbruch von enttäuschter, überwältigender und verzweifelter Wut, nicht in Gestalt eines Schreis, sondern als eine Woge von Gefühlen, die über sie hinwegschwappten wie eine Flutwelle über ein Ufer.

»Liath.«

Augenblicklich war sie hellwach. Auf diese Weise reagierten Hunde, wenn sie einen Feind rochen. Jedes Wesen reagierte so. Sie fühlte sich klar und leer und scharf wie Stahl.

»Liath«, sagte er wieder.

Es war wie eine Halluzination, denn es gab keine Möglichkeit, dass Hugh von Austra an diesem Ort und zu dieser Zeit mit ihr sprechen konnte, während sie mitten im Herzen des Landes der Ashioi gefangen war.

Aber es war seine Stimme, und es war seiner Stimme eindeutig anzuhören, dass er wusste, dass sie dort war.

Als sie nicht antwortete, sprach er weiter.

»Ich bin ein Gefangener der Ashioi.«

Bei dieser Bemerkung rührte sie sich, denn aus irgendeinem Grund fand sie sie erheiternd. »Nicht so sehr gefangen wie ich, wie es scheint, da du dort bist und ich hier bin. Wie kommt es, dass sie dich gefangen haben?«

»Sie haben mich auf der Straße aufgegriffen, als ich vor Königin Adelheid geflüchtet bin.«

Er machte wieder eine Pause, und sie spielte weiter mit. »Was für einen Grund hattest du, vor Königin Adelheid zu fliehen? Wenn ich mich recht entsinne, bist du ihr Verbündeter gewesen.«

»Nicht mehr. Adelheid beschuldigt mich, Henry getötet zu haben.«

»Glaubst du tatsächlich, dass ich dich für unschuldig an Henrys Tod halte?«

»Glaub, was du willst. Adelheid hat versucht, mich zu töten.«

Liath enthielt sich einer Bemerkung.

»Ich habe Gnade von Adelheid weggeholt«, fügte er hinzu.

Gnade! Der Name brachte sie zu Fall. Sie sank auf den Boden, lag ausgestreckt da. Ihre Hände waren taub geworden. Hughs weiche Worte strömten über sie hinweg.

»Ich habe sie aus der Gefangenschaft befreit. Adelheid hätte sie als Rache für den Tod von Berengaria umbringen lassen.«

Sie versuchte, Worte hervorzubringen, und stellte fest, dass sie sprechen konnte. »Wer ist Berengaria?«

»Das jüngere Kind. Sie hatte zwei von Henry, Mathilda und Berengaria.«

Zwei Kinder, Henrys jüngste Nachkommen. Natürlich erinnerte sie sich daran. Sie hatten einen Anspruch auf den Thron, den viele als berechtigter empfinden mochten als den von Sanglant, auch wenn ihre Mutter aus Aosta stammte.

»Ich habe Gnade weggeschafft, um sie vor Adelheid zu retten. Die Ashioi haben uns ergriffen. Wir sind Gefangene hier, wie du.«

Die Geschichte ergab keinen rechten Sinn, aber es spielte keine Rolle. Sie wischte sich Schweiß von der Stirn, obwohl es nicht heiß war.

»Wie ist Gnade in Adelheids Gewahrsam geraten?«

»Sie und ihre Gruppe sind von Adelheids Soldaten auf der Straße in der Nähe von Novomo aufgegriffen worden. Wie konnte der Vater des Kindes sie so sorglos in Aosta zurücklassen? Ich hätte das nicht getan.«

Sie zögerte. Sie wusste, dass sie sowohl ihre Fragen als auch ihre Antworten so genau formulieren musste, dass sie die nötigen Informationen erhielt, ohne zu viel zu verraten. »Sie war zu krank, um fortgeschafft zu werden«, sagte sie so ruhig, wie es ihr möglich war.

Er lachte. »Sie hat sich erholt. Ihr Onkel Zuangua bildet sie zur Kriegerin aus. Du und ich jedoch haben ein gemeinsames Ziel. Wir möchten entkommen. Ich werde dir helfen.«

Sie begann plötzlich – zwischen dem einen Atemzug und dem nächsten – zu zittern, aber es gab nichts in Armeslänge, mit dem sie es hätte ersticken können. Schließlich fand sie jenseits von Lachen und Weinen zurück zur Vernunft. »Als Gegenleistung für was?«

»Für gar nichts. Ich will nur Wendar helfen.«

Nachdem sie den ersten Schock überstanden hatte, entlockte ihr das jetzt ein schreckliches Lächeln. Sicherlich war Hugh zu raffiniert, um anzunehmen, dass sie so etwas glaubte!

»Ich finde es eigenartig, dass kleine Gruppen von Ashioi-Kriegern in Wendar zuschlagen. Sie tauchen unangekündigt auf und ohne jeden Hinweis, wie sie dorthin gekommen sind und wohin sie danach gehen. Ein Mathematikus jedoch, der gemeinsame Sache mit den Ashioi macht, könnte durchaus Tore durch die Kronen für solche Plünderungszüge weben. Wie sollte das Wendar helfen?«

»Mein Plan ist tiefgründiger, als es auf den ersten Blick aussieht. Ich habe vor, Federkleid zu vernichten.«

»Das behauptest du. Viele unschuldige Menschen haben ihr Leben verloren.«

»Aber die übrigen werden dadurch in Frieden leben.« Er schwieg, wartete auf ihre Antwort.

Ein erstaunliches Gefühl des Friedens breitete sich in ihr aus.

Hugh besaß keinerlei eigene Macht, nur das, was seiner Rache gegenüber anderen entsprang; ein Mann, der mit einem Schwert bewaffnet gezwungen war, sich auf dem Schlachtfeld wohlgeordneten Reihen von Bogenschützen und Reitern zu stellen. Dies machte ihn nicht weniger gefährlich. Ein Mann mit einem Schwert konnte immer noch jeden töten, der in seine Reichweite gelangte. Solange Hugh in der Lage war, andere unter seinen Willen zu zwingen, konnte und würde er seinen Feinden schaden und jeder unschuldigen Seele, die ihm im Weg stand.

Er war das uneheliche Kind einer mächtigen Edelfrau, die ihn erbärmlich benutzt hatte, die ihm Ausbildung und Begierden ohne jede Möglichkeit gegeben hatte, sie zu benutzen, und ohne ihm die Willenskraft zu vermitteln, sie zu zügeln. Markgräfin Judith hatte ihn in der Kirche untergebracht, wo er sich zum Presbyter erheben konnte, was er über einen Umweg auch getan hatte. Aber Presbyter zu werden hatte Hugh nicht gereicht. Er wollte eine andere Macht, und die einzige Möglichkeit, sie zu erhalten, war die Zauberei. Er hatte die Macht durch Adelheid geschwungen, indem er Henry verzaubert hatte, weil er keine Macht in seinem eigenen Herzen besaß.

Jeder Mensch, der gewillt ist, zu tun, was richtig ist, besitzt eine bestimmte Macht, als wie dünn dieser Halm sich im Sturm auch erweisen mag. Aber am Ende, in Gottes Herz, ist es die einzige Macht, die zählt.

Hugh hatte noch vor allen anderen bemerkt – abgesehen von Pa und jenen, die wussten, was sie war –, dass sie eine Macht besaß, die er haben wollte. Aber es war das Feuer in ihrem Innern, das er begehrte, nicht sie selbst. Niemals hatte er sie gewollt, den Menschen, mit dem Sanglant so bereitwillig stritt, dem er schmeichelte, über den er sich ärgerte und den er liebte.

Sie hatte, was Hugh haben wollte. Sie war das, was Hugh sein wollte.

»Wie lautet dein Plan?«, fragte sie.

»Ich habe ein Seil. Ich werfe es zu dir runter und ziehe dich hoch. Wir können durch die Krone entkommen, die hier in der Nähe ist.«

»Wo ist sie?«

»Ein paar Tagesmärsche entfernt jenseits der Weißstraße.«

»Also schön. Wirf das Seil runter.«

Sie hörte ein Scharren, als es sich entrollte. Das Endstück kam mit einem leichten Poltern auf dem Boden der Höhle auf. Sie tastete nach der eingeölten Wolle, fand sie und warf sie hoch in die Luft, rief dann Feuer in diese Wolke. Sie flackerte auf.

Da! Entlang der glatten Höhlenwand baumelte das Seil mit nichts weiter als einer kleinen Schlaufe auf dem Boden. Sie griff danach, ehe die Wolle ganz verbrennen konnte.

Sie riss kräftig an dem Seil, aber es hielt.

»Ich habe es schnell gemacht. Du musst dich beeilen. Binde es um deine Taille, und ich werde dich hochziehen.«

»Wie hast du mich gefunden?«

»Du bist an einem geheimen Ort mitten in ihrer großen Stadt gefangen.«

»Ich weiß. Wie hast *du* mich gefunden?«

»Die Priester sind wütend, sie beanspruchen ein Opfer. Es ging das Gerücht, dass eine Plünderungsgruppe eine mächtige Gefangene gemacht hat, aber niemand von diesem Plünderungszug wollte darüber sprechen. Das Federkleid muss keine Fragen beantworten.«

»Federkleid?« Sie erinnerte sich an Federkleid, diese ernste und schwangere Anführerin, die sie aus dem Land der Ashioi verbannt hatte.

»Sanglants Mutter ist jetzt Federkleid.«

Sie stieß ein überraschtes Lachen aus, das wie ein Schnauben klang. Sanglants Mutter hatte bei den Ashioi die Zügel der Macht ergriffen. Was war mit dem anderen Federkleid geschehen?

»Hat Federkleid dir gesagt, dass ich hier bin?«

»Nein. Ich bin ihr Gefangener. Meine Informationen erhalte ich aus anderen Quellen.«

Zweifellos eine Frau – irgendeine Kriegerin, die ihm die Wahrheit erzählt hatte in der Hoffnung, dafür sein Lächeln zu erhalten und vielleicht auch einen Kuss. Frauen konnten wirklich dumm sein. Liath hoffte, an diesem Tag nicht auch eine von ihnen zu sein. Sie bezweifelte nicht, dass Hugh log, sie wusste nur nicht, welcher Teil seiner Geschichte falsch war und welcher stimmte.

Gnade hat sich erholt. Sie ist am Leben. Sie lebt.

»Ich will ein Messer, bevor ich hochkomme«, sagte sie. »Um mich verteidigen zu können. Ich habe keinen Grund, dir zu vertrauen.«

»Wenn du mir nicht vertraust, wirst du ihre Gefangene bleiben. Angewiesen auf ihre Gnade. Weißt du, was die Priester ihren Opfern antun? Wieso man sie als Blutmesser bezeichnet?«

»Ich will ein Messer. Sonst werde ich nicht hochkommen.«

»Wenn ich es fallen lasse, könnte es dich treffen.«

Sie glitt zehn Schritte an der Wand zurück. »Ein Messer, oder ich komme nicht hoch«, rief sie.

»Bitte, Liath. Wenn wir zu lange warten, könnten wir bemerkt werden.«

»Ein Messer.«

Er wollte sie so unbedingt, dass er sich verriet. Ein Gegenstand schürfte über Stein. Stille verschluckte den Fall hinunter auf den Boden, bis er klirrend auf dem Stein aufkam.

Welcher Narr gab einer Gefangenen ein Messer?

Wie kam es, dass Hugh von Austra sich mit den Ashioi verbündet hatte?

Sie tastete sich in der Dunkelheit voran, kniete nieder und fuhr mit der Hand über den Stein, bis sie die kühle Klinge fand. Gutes Eisen. Der Griff trug ein eingraviertes Wappen, das sie erspüren konnte: Es war der Buchstabe »A«, umgeben von einem Kreis.

»Liath, du musst dich beeilen«, sagte er.

Sie stand auf, packte das Seil und sah nach oben. Der Fels verhüllte ihren Blick, ebenso wie den Anblick, der jenseits jener

Dinge lag, die man mit offenen Augen sehen konnte. Stein war schwer und bewegte sich langsam, aber da war etwas, eine Anwesenheit. Es war, als könnte sie Hughs Gestalt riechen, wie man einen Duft roch: Lavendel für Schönheit, Eisenhut für Tödlichkeit und dann noch etwas weniger Fassbares, etwas Verzerrtes und Vermoderndes.

Sie konnte ihn nicht ganz erfassen, aber sie erklomm das Seil mit ihrem Bewusstsein so hoch hinauf, wie es ihr möglich war, bis zu einer Stelle, an der es sich an einer Wölbung im Dach anspannte, vielleicht bei einem schmalen, senkrechten Tunnel. Dort, wo das Seil im Nichts verschwand, berührte sie das schlafende Feuer in seinem Innern und befahl ihm zu brennen.

Der Ruf erweckte Feuer. Das Seil brannte heftig, weit über ihr und außerhalb ihrer Sichtweite. Das rote Glühen spuckte Aschefunken, und sie riss daran. Das Seil fiel auf sie hinunter, das fransige Ende qualmte und wurde schwarz.

»Oh, Gott! Liath!«

Sie musste nicht antworten. Sie hatte, was sie wollte. Das Glühen spendete ihren Salamanderaugen genügend Licht. Sie schlang sich das Seil über die Schulter und wand es wie eine Schärpe um ihren Körper, hielt das brennende Ende von sich weg und prüfte die Knoten des komplizierten Gebildes mit den Vorräten, die sie am Körper trug. Es würde halten.

Sie ging in die Dunkelheit. Als sie sich dem schwarzen Turm näherte, fand sie, was sie gehofft hatte: Stufen, die in die Tiefe führten.

10

Am späten Nachmittag ritt er auf eine Lichtung, die von stattlichen Buchen umgeben war, die gerade neue Blätter bekamen. Dahinter befand sich ein Gewirr aus verschiedenen Bäumen; viele der großen neigten sich zur Seite oder waren umgestürzt.

Schlanke Schösslinge und dichtes Gebüsch behinderten die Sicht. Die zerbröckelnden Reste einer uralten Mauer befanden sich auf der Lichtung. Die Mauer war an keiner Stelle mehr als kniehoch, aber sie stellte dennoch ein Hindernis dar und ließ sie nicht völlig ungeschützt gegenüber dem, was immer auch der Wald bringen mochte. Zelte wurden im Innern der Ruine aufgebaut, Feuerstellen wurden errichtet, das Wild wurde gehäutet und zerteilt und dafür vorbereitet, dass es auf Spießen über der steinernen Feuerstelle gebraten werden konnte. Die Innereien wurden den Jagdhunden vorgeworfen, um sie bei Kräften zu halten, obwohl sie in jedem Dorf als Eintopf verwendet worden wären. Alain hatte am Tag zuvor vom Essen einige Knochen beiseitegeschafft, und auf ihnen kauten Rage und Kummer jetzt herum, während er durch das Lager ging, dabei hier und dort mit den Bediensteten und Soldaten sprach.

Schließlich erreichte er die Stelle, an der sich eine zweite Ruine innerhalb der ersten auftat. Hier aßen und schliefen die Edelleute, vom Hauptlager getrennt durch eine Wand aus Pfosten, an denen Stoffe gespannt waren. Es gab keine Wachen an diesem Tor.

Bedienstete und Soldaten bewegten sich ungezwungen, aber niemand hielt sich länger in dem Bereich auf, in dem die Edelleute entspannt auf Stühlen sitzend auf das Essen warteten. Die Edelmänner und Edelfrauen lachten und plauderten. Alain entfernte sich, um zu pinkeln, ließ das Lager hinter sich zurück und trat zwischen die Bäume. Die Hunde hoben die Köpfe und schlugen ein paarmal mit den Schwänzen, knurrten zur Warnung, dass ihm jemand gefolgt war. Als er fertig war, grüßte er Herzog Conrad, der von einem Schwarm von Edelleuten, Bediensteten und treuen Soldaten begleitet wurde. Die Hälfte von ihnen tat es dem Herzog gleich und pinkelte ebenfalls. Als der Herzog jedoch fertig war, winkte er seine Gefolgsleute weg und deutete auf das moosbewachsene Stück einer oberschenkelhohen Mauer, die mit Geißblatt und Krokus bewachsen war.

»Eine hübsche Bank«, sagte Conrad freundlich, aber Alain sah seinem Lächeln an, dass er Gehorsam erwartete.

Sie setzten sich hin und betrachteten die Bäume um sie herum, die Eichen und Weißbuchen und verstreuten Eschen, dann auch den stolzen Ring von Buchen, die offensichtlich vor Jahrzehnten zu einem unbekannten Zweck gepflanzt worden waren. Kummer und Rage ließen sich zu Alains Füßen nieder, starrten Conrad fest an.

»Ihr seid sehr still«, sagte der Herzog. »Zumindest meistens.« Ein Diener näherte sich, und Conrad neigte leicht den Kopf. Der Mann zog sich zurück. Der Schwarm von Edelleuten war mittlerweile außer Hörweite, gewährte ihnen ein gewisses Maß an Frieden. »Was denkt Ihr, Edelmann Alain? Welcher Stachelstock treibt Euer Pferd an? Neidet Ihr mir meine Frau?«

»Sollte ich das Eurer Meinung nach tun?«

Er lächelte, während er den Blick kurz von Alain abwandte. »Es wäre nur normal, den Mann zu beneiden, der den Schatz besitzt, den man selbst einmal besessen hat.«

Alain wartete. Obwohl Conrad die Ausstrahlung eines ruhelosen und tatkräftigen Mannes verströmte, besaß er die ungewöhnliche Fähigkeit, ohne den geringsten Anschein von drohender Ungeduld sitzen zu können. Männer gingen in den Wald, und bei den sich ihren Blicken entziehenden Feuerstellen erklang Gesang, ein unanständiges Lied, das die Liebesabenteuer eines jungen Mannes beschrieb, der von einem besonderen Körperteil gequält wurde, dessen Größe sich in Abhängigkeit vom Wetter veränderte. »Aber als die Sonne herauskam, oh! Als die Sonne herauskam!«

Conrad lächelte leicht, aber er rührte sich nicht, während weitere Verse folgten.

Als Alain begriff, dass weder Conrads Schweigen noch der Gesang bald ein Ende haben würden, fühlte er sich zu einer Antwort verpflichtet. »Es hat mir leidgetan, Graf Lavastin zu enttäuschen, der sich auf einen Erben gefreut hat.«

Conrad bückte sich und pflückte eine Pflanze. »Falscher Balsam.« Er zerbröselte die Blätter in seiner großen Hand und hielt sie sich unter die Nase. »Nicht mein Geschmack, der Geruch dieser Pflanze. Hat Lavastin Euch wirklich für seinen Sohn gehalten? Oder war das nur eine Lüge? Nicht dass es für mich eine Rolle spielt. Ich bin zufrieden, wie es zwischen Euch und mir ist. Ich bin nur neugierig.« Er deutete auf die Hunde. »Sie verleihen Euch einen starken Anspruch. Es ist bekannt, dass die schwarzen Hunde auf niemanden hören als den rechtmäßigen Erben der Grafschaft Lavas. Dass sie jeden anderen Menschen töten würden, der sie für sich beansprucht.«

Er pfiff leise, streckte eine Hand mit der Handfläche nach oben aus. Sowohl Rage als auch Kummer winselten erbärmlich und klopften mit den Schwänzen auf den Boden, als sie Alain um Erlaubnis baten.

»Geht ruhig«, sagte Alain, und die Hunde näherten sich Conrad. Sie schnüffelten an seinen Knien und gaben Laute von sich, die kein richtiges Knurren waren, als sie ihm gestatteten, ihre riesigen Köpfe zu streicheln.

»Ich mag Hunde«, sagte Conrad. »Sie sind treuer als Menschen – natürlich mit Ausnahme meiner guten Kameraden.« Sein Lächeln bezauberte mühelos. »Ich vertraue darauf, dass meine Hunde sich nicht gegen mich wenden. Wie ist das bei Euch?«

»Bin ich Euer Hund?«

Conrad lachte. »Eine schwierige Frage. Doch erneut muss ich sagen, dass ich es nicht weiß. Ihr seid mit einem Ziel nach Autun gekommen. Wir haben Euch Lavas angeboten, und Ihr habt nicht direkt abgelehnt. Wir haben von einer Heirat mit meiner Tochter Berengaria gesprochen, die Euch die Möglichkeit bieten könnte, an ihrer Seite über Varre zu herrschen. Dennoch sehe ich in Euch keinerlei Verlangen danach, keinerlei Wunsch, unsere Gunst in dieser Sache zu erlangen. Ihr prüft nicht die Bande mit den anderen geringeren Edelleuten, über die Ihr eines Tages vielleicht herrschen werdet. Kein Beißen und Knurren irgendwelcher Vorrechte wegen.«

»Es tut mir leid«, sagte Alain. »Ich bin nicht das, was Ihr in mir seht.«

»So scheint es«, erwiderte Conrad, während die Hunde von ihm wegrückten und sich neben Alain niederließen. »Aber diese Hunde sind mir ein Rätsel. Ihr seid mir ein Rätsel. Was wollt Ihr?«

»Heilung.«

»Heilung der Narbe in Eurem Herzen? Die von der Hochzeit stammt, die schiefgelaufen ist? Von der Frau, die Euch entrissen worden ist und einem anderen gegeben wurde? Dem Verlust Eures Vaters? Dem Verlust von Lavas und seinen Reichtümern?«

»Ich bin nur ein Mensch. Beobachtet die Welt, Herzog Conrad, und Ihr werdet verstehen, was ich meine.«

»Ich habe mir eine Meinung über die Welt gemacht, Edelmann Alain. Sie ist ein grausamer Ort, der viele Gruben für die Unachtsamen bereithält. Entsprechend handle ich.«

»Das müssen wir alle tun.«

Conrad musterte ihn. »Ihr sprecht nicht von Lavas oder der Frau, die einst Eure Ehefrau war und jetzt meine ist. Ihr sprecht nicht von meiner süßen Tochter Berengaria, die Eure Frau werden könnte. Ihr sprecht nicht von Eurem möglichen Platz als Ehemann.«

»Nein, das tue ich nicht.«

Conrad verschränkte die Arme vor der Brust. Alain war groß, aber Conrad besaß zusätzlich zu seiner Größe auch eine breite Gestalt. Seine Arme waren kräftig von den vielen Jahren, die er in den Krieg geritten war und die Sense des Schnitters geschwungen hatte. Alain hatte wenige Männer getroffen, die eindrucksvoller waren als der Herzog von Wayland. Er besaß ein Schwert, und Alain nur seinen schlichten Stab und die Hunde.

Conrad rührte sich nicht, obwohl sein Stirnrunzeln sein Missfallen verriet. »So spricht ein Spion, der in meine Reihen geschickt wurde, um meine Geheimnisse auszukundschaften. Aber es heißt auch, dass weise Menschen in Rätseln sprechen. Sucht

Ihr Vergeltung für das Unrecht, das Euch angetan wurde, als Henry Euch die Grafschaft Lavas weggenommen hat?«

»War es falsch von ihm, mich als Graf von Lavas zu entfernen?«

»Ich kann diese Frage nicht beantworten! Edelmann Jeoffrey hat im Namen seiner Tochter einen berechtigten Anspruch. In seinem eigenen Namen, um die Wahrheit zu sagen, denn er ist der Urenkel der letzten Gräfin Lavastina und der Großneffe von Lavastins Großvater Charles Lavastin. Dennoch hat Jeoffrey es vorgezogen, seine Tochter an diesen Platz zu setzen, da sie ein Mädchen ist und die alte Grafschaft nach dem uralten Gesetz regiert wird.«

»Dem uralten Gesetz?«

»An das man sich auch noch in Alba hält, wie ich hinzufügen möchte, und in großen Teilen von Varre. Die Identität der Kinder einer Frau ist stets bekannt, da sie aus ihrem Leib gekommen sind. Die Nachkommen eines Mannes – nun, was immer jemand sagt, am Ende ist es stets eine Frage der Überzeugung. Deshalb wird eine Tochter dem Brauch nach immer gegenüber einem Sohn bevorzugt werden, da ihre Erben unzweifelhaft die Nachkommen ihrer Vorfahren sind. Jeoffrey hat sich mit dem alten Brauch verbündet, während Lavastin Euch gewählt hat, einen Jungen von unsicherer Herkunft. Zweifellos hat dies Henrys Entscheidung beeinflusst. Aber was Jeoffrey betrifft, ändert sich nicht viel, da seine Tochter noch ein Kind ist und er daher viele Jahre lang als ihr Regent herrschen muss.«

»Sie ist ein Krüppel. Sie hinkt als Folge eines Sturzes von einem Pony.«

Conrad hatte eine Vorliebe für Töchter. »Armes Wesen! Welcher unfähige Mensch hat ihr das Reiten beigebracht? Oder ihr das falsche Pferd gegeben?«

»Vielleicht war es nur ein Unfall.«

»Oder es wurde der Gerechtigkeit Genüge getan, wegen der Sünden ihres Vaters.«

»Ein unschuldiges Kind? Das glaube ich nicht.«

»Kennt Ihr denn Gottes Geist?« Conrad kicherte. »Ich frage meine Geistlichen jeden Tag, aber sie sind blind. Nur meine Frau behauptet, dass sie Gottes Wünsche auf ihrer Zunge trägt, und tatsächlich, Edelmann Alain, verachte ich sie. Sie ist ein wehleidiger, lügender, jammernder Schwächling, nicht besser als ein … ein … Gott wissen, dass es kein Wesen gibt, das ich so sehr verachte!«

»Sie verdient Respekt von dem Mann, der sie geheiratet hat.«

»So spricht die Kirche, aber sie ist nicht mit ihr verheiratet – obwohl sie es einst war. Dann hat man sie jedoch rausgeworfen, wegen ihres Wimmerns und Stöhnens! Sie hat mir nur einen Gefallen getan, und das ist Berry. Tallia würde das Kind verderben, wenn ich ihr ihren Willen ließe, was ich nicht vorhabe.«

»Tallia hat Euch ein Bündnis mit Edelfrau Sabella gebracht und Eurer Tochter den Anspruch auf den Thron von Varre.«

»Ja, das ist wahr. Ich bin voreilig darin, sie zu verdammen. Ein Herzogtum für Aelf und einen Thron für Berry. Oh, Gott. Meine arme Elene.«

»Wer ist das?«

»Unwichtig«, sagte er so kurz angebunden, dass beide Hunde starr wurden und sich erhoben. Sie knurrten und legten die Ohren an. »Etwas, das ich weggegeben habe, weil ich ein gehorsamer Sohn bin.«

Erstaunlicherweise weinte er. Alain war zu überrascht, um etwas sagen zu können, denn der Kummer des Grafen war so heftig und überschwänglich, dass es schien, als würde der Himmel aus Sympathie mitweinen, obwohl keinerlei Regen fiel und nur der Wind die spät blühenden Blätter zum Rascheln brachte und das ferne Geplapper der anderen Conrads Tränen begleitete.

Er seufzte, aber er wischte die Tränen nicht beiseite. Er war ein Mann, der sich nie für ein heftiges Gefühl entschuldigen musste.

»Ich hoffe, dass Euch das, was Ihr so schätzt, zurückgegeben wird«, sagte Alain. Der Zwischenfall bewegte ihn unerwarteterweise.

»Tut Ihr das? Sie ist tot. Ich bin gewarnt worden, dass das geschehen würde, und ich habe es in meinem Herzen gewusst. Wie also kann sie mir zurückgegeben werden? Nicht einmal ein Wunder kann sie nach Hause bringen.«

»Wer ist sie?«, fragte er erneut.

Conrad erhob sich. Er trug einen leichten Umhang gegen die Abendkühle. Der Saum legte sich über seine Hüften, und er ging davon, antwortete erst, als er einige Schritte zurückgelegt hatte. Und auch dann sprach er die Worte über seine Schulter, als wären sie ein Pfeil, der verletzen sollte. »Meine älteste Tochter. Meine eigene, geliebte Tochter. Meine Erbin, die jetzt nicht meinen Platz einnehmen wird, wenn die Zeit dazu gekommen ist. Henry hatte diesen Vorteil mir gegenüber, nicht wahr? Ich fühle mich geneigt, seine Wünsche zu zerstören.«

»Wer konnte Euch dieses geliebte Kind wegnehmen?«

»Meine Mutter. Der ich mein Leben schulde.«

Alain neigte den Kopf.

Kummer knurrte, und Rage hob die Ohren. Eine vertraute Gestalt trat zu ihnen, begleitet von drei jungen Männern, deren hübsche Gesichter von den Lampen beleuchtet wurden, die sie trugen.

»Da bist du ja, Conrad.« Trotz ihres Alters bewegte sich Sabella so leichtfüßig wie eine sehr viel jüngere Frau. Sie musterte Alain, der saß, und Conrad, der stand, sowie die wachsamen, wenn nicht gar bedrohlichen Hunde beiderseits von Alain. »Ich habe mich gefragt, wo du steckst. Gibt es etwas, das ich wissen müsste?«

Eine argwöhnische Frau sah überall Intrigen. Zweifellos trank die Herzogin von Arconia ausgiebig aus diesem Fluss.

»Du weißt alles, was ich weiß«, sagte Conrad. Er wischte sich das Gesicht ab, ehe er sie ansah.

Sie schnaubte. »Das bezweifle ich. Hättest du keine Geheimnisse vor mir, würde ich dich nicht achten.«

Conrad machte eine Handbewegung in Alains Richtung. »Was ihn betrifft, weißt du das, was ich weiß. Er äußert keinen Anspruch, stellt keine Forderung, verweigert nichts.«

»Abgesehen von dem Korn. Was hältst du davon?«

»Ich halte ihn für zu feinsinnig, um ihn beurteilen zu können.«

»Ein gewöhnlicher Mann, der eine Bedeutung vortäuscht, die er nicht verdient?«

»Glaubst du das?«

»Er wirkt nicht so auf mich«, gestand sie. »Kein Gewöhnlicher spricht mit solchen Worten und solcher Kühnheit zu Arnulfs Erben. Was habt Ihr dazu zu sagen, Edelmann Alain?«

»Nichts.«

Sie hatte eine seltsame Art, das Gesicht zu verziehen, wenn sie lächelte. Wenn sie jemals Glück erfahren hatte, lag es nun begraben unter einem Berg von irdischem Zynismus, der sie sehr gefährlich machen musste, weil er so sehr auf ihr Herz drückte. »Es ist meine Erfahrung, dass Leute etwas wollen, und dass sie es umso mehr wollen, je näher sie daran sind, es zu ergreifen. Seid Ihr ein Spion, der unsere Geheimnisse auskundschaften soll?«

»Nein.«

»Und doch seid Ihr hier. Nun. Lavas könnte wieder Euch gehören, und noch mehr als das. Die Menschen sind alle gleich. Schon ein kurzer Blick auf einen Schatz erregt ihre Aufmerksamkeit. Ist das nicht so, Conrad?«

»So lehrt es die Kirche«, erwiderte er, ohne sie anzusehen, als würden die Schatten des Waldes etwas verbergen, das er sehen musste. »Da draußen ist etwas«, sagte er mit einer veränderten Stimme.

Eine Wache rief eine Herausforderung, noch während er sprach. Ein zweiter Ruf versetzte das Lager in Alarmbereitschaft, aber als die Soldaten aufsprangen und die Bediensteten in den Schutz der Wagen liefen, kamen bleiche Gestalten aus dem Wald. Sie hielten die Hände ausgestreckt, murmelten die bekannten Sprüche.

»Ich bitte Euch, Edelleute. Habt Ihr etwas zu essen?«

»Nur ein kleines Stück Brot für mein Kind, bitte.«

»Bei der Barmherzigkeit Gottes, helft uns. Was immer Ihr entbehren könnt.«

»Bettler!«, rief Sabella und zog sich zurück. »Hauptmann! Vertreibt sie!«

Alain ging hinter ihr her. »Sicherlich könnt Ihr den Abfall für diese Leute entbehren. Sie sind harmlos und leiden.«

»Vertreibt sie!«, befahl sie.

Conrad wich in den Ring zurück, den seine Gefolgsleute gebildet hatten. Sie alle hatten die Schwerter gezogen. »Seid auf der Hut«, rief er. »Sie sind möglicherweise nur eine Ablenkung.«

Die Bettler zögerten, bevor sie das Lager betraten, als sie die Waffen sahen. Kinder schnieften auf den Hüften ihrer Mütter, und alle weinten, Erwachsene und Kleine gleichermaßen. Sie hatten Angst, und doch sah sich einer der halbnackten, hungernden Bettler hin und wieder zur tieferen Dunkelheit des Waldes um, als hätten Wölfe sie ins Licht getrieben. Aus dem hinteren Teil des Lagers hörte Alain Atto aufschreien, dann erklang das Geräusch von hastigen Schritten.

»Macht euch bereit!« Conrads Stimme trug weit; er wollte, dass auch jene ihn hörten, die ihn nicht sahen. »Wir werden sie abschlachten, meine Kameraden, und dann lassen wir Maden ihre Körper reinigen.«

»Nein! Nein! Ich kenne diese Leute!«, jammerte Atto. »Wie kommt es, dass meine Verwandten hier in der Wildnis betteln? Sie leben einen Tagesmarsch entfernt von Helmbusch und sind verwandt mit uns. Bitte! Bitte! Tut ihnen nichts! Sie sind unschuldig!«

Soldaten bezogen klirrend Position. Schilde bildeten eine Reihe, um vor Pfeilen aus dem Wald zu schützen. Ein Hornruf erklang zweimal. Pferde wieherten nervös.

»Tretet zurück!«, rief Conrad Alain zu.

Aber es waren Conrad und Sabellas Soldaten, die am leichtesten zu sehen waren, da sie mit den Rücken nah beim Feuer standen. Alain wusste, dass er in dem Zwielicht lediglich als Schatten zu erkennen sein würde. Die ungefärbte Leinen- und Wollkleidung der Bettler und ihre nackten Gliedmaßen machten sie deutlich sichtbar, aber er war durch die dunkle Kleidung geschützt, durch seine Handschuhe und die Stiefel, durch die dunklen Haare und die noch dunkleren Hunde. Er war nicht in Gefahr, nicht so wie die Bettler, die zwischen den Edelleuten und denjenigen gefangen waren, die tiefer im Wald hausten.

Er stand schweigend da, hörte Schritte und die gemurmelten Bemerkungen von Soldaten, das unruhige Lachen eines Edelmanns, das Klappern eines Astes, der gegen einen anderen stieß, das Schnauben der Pferde und das Klopfen eines Speers auf den Boden. Ein Kind wimmerte. In der Ferne schrie eine Eule, und er warf überrascht den Kopf zurück, lauschte so angestrengt wie möglich. Unter den Bäumen warteten die Wölfe, die in dieser Nacht jagten, verborgen vom Gebüsch und von den breiten Baumstämmen und dem unebenen Boden mit den niedrigen Felsen und knietiefen Höhlen. Die Gesetzlosen waren eine entschlossene, aber vorsichtige Bande, und er lauschte sorgsam, zählte jeden einzelnen Atemzug: achtunddreißig insgesamt – nein, es waren neununddreißig, hinter einer Esche. Nicht genug, um eine Kompanie anzugreifen, die dreimal größer und besser gerüstet war, sofern nicht ein sehr schlauer Verstand sie anführte, aber er roch und spürte keinen solchen Geist unter ihnen.

»Bleibt hier«, sagte er zu den Hunden. Er ging lautlos wie der Tod in den Wald, trat aus der Dunkelheit hinter jeden der kauernden Männer und legte ihnen die Hand auf den Kopf. Für jeden Einzelnen kam die Berührung so unerwartet, dass sie vor Schreck erstarrten.

»Geh«, sagte Alain jedes Mal im Flüsterton. »Jage nicht mehr die Schwachen und Hilflosen.«

Sie liefen weg, in einem Durcheinander von Schritten. Das Geräusch verwandelte sich schon bald in Tumult, wie ein kräftiger Regenschauer, und dann verlor sich das Prasseln in den Tiefen des Waldes, als auch der Letzte davonschoss. Er wartete, aber alles, was er hörte, waren die verhaltenen Rufe und Antworten vom Lager, als Conrad und Sabella ihre Wachen weiter vorn postierten, um die Dunkelheit zu ergründen. Und die stillen Qualen der zwanzig Bettler, die zwischen der Truppe und der Wildnis alleingelassen worden waren.

Er ging zu den Hunden zurück. »Herzog Conrad«, sagte er. »Ich bitte Euch, wenn Ihr mir ein Dutzend Wegebrote überlasst, kann ich sie diesen armen Bettlern als Almosen geben.«

»Tretet ins Licht«, sagte Conrad, und Alain tat es, stellte sich vor die Mauer aus Schilden, die auf der Ruine der äußeren Mauer errichtet worden war. Nach einem Augenblick kam ein Soldat mit sechs flachen Brotlaiben in den Armen, die von Reisenden während der Nacht auf den Kohlen gebacken wurden. Diese hier waren mehrere Tage alt.

»Was ist geschehen?« Conrad drängte zwischen den Schilden hindurch und stellte sich zu Alain, wachsam gegenüber den Geräuschen aus dem Wald.

Im Lager war das Schluchzen von Atto zu hören.

»Ich glaube, dass sie geflohen sind, als sie eine überlegene Streitmacht gesehen haben. Darf ich jetzt den armen Bettlern diese Brote geben?«

Conrad lachte. »Ein gottesfürchtiger Mann ist ein guter Verbündeter, sagen die Kirchenmütter. Ich werde mit Euch gehen.«

»Ich bete zu Gott, dass dies genug ist, um die Unglücklichen zu stärken«, sagte Alain, als sie sich ihnen näherten. Conrad ging unerschrocken neben ihm her, aber es war eindeutig, dass er sich jeden Einzelnen merkte, ihre Lumpen und die ausgezehrten Glieder eingehend auf Hinweise von Krankheiten musterte, ehe er ihnen eigenhändig ein Stück Brot gab. Der Schmutz und der Hunger beeindruckten ihn nicht. Jeder Mensch sah so etwas jeden Tag. Aber selbst starke Seelen konnten den Mut angesichts der Anzeichen von Pest oder Lepra verlieren.

Dies waren nur arme, landlose und hungernde Menschen, nichts Ungewöhnliches, abgesehen davon, dass sie sich so weit in die Wildnis zurückgezogen hatten und sich so dicht beim Bau des Guivre befanden. Als Alain und Conrad ins Lager zurückkehrten, schimpfte Sabella mit ihnen.

»Jetzt werden diese Kreaturen uns in der Hoffnung auf mehr zusetzen«, sagte sie. »Ihr habt sie nur ermutigt. Ich hoffe, sie haben den Jungen nicht gehört. Ich werde mich nicht mit einem Zug von Bettlern belasten.«

»Wohin sollen sie dann gehen?«, fragte Alain sie.

»Was geht mich das an?«

»Ihr seid die Herzogin hier in Arconia, soweit ich weiß«, antwortete er. »Gehen Euch diese Leute nichts an?«

»Wieso sollten sie? Was ist, wenn diese Diebe zurückschleichen und versuchen, uns ein zweites Mal zu überraschen?«

»Gott haben Euch diese Ländereien zur Verwaltung übergeben, oder nicht? Es ist Eure Pflicht und Verantwortung, eine gerechte Verwalterin zu sein. Selbst Bettler und Gesetzlose gehören zu Euren Untertanen.«

»Wie innen, so außen, sagen meine Geistlichen. Diese Bettler müssen schwerwiegende Sünden begangen haben, um auf solche Weise bestraft zu werden.«

»Glaubt Ihr, es sind nur ihre eigenen Sünden, die sie so erniedrigt haben? Dass sie verdienen, was sie erleiden?«

»Jeder von uns steht am Ende der Gerechtigkeit gegenüber. Ich werde mich nicht in die Strafe einmischen, die Gott für sie bestimmt hat.«

»Die Gerechtigkeit muss durch Barmherzigkeit gemildert werden. Welche Barmherzigkeit sollten Gott zeigen, wenn Ihr Eurerseits keine zeigt?«

Conrad schnalzte, während die Höflinge ihre Entrüstung darüber, dass mit ihrer Herrin auf solche Weise gesprochen wurde, leise in sich hineinmurmelten – noch dazu von einem Mann, der nur die Erwartung auf einen Rang hatte, aber keinerlei Ländereien und Titel besaß.

»Ihr wagt es, so mit mir zu sprechen?«, fragte sie. »Sollen sie sterben, wenn sie nicht die Kraft haben, zu überleben. Ich kann ihnen nicht helfen, und wieso sollte ich auch, wenn es meinem Anliegen schadet und meine Herrschaft schwächt? Nahrung, die ich diesen Unglücklichen gebe, kann ich nicht meinen Soldaten und Gefolgsleuten geben, die mir helfen. Was spielt es überhaupt für eine Rolle? Diese Kreaturen sind die geringsten von Gottes Schöpfung, sie stehen weit unterhalb von uns.«

Er schüttelte den Kopf. »Sagt das nicht. Bei der Geburt und im Tod sind wir alle gleich. Ihre Körper werden sich in Staub verwandeln, ebenso wie meiner. Ebenso wie Eurer.«

Ihr Gesicht wurde kalt, und sie biss die Zähne aufeinander, ehe sie ihre Stimme fand. »Ich werde das nicht länger dulden! Hauptmann! Bindet ihn und werft ihn in den Käfig. Er hat mich mit solcher Dreistigkeit beleidigt, dass er der Erste ist, der das Guivre ernährt.«

»Der das Guivre ernährt?«, rief Conrad. »Du hast doch wohl nicht vor, das Guivre mit Menschenfleisch zu füttern?«

»Das Ungeheuer muss stark sein, damit es Sanglant vernichten kann. Menschenfleisch und Menschenblut stärken Tiere, wie es keine andere Nahrung vermag. Ergreift ihn!«

Ihr Hauptmann stand mit einem Dutzend Männern da und musterte die Hunde und den Mann. Als sie zögerten, blickte Alain jeden Einzelnen von ihnen an, sah ihnen direkt in die Augen.

Niemand näherte sich.

»Ergreift ihn!«, wiederholte Sabella wütend. »Worauf wartet Ihr?«

Augenblicklich begannen alle Hunde im Lager zu bellen. Nur Kummer und Rage blieben still, während die Soldaten die Schilde hoben und ihre Waffen bereithielten. Es war zu dunkel, um etwas im Wald sehen zu können, aber ein Wind kam auf, peitschte die Baumkronen. Unter den Bettlern ertönte Lärm, und sie flohen weinend und rufend in den Wald.

»Es sind nicht die Räuber, vor denen sie Angst haben«, sagte Conrad. Er trat mit gezogenem Schwert in den Schutz der Reihe zurück, legte den Kopf in den Nacken, um den Nachthimmel zu mustern. Es gab nichts zu sehen, abgesehen von dem dunkleren Schwanken der Baumkronen, die im Wind tanzten. Unsichtbar, aber hörbar knackte ein Zweig und fiel krachend auf den Boden.

»Was hat das zu bedeuten?«, fragte Sabella. Es war nicht klar, ob sie von Alain oder dem ungelegenen Sturm sprach.

Ein unheimliches Kreischen zerriss die Luft, brachte jeden Einzelnen dazu, zusammenzuzucken und die Augen gen Himmel zu richten.

»Licht! Licht!«, rief der Hauptmann.

Männer entfachten Stöcke und hielten die Fackeln hoch, und etwa die Hälfte von ihnen wurden gleich wieder vom Wind gelöscht.

Es flog über ihnen, bewegte die riesigen Flügel auf und ab, während es über das Lager hinwegstrich. Es war weit größer als das erste Guivre, das Sabella gefangen genommen und verstümmelt hatte. Die Flammen warfen Glitzer über die Schuppen seines Bauches, wie goldene Wasserwellen. Niemand von der Truppe gab ein Geräusch von sich, niemand schnappte auch nur nach Luft vor Überraschung. Sie alle standen da, blickten wie zu Stein erstarrt auf die Kreatur, die sie jagen und ergreifen wollten.

Dies war die Chance, die Alain benötigte. Er hatte seine Entscheidung bereits getroffen. Er sah den Schwanz außer Sichtweite geraten, als es in die Nacht davonflog, in Richtung Nordosten, wo das Gelände besonders zerklüftet war. Er pfiff leise, um Kummer und Rage auf sich aufmerksam zu machen, und während die Übrigen noch vor Schock und Angst wie gebannt dastanden, ging er mit den Hunden in den dunklen Wald davon.

Teil Zwei

Die blutrote Rose

VIII

Auf einer dunklen Straße

1

Secha saß mit gekreuzten Beinen auf einer Schilfmatte, hielt die ältere Tochter auf ihrem linken Arm und stillte sie, während sie mit der rechten Hand die Räder innerhalb der Räder des Astrolabiums drehte. Das Astrolabium war ein seltsames und raffiniertes Werkzeug, das jenen, die es zu benutzen verstanden, Macht und Genauigkeit gewährte. Das hier stammte aus den Schmieden des Landes, das man einst Fülle-Die-Unser-Ist-Wenn-Die-Götter-Nicht-Ihre-Meinung-Ändern genannt hatte, jetzt aber nur noch als Wohin-Wir-Zurückgekehrt-Sind oder Fuß-In-Der-Erde bezeichnet wurde. Die Schmiede hatten das Astrolabium genau so gehämmert, geformt und geprägt, dass es dem ähnelte, das sie vom Bleichen Sonnenhund erhalten hatten. Sie hatte es drei Tage zuvor von der letzten Gruppe eifriger junger Krieger bekommen, die ihre Fähigkeiten im Plündern, Niederbrennen und Töten erproben wollten.

Sie seufzte, als die Alhidade weich durch die Skalen glitt, die auf der Scheibe verzeichnet waren. Das gröbere Instrument, das sie die letzten zwei Monate benutzt hatte, war immer wieder hängen geblieben. Dies war ein gut gearbeitetes, hübsches Stück, das von den Fähigkeiten der Kunsthandwerker ihres Volkes zeugte, die jetzt aus dem Gefängnis der Schatten befreit worden waren und sich wieder der Metallbearbeitung widmen konnten. In den alten Zeiten, so hieß es, hatten sie Bronze bearbeitet, lange bevor dieses Wissen zu den schlichten Bleichen gelangt war. Jetzt allerdings waren es die Menschen, die Waffen aus hartem Eisen trugen, während die Ashioi sich noch bemühten, stärkere Waffen und Werkzeuge herzustellen, um es mit ihrem alten Feind aufzunehmen.

»Secha!« Spatzenmaske rief vom Wachturm her. »Staub wirbelt auf der Straße auf, als würde eine große Gruppe kommen!«

»Ich habe es gehört!«, rief sie zurück, aber sie rührte sich nicht. Keine kluge Frau nahm ein säugendes Kind von der Brust, wenn nicht absolute Gefahr drohte.

Sie blieb auf ihrer Matte sitzen, die sie auf einem Gang aus Holzlatten unter dem bewölkten Himmel ausgerollt hatte, und musterte die Siedlung, die die Menschen errichtet hatten und die jetzt von ihrem Volk übernommen worden war. Die hohe Palisade behinderte die Sicht auf die Landschaft. Die Häuser und Hütten waren stabil, bestanden aus Steinen und hatten Dächer aus Ziegeln oder Stroh. Dennoch fiel es ihr schwer, hier zu leben. Es war zu dunkel und zu schwermütig. Es gab keinerlei Erdplattform mit einem Tempel darauf, nicht einmal einen Altar. Es gab keinen Marktplatz, keine Salzgrube für die Allgemeinheit oder einen Ort, an dem man sich treffen konnte. Die Menschen schmückten ihre Häuser nicht von außen, und das, was sie unter den verlassenen Dachvorsprüngen gefunden hatte – Werkzeuge und Stoffe, Tische, Bänke und behelfsmäßige Betten –, war nicht gerade schön gewesen. Es gab auch kein Haus für die Jugend, wo die Kinder hätten unterwiesen werden können. Insgesamt fand sie das Leben hier armselig, sogar verglichen mit der Mühsal und den Härten, die sie in der Verbannung hatte erdulden müssen. Sie mochten das Geheimnis des Eisens besitzen und viele geschickte Werkzeuge, die ihnen die Arbeit erleichterten, aber in jeder anderen Hinsicht lebten sie kaum besser als Wilde.

Der Säugling ließ die Brust los, gluckste, rülpste und schlief ein. Secha rief nach Weißfeder, die herbeikam und das Kind nahm. Das andere Kind schlief ebenfalls; sie fütterte sie immer gleich hintereinander, um nicht den ganzen Tag mit Füttern beschäftigt sein zu müssen.

Die Weberin Zuchia winkte ihr zu, als sie zum Wachturm ging. Von dem Gebäude aus, das einst die Tiere der Menschen beherbergt hatte, hörte sie die Stimmen der Kinder.

»Dies sind die Namen der Tage:
Dunkelheit
Höhle
Stein
Feuerstein
Jade
Haus
Schilf
Gras
Blume
Wild
Bussard
Fluss
Meer
Wind
Blitz.«

Ihre Stimmen verklangen, während sie weiterging, aber sie sprach die letzten Worte im Kopf: *Regen. Sturm. Hügel. Berg. Himmel.*

Sie erklomm die Leiter und grüßte Spatzenmaske, dann blickte sie nach Südosten zu dem aufgewirbelten Staub.

»Ja, diese Gruppe ist größer«, sagte sie. »Ich frage mich, wer das wohl ist.«

Von ihrem Aussichtspunkt aus ließ sie ihren Blick über den Platz schweifen, den die Menschen einst Siliga-Elf-Steine genannt hatten, den die Ashioi aber als Sieben-Tage-Weg-Jenseits-Der-Weißen-Straße bezeichneten. Moctua, einst Großes-Essen, kochte Echse über einer Kohlengrube neben dem Brotofen, würzte das gute Fleisch mit Salz und Kräutern. Einige der jungen Krieger, die den Vorposten bewachten, gruben Bewässerungskanäle durch die ausgetrockneten Felder. Ein quadratisches Feld mit Bohnen und dem kostbaren *Mahiz* war gepflanzt und mit Wasser vom Fluss versorgt worden. Zwei Frauen arbeiteten auf der Wiese mit den Ölbäumen, aber sie war sich nicht sicher, was sie vorhatten.

Wasserschlepper erschienen: drei ausgemergelte erwachsene Menschen, die zwei Mondzunahmen zuvor am Vorposten aufgetaucht waren und deutlich gemacht hatten, dass sie arbeiten würden, wenn sie dafür Nahrung erhielten. So arbeiteten sie also, wurden mit dem gleichen Brei und Honig ernährt wie alle anderen, und obwohl sie das Echsenfleisch zunächst zurückgewiesen hatten, begannen sie schon bald, es doch zu essen.

Im Westen, wo die Straße sich leicht neigte, ehe sie außer Sichtweite geriet, befand sich der Erdhügel der Grabstätte, wo die Dorfbewohner begraben worden waren – lange, bevor die Ashioi hier eingetroffen waren. Ein Ring aus Steinen hielt die unruhigen Geister davon ab, umherzustreifen. Es war ein alter Aberglaube, auf dem die Alten bestanden hatten, aber Secha war in einer anderen Zeit groß geworden, wo der Tod sich nicht einmal mit einem Steinring verschließen ließ, der Sie-Die-Erschafft gewidmet war.

»Tod und Leben sind wie Kette und Schuss bei einem Webstuhl«, sagte sie zu Spatzenmaske, der noch immer auf die Staubwolke starrte. »Ich halte diese Steine für überflüssig.«

»So ist es Brauch.« Er war ein junger Mann dem äußeren Erscheinen nach, aber Jahrhunderte älter als sie, war so lange Zeit in den Schatten gefangen gewesen, dass die Dauer für ihn – oder für sie – keine Bedeutung hatte. »Wir können die alten Bräuche nicht zwischen dem einen Dunkelmond und dem nächsten beiseiteschieben. Sieh nur! Ist das Federkleids Rad?«

Das war es.

Federkleid führte ein beträchtliches Heer an. Spatzenmaske rief etwas nach unten, und zwei Krieger öffneten das Palisadentor. Die Wasserträger hielten in ihrer Arbeit auf dem Feld inne und starrten die große Prozession an, dann hasteten sie zu den anderen Leuten, die auf dem Feld arbeiteten, zu jenen, die sie kannten.

»Wo werden sie lagern?«, fragte Spatzenmaske. »Das südliche Viertel eignet sich am besten, aber es ist noch nicht von den Blutmessern gereinigt worden.«

»Vielleicht bleiben sie nicht lange.«

Secha kletterte hinunter und ging durch das Dorf zurück, vorbei an dem Gesang.

»Achtzehn Bündel von Tagen bilden ein Jahr.
Dreizehn Jahre bilden ein Langjahr.
Vier Langjahre bilden ein Großjahr.
Wenn das Großjahr zu Ende ist
und die Sechs-Frauen-Die-Flussaufwärts-Leben über uns wandeln,
kehren wir dorthin zurück, wo wir begonnen haben.«

Sie schritt durch das Tor und traf Federkleid beim Graben an der Weggabelung. Hier schlängelte sich ein Pfad hinauf zur Steinkrone, die von dieser Stelle aus durch einen Berghang verborgen war. Sie hatte Geschichten über die großen Heere der alten Zeit gehört, die auf ihren Feldzügen aus so vielen Leuten bestanden hatten, dass es einen ganzen Tag dauerte, bis die Prozession an einer x-beliebigen Stelle vorbeigekommen war. Diese Geschichten waren Legenden für sie; sie hatten in der Verbannung wenig Bedeutung gehabt. Der Staub reizte ihre Kehle. Es waren so viele. Sie hatten eifrige Mienen und trugen strahlende Kleidung, und ihr Brustkorb zog sich vor Erwartung zusammen.

»Was ist das, Federkleid?«, fragte sie. Sie zählte die Bündel an ihren Fingern ab, schätzte, dass es zwölfhundert waren, die sie sehen konnte, und dahinter noch mehr, die sie nicht sehen konnte. »Offensichtlich hast du unsere Heimat nur mit einer schwachen Verteidigung zurückgelassen.«

»Selbst nach unserer Verbannung können wir einige starke Heere ins Feld schicken. In dieser Zeit gibt es niemanden in der Nähe, der uns angreifen könnte. Wie lautet dein Bericht? Wir sind auf dem Weg hierher keinerlei Kriegsgruppen begegnet.«

»Es ist alles ruhig«, erklärte Secha. »Seit dem Monddunkel habe ich zwei Gruppen nach Norden geschickt. Eine hat die Nachricht gesandt, dass ihre Jagd erfolgreich verläuft. Was die Übrigen betrifft, haben wir von fünf Gruppen weder etwas gehört noch ein Zeichen erhalten. Vielleicht sind sie verloren.«

Federkleid nickte. Es war ihr nicht anzusehen, ob sie sich um diejenigen sorgte, die möglicherweise verloren waren. Zweifellos war dies der Grund, weshalb Kansi-a-lari im Krieg die Anführerin sein musste. Secha war dafür nicht geeignet.

In der dritten Reihe ging Zuangua, die Faust fest um seinen Speer geklammert. Sein Federschmuck schwankte beim Gehen. Ein großes Mädchen in der Kleidung einer Kriegerin stand bei ihm, hielt einen gefiederten Schild und einen Köcher mit Pfeilen. Sie hatte keine Maske auf – man musste sie sich erst verdienen – und trug nur ein langes, gewebtes Hemd und eine knielange Hose ohne einen Umhang oder eine Verzierung. Dennoch musste Secha zweimal hinsehen, um die Jugendliche zu erkennen, deren Haare zurückgekämmt und festgesteckt waren, damit die Narben sichtbar wurden, die beim Ritual mit Schnitten an ihren Ohren erzeugt worden waren.

»Ist das nicht deine Enkelin?«, fragte sie Federkleid. »Sie ist zu jung, um schon mit der Ausbildung an den Waffen zu beginnen!«

»Sie hat sich das Recht als Schülerin verdient. Sie darf den Schild und die Pfeile eines Veteranen tragen.«

Das Mädchen sah Secha nicht an. Es stand vollkommen reglos und aufrecht da, den Blick so auf etwas hinter Secha gerichtet, wie ein Falke seine Beute anstarren mochte.

»Dein Sohn hat auch den Weg des Schildträgers gewählt«, sprach Federkleid weiter. »Hättest du dir etwas anderes gewünscht?«

»Er ist älter! Er ist alt genug!« Secha musterte die Reihen, aber sie konnte sein vertrautes, geliebtes Gesicht nicht finden. »Ist er bei dir?«

»Er ist bei der Garnison bei Blumengarten. Es gibt noch viel Arbeit zu tun, um die Stadt zu reinigen, so dass die Leute dort richtig leben können.«

Secha war nicht sicher, ob sie zufrieden oder enttäuscht war, dass er zu denen gehörte, die zurückgelassen worden waren.

»Die Garnison bei Blumengarten plant Überfälle in den Norden«, fügte Federkleid mit einem Grinsen hinzu. »Wir hoffen, mehr von den östlichen Eisen-Handwerkern zu ergreifen, damit sie unseren Schmieden das Geheimnis der Eisenverarbeitung beibringen können. Dein Sohn wird noch viele Möglichkeiten zum Kämpfen haben.«

»Alle Jungen werden kämpfen, jetzt, da du Federkleid bist.«

»Die Menschheit darf keinen Frieden finden.«

»So scheint es.« Secha war klug genug, diesen Streit nicht wiederaufzunehmen. Schließlich war sie diejenige, die ihn verloren hatte. »Wohin willst du gehen?«

»Wir ziehen in den Krieg«, sagte Federkleid auf ihre übliche sorglose Weise. »Der Bleiche Sonnenhund ist gekommen, um dir zu helfen, einen neuen Pfad zu weben.«

Sie deutete auf den Mann, der in der fünften Reihe ritt. Seine Hände waren zusammengebunden, und er saß auf eine möglichst würdevolle Weise auf dem Pferd. Die Blutmesser lehrten, dass richtige Leute auf ihren eigenen Füßen gingen und sich nicht auf die Stärke der stummen Brüder des Pferdevolkes verließen. Natürlich konnte jeder, abgesehen von denjenigen, die hartnäckig an alten Bräuchen festhielten, den Vorteil von Pferden erkennen, und so hatten sie angefangen, welche einzufangen und selbst zu züchten.

Der Bleiche Sonnenhund hatte einen roten Fleck im Gesicht,

als wäre er geschlagen worden, nur dass die Rötung nicht verblasste. Auf diese Weise mochte Haut schimmern, die angesengt worden war, aber wer war so dumm, mit dem Feuer zu spielen?

»Du hast ihm die Hände gebunden«, bemerkte Secha.

»Wir haben ihn unterhalb vom Berg des Weltenanfangs erwischt. Wir glauben, dass er versucht hat, der Strahlenden zur Flucht zu verhelfen, aber wir haben ihn aufgehalten, ehe er irgendwelchen Schaden anrichten konnte.«

Secha lächelte. »Wie lange, glaubst du, kannst du die Strahlende als Gefangene halten, im Herzen der Welt?«

»Es führt kein anderer Weg in die Höhle oder von ihr weg als der verborgene Weg, den die Blutmesser bewachen. Er öffnet sich an der Decke der Höhle. Wer immer aus dem Herzen der Welt herauskommen will, müsste von einem Seil hochgezogen werden.«

»Also hast du vor, sie zu töten.«

»Sie muss leben, bis ich mit dem Bleichen Sonnenhund fertig bin«, sagte Federkleid. »Sie wird schwer zu töten sein, aber sie ist gefangen. Wenn die Blutmesser sie für ihr Ritual nicht unter Kontrolle bekommen, können wir sie immer noch verdursten lassen. Die Götter werden über jedes Opfer im Herzen des Bergs des Weltenanfangs zufrieden sein, auch wenn ihr Blut nicht vergossen wird.«

»Wie kommt es, dass der Bleiche Sonnenhund von der Anwesenheit der Strahlenden gewusst hat?«

Federkleid sah ihn nicht an, während sie grinste. »Das Übliche. Eine schwache Frau hat seine Gunst gesucht, indem sie ihm etwas erzählt hat.«

»Was ist aus ihr geworden?«

»Die Blutmesser haben sie sich geholt. Ihr Verbrechen wird von den Göttern bemessen werden, und sie wird eine Strafe erhalten.«

Secha erzitterte. »So haben die Blutmesser in früheren Zeiten gehandelt, wie es in den Geschichten heißt.«

Federkleid zuckte mit den Schultern. Die Angelegenheit lag nicht mehr in ihren Händen und interessierte sie daher auch nicht mehr.

Der Bleiche Sonnenhund hob die zusammengebundenen Hände, um eine Fliege zu verscheuchen, die auf seiner Haut gelandet war. Als die Finger über die gerötete Haut strichen, zuckte er zusammen, als hätte er einen Schlag erhalten. Er sah sie miteinander sprechen, aber sein Blick schweifte weiter. Er sah in die Ferne und schien zu träumen, wirkte abgelenkt und verloren.

»Wieso sollte er dir helfen, wenn du ihn jetzt gefesselt hast?«

»Er will noch immer diese Frau, und er weiß, dass ich sie habe.« Sie sah den Pfad entlang, der zur Krone führte. »Wir sollten uns bereitmachen.«

»Wohin gehst du?«

»Wir wollen eine Zauberin töten, an einem Ort, den die Bleichen *Novomo* nennen.«

Die Ashioi hatten die Steinkrone unversehrt vorgefunden, abgesehen von einem Stein, der an der Stelle umgefallen war, wo der Boden zum Hang hinunter abgestürzt war. Im Laufe der vergangenen Monate war dieser Stein mit großer Mühe wieder errichtet worden. Rillen im Boden kennzeichneten die Reste einer Rampe, die benutzt worden war. Verkohlte Stämme waren von den Pfostenlöchern weggerollt worden, denn schlichtes Holz konnte das Weben nicht aushalten, da die Fäden aus Sternenlicht es in Brand setzten.

Der Bleiche Sonnenhund saß mit gekreuzten Beinen auf einer Decke auf dem Boden gleich hinter und seitlich des Webbodens. Ein Buch lag aufgeschlagen auf seinen Oberschenkeln, und von seiner linken Hand baumelte das Astrolabium. Er sah nicht darauf. Secha wusste, dass er sie beobachtete, als sie den Webboden mit Kalk bestreute. Ihre Schüler – sie hatte drei – kauerten eine Körperlänge von ihr entfernt und musterten sie. Vier Maskenkrieger standen weiter weg und hielten Keramikschüsseln mit

Öl darin. Noch waren die Dochte jedoch nicht entzündet. Auf der Straße stand das Heer in Viererreihen, angeführt von knurrenden Katzenmasken – Panthern, Ozeloten und Luchsen –, und zehn Reihen weiter befand sich Federkleids strahlendes Rad. Es herrschte kein Wind. Jede Feder in dem Rad schimmerte, als hätte sich das Sonnenlicht darin verfangen, aber es war nur eine bestimmte Eigenschaft der Federn selbst, eine uralte Magie, die in dem heiligen Rad schlummerte, dem Symbol des Drehens, des Glücks und der Veränderung, während die Welt sich weiterbewegte.

»Was lebendig ist, wird tot sein,
und was tot ist, wird lebendig werden.«

Wir sind endlich wieder nach Hause gekommen.

Secha machte eine Pause und atmete die staubige Luft ein, die sich wegen der vielen Schritte noch nicht ganz gelegt hatte. Es war eine gute Luft, ein bisschen rau in der Kehle, weil sie trocken und staubig war, aber sie roch darin den Odem der Weite der Welt, die, wie die Blutmesser behaupteten, in einem Kreis lief, bis sie wieder zu sich selbst zurückkehrte.

»Die Welt hat kein Ende,
obwohl sie eine Geburt und einen Tod hat,
sich stets in der Morgendämmerung einer neuen Sonne dreht.«

So lautete der Gesang von Sie-Die-Erschafft.

Sie lächelte.

»Heute Nacht werdet Ihr ein neues Tor weben«, sagte der Bleiche Sonnenhund.

Er klang erschöpft. Er wandte den Blick von ihr ab und seufzte, als er das Buch musterte. Die Seiten waren gefüllt mit einem Text, den sie nicht lesen konnte. Tatsächlich konnte keiner der Ashioi ihn entziffern, nicht einmal Federkleid. Nicht einmal das

Mädchen Gnade, das ein paar Buchstaben erkennen konnte, aber nicht in der Lage war, sie zu einer Kette der Bedeutung zusammenzusetzen. Auch die Dienerin Anna besaß keinerlei Kenntnisse über den Text; es war Secha klargeworden, dass die Menschen nicht in jedem Dorf ein Haus für die Jugendlichen errichteten, in denen sie ihnen die grundlegenden Kenntnisse beibrachten. Sie hielten das Wissen geheim, bewahrten es für einige wenige. Als würden die Blutmesser nicht genug Macht für sich bewahren!

Also schön. Natürlich weigerte sich der Bleiche Sonnenhund, seine Schüler darin zu unterweisen, den Text zu lesen, aus Angst, sein Geheimnis zu verlieren. Stattdessen hatte er die Sprache der Ashioi erlernt. So konnte er seinen Schatz in der Hoffnung hüten, dass er ihm eines Tages das erkaufen würde, was er haben wollte oder zu verlieren fürchtete.

In seiner Situation hätte ich vielleicht das Gleiche getan, dachte Secha. *Er muss vermuten, dass Kansi ihn töten lassen wird, wenn sie fertig mit ihm ist.*

»Es liegt westlich und so weit nördlich. Ich denke seit vielen Tagen darüber nach, ob es möglich ist, das Tor so lange offen zu halten, dass ein großes Heer hindurchschreiten kann. Es muss in Schritten vonstattengehen.« Er spielte mit dem Astrolabium, während er sprach. Zum ersten Mal hörte sie echte Leidenschaft in seiner Stimme. Das Rätsel befeuerte ihn. »Wir fangen mit den Häusern der Nacht an. Früh am Abend gehen sie im Westnordwesten unter. Bei Abenddämmerung haken wir uns am hellen Haar der Schwestern ein. Die Fäden halten nur eine kurze Zeit. Dann schließen wir sie und haken uns bei der Löwenklaue ein. Weil sie so viel weiter westlich untergeht, brauchen wir einen weiteren Faden nördlich von der Kelle. Sie bewahrt unseren Gang nach Westnordwesten. Danach verlagern sich die Häuser der Nacht, um an einer Stelle im Westsüdwesten unterzugehen. Also haken wir uns in der Fackel des Spähers ein und dann später im Bogen der Königin und noch später in der Königin. Auf diese Weise öffnen und schließen wir das Tor in Abständen, so dass hundert Mann durch den Bogen marschieren können – oder noch mehr –, sobald er geöffnet ist. Wenn wir unsere Fäden gut festhalten, übergeben wir jede Gruppe nach einer Pause der Krone bei Novomo. Ich veranschlage eine Woche für den Durchgang, vielleicht weniger. Habt Ihr den richtigen Himmelsstrich auf dem Astrolabium?«

»Den gleichen, den wir sonst benutzen.« Er musste eigentlich wissen, dass sie kein Dummkopf war! Aber er sah sie nur kurz an, als er ihren Ton bemerkte, und blickte dann wieder zum Buch.

»Seht!«, rief eine der Schülerinnen und deutete zum Himmel.

Scharfkante, von den jungen Männern, die sie umwarben, auch Sieht-Gut-Aus genannt, war eine geschmeidige junge Frau mit einer guten Beobachtungsgabe. Sie hatte die Priester verlassen, um Sechas Schülerin zu werden, und hatte dabei den Hang zur Überheblichkeit nie ganz verloren, die jedes Blutmesser wie eine zweite Haut trug.

Der Dunst war dünner geworden, und erneut – dies war die achte Nacht in Folge – sahen sie den dunkler werdenden Ton des wahren Himmels, während die Dämmerung einsetzte. Ein lebhafter orangefarbener Stern leuchtete in der Nähe des Zenits. Die Menschen nannten ihn Fackel des Spähers, die Ashioi die Tasche des Schäfers. Secha hatte ihn noch nie gesehen, bis vor zwei Tagen. All dies war neu für sie, da sie ohne Sonne und ohne Mond aufgewachsen war. Die strahlende Schönheit beeindruckte sie.

»Keine Verzögerung!«, sagte der Bleiche Sonnenhund ungeduldig.

Sie hob ihr Schiffchen, das lang, dünn und abgenutzt und leicht zu greifen war. Sie stellte ihre Füße fest auf den Kalkboden und maß die Winkel, die auch in den Kalk um den Steinkreis herum eingezeichnet waren. Das Astrolabium und der Sternenkatalog gestatteten ihm zu weben, auch wenn der Himmel nicht von Wolken befreit war, weil die Sterne ihre Plätze nicht veränderten. Die Kalklinien um den Kreis halfen ihr jedoch, richtig zu schätzen und zu weben. Sich beim falschen Stern einzuhängen bedeutete, in der falschen Krone zu landen, tage- oder wochenlange Fußmärsche entfernt von dem eigentlich gewünschten Ziel. Es war ein raffiniertes Rätsel, ein aufrichtiges Vergnügen, und wenn sie jemanden um etwas beneidete, dann diesen Bleichen Sonnenhund um sein Wissen darin, die Webstühle zu weben, das weit größer war als ihres. Sie war abhängig von dem, was er ihr sagte, und von seinen Anweisungen. Sie wollte es allein machen. Sie war nicht daran gewöhnt, die Dienerin von jemandem zu sein.

Scharfkante hockte sich neben den Bleichen Sonnenhund und beobachtete ihn, während er sich mit einem Seufzer erhob und über den Messriegel des Astrolabiums blickte. Er richtete das Rete etwas aus, zeigte es Scharfkante, und sie trat vor und nahm eine ähnlich kleine Veränderung an dem Astrolabium vor, das Secha hielt. Er schätzte die Fackel des Spähers ab, seine Höhe und das Azimut, und obwohl sie sich umgedreht hatte, um zuzusehen, und obwohl auch Scharfkante aufmerksam zugesehen hatte, bewegte er sich rasch und drehte das Rete.

»Hier«, sagte er. »Hier sind die Winkel für das Tor zur Krone von Novomo. Einunddreißig Grad Höhe. Fünfundsiebzig Grad Azimut. Dort ergreift Ihr den Kopf der goldhaarigen Schwester.«

Sie sah zu den Wolken. Sie holte mit dem Schiffchen aus, fing den Faden und webte ihn in die Winkel, wie er es ihr beigebracht hatte. Das Tor aus Licht erstand und erblühte. Sobald der strahlende Bogen vor ihr leuchtete, sprangen die ersten Reihen in raschem Schritt hinein. Sie verschwanden durch das Tor, eine Reihe nach der anderen, bis der Bleiche Sonnenhund eine Warnung rief. Dann hörte der Marsch auf, und sie schloss das Tor wieder. Sie keuchte, schwitzte und war müde, aber die nächtliche Arbeit hatte gerade erst begonnen.

»Die Löwenklaue«, sagte er und nahm wieder Maß.

Sie webte, und das Heer setzte sich in Bewegung, eine Reihe aus vier Männern dicht nach der anderen. Die Leute liefen schweigend, nur das Trommeln ihrer Füße begleitete die schwache Musik, die von den Fäden vom Himmel herunterlief.

»Die Kelle«, sagte er.

Sehr viel später stürzte die Fackel des Spähers in den Horizont.

Sie schloss dieses Tor, während sich am Himmel weiter die vorgeschriebenen Bahnen vollzogen. Sie schwankte, und Scharfkante trat auf den Webboden und stützte sie.

»Ich kann für dich weben«, sagte die junge Frau.

Es stimmte, aber Secha hasste es, die Instrumente abzugeben, die Macht, die Art und Weise, wie die Musik durch das Netz in den Steinen strömte und in ihrem Körper summte. Aber sie würde es fallen lassen, und das Tor würde über jenen zusammenbrechen, die gerade hindurchreisen wollten. Sie verließ den Webboden, und Scharfkante nahm ihren Platz ein. Astrolabium und Schiffchen wechselten die Hände. Secha taumelte einige Schritte zurück und wäre gestürzt, aber einer der anderen Schüler hielt sie fest und ließ sie langsam auf den Boden sinken.

»Der Bogen der Königin, wo der Juwel funkelt«, sagte der Bleiche Sonnenhund.

Jemand drückte Secha einen Becher in die Hand. Sie nippte daran, ohne nachzudenken, und sackte zusammen, ließ beinahe den Becher fallen, als der vergorene Gestank des Mahiz-Likörs ihre Kehle berührte. Hände entfernten den Becher, und sie sackte zur Seite, blinzelte, als das Tor sich vor ihr öffnete und sie blendete. Es war so hell. Sie schloss die Augen.

Als sie erwachte, lag sie zusammengerollt auf dem Boden. Ein Tuch befand sich über ihren Schultern und dem Rumpf. Ihre Füße waren nackt und kalt. Es war früh am Tag, eine leichte Dunstschicht bedeckte den Himmel. Noch ein Atemzug, und alles würde wegbrennen.

Gelächter ließ sie zusammenzucken. Mit einer Grimasse setzte sie sich auf. Jeder Muskel schmerzte, obwohl sie sich nicht körperlich verausgabt hatte. Sie dürfte nicht so müde sein.

Als sie sich umblickte, sah sie nur eine Handvoll Leute dort stehen, wo das bleiche Gras den Berg bedeckte. Drei gelangweilte Krieger hockten ein Stück die Straße entlang, wo sie sich um den Berg wand und außer Sicht geriet. Sie würfelten, zählten die Punkte und wetteten. Scharfkante war diejenige, die lachte, sie erzählte einem Halbkreis von vier Bewunderern eine Geschichte. Sie hatte eine Hand in die Hüfte gestemmt, die sie herausfordernd vorschob. Dieses Mädchen würde noch Ärger verursachen!

Der Pfad, der zur Krone führte, war von vielen Füßen zertrampelt worden. Die Krone selbst und die hügelige Landschaft lagen leer da, abgesehen von den acht Ashioi, die sie jetzt sah.

Scharfkante drehte sich zu ihr um. »Du bist wach!« Sie lächelte grimmig, zufrieden mit sich selbst, und ging sofort zu ihr. Besorgt half sie Secha auf die Beine, als wäre die ältere Frau ein altes Weib und vom Alter so verkrüppelt, dass sie nicht allein laufen konnte. »Gehen wir nach unten. Ich wollte dich nicht wecken. Vielleicht können wir diese bellenden Hunde in den Feldern lassen und uns über das unterhalten, was wir gelernt haben. Ich habe einige Ideen. Dieser Bleichhund sollte nicht alles Wissen für sich behalten dürfen. Man könnte das Weben auch ohne Astrolabium bewerkstelligen. Wir müssten natürlich klares Wetter haben, aber die Steine und die Kerben in dem Berg – siehst du, wie sie zu den Steinen passen? – könnten den Webern als gröberes Werkzeug dienen und helfen zu erkennen, wo die Sterne auf- und untergehen werden, wo Norden und wo Süden ist.«

Secha rieb sich den Nacken und drehte sich langsam um die eigene Achse, während sie den heller werdenden Himmel, die gewaltigen Steine und den unebenen Hang der umgebenden Berge betrachtete, die mit wadenhohem Gras und gelbweißen Blumen bedeckt waren. Die Brombeersträucher im Süden waren entfernt worden; das Land fiel sanft in einem langgestreckten Hügel ab, und ein fernes Glitzern verriet, wo das Ufer einen Morgenmarsch entfernt auf das Meer stieß. Im Westen kam eine Ziege in Sicht, genau an der vorgezeichneten Kerbe in dem schützenden Hang. Sie sah sie und senkte aufsässig den Kopf, ehe sie den Weg zurück verschwand, den sie gekommen war.

Es war so ruhig, dass sie aus dem Dorf das ferne Klirren von Hammer auf Stein hören konnte.

»Sind alle weg?«, fragte Secha, denn abgesehen von dem zertrampelten Pfad fand sie keinen Hinweis auf das Heer.

Scharfkante nickte. Sie lächelte immer noch. »Ja, sie sind alle weg.«

2

Das Banner des Herzogs wehte nicht auf dem Turm von Autun. Bischöfin Constanze und ihre Begleiter ritten unter einem trüben Himmel durch leere und stille Straßen. Sie blieben bei den Stufen stehen, die auf den Hügel mit dem Palast führten, und warteten, bis ein kräftiger Stuhl mit Armlehnen gebracht wurde. Die Soldaten befestigten Stöcke unter dem Sitz, hoben sie auf ihre Schultern und trugen Constanze auf diese Weise hinauf. Sie gingen seitlich, um die Kehren zu meistern, hielten gelegentlich an Treppenabsätzen inne, um zu Atem zu kommen.

»Edelfrau Sabella hat Autun verlassen, Eure Heiligkeit«, sagte die Verwalterin, die zur Begrüßung in den Hof kam. Ein paar Bedienstete blieben stehen und starrten Baldwin an. Ansonsten wirkte der Platz beinahe verlassen. Der Staub im Hof war dunkel geworden von dem Regen, der schwächer wurde und dann ganz aufhörte, als Wind von Süden her aufkam.

»Ist sie immer noch auf der Jagd nach dem Guivre?«, fragte der Feldwebel.

»Nein, von diesem Unternehmen sind sie und Herzog Conrad vor wenigen Tagen zurückgekehrt. Jetzt marschieren die Soldaten von Autun gemeinsam mit Herzog Conrad und seinem Heer nach Osten. Es heißt, dass der Besetzer mit seinem Heer bei Kessal ist, um Varre zu erobern.«

»Ich bin wegen der beiden Jungen hier«, sagte Constanze. »Der Söhne von Jeoffrey von Lavas.«

Die Verwalterin sah Constanze unsicher an. »Edelfrau Sabella hat Autun verlassen«, wiederholte sie. Der Anführer der Eskorte – ein teilnahmsloser Feldwebel – rieb sich die Stirn. Die Soldaten, die den Stuhl getragen hatten, keuchten wie Hunde, die auf ein Getränk hofften. »Am besten bringt Ihr sie zur Herrin, Feldwebel. Ich habe keine Anweisungen erhalten.«

Und ich will nicht die Verantwortung für eine möglicherweise falsche Entscheidung tragen müssen, dachte Ivar. Er sah Sigfrid und Ermanrich an, die abwägend die Augenbrauen wölbten und die Lippen leicht verzogen.

Die Verwalterin sah Baldwin an, errötete und beeilte sich, ihre Aufmerksamkeit wieder Bischöfin Constanze zuzuwenden. »Es wäre am besten«, fügte sie ohne Überzeugung hinzu. »Eure Heiligkeit.«

»Was ist mit den Jungen?«, fragte Constanze mit einem freundlichen Lächeln.

»Ich habe keine Anweisungen erhalten.«

»Edelfrau Sabella hat diese Männer auf die Suche nach mir geschickt, ohne Anweisungen dafür zu hinterlassen, was mit mir geschehen soll, wenn sie mich finden sollten? Obwohl es um das Leben zweier unschuldiger Jungen geht, wie man mir erzählt hat?«

Die Verwalterin trat an Constanzes Stuhl heran und senkte den Kopf, um leiser sprechen zu können. Ivar rückte etwas näher. »Edelfrau Sabella hat die Soldaten am gleichen Tag zu Euch geschickt, als sie mit Herzog Conrad und den anderen zur Jagd nach dem Guivre aufgebrochen ist.«

Constanze schüttelte den Kopf. Vorsichtig nahm sie das Handgelenk der Verwalterin, hielt es in einem leichten, aber doch entschiedenen Griff fest. »Was soll das heißen, dass sie zur Jagd nach einem Guivre aufgebrochen ist?«

Während der Feldwebel sich abwandte, um seinen Männern den Befehl zu geben, sich um Getränke zu kümmern, beugte sich die Verwalterin so nah zu Constanze hinunter, dass ihre Lippen nur eine Handbreit von ihrem Ohr entfernt waren. »Berichten zufolge ist ein Guivre in den Wäldern westlich von hier gesichtet worden. Es soll Menschen und Vieh getötet haben. Die Edelfrau und der Herzog sind losgeritten, um es gefangen zu nehmen. Sie sind sehr enttäuscht zurückgekehrt, denn sie haben trotz eingehender Suche keinerlei Spur von ihm gefunden. Dann ist aus Kessal die Nachricht über den Besetzer eingetroffen. Edelfrau Sabella und Herzog Conrad sind sofort aufgebrochen, ohne dass die Herrin mir weitere Anweisungen gegeben hätte als die, für Autuns Schutz zu sorgen.«

Constanze warf Ivar einen Blick zu. »Glaubt Ihr, dass sie mich im Eifer des Gefechts vergessen hat?«

»Sicher nicht!«, rief die Verwalterin, und der Feldwebel warf ihr einen Blick zu, als sie sich hastig aufrichtete und in normaler Lautstärke weitersprach. »Ich muss Euch zur Herrin bringen lassen, Eure Heiligkeit! Ihr könnt nicht nach Lavas zurückkehren!«

»Was für Neuigkeiten gibt es aus Kessal?«, fragte Constanze, aber da der Feldwebel zuhörte, zuckte sie nur mit den Schultern.

»Es herrschte so viel Durcheinander, Euer Gnaden. Königin Tallia ist nach Bederbor geschickt worden, um sich zu erholen. Eine große Gruppe von Banditen sucht die südwestliche Grenze zwischen Arconia, Varingia und Salia heim. Wir haben Gerüchte gehört, dass Räuber mit vergifteten Pfeilen Reisende belästigen, die die Straße Richtung Osten nach Fesse nehmen. Der Besetzer ist in Quedlingham, Osterburg und Gent gesalbt und gekrönt worden, und es gab Paraden, als wäre er nicht lediglich ein unehelicher Sohn. Dann sind diese Nachrichten von einem Gefecht bei Kessal eingetroffen. Ein Hauptmann, der gegenüber Sabella loyal ist, hat die Nachricht geschickt, dass er von Streitkräften des Besetzers angegriffen worden ist. Also sind die Herrin und der Herzog losgeritten, um ihm zu Hilfe zu kommen.«

»Was ist mit Edelmann Jeoffreys Jungen?«, fragte Constanze.

Die Verwalterin antwortete mit betont fröhlicher Stimme. »Sie erfreuen sich bester Gesundheit, ebenso wie Conrads Neugeborener, von dem wir dachten, dass er sterben würde, und der sich dann doch als erstaunlich robust herausgestellt hat. Möge Gott gesegnet sein. Es war ein Wunder.«

»Ein Wunder?«, fragte Constanze scharf. »Wieso sagt Ihr das?«

»Weil er vollkommen blau war und nicht geatmet hat, als er geboren wurde. Die Amme ist geflohen, so viel Angst hatte sie davor, bestraft zu werden, weil sie – Königin Tallia meine ich, Gott segne sie – schwache Welpen wirft. Nur das älteste Mädchen lebt noch von den dreien, die sie ausgetragen hat. Aber ich glaube nicht, dass es der Fehler der Amme war.«

»Es ist selten, dass ein Kind, das blau angelaufen ist und nicht atmet, zugleich als robust gilt«, bemerkte Constanze. »Was ist passiert, dass Ihr es als Wunder bezeichnet?«

»Der reglose Körper ist direkt vor dem Altar auf den Boden gefallen. Zufällig, meine ich. Dieser Mann hat ihn aufgefangen, dieser uneheliche Sohn –«

»Sanglant?«

»Nein, Euer Gnaden. Der von Lavas.«

»Oh!« Constanze nickte. »Sprecht weiter.«

»Alle haben gesagt, dass ein Kind, das vor dem Altar auf den Boden fällt, für die Kirche bestimmt ist, und so muss Gott ihn für Ihre Dienste und Ihren großen Ruhm verschont haben.«

»Die Wahrheit erhebt sich mit dem Phönix«, sagte Baldwin.

Die Verwalterin zuckte zusammen wie ein Kaninchen, das einen Falken gesehen hat, und begann zu weinen.

»Wir reiten am besten so bald wie möglich los«, sagte der Feldwebel. »Es ist nicht klug, hier zu warten. Edelfrau Sabella war eindeutig in ihrer Entscheidung: Bringt die Bischöfin zu mir.«

Er rief seinen Soldaten etwas zu, und sie tranken ihre Becher aus, wischten sich die Münder ab und eilten zurück, um den

Stuhl aufzunehmen. Sie schafften Constanze in eine Kammer im Palast, wo sie wartete. Ihre Geistlichen folgten ihr, und als sie sich für die Nacht bereitgemacht hatten, stellten sie fest, dass die Wachen schweigsam waren und es keinerlei Bedienstete gab, die ihnen den örtlichen Klatsch hätten mitteilen können.

Sie brachen am nächsten Morgen von Autun auf. Viele Leute warteten an den Straßen, um sie vorbeireiten zu sehen, und viele von ihnen machten jenes Zeichen mit den Händen, bei dem der Daumen um den gebeugten Mittelfinger und den kleinen Finger geschlungen war, so dass die beiden anderen wie die Hörner eines Tieres hochstanden.

»Die Wahrheit erhebt sich mit dem Phönix«, riefen sie. Einige streuten Blumen vor Baldwin aus, während andere weinten und sich auf den Boden warfen, als der Wagen mit Constanze vorbeirumpelte.

Jenseits von Autun ritten sie zur Fähre, wo sie den halben Morgen damit verbrachten, sich nacheinander hinüberschaffen zu lassen. Die Wolken standen hoch an diesem Tag, und das Licht brachte Ivar beinahe zum Blinzeln.

»Sieh nur«, sagte er zu Ermanrich. »Ist das Rauch da, flussabwärts?«

Der zweite Karren kam mit den letzten der Eskorte am östlichen Ufer an. Der Feldwebel hatte den Rauch ebenfalls bemerkt, der sich einige Wegstunden entfernt hinter dem Wald und den Feldern erhob. Er setzte seine Männer in östliche Richtung in Bewegung, blieb aber bei der Nachhut, als Constanzes Wagen vorbeirollte. Ivar ließ sich zurückfallen, als die anderen Geistlichen mit dem Wagen davonritten. Der Rauch hatte einen leicht schwarzen Ton, und er wirbelte.

»Mir gefällt das nicht«, sagte der Feldwebel zu seinen drei Kundschaftern. »Ich vermute, dass da irgendein guter Stall abbrennt.«

»Banditen?«, fragte Ivar, und der Feldwebel sah ihn überrascht an.

»Seid Ihr nicht bei den anderen?«

»Ich ziehe es vor, meine Augen offen zu halten.«

Der Feldwebel war ein freundlicher Mann, mit massigen Schultern, einem dicken Hals und der Angewohnheit, langsam und einfach zu sprechen, so dass man ihn für begriffsstutzig halten mochte. Er nickte, blinzelte, während er Ivar mit einem Stirnrunzeln ansah. »Das ist verständlich. Mir gefällt das nicht. Reiten wir weiter.«

Die Kundschafter nahmen wieder ihre Positionen ein; zwei blieben in der Nachhut, und einer ritt hin und her. Der Feldwebel drängte sein Pferd voran, um die Hauptgruppe einzuholen. Da es nicht geregnet hatte, war die Straße in gutem Zustand. Wolken trieben auf einem Wind dahin, der von Nordwesten kam. Die Straße wand sich um kleine Wäldchen, um die sich einige Waldarbeiter kümmerten, sowie gelegentliche Eschensenken, aber schließlich erklommen sie höheres Gelände. Eine Wiese oberhalb eines Hanges voller Weißbuchen und Eichen gewährte ihnen einen unerwarteten Ausblick über das Tal der Rhaune und seine reichen Besitztümer, die Fährstation und die fernen Mauern und den Turm der Kathedrale von Autun.

Die Fährstation brannte. Flammen zuckten auf, Rauch strömte gen Himmel.

Der Feldwebel starrte mit kalkweißem Gesicht auf den Anblick. »Seht nur!«, rief er heiser und deutete auf den Fluss.

Drachen flogen tief über das Wasser; ihre Augen lagen hoch und schwarz in den goldorangefarbenen Köpfen. Ihre Zähne waren weiß und scharf und strichen dicht über das Wasser.

»Gott erbarme sich unser!«, sagte Constanze. »Was sind das für Schiffe?«

Die Drachen verschwanden, als Ivar sah, was sie sah: schlanke Schiffe mit bemalten Segeln und fauchenden Steven, die hoch durch das Wasser glitten, obwohl sie mit jeweils hundert Kriegern besetzt waren, die glänzende Speere und funkelnde Schilde in den Händen hielten. Die Felder und die Stadt dahinter lagen ruhig in der Nachmittagsstille, aber er vermutete, dass Hörner erklangen und Menschen entsetzt aufschrien.

»Möge Gott barmherzig sein!«, rief der Feldwebel. »Das sind Aikha, die Drachenwesen. Sie haben die Nordküste verwüstet, aber das ist schon Jahre her! Ich dachte, sie wären alle …« Seine Stimme brach ab, als sein Mund sich schloss und öffnete und wieder schloss. Es kam kein Geräusch heraus. Er würgte, hustete. Mit den nächsten Worten löste er ihre Erstarrung. »Weiter! Weiter!«

»Was ist mit den Bewohnern von Autun?«, fragte Constanze.

»Glaubt Ihr, wir können gegen so viele kämpfen, Euer Gnaden?«, fragte er. Er klang eher verzweifelt als verärgert. »Wir sollten besser jene darüber in Kenntnis setzen, die es tun können. Johannes, komm her!« Er winkte einem seiner jungen Soldaten. »Nimm ein Ersatzpferd mit. Du reitest oder gehst Tag und Nacht, bis du die Herrin erreicht hast. Sie muss es erfahren.«

»Ivar«, sagte Constanze. »Begleitet Johannes.«

Das Geräusch von trommelnden Hufen drang von unten empor. Der Späher der Nachhut tauchte hinter dem Vorhang auf, den die Bäume bildeten. Er hing über dem Nacken seines Pferdes, konnte sich kaum aufrecht halten. Als er sie sah, bewegte sich sein Mund, aber es kam kein Ton heraus. Er sackte seitwärts vom Pferd und auf den Boden. Ein Pfeil ragte aus seiner Schulter.

»Los! Weiter!«, brüllte der Feldwebel.

Die Soldaten auf den Wagen peitschten die Pferde voran. Der Feldwebel ritt zu dem Kundschafter, packte den Mann am Arm und zog ihn auf seinen Sattel. Das reiterlose Pferd trottete hinterher, während der Feldwebel sich daranmachte, der Gruppe zu folgen. Sogar die Maulesel, auf denen Hathumod und Schwester Eligia ritten, fingen den Geruch auf und beschleunigten ihren Schritt. Sie arbeiteten sich bergan, aber alle sahen zurück, suchten, lauschten in dem Wissen, dass der Feind jeden Augenblick in Sicht geraten konnte. Der Wind rüttelte an den Zweigen. Die Pferde nahmen Geschwindigkeit auf, begierig weiterzukommen.

Der Feldwebel erreichte die Hauptgruppe und drückte Ivar die

Zügel des freien Pferdes in die Hand. »Geht!«, sagte er. »Ihr und Johannes! Geht! So wird Edelfrau Sabella benachrichtigt, selbst wenn wir ergriffen werden sollten.«

Der verletzte Soldat, der über seinem Pferd hing, stöhnte. Ohne den Schritt zu verlangsamen, schob der Feldwebel ihn auf den zweiten Wagen herunter. Der Verwundete schrie auf. Sie ritten in den Wald hinein, und als sie unter den Bäumen hindurchkamen, zitterte Ivar. Er sah sich noch einmal um.

Zwei große Männer tauchten weiter unten auf der Straße auf. Sie schienen keine Rüstung zu tragen, aber ihre Haut glänzte. Sie deuteten mit ihren Speeren auf die sich zurückziehende Gruppe und schüttelten die Schilde, drehten sich um und winkten mit den Armen, als wollten sie Kameraden, die außer Sichtweite waren, etwas mitteilen.

»Bruder Ivar!« Constanzes Stimme klang energisch. »Ihr müsst rasch reiten! Geht!«

Johannes' Pferde verschwanden im Schatten und um eine Biegung der Straße. Ivar drängte sein Pferd voran; das Ersatzpferd folgte eifrig. Eine Weile ritt er allein auf dem beschatteten Pfad, sah niemanden vor sich noch hinter sich.

Dann hörte er eine Stimme.

»Ivar!« Er sah sich um und stellte fest, dass Baldwin ihm mit dem Schwert und der Scheide des verwundeten Mannes folgte. Als er ihn erreicht hatte, gab er ihm die Waffe. »Jetzt geh! Geh!«

Ein schrecklicher Schrei kam von irgendwo zwischen den Bäumen ein Stück voraus. Beide Pferde von Ivar scheuten, traten zur Seite und legten die Ohren an. Sie weigerten sich, sowohl weiterzugehen als auch zurückzugehen.

Gefangen zwischen hier und da.

Er und Baldwin drängten die Pferde weiter, bis sie auf Johannes stießen, der in der Mitte der Straße stand und wie erstarrt auf die von Fliegen umsummte Leiche eines Mannes blickte. Baldwin stieg ab und beugte sich über sie. Das Fleisch war angenagt worden, der Bauch aufgerissen und die Eingeweide verzehrt. Der Rippenbogen blitzte weiß. Die Augenhöhlen waren leer, sauber ausgesaugt, und Maden und Fliegen krochen durch den offenen Mund hinein und heraus. Ein Arm war unterhalb des Ellbogens abgetrennt worden. Ein Pfeil steckte im Hals des Toten. Als Baldwin den Schaft bewegte, löste sich der schlanke Pfeil und rollte über den Boden.

»Das ist ein Pfeil der Schemen«, sagte Ivar. Seine Kehle war trocken, sein Herz pochte.

»Was tun wir jetzt?«, flüsterte Baldwin. »Von hinten kommen diese anderen – die Aikha –, und vor uns wartet das da.«

»Das ist Tage her«, sagte Johannes. »Seht euch doch nur diesen Körper an.«

Das Rumpeln von Rädern erklang. Ivar schwang sich vom Pferd, packte den toten Mann bei den Knöcheln und zog ihn von der Straße. Keine Zeit, ihn zu begraben. Keine Möglichkeit, das zusätzliche Gewicht mit sich zu schleppen. Er schob die Leiche aus dem Weg, und als er sich aufrichtete, kam die kleine Kavalkade in Sicht: zwei Wagen, ein Dutzend Wachen, Bischöfin Constanze, der verwundete Mann, Sigfrid, Ermanrich, Hathumod und Schwester Eligia. Die Kundschafter waren bei ihnen, nur der Feldwebel folgte hinten.

Eine armselige, verdammte Gefolgschaft.

Zwei Soldaten waren abgestiegen und gingen in Höhe der Pferdeköpfe, die die Wagen zogen. Hathumod starrte ihn mit bleichem Gesicht an.

»Bruder Ivar!«, sagte Constanze tadelnd, aber dann sah sie den Toten im Gebüsch, und sie wandte den Blick ab. Ihr Gesicht war bleich, die Miene grimmig.

Baldwin rührte sich nicht.

»Ich hatte euch doch befohlen zu reiten!«, rief der Feldwebel. »Los!«

Ivar stieg wieder auf und gab Johannes' Pferd mit seinen Zügeln einen Schlag auf den Rumpf. »Los!«

Die zwei Reiter drängten weiter, ließen den Rest der Gruppe hinter sich zurück. Nach einer Weile, als der Wind und der

Pfad einen Berg erklommen, hörten sie Rufe weit hinter sich. Das Geräusch verklang sofort; möglicherweise hatte er es sich auch nur eingebildet. Um sie herum gab es nichts als Bäume, eine verworrene Gruppe von Steineichen und Eichen, die vermutlich eine Generation zuvor zurückgeschnitten worden waren und jetzt durchsetzt waren mit wildem Unterholz. Er blieb stehen, drehte sich im Sattel um und lauschte, als Johannes auf eine halb sichtbare Kehre zuritt. Hufe trommelten hinter ihnen. Jemand kam in aller Hast.

»Komm schon! Komm schon!«, rief der Junge. Er hatte so viel Angst, dass er ungehalten wirkte.

Und wieso auch nicht? Wieso sollte der arme junge Soldat nicht über das Schicksal betrübt sein? Wieso musste nur immer alles so schwierig sein?

»Oh, Gott!« Johannes kreischte vor Angst, schlug mit der Hand nach seiner Kehle, als hätte eine Wespe ihn gestochen. »Oh! Oh! Es brennt!«

Ivars Pferd zuckte zusammen und trat um sich, drehte sich dann in einem vollständigen Kreis um sich selbst, während Ivar sich bemühte, im Sattel zu bleiben und das zusätzliche Pferd festzuhalten. All dies geschah in einem Augenblick. Er hob gerade den Blick, als Johannes dreißig Schritt vor ihm aus dem Sattel fiel und auf den harten Weg stürzte.

Ein Wesen trat aus den Schatten heraus auf die Straße. Es hatte die Gestalt einer Frau, aber den Kopf eines fauchenden Hundes. Ivar zitterte so heftig, dass er die Pferde nicht beruhigen konnte. Die zwei Reittiere von Johannes schossen davon, das eine so schnell bergab, dass er es nicht packen konnte; das andere kam nur vier Schritt weit, bis das schwere Gewicht von Johannes es festhielt. Ein Bein hatte sich in den Zügeln verfangen, aber der junge Soldat lag so schlaff da, dass er entweder bewusstlos oder tot war.

Weiter unten geriet ein Reiter mit einem Ersatzpferd in Sicht. Ein Windstoß heulte über den Berg, trug den fernen Geruch von Rauch vom Fluss hoch. Die Hundefrau warf den Kopf in den Nacken – er konnte die Mulde ihrer weichen, menschenähnlichen Kehle sehen – und schnüffelte, dann stieß sie Worte aus, die er nicht verstand, und sprang in den Schutz der Bäume zurück.

Unter ihm packte der Reiter die Zügel der Stute, die davongelaufen war.

»Oh, Gott!«, rief Baldwin, während er zu ihm gedonnert kam. »Was war das?«

»Schemen!«, krächzte Ivar. »Schatten! Üble Wesen! Was tust du hier?«

Baldwin würgte, er konnte nicht antworten. Ivar schwang sich vom Pferd und reichte ihm die Zügel seiner beiden Pferde, dann kniete er sich neben Johannes. Mit einiger Mühe bekam er das Bein frei. Er schüttelte den Kopf.

»Tot. Vermutlich hat er sich das Genick gebrochen.« Er hob den Pfeil auf. »Nur ein Kratzer.« Er warf ihn beiseite und zog die Leiche in ein Dickicht aus üppigem Geißblatt.

Ein Hornruf erhob sich aus dem Wald, schrill und beharrlich. Er packte Johannes' Pferd, stieg auf und ritt los. Baldwin folgte ihm, und als sie die Kehre erreichten, blieben sie stehen, um die zusätzlichen Pferde an den anderen festzubinden.

»Da ist eine Lücke«, sagte Ivar. Sie banden die Pferde an einen Baum und drängten durch das Unterholz zu einem Felsauswuchs, der sich über den Baumwipfeln erhob. Der Wind fauchte von einer Böschung, die fünf oder sechs Mannslängen tief abstürzte und den Blick auf einen Wald in Richtung Süden freigab. Sie starrten jedoch nach Westen, den Weg zurück, den sie gekommen waren. Sie sahen Dunst über dem Horizont und Bäume, die die Sicht behinderten. Weiter unten konnte man die letzte Lichtung sehen, über die sie gekommen waren, mit den beiden flechtenbedeckten Felsblöcken und dem offenen Gelände mit dem grünen Gras. Zwanzig Aikha liefen in enger Formation dorthin, kamen vom Tiefland herauf. Licht blinkte über ihnen: ein Hagel aus Pfeilen, die aus dem Wald kamen. Sie regneten auf die Aikha herab, und vielleicht trafen einige von ihnen auch, aber die Drachenmänner wurden ganz und gar nicht langsamer, und niemand fiel bei dem Angriff. Tierköpfige Kreaturen schossen auf die Lichtung, warfen blitzende Wurfspieße auf sie, flüchteten dann wieder in den Schutz der Bäume zurück.

»Gehen wir«, sagte Baldwin und zog an Ivars Arm.

»Möge Gott Erbarmen haben«, sagte er.

Sie ritten den ganzen Tag in rascher Geschwindigkeit, sprachen nur wenig miteinander. Eines der Ersatzpferde verlor ein Hufeisen und begann zu humpeln, und daher ließen sie es laufen. Als es den Anschein hatte, als würden die Pferde zugrunde gehen, wenn sie nicht anhielten, machten sie bei einem Bach eine Pause, bei dem es auch eine Möglichkeit zum Grasen gab. Aber sie brachen schon bald wieder auf, um weiterzureiten, bis es zu dunkel wurde.

Ivar führte sie vom Pfad weg, bis er sicher war, dass niemand sie von der Straße aus sehen konnte.

»Wir könnten Zweige zusammenbinden und Fackeln herstellen, um in deren Licht weiterzugehen«, schlug Baldwin vor, als sie die Pferde abrieben.

»Das Licht wird uns verraten. Wenn sie uns kriegen, sind wir tot.« Sie versorgten die Pferde. Ivar breitete seinen Umhang auf der Erde aus und ließ sich darauf nieder. »Wieso bist du uns nachgeritten?«

Baldwin lächelte gelassen. Aus irgendeinem geheimnisvollen Grund sickerten die Tropfen des Zwielichts durch die Bäume und erleuchteten sein vollkommenes Gesicht. Seine Miene war so feierlich und ernst wie die eines Engels. »Bischöfin Constanze hat mir aufgetragen, hinter euch herzureiten.«

»Was ist mit Ermanrich, Sigfrid und Hathumod?«

»Sie hat mir befohlen zu gehen.«

»Wieso?«

Baldwin ließ sich neben Ivar nieder. Nach einem Augenblick berührte er seine Finger, strich so flüchtig darüber, dass Ivar zitterte. Alte Zeiten kamen ihm in den Sinn. Er senkte beschämt den Kopf.

»Ivar.« Er zögerte.

Es gab so viel, über das sie nie gesprochen hatten: die Gefühle, die einst zwischen ihnen gewesen waren; die Veränderungen, die die Zeit in ihnen hinterlassen hatte; das Opfer, das Baldwin aus Liebe zu Ivar und den anderen gebracht hatte. Ivars Rettung von Baldwin, die Baldwin durch seine unerwartete Schlauheit in eine erfolgreiche Rettung von Constanze verwandelt hatte. Nur dass zum Schluss alles zerbrochen war.

Wie immer.

»Es tut mir leid, Ivar«, flüsterte Baldwin schließlich. »Ich liebe dich mehr als alle anderen, wirklich, und wenn … nun, wenn es etwas anderes gibt, das du … ich meine, Frieden ist alles, was ich mir immer gewünscht habe. In Ruhe gelassen zu werden. Ich hasse es, ständig belästigt zu werden.«

»Keine Sorge«, sagte Ivar hastig. Überrascht stellte er fest, dass er durch dieses Geständnis zugleich erleichtert und enttäuscht war. »Du wirst Frieden bekommen, wenn ich ihn dir irgendwie beschaffen kann. Allerdings bezweifle ich das.«

»Aber du bist so mutig! Du weißt immer, was zu tun ist!«

Die Worte erzeugten ein bitteres Lächeln bei Ivar, aber Baldwin sah ihn nicht an. »Du hast meine Frage noch nicht beantwortet. Wieso hat Bischöfin Constanze dich mir nachgeschickt?«

Baldwin seufzte, ließ sich dann zurücksinken, so dass er Rücken an Rücken mit Ivar saß. Ihre Schultern und Köpfe berührten sich wie die von Kameraden, die keine Geheimnisse voreinander hatten und daher vollkommen ungezwungen miteinander umgingen und einander vertrauten. »Sie hat gesagt, dass sie mich auf keinen Fall ergreifen dürfen.«

»Ergreifen! Meint sie, sie werden ergriffen? *Getötet?*«

Schläfrig sprach Baldwin weiter. »Sie glaubt, dass ich etwas bin, das ich nicht bin. Deshalb wollte sie mich retten. Ich weiß einfach nicht, wie ich ›nein‹ sagen soll.«

Ivar wischte sich über die Augen. Sicherlich stimmte es, dass er mit Baldwin als Gefährten nicht mehr die Freiheit hatte, sich der Panik oder Unentschlossenheit hinzugeben.

»Keine Sorge, Baldwin. Du hast dein Möglichstes getan. Wir

verhalten uns still und sehen zu, dass wir etwas Schlaf bekommen. Willst du die erste Wache übernehmen?«

Sie waren jedoch letztendlich beide zu müde, um Wache zu halten, und auch zu angespannt, um mehr als nur leicht zu dösen. Sie kauerten in der Dunkelheit unter dem Dach der Bäume. Später in der Nacht kam Wind aus Südosten auf, rüttelte an den Zweigen und den Büschen. Noch etwas später hörten sie Stimmen und das Klappern von Pferden, sahen sie eine Fackel im Rhythmus zu dem Gang eines Mannes hin und her schwingen. Zu verängstigt, um sich zu rühren, hielten sie den Atem an und beteten, dass die Pferde sich still verhielten. Die Gruppe ging vorüber, bewegte sich nach Osten, weg von Autun. Der Nachtwind seufzte, der Wald krächzte und murmelte um sie herum.

Von Bischöfin Constanze und den anderen gab es keine Spur.

3

Hanna träumte.

Liath schreitet in der Dunkelheit einen Pfad entlang, der von einem schwachen rötlichen Glühen an ihren Fingern beleuchtet wird. Die Leere um sie herum ist ein dunkles Loch von solcher Schwärze, dass Liath selbst eine schwach glühende Aura verströmt, die sich wie Atem um ihre Gestalt herum zu bewegen scheint. Draußen in der Dunkelheit leuchten Augen, und sie ruft ihnen etwas zu, aber sie verblassen, und niemand antwortet.

Sie ruft, und sie lauscht, und dann folgt sie dorthin, wo sie Schritte vernimmt, wo sie die Schatten entfernter Bewegungen sieht, auch wenn sie nicht weiß, wohin sie geht.

»Liath!«

Hanna schoss hoch. Ihr Herz hämmerte, mit einer Hand umklammerte sie ihre Kehle. Sie drehte sich um und fand Sorgatani weinend auf dem Bett. Hanna saß auf dem Teppich, in ihren Umhang gehüllt. Bruder Breschius schnarchte leise bei der Schwelle. Sein Körper versperrte den Eingang.

»Was ist los?« Hanna wickelte sich aus den Decken und kroch auf den Knien zum Bett.

»Sie ist verloren«, sprach Sorgatani in ihre Hände. »Ich habe von ihr geträumt.«

»Liath? Ich habe sie auch gesehen. Sie ist in der Dunkelheit gewandelt.«

Sorgatani hob den Kopf und starrte Hanna an. Die dunkle Linie um ihre Augen war von Tränen verschmiert. »Du hast auch von ihr geträumt?«, flüsterte sie. Hanna nickte. »Dann ist der Traum wahr! Was du und ich träumen, was wir zusammen träumen, ist ein wahrer Traum. Hast du meine Lehrerin gesehen?«

»Li'at'dano? Die Zentaurin? Nein.«

Sorgatanis Schultern bebten, als sie von einem weiteren Anfall von Trauer überwältigt wurde. »Ich auch nicht. Ich spüre in meinem Herzen, dass sie verloren ist.«

»Verloren?«

»Tot. Verschlungen. Vollkommen weg.«

Hanna würgte, fand keine Worte. Sie presste die Hände in den dicken Teppich, um das Gleichgewicht zu halten. Es war kalt in der Kammer. Ein Rauchkringel wirbelte vom Altarfeuer auf und stieg durch das Rauchloch hinauf in die dunstig-graue Eintönigkeit der Anderen Seite, an einen Ort, den Hanna nie beschreiten konnte, den aber alle kerayitischen Schamanen in ihrer geistigen Trance bereist hatten – zumindest hatte Breschius das erzählt. Sorgatani hatte nie davon gesprochen.

»Mir ist kalt«, sagte Sorgatani.

Hanna setzte sich neben sie und hielt sie fest. Obwohl sie eine ganze Weile so dasaßen und die Nacht verging, schlief Sorgatani nicht.

Als Hanna am nächsten Morgen nach draußen trat, schirmte sie die Augen gegen die Helligkeit ab. Die Wolken schienen höher zu stehen und auch dünner und weißer zu sein als bisher.

»Ich glaube, dass die Sonne durchbrechen wird«, sagte Rosvita, die neben sie trat. Sie sahen zu, wie die Pferde und Wagen im Hof von Goslar bereitgemacht wurden. Die Nonnen von St. Valeria versammelten sich unter dem kalten Blick von Schwester Acella, die sämtlichen Schwestern als Protest gegen ihre Entfernung aus dem Kloster eine Schweigepflicht auferlegt hatte. Löwen warteten geduldig in Marschordnung. Feldwebel Ingo gab Rosvita mit einer Geste zu verstehen, dass seine Soldaten zum Abmarsch bereit waren.

Bedienstete luden die Nahrungsvorräte auf, und die Verwalterin reichte Schwester Diocletia einen Vorrat an Heilkräutern. Der Wagen mit Mutter Obligatia war repariert und neu ausgestattet worden. Es befanden sich jetzt zwei Pritschen darin, eine für die alte Äbtissin und die andere für Hauptmann Thiadbold, der zwar fiebrig und schwach war und manchmal fantasierte, aber immer noch unter den Lebenden weilte.

Rosvita seufzte, als die Pferde aus den Ställen geholt wurden. »In einer anderen Zeit könnten wir Euch mit der Nachricht von unserer bevorstehenden Ankunft vorausschicken. Aber jetzt ist es nicht sicher genug, um allein auf der Straße zu reisen.«

»Es war nie sicher für Adler«, sagte Hanna.

»Jetzt noch weniger. Es sind diese Pfeile, die ich fürchte. Wie Ihr es auch tun müsst, Adler.«

»Was ich auch tue«, murmelte Hanna. Sie sah Thiadbold an. Seine Augen waren geschlossen. Schwester Diocletia hatte ihm die roten Haare geschoren, um die Läuse und Flöhe zu verringern, deren Anwesenheit ihn belästigen konnte, während er gesundete. Sofern er gesundete.

»Habt Geduld«, sagte Rosvita.

»Ich bin ein Feigling, Schwester«, sagte Hanna. »Ich habe Angst davor, dass ich diejenige sein muss, die Prinz Sanglant diese Nachricht überbringt.«

»Habt keine Angst.« Nüchternheit lag in Rosvitas Lächeln. »Ich werde ihm erzählen, was während unserer Reise geschehen ist. Es ist meine Pflicht und mein Recht. Es gibt vieles, was er wissen muss. Und ich habe auch viele Fragen.« Wie zuvor Liath und Hugh von Austra trug jetzt Rosvita das *Buch der Geheimnisse* mit sich herum, wohin sie auch ging. Es befand sich in einer Ledertasche, die über ihrer Schulter hing.

»Die Verwalterin hier sagt, dass Mutter Scholastika ihn gesalbt und gekrönt hat, es aber jetzt bedauert.«

»Es ist schwer zu sagen, was man denken soll«, erwiderte Rosvita. »Aber wir haben solche Schätze in unserem Besitz! Dieses Buch wurde von Bernard von Bodfeld zusammengestellt. Die *Lebensgeschichte* von St. Radegundis. Eine Abschrift der Chronik des Klosters St. Ekatarina. Die Annalen von St. Valeria.«

»Bücher der Zauberei!«

»Die auch.«

»Und Eure Geschichte, die, von der die anderen sprechen.«

»Eine kleine Sache, verglichen mit dem Rest, auch wenn ich natürlich glücklich bin, dass sie den Sturm überstanden hat. Es liegt Wahrheit in diesen Büchern. Ich weiß es in meinem Herzen. Aber was ist, wenn die Wahrheit etwas ist, das wir nicht hören wollen?« Ihre Miene verdüsterte sich, als sie zum Himmel emporblickte. Als sie Hanna wieder ansah, war ihr Blick so ernst, dass diese einen Schritt zurücktrat.

»Was könnte an der Wahrheit falsch sein?«

Rosvita schüttelte den Kopf, und ohne ihr eine Antwort zu geben, berührte sie Hanna am Ellbogen und ging mit ihr zu ihrem Pferd.

4

Im Herz-des-Weltenanfangs befand sich ein Labyrinth, das so raffiniert und verwirrend war wie das menschliche Herz. Tief hinunter und noch tiefer führten die Stufen. Um Antworten zu finden oder Freiheit von ihrem Gefängnis zu erlangen, musste die suchende Seele in etwas stürzen, das vollkommen schwarz zu sein schien, in Wirklichkeit aber eine ganz eigene Welt war, weit unterhalb der Welt aus Licht und Luft.

Es war nicht ihre Welt, nicht das Land, das sie kannte, und es war auch nicht die Welt der oberen Sphären, die sie kurz bereist hatte und wo sie die wahre Heimat ihrer Seele gesehen hatte. Hier unter der Last der Erde befand sich eine Weite, deren Existenz Liath nie wahrhaft vermutet hätte.

Am Fuß der Treppe fand sie sich in einem runden Raum wieder, dessen glatte Wände mit seltsamen Ornamenten versehen waren: Sie waren geschnitzt und gestochen mit winzigen Graten und Löchern, die durch die Berührung zu ertasten waren. Acht Korridore gingen in verschiedenen Winkeln ab; einer sah aus wie der andere, sie alle waren mit glattem Stein versehen und breit genug, um vier Leute nebeneinanderreiten zu lassen und ihnen dennoch den Platz zu gewähren, die Köpfe aufrecht zu halten und einen Pferdeknecht nebenherlaufen zu lassen.

Dies waren die Speichen eines Rades. Sie wählte eine Richtung aus und ging in ein Gewirr hinein, in dem sie sich schon bald verirrte. Sie spürte und hörte, dass Kreaturen ihr in einem gewissen Abstand folgten.

Zuerst blieb sie stehen und lauschte; dann rief sie, und als sie keine Antwort erhielt, ging sie einen Korridor entlang, dessen Wände ein rötliches Glühen zurückwarfen wie das des Seiles, das sie trug. In der nächsten Kammer, die auch die nächste Abzweigung war, wartete sie, aber niemand und nichts geriet in Sicht.

Und doch spürte sie sie. Sie wusste, dass sie da waren. Sie wusste, was sie waren, denn ihre Großmutter hatte ihr die Geschichte erzählt.

Eine Weile stand sie reglos da, spürte das Gewicht der Erde, das Gewicht der Herkunft auf ihrem gesamten Körper lasten. Daran zu denken, dass sie eine lebende Großmutter besaß, verblüffte sie immer noch. Sie konnte nicht einmal begreifen, dass sie es tatsächlich wusste.

Das Geflüster – nicht von Stimmen, sondern von gedämpften,

rutschenden Bewegungen – versiegte. Sie warteten, wie auch sie wartete.

Weil sie nicht zurückgehen konnte, ging sie weiter.

Das Wichtigste lernte sie nach einigen Stunden ihrer Wanderschaft: Die Messerkante des Banns, der in der alten Zeit gewebt worden war, hatte diese verborgene Welt entzweit. Auf der einen Seite des Schnittes erstreckten sich Tunnel und abzweigende Korridore, deren Wände so glatt waren wie von einer Dechsel bearbeitet. Sie gelangte in riesige Kammern, die alle mit geometrischer Präzision errichtet worden waren, und traf auf schmale Wasserfälle, die sich über nackten Mauern in unergründliche Tiefen ergossen.

Doch die andere Seite, mit einem einzigen Schritt betreten, hatte gewaltigen Schaden erlitten: hier ein Felssturz, dort eine eingebrochene Decke, die den Weg versperrte, und an einer anderen Stelle eine Spalte, wo der Boden tatsächlich aufgerissen war und einen breiteren Spalt hinterlassen hatte, als sie zu überspringen sich getraute.

Sie blieb am Rand stehen und warf einen Stein in die Dunkelheit. Sie lauschte, aber sie konnte nicht hören, wie er auf dem Boden aufkam. Ein ferner, brennender Geruch aus der Tiefe, ein saurer Geschmack auf dem Gaumen.

Bisher hatten die Kreaturen sie weiterhin in einem bestimmten Abstand verfolgt, waren stets zu hören, aber unsichtbar gewesen. Bis jetzt hatten sie diesen genauen Abstand eingehalten. Aber sie waren ihr nicht in diesen Zweig gefolgt, obwohl der Korridor, der von dem Spalt zerteilt wurde, groß war – eine Hauptstraße wie die Herrscherstraße – und sicherlich einmal häufig benutzt worden sein musste.

Sie hatte den Umweg wegen des seltsamen Geschmacks gemacht, der aus einer der Tunnelöffnungen herbeiwehte. Als sie zu der letzten Kammer zurückkehrte, in der sie eine Pause gemacht hatte, blieb sie stehen, leckte sich den Staub von den Lippen und dachte über ihre Möglichkeiten nach.

Mutter Obligatia hatte die Kreaturen in den Tunneln unterhalb des Klosters St. Ekatarina die »Uralten« genannt. Liath hatte andere Geschichten gehört, in denen von Kobolden die Rede war, von einem kleinen Volk, das in Höhlen tief unter der Erde lebte, das in der Mutterader grub und sich, möglicherweise, von Menschenfleisch ernährte. Grabende und Steinhauer, Leute, die in der Erde und im Fels arbeiteten, wo Dunkelheit herrschte.

Die Uralten hatten schon zuvor einmal mit ihr gesprochen, als sie unterhalb der zentralen Krone begraben gewesen war und auf die Nacht gewartet hatte, da die Sternenkrone die Himmel krönte. Aber diese hier verströmten nicht das Gleiche wie die langsamen Stimmen. Diese hier verströmten etwas Unruhiges, Lebhaftes, Scharfes, Metallisches.

Sie blies kräftig auf das glühende Ende des Seils und zog es heraus. Jetzt sah sie sie – nicht ihre Körper, aber ein schwaches Strahlen, als wenn ihre kürzliche Anwesenheit die Spuren eines phosphoreszierenden Glühens hinterlassen hätte. Ein gewöhnlicher Mensch wäre nicht in der Lage gewesen, sie überhaupt zu bemerken, aber Liath hatte natürlich mehr als einmal gehört, dass ihr eigener Körper einen Atem wie Licht abstrahlte.

Gab es eine ätherische Verbindung zwischen ihr und diesem Erdvolk? Es war schwer vorstellbar, aber es könnte sein.

Von den sechs Korridoren, die von dieser Kammer abgingen, war nur in einem der Schimmer, der von ihrer sich zurückziehenden Anwesenheit kündete. Natürlich führten sie sie; sie hatten es die ganze Zeit getan, und Liath hatte es nur deshalb nicht gemerkt, weil sie sich auf die Lampe konzentriert hatte, die sie aus dem Seil gemacht hatte.

Es war tatsächlich die einzige Chance, die sie hatte. Sie hätte niemals den Weg zurück in die Höhle gefunden, in der Kansi sie eingesperrt hatte, und sie wollte auch gar nicht zurück.

Sie ging weiter, marschierte und schlurfte, wenn sie müde wurde, einen breiten Tunnel entlang, der kerzengerade war – abgesehen von einer leichten Biegung, als hätte ein Pfeil diesen Gang erschaffen. Weiter und weiter, bis sogar das Glühen versiegte und sie Feuer in das Seil rufen musste. Sie hatte gelernt, die Faser zu bearbeiten, sie so brennen zu lassen, dass die schwelenden Enden gerade genug Licht boten, um den Boden sehen zu können, so dass sie nicht unbeabsichtigt in eine Spalte fiel.

Aber ohne Pause, ohne Licht und ein genaues Ziel und ganz allein so zu marschieren, forderte früher oder später seinen Preis. Gleich vor ihr gabelte sich der Tunnel. Die zwei Korridore ähnelten sich vollkommen; es gab nichts, das sie unterschieden hätte, keinen Hinweis darauf, welchen sie nehmen sollte. Es gab kein Licht außer dem, das sie selbst hatte.

Ihre Führer waren verschwunden.

Die Erschöpfung überwältigte sie. Sie sank auf den Boden und lehnte sich gegen die Wand, drückte die roten Funken am ausgefransten Ende des Seiles aus. In vollkommener Dunkelheit saß sie da, aß und bedachte ihre Lage. Wenn sie ihren Geist beschäftigt hielt, konnte sie nicht in Panik geraten.

Ein Labyrinth befand sich unter Herz-des-Weltenanfangs, ein so verworrenes Netzwerk aus Gehwegen wie diejenigen, die sich in jeder gewebten Krone befanden. Es war, vermutete sie, das Gegenstück der Erde zu dem Netzwerk, das in irgendeiner Weise im Äther bestand, zu dem sie Zugang gehabt hatte, als sie durch den brennenden Stein gegangen war, der sowohl Kreuzung als auch Tor war. Irgendwie hatte sich das Land der Ashioi, als es in der Verbannung im Äther gewesen war, mit diesen ätherischen Pfaden verwoben; deshalb war sie, als sie im Nebel der Grenzlande mit dem Seil von Ältester Onkel um ihren Körper gewandelt war, auf Bergen und in unbekannten Marschlanden der entfernten Regionen des Ashioi-Landes herausgekommen, an Stellen, die sie gewöhnlich nur nach vielen Tagen oder Wochen erreichen konnte.

Aber diese Welt unter der Welt war nicht nur ein Gewirr von verschlossenen Tunneln, das zur Falle wurde. Die Luft, die sie atmete, war nicht schal, höchstens etwas staubig und manchmal mit einem gewissen Beigeschmack versehen. Sie erkannte nichts davon, es gab nichts Vertrautes, nichts, was sie hätte ergreifen können, nicht einmal Großmütter. Die Wände der Tunnel fühlten sich glatt an; sie konnte sich nicht vorstellen, was für ein Stein das war oder wie diese Straßen aus Fels gehauen worden waren. An der Stelle, wo die Messerkante das Land vor langer Zeit abgeschnitten hatte, fand sie Trümmer. Das war die alte Seite, das Land, das nach der ersten Umwälzung auf der Erde geblieben war. Wo die Kreaturen sie hingeführt hatten, irgendwohin tief unter dem Land der Ashioi, enthüllte sich das Labyrinth als ein so unfruchtbarer Ort, als wäre es von der Zeit unberührt geblieben.

Ein Klopfen erklang hinter ihr, als Warnung oder zur Begrüßung. Sie sprang auf, atmete Feuer in das Seilende und drehte sich um, als von einer unsichtbaren Quelle Helligkeit aufkam. Sie wartete, hielt sogar unwillentlich den Atem an.

Eine Kreatur kam in Sicht. Ihre Haut schimmerte wie Zinn, war hier und da gesprenkelt von verkrusteten Auswüchsen. Sie erinnerten an Stalagmiten, die sie vor Jahren in einer Höhle in Andalla gesehen hatte, als sie mit einem sorglosen Führer und ihrem neugierigen Vater die Tiefen erforscht hatte. Hätten sie den lang verschollenen Eingang zu dem großen Labyrinth gefunden, wenn sie damals weitergegangen wären? Erstreckte sich das Gewirr des Netzes unter ganz Novaria?

Knollen kennzeichneten das Gesicht der Kreatur dort, wo Augen sein sollten. Etwas bewegte sich innerhalb dieser Knollen, als würden Wolken sich zusammenziehen und wieder auseinandertreiben. Sie trug eine Kette aus Metallstücken, die leise klirrten, als sie stehen blieb. Ein Kupferarmband leuchtete hell an dem einen Arm.

»Ich heiße Liath«, sagte sie. »Bitte, Freund, hilf mir, einen Weg zu finden, der mich herausführt. Ich will dir und deinem Volk keinen Schaden zufügen.«

Die Kreatur schlurfte an ihr vorbei, als hätte sie sie nicht gesehen und nicht gehört, aber als Liath sich umdrehte und folgen wollte, begriff sie ihren Irrtum: Das Wesen war ihr nur aus dem Weg gegangen, war nur zur Seite getreten.

Sie folgte ihm den Korridor hinunter, der nach rechts führte, was sich als nicht leicht erwies. Trotz seines unbeholfenen Gangs schritt es rasch voran. Liath beeilte sich, Schritt zu halten. Glücklicherweise war der Boden eben, so dass sie nicht einmal in der Schwärze stürzen konnte. Die Decke war zu hoch, um sich an ihr zu stoßen, aber Sanglant wäre vielleicht in der Lage gewesen, sie mit den Fingerspitzen zu berühren. Der Gang war breit genug, dass vier oder fünf Frauen nebeneinander gehen könnten. Ein Wagenlenker hätte eine solche Straße bewundert, denn sie war schlicht und breit und nur sanft gewunden.

Dann führten Stufen über die halbe Korridorbreite nach unten, während die andere weiter geradeaus führte. Liath folgte Zinnhaut und stieg hinunter. Schließlich bog die Kreatur ab und betrat eine dreieckige Kammer, von der drei Korridore ausgingen. Liath blieb stehen und legte einen Stein zurecht, um im Notfall zu dieser zweiten Treppe zurückzufinden. Obwohl sie sich beeilte, führte ihr Führer sie so schnell diesen sich immer wieder unerwartet gabelnden neuen Tunnel entlang, dass sie ihn bei der siebten oder achten Abzweigung verloren hatte und nur noch der schwächer werdende Schein zu sehen war.

Dann verschwand sogar die Erinnerung an dieses Licht.

Sie war allein, gefangen und verloren. Verlassen.

Mit Übelkeit im Bauch und kalter Furcht auf der Haut tastete sie sich voran. Tief in der Erde, ohne einen Ausweg, ohne Zuflucht. Sie würde niemals einen Weg nach Hause finden.

Vielleicht war der einzige Weg der, der hindurchführte.

Der Tunnel löste sich dreimal innerhalb einer kurzen Strecke auf. Sie blinzelte überrascht, als sie in eine breite, ovalförmige Höhle mit einer unangenehm niedrigen Decke kam. Sie war nicht ganz so niedrig, dass sie sich bücken musste, aber tief genug, um es trotzdem zu tun.

Die Wände der Kammer waren voller Löcher, die einen Durchmesser von der Dicke ihres Beines hatten; dazwischen befanden sich Alkoven, die in seltsamen Winkeln abstanden. Der Boden fiel nach zehn Schritten an allen Seiten tief zu einer großen, zentralen Höhle ab. Ein regloser Teich kennzeichnete die Mitte dieser Höhle. Das Becken war mit etwas gefüllt, das Wasser sein mochte, aber dazu wirkte es zu strahlend und zu hart, denn es strahlte ein blaues Leuchten ab, als würde ein starkes Licht in der Tiefe brennen.

Ein Dutzend Kreaturen waren in der Kammer, hockten auf ihren Fersen, die Arme an den Seiten, als würden sie wie besessen den Boden polieren.

Sie schritt den Rand der Kammer ab, hielt sich dabei von der Kante fern. Nachdem sie Feuer aus dem Seilende gelockt hatte, hob sie die Fackel, um erkennen zu können, was sich in den Löchern befand.

Die Flamme wurde zurückgeworfen. Sie enthüllte einen metallischen Gegenstand aus Bronze oder Eisen, der zusammengerollt war wie eine Pergamentrolle.

Die Kreaturen kümmerten sich nicht um sie. Eine hockte in der Nähe, und Liath rückte vorsichtig näher, um einen Blick auf das zu werfen, was sie tat. Sie hatte eine der Lagen entrollt und fuhr mit den Fingern über die Spalten und Rillen, die in das Material eingearbeitet waren. Die Lagen waren so lang wie ihr Arm und dreimal so breit, aber so dünn wie Jinna-Papier. Wie konnte ein solcher Gegenstand gerade liegen, nachdem er zuvor noch fest zusammengerollt gewesen war? Welche Magie – oder Schmiedefähigkeit – war hier am Werk?

Die Kreatur beachtete ihre Neugier nicht. Niemand beachtete sie. Sie alle hoben nicht die Köpfe und nicht die Blicke, wie Wesen in der Welt oben es tun würden, in der Welt des Lichts und der Luft. Liath konnte nicht erkennen, ob sie das Glühen des Teiches zu sehen vermochten.

Aber sie sah sofort, was sie taten. Ihre Arbeit war für sie wie der Atem. Sie hätte diese Tätigkeit überall erkannt, die Art und Weise, wie die Finger den Linien folgten. In der Tiefe benötigten solche Kreaturen kein Licht. Sie existierten nicht im Licht, nicht, wie sie es tat. Ihre Vorgehensweise unterschied sich nicht so sehr von ihrer, auch wenn sie sich auf die Augen und die Lippen verließ und jedes Wort aussprach, unter dem ihr Finger entlangfuhr.

Sie lasen, und das hier war eine Bibliothek.

5

Fünf Tage ritten Ivar und Baldwin so schnell wie möglich. Sie rechneten bei jedem Schritt damit, angegriffen zu werden, aber am fünften Tag waren sie immer noch am Leben und trabten auf einem dunklen und einsamen Pfad durch einen Wald, in dem es nur so grünte. Den ganzen Morgen hatten sie freie Ausblicke unter einem hohen Laubdach genossen, aber irgendwann erreichten sie ein Gebiet, in dem Menschen sich darangemacht hatten, in den Wald einzugreifen und ausgewachsene Bäume zu fällen. Hier wuchsen junge Buchen und anpassungsfähige Eschen in Hülle und Fülle zwischen Wolken von blühendem Geißblatt und lieblich riechendem Waldmeister. Es roch wie im herrlichen Frühling, obwohl es früher Sommer war.

»Da«, sagte Baldwin und deutete auf eine Lücke in dem Gewirr. »Eine Lichtung.«

Sie stolperten aus dem Wald in einen ziemlich großen Weiler, der aus mehreren robusten Häusern und einer Scheune bestand, einer überdachten Vorratsgrube, einem Hühnerstall und einem Schuppen mit einem zerbrochenen Dach. Nicht einmal ein Hund bellte, und sofern Hühner dort gewesen waren, waren sie geflohen. Es herrschte eine Grabesstille.

»Jemand ist hier begraben worden.« Baldwin hatte die Angewohnheit, das Offensichtliche auszusprechen, und nach fünf Tagen wünschte sich Ivar, dass er öfter mal den Mund halten würde.

Ein Dutzend Erdhügel säumten die Straße, so frisch, dass noch kein Unkraut darauf gewachsen war.

»Was, glaubst du, hat sie getötet?«, fügte Baldwin beunruhigt hinzu. »Wir sollten besser weiterreiten.«

»Bleib bei den Pferden«, sagte Ivar. »Überprüfe noch einmal das Hufeisen. Ich bete zu Gott, dass es nicht wieder abfällt, bevor wir eine Siedlung mit einem Schmied erreichen. Ich sehe mich nur rasch um. Vielleicht finde ich etwas zu essen oder zu trinken.«

»Mir gefällt das nicht. Es ist zu ruhig. Ich bekomme eine Gänsehaut, so still, wie es hier ist. Sieh nur! Dieser Trog ist halb mit Wasser gefüllt. Ich werde die Pferde dort tränken.«

Zum hundertsten Mal und mit einem überwältigend schlechten Gewissen wünschte sich Ivar, dass Baldwin Erkanwulf wäre, aber er war es nicht. Er reichte ihm die Zügel, dann verschaffte er sich einen raschen Überblick, um sicherzustellen, dass sich niemand an den offensichtlichen Stellen versteckte. Danach untersuchte er die Häuser. Sie waren seit vielen Tagen verlassen. In einem befand sich ein einsamer Webstuhl mit einem halbfertigen Streifen aus blauem Stoff, der voller Staub war. Ein anderes Haus, dessen Tür offen stand, war von Tieren geplündert worden. Eine Schüssel war von einem Tisch gefallen und lag verkehrt herum auf dem festgetretenen Erdboden. Ein Tier hatte ein Loch gegraben, um in eine der Kisten zu gelangen, aber sie war verriegelt, und Ivar hatte nicht die Geduld zu versuchen, sie zu öffnen.

Beim dritten Haus waren die Läden zugemacht worden, aber tiefe Kratzer waren an der Tür, als hätten Wölfe versucht hineinzugelangen. Er schob die Tür auf, die zweimal klemmte, ehe sie nachgab. Der Geruch traf ihn mit voller Wucht. Ein in einer Ecke eingebautes Bett stank. Eine übelriechende Masse war in einem Haufen Felle und Decken erstarrt und getrocknet. Er näherte sich vorsichtig, eine Hand über Nase und Mund, und zog die oberste Decke weg.

Der Gestank des verrottenden Fleisches überwältigte ihn. Ein halb ausgebildeter Säugling – er hatte nicht einmal richtiges Fleisch wie ein Neugeborenes – war in den Decken zwischen den Überresten der Geburt begraben gewesen: Blut; Fäkalien; schrecklich.

Er würgte und wandte sich ab. Er sank auf die Knie, konnte nicht verhindern, dass er sich auf den Boden erbrach. Als das Schlimmste vorüber war, kroch er weg, dann stolperte er nach draußen, suchte nicht einmal mehr nach Essbarem. Der Gestank hing in seiner Nase fest. Jedes Mal, wenn er einen Atemzug nahm, sog er ihn wieder ein, und er hustete und keuchte und würgte, versuchte verzweifelt, sich nicht erneut zu erbrechen.

»Ivar! Oh, Gott, Ivar!« Baldwin lief zu ihm, ließ die Pferde allein am Trog zurück. »Was ist passiert?«

»Gehen wir«, sagte er mit erstickter Stimme und kämpfte sich hoch. Jeder Schritt verursachte einen neuen Würgereiz in seiner Kehle, und als er die Pferde erreicht hatte, hatte er sich ein Dutzend weitere Male erbrochen. Er tastete nach den Zügeln und warf sich unbeholfen auf das Pferd. Gutes Pferd. Es wartete auf ihn, bis er im Sattel saß. »Los jetzt. Geh.«

Lange Zeit brachte er kein Wort heraus. Baldwin brütete vor sich hin, sein Pferd scheute bei jedem Blatt, das sich auf der Straße bewegte, bis Ivar seine Sprache wiedergefunden hatte.

»Alles tot«, sagte er. »Wir reiten einfach weiter. Kloster Dibenvengar liegt in der Nähe dieses Weges. Ich erinnere mich daran, dass wir dort vorbeigekommen sind. Dort wird man Neuigkeiten kennen.«

Als die Obstwiesen des Klosters in Sicht kamen, sah er sofort, dass sie hier nichts anderes finden würden. Der Tod ging ihnen voraus und folgte ihnen.

»Es sind diese Kreaturen mit den Tiergesichtern«, sagte Baldwin leise. »Sie sind vor uns hier gewesen. Die Verlorenen. Nur, dass sie jetzt wiedergekommen sind, um Rache zu nehmen.«

»Wir sind verdammt«, murmelte Ivar und schämte sich sogleich für seine Worte.

»Schäm dich! Ivar! Glaubst du nicht an den Phönix?«

»Doch, natürlich«, sagte Ivar und fügte dann hinzu: »Was bleibt mir übrig?«

»Verzweifle nicht«, sagte Baldwin liebevoll. Sein Lächeln war so freundlich und warmherzig, so schön, dass Ivar spürte, wie seine düstere Stimmung von einem Hoffnungsschimmer aufgebrochen wurde.

Das Kloster hatte zwanzig Mönche, Novizen und Laienbrüder beherbergt. Es bestand aus einem Gelände mit einer winzigen Kirche, einem kleinen Klostergebäude mit einem abgetrennten Novizenhaus, einer Werkstatt, einer Scheune und einer kunstvoll gestalteten Mühle, die jetzt stillstand. Die Gärten waren umgestochen und bepflanzt worden. Das Mühlgerinne plätscherte. Aber es war niemand zu Hause. Weil der Abend bevorstand, brachten sie die Pferde in die Scheune, rieben sie ab und gaben ihnen von dem Korn zu fressen. Ivar schickte Baldwin los, um etwas Essbares aus dem Vorratslager und Kräutergarten zu holen, während er durch das Kloster ging. Das Klopfen seiner Füße war das einzige Geräusch. Der Wind hatte sich gelegt. Nicht einmal die Erde schien noch zu atmen. Jenseits des Klosters befand sich der Friedhof. Sechsundzwanzig frische Gräber befanden sich darauf. Wohin waren die anderen gegangen? Er sah sich in jeder Zelle um, aber er fand keine Leute.

»Müssen wir hier schlafen?«, fragte Baldwin, als sie sich bei der Scheune wiedertrafen. »Im Kloster gibt es sicher bessere Betten.«

»Ja, hier bei den Pferden. Was hast du gefunden?«

»Diese Rüben, aber sie sind halb vergammelt. Lavendel. Dieses Öl, das aber schlecht ist, glaube ich.«

»Iiie! Puh. Wirf es weg.«

»Erbsen. Ich hasse Brei!« Er legte ein Bündel Kräuter beiseite, holte zwei Brotlaibe hervor, die so hart waren, dass kein Messer sie schneiden konnte. »Aber viel Korn.«

Ivar nickte. »Wir können die Ersatzpferde damit beladen. Wir werden bei Morgengrauen aufbrechen.«

Sie legten sich auf das Stroh, Rücken an Rücken, damit es wärmer war. In dieser Nacht hörten sie Vögel im Wald rufen, als würde ein Schwarm von Süden nach Norden fliegen.

»Sind das Gänse?«, flüsterte Baldwin.

»Still! Solche Gänse habe ich noch nie gehört!«

Er schlief danach nicht mehr, aber am nächsten Tag nickte er zweimal im Sattel ein. Sie trieben die Pferde bis an die Grenze ihrer Belastbarkeit. Es war, als würde man ihm ein Messer an die Kehle halten, bereit, sie durchzuschneiden, aber sie trafen niemanden unterwegs. Im Laufe der nächsten Tage reisten sie durch ein Dutzend weiterer Weiler, die alle verlassen waren. Alle hatten sie frische Gräber. Sie hätten genauso gut allein auf der Welt sein können, nachdem der Tod durch das Land gestreift war. Schließlich schwieg sogar Baldwin, obwohl Ivar es jetzt vorgezogen hätte, sein geistloses Geplauder zu hören.

Was war aus Bischöfin Constanze und den anderen geworden?

Zunehmend schweiften Ivars Gedanken ab, ausgelöst durch die Abgeschiedenheit und die ständige Erwartung, dass irgendeine schlimme Überraschung hinter der nächsten Straßenbiegung lauerte.

Das Leben in Friedleben mit Liath und Hanna war so einfach gewesen. Strahlende, herrliche Liath; all die alte Wut auf sie war verschwunden, und er dachte jetzt mit einer wehmütigen Zuneigung an sie. Er hätte ihr niemals widerstehen können, und es war dumm gewesen zu glauben, dass sie ihm jemals einen zweiten Blick zuwerfen würde. Aber sie war nie unaufrichtig gewesen. Sie hatte sich mit ihm befreundet, ebenso wie mit Hanna, und sie beide waren Freunde für Liath gewesen. Es war in gewisser Weise ein selbstloses Band, das nicht von den Familienbanden herrührte, sondern von außerhalb kam.

Alle sagten, dass Liath noch lebte. Den Gerüchten nach war sie die Königin von Sanglant, aber auch eine Ketzerin und Malefika. Exkommuniziert.

Aber wenn sie eine Ketzerin war, glaubte sie an den Wahren Glauben, an die Erhebung des Phönix und die glorreiche Erlösung.

Die Straße war zugewachsen, wo keine Arbeiter das Unkraut

und die Brombeeren zurückgeschnitten hatten. An anderen Stellen fanden sie jedoch Hinweise darauf, dass eine größere Gruppe erst kürzlich diesen Weg genommen hatte: eine große Lichtung mit verkohlten Feuerstellen; niedergetrampeltes Gras, die Überreste von Leder und Nieten und Scherben eines zerbrochenen Topfes. Gräben, bei denen sich die Leute erleichtert hatten und die sie zugedeckt hatten. Diese wiederum waren von Kreaturen aufgestöbert worden, die vom Geruch angelockt worden waren.

Es war matschig. Die Wolkendecke war so dünn, dass er Spuren von Schatten zwischen den Furchen sah, die von den Wagenrädern stammten. Baldwin war ein Stück voraus. Der Schwanz seines Ersatzpferdes wippte hin und her und verschwand, als die Straße eine Biegung machte.

Alle sprachen von Liath. Aber was war mit Hanna geschehen?

Gute Hanna.

Plötzlich musste er weinen. Er schluchzte.

Zweige knackten vor ihm im Wald.

Etwas kommt.

Er hielt die Luft an, zog das Schwert aus der Scheide, das der Feldwebel ihm gegeben hatte.

Ein riesiger Auerochse trat auf die Straße. Er richtete einen düsteren Blick auf ihn, ehe er majestätisch zu den Bäumen auf der anderen Straßenseite stolzierte. Ivar sah zwischen den Tränen hindurch ehrfürchtig zu, wie der breite Rücken verschwand.

»Ivar! *Ivar!*«

Der Auerochse begann zu laufen und schoss zwischen den Bäumen davon. Wieso musste der Narr rufen, wenn ihre Feinde sie doch hören konnten?

Er drängte seine Stute weiter, verließ den dichten Wald und blinzelte verblüfft. Baldwin winkte fröhlich, und Ivar zwinkerte mit den Augen. Eine Prozession von nicht mehr als vierzig Leuten wartete auf der Straße vor ihnen. Alle hatten sich umgedreht, um zu sehen, wer hinter ihnen war. Zwei Hunde bellten.

Es waren Dorfbewohner mit Handkarren und Kindern, die Hacken, Schaufeln und Sensen kampfbereit erhoben. Und es waren Männer in den braunen Gewändern der Aufrichtigen.

»Mönche!«, rief Baldwin. »Vielleicht sind dies die Überlebenden vom Kloster Dibenvengar.«

Während sie weiterritten, verlagerte sich die Prozession, als die Kinder in die Mitte gestoßen wurden und die Mönche und Erwachsenen Schulter an Schulter standen, um sich dem Feind entgegenzustellen. Aber als Ivar und Baldwin näher kamen, entspannten sich die Leute, starrten sie an und deuteten auf sie.

»Ich bitte Euch!«, rief Ivar. »Wir kommen aus Autun und wollen zu Herzog Conrad und Edelfrau Sabella. Was ist hier geschehen?«

Ein Mann löste sich aus der Menge. Er hielt einen Speer, als wäre er ein Krieger, obwohl er das schöne, wenn auch beschmutzte Gewand eines Abtes trug. Er war jung, kräftig und gutaussehend, bereit, es mit dem schlimmsten Feind aufzunehmen, sollte er sich auf ihn stürzen. Als er sie erkannte, hellte sich seine kämpferische, stolze Miene auf und zeigte ein gewisses sarkastisches Leuchten.

»Der strahlende Bruder Baldwin, Geliebter der Engel! Und Bruder Ivar aus der Nordmark! Ihr seid zurückgekehrt! Seid willkommen!«

»Der Engel?«, fragte Baldwin und kratzte sich am Kinnbart. »Was meint Ihr damit, Geliebter der Engel? Welcher Engel?«

»Ist er ein Engel, Mama?«, fragte eines der kleinen Kinder. Einige der Leute lachten unruhig, während andere ihre Hände an die Brust drückten.

»Vater Ortulfus.« Ivar stieg ab und warf die Zügel über den Kopf der Stute. Er strich kurz über seine Tunika, aus keinem bestimmten Grund, außer, dass er die Kleidung eines Laienbruders trug und nicht die, die einem gläubigen Mann angemessen gewesen wäre.

Der Abt lächelte mit deutlicher Erheiterung.

»Was macht Ihr hier?«, fragte Ivar.

»Das könnte ich Euch auch fragen.« Er deutete auf einen stämmigen Mönch, den Ivar wiedererkannte. »Prior Ratbold! Wir müssen weitergehen. Wir müssen Herford noch vor Einbruch der Nacht erreichen.«

Wie die Übrigen starrte der Prior Baldwin an, aber er schüttelte den Kopf. Er hob beide Hände in der Art und Weise eines Mannes, der einen Angriff abwehrte, dann drehte er sich um und rief der erstaunten Gruppe einen Befehl zu. Seine Worte fanden ein Echo in dem Gebrüll der Hunde, und die Dorfbewohner schulterten ihre Bündel und marschierten mit besorgten Gesichtern und leisen Bemerkungen weiter. Kinder senkten die Köpfe und schlurften voran, aber sie sahen Baldwin so häufig an, dass zwei von ihnen stolperten und an den Ohren hochgezogen werden mussten.

Vater Ortulfus wartete, bis die Gruppe außer Hörweite war. »Was gibt es Neues?«, fragte er erschöpft. »Rasch, wenn es irgendetwas gibt, das ich wissen sollte. Das Übrige muss warten, bis wir in Herford sind.«

»Ist es sicher dort?«

»Es ist nirgendwo sicher, Bruder Ivar. Habt Ihr es nicht gesehen? Jede Siedlung ist von Plünderern angegriffen worden, deren vergiftete Pfeile bereits durch einen kleinen Kratzer töten. Kreaturen mit den Körpern von Menschen und den Gesichtern von Tieren. Viele Leute sind verhungert, weil der Frühling zu spät eingesetzt hat und sie bereits zu viel Vieh und Vorräte bei dem Sturm im letzten Herbst verloren haben, so dass es nicht mehr über den Winter gereicht hat. Was ist mit Conrad und Sabella?«

»Sind sie nicht diesen Weg entlanggekommen?«

»Ich habe sie in Herford nicht gesehen. Es gibt einen anderen Weg, den sie genommen haben könnten. Wenn sie nach Kessal wollten, haben sie sich vermutlich bei der Kreuzung an der Eiche dem Klarweg zugewandt. Das ist eine bessere Straße, der Hauptweg, der durch diese Gegend führt.«

»Wo ist das? Haben wir sie verpasst?«, fragte Baldwin.

Ortulfus lächelte beinahe spöttisch. »Keine Angst, Freunde. Diese Kreuzung befindet sich ein kurzes Stück voraus. Ihr könnt uns dort verlassen und Eurem Weg folgen. Aber erzählt mir alles, bevor Ihr geht.«

Ivar rieb sich übers Gesicht. Er war so müde, und nichts von alledem machte einen Unterschied. »Wir sind mit Bischöfin Constanze nach Autun gekommen. Ihr kennt sie.«

»Sie lebt?« Die Miene des Abtes veränderte sich. Einen Moment lang schien es, als wäre die Sonne herausgekommen und würde ihn erleuchten.

»Sie lebt, Vater. Sie wird von Sorgen niedergedrückt und ist krank, aber sie lebt – oder zumindest tat sie das noch, als wir sie verlassen haben.« Er erzählte rasch das Notwendigste.

Ortulfus stöhnte laut. »Ich habe Geschichten über diese Aikha-Banden gehört. Ich dachte, sie wären keine Bedrohung mehr. Und schon gar nicht so weit im Landesinnern. Wenn die Gruppe der Bischöfin sich so langsam bewegt und sie ihr folgen ...« Er sah zur Seite, zu niedergeschlagen, um den Satz beenden zu können.

»Wir können nichts tun«, sagte Ivar. »Sie ist ihnen entkommen oder tot. Wir müssen Edelfrau Sabella und Herzog Conrad erreichen, damit sie zurückkehren und Autun retten.«

»Sie sind nicht die Einzigen, die Autun retten können.«

»Was meint Ihr damit?«

»Nur das.« Vater Ortulfus trug einen Kreis der Einigkeit aus schönstem Silber, aber seine Hand schloss sich und machte das Zeichen des Phönix. »König Henrys Erbe reitet durch dieses Land. Er hat die Eroberer bei Osterburg besiegt. Er hat ihr Heer zerschlagen und die Reste nach Osten zurückgetrieben. Es heißt, dass er Henry von einem schrecklichen Bann befreit hat, den ein übler Mann ihm auferlegt hatte. Dass er Henrys Heer aus Aosta zurückgebracht hat, was kein anderer hätte tun können. Er könnte Autun retten.«

»Ihr sprecht von Prinz Sanglant. Edelfrau Sabella und Herzog Conrad reiten nach Kessal, um gegen ihn zu kämpfen.«

»Wir sollten weitergehen.« Ortulfus setzte sich in Bewegung.

Ivar schwang sich in den Sattel und ritt neben ihm her. »Wollt Ihr reiten, Vater?«

Er sah zu ihm auf. »Nein, Bruder. Ich muss neben denen gehen, die wir aus den Trümmern gerettet haben.«

»Seid Ihr deshalb hier? Um Überlebende zu finden?«

»Ja. Vor mehr als zehn Tagen ist eine Frau nach Herford gekommen. Sie hatte eine schreckliche Geschichte zu erzählen, die niemand von uns glauben wollte. Wer konnte auch schon davon ausgehen, dass Schatten, die einst im tiefen Wald gehaust hatten, zu Fleisch werden und bei Tageslicht umhergehen würden? Wir haben sie für eine Irre gehalten, aber wir hätten es besser wissen müssen. Jemand anders kam mit der gleichen Geschichte, und dann folgten noch weitere. Also haben wir uns aufgemacht, um diejenigen aufzulesen, die übrig geblieben sind. Es sind diese hier.«

Die Gruppe mühte sich langsam voran, aber die Mönche drängten sie geduldig weiter, trieben Kleinkinder und hungrige Ziegen zusammen, reichten einem stolpernden Mann mit einem verletzten Bein die Hand, schoben abwechselnd die zwei Handkarren, in jedem eine Frau, die zu schwach war, um aus eigener Kraft gehen zu können. Wenn die Aikha sie tatsächlich verfolgten, hatten sie keine Chance, die Begegnung zu überleben. Wenn schlanke Hundefrauen mit Messern und Bogen aus dem Wald kommen sollten, würden sie alle sterben.

»Herford ist in der Nähe«, sagte Ortulfus. »Es gibt dort ebenfalls eine Kreuzung, von der ein Pfad nach Osten führt und ein anderer nach Süden und Westen. Er verbindet sich weiter südöstlich mit der Hauptstraße, die von der Kreuzung bei der Eiche kommt.«

»Habt Ihr Sabella und Conrads Heere nicht gesehen? Keinerlei Hinweis auf sie?«

»Nein. Wie ich schon sagte, die Hauptstraße umgeht Herford. Aber wenn Ihr Euch die Straße genauer anseht, findet Ihr Hinweise, dass sie kürzlich vorbeigekommen sind. Abgeschnittenes Gras. Dung und Abfall. Lederreste. Holzsplitter und verlassene Feuerstellen. In Dibenvengar hat das Heer – oder zumindest ein Teil von ihm – im Klosterhof gelagert.«

»Das habe ich nicht bemerkt«, sagte Baldwin.

»Vielleicht hat der Wind die Spuren verweht. Sabella und Conrad reiten uns voraus. Dank der Mutter haben sie Herford auf ihrem eiligen Marsch nach Kessal nicht aufgesucht.«

»Was ist mit diesen Dorfbewohnern?«, fragte Ivar. »Haben sie die Heere gesehen?«

»Ich habe sie noch nicht gefragt, aber die meisten haben sich im Wald versteckt. Sie haben zwischen den Bäumen gelagert. Sie fürchten sich davor, in die Dörfer zurückzukehren, in denen sie bisher gelebt haben.«

»Es ist leichter, sich zwischen den Bäumen zu verstecken«, sagte Baldwin vertrauensvoll. »Das haben wir auch getan.«

Ortulfus' scharfes Lächeln wurde durch dieses Bekenntnis gemildert. »Ihr habt sicher recht, Bruder Baldwin. Aber Ihr seid dennoch eingeladen, die Nacht innerhalb der Klostermauern von Herford zu verbringen, bevor Ihr weiterreitet.«

»Wie hoch sind Eure Mauern, Vater?«, fragte Ivar mit einem Lachen, obwohl er keineswegs schnippisch hatte klingen wollen.

»Der Glaube macht sie stark«, sagte Ortulfus ohne den geringsten Hinweis auf Ironie. Er runzelte die Stirn, als er seine Flüchtlinge musterte. »Der Glaube ist alles, was wir haben.«

6

Für Liath war es vollkommen selbstverständlich, dass sich im Herzen der Welt eine Bibliothek befand, ein Ort, an dem Wissen aufbewahrt wurde.

Natürlich ließ sie sich am Eingang nieder, an einer ruhigen

Stelle, von der aus sie die Kreaturen beobachten konnte, während sie versuchte, ihre Ziele und die Art ihrer Sprache zu ergründen. Wenn da ein Buch war, würde sie es schließlich eines Tages lesen wollen!

Wie sie herausfand, pflegte ein Kobold an der Wand bei einem der Löcher entlangzugehen und, nachdem er eine Reihe von Stichproben an verschiedenen Punkten um dieses Loch herum vorgenommen hatte, die Rolle herauszuziehen und vorsichtig zu einem flachen Bogen zu entrollen. Die kupferne Armbinde, die in den auseinandergerollten Stoff gedrückt war, brachte das Geschriebene dazu, sich mittels einer ihr unverständlichen Magie zu entfalten. Offenbar wurde diese Sprache durch Berührung gelesen; Liath fand keinerlei Hinweise darauf, dass sie mit den Augen lasen oder Worte aussprachen.

Schließlich, nachdem sie ein wenig gedöst und etwas gegessen hatte, ging sie erneut zwischen ihnen umher – oder zwischen einer anderen Gruppe, denn sie konnte sie nur schwer auseinanderhalten. Ihre Haut hatte leicht unterschiedliche Farbtöne, wie es auch bei den Aikha war, außerdem trug jede dieser Kreaturen ein bestimmtes Muster aus Verkrustungen auf der Haut. Sie konnte nicht erkennen, ob es männliche und weibliche Kreaturen gab.

Welche Reichtümer lasen sie da?

Theologie? Mathematik? Physik? Es kam Liath unwahrscheinlich vor, dass das Wissen der Astronomie jene interessierte, die unter der Erde hausten, aber sicherlich Geometrie, denn sie hatte die unterteilten Kammern gesehen, durch die ihr Tunnelgewirr verlief. Sie wirkten wild, vom äußeren Anschein her, lediglich mit barbarischem Schmuck gekleidet, aber sie hatten das Geheimnis des Schreibens entwickelt, und so beschäftigten sie sich sicherlich mit den mechanischen Künsten. Alle Wissenschaften widmeten sich zunächst den Angelegenheiten der Nutzung, ehe sie zu Künsten wurden. Wie weit sie in den Künsten gekommen waren, konnte sie nicht erkennen, weil sie keine Möglichkeit hatte, sich verständlich zu machen. Verfügten sie über die Kunst der Logik? Der Ethik? Der Physik? Versuchten sie, die Ursache von etwas in den Folgen zu erkennen? Hatten sie irgendwo den Grund für das Zittern und Beben der Erde verzeichnet? Stimmte es, dass der Zusammenbruch von vergrabenen Bergen tief im Innern der Erde die Beben verursachte? Oder dass der Druck der Windböen in den unterirdischen Höhlen den Boden hochschob und ihn veranlasste, kurz hierhin und dorthin zu schwingen? Was war mit den Feuerflüssen, die in den Eingeweiden der Erde flossen? Wenn sie hier unten lebten, hatten sie sich sicherlich gefragt, wieso Gold weich war und Eisen hart. Woher die Farbe der Edelsteine kam. Stimmte es, dass der Tod nicht das Ende herbeiführte, sondern lediglich die bisherigen Komponenten zerbrach und neu zusammenfügte?

So viele Fragen!

Aus welcher Essenz bestanden die Kobolde? War Metall in ihnen? Waren sie mit den Aikha verwandt? All dies blieb ein Rätsel. Dass diese Kreaturen überhaupt existierten, verwunderte sie. Natürlich hatte sie Geschichten gehört, die Großmütter und alte Onkel in kalten Wintern am Herdfeuer erzählt hatten, wenn die Leute sich drinnen verkriechen mussten, um sich vor der bitteren Kälte zu schützen. Damals hatte sie diese Geschichten als unwichtig abgetan.

Aber so, wie die Dinge nicht aus dem Nichts erschaffen werden konnten, kamen auch Geschichten nicht aus leeren Gefäßen. Das schrieben die Philosophen.

Hier wandelten die Uralten, die Kriecher in den tiefen, sagenumwobenen Minen, auch bekannt als Kobolde.

Sie bewegten sich nach einem bestimmten Muster, einige schlurften hinaus, andere hinein, alle sichtbar in dem schwachen, pulsierenden Glühen, das vom Teich ausströmte. Die Substanz in dem Teich war keine Luft und keine Flüssigkeit, nicht Flamme und sicherlich nicht Erde.

Vorsichtig glitt Liath näher ins Innere der Höhle und kroch zum Rand des Teiches. Sie kniete sich hin. Eine kühle, süße Strömung kam aus der Tiefe herauf, ergoss sich über sie. Sie spürte sie durch ihre Kleidung hindurchdringen, durch ihre Haut, bis in ihr Herz hinein.

Sie streckte die Hand nach unten und berührte die Oberfläche.

Die wie ein Blitz zuschlug. Und Liath stürzte.

Der Fluss aus Äther verbindet die entferntesten Gefilde des Himmels mit den tiefsten Gruben der Erde. Er ist flach, von der großen Umwälzung abgetragen, aber er fließt dennoch. Sie fließt mit ihm durch die Nebenflüsse der Erde. Er fließt hinauf und nach draußen, dünn wie ein Faden, und sie erhebt sich mit ihm, auf ihm, sieht wie mit der Adlersicht.

Da sind Ashioi, marschieren eine Straße entlang. Sie tragen Bronzerüstungen und gefiederte Schilde. Keiner von ihnen hat ein menschliches Gesicht; sie alle tragen Kriegermasken. Hinter ihnen liegt eine Steinkrone, vor ihnen eine ummauerte Stadt, deren Tore geschlossen sind. Wachen patrouillieren auf den Mauern.

Da ist Ivar, er reitet mit einer Gruppe von Männern, Frauen und Kindern, die nichts anderes als Flüchtlinge sein können.

Da ist Hanna, sie erklimmt die Straße, die zu dem Tor von Quedlingham führt. Hinter ihr rollt der Wagen mit Mutter Obligatia, die sich aufgesetzt hat, damit sie alles sehen kann. Immerhin lebt ihre Großmutter noch!

Und da ist Sanglant! Er reitet, gefolgt von einem Heer, durch bewaldetes Land auf einer gut bereisten Straße, die sie plötzlich als den östlichen Teil des Klarwegs erkennt.

Da flattert ein Daemon, aber er verfängt sich in einem Dunstschleier. Sie richtet den Blick aufwärts, dem Mond entgegen, und zwischen dem einen Atemzug und dem nächsten, zwischen einem Schritt und dem nächsten steigt sie die Leiter empor und verschwindet wie ein Blitz durch das Tor, das von einem Daemon mit einem glitzernden Speer bewacht wird, der so hell wie Eis ist. Die Sphäre des Mondes leuchtet wie ein Perlenlüster, aber sie schreitet darüber hinweg, steigt mit raschen und unbeirrbaren Schritten die Leiter hinauf – denn die Leiter selbst hält die Struktur des Äthers im Innern. Durch das blendende Meer aus Weiß, das die Sphäre von Erekes ist. Vorbei an dem gehörnten Tor von Somorhas und seinem rosigen Glanz. Durch den lodernden Ofen der Sonne und über das riesige Schlachthaus, das Jedus wütender Bau ist. Die Daemonen, die in den oberen Sphären leben, sehen sie vorbeikommen, aber da sie von der Strömung des Äthers getragen wird, ist sie zu schnell für sie, um sie zu ergreifen oder ihr zu drohen, selbst wenn sie es wollten. Sie haben sie zuvor gesehen, oder sie werden sie wieder sehen – es ist schwierig zu sagen. Sie erkennen sie, sie wissen, wer ihre Verwandten sind. Das genügt.

Die Festhalle von Mok liegt in Weihrauch getränkt da. Der schwere Geruch zerrt an ihr, aber sie drängt weiter, sie schiebt sich weiter hinauf, wie die Seele es tun muss, die Erlösung sucht. Der Sturm von Aturna schlägt ihr entgegen, aber sie klettert an ihrer Dunkelheit vorbei und in das blendende Reich des Lichts, auf das goldene Rad zu, das unaufhörlich trommelt und sich dreht. Höher und höher, bis sie zu dem Reich der Fixsterne gelangt, dem weißglühenden Feuersturm, der schrecklich und herrlich zugleich ist. Die Heimat ihrer Mutter, durchdrungen von den Elementen des weißen Feuers und des blauen Äthers. Ein einladender Ort. Sie braucht nur zu beschließen, ihren sterblichen Körper hinter sich zu lassen und zu ihren Verwandten zurückzukehren.

Und doch ist auch das nicht alles, gibt es noch mehr als dies.

Der brennende Stein flackert, obwohl sein Feuer von der Umwälzung geschwächt ist, die die Erde und die Himmel zerrissen hat. Der Ätherfluss tröpfelt wie ein Fluss im späten Sommer, wenn das Wasser fast verschwunden ist. Die Regenfälle des Winters werden ihn wieder füllen – aber was die Zeitspanne der Himmel betrifft, wer weiß, wie viele irdische Jahre oder Jahrhunderte es dauern wird?

Hinter diesen Kreuzungen ergießt sich der Äther nach draußen. Denn es gibt kein Ende für ihn. Strömt der Äther von den Himmeln auf die Erde, oder steigt er auch vom Herzen der Erde zu den Himmeln auf? Was ist, wenn es einen unendlichen Kreislauf des Äthers gibt, einen Streifen, der nur aus einer Seite besteht, deren ewiges Kreisen niemals endet?

Jenseits des Reiches der Fixsterne erstreckt sich ein unendliches Gebiet. Klumpen aus schwarzem Staub vermischen sich zu sich bewegenden Wolken. Ein Nautilus aus Licht wirbelt um ein dunkles Zentrum. Nester aus blauweißen Sternen glühen heiß, der Geburtsort der Engel. Ein Spiralenrad aus unzähligen Sternen wirbelt in einer Stille, die so gewaltig ist, dass sie ein Gewicht besitzt, so tief, dass sie unergründlich ist.

Dies ist die Kammer des Lichts, das Ende und der Beginn aller Dinge.

Nicht alle Veränderungen kommen von außen. All dies liegt auch in unserem Innern. Wir müssen es nur finden.

Und dann wurde sie losgerissen, keuchte und würgte.

Ein Flattern war an ihrem Handgelenk zu spüren, wie die Berührung von Mottenflügeln, zog sie zur Erde zurück. Eine sehr sanfte Berührung, die ein so rüdes Erwachen verursachte.

Eine der Kreaturen hockte eine Armeslänge von ihr entfernt. Sie bewegte sich nicht, jetzt, da sie ihre Aufmerksamkeit hatte. Liath starrte sie an, konnte aber nicht erkennen, ob sie zurücksah. Es war unmöglich zu entscheiden, ob die Knollen einen festen Punkt hatten, auf den sie sich richteten. Es war gut möglich, dass sie nicht auf die gleiche Weise »sahen« wie Liath. Wie also dann?

Sie hatte keine Möglichkeit, diese Frage zu stellen.

Die Kreatur klopfte in einem schnellen Muster auf den Boden. Alle anderen, durch die Wölbung der Höhle kaum sichtbar, hielten in ihren Arbeiten inne. Sie warteten wie sie. Die Kreatur klopfte erneut. Verwundert klopfte Liath mit dem Zeigefinger einmal, zweimal, dann dreimal auf den Boden. War dies eine Form der Kommunikation?

Ihr Kamerad antwortete nicht. Er hatte keine Gesichtszüge, die sie hätte verstehen können. Sie hatte das Gefühl, als könnte sie in ihm denjenigen mit der zinnähnlichen Haut wiedererkennen, der im Tunnel an ihr vorbeigestrichen war und sie hierhergeführt hatte, wie sie vermutete. Er hatte das glühende Armband getragen, wenngleich jetzt ein anderer dieses Armband trug.

Zinnhaut erhob sich, schlurfte aus der Höhle hinaus und blieb am Eingang des Tunnels stehen. Dort wartete er eine Weile vollkommen regungslos. Als sie sich nicht rührte, verschwand er in der Dunkelheit dahinter.

Nach einer Weile kam er zurück, klopfte wieder, drehte sich um und verschwand; erschien erneut, klopfte, verschwand. Kehrte zurück.

Sie erhob sich. »Ich verstehe, was du mir zu sagen versuchst«, sagte sie laut. »Ich will euch nichts tun. Ich möchte gern eure Bücher verstehen.«

Er klopfte und verschwand. Sie nahm ihre Sachen, und nachdem sie ein schwelendes Feuer in das Seilende geblasen hatte, folgte sie ihm in das Labyrinth.

Die Kreatur ging rasch. Liath musste sich beeilen, um Schritt zu halten; es gab keine Möglichkeit, sich den Weg zu merken. Das war schon schlimm genug, aber nachdem sie die nächstliegenden Stufen erklommen hatten, wandten sie sich schon bald Stellen zu, an die sie sich nicht erinnerte – zumal diese Korridore alle mehr oder weniger ähnlich aussahen. Keinerlei Hinweise kennzeichneten den Verlauf ihrer Reise. Die Verblüffung verwandelte sich in Verwirrung. Führte diese Kreatur sie zurück zum Herz-des-Weltenanfangs, woher sie gekommen war, wo sie als Federkleids Gefangene als Opfer für die Ashioi-Priester dienen sollte?

Sie werden mich nicht anrühren.

Und außerdem glaubte sie es auch nicht. Der Boden war anders, unberührt. Vielleicht war sie der einzige Mensch – soweit sie einer war –, der jemals hier gehen würde.

»Wohin gehen wir?«, fragte sie, aber die Kreatur antwortete nicht.

»Wie ist dein Name?«, fragte sie, aber die Kreatur antwortete nicht.

Zweimal versuchte sie, ihre Aufmerksamkeit zu erlangen, indem sie gegen die Wände klopfte, aber die Kreatur antwortete nicht.

Sie stiegen langgezogene Hänge hinauf, die in Abständen immer wieder in sich zurückführten, in genauen Winkeln oder verwickelt in Halbkreisen, aber dem Schmerz in ihren Beinen konnte sie entnehmen, dass sie sich gleichmäßig aufwärtsbewegten. Einmal hielt sie an und versuchte, ihre Aufmerksamkeit zu erlangen, um kundzutun, dass sie sich ausruhen wollte, aber die Kreatur ging weiter und blickte sich nicht um. Es war schwer, weiterzugehen, aber sie wagte nicht, zurückzufallen.

Sie erreichten eine eigenartige Kreuzung, in deren Mitte sich ein schmaler Spalt auftat. Die Kreatur zwängte sich hindurch, und Liath folgte ihr, achtete dabei auf ihr Gewand und das Seil. Sie betraten eine niedrige Höhle, die voller Steinspeere war, die von der Decke gefallen waren und den unebenen Boden bedeckten. Ein gefährlicher Ort, der umso bedrohlicher wirkte durch die Veränderung der Dunkelheit und den heftigen Geruch nach erstickender Erde und modrigen Blättern. Zinnhaut marschierte weiter, wich den Trümmern geschickt aus oder trat sie beiseite. Er bog links ab, als der schmale Tunnel sich gabelte. Ein Stück den anderen Tunnel entlang tropfte Wasser.

Der Weg wurde steiler. Sie hatte Mühe zu gehen. Wie aus weiter Ferne nahm sie die schwache Veränderung des Lichts wahr. Weiter vorn herrschte Tageslicht. Und dann drehte sich die Kreatur zwischen dem einen und dem nächsten Atemzug um, strich an ihr vorbei und verschwand in der Tiefe, schon bald außer Sicht, obwohl Liath noch einige Augenblicke ihre Geräusche hörte.

So viel zur Kameradschaft!

Sie brannte, als sie an die Bücher dachte, die jetzt verloren für sie waren. Wie hatten sie Äther in einer Form erhalten, die sie in einem Teich aufbewahren konnten? Welche Zauberei besaßen sie?

Was wussten sie?

So viel auf und unter und über der Erde blieb ein Rätsel, weil so vieles unbekannt war. Die Decke wurde niedriger, bis sie nicht mehr aufrecht stehen konnte. Sie dachte nach, während sie das letzte Stück kroch, dabei die Hände und Knie vorsichtig auf dem staubigen, glatten Stein aufsetzte.

So vieles zu entdecken!

Lächelnd, erleichtert und erschöpft arbeitete sie sich durch einen Vorhang aus hellem Gras und krabbelte auf einen schmalen Absatz aus Stein, der sich an einem steilen Berghang befand. Der Absatz war nicht breiter als die Länge ihres Oberschenkelknochens und nicht länger als zwei Armspannen. Gras, das am Abhang hing, verdeckte den Eingang der Höhle.

Sie blinzelte, beschattete die Augen. Eine Weile musste sie das Gesicht mit einer Hand bedecken, während sie sich an das seltsame, helle Licht gewöhnte. Sie wusste, was es war; es verteilte sich auf ihr, und sie badete darin, lehnte sich zurück und hörte Gras knistern, als die spärliche Vegetation zwischen ihrem Körper und dem Berg zusammengepresst wurde. Licht. Wärme. Feuer.

Sonne.

Nach einer Weile konnte sie sehen, ohne dass ihre Augen tränten oder schwarze Flecken vor ihnen tanzten. Oh, Herrin, die Sonne fühlte sich so gut an! Sie verortete sie und die Lage der Schatten, kam daraufhin zu dem Schluss, dass es später Nachmittag war, wo immer sie sich auch befand. Die Sonne ging über fernen, blassen Bergen unter. Im Norden war Ödland, abgeschnitten von den Bergen durch eine Straße, die mit weißem Kalk bedeckt war. Zwinkernd starrte sie darauf.

Sie kannte diesen Ort.

Sie hielt sich fest und drehte sich um, so dass sie bergauf sehen konnte – hier, beim Höhleneingang, befand sich die steilste Stelle.

Letztendlich kannte sie diesen Ort nicht. Ein Turm erhob sich über dem Hügel, ordentlich und mit frischem Mörtel versehen. Die Mauern erstreckten sich beiderseits davon und verschwanden in den Kiefern. Sie konnte nicht sagen, wie weit eine solche Mauer reichte, nur dass sie die Grenze des Landes von jemandem anzeigte.

Aber das Gefühl der Orientierungslosigkeit währte nur einen Augenblick. Sie veränderte ihre Position. Ihr rechtes Knie wurde vom scharfen Fels aufgeschürft. Ihr linker Fuß drückte gegen den Berghang. Ein Grashalm kitzelte ihre Nase, und sie nieste, und alles änderte sich.

»Oh, Herrin«, sagte sie und setzte sich auf die Fersen. Sie wusste nicht, ob sie lachen oder weinen sollte.

Sie war wieder dort, wo sie begonnen hatte, im Land der Ashioi. Dieser Turm war damals eine Ruine gewesen und hatte – in der Verbannung – auf einem Berg gestanden, der steil in ein Nebeltal abfiel. Jetzt war der Turm repariert worden, ebenso wie die Mauer. Die Weißstraße, wie die Ashioi sie nannten, leuchtete von frischem Kalk: Dies war die Grenze ihres Landes. Die Messerkante, entlang der die uralte Beschwörung das Land der Ashioi von der Erde getrennt hatte.

Sie glitt zurück, achtete auf ihre Ausrüstung und darauf, dass das überhängende Gras sie verbarg. Wenn die Ashioi sie ergriffen, würde sie entkommen müssen, und das bedeutete, sie würde kämpfen müssen. Wenn sie mit einem vergifteten Pfeil auf sie schossen, würde sie das Gift diesmal möglicherweise nicht überleben.

Sie würde nicht zurückgehen.

Sie streckte die Hand aus, knickte die Mittelfinger ein und schätzte mit dem Daumen und dem kleinen Finger den Horizont ab, wie Pa es ihr vor langer Zeit beigebracht hatte. Die Sonne stand eine Spannbreite über dem rosigen Horizont. Weiter oben blieb der Himmel klar. Schon bald würde die Dämmerung einsetzen, und sie konnte die Sterne einordnen und die Jahreszeit, und vielleicht auch den Längengrad, wenn sie den Winkel und das Azimut mit dem verglich, was sich in ihrer Stadt des Gedächtnisses befand. Der Katalog der Sterne, wie er in Pas *Buch der Geheimnisse* niedergeschrieben war, und das raffinierte Astrolabium waren verloren, aber Pa hatte sie gut genug unterrichtet, so dass sie nicht davon abhängig war. Diese Dinge hätten nur alles einfacher gemacht, und genauer. Sie musste nach Westen und Norden gehen. Es würde eine lange Reise nach Wendar werden, aber sie hatte sie schon einmal gemacht. Sie konnte es wieder tun.

Sie seufzte und schloss die Augen, glitt – möglicherweise wegen des angenehmen Sonnenscheins auf ihrem Gesicht oder weil sie tatsächlich sehr müde war – in einen leichten Schlaf.

Und wachte auf.

Der Tag ging in die Nacht über. Der Sonnenrand funkelte golden am Horizont, gefangen in einer Kerbe zwischen den fernen Bergen.

Jemand saß neben ihr, vollkommen still und ruhig.

Sie schluckte einen Schrei der Überraschung herunter, griff nach dem Schwert, das sie nicht mehr trug.

»Ich bin es nur«, sagte Ältester Onkel.

Sie schrie und lachte, während ihr Herz raste und ihre Hände zitterten.

»Schschsch!«, flüsterte er. »Wir müssen dich hier wegschaffen, Strahlende.«

»Wie hast du mich gefunden?«

Er lächelte. »Trotz deines Versuches, dich zu verbergen, bist du von der Straße aus sichtbar gewesen. Ich habe einen Spaziergang gemacht, um eine besonders gute Wiese mit Erdäpfeln aufzusuchen, die einen Morgenweg entfernt von hier liegt. Das Öl lindert den Schmerz in meinen Gelenken, und der lange Marsch tut mir gut. Auf dem Rückweg habe ich dich gesehen. Ich bin der Dämmerungspatrouille aus dem Weg gegangen. Wir sollten uns beeilen.«

Sie zog eine Grimasse, rieb sich den Oberschenkel. »Ja. Was schlägst du vor?«

»Auf diesen äußeren Straßen sind zurzeit nur die Patrouillen unterwegs. Die großen Heere sind nach Westen und Osten gezogen, um gegen unsere Feinde zu kämpfen.«

»Sind die Ashioi in den Krieg gezogen?«

»Es gibt viel zu erzählen.«

»Ich habe ebenfalls einige Neuigkeiten. Was ich gesehen habe …!«

Er nickte. »Wir können alles in Ruhe besprechen. In der Zwischenzeit gibt es einen Menschen, dem du helfen kannst, wenn du das willst. Sobald es richtig Nacht ist, werden wir im Schutz der Dunkelheit losgehen.«

Sie blickte zum Himmel empor. Ein hoch gelegener Dunst verhüllte den Zenit. Alles, was sie gesehen hatte, als sie den Faden des Äthers hinaufgestiegen war, war jetzt verborgen. Sie konnte die Fixsterne nicht sehen, die Wandelsterne nicht, nicht einmal den Mond. Nur im Westen erhaschte sie einen kurzen Blick auf einen aufblitzenden Stern, in der Lücke zwischen den fernen Bergen, wo sich der Dunst noch nicht gesetzt hatte.

»Also schön.«

So leicht vertraute sie ihm. So leicht, wie sie einem geliebten Großvater vertrauen würde, oder einer Großmutter. Er war, letztendlich, verwandt mit ihr, durch das Band der Heirat. Aber es war nicht dieser Vertrag, der es ihr gestattete, das gewundene Seil über die Schulter zu werfen und hinter ihm her den steilen Hang hinabzusteigen, um mit ihm in westlicher Richtung die Weißstraße entlangzugehen. Es war ein anderer Vertrag, einer, den sie nicht leicht erklären konnte.

Sie vertraute ihm.

Das genügte.

IX
Verbündete und Verräter

1

Anna weinte, nachdem Gnade mit Zuangua weggegangen war. Sie weinte aus Angst um das Mädchen, aber vor allem, weil sie ihre Pflicht nicht erfüllt hatte. Sie hatte Gnade nicht vor ihrem eigenen impulsiven und unreifen Wesen beschützt.

Jetzt war die Prinzessin mit dem Ashioi-Heer davongegangen. Der Gedanke bereitete Anna Übelkeit. Welche Barbaren gestatteten es Kindern, in den Krieg zu marschieren? Es brachte sie zum Weinen, und sie weinte sehr. Niemand beachtete sie, die sie eine Gefangene unter Gefangenen war. Edelmann Hughs Soldaten blieben ebenfalls zurück, wie Vieh in ein Stück Land gepfercht, das von einer Steinmauer und einer Garnison gelangweilter Wachen umgeben war. Anna saß auf einer beschatteten Veranda, deren Dach aus Schösslingen geflochten war, und verbrachte die heißen und staubigen Tage damit zuzusehen, wie ihre Kameraden sich um ihre eigenen Angelegenheiten kümmerten.

Narben-John und Hauptmann Frigo hatten mit ihrer Eisendechsel und den Äxten einen Zimmermanns-Laden aufgemacht. Im Laufe der Wochen hatte sich ein erstaunlicher Strom von Interessenten bei ihnen eingefunden. Die Eisenwerkzeuge und die

Schwerter faszinierten die Ashioi. Liutbold hatte zwei Jahre als Lehrling in einer Schmiede gearbeitet, und so wurde er schon bald zu den Schmiedeöfen der Ashioi gebracht. Zuerst dachte Anna, sie hätten ihn geschlachtet oder gefoltert, aber er kehrte in Abständen zurück, jedes Mal gepflegter und fetter. Kürzlich war er bei seinem Besuch von einer durchtrieben dreinblickenden Ashioi-Frau begleitet worden, die schwanger war.

Der Bogenschütze Theodore hatte ebenfalls rasch Freundschaft mit den Einheimischen geschlossen. Die Ashioi bewunderten seine Fähigkeiten im Umgang mit dem Bogen, und wie die anderen Männer bewunderte er die lockere Art der Ashioi-Frauen.

Sie alle verließen Anna, verführt durch das Fleisch, aber sie konnte es ihnen nicht verübeln. Sie hatte selbst einmal diesen Fehler gemacht, was sie nicht einmal bedauerte. Wieso sollten sie es dann tun? Sie hatten ihre Königin verraten und würden nie mehr nach Darre zurückkehren können.

Sie weinte wieder, nur ein bisschen, als sie an Thiemo und Matto dachte.

Es nützte nichts, um die Toten zu trauern. Nichts von dem, was sie tun konnte, würde sie zurückbringen, und nichts von dem, was sie getan hatte, war geeignet gewesen, Gnade davon abzuhalten, sich kopfüber in den Versuch zu stürzen, ihren mächtigen Großonkel zu beeindrucken, den kühnen und gutaussehenden Krieger Zuangua.

An diesem Tag saß Narben-John auf einem Baumstumpf unter einem Schattendach im Hof und bearbeitete Holz. Hauptmann Frigo schärfte Holznägel. Einer der Soldaten ging zu ihm, beugte sich zu ihm herab und sagte etwas. Der Hauptmann nickte und stand auf, dann schlenderte er zum Tor. Ein anderer Mann war damit beschäftigt, ein Seil zu flechten, während sich im Garten zwei Soldaten an den grünen Pflanzen zu schaffen machten.

Anna musterte gereizt den Korb vor ihr. Die Binsen, aus denen die Ashioi ihre Körbe herstellten, schnitten in ihre Finger und waren zu steif, um sich leicht flechten zu lassen. Manchmal sah sie die Ashioi-Wachen kichern, wenn sie bemerkten, wie sie sich die blutigen Finger leckte, und sie hatte das schreckliche Gefühl, dass sie bei der Ausführung ihrer Aufgabe etwas übersehen hatte. Sie hatte versucht, die Binsen in Wasser zu tauchen, aber dadurch waren sie nur fransig geworden, während das Trocknen sie bröselig machte. Niemand half ihr. Hughs Soldaten beachteten sie nicht, und tatsächlich sah keiner der Ashioi-Männer sie zweimal an. Sie zogen ihre halbnackten Frauen vor. Sie war niemandem von Nutzen, hier nicht und nirgendwo sonst. In Gent hatten sie sie zweifellos vergessen. Wer vermisste sie? Wer dachte überhaupt noch an sie?

Neue Tränen brannten, heiß und wütend. Es war ermüdend, die ganze Zeit zu weinen, aber sie machte sich Sorgen um Gnade und um sich selbst, gestrandet an einem Ort, der niemals ihr Zuhause sein würde. Sie hatte einen Körper, aber sie hatte das Gefühl, als hätte ihre Seele sich davon gelöst, so dass sie gefangen in einer Hülle zurückblieb. Der ständige Staub, der von den Männern aufgewirbelt wurde, drang in ihre Haut, zerrieb sie allmählich, bis sie sich irgendwann aufgelöst haben würde.

Wenn nicht ein Wunder geschah.

»Sssst! Anna!« Narben-John schlenderte zu ihr. »Da ist ein alter Mann am Tor und fragt nach dir. Er sagt, er würde eine Dienerin brauchen, die ihm hilft, Wasser zu schöpfen, Holz zu holen und Körbe zu flechten.« Er grinste, als er ihren halbfertigen und vollkommen nutzlosen Korb sah. Sie würde niemals so hübsche Körbe flechten wie die, die die Ashioi vor ihre Hütten hängten. »Der Hauptmann sagt, dass du gehen kannst. Du bist niemandem von Nutzen, seit die Prinzessin sich davongemacht hat.« Er schnaubte spöttisch. »Sie mag sie mehr als ihre eigene Art! Sie ist wirklich nicht wie wir.«

Die Kleidung, die er trug, war häufig geflickt worden, aber er hatte die abgetragenen Stiefel gegen die Sandalen eingetauscht, die die Ashioi bevorzugten. Er rasierte sich wie ein Kirchenmann, wie inzwischen alle Soldaten, da die Frauen es so lieber mochten. Ashioi-Männer hatten keine Bärte.

»Ich will nicht weggehen«, sagte sie.

»Selbst ein alter Mann ist immer noch besser als gar keiner, sofern nicht zu Hause ein Schätzchen auf dich wartet.« Er grinste, um den Worten eine bestimmte Bedeutung zu verleihen, dann drehte er sich um und ging davon. Er würde sie nicht beschützen. Niemand von ihnen würde es tun.

Hauptmann Frigo kam, um sie mitzunehmen. Sie dachte daran, sich zu wehren, aber sie wusste, dass es aussichtslos war. Sie besaß einen Lederbeutel mit einer zusätzlichen Tunika und einem Gürtel und ihren Stiefeln sowie einem Kamm und einer kostbaren Silberspange, die jetzt ohne Glanz war, aber ihr gehörte. Diese und ein paar andere Dinge waren ihr einziges Hab und Gut, alles, was sie mit dieser Welt noch verband. Sie schlang sich den Beutel über den Rücken und marschierte in den Sandalen der Ashioi zum Tor – in dieser Wärme geschlossene Schuhe zu tragen brachte die Füße dazu zu jucken, Ausschläge zu bekommen, die aufplatzten und bluteten. Sie war eine Hülle, weiter nichts. Man mochte sie aufreißen und wegwerfen, aber man konnte sie nicht mehr verletzen.

Zuerst sah sie ihn nicht, so unaufdringlich stand er neben den vier stattlichen jungen Maskenkriegern Hund, Gefleckter Leopard, Bussard und Falke. Er holte eine Reihe von Steinen und anderen Gegenständen aus einem kleinen Korb, wie sie von den Ashioi benutzt wurden, wenn sie Waren tauschten. Sowohl die Ashioi-Wachen als auch Hauptmann Frigo erhielten einen Teil, dann wandten sich alle ab, wie Leute es zu tun pflegten, wenn sie sich weigerten, die weitere Verantwortung zu übernehmen.

Anna sah das Gesicht des alten Mannes. Die Kinnlade fiel ihr herunter. Er fing ihren Blick auf und schüttelte warnend den Kopf. Sie schloss den Mund wieder, war für einen Augenblick ganz benommen, während sie sich fragte, ob Gott ihr geantwortet hatten oder der Feind.

Aber es war Gottes Werk.

Sie war klug genug, zunächst keine Fragen zu stellen. Als sie jedoch an diesem Abend an einer Feuerstelle saßen, sieben Personen insgesamt, und an frisch gebratenem Kaninchenfleisch kauten, konnte sie ihre Fragen nicht länger zurückhalten.

»Wohin gehen wir?«, fragte sie. »Herrin.«

»Nach Westen«, sagte diejenige, die mit Prinz Sanglant verheiratet war. Edelfrau Liathano war eine Zauberin, nicht menschlicher als ihre Ashioi-Kameraden, nur fand Anna die Ashioi weit weniger beängstigend als diese Frau, auch wenn sie nicht wusste, warum.

Oh, Herrin und Sohn! Da war ein Feuer um diese Frau, nur bei Nacht sichtbar und nicht fester als ein Blitz aus strömender Luft in einer kalten Nacht; tatsächlich schien sie auf Annas Anwesenheit mit nichts weiter als gleichmütiger Akzeptanz zu reagieren.

Die Edelfrau sah sie an, verzog das Gesicht zu einem unaufrichtigen und kühlen Lächeln. »Ich weiß, wohin sie gegangen ist. Aber bis ich hierherkam, wusste ich nicht einmal, dass sie lebt. Zu wissen, dass sie überlebt hat, muss mir Kraft geben.«

Niemand hatte Anna gesagt, wie diese Frau in das Land der Ashioi gekommen war und wieso sie den Prinzen verlassen hatte, ihren Ehemann. Sie selbst wagte nicht zu fragen. Sie aß und trank etwas, und sie schlief sogar, obwohl der Boden so staubig war, dass sie ein Dutzend Mal von ihrem eigenen Niesen wach wurde, bevor die Morgendämmerung den Osten erhellte.

Sie marschierten den ganzen Morgen die Straße entlang in Richtung Westen. Es war ein klarer Tag, ein schwacher Dunst ließ den Himmel in blauweißer Blässe erscheinen. Die Erde um sie herum war vertrocknet. Dornenbüsche und Flecken von trockenem Gras knisterten, wenn der Wind durch sie hindurchfuhr. Links von ihnen schimmerte das Meer wie poliertes Kristall, ein dichtes Feld von Lapis, das vom südlichen Horizont abgeschnitten wurde.

Während der größten Mittagshitze ruhten sie sich im Schatten einer Markise aus, die sie zwischen verkümmerten Zypressen errichteten. Die Maskenkrieger unterhielten sich miteinander, sprachen gelegentlich auch mit dem alten Mann. Die beiden jungen Männer liebäugelten mit der Herrin in der Art und Weise von Männern, die es nicht ganz ernst meinten, und die beiden jungen Frauen scherzten mit ihr, während sie die jungen Männer aufzogen. Niemand achtete auf Anna, denn sie war ein Nichts. Aber wenn das so war, wieso hatten sie sich dann die Mühe gemacht, sie mitzunehmen? Sie aus ihrem Gefängnis bei Edelmann Hughs Soldaten zu befreien?

Als sie im Laufe des Nachmittags das Lager abbrachen und sie neben der Herrin stand, sprach sie.

»Gehen wir nach Aosta, Herrin? Um dem Heer zu folgen? Alle anderen haben gesagt, dass das Ashioi-Heer nach Novomo gegangen ist.«

Die Herrin lächelte bitter, aber sie antwortete nicht. Als sie losmarschierten, versuchte Anna, den alten Mann zu fragen, aber er verstand kein Wendisch, und weil niemand mit ihr sprach, hatte sie in der Zeit ihrer Gefangenschaft auch so gut wie kein Wort in der Sprache der Ashioi gelernt.

Sie marschierten den Rest des heißen Nachmittags weiter. Gelegentlich tranken sie eine eklige Brühe, bei der sich ihr ganzes Gesicht in Falten legte, die aber doch jedes Mal für eine weitere Wegstunde ihren Durst stillte. Die Sonne ging zwischen Schlieren aus roten Wolken unter. Am östlichen Himmel erhob sich ein voller Mond, manchmal unterbrochen von Dunststreifen und manchmal in strahlendem Glanz auf sie herabscheinend. Sie marschierten immer noch, weil dort, wo der Mond schien, die Weißstraße glänzte, als würde sie das Licht einfangen und zurückgeben.

Als der Mond den Himmel zu einem Drittel erklommen hatte, machten sie eine Pause an einer Stelle, an der eine Reihe flacher Felsen angenehme Bänke bildete. Anna trank und kaute auf einem der geschmacklosen, zähen Fladenbrote herum, die sie als Reisebrot hatten.

Die Herrin ließ sich rücklings auf einem der Steine nieder, den einen Arm ausgestreckt über sich. Sie hob und senkte ihn, hob ihn wieder und schätzte die Sterne ab, die sie sehen konnte. Sie sprach leise; Anna sah, wie ihre Lippen sich bewegten, aber sie konnte nicht hören, was sie sagte. Ältester Onkel hockte neben ihr, den Kopf in den Nacken gelegt. Eine winzige Eidechse flitzte in eine Steinritze davon. Anna zitterte; sie erinnerte sich daran, dass ein Junge ihr einmal erzählt hatte, dass solche Geschöpfe vom Feind geliebt wurden.

Ältester Onkel erhob sich und kam mit einer Decke zu ihr, legte sie ihr über die Schultern. Sie lächelte, weil sie nicht wusste, wie sie ihm sagen sollte, dass sie nicht fror.

Der alte Mann ging zu den Kriegern, und sie begannen mit der vertrauten Routine des Aufbruchs: ein letzter Schluck Mahiz, das Verstauen des Reisebrots, das Befestigen der Seile an den Körben, die sie sich dann über die Rücken legten.

Anna erhob sich. Die Herrin stand bereits. Im Mondlicht sah Anna Tränen auf ihren Wangen.

»Was habt Ihr angesehen?«, flüsterte sie.

Die Stimme der Herrin klang heiser. »Die Sterne. Sieh nur, da. Das ist die Fackel des Spähers, beinahe genau über uns. Sie ist wegen des Mondlichts und des Dunstes nur schwach zu erkennen. Die Löwenklaue im Westen ist fast verschwunden, und im Südwesten – siehst du es? – kennzeichnet der blaue Stern das Drachenauge. Im Osten, nun, schwer zu erkennen. Es ist dunstig, weil der Mond alles überstrahlt. Die drei Juwelen sind kaum sichtbar bei dem Licht. Und im Süden ist die Schlange. Das da – siehst du es? – ist das furchterregende rote Auge der Schlange.«

»Das sind viele Sterne.«

»Nur die strahlendsten sind sichtbar. Aber diese hier überhaupt sehen zu können!« Sie brach ab, wischte sich die Augen. Den Kopf noch immer im Nacken, starrte sie zum Himmel hoch und sprach langsam weiter. »Sie sind wunderschön. Es ist so lange her, seit ich sie gesehen habe. Oder seit ich meine Tochter in den Armen gehalten habe.«

Sie gingen einige Tage und Nächte, unterbrachen ihre Reise während der heißen Stunden mit langen Pausen und andauernden, langwierigen Gesprächen zwischen der Herrin und Ältestem Onkel. Gespräche, in denen häufig der Name von Gnade genannt wurde. So viel verstand Anna. Von dem Rest nichts.

Hin und wieder bewachten Türme die Wege. An diesen Orten hielten sie an, um Vorräte mitzunehmen. Die Herrin bewegte sich ohne Angst zwischen den Wachen, die sie anstarrten und mit ihr sprachen; Anna sahen sie zwar an, aber sie beachteten sie nicht weiter.

Schließlich kamen sie an eine Stelle, an der die Weißstraße nach Süden abbog, auf das Ufer zu, an dem die Küste von zwei Schluchten eingeschnitten war, die sich tief in das steinige Ödland hineinzogen. Eine Festung erstreckte sich über die Straße. Die Wachen schienen nicht geneigt, Ältesten Onkel herauszufordern. Sie gewährten ihm die gleiche Ehrerbietung, die sie einem Edelmann zukommen lassen würden, und ließen die Gruppe weiterziehen, obwohl Anna den Eindruck hatte, als fühlte sich jede Ashioi-Wache bemüßigt, ausschweifende Bemerkungen von sich zu geben und viel zu lachen, während die kleine Gruppe sich in die Wildnis aufmachte.

Danach marschierten sie fünf oder sechs oder sieben Tage lang eine staubige Straße entlang; Anna vergaß irgendwann mitzuzählen. Schmutz klebte an ihren Füßen. Als sie die Hände bewegte, rieselte der Schmutz langsam zwischen ihren Fingern hindurch. Ihr Gesicht war voller Staub. Die Kopfhaut juckte ständig, obwohl sie die Haare zu einem festen Zopf zurückgebunden hatte und mit einem Leinentuch bedeckte, das im Nacken geknotet war.

Einmal sahen sie eine Gruppe von Maskenkriegern nach Osten marschieren; einige humpelten, und andere wurden auf dem Rücken von Kameraden getragen. Die Herrin zog sich die Kapuze tief ins Gesicht und verschwand in dem Gebüsch am Straßenrand. Sie sprachen eine ganze Weile mit der Gruppe, während die Herrin sich verbarg. Es wurde über Anna gesprochen.

Sie erkannte es an der Art und Weise, mit der die Neuankömmlinge das Kinn reckten, als sie sie ansahen. Ältester Onkels Autorität setzte sich durch. Schon bald verabschiedete sich die andere Gruppe und machte sich weiter auf den Weg nach Osten, nach Hause. Als die Straße wieder frei war, tauchte die Herrin aus dem Gebüsch auf. Sie setzten ihre Reise fort, machten am Mittag eine lange Pause und dann in der Nacht immer länger werdende, während der Mond abnahm und bei Morgengrauen nichts weiter als ein Splitter war.

Am nächsten Morgen erreichten sie ein größeres Dorf, bei dem sich ein Kontingent von Maskenkriegern befand. Es gab Ashioi-Bauern und Handwerker und ein paar Menschen, die Anna vom Feld aus anstarrten, als sie auf der Straße an ihnen vorbeiging. Viele versammelten sich am Tor, um Fragen zu stellen, aber Ältester Onkel schickte sie mit seiner üblichen Gutmütigkeit weg und grüßte eine Frau mit pausbäckigen Kindern auf jeder Hüfte. Sie begrüßte ihn herzlich, sprach mit der Herrin mit leichter Zurückhaltung, aber offensichtlichem Interesse. Anna dachte, dass sie diese Frau schon einmal gesehen hatte, aber sie war sich nicht sicher. Es fiel ihr schwer, die Gesichter voneinander zu unterscheiden, denn sie sahen so anders aus im Vergleich zu den Leuten, bei denen sie aufgewachsen war, selbst verglichen mit den dunkelhäutigen Soldaten, die Edelmann Hugh ergeben waren. Andere scharten sich um sie, so viele Gesichter, dass sie wegsehen musste aus Angst zu ertrinken.

An den Rand der Gruppe gedrängt und unbeachtet, aber gemieden von allen, folgte sie ihnen, als sie sich zu einer Versammlung trafen, die auf dem offenen Gemeinschaftsgelände abgehalten wurde, wo sich ein Pfosten befand. Matten wurden ausgerollt. Die Herrin und Ältester Onkel und die andere Frau saßen einander gegenüber. Viele scharten sich hinter ihnen, hockten oder standen, um zuzuhören. Getränke und Speisen wurden herumgereicht, als die drei in der Mitte zu sprechen begannen. Die Herrin hatte die Angewohnheit, ihre Worte mit leidenschaftlichen Gesten zu begleiten, als würden ihre Hände sprechen.

Wenn Ältester Onkel sprach, lagen seine Hände auf den nackten Oberschenkeln. Die andere Frau hörte meistens nur zu, stellte hin und wieder eine Frage und antwortete gelegentlich auf eine Bemerkung von einer der drei Personen, die hinter ihr knieten, zwei Männern und einer Frau, die wie Bedienstete oder Kinder wirkten. Schließlich drehte sie sich zu der Frau um – einer bemerkenswert hübschen jungen Frau mit einem wilden Blick –, und ein Gegenstand wechselte die Hände. Sie hielt ihn von sich gestreckt. Er war rund, aus poliertem Metall und ähnelte der Sonne.

Die Herrin starrte darauf. Sie wirkte vollkommen sprachlos. Schließlich streckte sie die Hände aus, und man reichte ihr den Gegenstand. Sie drehte ihn herum und hielt ihn eine Armeslänge von sich entfernt, lachte und weinte und gab ihn schließlich zurück. Und dann sprach sie ein Ashioi-Wort, das Anna kannte.

»Ja.«

Danach löste sich die Versammlung auf, und die Herrin und die anderen Frauen gingen ins Gespräch vertieft weg. Anna fand sich im toten Wasser wieder, unerwünscht und vergessen. Als sie zum Tor schritt, hielt niemand sie auf oder rief ihr nach. Sie passierte das Tor und trat über die Holzbrücke, die über den Graben führte. Ein Wachturm erhob sich bei der nordöstlichen Ecke der Palisade. Der Maskenkrieger dort, der seine Maske zurückgeschoben hatte, sah sie an, blickte dann aber rasch uninteressiert zur Seite.

Sie könnte weglaufen. Sie könnte entkommen.

Sie lachte, weil es besser war, als zu weinen. Würde sie denn niemals nach Hause gehen können?

Drei junge Leute – zwei Jungen und ein Mädchen – kamen die Straße entlang. Sie trugen bis zur Hälfte mit Wasser gefüllte Eimer über ihren Schultern. Sie waren Menschen wie Anna, mit angenehm vertrauten Gesichtern, auch wenn sie dunkelhaarig waren und ihre Haut weder so blass war wie die der Wendaner noch so rötlich wie die der Ashioi, sondern den dunklen Oliventon der Aostaner besaß.

Sie blieben stehen, als sie sie sahen, stellten die Eimer ab und starrten sie an. Sie tuschelten miteinander. Einer der Jungen hatte ein vernarbtes Kinn und eingefallene Wangen; sein Kamerad hatte O-Beine und einen schwungvollen Schritt. Das Mädchen war so mager, dass es kaum Hüften oder Brüste hatte, aber sein Blick musterte Anna ohne Furcht. Es schien die Anführerin dieser kleinen Gruppe zu sein. Als das Mädchen sprach, tat es das in einer Sprache, die Anna nicht verstand, und als sie nicht in einer Sprache antworten konnte, die sie kannten, zuckten sie die Achseln, nahmen die Eimer auf und gingen durch das Tor.

Eine lange Weile stand Anna in der Mitte der Straße, ohne irgendwohin zu gehen. Schließlich begann ihr Kopf von der Mittagshitze zu pochen, und sie drehte sich um und ging ebenfalls wieder zurück durch das Tor.

Sie hätte nicht gewusst, wohin sie sonst hätte gehen sollen.

»Komm, Anna! Es ist Zeit zu gehen!«

Die Worte rissen sie aus einem Schlummer. Sie hatte in einem kühlen und dunklen Grubenhaus einen Platz angeboten bekommen, an dem sie ihre müden Füße ausruhen konnte.

Jenseits der hellen, niedrigen Türschwelle – es gab keine Tür, nur Bänder mit Holzperlen daran, die klimpernd gegeneinanderstießen – stand die Herrin. Ihre Umrisse wurden von dem gelblichen Licht des späten Nachmittags gedämpft.

»Wir gehen, Anna. Komm.«

»Wohin gehen wir?«, fragte sie, ohne nachzudenken. Dann zuckte sie zusammen, weil es ihr nicht zustand, Fragen zu stellen. Sie musste nur gehorchen.

Aber die Herrin kümmerte das nicht. Sie beantwortete die Frage nachsichtig. »Wir gehen nach Novomo. Es ist ein Dilemma zu entscheiden, ob wir hier auf die Rückkehr des Heeres warten oder ihm folgen sollen. Es könnte sein, dass die Strömungen der Kronen uns weiterbringen, ohne dass wir einander begegnen. Ich weiß es einfach nicht. Ich muss handeln. Ich muss Gnade finden, jetzt, da ich weiß, dass sie noch am Leben ist. Und du wirst dich um sie kümmern, wenn wir sie gefunden haben.«

»Wir gehen nach Novomo?« Sie fühlte sich wirr im Kopf. »Aber dahin ist das Heer gegangen. Sie werden uns gefangen nehmen.«

»Vielleicht nicht, Anna. Ich habe jetzt Verbündete bei den Ashioi.«

»Wie könnt Ihr Verbündete haben, Herrin? Wollen sie sich Prinz Sanglants Heer anschließen, wenn er jetzt König in Wendar ist, wie ich gehört habe? Aber wenn sie das tun, werden sie dann nicht von ihrem eigenen Volk als Verräter angesehen werden?«

Die Herrin hatte ihren Blick bereits auf etwas gerichtet, das Anna nicht sehen konnte. Sie antwortete, aber ihre Gedanken schienen eine halbe Wegstunde weit weg zu sein. »Nicht solche Verbündete. Wir handeln nicht mit Ländereien oder Gold, sondern mit etwas, das kostbarer für uns ist. Etwas, das ich besitze und sie haben wollen und das ich bereit bin, mit ihnen zu teilen.«

»Was ist das, Herrin?«

Ihr Profil war jetzt sichtbar. Sie lächelte grimmig, und der dämmrige Raum wirkte auf einmal heller. »Die Geheimnisse der Mathematiki.«

2

Die Ansiedlung »Die Eiche« hatte ihren Namen einer riesigen Eiche zu verdanken, die einen so gewaltigen Stamm besaß, dass das Blätterdach breit und dick genug war, um keinerlei Gras darunter wachsen zu lassen. An der Kreuzung befand sich zwar kein richtiges Dorf, aber ein paar Häuser waren hier errichtet worden, weil es einen Streifen urbares Land gab und die Möglichkeit, gegen ein paar Münzen oder Waren Reisende unterzubringen. Auch dieser Weiler war verlassen worden, aber offensichtlich hatte eine große Gruppe kürzlich hier gelagert. Sie hatten die Innenräume geplündert und Bretter aus den Wänden gerissen, um sie ins Feuer zu werfen. Einige Tiere waren getötet, gehäutet und verzehrt worden; Überreste lagen hier und da herum. Ortulfus wog ein Schulterblatt in den Händen, fuhr mit einem Finger über die Stelle, an der ein Messer den Knochen abgeschabt hatte. Ein einzelnes, frisches Grab befand sich im Schatten des umgebenden Waldes, neben einer Gruppe von jungen Eichen, die dort aus dem Boden sprossen, wo kein Schatten sie töten konnte.

Ivars Gruppe machte hier eine Pause, stärker erschöpft durch die Furcht als durch das langsame Gehen. Vater Ortulfus schickte Mönche mit Eimern zu dem nahe gelegenen Fluss. Zwei Jungen boten sich an, die Pferde zum Tränken zu führen, während Ivar und Baldwin aus sicherer Entfernung die Straßen musterten. Der breitere Weg, der häufiger bereist wurde, führte am Fluss entlang nach Südosten, während ein grasbewachsener Pfad sich direkt östlich zwischen den Bäumen hindurchdrängte.

»Wir müssen den Weg nehmen, der am schnellsten ist«, sagte Baldwin. »Glaubst du nicht, dass Bischöfin Constanze das von uns wollen würde?«

Ivar musterte Vater Ortulfus, der noch immer das Schulterblatt betrachtete. »Habt Ihr Pferde im Kloster, Vater? Unsere haben sich verausgabt, aber die nötige Ruhe wird sie wiederherstellen. Wenn wir Euch unsere geben könnten, als Tausch gegen frische Reittiere, könnten wir schneller vorankommen.«

»Manche Pferde erwartet ein unrühmliches Schicksal im Eintopf«, sagte Ortulfus und warf das verkohlte Schulterblatt zurück in das Feuerloch. Asche und Erde wirbelten auf. »Wir haben Esel, Ochsen, zwei Maultiere, aber keine Reitpferde. Es tut mir leid.«

»Habt Ihr denn einen Schmied? Es wäre schon hilfreich, wenn sie neue Hufeisen bekämen.«

»Einen Schmied haben wir. Bruder Adso ist vor zwei Jahren aus Alba zu uns gekommen, als er vor dem Einmarsch der Aikha geflohen ist. Es ist ein Hauch alter Magie in ihm, was das Hufschmiedehandwerk betrifft.«

Ein Kind hustete feucht. Eine alte Frau summte einem unruhigen Säugling etwas vor. Drei Mädchen wagten sich so dicht an die drei Männer heran, wie es ihnen möglich war, starrten sehnsuchtsvoll den gutaussehenden Geistlichen an, der ihre Anwesenheit jedoch nicht zu bemerken schien. Die Brüder kamen zurück, die Eimer mit Wasser gefüllt, und begannen, es an die durstigen Leute zu verteilen.

Baldwin beugte sich zu Ivar hinüber. »Ich gehe jetzt zu den Pferden«, flüsterte er ihm ins Ohr. »Sie starren mich an.«

Ohne sich umzudrehen, überquerte er die Straße und ging zu dem Fluss, um die Jungen zu beaufsichtigen. Sie schienen jedoch zu wissen, was sie taten, und brauchten keine Beaufsichtigung.

Es kam ohne Vorwarnung, abgesehen vielleicht von einem kurzen Innehalten des Atems des Waldes, als würde alles Gekrieche und Gekrabbel unter den dort lebenden und sterbenden Geschöpfen versiegen. Die Vögel waren verstummt. Es erklang gar nichts, aber dann war das Klopfen von Füßen zu hören. Tapp tapp, tapp, tapp. Jemand lief in einem raschen Rhythmus.

Die beiden Hunde, die auf dem Boden gelegen hatten, sprangen auf und bellten, so verblüfft wie alle anderen.

Er brach aus dem Wald und blieb abrupt stehen, musterte die zerlumpte Gruppe aus sicherer Entfernung. Er hatte einen runden Schild mit gelbroten Drachen, die sich umeinanderschlangen und -wanden. Die Haare waren eisweiß und zu einem festen Zopf zurückgebunden. Keine einzige Strähne war lose. Die Haut glänzte, als würde eine Schicht aus geschmolzenem Gold über dieser Gestalt liegen. Er trug keine Tunika und keine Weste, nur ein bemaltes Stück Stoff über der Hüfte. In der rechten Hand hielt er einen Speer, klopfte mit der Waffe einmal, zweimal, dreimal, viermal kräftig auf den Boden, wie das verkürzte Klopfen eines Spechts.

Dann drehte er sich um und lief den Weg zurück, den er gekommen war.

Die Dorfbewohner sprangen auf, riefen und weinten, einige rannten in den Wald. Andere drängten Kinder zu dem grasbewachsenen Pfad, der zum Kloster führte, das den Angaben des Abtes zufolge noch einen halben Tagesmarsch entfernt war.

»Möge Gott Erbarmen haben«, sagte Vater Ortulfus. Er starrte der verschwundenen Kreatur nach. Er war blass und auch wütend. »Können wir nach all dem anderen nicht wenigstens davon verschont bleiben? Diese armen Unschuldigen?« Er wandte sich Ivar zu. »Sie sind *Euch* gefolgt!«

Ivar würgte. Baldwin, der am Fluss stand, fing seinen Blick auf, denn er hatte sie angestarrt, verwirrt über die plötzliche Unruhe. Von seiner Position aus hatte er den Aikha-Späher nicht gesehen. Er hob fragend die Hand.

»Vergebt mir«, sagte Ortulfus und drückte Ivars Handgelenk. »Ich habe voller Wut gesprochen. Dieses Unheil ist nicht Euer Werk.«

»Bitte, Vater. Es gibt nichts zu vergeben. Tut, was Ihr tun müsst. Wir werden uns im Wald verbergen und hoffen, dass sie uns nicht sehen. Ich würde Euch anbieten, sie zu vertreiben, aber wir müssen Edelfrau Sabella und Herzog Conrad erreichen, ehe sie es tun.«

Ortulfus schlug ein seltsames Zeichen vor der Brust. »Im Namen der Mutter und des Sohnes«, murmelte er. »Seid gesegnet auf Eurem Weg.«

Ivar starrte ihn an, als er diesen Satz hörte, dann schüttelte er sich. »Die Wahrheit erhebt sich mit dem Phönix«, erwiderte er.

Ortulfus nickte. »So haben wir einander gesehen«, sagte er rätselhaft. Dann folgte er seiner Herde, nahm ein brüllendes Kind auf, das nach etwas griff, das auf dem Boden liegen geblieben war, und rief seinen Mönchen zu, sich mit den Schützlingen im Wald zu zerstreuen. »Jeder von euch kümmert sich um ein paar und versucht, auf einem anderen Weg nach Hause zu gelangen! Beeilt euch!«

Sie flohen. Ivar rannte zum Fluss und schickte die beiden verwirrten Jungen hinterher.

»Was tun wir jetzt?«, fragte Baldwin.

»Wir verstecken uns.« Sie durchquerten wasserspritzend den Fluss und führten die Pferde in den Wald. »Ich weiß nicht, wie groß die Streitmacht ist, die da kommt. Wir können ihr nicht entfliehen. Wenn es ein Spähtrupp ist, können wir denjenigen Weg nehmen, den sie nicht nehmen.«

Baldwin kratzte sich wieder am Bart. »Ich hasse diese Haare. Ich wünschte, wir hätten Zeit, uns zu rasieren.«

»Wenn sie Autun plündern können, warum marschieren sie dann hierher?« Als Baldwin nicht antwortete, murmelte Ivar leise in sich hinein, wütend darüber, dass ihr Schicksal sich nicht einfach zum Guten wenden konnte. »Wieso schicken sie Späher so weit aus? Es ist ein tagelanger Marsch ... wozu? Können sie uns nicht einfach in Ruhe lassen? Sie wollen nicht, dass wir die Herrin erreichen! Das ist es! Sie wissen, dass wir vor ihnen sind, und sind hinter uns her!«

»Glaubst du das wirklich?«, fragte Baldwin mit ruhiger Stimme, die Ivars Wutanfall wie kaltes Wasser ertränkte. »Du und ich haben doch keine Bedeutung. Keine richtige, meine ich.«

Keine richtige.

Sie kämpften sich durch ein Brombeerdickicht und stürzten in ein Gewirr von Schösslingen. Buchenwälder mit ihren freien Ausblicken waren ein schlechter Ort, um sich zu verstecken; die große Eiche auf der Lichtung wirkte fehl am Platz, eine alte Überlebende einer vergangenen Zeit.

»Da ist dichteres Gehölz«, sagte Ivar und deutete den sanften Hang hinauf zu einer Mauer aus blühender Esche und Weißdorn. »Den Holzfällern sei Dank! Das hat mein Vater immer gesagt. Ich frage mich, ob er noch lebt. Oh, Gott! Gero ist jetzt möglicherweise an seiner Stelle Graf.« Der Gedanke brachte ihn zum Schweigen, trocknete offenbar auch die Tränen. Oder vielleicht war es auch das Donnern, das im Westen erklang. »Wir müssen stehen bleiben, sonst sehen sie, wie wir uns bewegen.«

Sie verbargen sich so gut wie möglich, hofften, dass die Blätter und die Entfernung sie schützen würden. Der Späher von zuvor sprang wieder auf die Lichtung und blieb starr wie eine Steinstatue stehen, um die verlassene Landschaft zu mustern. Vielleicht war es aber auch ein anderer Aikha, der nur einen ähnlichen Schild trug. Ivar konnte den Unterschied nicht erkennen, abgesehen davon, dass die Haut von diesem hier mehr bronzefarben als golden wirkte. Weitere kamen, vier, ein Dutzend. Dieser Vortrupp lief an der Eiche vorbei und nahm die breite Straße, die nach Südosten führte – den Hauptweg nach Kessal und zum Herzogtum Fesse. Aber das Donnern wurde lauter.

Ein Kind lief mit eiligen Schritten aus dem Wald. Vater Ortulfus verließ die Deckung und rannte hinterher. Das Kind blieb stehen und griff nach einem Stück Stoff, vermutlich einer Puppe, und als es sich umdrehte, um wieder zum Wald zurückzulaufen, warf es einen Blick nach Westen die Straße entlang, machte zwei Schritte, sah wieder hin und erstarrte.

Ortulfus erreichte das Kind, legte ihm eine Hand auf den Mund und schwang es sich über die Schulter, um zurück in den Schutz des Waldes zu laufen.

Baldwin machte Anstalten, ihnen zu folgen, aber Ivar packte seinen Arm. »Nein!«, flüsterte er.

Baldwin schüttelte ihn ab, schien kurz davor, hinter dem Abt herzulaufen, aber die Pferde scheuten aus dem Nichts heraus, und er musste umkehren. Gemeinsam beruhigten sie die ängstlichen Tiere.

Zusammen blickten sie auf, als das gleichmäßige Donnern zu einem erkennbaren Stampfen einer großen Menge von marschierenden Leuten wurde. Die ersten Reihen kamen auf die Lichtung. Sie liefen zu fünft nebeneinander, jeder mit einer Art Gürtel aus Leder oder schimmerndem Metall um die Hüften, bewaffnet mit einem Schild und Speer, Axt, Bogen oder Schwert. Hunde begleiteten sie, gewaltige, eisengraue Tiere, denen Schaum von den Schnauzen troff. Als sie Ortulfus und das Kind sahen, liefen sie hungrig zu ihnen.

Die zehn Aikha-Soldaten, die an der Spitze liefen, rannten jetzt schneller, um den Abt und seinen winzigen Schützling zu umzingeln. Sie trieben die Hunde zurück. Einer durchbohrte einen regelrecht, und die anderen Hunde sammelten sich an der Stelle, wo er sich heulend wand und zuckte, zerrten an ihm und knurrten.

»Ich kann das nicht mit ansehen«, stöhnte Baldwin. »Ich hätte ihnen folgen sollen!«

»Still! Willst du, dass die Hunde uns hören?« Glücklicherweise blies der Wind ihnen ins Gesicht. Zumindest ihr Geruch würde sie nicht verraten.

Weitere Reihen kamen die Straße entlang, und noch mehr und noch mehr, zu viele, um sie zählen zu können.

Das Heer ging scheinbar ewig vorbei, und die Pferde mochten es gar nicht. Etwas an dem Geruch oder dem Klang beunruhigte sie. Baldwin hörte nicht auf, leise zu murmeln, um sie ruhig und an Ort und Stelle zu halten, während Ivar die Feinde zu zählen versuchte. Die Aikha verschlangen den Boden regelrecht; sie bewegten sich ohne Pause die Straße nach Kessal entlang. Neue Reihen kamen in Sicht, als die ersten außer Sicht gerieten. Ivar und Baldwin konnten unmöglich hoffen, mit ihren erschöpften Pferden dieses Heer überholen zu können, nicht einmal, wenn sie dabei ihre Pferde zuschanden ritten.

Die ganze Zeit stand Vater Ortulfus in einem Ring von Aikha, hielt das stumme Kind in den Armen und wartete. Die Soldaten um ihn herum rührten sich ebenfalls nicht. Sie warteten wie er.

Banner flatterten. Stoffstreifen in leuchtendem Gelb, Rot und Himmelblau kennzeichneten das Herz des Heeres. Eine Wagenkolonne kam in Sicht, nicht von Pferden gezogen, sondern von Aikha und anderen Geschöpfen, die wie die Aikha auf zwei Beinen gingen und Hände und vertraut wirkende Gesichter hatten, aber blonde, braune und schwarze Haare.

»Sieh nur!«, flüsterte Baldwin. »Gefangene! Sklaven!«

Menschen.

Aber sie waren keine Sklaven. Sie trugen keine Ketten. Sie trugen Waffen und Rüstungen, Lederwesten oder Kettenhemden. Jene, die keine Wagen zogen, marschierten frei zwischen den anderen Soldaten. Er hatte ein paar von ihnen im vorderen Teil des Heeres gesehen, aber erst jetzt begriff er, wer sie waren: Männer, die mit den Aikha marschierten. Verbündete, keine Feinde. Verräter.

Baldwin packte seinen Arm. »Möge Gott uns helfen! Sie haben sie!«

Die meisten Wagen beförderten Vorräte, und Ivar hätte fast die Person übersehen, auf die Baldwin deutete, denn sie war von zahlreichen kräftigen Aikha-Wachen umgeben, die dicht an dicht liefen, so dass sie die Leute auf dem Wagen verbargen. Er sah ihre Gesichter kurz aufblitzen, lebendige Gesichter, die vor Furcht und Erschöpfung angespannt waren: der zerbrechliche Sigfrid, der unerschütterliche Ermanrich, die glühende Schwester Eligia und die mutige Hathumod, die seltsamerweise beim Wagenlenker saß. Sie schien freundschaftlich mit dem großen Jungen zu plaudern, der eine Weste aus gekochtem Leder trug und keinen Helm und der, obwohl es ihm an Pferden mangelte, die er lenken konnte, irgendwie die Aufsicht über diesen Wagen hatte. Bischöfin Constanze saß neben Schwester Eligia auf dem Wagenbett. Sie hielt sich an der Seitenwand fest und starrte auf die Lichtung. Sie hatte Vater Ortulfus entdeckt.

Unruhe kam in den Reihen der Soldaten auf, die den Abt umgaben. Das Kind schoss zwischen den Beinen eines der Soldaten davon, packte seine Lumpenpuppe und rannte auf die Bäume zu. Zwei Hunde liefen hinterher, aber ihre Meister pfiffen scharf, und sie kehrten beide wieder zurück, während die Aikha-Soldaten lachten, als das Kind stolperte, fiel und vor Angst weiterkrabbelte. Sie ließen es gehen, aber Vater Ortulfus wurde vorwärtsgestoßen und unzeremoniell in den Wagen geworfen, ohne dass das Heer seinen Schritt verlangsamte. Er fiel auf Ermanrich, und auch Sigfrid brach zusammen, als Gliedmaßen aufeinanderprallten. Hathumod drehte sich um und starrte mit offenem

Mund, Vater Ortulfus kam auf die Knie. Er verbeugte sich über der Hand der Bischöfin und küsste ihren Ring. Ivar war zu weit weg, um sie sprechen hören oder ihre Mienen erkennen zu können, aber das Wiedersehen der Bischöfin mit dem jungen Mann, der einst in ihrer Gelehrtenschule in Autun gedient hatte, brachte ihn zum Weinen. Während Ivar die Tränen wegwischte, murmelte Baldwin leise.

»Was ist mit dem Feldwebel und den anderen? Sind sie alle tot?«

Das Heer lief weiter. Von dem Feldwebel und seiner Gruppe war nichts zu sehen.

»Ich dachte, die Aikha würden keine Gefangenen machen«, fügte Baldwin hinzu. »Dass sie jeden töten, den sie treffen.«

»Selbst die Aikha überlegen es sich vielleicht zweimal, ehe sie eine heilige Bischöfin töten. Still jetzt. Bis sie weg sind.«

Es schien ewig zu dauern, bis der Haupttross an ihnen vorbeigezogen und die Straße entlang verschwunden war. Keinerlei Pferde begleiteten dieses Heer, nur die Hunde. Sie warteten noch etwas länger, da einige Gruppen von Nachzüglern hinterherliefen. Ivar hielt den Atem an, als Hunde auf der Lichtung herumliefen, den vielen Spuren folgten, aber am Ende hielten der Fluss und die Befehle ihrer Herren sie zurück, die rasch dem Hauptheer folgten.

Eine ganze Weile blieb es still. Dann schließlich landete eine Krähe auf dem Boden jenseits der Eiche und scharrte auf der Erde. Plötzlich erhob sie sich in die Lüfte und flog davon.

»Gehen wir«, sagte Baldwin.

Ivar legte einen Finger an die Lippen, als zwei dahinschlurfende Späher in Sicht kamen, wie Hunde in der Luft schnüffelten und weitergingen.

Sie warteten. Die Krähe kehrte zurück, und als sie diesmal am Boden suchte, gesellten sich eine zweite und eine dritte zu ihr.

»Wir gehen zum Kloster Herford«, sagte Ivar. »Es muss einen Holzfäller-Pfad geben.«

Baldwin war begierig darauf, sich zu bewegen, genau wie die

Pferde. Er nahm die Zügel in die Hand und drängte die Pferde aus dem Gebüsch. Sie überquerten die Lichtung rasch. Die Krähen krächzten und flatterten ein Stück weiter weg, aber sie betrachteten die beiden müden Reisenden nicht als Bedrohung. Der grasbewachsene Pfad führte sie in den Wald. Ivar erinnerte sich an keine Wegekennzeichen. Er und die anderen waren diesen Weg vor ein paar Jahren rasch entlanggegangen; er hatte sogar diese Eiche an der Kreuzung vergessen, obwohl ein derart majestätischer Baum sicherlich in Erinnerung hätte bleiben müssen.

Sie waren noch nicht weit gegangen, als Leute aus dem Wald kamen und ihnen folgten, die bewaffnet waren und zielstrebig gingen. Im Laufe der Zeit tauchten zwei Mönche mit weiteren Mitgliedern der zerlumpten Gruppe auf, und einer von ihnen war Prior Ratbold persönlich, der Ivar und seine Freunde als Gefangene nach Autun gebracht hatte. Als Ivar ihm von Vater Ortulfus' Schicksal berichtete, nahm er die Neuigkeit mit seltsamem Gleichmut auf.

»Er wird in Sicherheit sein«, sagte der Prior und machte das Zeichen des Phönix. »So wurde es uns versprochen.«

Baldwin nickte.

Ivar wünschte sich, über einen ebenso festen Glauben zu verfügen, aber das tat er nicht. Er war erleichtert, als er die Palisade sah, die das Kloster Herford umgab, jetzt eine noch beachtlichere Anlage als damals, als er weggeführt worden war. Er versuchte sich zu erinnern, wie lange es her war, aber der Marsch nach Osten, die verlorenen Jahre unter der Krone und die Gefangenschaft in Königinnengruft verflochten sich zu einem verwirrenden Gewebe. Zwei Jahre? Vier Jahre? Es vermischte sich alles.

So viel hatte sich geändert, abgesehen von der angenehmen Ansammlung von Gebäuden, die er sah, kaum dass er das Tor durchschritten hatte: das Kloster selbst und die Kapelle, die von einem inneren Zaun umgeben waren, die Unterkünfte der Laienbrüder, eine Scheune für die Milchkühe, das Hühnerhaus und die Bienenstöcke, die üppigen Reihen der Obstwiese und die ordentlichen Gärten, die mit Draht umgeben waren, um Kaninchen fernzuhalten. Leute hatten Zelte um die Obstbäume errichtet. Ein Dutzend Männer und Frauen hoben neuen Boden aus, um die Gärten zu erweitern. Eine Schafherde graste jenseits des Gemüsegartens, von zwanzig Kindern gehütet. Es war ein unheimlicher Anblick, diese feierlichen Schäfer zu sehen, so ruhig waren sie, ganz und gar nicht wie lebhafte Kinder, die es liebten, herumzutollen und zu spielen. Ein Hund ging am Rand der Herde umher, und er blickte die Neuankömmlinge abschätzend an, erkannte offenbar die Mönche und widmete sich wieder seiner Wache.

Ivar packte den Prior am Ärmel.

»Prior Ratbold, bitte. Wir brauchen die Dienste Eures Schmiedes. Vorräte, wenn Ihr welche habt. Wir müssen morgen früh bei Morgendämmerung weiterziehen. Gibt es einen Pfad durch den Wald, der es uns ermöglichen würde, Kessal zu erreichen, ehe dieses Heer dort ankommt?«

Ratbold sah ihn an und lächelte seltsamerweise. Ivar rückte einen halben Schritt von ihm ab, weil ihn der Ausdruck verunsicherte. Dies war nicht der tadelnde, gereizte Mann, der ihn nach Autun getrieben und jede Wegstunde seinen Abscheu gegenüber der Ketzerei zum Ausdruck gebracht hatte.

»Wir hatten unrecht, was den Löwen betraf«, sagte Ratbold.

Ivar schüttelte den Kopf. »Ich verstehe nicht.«

»Ich habe dir gesagt, dass da ein Löwe war!«, rief Baldwin.

»Oh. Ah.« Ivar spürte an der Hitze in seinem Gesicht, dass er rot wurde. »Ja, der Löwe.«

»Da oben, wo der heilige Mann gelebt hat«, sagte Prior Ratbold. »Bruder Fidelis. Wir haben uns geirrt, was den Löwen anging, und auch in so vielem anderen. Vergebt Ihr uns? Es war falsch, Euch nach Autun zu schicken. Andererseits, vielleicht war es doch richtig, da Ihr den Segen des Phönix nach Varre gebracht habt. Sicherlich hatte Gott die Hand im Spiel, durch Euch, indem Ihr Bischöfin Constanze befreit habt.«

»Sie ist eine Gefangene der Aikha!«

»Aber sie hat sich von Edelfrau Sabella und ihrem Verrat befreit! Wenn diese Aikha sie hätten töten wollen, hätten sie das schon längst getan.«

»Vielleicht haben sie vor, sie lebendig zu braten und zu essen!«

Ivar hatte die Stimme erhoben. Die Dorfbewohner, die ihnen folgten, sahen ihn angstvoll an und begannen, untereinander zu murmeln. Kinder weinten, und die Hunde bellten, was die Schafe beunruhigte. Der Hirtenhund rührte sich. In der Ferne meckerten unsichtbare Ziegen, und Hühnergegacker erklang, als Mönche aus dem Kloster und den Werkstätten kamen und sie begrüßten.

»Du solltest so etwas nicht sagen«, erklärte Baldwin so vorwurfsvoll, dass Ivar errötete.

Ratbold rief einen jungen Laienbruder zu sich und trug ihm auf, die Pferde zur Schmiede zu führen. Kaum war er stehen geblieben, um mit dem einen Mann zu sprechen, da schwärmten ein Dutzend weitere um ihn herum, baten um Rat und erzählten von ihren Kümmernissen und Problemen. Es war ein Strom von Gemurmel, der Ivar vom Prior wegspülte, bis er sich in einer Nebenströmung wiederfand, gebildet aus der Verbindung der Neuankömmlinge mit jenen, die zurückgeblieben waren. Baldwin zupfte an Ivars Arm, der ihm widerstandslos durch den inneren Zaun hindurch folgte; als edle Kirchenmänner benötigten sie keine Erlaubnis, um einzutreten.

Auf den Stufen der Kirche stand ein junger Edelmann in der Kleidung eines Laienbruders und beobachtete den Aufruhr. Ivar warf einen Blick auf ihn und erkannte das Gesicht dann mit einem Schock wieder. Unmöglich. Er ging zu ihm. Kaum näherte er sich, wandte der junge Mann ihm das Gesicht zu, musterte ihn mit der Vorsicht eines Reisenden, der bei jedem, der ihm begegnete, den Grad der Bedrohung einzuschätzen versuchte. Er hielt Ivars Blick stand, rührte sich nur, um etwas zu sagen, das Ivar nicht hören konnte, und als Ivar dann die Stufen erreicht hatte, kamen zwei andere junge Männer aus der Kirche und traten zu ihm. Der eine war ebenfalls ein Edelmann, dessen Rang dem von Ivar entsprach: Er musste der jüngere Sohn eines geringeren Hauses sein. Ivar erkannte es an der Haltung, die seine eigene widerspiegelte. Der Anblick des anderen Mannes brachte ihn jedoch mitten im Gehen zum Stocken. Er starrte ihn an, und eine tiefe Kühle bohrte sich in seine Eingeweide.

Der grimmige Junge war ein Qumaner, einer der Mörder, die beinahe ihn und seine Freunde getötet hätten. Ein gottloser Ungläubiger.

Aber dieser junge Mann stand so lässig hinter dem Edelmann wie ein vertrauter Gefolgsmann. Der Qumaner war einen halben Kopf kleiner als seine Kameraden, hatte breitere Schultern und einen breiteren Brustkorb, ohne dass er stämmig wirkte. Er musterte Ivar, wechselte einen Blick mit dem zweiten wendischen Edelmann. Es ging keine Bedrohung von ihm aus.

»Wer seid Ihr?«, fragte der Edelmann mit einem Hauch von Hochmut. Auch er musterte Ivar.

»Ihr seid Edelmann Berthold, Sohn von Villam«, sagte Ivar.

»Der bin ich. Ich kenne Euch nicht.«

»Warum auch? Das letzte Mal, als ich Euch gesehen habe, habt Ihr unter dem Hügel auf Reichtümern gelegen.«

Edelmann Berthold reckte das Kinn, als wäre er von einem Hieb getroffen worden. »Wie wollt Ihr das gesehen haben?«, fragte er herrisch. »Sagt es mir!«

»Es war da oben, bei der Krone auf dem Berg. Aber die Mönche und Vater Ortulfus haben uns nicht geglaubt und uns als Gefangene nach Autun geschickt. Es ist eine lange Geschichte. Ich könnte Euch ebenfalls fragen, wie Ihr hierherkommt, noch dazu zu dieser Zeit?«

»Wer seid Ihr?«

»Ivar, Sohn von Graf Harl aus der Nordmark.«

»Gott möge uns retten! Schwester Rosvitas jüngerer Halbbruder! Ist es möglich?«

»Ihr kennt Rosvita?«

»Ich war einer der jungen Edelleute auf der Rundreise des Königs. Sie hat mir das Lesen und Schreiben beigebracht.« Bertholds Blick wurde eindringlicher, als er Ivar anstarrte. Seine Stimme zitterte. »Was gibt es für Neuigkeiten über sie? Alles ist durcheinander. Ich weiß kaum, wo ich bin oder was mit uns geschehen ist. So viele sind verloren, und nur die Überreste sind gefunden worden.« Ivar hatte Schwierigkeiten, seinen Worten zu folgen, und abgesehen davon schwamm Edelmann Berthold bereits in einem anderen Fluss und wandte sich zu dem Qumaner um. »Wo ist Bruder Heribert?«

»Er sieht immer noch beim Brunnen nach, Herr«, sagte der Mann auf Wendisch. Er hatte einen Akzent, war aber zu verstehen. »Und der alte Wolf ist beim Herd des Feuerwerkers. Er wartet dort. Beim *Schmied.*« Er dachte über das Wort nach und sagte es erneut. »Beim *Schmied.* Pferde haben die heiligen Männer nicht.«

»Vielleicht sollten wir zu Fuß weitergehen«, sagte der zweite Edelmann, und die anderen beiden sahen ihn an, als hätte er vorgeschlagen, dass sie auf den Händen dorthin gehen sollten, wo immer sie hinwollten. Dann lachten alle. Ein solches Band entstand aus gemeinsamer Not. Es konnte auf keinem anderen Webstuhl gewebt werden.

»Woher kommt Ihr? Wohin geht Ihr?«

»Seltsamerweise«, sagte Berthold leichthin, »sind wir aus Aosta gekommen, wo wir uns gefunden haben.« Seine Miene verdüsterte sich. Er spannte den Kiefer an, lächelte mit einiger Mühe, obwohl ein bitterer Ton darin lag. »Und wir gehen nach Kessal. Wir haben gehört, dass alle Herzöge und Edelfrauen und König gewordene Prinzen dorthin reiten. Wir haben Neuigkeiten zu übergeben, eine Verordnung zu verkünden und vieles zu erzählen. Um hierherzugelangen und es ihnen zu sagen, haben wir viele Mühen durchgemacht.«

Ivar fühlte sich zum Schweigen gebracht durch seine leidenschaftlichen, aufgebrachten Worte. Als Sohn eines Grafen war er dem Mann eigentlich ebenbürtig, aber der Rang von Villams Sohn übertraf natürlich den des Kindes eines Grafen, der an der Grenze lebte und nur selten am Hof erschien, um seine Position zu stärken. Ivar wusste, dass er ein Außenseiter war, dass er beurteilt und als ungenügend empfunden wurde.

»Sagt es mir noch einmal«, sagte Berthold nach einer Pause, und sein Blick war wild, der Ton seiner Stimme drohend. »Erzählt mir noch einmal, wie es möglich ist, dass Ihr uns unter dem Hügel habt schlafen sehen. Wie viele von uns waren da? Nur ich und Jonas, oder noch mehr?«

Ivar drehte sich um. Baldwin war weg, und er entdeckte auch keinen vollkommen blonden Haarschopf, als er die Umgebung rasch mit Blicken absuchte.

»Die Geschichte wird bis zu einem anderen Tag warten müssen. Mein Kamerad und ich reiten auch nach Kessal. Wir haben eine dringende Nachricht zu überbringen. Ein Aikha-Heer ist gerade diesen Weg entlanggekommen. Es benutzt den Hellweg und marschiert nach Osten. Die Aikha haben sowohl Bischöfin Constanze als auch Vater Ortulfus gefangen genommen. Edelfrau Sabella und Herzog Conrad haben Autun noch vor dem Angriff verlassen, daher wissen sie nicht, dass die Aikha hinter ihnen sind.«

»Mit Prinz Sanglant vor ihnen und den Aikha hinter ihnen werden sie wohl zermalmt werden«, vermutete Berthold. Ivar konnte nicht erkennen, ob ihm die Aussicht gefiel oder ihn erschreckte. »Jonas, ich habe Lust, zu dem Hügel unter der Steinkrone zu gehen und selbst nachzusehen.«

»Ist das nötig, Herr?« Jonas hatte ein angenehmes Gesicht, das von den erlittenen Entbehrungen etwas eingefallen war. Er war schlank in der Art der Leute, die hart arbeiteten, ohne genug zu essen zu bekommen, aber er hatte die Größe, die bei Edelleuten üblich war. »Bitte nicht.«

»Hast du Angst?«

»Ich bin so müde.« Er sah zur Seite. »Wieso sollten wir das Risiko eingehen?«, sagte er leise. »Am besten, wir lassen sie in Ruhe.«

»Vielleicht schlafen sie noch dort! Es wäre möglich!«

»Sieben insgesamt«, sagte Ivar.

Berthold sprang die Stufen hinunter und packte Ivars Handgelenk. »Sieben? So viele habt Ihr gesehen?«

»Sieben Schläfer.« Er riss seinen Arm los. »Ihr seid zwei. Wo sind die anderen fünf?«

»Verloren!«, stöhnte Jonas.

Berthold sagte nichts. Seine Miene kündete von einer Geschichte, von der Ivar nicht sicher war, ob er sie hören wollte.

Hinter ihnen, im Innern der Palisade, eilten die Mönche und Laienbrüder hierhin und dorthin, versuchten, die Flüchtlinge für die Nacht unterzubringen. Ivar roch Regen, aber er hörte kein Tröpfeln bei den nahen Bäumen. Der Wind wehte sanft an ihnen vorbei, blies immer noch aus Ostnordost. Es wurde dunkel. Sie hatten Herford gerade rechtzeitig erreicht.

Baldwins helles Haar blitzte in der Menge auf. Ivar hob die Hand, um ihn zu sich zu winken.

»Wer ist das?«, fragte Jonas.

Baldwin trat zu ihm, rieb seinen Bart. »Sie wollen mir einfach nicht zuhören! Da ist ein anderer Mann in der Schmiede mit einem Dutzend Pferden, die neue Hufeisen brauchen. Ich habe ihm gesagt, dass wir es eilig haben, dass wir mit einer dringenden Nachricht unterwegs sind …« Er warf dem Mann auf den Stufen einen zweiten Blick zu, würgte und zeigte auf den Qumaner. »Das ist ein Qumaner, Ivar! Ich dachte, wir wären ihnen entkommen!«

Selbst der wilde Qumaner starrte Baldwin mit dem Blick eines jungen Bullen an, der voller Verblüffung über den Hammerschlag war, der ihn zwischen den Augen getroffen hatte. Edelmann Bertholds Augen weiteten sich.

»Er ist nicht unser Feind, Baldwin. Aus welcher Richtung seid Ihr gekommen, Edelmann Berthold?«

»Wir kommen aus dem Westen, und davor aus Südwesten. Wir sind den ganzen Weg von Aosta hierhergereist, über den St.-Barnaria-Pass. Wir sind erst heute Morgen hier angekommen.«

»Dann wart Ihr die ganze Zeit vor uns? Habt Ihr keine Aikha vor Autun gesehen?«

»Wir sind über einen Waldpfad östlich der Rhaune gekommen. Es ist ein Adlerpfad, den unser Führer kennt. Wir haben weder Autun noch irgendwelche Aikha gesehen.« Diese Angelegenheit war nicht von Bedeutung für ihn. Ungeduldig wandte er sich an Jonas. »Wir sollten zur Krone gehen. Vielleicht können wir sie noch finden.«

Jonas machte einen Schritt zurück und schüttelte den Kopf. »Sie sind tot, Berthold. Macht Euch nichts vor.«

»Wer ist tot?«, fragte Baldwin.

Eine Reihe von Mönchen tauchte auf. Ivar trat zur Seite. Sogar der Sohn des Markgrafen machte Platz, um sie für die Andacht der Vesper und Komplet hindurchzulassen. Schließlich tauchte Prior Ratbold auf.

»Bitte, meine Herren«, sagte er. »Betet mit uns. Es wäre uns eine Ehre.«

Berthold fuhr sich unruhig mit der Hand durch die Haare, starrte noch immer auf den halb verborgenen Hügel und den Wald, der sich in nordwestlicher Richtung erhob. Jonas zupfte ihn am Ärmel, und er ging rückwärts und durch die Tür hindurch, warf einen Blick über die Schulter zum dunkler werdenden Himmel. Der Qumaner hockte sich auf die Fersen, in der Haltung eines Mannes, der sich darauf vorbereitete, die ganze Nacht zu warten. Der Prior runzelte die Stirn, ohne ihn ausdrücklich in die Kirche zu bitten, dann sah er Ivar und Baldwin vorwurfsvoll an.

»Wollt Ihr nicht mit hineinkommen, Bruder Ivar? Bruder Baldwin?« Die Frage war sowohl Aufforderung wie Bitte.

»Vielleicht sollten wir besser heute Nacht noch weiterreiten«, sagte Ivar.

»Natürlich werden wir beten!« Baldwin stieg die Stufen hoch und betrat die Kirche.

Ivar zögerte, warf einen Blick zur Schmiede, aus der Rauch in einem gleichmäßigen, dünnen Strom gen Himmel stieg, der rasch unsichtbar wurde, als das Zwielicht zunahm.

»Es wäre sicherer für Euch, bei Tagesanbruch loszureiten«,

sagte der Prior. »Seltsame Gestalten gehen in der Nacht umher, halb Mensch und halb Tier. Ihr würdet in Bedrängnis kommen, wenn Aikha-Späher auf Euch stoßen sollten. Oder ihre Hunde.«

Ivar zitterte. Ratbold war ein strenger, aber im Grunde freundlicher Mann mit einem hitzigen Temperament und einer sorgfältig verborgenen Neigung zur Niedertracht. Es machte ihm nichts aus zu sehen, wie andere sich wanden.

»Lasst die Mönche und die guten Menschen sehen, dass Ihr keine Angst habt, hier zu sein«, sprach der Prior weiter. »Ihre Herzen beben, denn sie wissen, dass Vater Ortulfus in die Hände der Aikha geraten ist.«

»Er ist allerdings nicht tot«, sagte Ivar. »Er ist nur gefangen genommen worden.«

»Wenn auch! Ich bitte Euch, tretet vor die anderen und erzählt ihnen davon. Sie werden Euch glauben, denn Ihr habt es mit eigenen Augen gesehen. Beten wir zusammen zu Gott, und bitten wir Gott, ihn uns zurückzubringen. Ist das zu viel von Euch verlangt?«

Ivar konnte sich nicht verweigern. Ehe die Andacht begann, erhob er seine Stimme und teilte den Mönchen mit, was er gesehen hatte. Danach kniete er mit den anderen nieder, als es angebracht war zu knien, und erhob sich, wenn man aufstehen musste, um zu singen. Der Steinboden bohrte sich in seine Knie. Seine Füße schmerzten, und seine Augen brannten von dem Rauch, der von den Fackeln ausströmte, die aus nicht ganz trockenem Holz bestanden und von dem feuchten Winter und einem noch feuchteren Frühling kündeten. Mit jedem Atemzug sog er den Qualm ein, und ein langsamer, pochender Kopfschmerz erwachte hinter seinen Augen zum Leben, als die Liturgie um ihn herum erklang.

»Gesegnet sei das Land, das aus der Mutter des Lebens entstanden ist. Gesegnet sei Ihr Sohn. Gesegnet sei die Heilige Botschaft, jetzt und für immer und in alle Ewigkeit.«

Einer der heiligen Männer schritt die Stationen des Lebens

und Amtes des heiligen Daisan ab – die sieben Wunder und die Erlösung –, aber es kam Ivar alles so vernebelt und unvertraut vor. Baldwin war glücklich; er sprach die Antworten voller Inbrunst.

»Kyrie eleison. Möge die Herrin Erbarmen haben. Beten wir für den Reichtum der Früchte dieser Erde und für friedvolle Zeiten.«

Jenseits der leidenschaftlichen Stimmen, jenseits des Musters, das von den Füßen des Mönches abgeschritten wurde, bewegte sich eine schattenhaftere Gestalt in der alten Weise und sprach die Worte, mit denen Ivar aufgewachsen war, aber er konnte ihr Muster nicht mehr deutlich erkennen. Er konnte die alten Worte nicht mehr hören, die jetzt von den neuen ertränkt wurden.

»Denn du bist unsere Heiligmachung, und dir gebührt aller Ruhm, der Mutter, dem Sohn und der Heiligen Botschaft der Himmel, jetzt und für immer und bis in alle Ewigkeit. Mögest du voller Gnade für uns sein.«

»Mögest du voller Gnade für uns sein«, murmelte er. Da war ein solcher Druck in seinem Schädel, dass er glaubte, er würde platzen. Die Mönche schwiegen, während sie auf die Erlaubnis warteten, gehen zu dürfen, aber Ivar hatte das Gefühl, zu ersticken. Er taumelte auf die Veranda, und als er blinzelnd und keuchend dastand, stellte er fest, dass er mit der Hand das Zeichen des Phönix gemacht hatte.

Feuerräder aus Licht wirbelten über den dunklen Horizont des Berges, weiß, golden und dunstig. Er rieb sich die tränenden Augen.

»Sieh nur!«, rief Edelmann Berthold, der neben ihn trat, als wäre er aus einer verborgenen Tür gekommen. »Sieh nur, Jonas!«

»Was ist das?«, fragte Ivar. »Stammt das vom Aikha-Heer? Verbrennen sie …?«

Ein Mann rannte aus der Dunkelheit auf die Veranda, wo sich jetzt die Mönche hinter dem Edelmann versammelten und miteinander tuschelten und auf etwas deuteten und starrten.

»Edelmann Berthold!« Der Fremde hatte silberweiße Haare und trug schlichte Kleidung. »Jemand reist durch die Kronen. Seht Ihr?« Er drehte sich um, zeigte Ivar sein Profil.

»Ihr seid der Adler!«, sagte Ivar mit einer Stimme, die noch immer heiser vom Rauch klang, aber der Mann achtete nicht auf ihn, sondern sprach mit einem Stirnrunzeln zu dem gleichermaßen grimmigen Berthold.

»Wir können von hier aus nicht erkennen, wer es ist. Wer ist noch übrig von denen, die die Geheimnisse der Kronen kennen? Hugh von Austra, wie wir wissen. Antonia von Karrone – diese Verräterin. Beide haben ein so falsches Herz, wie es in einem Körper überhaupt nur möglich ist, ohne dass er zu Staub zerfällt.«

»Was meint Ihr damit?« Ivar packte den alten Mann am Arm und schüttelte ihn. »Kennt Ihr mich nicht?«

Der Adler betrachtete erst seine Hand, dann sein Gesicht. »Nein, Herr«, sagte er mit ausdrucksloser Stimme.

»Lasst ihn los!«, sagte Berthold fluchend. »Lasst ihn los!«

»Was meint er?«, fragte Ivar, als er den Arm des alten Mannes losließ.

»Ich meine, dass ein Mathematikus kommt. Wir müssen fliehen.«

»Ohne die Pferde?«, fragte Jonas.

»Edelmann Berthold.« Der Adler wandte sich an Berthold. »Wir müssen alles mitnehmen, das irgendwie verraten könnte, dass wir hier waren, wenn wir diese guten und heiligen Männer nicht in Gefahr bringen wollen. Wir müssen sofort aufbrechen.«

»Liath ist eine Mathematika«, sagte Ivar kühn in dem Versuch, die Aufmerksamkeit des Mannes zu erlangen. Der Rauch bewölkte seinen Verstand; er konnte sich nicht an den Namen des alten Adlers erinnern.

»Also schön«, sagte Berthold. »Sofort. Odei. Jonas. Holt unsere Sachen.« Sie liefen davon. »Wir müssen Bruder Heribert und Berda mitnehmen«, sagte er zu dem Adler.

»Ich hole den guten Bruder«, erwiderte der alte Mann.

»Ich treffe euch bei der Obstwiese«, sagte Berthold. »Ich gehe sofort zum Garten der Herrin.« Der Adler lächelte, und der Edelmann kicherte. »Ja. Einen letzten Blick auf das werfen, was verboten ist.« Sein kurzes Lachen wurde zu einem düsteren Stirnrunzeln. »Aber es wird mich an Elene erinnern.« Er rieb zwanghaft die Finger aneinander. »Ich werde nie frei von ihrem Blut sein, Wulfhere. Niemals!«

»Ihr habt sie nicht getötet.«

»Ich hätte stärker sein müssen!«

»Ich bitte Euch, Herr, vergesst nicht, dass sogar sie, eine Schülerin, hilflos war. Euch trifft keine Schuld.«

Berthold war jünger als Ivar. Er hatte eine Art, den Kopf zu schütteln, die ihm etwas Leidenschaftliches und Eigensinniges verlieh. Er schüttelte sich, ein junger Hengst, der auf dem Zaumgebiss kaute, und stürzte die Treppe hinunter. Wulfhere sah ihm zu, bevor er in der Nacht verschwand. Ein Mönch trat aus der Kapelle, gefolgt von all den anderen, und lief hinter Wulfhere her. Sie berieten sich, aber Ivar hörte nichts außer dem Rascheln von Gewändern und dem Schlurfen von Schritten, verursacht von den anderen Mönchen, die an ihm vorbeigingen.

Ivar konnte sich nicht entscheiden, was er tun sollte.

Baldwin trat die Stufen hinunter und packte ihn am Arm. »Hast du gehört? Die Heilige Botschaft der Wahrheit ist bis hierher gedrungen! Sogar in diesem Kloster sprechen sie die rechtschaffenen Worte der Mutter und des Sohnes. Die Wahrheit erhebt sich mit dem Phönix!« Er wischte sich Tränen aus dem Gesicht. Er strahlte, wie die Dichter sagen würden, und die letzten Andächtigen, die jetzt die Kapelle verließen, starrten ihn an, als sie an ihm vorbeigingen.

»Wie ein Engel«, flüsterten sie, als sie weitereilten.

»Ein Zauberer ist durch diese Steinkrone gewandelt«, sagte Ivar und deutete auf den Berg, der jetzt vor dem dunklen Himmel nur noch schwach zu erkennen war. »Vielleicht ist es am besten, wenn wir nicht darauf warten zu erfahren, wer es ist.«

»Was meinst du damit?«

»Dass es ein Feind ist. Jemand, der versuchen könnte, uns aufzuhalten. Komm, finden wir heraus, ob Edelmann Berthold uns erlaubt, mit seiner Gruppe zu reisen.«

»Also schön«, sagte Baldwin unterwürfig.

Sie eilten hinter Edelmann Berthold her, fanden den jungen Mann bei dem Tor, das zu dem Garten führte, in dem Vater Ortulfus' hübsche junge Verwandte über eine Reihe von Edelfrauen herrschte, die an die Gestade des Klosters gespült worden waren. Das Tor öffnete sich quietschend, und eine junge Frau, ein Lächeln hinter der Hand verbergend, ließ Baldwin ein. Ivar zwängte sich nach ihm hindurch. Ein Tisch befand sich auf dem Kiesboden des Innenhofs, überdacht von einer Markise und umgeben von einem halben Dutzend Dreibeinen, die jeweils eine brennende Lampe trugen. Schlichte Holzschüsseln standen neben einigen noch dampfenden Brotlaiben und einem großen Topf, aus dem es nach mit Dill gewürztem Brei roch. Die Häuser erstrahlten in neuer, weißer Tünche. Der Kräutergarten, der in den Schatten aufblitzte, war gepflegt und in Rechtecke und Reihen unterteilt.

»Oh!«, sagte die Dienerin, als Baldwin ins Lampenlicht trat. Mit einiger Mühe sah sie an ihm vorbei zum Tor, das sich erneut öffnete. »Da kommen sie.«

Ivar und Berthold drehten sich um; er sah eine kleine Prozession durch das Tor schreiten, angeführt von Edelfrau Beatrix, der Verwandten von Ortulfus. Fünf weitere Frauen waren bei ihr, vier davon in Leinen gekleidet wie sie, die letzte eine stämmige Frau in fremdländischer Kleidung und mit Gesichtszügen, die mehr den Qumanern ähnelten als wahren Leuten. Während Ivar dieses Wesen anstarrte, näherte sich Edelfrau Beatrix, die Handflächen zum Himmel hin geöffnet.

»Edelmann Berthold! Seid Ihr gekommen, um mit uns zu essen? Wir waren bei den Flüchtlingen und haben ihnen unsere Hilfe angeboten, soweit wir konnten. Arme Seelen! Wir werden für ihre Sicherheit beten, und für die Sicherheit meines Verwandten, Vater Ortulfus. Habt Ihr gehört? Er ist von den Aikha gefangen genommen worden!«

Sie teilte ihm diese Neuigkeiten ohne jeden Hinweis auf Angst oder Trauer mit, eher als wäre es eine Belohnung, die sie ihm zukommen ließ.

»Danke, Edelfrau Beatrix, aber ich möchte nichts essen«, sagte Berthold mit einem scheuen Lächeln. »Wir müssen in aller Eile aufbrechen, fürchte ich. Ich bin gekommen, um Berda abzuholen. Wir müssen sofort losreiten.«

»Aber es ist Nacht!«, rief sie auf anmutige Weise. »Ihr könntet ins Stolpern geraten und stürzen …« Sie sah Ivar an, und es war offensichtlich, dass sie geglaubt hatte, er wäre jemand anders – Jonas vielleicht –, denn sie stolperte über ein Wort, starrte ihn an, während die Edelfrauen um sie herum mit der glühenden Kraft des Ränkeschmiedens untereinander zu tuscheln begannen.

»Oh!«, sagte sie, als sie Baldwin erblickte. Sie legte eine Hand an die Wange. »Noch immer unter den Lebenden!«

Baldwin lächelte anmutig, aber sein Interesse galt dem unangetasteten Brot auf dem Tisch. Berthold hatte inzwischen die stämmige Frau geholt, und sie verließen den Garten gemeinsam.

»Wir müssen gehen«, sagte Ivar und zog Baldwin am Ellbogen mit sich.

»Oh!«, riefen die jungen Edelfrauen und umringten sie, als wollten sie zu einem tödlichen Schlag ausholen.

»Wollt Ihr nicht wenigstens etwas Brot mitnehmen?«, rief Edelfrau Beatrix. Sie lief zum Tisch, und bevor Ivar Baldwin aus dem Garten geschafft hatte, drückte sie jedem von ihnen einen Laib in die Hand.

»Danke!«, sagte Baldwin und riss beide Laibe an sich.

Ivar schlug das Tor zu. »Wir müssen uns beeilen!«

Baldwin klemmte sich den einen Laib unter den Arm und brach von dem anderen ein Stück ab. Das Brot sah im Innern dunkel und zart aus und roch schwer.

»Das ist gut!«, sagte er zwischen zwei Bissen. »Die Pferde könnten zu lahmen beginnen, wenn wir ohne neue Hufeisen weiterreiten …«

»Wenn wir hier ergriffen werden, haben wir keine Möglichkeit mehr, Edelfrau Sabella zu warnen. Oder Prinz Sanglant.«

Baldwin zuckte mit den Schultern. »Willst du nichts essen?«

»Komm schon!«

Berthold und seine Kameradin hatten bereits den Rasen überquert. Ivar lief hinter ihm her auf die Obstwiese, duckte sich unter Zweigen hindurch und schlug zweimal einen Bogen um lagernde Flüchtlinge. Er holte die anderen erst ein, als er beim Tor der Obstwiese angekommen war, wo Berthold stehen geblieben war, um auf die Übrigen seiner Gruppe zu warten.

»Es wäre vielleicht am besten, Edelmann Berthold, wenn mein Kamerad und ich mit Euch reisen würden. Wir möchten beide den Aikha entkommen.«

»Wir suchen den Herrscher«, sagte Berthold kurz angebunden. »Ich habe kein Verlangen danach, von Edelfrau Sabella gefangen genommen zu werden, die einmal diese üble Frau zur Bischöfin erhoben hat.«

»Constanze?«

»Nein! Antonia von Mainni.«

»Ich weiß nicht, von wem Ihr sprecht.«

»Von der Frau, die jetzt Skopos ist oder dieses Amt zumindest beansprucht. Sie herrscht über ein Nest von Vipern! Man kann Sabella nicht trauen, wenn sie einmal diese schreckliche Frau geehrt hat! Sie ist eine Verbündete von Hugh von Austra! Eine Mörderin! Eine üble Mathematika!« Edelmann Berthold stieß eine solche Tirade von üblen Verwünschungen aus, dass Ivar errötete und beiseitesah und die stämmige Kameradin musterte. Sie sah aus wie eine Qumanerin, aber da war etwas unerklärlich Fremdes an ihr, das Ivar nicht benennen konnte. Sie trug eine glitzernde Kopfbedeckung aus einem steifen schwarzen Stoff, in den Perlen und Gold eingenäht waren, und sie hatte einen kräftigen Kiefer und breite Wangenknochen, große Hände und eine gleichmütige Miene. Sie sagte nichts. Es war nicht zu erkennen, ob sie den Strom grässlicher Flüche verstand, der erst versiegte, als die Übrigen von Bertholds Gruppe erschienen.

Abgesehen von Edelmann Jonas und dem Qumaner trat jetzt ein schlanker Geistlicher zu ihnen, der beinahe geistesabwesend wirkte. Er blieb unter dem Dach eines Walnussbaumes stehen. Alle trugen Satteltaschen über ihren Schultern. Der qumanische Soldat reichte der schweigenden Frau zwei davon. Wulfhere näherte sich mit Prior Ratbold. Sie steckten die Köpfe zusammen, während sie redeten, dann blickten beide auf und zählten die Leute, die beim Tor warteten.

»Wir werden die Tore schließen, wenn Ihr gegangen seid«, erklärte Ratbold, indem er die Anweisungen wiederholte. »Wir werden niemanden hereinlassen.«

»Wer wird die Lampen tragen?«, fragte Berthold. »Wo sind die Pferde?«

»Kein Licht«, sagte Wulfhere. »Und keine Pferde.«

»Heißt das, wir müssen *zu Fuß gehen*?«, fragte Jonas ungläubig.

»Wie sollen wir etwas sehen können?«, fragte Berthold.

»Ich kenne den Weg. Die Pferde sind vollkommen erschöpft. Prior Ratbold kann uns keine anderen geben. Wir werden zu Fuß schneller sein, weil wir Tag und Nacht marschieren können. Wir müssen uns rasch bewegen. Die Aikha werden sich beeilen.«

»Die Aikha haben keine Pferde«, sagte Ivar. Als alle ihn neugierig ansahen, fügte er hinzu: »Wir haben ihr Heer gesehen. Wir haben uns versteckt, gegen die Windrichtung. Sie haben uns nicht bemerkt.«

»Edelmann Berthold.« Wulfhere wandte sich an den jungen Mann. Berthold nickte, und dann verschwand die Gruppe durch das offene Tor. Ivar stand da wie angewurzelt; der Wind spielte um ihn herum, als die Zweige über ihm raschelten. Prior Ratbold starrte in die Dunkelheit jenseits des Tores.

»Er hat mir nicht geantwortet«, murmelte Ivar.

»Wie bitte?«, fragte Ratbold, ohne sich umzudrehen.

»Ich dachte, dass wir uns zusammentun könnten«, sagte Ivar verärgert. »Zusammen nach Südosten gehen könnten, damit es sicherer für uns ist. Es wäre natürlich besser, wenn Baldwin und ich darauf warten würden, dass unsere Pferde neue Hufeisen haben … aber wenn das stimmt, was der Adler gesagt hat …«

»Geht oder bleibt«, sagte Ratbold. »Ich werde dieses Tor schließen, Bruder Ivar. Dann wird die Entscheidung gefallen sein.«

»Wir kennen den Weg nicht«, sagte Baldwin.

Die anderen waren bereits nicht mehr zu sehen, verschluckt von der Dunkelheit. Aber Ivar hörte ihre Schritte und eine Bemerkung von Wulfhere.

»Wenn Ihr bitte vorausgehen würdet, Bruder Heribert. Die Dunkelheit scheint Euch nicht zu behindern.«

Ivar trug leichtes Gepäck auf dem Rücken, hatte außerdem eine halb mit Wasser gefüllte Lederflasche bei sich und sein Messer und das Schwert des verletzten Soldaten. Die Nacht war kühl und dunkel, und es roch nach Grün, den ersten neuen Pflanzen dieses Frühlings, obwohl es dem Kalender der Festtage nach Sommer war.

»Was sollen wir tun?«, fragte Baldwin.

»Ich hasse es, die Pferde zurückzulassen.«

»Ich habe einen Beutel mit Bier, das Brot und mein Messer«, sagte Baldwin freundlich.

»Entscheidet Euch«, sagte Ratbold.

»Was ratet Ihr?«, fragte Ivar verzweifelt.

Ratbold blickte in die Richtung, in der sich der Berg mit dem Steinkreis befand, von dem Ivar vor Jahren mit seinen Kameraden heruntergestolpert war. Jetzt lag alles in Dunkelheit. Ein Feuer jenseits der Obstwiese war zu roten Kohlen verbrannt. Eine Lampe schimmerte neben dem Haupttor, und eine andere bei dem Grün hüpfte in der Hand eines Gehenden hin und her.

»Am besten geht Ihr«, sagte Ratbold. »Ihr seid Boten für die Edelleute, die um dieses Land streiten. Wir werden besser geschützt sein, wenn Ihr nicht innerhalb unserer Mauern schlaft.

Dann können wir aufrichtig behaupten, dass wir uns in diesem irdischen Streit nicht auf eine Seite schlagen.«

»Ihr habt die Liturgie geändert«, sagte Baldwin plötzlich. »Ihr betet zu der Herrin und Ihrem Sohn. Ihr habt die Wahrheit angenommen.«

»Wir konnten das Zeichen nicht unbeachtet lassen, das Gott uns gesandt hat«, erklärte Ratbold.

Die Worte beunruhigten Ivar. Er fühlte sich gestoßen, wie von einem Speerschaft. Wachsam sein! Sein Kopf sagte ihm das eine, aber sein Gefühl sagte ihm etwas anderes.

»Gehen wir«, sagte er. Er wusste, dass er es jetzt tun musste, denn sonst würde er sich nie mehr bewegen. »Bevor sie zu weit weg sind, um sie noch einzuholen.«

»Aber unsere Vorräte!«, rief Baldwin.

»Beinahe verbraucht. Die Pferde brauchen Ruhe. Es ist nicht weit. Wir werden sicherer sein, wenn ein Adler uns führt und an unserer Seite kämpfen kann.«

Er durchquerte das Tor und drehte sich um, als er auf der anderen Seite war. Baldwin war im Innern geblieben. »Kommst du mit, oder bleibst du hier?«

»Was ist, wenn das Kloster angegriffen wird und wir nicht hier sind, um ihnen zu helfen? Wir können diese armen Leute nicht einfach alleinlassen, jetzt, da ihnen der Abt genommen worden ist!« Er rieb sich wieder den Bart, der ihn so ärgerte. »Ich reise nicht gern.«

Er war wie ein Hund, der sich an die Leine gewöhnt hatte.

»Dann bleib hier und tu, was immer du für diese Brüder und die Flüchtlinge tun kannst. Ich werde zurückkommen, wenn all das vorbei ist.«

»Ivar …«

»Ich bin nicht wütend, Baldwin. Aber wenn ich mit den anderen gehen will, muss ich mich beeilen, sonst verliere ich sie.«

»So ist es vielleicht am besten«, murmelte Ratbold.

Baldwin drückte Ivar das halbe und das ganze Brot in die Arme, dann zog er den Lapislazuli-Ring vom Finger, den er aus dem Hügelgrab mitgenommen hatte. Zitternd legte er ihn durch das offene Tor hindurch in Ivars Hand und schloss dessen Finger darum.

»Haben wir ihn nicht häufig genug hin- und hergereicht?«, fragte Ivar und lachte halb, weil er nicht weinen wollte.

»Er wird dich beschützen.«

»Ich schließe jetzt das Tor«, sagte Ratbold. »Still! Hört Ihr?« Das Geschrei von Gänsen erscholl in der Nacht. »Das ist die falsche Jahreszeit für Gänse!«

Baldwin machte einen Satz zurück, und der Prior schob das Tor vor Ivar zu. Er war jetzt draußen, bereit zu fliegen, und er fand den Pfad und ging so rasch wie möglich. Er stolperte zweimal, konnte jedoch den Pfad sehen, denn er war etwas heller als der Boden, über den er führte. Er hörte ein Husten, und dort, wo der Weg sich gabelte, hörte er einen Zweig knacken und jemanden darüber jammern, welcher Weg wohl der richtige war. Auf diese Weise konnte er ihnen folgen. Sie bewegten sich trotz der Dunkelheit rasch voran. Von den unzeitgemäßen Gänsen war nichts mehr zu hören. Als er Vertrauen in seine Schritte gewonnen hatte, ging er schneller. Etwa ein Dutzend oder mehr Schritte später stolperte er über etwas und fand sich mit dem Gesicht nach unten auf dem Boden wieder. Jemand drückte ihm eine Klinge gegen den Rücken.

Er keuchte und sprach seinen Namen.

»Ivar? Der, der mit den Flüchtlingen gekommen ist?« Das war eine wendische Stimme, Dank sei Gott. »Lass ihn aufstehen. Was hat das zu bedeuten?«

»Bitte, lasst mich mit Euch gehen.«

Der Druck der Klinge ließ nach. Er kämpfte sich auf Hände und Knie, spuckte Erde aus.

»Schick ihn zurück«, sagte Edelmann Berthold.

Der Adler kniete sich neben ihn, als wollte er sein Gesicht oder seine Waffen untersuchen. »Nein, es ist besser, wenn er mit uns kommt.«

»Er steht auf der Seite von Edelfrau Sabella!«, flüsterte Edelmann Berthold wütend.

»Möglicherweise. Aber das tut er dann hier in Herford ebenso wie bei uns. Und wenn er bei uns ist, haben wir ihn besser im Blick.«

»Oh, ich verstehe«, sagte Berthold. »Wir bringen ihn stattdessen zu Prinz Sanglant.«

Der Adler erhob sich und klopfte Ivar auf die Schulter. »Kommt, Bruder. Wir gehen schnell. Versucht, Schritt zu halten, denn wenn Ihr verloren geht oder zurückbleibt, werden wir nicht auf Euch warten.«

3

»Ich biete Euch und Eurer Gruppe so lange Zuflucht in Quedlingham, wie Ihr möchtet«, sagte Mutter Scholastika.

Rosvita stand, während die Äbtissin saß.

Ihre Hände ruhten auf dem Tisch. Ihre Haltung war starr, der Mund zu einer dünnen Linie zusammengepresst. »Ihr werdet meinem Neffen nicht folgen, Schwester. Das ist ein Befehl.«

Rosvita nickte demütig. »Ich habe Eure Worte gehört, Mutter Scholastika, aber ich werde ihnen nicht folgen. Wir werden die Reise morgen früh fortsetzen, mit oder ohne Eure Erlaubnis.«

Sie waren allein im Zimmer, doch die Türen zum Garten standen offen. Eine Nonne jätete bei einem Beet mit noch nicht blühendem Lavendel Unkraut. Trotz des vollkommen bewölkten Himmels war das Licht hell genug, um Schatten zu werfen, die sich in die Länge zogen, während der Nachmittag verstrich. Schritte erklangen auf dem Kiesweg, und Schwester Petra kam in Sicht, führte Sapientia mit sich wie eine Schäferin ein Lamm.

»Bedeutet das Rebellion?«

»Ich habe Henry stets treu gedient, Mutter Scholastika.«

Sie spitzte den Mund, ballte eine Hand zur Faust. »Euer Ruf war stets unbefleckt, Schwester Rosvita. Bis jetzt.«

Rosvita antwortete nicht.

»Es ist eine Krankheit, die sich zwischen denjenigen verbreitet, die in den Süden nach Aosta geritten sind. Die Sanglant die Treue geschworen haben. Ich beginne zu glauben, dass es sich um Zauberei handelt.«

»Ich bitte Euch, Mutter Scholastika. Ich achte und ehre Euch. Aber ich lasse mich nicht beleidigen. Henry ist – war – mein Herrscher, und ich habe ihm treu gedient. Jetzt werde ich demjenigen dienen, den er zum Erben ernannt hat.«

»Sapientia?«, fragte die Äbtissin boshaft, während sie durch die offene Tür in den Sommergarten blickte. Die beiden Spaziergänger waren verschwunden, aber ihre Schritte waren noch zu hören, knirschten leise und wurden von dem Singsang von Petras beständigem Geplauder begleitet. »Henry hat Sapientia zur Erbin ernannt.«

»Er hat seine Meinung geändert. Ihr habt sie gesehen und mit ihr gesprochen. Ihr wisst so gut wie ich, dass sie nicht herrschen kann.«

»Vielleicht ist das so. Aber sie könnte sich erholen, wenn man ihr Zeit gibt. Was Ihr über ihr Schicksal erzählt habt, lässt vermuten, dass ihr Bruder sie zum Sterben in der Wildnis zurückgelassen hat. Wieso sollte er sich da besser zum Herrschen eignen? Wir Wendaner töten unsere Verwandten nicht. Wir haben hier auch ohne Bürgerkrieg genug Probleme.«

»Wieso habt Ihr Prinz Sanglant dann gesalbt und gekleidet und gekrönt und ihn zum König ernannt?«

»Ich hatte damals keine andere Wahl. ›Die Gesetze schweigen in Anwesenheit der Waffen.‹ Zeugen haben behauptet, dass Henry Sanglant bevorzugt hätte – dass er ihn in Aosta zum Erben ernannt hätte. Aber es scheint, dass Henry Sapientia damals für tot gehalten hat. Wie ich. Wie wir alle, bis Ihr sie hergebracht habt, Schwester Rosvita.«

»Henry wusste, dass Theophanu lebt. Er hätte sie zur Erbin ernennen können, aber offensichtlich hat er das nicht getan.«

Mutter Scholastika war eine furchteinflößende Frau, und ihr

Blick war der eines Adlers, der bereit war zuzuschlagen. Rosvita blieb standhaft; sie fürchtete sich nicht vor ihr, obwohl es möglicherweise klug gewesen wäre, das zu tun.

»Ich werde diese Unterhaltung nicht noch einmal führen. Ich habe Schritte eingeleitet, um das zu tun, was das Beste für das Reich ist. Ihr seid gut beraten, diesmal vorsichtig zu wählen. Folgt Sanglant nicht, Schwester Rosvita.«

»Ich bitte um Vergebung, Mutter Scholastika. Mein Weg steht fest.«

Sie hatten eine Sackgasse erreicht, wie zwei Heere, die sich auf einer Brücke gegenüberstanden.

»So sei es«, sagte Scholastika mit kühler Stimme. »Aber die Nonnen von St. Valeria und die Bücher bleiben hier.«

Rosvita sehnte sich flüchtig nach einem Stift oder einem Buch, etwas, das sie in den Händen bewegen konnte, um die Unruhe zu vertreiben, die ihre Finger zum Jucken brachte und ihre Ohren brennen ließ. »Was wird mit den Büchern geschehen?«

Scholastikas Blick wanderte zu einem Brief, der gefaltet und – seltsamerweise – mit dem goldenen Stempel der Skopos versiegelt war, der Krone der heiligen Führung. Darunter befand sich ein einzelnes, in Stoff gewickeltes Buch, das Rosvita erkannte. Es war eines derjenigen, die von St. Valeria hergebracht worden waren. Der vergilbte Deckel mit der zerrissenen Ecke hatte zu *Sanfter Wind und Sturm* gehört, einem Buch, das die verbotenen Künste der Tempestari beschrieb, der Wetterwirker.

Die Äbtissin schüttelte den Kopf, ohne zu antworten. Dies war ein bewaffneter Waffenstillstand.

»Die Nonnen und ihr Schatz werden hierbleiben«, wiederholte die Äbtissin schließlich. »Und auch die alte Äbtissin. Ihr könnt von ihr nicht verlangen, dass sie weiterreist. Sie ist zu gebrechlich.«

»Es stimmt, dass es für Mutter Obligatia besser wäre, sich zu erholen, aber sie wird darauf bestehen, mich zu begleiten. Ihr könnt selbst mit ihr sprechen.«

»Das werde ich tun. Ihr habt mir die Hände gebunden, Schwester Rosvita. Ich bin verstimmt und verärgert. Weil Ihr darauf besteht, diesen Weg weiterzuverfolgen, bin ich gezwungen, mit Euch zu reisen, um Prinzessin Sapientia zu begleiten. Um dafür zu sorgen, dass sie nicht in Gefahr gerät.«

»Was für eine Gefahr befürchtet Ihr? Dass wir sie umbringen könnten?« Die unhöflichen Worte waren ihrem Mund entschlüpft, ehe sie begriff, dass sie sie hatte sagen wollen. Sie errötete.

»Ist das die Antwort?«, fragte Scholastika mit kühler Ironie.

»Ich bin müde von der langen Reise, Mutter Scholastika. Vergebt mir die schroffen Worte. Prinzessin Sapientia hat in diesen letzten Monaten viel ertragen. Wie wir alle. Hätten wir vorgehabt, ihr Schaden zuzufügen, hätten wir uns ihrer an jedem Ort unserer Reise entledigen können. Wir hätten sie in Dalmiaka zum Sterben zurücklassen können. Aber das haben wir nicht getan. Wir haben für sie so gut gesorgt, wie es uns möglich war. Viele gute Diener sind unterwegs gestorben – einige meiner eigenen Bediensteten –, um sie an einen sicheren Ort zu bringen.«

»Wir werden sehen.« Scholastika berührte den Brief und schnippte an einer Ecke entlang, als würde sie kurz davor stehen, ihn zu öffnen, bevor sie Rosvita scharf ansah. »Wenn Ihr mich jetzt bitte allein lassen würdet, Schwester.«

Aber Rosvita hatte zu viel durchgemacht, um stillschweigend zu gehen. Ihre Stimme zitterte noch, und sie war noch immer wütend. »Bitte, Mutter Scholastika, seien wir ehrlich zueinander. Begleitet Ihr Sapientia, weil Ihr mir nicht traut?«

»Ihr werdet sie Sanglant übergeben.«

»Ihr könnt unmöglich glauben, dass Sanglant ihr Schaden zufügt.«

Scholastika deutete zum Garten, wo Sapientia gerade an der Hand von Petra in Sicht geriet. »Das hat er bereits getan.«

4

»Heilige Mutter! Ich bitte Euch! Wacht auf!«

Die Morgendämmerung hatte gerade erst eingesetzt, und die Dienerin erhellte die Düsternis mit einer Lampe. Antonia tadelte sie nicht dafür. Im Laufe der Monate, die sie seit Darres Zusammenbruch in Novomo verbrachte, hatte sie ihr Gefolge von all jenen befreit, die ihr nicht gefielen. Felicita würde sie niemals ohne Grund stören. Die Leute hatten Angst vor ihr, wie alle Menschen Gott – und so auch Gottes Vertreterin auf der Erde – fürchten mussten.

»Was gibt es?« Sie hatte die Fähigkeit, sofort hellwach zu sein, ohne irgendwelche Verwirrung zu verspüren.

Felicita hielt die Lampe dicht vor ihr eigenes Gesicht. Ihre erschreckten, aufgerissenen Augen und die geteilten Lippen verrieten ihre Angst.

»Ein übler Wind«, fügte Antonia hinzu.

Felicita begann zu weinen, während sie nach Worten suchte. »Ich bitte Euch, Heilige Mutter. Ich habe solche Angst.«

Zu verängstigt, um vernünftig zu sprechen, berichtete die Frau von Kreaturen mit Menschenkörpern und Tierköpfen, von einem blitzenden Rad aus Gold sowie Menschen, die bei der kleinsten Berührung eines Pfeils zu zucken begannen und starben. Andere Bedienstete, gerade aufgewacht, brachten Gewänder, einen Gürtel und Schuhe. Sie halfen Antonia beim Ankleiden.

»Still! Bring mich zur Königin und ihrem Mann!«

Hauptmann Falco tauchte bei der Tür zu ihren Gemächern auf und begleitete sie durch Novomos stolzes Tor hindurch, das Erbe aus früheren Tagen, als die alten Dariyaner, wie es hieß, die Stadt als Vorposten entlang der Straße errichtet hatten, die über die Berge nach Norden in barbarisches Land führte. Der Hauptmann sagte nichts, und sie stellte auch keine Fragen, zog es vor, nachzudenken. Felicita folgte ihr, hustete und unterdrückte Schluchzer in dem Bemühen, ihre Furcht zu beherrschen.

Die Schwachen gerieten immer in Panik. Sie waren Spreu, dazu gedacht, vom Wind zerstreut zu werden.

Leute gingen im Dämmerlicht umher, riefen und schrien. Soldaten marschierten zu den Mauern, befestigten unterwegs dicke Lederumhänge. Einer ließ seinen Speer fallen und erhielt zur Strafe einen Stoß, so dass er zurückstolperte und ihn aufhob.

»Bewegung! Bewegung!«

Ziegen meckerten in einem Innenhof. Ein Pferd wieherte, und andere antworteten. Überall in der Stadt setzten die Hunde zu wildem Lärm an, heulten, bellten und jaulten.

Es gab Stufen zu erklimmen, die in die Mauer eingelassen waren, und ihre Füße schmerzten, und der Rücken meldete sich, aber sie stieg eine nach der anderen hinauf, ohne ein Wort zu verlieren. Falco ging zwei Schritte hinter ihr. Oben angekommen, fand sie die Königin über die Brüstung des Wehrgangs gelehnt. Sie starrte nach Süden. Ihr Umhang bauschte sich in der Morgenbrise, die aus Südosten kam. Sie war allein, aber als Antonia den Wehrgang erreichte, sah sie, dass Edelmann Alexandros vom Eckturm herbeieilte; er war jedoch zu weit weg, als dass sie sein Gesicht hätte erkennen können. Die Königin wirkte abgespannt und gequält. Sie packte Antonias Hand, als die Skopos näher kam.

»Was sollen wir tun? Was sollen wir tun?«

»Ganz ruhig, Eure Majestät. Ihr seid durcheinander.«

»Seht nur!«

Seht nur!

In uralten Zeiten hatte der Feind in den Herzen der Menschen geflüstert, und die Menschen hatten diesen Lügen gelauscht und waren so erfüllt gewesen von üblen Sehnsüchten, dass sie sich mit Tieren gepaart hatten. Diese Vereinigungen hatten Ungeheuer hervorgebracht, deren Gestalt so grotesk und deren Geist so bösartig gewesen war, dass Gott die Erde mit einem gewaltigen, schrecklichen Sturm überzogen hatten, um die Bestien für immer aus der sterblichen Welt zu vertreiben. So stand es in der Heiligen Botschaft geschrieben.

Wie tief war die Welt doch gesunken! Was einst durch Gottes reine und rechtmäßige Macht verbannt worden war, wandelte erneut auf Geheiß des Feindes. Die Tore der Grube hatten sich geöffnet und üble Kreaturen entlassen. Zweifellos waren sie von dem stinkenden Ödland nach Norden gekrochen, das einst die üppige und fruchtbare Ebene von Dar gewesen war.

»Es sind so viele«, sagte Adelheid.

Die Ungeheuer warteten schweigend. Sie trugen Rüstungen und Speere, Schwerter und Schilde. Wie Tiere liefen sie von einer Seite zur anderen, unfähig, die Reihen zu halten, aber sie gingen wie zum Gespött der Menschheit auf zwei Beinen.

Alexandros trat zu ihnen. »Ich habe bei einem Rundgang eine Schätzung vorgenommen. Etwa fünfzehn Hundertschaften. In früheren Zeiten hätte ich so etwas als eine kleine Streitmacht bezeichnet, die leicht geschlagen werden kann. Wenn wir jeden Mann in Novomo bewaffnen, werden wir sie zahlenmäßig übertreffen. Sie haben sich verrechnet. Sie sind zu wenige.«

»Wer sind sie?«, fragte Adelheid.

»Ungeheuer«, sagte Antonia. »Geschöpfe des Feindes. Gräuel.«

»Menschen, die Tiermasken tragen«, sagte Alexandros. Er blinzelte, während er die Streitmacht musterte, die sie belagerte. »Nicht genug, um eine Belagerung durchzuführen, daher sollten wir in der Lage sein, jemanden auszuschicken, um Hilfe anzufordern.«

»Wer sollte uns helfen?«, fragte Adelheid.

»Die Leute müssen zusammenkommen, um ihre Skopos zu beschützen«, sagte Antonia. Der Anblick so vieler entstellter Gesichter – auch wenn es nur Masken waren – bereitete ihr Übelkeit. Ihre Kehle brannte.

Vor den Mauern lagen die Leichen von Leuten, die versucht hatten, dem Angriff zu entkommen, es aber nicht mehr rechtzeitig geschafft hatten, die Tore zu erreichen.

»Wenn Novomo fällt, werden sie weiterziehen und andere Orte angreifen«, sagte Alexandros, als hätte er sie nicht gehört. »Du musst sie an ihr Eigeninteresse erinnern. Wer uns hilft, hilft auch sich selbst. Wenn sie uns nicht helfen, sind auch sie dazu verurteilt, diesem Heer zum Opfer zu fallen.«

»Das ist wahr.« Adelheid reckte ein bisschen die gekrümmten Schultern, als sie durch seine wohlüberlegten Worte Mut schöpfte. »Wir müssen Boten bestimmen, die so rasch wie möglich losreiten sollen.«

»Sofort«, sagte der General. Er rief Hauptmann Falco. Befehle wurden gegeben, Männer ausgeschickt. »Wir werden eine zweite Gruppe bei Einbruch der Nacht losschicken. In der Zwischenzeit müssen unsere Verwalter sämtliche Kornlager innerhalb der Mauern kontrollieren, und auch alle Brunnen und Zisternen. Es wird eine strikte Einteilung vorgenommen werden. Wer dagegen verstößt, wird getötet werden.«

»Rausgeworfen«, sagte Adelheid. »Der Gnade unseres Feindes überlassen.«

Er nickte anerkennend. »Ja, das ist besser.« Er deutete auf die Leichen, die hier und da in den Feldern lagen, die Novomo umgaben. Ein Mann lag mit dem Rücken auf der Straße. Eine Frau war auf die Seite gefallen, hatte versucht, ein Kind zu beschützen, das ebenfalls tot war. »Sie scheinen keine Gefangenen oder Sklaven zu machen.«

Antonia beobachtete dieses Zwischenspiel. Man beachtete sie nicht mehr. Sie kochte vor Wut, aber der General hatte Adelheids Aufmerksamkeit errungen, und die Königin vernachlässigte sie immer mehr, obwohl sie in ihren Gedanken an erster Stelle kommen sollte. Sogar das Kind mochte ihn!

»Aus welcher Richtung sind sie gekommen?«, fragte sie.

»Was sagen die Wachen auf der Mauer?«, fragte Adelheid den General, ohne Antonia anzusehen.

»Von der südlichen Straße. Sie sind in dem Zwielicht vor der Morgendämmerung aufgetaucht. Die Wachen sagen, dass sie Funken auf dem Berg gesehen haben, ein Weben von Licht, die halbe Nacht lang.«

»Unmöglich!«, rief Antonia so stürmisch, dass die anderen beiden sie überrascht ansahen. »Wolken bedecken noch immer den Himmel. Niemand kann die Kronen weben, ohne die Sterne sehen zu können.«

»Wieso haben die Wachen dann so etwas gesagt?«, fragte er.

»Bei Nacht mag man alles Mögliche sehen, manchmal Täuschungen und manchmal Phantome, die der Feind herbeigerufen hat, um die Schwachsinnigen in ihr Verderben zu locken.«

»Und doch sind sie da.« Alexandros machte eine ausschweifende Handbewegung in Richtung des Heeres, das immer noch seine Stellung veränderte, als sich Reihen von der Straße lösten und die Mauer umstellten.

»Wie können wir uns verteidigen, wenn uns niemand zu Hilfe kommt?«, fragte Adelheid.

»Ich werde darüber nachdenken«, sagte er, und die Königin lächelte ihn an, als sie die Zuversicht in seinen Worten hörte. Sogar Antonia wurde beeinflusst. Er hatte viele Jahre mit dem Führen von Kriegen verbracht, und obwohl er ein Arethusaner war und deshalb nicht vertrauenswürdig, war er ebenfalls hier gefangen und würde kämpfen wie ein in die Enge getriebener Löwe.

Im Osten erhob sich ein seltsames Licht über den Bergen, eine Farbe wie die von verdünntem Blut, das in Rosa überging. Wachen entlang der Mauer deuteten zu dem Licht, und ein Murmeln ging durch die nahe stehenden Männer, die – wie alle anderen – auf etwas blickten, das sie seit Monaten nicht gesehen hatten und von dem sie schon fast geglaubt hatten, dass sie es nie wieder sehen würden.

»Die Sonne!«, rief Adelheid. »Sicherlich ein Zeichen!«

Die Wolken am östlichen Horizont hatten sich aufgelöst, und die Sonne blitzte, als sie über den Rand trat. Im Süden verhüllte Dunst die Tieflande. Im Norden wich das Schwarz dem Grau, als Licht über den Himmel glitt. Der Himmel über ihnen war immer noch bewölkt, aber überall um sie herum weinten die Leute beim Anblick der Sonne.

Antonia blinzelte. Sie erinnerte sich an den Tag, als sie endlich aus dem Gefängnis unter dem Felsgestein des Klosters St. Ekatarina befreit worden war. Sie bedeckte die Augen und zog eine Grimasse, hatte plötzlich das Gefühl, als könnte sie klarer sehen. Es schien, als würde sich ein goldenes Rad von der Straße wegbewegen und mit dem Anstieg einen langgestreckten Hügel hinauf beginnen, auf dem Reben an Zäunen hingen. Es sah so aus, als würde ein Mann mit einer Menschenmaske neben dem sich drehenden Rad reiten. Sie erkannte ihn, obwohl er eigentlich zu weit weg war, um seine Gesichtszüge sehen zu können.

»Das ist Hugh von Austra«, sagte sie. Ihre Stimme klang kalt, ihr Herz war heiß. »Er hat uns verraten.«

Der Name war für Edelmann General Alexandros nur ein leerer Begriff, aber Adelheid weinte heftig. Als der Sturm vorüber war, legte sie die Fäuste auf die Mauer und starrte hinunter, als wären ihre Blicke tödliche Pfeile. Niemand in dem Heer fiel, aber Bewegung ging durch die hinteren Reihen, die das goldene Rad umgaben. Eine Person löste sich aus den Reihen und rannte auf das Tor zu.

»Halt! Lasst sie näher kommen!«, rief Alexandros.

Der Ruf wurde die Mauer entlang weitergetragen.

Ein verdreckter, furchtsamer Mann stolperte zum Tor. Seine Tunika war zerrissen und schmutzig. Blut klebte auf seinen Wangen, und er stützte den rechten Arm in die linke Hand.

»Lasst mich herein, bitte!«, rief er. Es war offensichtlich ein Bauer aus der Gegend, vollkommen verängstigt und voller Schmerzen. »Ich bitte Euch! Sie haben mich nur verschont, damit ich Euch eine Nachricht überbringen kann.«

»Es ist ein Trick«, sagte Adelheid. »Sie wollen, dass wir das Tor öffnen. Sie glauben, wir würden barmherzig sein. Töte ihn.«

Alexandros machte ein Zeichen mit der Hand, und ein Dutzend Bogenschützen hoben die Bogen und zielten mit den Pfeilen.

»Was für eine Nachricht?«, rief der Hauptmann der Wache.

»Nur dies.« Der Mann schluchzte heiser, und einen Moment lang dachte Antonia, dass er unfähig sein würde zu sprechen, aber die Furcht zwang ihn dazu. Er krächzte seine Worte heraus.

»Die … die Verlorenen, wie sie sich nennen, sind nach Hause gekommen, sagen sie. Oh, Gott! Mögen Gott Erbarmen haben! Lasst mich herein, ich bitte Euch!«

»Die Nachricht!«, rief der Hauptmann.

»Nur dies. Oh, Gott!« Er warf einen Blick über die Schulter und verriet damit seine große Angst. Er kniete nieder und streckte die Hände zu den Soldaten aus, die halb sichtbar auf der Mauer standen. »Diejenige, die sie als die bezeichnen, die das gefiederte Kleid trägt, ist die Anführerin. Sie ist die Mutter eines Feldes aus Blut. Das sehen wir! Das sehen wir! Alle meine Verwandten sind getötet worden …« Er erstickte fast an seinen Tränen. Er sank vornüber, stützte sich mit den Händen ab. Im Süden, jenseits des Berges, auf dem sich die Steinkrone befand, erhob sich Rauch aus einem Dutzend Feuersbrünsten, als der Feind über die Landschaft zog.

»Sanglant«, murmelte Adelheid. »Es sind seine Verbündeten! Seine Verwandten!«

»Blut ruft Blut«, sagte Antonia. »Das Böse zeugt Böses. Man konnte ihm nie trauen, letztendlich.«

Der Bauer kämpfte sich auf die Knie, warf einen Blick zurück, als würde er erwarten, dass die Anhänger des Feindes sich auf ihn stürzten. Und waren sie nicht tatsächlich da? Die Verlorenen waren von der Erde verbannt worden, weil sie die Kreaturen des Feindes waren, und jetzt hatten die Verbündeten des Feindes sich ihrerseits mit ihnen verbündet.

»Lasst mich sprechen!«, keuchte er. »Lasst mich herein, ich bitte Euch! Helft mir!«

»Die Nachricht!«, wiederholte der Hauptmann. Die Bogenschützen hatten ihre Position nicht verändert. Sie konnten jederzeit ihre Pfeile abschießen.

»Das gefiederte Kleid schickt folgende Botschaft. Sie will Frieden zwischen Eurem und ihrem Volk.«

Ein paar Wachen kicherten, aber die meisten schwiegen.

»Sie will Frieden, aber sie stellt eine Forderung. Frieden für die Übergabe einer Person.« Er zitterte und hustete. Er konnte kaum genug Mut aufbringen, um weiterzusprechen. »Die Heilige Mutter! Sie sagt, Frieden als Gegenleistung für die Heilige Mutter, die eine üble Zauberin sei und den Tod erleiden müsse.« Er schluchzte und schlug mit den Fäusten auf den Boden. »Vergebt mir! Ich bitte Euch! Ich bin nur geschickt worden, um diese Worte zu überbringen! Helft mir!«

»Sie hat Angst vor den Galla«, sagte Adelheid. »Aber wie kommt es, dass sie von ihnen weiß?« Sie wandte sich zu Antonia um, und ihr Stirnrunzeln war beängstigend, die strahlenden Augen voller Wildheit. »Wieso ist Hugh von Austra noch am Leben? Ihr habt behauptet, dass er tot sein muss!«

»Er kann immer noch getötet werden«, sagte Antonia. »Gebt mir einen Gefangenen, irgendeinen Mann, der den Tod verdient hat. Lasst mich ein Galla rufen! Er ist so nah. Er kann dem Abgrund nicht entgehen, nicht jetzt. Nicht hier.«

»Ist das klug?«, fragte Alexandros. »Es ist schrecklich, einen hilflosen Mann vor den Soldaten zu töten.«

Adelheid nickte. »Schrecklich, ja. Der Feind wird sehen, wozu wir fähig sind. Das wird sie lehren, uns zu fürchten!«

Der Bauer unten am Tor weinte und flehte, kroch zu dem geschlossenen Tor und pochte dagegen. Adelheid rief einen ihrer Feldwebel, schickte ihn los, um einen Gefangenen aus dem Kerker zu holen. Während sie warteten, stieg die Sonne höher, glitt hinter die Wolkenschicht, die den Horizont entlang verlief. Das Licht veränderte sich, verwandelte sich in einen hellen Schein, als wäre es die Spiegelung von Lampenlicht, das von Perlen abstrahlt, etwas eindringlicher als das dumpfe Grau eines bewölkten Tages, aber weniger direkt als Sonnenlicht. Immer noch freute sich Antonia, dass sie für kurze Zeit die Sonne gesehen hatte. Wind, Zeit und Strömung mussten die Wolkenschicht vertrieben haben, so wie am Ende das Böse von Gottes Gerechtigkeit zermalmt wurde.

»Was soll mit dem Boten geschehen, Eure Majestät?«, fragte der wachhabende Feldwebel, den der Hauptmann geschickt hatte, um nachzufragen.

»Das Tor bleibt verschlossen«, sagte Adelheid.

»Lasst ihn unten«, sagte Alexandros. »Dann werden wir sehen, was diese Verlorenen tun. Ob sie ihn töten. Ob sie ihn verschonen. Ob sie ihn einfach nicht beachten. Mit ihren Taten werden sie uns ihr Wesen und ihren Plan enthüllen.«

Die Verlorenen standen in Reihen versammelt da, musterten die Mauern und warteten auf eine Antwort.

Der Feldwebel kehrte mit einem argwöhnischen, schmutzigen Gefangenen zurück, dem schlimmsten Abschaum überhaupt, einem Mann mit ungepflegtem Bart und einem üblen Gestank. Ungewaschen, zahnlos und von Fliegen und Flöhen belästigt. Er hatte sich die Arme an einigen Stellen aufgekratzt, und er konnte auf seinen X-Beinen kaum gehen. Der Feldwebel zwang ihn mit Hilfe des Speerknaufs auf die Knie, und er wimmerte, zu schwach, um zu kämpfen, und zu dumm, um um Gnade zu betteln. Aber er lebte noch, und die Lebenden besaßen das Blut des Lebens.

Sie trug immer ein Messer bei sich. Sie ging nirgendwohin ohne ein Messer. »Tretet zurück und seht zur Seite. Alle!«

»Jawohl, Heilige Mutter.« Die Soldaten sprachen mit erfreulichem Respekt, zogen sich dann gehorsam zurück.

Adelheid drehte ihr den Rücken zu, aber Alexandros trat nur zwei Schritt zurück, ohne den Blick abzuwenden. Zweifellos hatte er im Osten Schlimmeres gesehen, da die Arethusaner bekanntermaßen eine bösartige Lust daran fanden, ihre gefangenen Feinde zu foltern.

Ein Messer ist ein gutes und schönes Werkzeug, das mit einem einzigen Stoß Leben retten oder den Tod erwirken kann. Antonia kniete sich neben den Mann, dessen schlimmer Gestank sie beinahe überwältigte, bis sie ihren Geist vor ihm verschloss. Sie wandte das Gesicht ab und atmete die frischere Luft tief ein, drehte sich wieder zu ihm um und stieß ihm das Messer zwischen die Rippen.

Er gab ein röchelndes Geräusch von sich und sackte in sich zusammen, aber ihre Arme waren stark genug, um ihn aufzufangen. Sie hatte noch genug Atem, um zu sprechen.

»*Ahala shin ah rish amurru galla ashir ah luhish.* Lasst dieses Blut das Geschöpf aus der anderen Welt hervorholen. Komm her, *Galla,* denn ich binde dich mit unauflöslichen Fesseln. Dieses Blut, das du schmecken musst, das ich vergossen habe, bindet dich an meinen Befehl. Ich beschwöre dich im Namen der heiligen Engel, deren Herzen in Rechtschaffenheit hausen, komm her, wie ich es befehle.«

Ein Schatten strömte in das Licht, als ein Galla zitternd zum Leben erwachte, von der anderen Seite herbeigerufen. Sie drehte die Klinge herum. Der Mann blutete heftig, sackte vornüber, heulte auf eine Weise, die an ihren Nerven zerrte. Sie ließ ihn los und trat zur Seite. Ein Soldat hinter ihr erbrach sich, ein anderer begann vor Entsetzen zu weinen. Die Dunkelheit des Galla nahm Gestalt an, als es von dem strömenden Blut trank.

»Ich beschwöre dich, *Galla,* tu, was ich dir befehle. Töte den Mann namens Hugh von Austra.«

Eine Welle lief durch die sich auftürmende Dunkelheit, als ihr Wille Fuß fasste, glitt durch die Steinzinnen, als wären sie Luft. Es stank wie in einer Schmiede, und die Stimme klang wie das Hämmern eines Schmieds auf Stahl.

Hugh von Austra.

Das Galla glitt durch die Luft wie eine Feder, die sich losgemacht hatte, kam nur ein paar Schritte vom Tor entfernt auf dem Boden auf. Der Bauer geriet in Panik. Er schoss nach rechts, um zu entkommen, aber der Wind trieb das Galla auf seinen Weg. Es glitt über ihn hinweg und durch ihn hindurch. Die Glockenstimme verschluckte seinen Schrei. Wo es vorbeiging, klapperten Knochen zu Boden. Geschrei erhob sich vom Feind, Alarmrufe, das Schlagen von Trommeln wie gegen einen bösen Fluch, das Geräusch von Hörnern, die erstarben. Da war Hugh, der sich nicht rührte und nicht entkommen konnte.

Ruhm sei Gott, die jene strafen, die das Böse in ihren Herzen bewahren!

»Niemand ist vor solcher Zauberei gefeit«, sagte Alexandros.

»Niemand«, stimmte sie ihm zu. »Man kann den Galla keinen Schaden zufügen. Sie können nur verbannt werden. Sie sind unversöhnlich.«

»Ihr seid die einzige Zauberin, die weiß, wie sie beschworen werden«, fügte er hinzu.

Sie antwortete nicht. Eine Kreatur mit dem Körper einer Frau und dem Kopf eines Fuchses trat aus den Reihen, hielt einen Bogen in den Händen, der vom Kopf bis zu den Knien reichte. Selbst der Feind begehrte Schönheit, und diese Kreatur besaß Schönheit in Gestalt und Haltung, als sie zielte und schoss. Der Pfeil leuchtete, als er sich auf sein Ziel zubewegte. Antonia fluchte leise.

Das Galla wich nicht aus, um dem Geschoss zu entkommen. Tatsächlich sah es so aus, als würde es sich sogar eigens zurechtrücken, um getroffen zu werden. Wo es vom Pfeil durchdrungen wurde, öffnete sich ein Loch aus purer Schwärze, und das Galla zischte und verschwand, einfach so, als hätte es diese Welt niemals berührt.

»Eine Greifenfeder«, sagte Adelheid verärgert. »Er hat Euch ausgetrickst, Heilige Mutter.«

»Greifenfedern sind nicht leicht zu bekommen. Irgendwann wird er seinen Vorrat aufgebraucht haben, oder er wird unvorsichtig werden und wartet zu lange, um den Pfeil abzuschießen. Es ist nur eine Frage der Zeit.«

»Das glaube ich auch«, pflichtete General Edelmann Alexandros ihr bei. Er betrachtete sie und das blutverschmierte Messer. »Es ist nur eine Frage der Zeit.«

5

Sanglant eilte so rasch wie möglich zusammen mit Liutgard und fünf Hundertschaften Reiterei – den besten Männern, die sie besaßen – nach Kessal, während der Rest des Heeres und der Versorgungstross in ihrem eigenen Tempo nachkommen würden. Irgendwann gegen Mittag mitten im Quadrii trafen sie auf eine Gruppe von Kundschaftern, die aus der Stadt geflohen waren. Die Männer waren der Herzogin treu ergeben und lagerten im Wald, von wo aus sie die östliche Straße beobachteten.

Ihr Anführer Adalbert hatte ein paar grauenhafte Narben im Gesicht, und sein linker Arm hing nutzlos herab. Er weinte, als er Herzogin Liutgard sah, küsste ihren Ring und versicherte ihr seine Loyalität.

»Euer Herrscher ist hier, um die Eindringlinge aus Fesse zu vertreiben«, sagte Liutgard. Sie trat zur Seite, und das Banner von Wendar kam zum Vorschein, ebenso wie Sanglant, der noch immer auf seinem Pferd saß.

Die Männer knieten nieder und neigten die Köpfe.

»Ihr habt eurer Herrin gut gedient«, sagte Sanglant und gab dann Liutgard mit einem Nicken zu verstehen, dass sie weitersprechen sollte. Er konnte sehen, dass sie keine Zeit mit langen Bezeugungen ihrer Ehrerbietung verschwenden wollte, sondern erpicht darauf war, von den Männern die Neuigkeiten zu hören, die sie besaßen.

»Was könnt ihr uns sagen?«, fragte sie.

»Die Eindringlinge haben die Stadt in ihren Besitz genommen, jedoch nichts von den Gebieten außerhalb der Stadt. Aber auch so genügen ihre Soldaten gerade, um den Palastturm zu bemannen, Wachen auf der Stadtmauer und an den Toren aufzustellen. Viele Stadtbewohner sind geflohen. Diejenigen, die geblieben sind, lassen uns durch Hausierer und Huren Nachrichten zukommen.«

»Und was sagen sie?«

»Die Eindringlinge gehen davon aus, dass Herzog Conrad und sein Heer sie entlasten werden. Ich weiß nicht, ob das stimmt, aber ich weiß, dass sie Boten nach Westen geschickt haben. Wir haben vor zwei Wochen einen dieser Boten getötet.«

»Was ist mit meiner Tochter?«

»Ihr kennt das traurige Schicksal Eurer Erbin.«

»Ich habe davon gehört«, sagte sie grimmig. »Sie befindet sich in der Kammer des Lichts, außerhalb unserer Reichweite. Was ist mit Ermengard?«

Er wischte Tränen weg. »Noch immer eine Geisel. Wie auch viele andere, die sich geweigert haben wegzulaufen, als sie gesehen haben, dass sie ergriffen worden ist.«

»Wieso will Conrad Kessal?«, fragte Liutgard.

»Er hat ein größeres Netz ausgeworfen«, sagte Sanglant. »Tallia ist die Enkelin von Arnulf dem Jüngeren. Sie hat einen doppelten Anspruch auf den Thron von Varre. Sabella möchte den Thron haben, der ihr so lange vorenthalten worden ist. Wenn nötig, wird sie ihn durch ihre Tochter bekommen, die jetzt mit Conrad verheiratet ist.«

»Henry hätte Sabella nach dem ersten Aufstand töten sollen!«, sagte Liutgard. »Er ist zu nachgiebig gewesen!«

»Wendaner töten ihre Verwandten nicht, auch nicht um der Erlangung von Macht willen«, erwiderte Sanglant sanft. »Wir sind keine Salianer, Liutgard. Gott sei Dank.«

Ihr Lächeln war starr. »Ich werde nicht zögern, Sabella zu töten – oder sonst jemanden, der den Sturz meines Hauses anstrebt. Wenn Ermengard etwas zugestoßen ist ...«

»Wir müssen beten, dass dies nicht der Fall ist.« Er wandte sich an die wartenden Soldaten. »Sollten wir auf dieser Straße weiterreiten, oder gibt es eine Stelle, von der aus man das Land um Kessal herum besser beobachten kann?«

»Wir werden Euch führen, Eure Majestät. Herzogin. Am besten, Ihr seht selbst, was sie getan haben in dem Versuch, uns auszuhungern.«

Ein Pfad zweigte von der Straße ab. Der Jagdweg führte durch den Wald und war so schmal, dass sie hintereinander reiten mussten, wodurch sie sich enorm angreifbar machten. Der Buchenwald mit seinen vielen offenen Stellen bot wenig Möglichkeit, sich zu verbergen, aber Sanglant vertraute seinem Instinkt, und sein Instinkt sagte ihm, dass er dem alten und schlauen Feldwebel Adalbert vertrauen konnte. Schließlich bat dieser den König und die Herzogin abzusteigen, führte sie dann einen Fußweg entlang zu einer Lichtung, die an der einen Seite, an der Regen und Wind zu einem Erdrutsch geführt hatten, steil abfiel. Umgestürzte und abgebrochene Bäume befanden sich am Fuß dieses Berghangs, ein Trümmerhaufen aus zersplittertem Holz. Jenseits der letzten noch stehenden Bäume wirkte der Hang glitschig und tückisch.

»Vorsicht! Nicht dort entlang, sondern hierher. Da vorn hat der Boden nachgegeben. Aber hier kann nichts geschehen, wenn Ihr Euch an den Bäumen festhaltet.«

»Mögen Gott Erbarmen haben.« Liutgard klammerte sich an eine junge Esche, stemmte ihre Füße in den Boden. Am Grund des Erdrutsches lagen Bäume jeden Alters und jeder Größe ineinander verkeilt, einige zersplittert, während die größten die kleineren zerstört hatten.

»Seht«, sagte der Feldwebel. »Da ist Kessal. Selbst aus dieser Entfernung könnt Ihr erkennen, welchen Schaden der Sturm im Herbst angerichtet hat.«

Die Stadt befand sich am Fuß eines niedrigen, allein stehenden Berges – mehr eine Erhöhung in der Landschaft –, auf dem der Palast und der Turm errichtet worden waren. Die Stadt bildete ein Rechteck mit zwei lotrecht zueinander verlaufenden Straßen, wodurch sich vier Viertel bildeten. Eine alte, gut erhaltene Mauer umgab die Stadt, aber es war von dieser Höhe aus offensichtlich, dass die Stadt vor langer Zeit einmal größer und dichter besiedelt gewesen sein musste. Es gab Platz für Gemüsegärten innerhalb der alten Mauern und auch eine Obstwiese und Weideflächen für Kühe. Die Häuser im Hauptteil der Stadt, in der Nähe des inneren Tores, durch das man zum Palasthügel kam, standen dicht beieinander, aber diejenigen, die sich mehr zu den äußeren Flächen erstreckten, hatten große, eingezäunte Gärten. Alte Wege und Hausfundamente zeugten von verlassenen Heimen. Wo einmal Menschen bei der Stadtmauer gewohnt hatten, befanden sich jetzt Abfallhaufen. Einiges deutete darauf hin – aus dieser Entfernung schwer zu erkennen –, dass viele Hallen und Häuser keine Dächer mehr besaßen oder die Mauern von herabstürzenden Ziegeln zerstört worden waren. Der einzige Hinweis auf Gerüste und Reparaturarbeiten befand sich entlang der Stadtmauer und auf dem Turmhügel, wo ein schräges, halb von Zeltstoff bedecktes Dach überstand.

»Hat sich der Herbststurm so weit erstreckt?«, fragte Liutgard. »Sind die Felder für diesen Frühling gar nicht bestellt worden?«

Auf den Feldern vor Kessals Mauern hätte das grüne Korn der frühen Sommerernte stehen müssen, aber es war nur das rötliche Braun des Hochland-Lehms zu erkennen, der Wind und Wetter ausgesetzt war.

»Doch, Herrin, sie sind bestellt worden, mit Roggen und Gerste, wie es hier üblich ist, und sogar mit ein bisschen Hafer. Aber die Männer aus Varre haben die Felder zertrampelt. Seht nur, da.« Er machte eine Bewegung mit der Hand, aber es war nicht zu erkennen, worauf er deutete. »Wir haben gehört, dass sie die Kornlager beansprucht und sogar einige verbrannt haben, aber das kann ich einfach nicht glauben.«

Sanglants Blick schweifte zurück zu dem Palast und dem Turm auf dem Hügel. Von dieser Höhe aus konnte er die Mauerreste älterer Gebäude erkennen, die von denen der neueren Gebäude des Holzpalastes und des Steinturms überdeckt wurden. Vor langer Zeit hatte sich hier ein dariyanischer Vorposten befunden, und noch davor ein altes Gebilde aus riesigen Steinen, das der Legende nach von Daemonen der oberen Sphären errichtet worden war. Die Dariyaner hatten bearbeitete Steinblöcke verwendet, wie Heribert einmal erklärt hatte, und man konnte sich leicht eine Gruppe von Männern vorstellen, die solche handhabbaren Materialien eine Anhöhe hinaufrollten. Nun, die Erklärung, dass Daemonen sie mit Magie errichtet haben sollten, klang ebenso nachvollziehbar wie jede andere.

»Einige Leute haben am ersten Tag des Sommers die Festtagsbanner rausgehängt«, sagte der alte Feldwebel. »In der Hoffnung auf ein Wunder.«

»Ich kann sie von hier aus nicht erkennen«, sagte Liutgard. Sie sah Sanglant an. »Wie bekommen wir meine Stadt zurück?«

Er musterte das Tal. Im Osten von Kessal bildete der steil ansteigende Berg eine natürliche Barriere, die in dariyanischen Zeiten mittels einer gewaltigen Rampe aus Schutt und Steinen überwunden worden war. »Da vorn verlässt der Klarweg den Wald«, sagte er, deutete auf eine Lücke zwischen den Bäumen, bei der der Grat am niedrigsten war. »Wir werden leicht zu sehen sein, wenn wir die Rampe hinuntersteigen. Aber es gibt keinen anderen sinnvollen Weg ins Tal. Wenn wir also direkt dorthin reiten, werden sie ganz sicher im Voraus wissen, dass wir kommen. Feldwebel, wie viele Männer halten den Palast?«

»Etwa einhundert.«

»Trotz der Männer, die wir haben, wird es schwierig werden, den Turm direkt anzugreifen«, sagte Liutgard. »Er ist so gebaut, dass er einer Belagerung standhält.«

»Aber wenn wir auf den Rest des varrenischen Heeres warten, werden wir zwischen denjenigen in der Stadt und den anderen gefangen sein, die uns von außen umzingeln. Es gefällt mir nicht, eine Belagerung durchzuführen, bei der ich am Ende selbst belagert werde. Gibt es einen anderen Weg in diesen Turm, Feldwebel? Ein Flusstor? Einen Kriechtunnel, durch den eine kleine Gruppe eindringen und die Verteidiger überraschen könnte?«

»Nein, Eure Majestät. Nicht einmal ein Tor für die Bediensteten.«

Liutgard lächelte schwach. »Es gibt kein Verrätertor, Sanglant. Mein Großonkel Eberhard – derjenige, der seinen Anspruch auf den Thron zugunsten von Henry dem Ersten aufgegeben hat – hat diesen Turm errichten lassen. Er hat seinen Feinden nicht getraut.«

»Und zweifellos auch seinen Verbündeten nicht, die sich fragen mochten, ob er die Waffen gegen den neuen König erheben würde. Nun, dann können wir also keine Gruppe hineinschaffen und die Tore von innen öffnen lassen. Feldwebel, gibt es irgendwelche Signale, mit denen Ihr Euch mit Euren Verbündeten im Innern des Palastes verständigt? Könnte jemand überredet werden, die Turmtore auf ein verabredetes Signal hin zu öffnen?«

Der Feldwebel dachte nach. »Es gibt Leute in der Stadt, mit denen wir sprechen, aber das Stadttor wird gut bewacht. Was den Turm betrifft, geht nur der Feind dort ein und aus.«

Sanglant runzelte die Stirn. »Hätten wir die Adlersicht, könnten wir unseren Angriff so planen wie bei Walburg. Nun, das ist jetzt unwichtig. Dieser Weg ist uns verschlossen. Könnt Ihr zwanzig Männer hineinschmuggeln, die die Stadttore besetzen und sie für uns öffnen?«

»Immer nur einen oder zwei auf einmal. Es würde mehrere Tage dauern, ohne dass es auffällt. Aber wenn wir ergriffen werden, wird der Feind wissen, dass irgendetwas vor sich geht.«

»Und wir haben nicht mehrere Tage zur Verfügung. So sei es also. Ich bin geneigt, einen Waffenstillstand in Betracht zu ziehen.«

»Was ist mit Ermengard?«, fragte die Herzogin. »Ich würde sie gern gegen mich austauschen.«

»Sie werden darauf nicht eingehen. Wenn ich Ermengard in meiner Gewalt hätte, könnte ich dich opfern und deine Tochter mit einem Regenten auf deinen Platz setzen. Indem sie Ermengard haben, haben sie deine Erbin. Ich glaube, sie wollen sie und nicht dich, Liutgard. Dennoch könnte man das Angebot aussprechen, um zu sehen, wie die Leute denken, die den Turm in Besitz genommen haben.«

Sie kehrten zu den Soldaten zurück und folgten dem Pfad, bis sie über den Klarweg weiter abstiegen. Als die Straße schließlich den Wald verließ, erhielten sie einen atemberaubenden Blick auf das Tal und die gewaltige Rampe, die sie hinunterreiten mussten. Jemand hielt auf dem hohen Turmgang Wache; der Mann würde die Banner von Fesse, Wendar und dem schwarzen Drachen nur zu leicht erkennen. Sanglant nickte Fulk zu, und der Hauptmann führte die Soldaten weiter ins Tal hinab. Die Rampe war erstaunlich fest, obwohl sich im Laufe der Jahre eine Schicht aus Erde und dünnen Gräsern darübergelegt hatte.

»Wir müssen unsere Flanken und die Nachhut sichern, um nicht von Conrads Heer überrascht zu werden«, sagte der König. Als sie den Grund erreichten, führte Feldwebel Adalbert sie nach Süden zum Ufer des Flusses, an dem entlang Gebüsch und Gestrüpp wuchsen. Sie ritten über ein zertrampeltes Feld, das von der Trockenheit staubig geworden war. Rote Erde bedeckte die Beine der Pferde.

Ein dreifacher Hornruf erklang aus der Stadt. Sanglant schickte Kundschafter zurück, um einen besseren Blick zu erhaschen. Ihr Weg führte sie in eine Senke hinein, und sie ritten in ihrem Schutz nach Westen, bis einer der Kundschafter auf der Anhöhe auftauchte. Er winkte heftig mit dem Arm, ritt aber nicht zu ihnen. Sanglant trieb sein Pferd vorwärts, gefolgt von Hauptmann Fulk, Hathui und zwei Soldaten.

»Was gibt es Neues?«, rief er.

Kaum hatte er jedoch den Hügel erklommen, sah er, was der Kundschafter gesehen hatte. Er drehte sich um, machte Liutgard ein Zeichen, und Hauptmann Fulk führte das Horn an die Lippen und blies zum Angriff.

Etwa hundert Reiter preschten durch das untere Tor von Kessal, galoppierten über die Felder, bis sie die nach Westen führende Straße erreicht hatten. Sie verschwanden in Richtung Varre. Sie waren zu weit weg, um sie einzuholen, ohne Gefahr zu laufen, in einen Hinterhalt zu geraten oder Conrad auf der Straße zu begegnen; das varrenische Heer wäre aufgrund der größeren Anzahl an Soldaten im Vorteil.

Liutgard ritt neben Sanglant. Ihr Gesicht war gerötet. »Kessal gehört uns!«, rief sie. »Ohne Kampf eingenommen!«

Sanglant runzelte die Stirn. »Hathui! Sucht Rufus – er ist doch bei uns, oder nicht? Schickt ihn – schickt zwei Adler über zwei verschiedene Wege. Feldwebel Adalbert wird jedem einen Führer zur Seite geben, für den Fall, dass sie Waldpfade benutzen müssen. Jeder soll ein Ersatzpferd bekommen. Sie sollen zum Hauptheer zurückreiten und folgende Mitteilung überbringen: Wir werden uns im Turm von Kessal niederlassen und die Stadt vor einem bevorstehenden Angriff schützen. Sie müssen so schnell wie möglich herkommen und genügend Vorräte für eine Belagerung mitbringen, alles, was sie unterwegs finden. Geht!«

»Eure Majestät!« Sie ritt davon, rief nach ihren Adlern.

»Holt Edelmann Wichman«, sagte er zu Benedict.

»Was denkt Ihr, Eure Majestät?«, fragte Fulk.

Liutgard starrte die Stadt an, wie ein an der Leine zerrender Hund begierig darauf, nach Hause zu kommen.

»Wir schicken Wichman und fünfzig Reiter nach Norden in den Wald. Offener Buchenwald, nicht wahr?« Der Feldwebel nickte. »Gut. Er ist daran gewöhnt, den Feind zu belästigen. Er soll dort als Ersatz warten. Er kann auf der westlichen Straße kleinere Gruppen und Boten abfangen. Wir werden ein Zeichen vereinbaren für den Fall, dass wir ihn für einen Angriff auf Conrad und Sabella brauchen.«

»Jawohl, Eure Majestät.«

»Können wir jetzt gehen, Sanglant?«, fragte Liutgard. »Ich möchte meine Tochter sehen.«

Aber als sie in die Stadt ritten, die vom Sturm verwüstet und von dem Überfall des Feindes ausgetrocknet worden war, und von dankbaren Bewohnern empfangen wurden, die unter lautem Jubel auf die Straßen strömten, fanden sie den Turm verlassen vor. Edelfrau Ermengard war fort. Der Feind hatte sie mitgenommen. Sie war jetzt Conrads Geisel.

6

Bei Einbruch der Dämmerung begab sich Hauptmann Falco zur Kapelle, in der die Skopos den größten Teil des Tages die verängstigte Gelehrtenschule mit Andachten zu beruhigen versucht hatte. Er führte sie durch den Palast zu den Gemächern der Königin. Menschen arbeiteten emsig wie Ameisen daran, die Vorratslager aufzufüllen. Fässer wurden aus der Stadt herbeigeschafft und in die Lagerräume der Königin gebracht. Alte Männer schärften Pfähle in einem Hof, und beständiger Lärm drang von den etwas weiter entfernten Schmieden herauf. Zwei Wachen hielten neben den Zisternen Wache, während drei Jugendliche aus Eimern Wasser in den großen Wasserbehälter gossen, mit den leeren Eimern davongingen, um neues zu holen.

»Hier entlang, Heilige Mutter«, sagte der Hauptmann.

In dem Vorzimmer der Gemächer, die Adelheid zur Verfügung standen, sprach Edelfrau Lavinia mit zwei Verwalterinnen. Als sie Antonia sah, verneigte sie sich vor ihr und küsste die Hand der Skopos.

»Vergebt mir, Heilige Mutter«, sagte sie. »Ich muss sofort aufbrechen. Es geht um Angelegenheiten im Rahmen der Belagerung, auf die wir uns vorbereiten. Wir können jeden Augenblick angegriffen werden.«

»Gibt es Neuigkeiten?«, fragte Antonia. »Ist der Mann, den wir wegen des Gesuchs um Waffenstillstandsverhandlungen ausgeschickt haben, zurückgekehrt?«

Ohne zu antworten, nickte Lavinia in Richtung der geschlossenen Tür, von der aus man zu den inneren Gemächern der Königin gelangte. Sie entschuldigte sich noch einmal und eilte davon. Mathilda saß allein in der Ecke auf einem Sofa und hielt eine Puppe fest umklammert. Sie hatte die Augen geschlossen, aber sie schlief nicht. Ihre Lippen bewegten sich, während sie leise murmelte, doch konnte Antonia ihre Worte nicht verstehen.

Fast wäre sie zu ihr gegangen und hätte sie getröstet, sie mit einem Gebet gestärkt. In diesem Augenblick öffnete jedoch Hauptmann Falco die Tür und trat beiseite, um sie hindurchzulassen. Er selbst blieb draußen und schloss die Tür hinter ihr.

Im innersten Zimmer fand Antonia sich allein mit Adelheid und Alexandros wieder. Ein vergittertes Fenster befand sich oberhalb eines Gartens mit Zypressenhecken und verträumtem

Lavendel. Sie sah nur das Profil von Alexandros, der in die zunehmende Dämmerung starrte, während Adelheid hin und her ging. Er wirkte beschäftigt; tatsächlich reagierte er auf Antonias Eintreten gar nicht.

»Ihr seid gekommen, Heilige Mutter«, sagte die Königin mit dumpfer Stimme.

»Ist der Bote zurückgekehrt?«, fragte Antonia. »Hat man auf unser Angebot zu Waffenstillstandsverhandlungen geantwortet?«

Adelheid sah Alexandros an, aber sein Blick löste sich nicht von dem, was immer er im Garten betrachtete. Ein schwacher Hauch von brennendem Weihrauch stieg ihr in die Nase, bevor er wieder verflog, sich in dem schärferen Geruch von Angst und Besorgnis auflöste.

»Abgelehnt«, sagte sie leise. »Sie haben den Mann mit einem Pfeil im Herzen zurückgeschickt, ihn einfach vor das Tor geworfen. Sie wollen nicht verhandeln.«

»Sie sind schlau, diese Ashioi.« Alexandros sah keine der beiden Frauen an, als er sprach. Er stand in der Weise eines Menschen da, der mit sich selbst sprach, in der Hoffnung, dass zufällig ein Engel vorbeikam, ihn hörte und anhielt, um ihm einen Rat zu geben. »Sie kennen die Wälder und das Land. Ich vermute, dass die Boten, die wir heute Morgen ausgeschickt haben, es nicht einmal hinter ihre Grenzen geschafft haben. Wir können nicht damit rechnen, so bald Unterstützung zu erhalten, wenn überhaupt jemals welche kommt.«

»Sie haben sicherlich nicht die Kraft zu einem Angriff gegen uns«, sagte Antonia. »Ich habe keine Belagerungsmaschinen gesehen. Wir sind mit Vorräten und Wasser gut ausgestattet.«

»Es liegt nach wie vor in unserem Interesse, das hier mit Gesprächen und nicht mit Schlägen zu beenden.« Er hatte die Finger hinter dem Gürtel verhakt, stand vollkommen still da.

Nur Adelheid ging hin und her, und ihre Unruhe begann Antonia zu verärgern, die zum Beistelltisch ging und sich einen Apfel nahm, den letzten in der polierten Schüssel. Die Frucht war vertrocknet, stammte noch von der Ernte des vergangenen Herbstes, aber als sie hineinbiss, schmeckte er immer noch süß.

»Ihre Forderungen sind in den Augen Gottes unzumutbar. Was schlagt Ihr vor, Alexandros? Da sie nicht verhandeln wollen?«

Fünf Schritte brachten ihn zum Beistelltisch. Sie hatte vergessen, wie rasch sich ein entschlossener Mann bewegen konnte. Es gefiel ihr nicht, seine große Gestalt so dicht neben sich zu haben, also glitt sie um die Ecke des schmalen Tisches herum und schützte sich, indem sie die Wand hinter sich brachte.

»Es ist nur eine Frage der Zeit«, sagte er und folgte ihr.

Seine rechte Hand schoss vor, seine Finger schlossen sich um ihre Kehle. »Hört zu, Heilige Mutter. Ich vertraue auf die Schwerter, und ich habe guten Grund, Frauen, die die Zauberei binden, nicht zu vertrauen. Ich werde mein Leben sicher nicht von Eurem Wohlwollen abhängig machen. Ihr könntet mir mein Leben mit der kleinsten Veränderung des Windes nehmen.«

Der Druck seiner Finger wurde stärker. Sie ließ den Apfel los, hörte ihn auf den Boden fallen. Mit der linken Hand packte sie seinen Unterarm, drückte ihre Nägel in das Fleisch, aber sein Griff veränderte sich nicht. Mit der rechten Hand griff sie nach ihrem Messer und zog es aus der Scheide, um es in seine Seite zu stoßen.

Er wand sich, packte ihre Hand und bog sie zurück, bis ihr Handgelenk brach. Das Messer fiel aus ihrer Hand, kam mit einem hellen Klirren auf dem kalten Boden auf. Der Schmerz raubte ihr die Sicht, war glühend heiß und scharf wie Stahl. Sie war im ersten Augenblick unfähig, irgendwie zu reagieren, und dann hörte sie mit einer unheimlichen Klarheit Adelheid ein Gebet murmeln.

»Macht uns stark, Gott.
Seid ein rasches Schwert, Gott.
Lasst Gerechtigkeit auf die Boshaften niederkommen.«

Er ließ ihr Handgelenk los, und sie hörte das Zischen von Stahl, der aus einer Scheide gezogen wurde. Ihre Sicht kehrte zurück. Über ihr schwebte sein langer Jagddolch. Lampenlicht blitzte auf der dunklen Klinge.

»In Gottes Namen, ich fordere Euch auf …«, keuchte sie. »Ich bin die Heilige Mutter. Dies ist –«

»Dies ist Klugheit«, bemerkte er.

Der Dolch senkte sich. Er durchbohrte ihre Haut zwischen den Brüsten und schrammte an Knochen entlang, bis die Klinge die Steinwand hinter ihr berührte. Blut strömte über ihre Haut. So viel Schmerz! Sie versuchte, ihren Griff an seinem Arm zu verstärken, aber es war zu anstrengend. Sie war so müde, sie wollte nur noch liegen.

Adelheids hübsche Stimme tröstete sie mit Gebeten.

»Wir werden uns nicht von Euch abwenden.
Gewährt uns Eure Hilfe. Beschützt unser Leben.«

Wie war es Alexandros gelungen, sie zu verderben?

Auf die gleiche Weise, wie die anderen Männer es getan hatten, zuerst Henry, dann Hugh und jetzt dieses einäugige, ziegenfüßige, stoppelige Ungeheuer, das sich selbst Edelmann nannte, obwohl es nichts weiter als ein Bauernkind war, das sich an die Spitze eines Haufens toter Männer gebracht hatte.

Kühne Worte und strahlende Augen konnten eine willensschwache Frau nur zu leicht täuschen. Und Adelheid war immer so empfänglich gewesen!

Ein Pochen an der Tür zersplitterte das Gebet in tausend Scherben. Eine Stimme erklang, laut genug, um sie durch die dicke Tür zu hören. »Eure Majestät! General! Sie greifen an!«

»Adelheid«, sagte er.

»Oh, Gott«, sagte die Königin.

»Sie hätte sich jeden Augenblick gegen uns wenden können.«

»Sie ist mächtiger als wir. Dies ist die einzige Möglichkeit, wie wir uns schützen können. Es gibt vieles in der Welt, das uns nicht gefällt und das wir dennoch ertragen müssen, weil es die einzige Möglichkeit ist, das zu erlangen, was wir suchen.«

Blut wärmte Antonia. Ihr Gehör blieb scharf. Es waren Hughs Worte, die von Adelheids verräterischen Lippen strömten. Sie versuchte zu sprechen, die Königin zu tadeln, aber es kam kein Wort heraus.

»Wir geben ihnen ihre Leiche«, stimmte Alexandros zu. »Dann werden sie abziehen.«

Antonia besaß immer noch ihr Augenlicht. Adelheid glitt zur Tür, aber ihre Gestalt zog sich zu schnell in eine dunkle Ferne zurück, befand sich außerhalb ihrer Sichtweite, obwohl sie fast nah genug bei ihr gewesen war, dass sie sie hätte anspucken können.

»Sag Hauptmann Falco, dass er die Nachricht überbringen soll«, sagte er zu Adelheid. »Wir werden ihre Forderungen erfüllen. Beeil dich! Und zu niemandem ein Wort über das hier!«

»Sie wird Euch verraten«, krächzte Antonia. Ihre Stimme war nur noch ein Flüstern, aber er hörte sie. Er zuckte zusammen. »Sie hat Macht über Euch, seit sie weiß, dass Ihr mich getötet habt. Sie wird sie benutzen, wenn sie einen anderen Mann gefunden hat, der sie unterstützt.«

Er lächelte, diese hassenswerte Kreatur. Sein Atem stank nach Zwiebeln, gesüßt von einem Hauch Minze. »Ihr seid tot, alte Frau. Was in dem Land der Lebenden vor sich geht, liegt nicht mehr in Euren Händen.«

Aber er hatte unrecht. Er hatte so unrecht.

Er drehte sich halb von ihr weg, achtete nicht auf sie, als er lauschte und zu Adelheid sah, die an der Tür stand.

Sie wurde rasch schwächer, aber sie fand ihre Stimme.

»*Ahala shin ah rish amurru galla ashir ah luhish.*«

Sie röchelte, und Blut tropfte von ihren Lippen. Ihre Stimme war fast tonlos, zu schwach, als dass er sie hätte hören können, aber die Galla hörten nicht mit Ohren aus Fleisch.

»Lasst dieses Blut das Geschöpf aus der anderen Welt hervorholen. Komm her, *Galla*, denn ich binde dich mit unauflöslichen Fesseln. Dieses Blut, das du schmecken musst … bindet dich an meinen Befehl. Ich beschwöre dich im Namen der heiligen Engel, deren Herzen in Rechtschaffenheit hausen, komm her, wie ich es befehle.«

Er hielt sie bereits für tot. Er zog die Klinge mit einer lässigen Drehbewegung heraus und erlöste sie, trat zur Seite. Ihr Körper glitt auf den Marmorboden, der ein friedlicher, aber kalter Ort war.

Ich beschwöre dich. Es drangen keine Worte über ihre Lippen, aber die Galla hörten sie. *Räche mich.*

Ein Schatten bäumte sich über ihr auf. Adelheid schrie, und Alexandros fluchte, wich vor der tödlichen Berührung der schwarzen Gestalt zur Seite. In der Ferne wurde eine Tür aufgerissen, Rufe und laute Schritte verklangen.

Als die Zungen der Dunkelheit sich zu ihr schlängelten, spürte sie, wie die Glieder ihr Blut ergriffen. Sie spürte ihren Sog, als sie ihr das Leben aussaugten und die Leere in sich füllten. Es hatte keine Identität und keine Substanz, soweit sie wusste; es war weder männlich noch weiblich, dachte nicht und war dennoch nicht ohne jeden Verstand. Es trachtete danach, sich mit ihr zu füllen, weil es keine richtige Existenz in dieser Welt hatte, was reine Qual bedeutete. Seine wortlosen, tonlosen Schmerzensschreie verschlangen sie.

Die tödliche Berührung schärfte ihren Geist und ihr Herz.

Der Wunsch nach Rache war eine Schwäche der Menschen. Sie musste Gottes Werk tun, hier an ihrem Ende. Adelheid war schwach, aber nach ihr würde ihr Kind herrschen; beide waren kein würdiges Ziel. Alexandros handelte aus Furcht, weil er ein verräterischer Arethusaner war, verdorben durch die falsche Kirche und deshalb bereit, die höchstheilige Skopos zu töten. Die schlimmste Sorte von Verbrechern.

Aber immer noch ein Mensch.

Jetzt, da sie sie gesehen hatte, wusste sie, dass die Gräuel Gottes Ordnung mehr bedrohten als alles andere. Anna hatte letztendlich recht gehabt. Sie waren einst von der Erde verbannt worden. Gott konnten sie hier nicht wollen, denn sie waren abartig. Es waren die Ashioi, denen sie schaden musste. Sie vor allem mussten aufgehalten werden.

Hugh hatte sich ihnen angeschlossen, aber selbst Hugh war nichts weiter als ein Parasit ähnlich den Galla, der anderen ihre Macht aussaugte. Die Anführerin in dem »gefiederten Kleid« hatte keinen Namen, den sie kannte. Aber es gab jemanden, der einen hatte. Jemanden, dem sie schon zuvor hatte schaden wollen, der möglicherweise noch Greifenfedern besaß.

Sie musste es versuchen.

Gottes Werk war wichtiger als alles andere, wichtiger sogar als die bedeutungslosen Rachewünsche. Rache war nichts verglichen mit Gottes Ruhm und Gottes Gerechtigkeit.

»Ich beschwöre euch.«

Sie griff tief in die Spalte, die sich zur anderen Welt öffnete, einem Ort mit schrecklichen Stürmen und unbarmherziger Dunkelheit. Mehr kamen, ein Dutzend, zwanzig, sammelten sich, begierig auf das Blut. Ihr eigenes Blut – das der höchst Rechtschaffenen – war am süßesten für sie.

Ich beschwöre euch. Tötet den Mann. Denjenigen. Mit Namen.

Sanglant.

X

Eine gut gestellte Falle

1

Sie benutzten einen einfachen Trick, aber er funktionierte. Mit locker um die Hände geschlungenem Seil ging Liath hinter der jungen Ashioi namens Scharfkante her, gefolgt von den vier Wachen Hund, Gefleckter Leopard, Bussard und Falke.

Secha webte das Tor. Sie und Ältester Onkel würden zurückbleiben. Die anderen sieben betraten durch Funken und das strahlende blaue Licht des ätherischen Tores einen anderen Ort. Als Liath wieder Boden unter den Füßen hatte und der blaue Äther um sie herum zu Luft verklungen war, warf sie einen Blick zum Himmel. Der Dunst der Morgendämmerung verbarg ihn jedoch.

»Was ist das?« Ein Dutzend Maskenkrieger näherte sich. Die äußere Linie wurde von doppelten Reihen aus kühnen Soldaten gehalten.

»Zwei Gefangene für Federkleid«, entgegnete Scharfkante scharf. Sie schlenderte mit einem verschmitzten Lächeln vorbei. Die Männer sahen ihr beim Vorbeigehen zu, starrten verblüfft auf ihren Hüftschwung und den wogenden Zopf, der den halbnackten Rücken bis zum dürftigen Perlenkleid hinabfiel. Ein erschreckend großer Teil ihrer Haut war entblößt, aber die Ashioi waren insgesamt kein sehr zurückhaltendes Volk.

Liath folgte ihr mit gesenktem Kopf, aber erhobenem Blick. Hinter ihr ging Anna, verängstigt genug, dass Liath sie keuchen hören konnte. Als sie wohlbehalten die äußere Wachreihe erreicht hatten und den Pfad hinuntergingen, der zum Fuß des Hügels führte, hob Liath den Kopf und musterte die Umgebung. Eine von einer Steinmauer umgebene Stadt befand sich an der Stelle, wo die höheren Gebirgsausläufer in hügeliges Gelände übergingen. Es schien ruhig dort zu sein, aber die Tore waren verschlossen, und es gab keinerlei Bewegung hinaus oder hinein. Eine breite, gepflasterte Straße, zweifellos in der Zeit des dariyanischen Kaiserreiches erbaut, schnitt nordwärts in die Berge und führte zu entfernten Gipfeln empor, von denen die meisten hinter Wolken verborgen waren. Nördlich von Karrone und Wayland befanden sich Wendar und Varre, von hier aus näher als zuvor. Sie holte tief Luft, fragte sich, ob sie eine Veränderung wahrnehmen konnte, irgendeinen Hinweis auf nördlichere Gefilde. Sie hatten in einem einzigen Schritt ein gewaltiges Land durchquert, ganz Dalmiaka und einen Großteil des östlichen Aosta. Abgesehen von den Bergen des Hochlands war die Landschaft hier braun und goldfarben, unterschied sich nur wenig von dem versengten Land der Ashioi. Es roch mehr nach Staub als nach allem anderen.

Die Ashioi befanden sich in Aosta, in einem Land, in dem einst ihre halbblütigen Nachkommen geherrscht hatten. Das Ashioi-Heer, das Federkleid anführte, belagerte Novomo. Sie hatten nicht genug Soldaten, um die Stadt ganz zu umzingeln, und zweifellos waren die Pfade, die nach Norden führten, kaum bewacht. Aber sie waren hier, und Gnade war bei ihnen.

Die kleine Gruppe wanderte hinunter zur Hauptstraße und wandte sich der Stadt zu. Spärlicher Wald bedeckte die Hänge der nahen Berge. Weinreben und Olivenbäume umgaben die Stadt, auch kleine Weiler und langgezogene Felder, die von sprießendem Korn wie gestreift wirkten. Niemand war auf den Feldern oder in den Dörfern zu sehen.

Anna stöhnte. »Sie haben alle Häuser abgebrannt.« Sie weinte vor Angst. »Glaubt Ihr, dass sie alle getötet haben? Sie hassen uns.«

»Vielleicht«, sagte Liath. »Aber ›sie‹ denken nicht alle gleich, Anna. Einige werden uns helfen. Einige werden uns töten wollen. Verliere nicht den Mut. Denk an Gnade, die unsere Hilfe braucht.«

»Sie wird nicht mit uns kommen, Herrin. Sie lässt sich zum Soldaten ausbilden.«

Scharfkante ließ sich zurückfallen und ging neben Liath her, als sie das hörte. »Glaubst du, dass deine Tochter uns folgen wird, Strahlende? Es heißt, dass Zuangua sie unter seine Fittiche genommen hat, ein kühner Anführer und ein sehr gutaussehender Mann, wie ich hinzufügen muss.«

»Das habe ich gehört.«

»Es ist möglich, dass sie ihn nicht verlassen will. Dann wird alles umsonst sein, wenn Federkleid dich ergreift und tötet. Ich will dich nicht verlieren. Ohne dich werde ich nie die Möglichkeit haben, richtig zu lernen. Der Bleiche Sonnenhund hütet sein Wissen. Er wird uns nie beibringen, was er weiß. Er wird uns nie vertrauen.«

»Es ist ein Risiko«, gab Liath zu. »Aber wenn ich zulasse, dass meine Tochter bei deinem Volk bleibt, wird sie stets im Streit mit der Familie ihres Vaters liegen. Sie darf nicht von denen aufgezogen werden, die Krieg gegen die Menschheit führen wollen. Wenn Secha Federkleid wäre, würde ich vielleicht anders denken.«

»Es ist schwer vorstellbar, wie es Frieden geben kann, wenn die Ungeduldige den Adlersitz innehat und Zuangua, der Gutaussehende – ihr eigener Onkel! –, ihr Hauptberater und der Kriegsführer der Masken ist«, gestand Scharfkante. »Aber ich bin bereit zu versuchen, deine Tochter zurückzuholen. Ich werde dir helfen, und du wirst mich unterrichten. Ich sehe nicht, wie ich auf andere Weise bekommen kann, was ich haben möchte!«

Liath kicherte trotz ihrer bitteren Stimmung. »Was das betrifft, sind wir uns ähnlich.«

»Still jetzt!«, sagte Hundemaske, der die Gruppe gemeinsam mit Falkenmaske anführte. »Menschenwachen stehen auf den Stadtmauern. Aber unser eigenes Lager rührt sich nicht. Ich sehe Wachen, aber keine Krieger, die zum Angriff bereit wären.«

»Da!«, sagte Scharfkante. »Die Kriegsgruppe hält eine Versammlung ab, auf dem Hügel. Seht ihr das Banner? Nein, bleibt stehen!«

Sie verharrten an einer Stelle, von der aus sie einen guten Blick auf die Stadt hatten. Unterhalb von ihnen erstreckte sich das Lager. Einzelne Leute waren zwischen den niedrigen Zelten zu sehen. Eine von Federkleid angeführte Prozession mit dem goldenen Rad löste sich aus der Versammlung und marschierte zum Tor, blieb etwas mehr als eine Pfeilschusslänge von den Mauern entfernt stehen.

»Da ist Gnade«, flüsterte Anna.

Liath musterte die Leute in der Prozession. Es war schwer für sie, die einzelnen Ashioi aus dieser Entfernung voneinander zu unterscheiden, aber Federkleids farbenprächtiges Gewand war vermutlich von jeder Entfernung aus zu sehen. Mit einem Ruck, der sie zum Zittern brachte, erkannte sie Hughs goldfarbene Haare. Er war der Größte von allen und umgeben von einem Dutzend angespannten Maskenkriegern. Er drehte sich um, starrte in ihre Richtung, als würde er wissen, dass sie da war. Zwei Maskenkrieger lösten sich von seiner Eskorte und gingen zu Federkleid. Sie teilten ihr etwas mit, wie es schien, und nach einem kurzen Austausch liefen sie zum Hauptlager zurück.

Wo war Gnade? Erst jetzt sah Liath ein schlankes Mädchen neben dem stolzen Krieger Zuangua stehen. Ja, es würde schwierig werden, Gnade von ihrem Platz neben einem so beeindruckenden Onkel wegzubekommen, der in der vordersten Reihe stand. Gnade war dem Körper nach alt genug, dass man ihr den traditionellen Eintritt in die Welt der Erwachsenen gewährte, aber ihr Geist war noch zu jung, um ein wahres Verständnis der Gefahren und Folgen haben zu können.

»Da, über dem Tor!«, rief Hundemaske. »Seht nur!«

Etliche Leute hatten sich auf der Mauer von Novomo sowie in den Wachtürmen beiderseits des Tores versammelt, aber es war keinerlei Bewegung zu sehen, die auf Feindseligkeit schließen ließ. Es gab keine Rufe und kein Fluchen, nur das Gefühl der Erwartung, als sie die Ashioi anstarrten. Ein großer Sack wurde auf die Zinnen gehoben. Er war zusammengeschnürt und wurde jetzt mit einem Seil langsam auf den Boden vor dem Tor heruntergelassen. Als der Sack unten aufgekommen war, ließen sie das Seil los.

Drei Maskenkrieger sprangen vor, packten den Sack und schafften ihn zurück zur Prozession, deren Reihen sich öffneten, um ihn in Empfang zu nehmen. Liath und die anderen konnten nicht erkennen, was da vor sich ging, nur dass Hughs goldener Kopf verschwand, als wäre er abgetaucht, um den Inhalt des Sackes zu untersuchen.

Nach einer Weile tauchte er wieder auf.

»Was könnten die Bleichhunde aus der Stadt werfen, das Federkleid haben wollen würde?«, fragte Scharfkante.

»Schwer zu sagen.«

Das goldene Rad, von einem Bannerträger gehalten, drehte sich langsam, als die Prozession sich auflöste, neu formierte und zum Lager zurückzog. Auf einer Muschel wurden fünf Töne geblasen, das Ganze zweimal wiederholt. Auf dieses Signal hin sackte erst das eine Zelt zusammen, dann vier weitere, und dann zwanzig. Sie wurden gefaltet und zusammengerollt, während das Heer damit begann, die Belagerung aufzuheben.

»Es ist eine Leiche«, sagte Scharfkante, die auf den Haufen starrte, der jetzt nach dem Abzug der Prozession sichtbar wurde. Sie hatten sie zurückgelassen. »Die Bleichhunde haben Federkleid eine Leiche gegeben. Sie muss erhalten haben, wofür sie gekommen ist.«

»Die Leiche der Zauberin, die die Galla geschickt hat«, sagte Liath leise. »Gibt es noch jemanden, der dieses Geheimnis kennt?«

»Du weißt nicht, wie man diese Kreaturen ruft?«

»Nein. Vielleicht weiß Hugh von Austra es.«

»Es wäre gut, einen solchen Mann zu töten«, bemerkte Scharfkante. »Ich würde es selbst tun.« Sie lächelte.

Liath lachte wider Willen. Die junge Frau war fast in ihrem Alter, dickköpfig, entschieden, direkt, und sie stichelte ohne Reue, fühlte sich offensichtlich gut dabei, Männern Unbehagen zu bereiten. Als ihre Blicke sich trafen, spürte sie ein ähnlich tiefes Gefühl der Verwandtschaft, wie es ihr bei Sorgatani ergangen war.

»Was müssen wir tun?«, fragte Scharfkante. »Meine Leute brechen auf. Sollen wir ihnen zurück in unser Land folgen?«

»Nein. Ich muss nach Norden reisen, und ich habe vor, meine Tochter mitzunehmen.«

»Was ist dein Plan?«

»Ich weiß es nicht.«

»Wir werden schon bald einen Unterschlupf benötigen«, sagte Hundemaske, der stets wachsam war, während er seinen Blick in alle Richtungen schweifen ließ. »Seht nur diese Wolken. Sie kommen von Norden.«

»Sturmwolken.« Liath bemerkte, wie schnell die Wolken sich näherten, wie schwarz sie waren, wie hoch sie sich oberhalb der Berge aufgetürmt hatten.

»Zu spät«, sagte Scharfkante. »Ein Bündel Maskenkrieger kommt, um uns daran zu hindern.«

Zwanzig Maskenkrieger, hauptsächlich Vögel und Katzen, rannten auf ihre Gruppe zu, bereit, ihr den Weg abzuschneiden, sollten sie zu entkommen versuchen.

»Was wirst du jetzt tun?«, fragte Scharfkante. Die vier Maskenkrieger sahen sie erwartungsvoll an.

»Ich werde verhandeln. In der Hoffnung, dass sie keine vergifteten Pfeile haben.«

Sie trafen beim goldenen Rad aufeinander, das sich in dem schroffen, von den Bergen kommenden Wind drehte. Die Wolken über den Bergen hatten sich noch nicht abgeregnet, aber es war offensichtlich, dass sie sich jeden Augenblick wie eine Flut entladen würden. Die Luft war vollkommen angespannt; die Haare auf ihren Armen stellten sich auf, und ihre Augen brannten.

Es waren viele anwesend, aber die einzig Wichtigen waren Federkleid, Hugh, Zuangua und Gnade. Liaths Begleiter standen zehn Schritt entfernt, warteten auf das Zeichen, das sie vereinbart hatten.

»Ich habe nicht nach dir geschickt«, sagte Federkleid, die Augen vor Missfallen zu schmalen Schlitzen zusammengezogen. »Wie und warum bist du gekommen?«

»Sie ist entkommen«, sagte Hugh leise.

»Unmöglich. Niemand kann aus Herz-des-Weltenanfangs entkommen. Wer hat dich befreit?«

»Ich habe mich selbst befreit. Gib mir meine Tochter, und gewähre mir eine sichere Reise, dann werde ich dir sagen, wie ich es getan habe.«

»Ich gehe nicht mit dir weg«, sagte Gnade. »Ich will nicht. Ich will eine Kriegerin werden!«

»Still!«, sagte Zuangua.

Sie schloss den Mund.

Federkleid zuckte spöttisch mit den Schultern. »Ich kann das Kind nicht zwingen, mit dir wegzugehen. Du bist in deine eigene Falle gelaufen, Strahlende.« Sie warf Scharfkante und den vier Maskenkriegern, die Liath begleitet hatten, einen Blick zu. »Diejenigen, die dir geholfen haben, werden bestraft werden.«

»Liathano gehört mir«, sagte Hugh. »Ihr habt es mir versprochen.«

»Ich gebe sie Euch, wenn ich so weit bin«, entgegnete Federkleid. »Und noch bin ich nicht so weit.« Sie winkte jemandem. Vierzig Maskenkrieger näherten sich, bildeten einen Ring um Liath und ihre Gruppe. »Bewacht sie.«

»So lautete nicht unsere Vereinbarung«, sagte Hugh noch leiser. Er flüsterte beinahe. Er hatte die Hände in den Falten seines Gewandes verborgen, und jetzt bewegte sich der Stoff.

»Die Zauberin, die die Galla beschworen hat, ist tot.«

»Ja«, sagte er und warf einen Blick zu den Mauern von Novomo. Wind wehte seine Haare zurück. »Sie ist keine Gefahr mehr.«

»Nur zu wahr«, sagte Federkleid. »Ich bin zu vorsichtig gewesen, zu freundlich. Jetzt nicht mehr. Ich werde keine weiteren Menschenzauberer tolerieren, die mich bedrohen können. Genug!« Sie hob beide Arme, die Handflächen gen Himmel gerichtet. »Masken! Tötet sie!«

Entsetzen ging durch jene Maskenkrieger, die nah genug waren, um ihre Worte verstehen zu können, als würden sie alle gleichzeitig Luft holen. Sogar Liath war zu überrascht, um sofort handeln zu können.

»Zu spät«, sagte Hugh in diese Pause. »Meine Falle ist bereits in Gang gesetzt.«

In diesem Augenblick krachte die Sturmfront wie Wellen auf sie nieder. Der Wind schlug zu. Der Sturm riss Pfosten aus dem Lager, blies Zeltstoffe in die Luft, wirbelte sie herum und trieb sie nach Süden. Es donnerte, aber Liath sah keine Blitze. Dies war kein natürlicher Sturm.

»Runter!«, schrie sie.

Ihre Kameraden warfen sich auf die Erde.

Sie sprang auf Gnade zu. Ein Blitz blendete sie, strich so dicht an ihrer Haut vorbei, dass es sich anfühlte, als würde sie ihr vom Körper gerissen werden. Der Schlag riss sie zur Seite, und sie kam hart auf dem Boden auf. Dann wurde sie ohnmächtig.

Als sie wieder zu Bewusstsein kam, summte ihr Schädel.

Donner grollte. Ohne es zu beabsichtigen, legte sie die Arme über den Kopf, schloss die Augen und betete. Ein zweiter Blitz flackerte durch die geschlossenen Augenlider und hinterließ Streifen vor ihrem geistigen Auge. Das Krachen und Donnern, das anschließend ertönte, machte sie taub. Als sie sich die laufende Nase wischte, öffnete sie die Augen und sah Blut auf ihrer Hand.

»Oh, Gott.« Sie kämpfte sich auf Hände und Knie, rappelte sich fluchend auf, denn sie musste Gnade finden. Sie hatte keine Ahnung, wie lange sie bewusstlos gewesen war.

Das Lager der Ashioi war ein einziges Chaos. Maskenkrieger bemühten sich, Zelte und Ausrüstungsgegenstände festzuhalten, die vom Wind in Stücke zerfetzt worden waren, während Verletzte umhertaumelten und um Hilfe riefen. Sie blinzelte heftig, um ihre Sicht zu klären und von den zerfetzten Streifen am Rande ihres Blickfelds zu reinigen. Ihr Blick glitt ziellos über den Berg und die fernen Mauern, bis sie mit einiger Mühe das betrachten konnte, was direkt um sie herum war.

Das goldene Rad brannte. Rauch strömte himmelwärts. Der Boden um sie herum war versengt. Mindestens zwanzig Leichen lagen ausgestreckt auf der Erde. Sie waren verkohlte Hüllen, verrenkt zu grotesken Gestalten, so geschwärzt, dass ihre Kleidung und sogar ihre Gesichtszüge weggebrannt waren. Der Gestank bereitete ihr Übelkeit.

»Strahlende!« Scharfkante rief sie. Ihre Stimme klang wie ein Flüstern.

Ein Schatten näherte sich von Norden. Ein Wolkenbruch raste über das offene Gelände direkt auf sie zu, hämmerte auf den Boden.

Regen prasselte nieder.

Ihre Kameraden drängten sich neben sie und sprachen, aber sie konnte sie bei dem donnernden Regen und dem Widerhall des Donners in ihren Ohren nicht verstehen. Sie drängte sich in die Reihen der verblüfften Zuschauer.

Erstaunlicherweise hatte Zuangua überlebt. Er kniete. Regen strömte über seinen Körper. Er stützte sich auf seinen Speer, hielt die linke Hand an die Brust. Sein Nacken war aufgerissen und blutig.

Als er sie sah, blickte er auf. So ruhig, als würde er einen lang erwarteten Freund begrüßen, rief er mit einer kräftigen Stimme, die ihre Taubheit durchdrang: »So war es in den alten Tagen, als die Pferdehexe Blitze auf ihre Gefangenenwärter, die Blutmesser, gerufen hat. Ich habe es damals gesehen, und ich habe es heute gesehen. Ist das dein Werk, Li'at'dano?«

»Nein.« Sie hätte ihn am liebsten gepackt und geschüttelt,

aber sie begriff, dass jede Berührung sein dürftiges Gleichgewicht zerstören konnte. »Ich bin keine Wetterwirkerin. Ihr müsst verrückt gewesen sein, dass ihr einen Mann wie Hugh von Austra zu eurem Verbündeten gemacht habt.«

»Sie war es.«

Ihre Leiche lag neben ihm, geschwärzt und verrenkt, das gefiederte Kleid nur noch Fetzen aus leuchtendem Grün und Gold, die sich mit der schmutzigen Erde vermischten. Liaths Kehle brannte, und ihr Magen hob sich. Sie drehte sich um, hielt sich den Bauch mit einer Hand. Hinter ihr erbrach sich eine ihrer Kameradinnen. Anna weinte.

»Wo ist meine Tochter?«

»Nicht unter den Toten. Der Bleiche Sonnenhund hat sie mitgenommen.«

Der Regen peitschte auf sie nieder. Sie sog die Luft ein, aber sie schmeckte nach Asche und verbranntem Fleisch. Obwohl sie ausspuckte, blieb der Geschmack an ihrer Zunge hängen. Sie versuchte, Regen in den Mund zu bekommen, aber dadurch lief der Geschmack nur die Kehle hinunter, und sie ertrug es nicht, die Asche der Toten zu schlucken. Es waren mindestens zwanzig Tote und doppelt so viele Verwundete. Mehr noch, mindestens hundert, stolperten herum, erbrachen sich, öffneten und schlossen den Mund, ohne dass sie etwas von dem verstand, was sie sagten. Einer schrie vor Schmerz wie ein verwundetes Kaninchen, aber das Geräusch war hundert Wegstunden entfernt von ihr, und sie konnte es nur deshalb hören, weil es so hoch und so grauenhaft war.

Es war seltsam herauszufinden, dass sie durch nichts mehr überrascht werden konnte, nicht mehr, seit dieser Blitz aus dem Himmel gekommen war. Sie hatte immer gewusst, dass Hugh zu allem fähig war, begrenzt lediglich durch das Maß seiner Kenntnisse. Während sie in den Sphären gewandelt war, waren auf der Erde Jahre vergangen. Er hatte Bernards Buch und andere Quellen zur Verfügung gehabt. Er hatte mit Anna und den Sieben Schläfern gelernt. Die Gesetze der Erbfolge und das Brauchtum hatten ihm jegliche Macht in der Welt der Herrschenden und Edlen vorenthalten. Aber es stimmte nicht, dass er keine Macht besaß. Er hatte die Hände ausgestreckt und nach der einzigen Macht gegriffen, die für ihn erreichbar war.

Sie berührte das Astrolabium an ihrem Gürtel. Es war durch eine Lederhülle geschützt, die sich glitschig anfühlte. Nicht einmal Wolken – oder Tageslicht – würden ihn davon abhalten, die Krone zu weben.

»Ha!« Sie wandte Zuangua den Rücken zu. Bussardmaske erbrach sich, aber als er ihre Stimme hörte, wischte er sich den Mund, obwohl er noch immer würgte und zitterte. »Scharfkante!«, rief sie. »Ihr alle! Wir sind reingelegt worden. Wir müssen zur Krone laufen und ihn dort ergreifen!«

»Warte!«, rief Zuangua.

Sie drehte sich zu ihm um. »Sprich rasch.«

Er starrte die verrenkte Leiche seiner Nichte an. »Sie ist erst vor kurzem an die Macht gekommen. Jetzt ist sie ihr entrissen worden, und sie kehrt zu der Erde zurück, die uns gebiert. Wer wird das neue Federkleid sein?« Sein Lächeln war eine Herausforderung. »Willst du es sein, Strahlende?«

»Mach dich nicht über mich lustig! Geh zu Secha, die ihr Volk in der Zeit der Verbannung geführt hat. Sie ist keine Närrin.«

Seine Miene und sein Lächeln waren verzerrt durch die Art und Weise, wie seine linke Seite versengt worden war. Blasen bildeten sich bereits auf seinem Arm und seiner Wange. »Secha hat dir geholfen. Wie auch mein Bruder. Einige hören noch immer auf ihre Worte, aber nicht viele.«

»Nein, noch besser wäre es, Gesandte zu Sanglant zu schicken. Lasst Frieden zwischen den Ashioi und den Menschen herrschen.«

Er machte eine wegwerfende Bewegung mit den Fingern, als wollte er den bösen Blick verscheuchen. »Ich habe genug von der Menschheit! Sanglant bettet sich beim Volk seines Vaters. Wir wissen, wo sein Herz liegt. Dieser Bleichhund hier wird euch ebenso betrügen, wie er alle anderen betrogen hat.«

»Ja.«

»Er will der letzte Zauberer der Menschheit sein.«

»Natürlich.«

»Er will, dass du ihm folgst. Deshalb hat er deine Tochter mitgenommen.«

»Ich weiß.«

»Hast du keine Angst vor ihm?«

»Nicht mehr. Genug! Ich gehe jetzt. Es gibt nichts mehr, was du mir noch sagen kannst.«

»Lass mich mitgehen, damit ich meine Nichte rächen kann.« Er stand auf und machte einen wackligen Schritt, gefolgt von einem festeren zweiten und dritten. »Hundert Maskenkrieger, Kundschafter, Spurensucher. Er wird nicht damit rechnen, dass du mit einer Kriegsgruppe kommst.«

Sie hatte keine Zeit, lange darüber nachzudenken. Scharfkante und die anderen warteten darauf zu gehen. »Einverstanden. Aber wenn ihr nicht Schritt halten könnt, werde ich euch verlassen. Und merke dir, euer Feind ist nur Hugh von Austra. Ihr werdet meinen Landsleuten – Wendanern und Varrenern – nichts tun.«

»Nur ein Waffenstillstand. Kein Bündnis.«

»Nur ein Waffenstillstand.« Sie wandte sich an ihre Kameradinnen. »Rasch!«

Sie und ihre Leute rannten los. Jeder Schritt schmerzte. Ihr ganzer Körper tat weh, brannte, aber sie lief weiter. Die Krieger folgten, ihre Schritte donnerten über die Erde. Sie rannten die Straße entlang, und da Zuangua hinter ihnen war, zog sich das Ashioi-Heer zurück und forderte sie nicht heraus.

Der Regen ließ nach, verwandelte sich in einen sanfteren, gleichmäßigeren Schauer. Blitze krachten auf dem Berg zwischen den Steinen, ein halbes Dutzend wütender Zuckungen. Sie waren noch zu weit weg, um eingreifen zu können, aber sie sah über den Steinen den Bogen aus blauem Licht erstehen. Fäden zogen nach Norden. Sie liefen keuchend den langen Hang zur Krone hinauf, rutschten auf dem Kalkweg immer wieder aus. Maskenkrieger lagen benommen oder tot da, während der Regen über ihre Körper strich, die rot vom Blut und schwarz von der Asche waren. Auch hier hatte er sich den Weg mit Hilfe von Blitzen freigemacht. Der Geruch der Sterbenden war schrecklich.

Sie kamen zu spät. Als Liath den Webgrund erreichte, brach der Bogen in einem Funkenschauer zusammen, den nicht einmal der zischende Regen löschen konnte.

Sie stand keuchend da, durch und durch nass und wütend, während die anderen sich um sie versammelten. Die dämpfende Schicht, die sich über ihr Gehör gelegt hatte, hatte sich etwas gelockert.

»Er ist uns entkommen!«, rief Zuangua.

»Ich habe zugesehen, Strahlende«, sagte Scharfkante. »Ich habe mir die Winkel gemerkt, so gut ich konnte.«

Liath sah sie an, und sie grinsten beide verwegen. »Ich auch.« Sie nahm das Astrolabium und hob es hoch. »Ebenso wie Hugh brauchen auch wir keinen klaren Himmel oder die Nacht. Wer begleitet mich? Ich muss jetzt springen, wenn ich nicht riskieren will, ihn zu verlieren.«

Zuangua lachte. Wie er mit diesen Verletzungen aufrecht stehen konnte, war ihr ein Rätsel. Er war ein sehr störrischer Mann. »Wir folgen dir in das Maul des grinsenden Todes, wenn es sein muss.«

Mit ihrem Schiffchen zeichnete Scharfkante ein Muster auf den nassen Boden. Die anderen traten zurück, formierten sich zu geordneten Reihen, während Liath zu weben begann.

2

Ivar schlief mit dem Rücken an einem umgestürzten Baumstamm, als jemand ihn mit dem Tritt eines Stiefels weckte. Ein zweiter Tritt ließ ihn zusammenzucken. Die Feuchtigkeit war durch die Kleidung gesickert, die jetzt an seiner Haut klebte, als er aufstand. Ächzend strich er sich Schmutz von den Waden und Spreu von den Fingern.

»Los!«, sagte Jonas, dem der Stiefel gehörte. »Wir müssen weiter. Ihr geht vor mir.«

Ivar ging hinter den anderen her. Zuletzt folgte der stille qumanische Wächter – dieser Schrecken! –, bildete ein unüberwindliches Hindernis hinter ihnen. Selbst der Adler wirkte noch fähiger als Ivar; der alte Mann schritt voraus, wachsam, aber zuversichtlich. Sie folgten einem Jagdpfad, der parallel zu einem Bach verlief, der fröhlich über Steine und moosbedeckte Zweige plätscherte. Sie gingen an seinem buschbestandenen Rand entlang, da der Wald, durch den sie marschierten, vorwiegend aus Buchen bestand und ihnen daher wenig Deckung bot. Vögel zwitscherten. Ein molliges braunes Tier huschte zwischen dem Blattwerk davon; kurz darauf erklang das Geräusch von aufspritzendem Wasser.

Oh, Gott, er war so müde, aber dennoch setzte er einen Fuß vor den anderen. Die Heilerin ging direkt vor ihm. Sie trug eine Reihe von Zaubergegenständen hier und dort, am Nacken, an den Handgelenken und eingenäht in den seltsamen Beinkleidern, die aus einem einzigen Stück Stoff zu bestehen schienen. Einige der Zaubergegenstände waren Perlen, andere poliertes Holz, aber noch andere besaßen das grässliche gebrochene Weiß von Perlen, die aus Knochen bestanden, und diese klapperten bei jedem Schritt. Er erschauderte. Vor ihr ging der Geistliche; er war so dünn, dass Ivar sich fragte, wie er die Kraft zum Gehen besaß, und noch davor marschierte Edelmann Berthold, direkt hinter dem Adler. Der grüne Wald erstreckte sich beiderseits von ihnen, ein Flechtwerk aus Bäumen, Schatten und dem zarten Licht, das über das Riedgras fiel.

»Müssten wir nicht bald in der Nähe von Kessal sein?«, fragte Berthold.

»Wir werden bei Anbruch der Nacht durch das Tor schreiten, sofern sie es für uns öffnen«, sagte der Adler.

»Glaubst du, dass wir die Aikha hinter uns gelassen haben?«

»Ich weiß es nicht. Die Straße macht einen großen Bogen in südlicher Richtung um den dichten Wald herum und führt dann über eine Furt. Unser Weg ist kürzer. Wir sind schnell gegangen. Vielleicht. Wenn wir Glück haben und Gott auf uns herablächeln.«

»Ich habe Blasen an den Füßen«, sagte Jonas. Ivar warf einen Blick zurück und sah, dass er tatsächlich humpelte – er ging wie ein tänzelnder Mann, schonte erst das eine, dann das andere Bein. »Wir hätten die Pferde mitnehmen sollen.«

»Still!«, sagte Wulfhere.

Sie waren alle unruhig und müde, und als irgendwo im Wald ein Krachen erklang, fielen sie wie die Steine zu Boden. Es mochte ein abgebrochener Zweig gewesen sein oder ein Stab, der auf Holz geschlagen wurde. Die Stimme eines Mannes drang aus unbekannter Ferne zu ihnen. Ein Pferd wieherte irgendwo näher bei ihnen.

»In die Büsche«, sagte Wulfhere.

Sie rollten und krochen in das Gewirr beim Bach. Zweige kratzten über Ivars Gesicht, und seine rechte Hand versank bis zum Handgelenk im Matsch. Das Rascheln ihrer Bewegungen verklang. Blätter strichen über sein Gesicht und brachten seine Haut zum Jucken. Er konnte nur hoffen, dass es keine Brennnesseln waren.

Er hörte jemanden niesen, aber es war niemand aus seiner Gruppe. Hufgeklapper erklang, das Husten und Klirren von Berittenen, die irgendwo hinter ihnen waren, aber nicht den Pfad benutzten, den sie entlanggekommen waren, wie es schien. Ivar traute sich nicht, den Kopf zu bewegen. Seine Kapuze war verrutscht, und die roten Haare könnten die Aufmerksamkeit irgendeines aufmerksamen Kundschafters erregen. Wasser sickerte um seine eingesunkene Hand. Ein Vogel zwitscherte neben dem fließenden Wasser. Sie rührten sich nicht, und schließlich verklang der Lärm der Soldaten.

Wulfhere kroch aus dem Gebüsch und stand auf. »Wir müssen

die Richtung ändern«, sagte er. »Wir können es nicht riskieren, in sie hineinzulaufen.«

»Wer war das?«, fragte Berthold. »Ich konnte wegen dieser Zweige nichts sehen.«

»Ich hatte zwar keine sehr gute Sicht, aber auf jeden Fall habe ich kein Banner gesehen. Da sie von Westen gekommen sind, vermute ich, dass es sich um Männer von Conrad handelt.«

»Sollen wir den Bach überqueren und nach Süden gehen?«, fragte Berthold.

»Das bringt uns näher zur Hauptstraße, was bedeutet, dass wir zwischen ihrer Hauptstreitmacht und dieser Gruppe von Kundschaftern gefangen werden könnten. Ich denke, wir sollten nach Norden marschieren und versuchen, einen Bogen zu schlagen und sie auf diese Weise zu umgehen.«

Der Matsch gab ein schmatzendes Geräusch von sich, als Ivar seine Hand herauszog. Er kroch zurück, stand auf und wischte sich die Hand an der Tunika ab, die bereits so schmutzig war, dass der Dreck beim Gehen in Brocken abfiel. Überall juckte es, aber er hatte keine Blasen, also hatte Gott ihm wenigstens diese kleine Gnade erwiesen, dass er sich nicht in einem Gebüsch von Brennnesseln versteckt hatte.

Sie verließen den Pfad in nördlicher Richtung und marschierten durch das spärliche Unterholz, ließen eine Körperlänge Platz zu denjenigen vor und denjenigen hinter ihnen, so dass sie sich rascher hinter den Baumstämmen verstecken konnten, falls sie bewaffnete Männer sehen sollten. Es war ein warmer Nachmittag, keinerlei Wind ging, aber es war nicht heiß. Ivar hatte vergessen, wie es sich anfühlte, wenn es heiß war, ebenso, wie er vergessen hatte, wie sich die Sonne anfühlte, in all ihrer Herrlichkeit, ihrem grellen und blendenden Glanz, der wie die Engel war. Die Diener Gottes – Sonne, Mond und Sterne – waren unerschütterlich, versagten niemals in ihrer Pflicht; er musste ähnlich dienen. Er ging weiter, und weil er müde war, richtete er seinen Blick auf die Füße, damit er nicht über ein kleines Hindernis stolperte, einen Zweig, einen zersplitterten Holzstamm,

Riedgras, das jetzt blühte. Alles blühte spät. Es fiel ihm schwer, sich daran zu erinnern, was er eigentlich vorhatte. Die edlen Befehlshaber über den Angriff der Aikha in Kenntnis zu setzen. Constanze zu retten. Hanna zu finden. Es kümmerte ihn nicht mehr besonders, welcher Frau oder welchem Mann er seine Botschaft überbringen würde. Er wollte einfach nur seine schmerzenden Füße waschen können.

»Still! Halt!« Der Adler hob die Hand.

Sie blieben stehen. Der alte Mann sah nach Osten, und das taten sie alle, als sie hörten, was er gehört hatte: das Klirren von Waffen, die hellen Rufe eines Mannes und viel Krachen und Knistern, als Männer sich in der Ferne durchs Unterholz kämpften.

»Folgt mir!«

Wulfhere schritt rasch in nordwestlicher Richtung weiter, weg von dem Geplänkel. Sie drängten durch niedriges Unterholz, liefen gleichmäßig, obwohl Ivar glaubte, sterben zu müssen, so sehr schmerzten seine Oberschenkel, zitterte er und brannte seine Lunge. Er weigerte sich jedoch, zurückzufallen und weniger wie ein Mann zu wirken als alle anderen. Sogar die fremde Frau sprang leicht wie ein Panther, wurde niemals müde.

Jonas stolperte, und der qumanische Soldat – die anderen nannten ihn Odei, aber Ivar konnte es nicht ertragen, an ihn als an einen Menschen mit einem Namen zu denken – bückte sich, um ihm zu helfen. Alle wandten die Köpfe und sahen zu. Schatten bewegten sich in der Ferne. Drei Berittene preschten auf ihren Pferden dahin, verfolgt von einem halben Dutzend anderen.

Wulfhere fluchte. Ivar sank auf den Boden und kroch auf Händen und Füßen zu ihm, während die anderen sich versteckten, wo immer sie konnten. Nur der Geistliche stand noch, starrte nicht auf den Kampf, sondern auf die Baumwipfel, als würde er auf einen Engel blicken, der sich irgendwo inmitten des Blattwerks verbarg.

»Heribert!« Wulfhere kämpfte mit dem Geistlichen, und sie

fielen auf den Boden, aber es war zu spät. Der Schlag kam aus einer unerwarteten Richtung.

Aus Westen erklang das Geräusch von Schritten und keuchenden Männern. »Da! Da!«, riefen sie. »Packt sie! Gebt auf! Legt eure Waffen nieder, und euch wird nichts geschehen!«

Die Reiter waren im Wald verschwunden, aber als Ivar sich auf die Knie kämpfte, stellte er fest, dass sie von zwanzig Fußsoldaten umzingelt waren, Männern, deren Überwürfe den Hengst von Wayland trugen. Ihre Gesichter waren schmutzig, als hätten sie versucht, sich im Wald zu verstecken, indem sie sich den Anschein von Licht und Schatten gaben. Jeder trug einen Speer. Alle hatten Bogen und Kurzschwerter. Ihre Ausrüstung war beeindruckend.

»Bewegung! Bewegung!«, sagte der Anführer. »Wir sind euch seit gestern auf der Spur. Der Herzog will mit euch reden.«

»Verflucht«, sagte Wulfhere, als er aufstand. Er sah sich einmal um, als würde er in Erwägung ziehen, Magie in die Luft zu werfen und die Männer zu verwirren, so dass er und Berthold und die Übrigen entkommen konnten.

»Ich habe mir den Knöchel verrenkt«, sagte Jonas mürrisch.

Wulfhere seufzte und ließ die Schultern sinken. Er sah Berthold an, und der junge Edelmann schüttelte leicht den Kopf. Die anderen beiden – Odei und Berda – sahen Berthold an, und der junge Edelmann hob beide Hände mit nach außen gestreckten Handflächen, um zu zeigen, dass es, bedauerlicherweise, an der Zeit war, sich zu ergeben.

Conrad und Sabella hatten Kessal vor ihnen erreicht, aber es gab keinen Hinweis auf die Aikha. Die Zelte der Varrener bedeckten zwei Drittel des Tals, das im Norden an einen breiten Hang grenzte, der so steil war, dass ein Erdrutsch zwischen den Bäumen abgegangen war. Männer hackten Holz und bauten Belagerungsmaschinen. Besonders am östlichen Rand wurde eifrig gearbeitet.

Ivar versuchte, die Größe des varrenischen Heeres zu schätzen, aber es gelang ihm nicht. Wulfhere, der neben ihm ging, sprach leise mit Berthold.

»Mehr als zehn Hundertschaften, aber weniger als zwanzig. Seht nur, welche Banner sich über der Zitadelle erheben!« Hinter den Mauern von Kessal wehte das wendische Banner mit dem Adler, dem Löwen und dem Drachen zusammen mit dem Adler von Fesse und einem Banner mit einem schwarzen Drachen, das Ivar noch nie gesehen hatte. »Herzogin Liutgard ist zurückgekehrt. Es stimmt also. Prinz Sanglant hat sich zum König ernennen lassen.«

»Das war immer Henrys Wunsch, zumindest hat mein Vater das gesagt«, erzählte Berthold. »Obwohl nie darüber gesprochen werden durfte. Ich glaube, deshalb wollte mein Vater, dass Waltharia Sanglant heiratet. Er hatte ein gutes Gespür dafür, dass sie dann möglicherweise Königin werden könnte und seine Enkel königlich wären.«

»Er wollte, dass sie sowohl über Wendar und Varre als auch die Marschlande herrscht?«, fragte Wulfhere.

»Nein. Ich glaube, mein Vater wollte, dass der Markgrafenring an mich übergeht.« Als Berthold den alten Adler anlächelte, spürte Ivar einen Stich. Er wünschte sich, von Berthold mehr gemocht zu werden. Seine fröhliche Natur und seine kühne Entschlossenheit verliehen ihm eine Ausstrahlung, die man gewöhnlich nur bei einem älteren Mann fand.

»Still jetzt«, sagte der Feldwebel, der sie aufgegriffen hatte und noch immer auf sie aufpasste. »Ich bitte um Vergebung, Herr.«

Männer drehten sich zu ihnen um, als die verdreckte Gruppe über die Felder kam. Ivar und die Übrigen wurden zum äußeren Bereich des Lagers gebracht. Zwei Zelte ragten über die anderen hinaus. Das eine war rot-golden gestreift und besaß das Banner mit dem Guivre von Arconia, das andere bestand aus reinem goldenem Stoff und zeigte an allen Seiten den kühnen, starken Hengst von Wayland. Sie wurden vor diese beiden Zelte gebracht und erhielten den Befehl, in den länger werdenden

Schatten zu warten, während der Feldwebel hineinging und wieder herauskam.

»Herzog Conrad ist auf der Jagd«, sagte er. In der Ferne waren Jubelrufe zu hören, und er sah auf. In diesem Augenblick enthüllte sein Gesicht all die Loyalität und Treue, die er seinem Herzog entgegenbrachte. »Nun, da kommt er. Kniet nieder.«

Berthold kniete nicht nieder, und so tat es auch niemand sonst, nicht einmal Ivar.

Die Jagdgruppe traf ein, vierzig Männer in Kettenhemden und ausgerüstet mit Helmen, Schwertern und Speeren.

»Wir haben dem Bastard Angst eingejagt!«, sagte der dunkle Mann, den Ivar als den Herzog wiedererkannte. Er lachte, bis er die seltsam aussehenden Gefangenen bemerkte, denen man die Waffen abgenommen hatte.

»Guter Gott!« Er warf einem seiner Begleiter den Helm zu, schwang sich vom Pferd und trat zu den Gefangenen. Dann musterte er sie mit einem verschmitzten Lächeln. Drei Jagdhunde sprangen zu ihm und leckten ihm die Hände. »Gütiger Herr! Ihr seid Villams Sohn, der verschwunden ist. Welche Zauberei hat Euch ins Land der Lebenden zurückgebracht?«

»Ich bin nie tot gewesen«, sagte Berthold beherzt. »Wirklich, Verwandter, ich glaube, ich habe viele Jahre lang unter einer Steinkrone geschlafen. Ich weiß nicht, welche Zauberei mich gebunden hat. Dieser Mann hier, Edelmann Jonas, ist der Einzige, der von den sechs, die mich begleitet haben, überlebt hat. Ich bitte Euch, wollt Ihr mich auf diese Weise zum Gefangenen machen? Sicherlich sind wir doch Verwandte!«

Conrad lachte. »Also, dann kommt rein, Verwandter! Ich werde etwas zu trinken und zu essen kommen lassen. Wenn Ihr viele Jahre geschlafen habt, müsst Ihr mächtigen Durst haben! Aber diese anderen …« Er musterte Berda am längsten, schüttelte den Kopf, blinzelte dann in Odeis Richtung, bemerkte Bruder Heribert und nickte Wulfhere mit der lässigen Anerkennung eines Mannes zu, der einen Diener sieht. Schließlich blieb sein Blick an Ivar hängen. »Zieht die Kapuze runter.«

Grimmig gehorchte Ivar.

»Ah, tatsächlich, der Junge aus der Nordmark. Ihr scheint immer wieder meinen Pfad zu kreuzen. Wie heißt Ihr noch?«

»Ivar, Sohn von Graf Harl aus der Nordmark und Gräfin Herlinda.«

»Ja. Edelmann Berthold, Ihr reist mit einem seltsamen und rätselhaften Gefolge. Ein verbannter Adler, ein qumanischer Barbar, diese … Frau, deren Herkunft ich nicht deuten kann, ein Geistlicher und Edelmann Ivar, der zuletzt als tot gegolten hat. Ich frage mich, wie so viele Leute, die man seit langem für tot gehalten hat, auf der Erde herumwandeln können wie unruhige Geister.«

»Wir sind nicht tot«, sagte Wulfhere. »Ich habe Neuigkeiten über Eure Tochter, Edelfrau Elene.«

Wie ein Hund, der eine Spur aufgenommen hatte, versteifte sich Conrad. Er trat vor den Adler, bis er ihn an Höhe und Breite überragte. Der Adler wich jedoch nicht zurück.

»Sie ist tot«, sagte Conrad. »Das hat meine Mutter angekündigt. Verflucht sei sie.«

»Sie ist tot«, pflichtete Wulfhere ihm mit ruhiger Stimme bei. Er stand so entspannt da, wie es nur möglich war, obwohl Conrad ihn anstarrte. »Aber sie ist nicht durch das Werk Eurer Mutter gestorben. Herzogin Meriam hat sie vor dem Rückschlag des großen Webens bewahrt und sie mit mir zurückgeschickt. Ihr könnt Edelmann Berthold fragen, der Euch versichern wird, dass Elene sicher bis nach Novomo in Aosta gelangt ist. Dort allerdings, das ist wahr, habe ich versagt. Es war Hugh von Austra, der sie umgebracht hat, als sie schlief und hilflos war, und aus keinem besseren Grund als dem, dass er keine Schülerin von Meriam ertrug, die es mit seinem Wissen in den Künsten der Magie hätte aufnehmen können.«

Conrad stand so lange starr und still da, dass Ivar dachte, er wäre in eine Trance versunken, verloren für die Welt, wie es manchmal bei der Trauer geschah. Einer der Hunde winselte, den Schwanz nach unten gebogen und die Ohren flach angelegt, passend zur Stimmung seines Herrn. In der Nähe sägte jemand Holz; Hammerschläge erklangen. Erde fiel geräuschvoll von einer Schaufel zu Boden. Jemand fluchte, und zwei Männer führten vier meckernde Milchziegen an Stricken vorbei. Ihnen auf den Fersen folgte eine weitere Gruppe von Reitern, die Platz machten, als eine silberhaarige Frau abstieg und zu Conrad trat.

»Was höre ich da? Gefangene? Wer sind sie?« Sie sah den alten Adler, erkannte ihn und lachte. »Der getreue Wolf meines Vaters, zum Beißen zurückgekehrt – aber nach wem will er schnappen? Ich dachte, er wäre tot!« Sie sah die anderen an, aber als sie Ivar musterte, runzelte sie die Stirn und ging mit einem Schulterzucken über ihn hinweg. Gott sei Dank hatte sie ihn nicht erkannt!

»Kommt rein.« Ohne noch ein Wort zu verlieren, betrat Conrad sein Zelt.

Ivar wurde mit den anderen hineingetrieben, aber man zwang ihn, sich so dicht vor eine Reihe von bewaffneten Soldaten zu stellen, die mit dem Rücken an einer Zeltwand standen, dass der Griff eines Schwertes in sein Gesäß drückte. Conrads Zelt war mit zwei Sofas ausgestattet – die schwierig zu transportieren gewesen sein mussten – und einem Dutzend Stühlen. Ein Mädchen saß auf dem einzigen Teppich, dessen Blau weit stärker leuchtete als seine schmuddelige Kleidung, die dem wadenlangen Leinenkittel eines Bediensteten ähnelte. Es trug den abgetragenen Überwurf eines Soldaten darüber, aber obwohl es ihn gegürtet hatte, fiel er in großen, schweren Falten über seine Schultern und Hüften. Als es Edelfrau Sabella sah, stand es auf und ging zu dem Stuhl, auf dem Conrad sich niederließ. Er bemerkte es und streckte einen Arm aus, und es glitt in seinen Schutz.

»Sie ist eine Waffe«, sagte Sabella.

»Das hast du bereits ein Dutzend Mal gesagt, seit sie uns in die Hände gefallen ist«, erwiderte Conrad leichthin, ohne sich zu rühren.

»Liutgard wird sie zurückhaben wollen. Sie ist jetzt ihre Erbin, da das ältere Mädchen wohl tatsächlich tot ist.«

Conrads rechtes Auge zitterte leicht, und sein Mund zuckte. Dann erholte er sich wieder. »Ich werde Edelfrau Ermengard nicht als Schachfigur benutzen. Ich lasse sie von einigen meiner Männer nach Autun bringen, wo sie erst einmal bleibt. Sie kann mit Berry aufwachsen.«

»Du bist rührselig und dumm, Conrad. Wenn dieses Mädchen tot ist, hat Liutgard keine Erben mehr. Königin Conradinas Geschlecht wird ein für alle Mal verschwinden, wenn Liutgard nicht erneut heiratet und noch ein Kind bekommt. Dann wird Fesse im Chaos versinken.«

Die Stimme des Herzogs blieb ruhig, was ihn plötzlich sehr gefährlich wirken ließ. »Ich werde nicht zulassen, dass dieses Mädchen ermordet wird. Wenn es sein muss, schicke ich es nach Bederbor.«

»Besser nicht«, sagte Ivar, von einer plötzlichen Zuneigung zu dem verängstigten Mädchen ergriffen. Es konnte nicht mehr als dreizehn oder fünfzehn Jahre zählen. »Die Straße nach Westen ist nicht mehr sicher.«

Damit erlangte er ihre Aufmerksamkeit, obwohl er es nicht auf so dramatische Weise vorgehabt hatte.

Sabella starrte ihn finster an. Er zuckte zusammen, aber er rührte sich nicht. »Was soll das heißen?«, fragte sie. Dann blinzelte sie, als wäre sie kurzsichtig. »Kenne ich Euch nicht? Ihr kommt mir bekannt vor.«

Er sah an ihrer Miene, dass sie ihn nicht einordnen konnte. Conrad lachte.

»Kennst du diesen roten Vogel nicht? Er gehörte zur Herde des hübschen gefiederten Wesens, das du in deinem Käfig gehalten hast, bis es dir entwischt ist.«

»Genug, Conrad! Verspotte mich nicht!«

Er lächelte.

Ein Hornruf erklang von draußen, und Männer riefen. Conrad sprang auf und schob das Mädchen beiseite, als die Zeltklappe geöffnet wurde und ein Hauptmann hereinkam, begleitet von einem erschöpften Kundschafter. Der linke Arm des Mannes war mit einem Verband umwickelt, der blutbefleckt war.

»Herzog. Edelfrau.« Der Kundschafter kniete nieder. »Reiter kommen aus dem Osten, unter dem Banner von Saony.«

»Rotrudis ist tot«, sagte Sabella.

Conrad nickte. »Es müssen ihre Töchter sein, die Sanglant zu Hilfe kommen.«

Der Kundschafter sprach weiter. »Sie sind einen halben Tagesritt, wenn nicht weniger, von Kessal entfernt. Wenn sie bei Dämmerung das Lager auf der Straße aufschlagen, werden sie morgen im Laufe des Vormittags hier eintreffen.«

»Wie viele?«, fragte Conrad.

»Ich konnte es nicht gut erkennen. Es gab keine Möglichkeit, um ihre Flanke herumzukommen. Das Waldland hat meine Sicht behindert. Aber es sind viele.«

»Viele können zwanzig sein oder zweitausend«, sagte Sabella spöttisch. »Könnt Ihr nichts Genaueres sagen?«

»Ich bitte um Vergebung, Edelfrau. Ich habe andere Männer in den Wald geschickt, um es herauszufinden, aber keiner von ihnen ist zurückgekehrt. Edelfrau Theophanu wird ihre eigenen Kundschafter haben.«

»Eine unbekannte Anzahl befindet sich in Kessal«, sagte Conrad. »Unser Heer ist zwischen ihnen gefangen. Sollen wir die Belagerung abbrechen und uns zurückziehen?«

»Nein«, erwiderte Sabella. »Wir bleiben. Wir haben gute Verteidigungsmöglichkeiten. Der Norden ist unpassierbar. Die Berge im Osten sind steil, und die Rampe ist unter unserer Kontrolle, also auch der Klarweg. Der Süden und der Westen gehören uns. Unsere Position ist stärker als seine.«

Er nickte. »Das ist wahr, besonders, da wir von Mutter Scholastika die Nachricht erhalten haben, dass sie uns keine Hindernisse in den Weg legen wird.«

»Falls wir Sanglant besiegen«, sagte Sabella verächtlich. »Meine Tante riskiert nichts.«

»Vielleicht nicht.« Er lachte. »Das Wohlergehen der Seelen der Menschen von Wendar und Varre muss ihre erste Sorge sein. Auf diese Weise nützt das Missfallen der Kirche uns.«

»Wieso amüsiert dich das, Conrad?«

»Weil meine gesegnete Mutter ihr Leben als Ungläubige begonnen hat.«

»Um es als gottesfürchtige Frau mit makellosem Ruf zu beenden.«

»Nun«, sagte er schroff. »Sprechen wir nicht von meiner Mutter. Unsere Position ist stark, möglicherweise sind wir ihm sogar zahlenmäßig überlegen.«

»Glaubst du das?«

»Falls Sanglant Mutter Scholastika nicht vertraut, und ich bezweifle, dass er das tut, wird er ein Kontingent zurückgelassen haben, das seinen Anspruch unterstützt in dem Fall, dass Rivalen darauf hoffen, ihn an ihrem Hof in Ungnade fallen zu lassen.«

»Glaubst du das?«, fragte Sabella.

»Ich bin sicher. Sie ist eine Strategin, genauso wie ich. Sie wird dafür gesorgt haben, dass er weiß, dass er ihr nicht trauen kann. Auf jeden Fall kann er mit einem großen Heer nicht so schnell so weit geritten sein. Und wenn er den ganzen Weg von Aosta hergekommen ist, mit Soldaten, die drei Jahre im Süden bei Henry verbracht haben, wird er viele von seinen Veteranen verloren haben – nicht nur diejenigen, die gestorben sind, sondern auch andere, die endlich nach Hause zurückkehren wollten, um sich um ihre Höfe und Besitztümer zu kümmern.«

»Dann scheint unser Sieg beschlossene Sache zu sein.«

»Nicht unbedingt. Hier in Kessal werden wir gezwungen sein, uns gegen eine doppelte Belagerung zu schützen. Wenn diese neue Streitmacht eintrifft, wird sie uns von hinten angreifen, während die anderen von vorn kommen. Trotz unserer Überzahl könnte es schwierig werden, sie zurückzutreiben.«

»Jetzt klingt es so, als wolltest du sagen, dass wir nicht siegen können.«

»Ganz und gar nicht. Sanglant kann sich nicht ewig halten.

Wenn die Edelleute seine Unfähigkeit angesichts der Gegner erkennen, wird ihre Unterstützung ins Wanken geraten. Sie wollen nicht, dass ein Bastard über sie herrscht. Er wird aufgeben müssen.«

»Ja, das wird gehen«, pflichtete Sabella ihm bei. »Sanglant kann uns nicht besiegen, wenn erst die Kirche und die Edelleute auf unserer Seite sind.«

»Das stimmt. Am Ende wird er verlieren.« Conrad nickte, dann sah er Ivar an. »Was habt Ihr damit gemeint, dass die Straße nach Westen nicht länger sicher ist? Sprecht Ihr von Edelmann Wichmans Männern, die uns im Norden zusetzen? Wir haben heute gegen sie gekämpft, diese Bastarde.«

Wulfhere sagte nichts. Edelmann Berthold blickte seine Begleiter an. Keinerlei Worte wurden gewechselt. Es war eine Verschwörung des Schweigens, eine unausgesprochene Vereinbarung, Sanglant und nicht die varrenischen Besatzer zu unterstützen.

Ivar musste plötzlich an Hanna denken. Sie würde den Wünschen von König Henry folgen, oder nicht?

»Das stimmt«, sagte er. »Deshalb sind wir gefangen genommen worden, weil wir in die Nähe des Gefechts geraten sind.«

»Sechzig Männer werden uns keinen Schaden zufügen. Ich mache mir mehr Sorgen um Sanglants Reserve, die in unbestimmter Anzahl aus dem Osten kommt. Nun. Hauptmann! Bringt diese Männer weg, und lasst sie bewachen. Gebt ihnen zu essen und zu trinken. Passt auf sie auf.«

Ihre Wachen schafften sie an Männern vorbei, die damit beschäftigt waren, Holz zu sägen und hastig eine Palisade um das Lager herum zu errichten. Niemand sagte etwas, während sie in die alte Scheune eines Bauernhauses gedrängt wurden, das jetzt verlassen und verfallen war. Sie traten die Reste von schmutzigem Stroh beiseite, bis sie gute Erde darunter und in einer Ecke ein Nest fanden, das der letzte Ruheplatz einer Mäusefamilie war, von sieben Mäusen, genau gesagt, so vielen, wie sie selbst waren. Brot, Käse und Bier wurden zum Tor gebracht. Wachen gingen draußen hin und her, unterhielten sich leise über das, was bekannt war, und tauschten Gerüchte aus. Ein Mann sang eine Hymne, wurde von einer zweiten Stimme begleitet. Es wurde dunkel. Die lange Dämmerung des Sommers setzte ein.

»Hier, Bruder Heribert, Ihr müsst essen.« Wulfhere half dem Geistlichen geduldig bei seiner Mahlzeit. Abbeißen, kauen, schlucken. Ein Schluck Bier. Abbeißen, kauen, schlucken. »Ihr müsst bei Kräften bleiben.«

»Wir sind nah dran«, sagte der Geistliche. »Wieso gehen wir nicht weiter?«

»Wir sind Gefangene, Bruder. Wir sitzen hier in einem Käfig.«

»In einem Käfig«, wiederholte der Geistliche gedankenvoll. Oder dumm. Ivar konnte es nicht erkennen.

Er beugte sich zu Berthold hinüber. »Was ist mit ihm?«

»Mit Bruder Heribert? Er ist nicht mehr derselbe – nun, das haben die anderen gesagt, die ihn kennen –, seit wir im Alfar-Gebirge den Berg verlassen haben. Er ist unter einem Erdrutsch verschüttet gewesen, aber wir haben ihn ausgegraben. Er ist aus Novomo verschwunden, nachdem Hugh von Austra Edelfrau Elene umgebracht hat. Ich dachte, er wäre vielleicht mit dem Bastard Hugh weggelaufen, aber wir haben ihn sehr viel später beim Rasthaus St. Barnaria wiedergetroffen, oben im Pass, als wir nach Norden gegangen sind. Er war am Verhungern, denn er hat nie etwas gegessen. Ich vermute daher, dass irgendetwas seinen Geist verwirrt hat. Ich wünschte, ich wüsste, wie er in der Nacht entkommen ist, als Hugh von Austra Elene umgebracht und das Gör entführt hat. Aber er will oder kann es uns nicht sagen.«

Wulfhere hockte sich neben sie, nickte dem selbstvergessenen Heribert zu, der jetzt die toten Mäuse wieder und wieder zählte. Jonas nahm ihm das Nest aus den Händen und warf es in eine andere Ecke. Heribert erhob keine Einwände, richtete seinen Blick lediglich auf die verwitterten und gesprungenen

Bretter, als könnte er den Wind sehen, der durch die Lücken der Scheunenwände wehte.

»Armes Geschöpf«, sagte der Adler. »Er war ein treuer Kamerad von Sanglant.«

»Wie wir auch, oder nicht?« Ivar zögerte und sah sich um, aber keine der Wachen stand in Hörweite. »Niemand von uns hat etwas gesagt. Jetzt werden Conrad und Sabella erst dann von den Aikha erfahren, wenn es zu spät ist.«

»Sie haben wachsame Kundschafter«, sagte Berthold. »Hör zu, Wulfhere. Wie können wir die Nachricht über die Aikha zu Sanglant schaffen? Oder zu seinem Hauptheer? Sie werden den Aikha sonst ebenfalls in die Falle laufen.«

»Wenn ich nur nicht die Adlersicht verloren hätte … aber sie ist verschwunden.«

»Da ist noch etwas.« Berthold berührte die Tunika mit der Hand, tätschelte seine Brust. »Das Schriftstück der Exkommunikation, das ich hier trage. Wenn es stimmt, dass Mutter Scholastika Sanglant nicht länger unterstützt, wird das hier Conrads und Sabellas Anspruch verstärken.«

»Ihren Worten zufolge könnte man meinen, dass sie es bereits wissen.«

»Und wenn nicht? Was sollen wir tun, Wulfhere? Wenn sie es wissen, wenn die Neuigkeiten sich verbreiten … Nun, ich sollte das hier verbrennen!«

»Voreilige Worte!«

»Glaubst du, dass diese Frau die rechtmäßige Skopos ist? Dass Gott sie gesalbt haben? Ich nicht!«

»Ich bitte Euch, Edelmann Berthold! Gefährdet nicht Eure Seele!«

»Das ist mir egal. Ich weiß, was sie ist, und es ist mir egal. Ich habe keine Angst vor ihr. Ich hasse sie! Ich hasse sie alle, die Aostaner, die uns gefangen genommen und Elene haben sterben lassen! Sollen sie alle verrotten! Sollen sie alle in den Abgrund stürzen!«

»Edelmann Berthold! Ich bitte Euch!«

Seine Begleiter versammelten sich um ihn, um ihn zu beruhigen, während er wütete, von derjenigen namens Elene sprach und seinen Kummer und seine Wut mit den Tränen herausströmen ließ. Der Geistliche sah mit dumpfer Neugier zu. Der Adler seufzte. Aber Ivar stand auf, ging hin und her und blieb schließlich vor dem Adler stehen.

»Ihr habt ein Schriftstück über die Exkommunikation? Von der Skopos in Darre?«

»Von der neuen Skopos. Die ältere, die vorher Skopos war ...« Ein Stück Erde war in Wulfheres Auge gelangt, und er musste ein paar Tränen vergießen und mit dem Finger reiben, um es herauszubekommen. »Die Heilige Mutter Anne ist tot. Die neue ist früher Bischöfin von Mainni gewesen. Antonia. Sie ist nach Süden geschickt worden, um sich vor der Skopos – damals die Heilige Mutter Clementia – wegen des Vorwurfs der bösen Zauberei zu verantworten.«

»Was besagt das Schriftstück?«

»Dass ganz Wendar und Varre unter den Kirchenbann fallen, falls Sanglant zum Herrscher gesalbt und gekrönt wird.«

»Mit welcher Begründung?«

»Weil er unehelich ist«, sagte Wulfhere mit ruhiger Stimme. »Und weil das Volk seiner Mutter Ungläubige und Wilde sind, deren Blut sich nicht dafür eignet, über ein frommes Volk wie die Wendaner zu herrschen. Weil einige behaupten, dass er Henry getötet hat und somit ein Vatermörder ist.«

»Wenn Conrad und Sabella im Besitz dieses Schriftstückes wären, würden sie doch sicherlich wollen, dass Sanglant davon erfährt? Ihr habt gehört, was sie über Mutter Scholastika gesagt haben. Sie hat sich gegen den Prinzen gewandt. Wenn einer von uns in der Lage wäre, Conrad und Sabella davon zu überzeugen, dass wir das Schriftstück zu Sanglant bringen, könnten wir ihn vor den Aikha warnen. Ansonsten könnt ihr es auch genauso gut verbrennen. Dann wird niemand etwas erfahren.«

»Das ist sinnlos«, sagte Berthold müde. »Sie wird andere Boten ausgeschickt haben. Geistliche. Presbyter. Schon bald wird die Nachricht Mutter Scholastika und die Bischöfinnen und Kirchenältesten erreichen. Vielleicht habt Ihr recht, und sie wissen es bereits. Ich glaube immer noch, dass es am besten wäre, Sanglant würde es so bald wie möglich erfahren. Selbst wenn das bedeutet, dass er den Thron an Edelfrau Sabella oder Herzog Conrad übergeben muss.«

»Er wird den Thron aufgeben müssen«, sagte Ivar. »Er kann nicht so störrisch sein und zulassen, dass das ganze Land unter einen –«

Wulfhere lachte in einer Weise, die Ivar zusammenzucken ließ. »Ich habe noch nie einen störrischeren Mann gesehen als ihn.«

»Wie auch immer«, beharrte Ivar. »Wenn er es jetzt erfährt, wird er in der Lage sein, Conrad und Sabella einen Waffenstillstand anzubieten, so dass sie gegen die Aikha kämpfen können.«

»Gute Worte«, pflichtete Wulfhere ihm bei. »Lasst mich herausfinden, welche Schwächen dieses Lager hat.«

»Du willst mit Conrad und Sabella sprechen?«, fragte Berthold.

»Nein. Ihr bleibt hier und wartet, bis ich zurückkehre. Sorgt dafür, dass Ihr beim geringsten Zeichen bereit seid. Rennt nach Osten oder Norden, wenn Ihr weglaufen müsst. Lasst Euch von Conrad oder Sabella keine Angst einjagen, sollten sie Euch zu sich rufen, ehe ich zurückkehre. Wenn die Aikha angreifen, flüchtet zu Kessals Mauern und betet, dass freundliche Hände Euch einlassen.«

Berthold nickte, aber Ivar erhob Einwände.

»Zumindest einer von uns sollte mitgehen.«

»Niemand von Euch kann hier herausgehen, ohne ergriffen zu werden. Nicht so wie ich. Edelmann Berthold, bitte. Gebt mir das Schriftstück. Es ist möglich, dass ich durchkomme. Ich kann es zu Sanglant bringen.«

»Dann wird er dich noch mehr lieben!«, sagte Berthold mit einem Lachen, während er aus der Tunika einen Streifen Stoff zog, der sorgfältig um etwas gewickelt war. Er reichte ihn Wulfhere.

»Geht zum Tor und macht Lärm. Zieht die Aufmerksamkeit der Wachen auf Euch, aber nicht so sehr, dass sie reinkommen. Singt oder scherzt mit ihnen. Bittet um mehr Bier.«

»Jonas, komm mit«, sagte Berthold. »Odei, trink die Weinhaut leer.«

Odei grinste und trank.

Sie gingen zum Tor, lehnten sich übers Geländer, während Berthold mit fröhlicher Stimme rief: »Bitte, Freunde! Noch etwas Wein, ja? Wir haben tagelang nichts anderes bekommen als Bachwasser, während wir marschiert sind, und Ihr wisst, was das bei einem Mann bewirkt! Meine Kameraden verdursten. Und falls Ihr eine willige Frau im Lager habt, hätten wir nichts dagegen, auch von diesem süßen Wein zu kosten.«

»Oh, Gott«, murmelte Ivar, während er in diesem Augenblick begriff, dass Wulfhere verschwunden war.

»Gehen wir jetzt alle?«, fragte Bruder Heribert und erhob sich.

Ivar stürzte zu ihm und hielt ihn fest, ehe er ihren Plan zerstören konnte. »Nein, nein, Bruder. Bleibt hier. Wir müssen hierbleiben. Das ist unsere Aufgabe.«

»Habt ihr eine Rothaarige?«, fragte Jonas laut genug, dass jeder Mann im Umkreis von hundert Schritten ihn hören konnte. »Ich habe gehört, dass sie Feuer spucken und leidenschaftlich im Bett sind, aber ich gebe zu, dass ich es noch nie ausprobiert habe.«

Ein älterer Mann antwortete ganz in seiner Nähe. »Sieh dich an, Junge! Ich wette, du bist in deinem kurzen Leben überhaupt noch nie mit einer Frau ins Bett gegangen!« Er und seine Kameraden lachten laut, während Jonas hitzig protestierte.

»Aber er ist nah dran. Ich muss mit dem anderen Mann gehen, mit dem Wolf. Wieso hat er nicht auf mich gewartet?«

Ivar verstärkte den Griff um die Handgelenke des Geistlichen. Sie waren so schmal wie die eines Kindes. Der Mann war so dünn, dass es ein Wunder war, dass er gehen konnte, und der seltsam eindringliche Blick brachte Ivar zum Zittern. In der Dämmerung wirkten die blauen Augen des Geistlichen beinahe so, als würde eine Flamme an einem Docht tief in ihrem Innern brennen.

»Wenn wir gehen, werden wir gefangen genommen und in einen noch schlimmeren Käfig gesteckt werden. Wir müssen hier warten, bis es an der Zeit ist zu handeln. Edelfrau Sabella hält uns gefangen.«

»Wer ist Edelfrau Sabella?«

»Sie ist die Edelfrau, die mit uns und mit Herzog Conrad gesprochen hat. Henrys Halbschwester. Sie ist Prinz Sanglants Feindin.«

»Ich muss den finden, den ich liebe. Ich muss den finden, der Sanglant heißt. Wie kann ich zu ihm kommen? Er ist so nah! Der andere, der Wolf, geht zu ihm.«

»Nur Edelfrau Sabella kann uns freilassen.«

»Ah!« Heriberts Mund öffnete sich, als wäre er überrascht.

Eine kalte Brise schlängelte sich durch Ivars Haare. Das Gewicht von Heriberts Körper sackte in seinen Armen zusammen, und er fiel nach hinten.

»Gott! Gott!«, rief er, ehe er den Mann von sich wegschob und auf die Erde legte.

»Ivar! Wir werden gleich beten!« Das war Berthold, der sich wieder an die Wachen wandte. »Vergesst ihn. Er ist ein Frater, wisst Ihr, ein Novize. Bei dem Kampf heute hat er sich glatt bepisst. Er schreit immer gleich!«

Sie lachten alle, aber Ivar hielt nach wie vor das kühle Handgelenk von Bruder Heribert in seiner eigenen warmen Hand. Etwas war falsch. Sein Herz klopfte, und er konnte kaum Luft holen, aber dann begriff er, dass das Klopfen nur von den Männern stammte, die noch immer in der Dämmerung an ihren Belagerungsmaschinen arbeiteten.

Unerwarteterweise kniete die Steppenfrau neben ihm nieder und beugte sich über den erschlafften Körper. Sie drückte ihr Gesicht an den bleichen Mund, schnüffelte an seinen Augen, seiner Kehle, seinen Lenden. Sie legte eine Hand auf seinen Bauch und eine andere auf sein Brustbein und saß eine Weile vollkommen still da, hielt die Augen geschlossen, während das Geschwätz von Edelmann Berthold und seinen neuen Freunden weiterging. Die Frau war so nah bei ihm, dass Ivar ihren Moschusgeruch bemerkte, der gar nicht dem verschlungenen Geruch ähnelte, den er sonst mit Frauen verband.

Sie öffnete die Augen und setzte sich auf. »Er ist tot.«

Ivar keuchte. »Tot? Einfach so?«

»Kein Atem. Die Seele – das Wort wurde mir vom alten Schamanen des Wolf-Clans beigebracht – keine Seele belebt mehr diesen Körper. Die Seele ist geflüchtet. Heribert ist tot.«

Erneut kam Wind auf, wehte um Ivars Hals. Der Frater zuckte, zitterte und setzte sich so schnell auf, dass sein Kopf gegen Ivars Kinn prallte.

Ivar schrie. Berthold und Jonas brachen am Tor in lautes Gelächter aus, klatschten sich gegenseitig auf den Rücken.

Heribert schüttelte den Kopf, wie ein Mann Wasser aus den Ohren schütteln mochte, wenn er geschwommen war. »Er hat gesagt, ich soll hier warten, bis er zurückkehrt.«

Berda wich zurück und machte Zeichen gegen das böse Auge. »Schlimme Magie«, flüsterte sie mit ihrer dumpfen Stimme. »Das ist sehr übel.«

Ivar schmeckte Blut auf der Zunge, wo er sich gebissen hatte. Der Geistliche sah ihn an, als könnte er den Eisengeschmack des Blutes riechen, aber dann drehte er sich um und suchte in der Ecke nach dem Nest mit den toten Mäusen.

3

Die Straße von Quedlingham nach Kessal war breit und eben und wurde in gewöhnlichen Zeiten von vielen Reisenden benutzt. Hanna war sie mehrere Male entlanggeritten, und sie erkannte während der nächsten Tage immer wieder bestimmte landschaftliche Markierungen wieder. Allerdings sah sie keinerlei andere Reisende. Im Sommer hätten wenigstens Kaufleute und Pilger über den Klarweg reisen müssen.

Es war daher ziemlich überraschend, als sie nach vielen Tagen, die sie durch leeres oder verlassenes Land gereist waren, im Laufe des Vormittags plötzlich Vorreiter an einem langen, geraden Stück warten sahen.

»Das sind saonische Kundschafter, Soldaten von Theophanu«, sagte Bruder Fortunatus, dessen Augen so scharf waren wie die eines Bogenschützen.

Der neben ihm reitende Hauptmann stimmte ihm zu. »Das ist das Zeichen von Saony, ja. Sie haben uns gesehen.«

Er rief seinen Männern eine Warnung zu, und sie gingen langsamer, hielten Schwerter und Speere kampfbereit.

Die Vorreiter erwiesen sich als ebenso vorsichtig. Zwei drehten sich um und ritten im Galopp davon, verschwanden im Schatten der Bäume, während ein einzelner Mann auf sie zugetrabt kam. Er blieb kurz vor einer Pfeilschusslänge unter dem ausladenden Geäst einer alten Eiche stehen, deren Zweige fast die halbe Straße überspannten. Eine kluge Position, durch die er sich vor einem möglichen Pfeil oder einem Speer schützte. Hier, im Osten von Kessal, bestand der Wald aus uralten Eichen, Steineichen und dichtem Unterholz, während es nur wenige der schlanken Buchen gab, die weiter westlich vorherrschten.

»Welchem Herrscher habt Ihr die Treue geschworen?«, rief er über den freien Raum zwischen ihnen hinweg.

Hanna sah die Geistliche an, dann die Äbtissin, von der sie angeführt wurden, und schließlich Prinzessin Sapientia, die ein grünes Blatt in der Hand hielt und auf das Flattern starrte, als der Wind es ihr zu entreißen drohte. Die Löwen marschierten am Schluss, beschützten die Wagen und Mutter Obligatia; die Reiter, die die Äbtissin bewachten, und die Geistlichen auf Maultieren machten es ihr unmöglich, sie zu sehen.

»Lasst mich zu ihm gehen«, sagte sie. Bevor eine der Frauen

antworten konnte – tatsächlich hatten sie in den letzten Tagen kaum miteinander gesprochen –, ritt sie zu dem Kundschafter, der sie erleichtert ansah.

»Ich bin ein Adler«, sagte sie, und als er ihr Abzeichen und ihren Umhang sah, erwiderte er: »Das seid Ihr.«

»Ich heiße Hanna.«

»Peter, nach dem Schüler«, sagte er, als gäbe es nur eine Ausprägung dieses Namens und eine Weise, ihn auszusprechen.

»Schön, Euch zu treffen, Peter. Ihr seid aus Saony.«

»Wir gehören zu Theophanu, der Herzogin von Saony«, sagte er. »Wir marschieren nach Westen.«

»Wir kommen aus Quedlingham, und vorher von noch weiter her, aber das ist eine verwickelte Geschichte.«

»Verwickelte Geschichten eignen sich am besten, um sie sich im Winter am Herdfeuer zu erzählen.«

»Während die wilden Tiere durch feste Türen ferngehalten werden.«

Er lächelte, nickte dann in Richtung der Gruppe. »Das da sind Kirchenleute?«

»Ja. Sie wollen zu König Sanglant, der in Kessal ist.«

Er nickte. »Es wird schwierig werden, ihn zu treffen. Wir sitzen hier fest, gleich am Rande des Tals. Edelfrau Sabella und Herzog Conrad haben eine Belagerung um Kessal begonnen, und wir müssen sie unsererseits belagern und versuchen, unseren Angriff mit dem der Leute innerhalb der Stadt abzustimmen.«

»Wo ist der König? War Herzogin Liutgard nicht bei ihm?«

»Sie sind in Kessal. Mit fünfhundert Mann.«

»Ah.«

»Ich habe meine Kundschafter zurückgeschickt, um unsere Herrin wissen zu lassen, dass ein Trupp kommt, damit wir nicht überrascht werden. Ihr habt zwanzig oder mehr Kämpfer bei Euch.«

»Und vierzig Löwen, die in der Nachhut marschieren.«

Er schenkte ihr ein warmherziges Lächeln. »Wirklich schön, Euch zu sehen, Adler. Ich werde Eure Gruppe weiterführen.«

»Ich möchte den anderen Kundschaftern folgen«, sagte sie. »Kehrt Ihr mit meiner Gruppe zurück.«

Er wollte Einwände erheben, aber sie ritt so schnell davon, dass sie nicht aufgehalten werden konnte. Sie musste zuerst zu Theophanu gelangen, ehe Mutter Scholastika ihr dieses Schwert – namens Sapientia – ohne Vorwarnung in den Schoß legen konnte. Hanna kannte die Strömung dieses Flusses nicht, aber wie alle anderen der alten Kompanie aus dem tiefen Süden vertraute sie Schwester Rosvita. Es war offensichtlich, dass Rosvita und Scholastika uneins waren.

Die anderen Reiter waren so schnell davongeschossen, dass sie nur die Spuren der Pferde sah, aber keinen anderen Hinweis auf sie. Sie ritt durch einen ruhigen Wald, während der Lärm um sie herum verklang, und fragte sich, wie weit sie weiterreiten musste und wo sich die Kundschafter von Herzog Conrad und Edelfrau Sabella aufhalten mochten. Ein paar Vögel zwitscherten; es war eine Erleichterung, sie zu hören. Wenn es Wild gab, schlief es in der Wärme des frühen Nachmittags. Es war ihr jedoch noch nicht warm genug, um ihren Umhang abzulegen, und sie begann schon zu glauben, dass das nie der Fall sein würde. Aber es genügte, um die Kapuze herunterschieben und die kühle Brise durch ihre Haare wehen zu lassen.

Sie zitterte, aber nicht wegen des Windes. Sie wurde beobachtet. Sie spürte den Blick anderer Augen. Als sie das Blattwerk musterte, fand sie jedoch nichts. Ein zweiter Blick verriet ihr allerdings, dass etwas Weißes aufblitzte. Und dann war es da.

Eine Kreatur starrte sie vom Schutz einer Mauer aus hohen Büschen an. Ihre Haare waren so hell wie ihre eigenen, die Haut hatte die Farbe von Eisen, und ihre Augen waren so schwarz wie die einer Krähe, glatt und scharf, während sie darauf wartete, zuzuschlagen.

Die Kreatur sah, dass sie gesehen wurde. Sie wechselten einen Blick, und Hanna wurde erst kalt und dann heiß. Angst würgte sie, und aus irgendeinem Grund klammerte sie sich an den gleichmäßigen Gang ihres Pferdes, als könnte eine Veränderung der Geschwindigkeit dazu führen, dass sie einen Schrei ausstieß.

Die Straße machte eine Biegung. Sie verlor den Vorhang aus Blättern hinter sich aus dem Blick.

Wieso hat diese Kreatur mich nicht getötet?

Sie drängte ihr Pferd jetzt zum Galopp, was leicht war, da das Pferd ihre Angst spürte und davonrannte. Nach einer Weile, als sie die Kundschafter immer noch nicht eingeholt hatte, dachte sie daran, dass die Brise aus dem Norden kam und ihr verraten würde, wo sie war, wohingegen sie – und ihr Pferd – die Kreatur nicht riechen konnte. Sie wusste, was sie war. Sie hatte ihre Art in ihren Träumen gesehen.

Sie ritt mindestens eine weitere Wegstunde durch den leeren Wald, und als sie an angepflanzten Bäumen vorbeikam, an Gehölzen und Lichtungen, auf denen große Bäume gefällt worden waren, wusste sie, dass sie sich Kessal näherte. Zwei Holzapfelbäume standen beiderseits eines alten Bauernhauses, das vor langer Zeit verlassen worden und dessen Dach eingefallen war. Edelweiß wuchs an Stellen, wo eine Wiese eine Furche zwischen den Bäumen schnitt. Glockenblumen bedeckten den Boden in den Schatten.

»He!«

Sie ritt auf ein Hindernis zu, das aus Holzstücken, den Überresten eines zerbrochenen Wagens und ein paar zusätzlichen zerbrochenen Rädern bestand. Ein Dutzend kräftiger Soldaten stand dort Wache.

»Ich bin ein Adler und reite im Dienst des Herrschers«, verkündete sie atemlos. Sie fragte sich, ob sie während des letzten Teils ihres Ritts überhaupt noch Luft geholt hatte. Sie fühlte sich benommen. Die Soldaten sahen sie überrascht an.

»Wo sind Peter und die anderen?«, wollten sie wissen.

»Peter begleitet meine Gruppe auf der Straße. Die anderen sind vor mir geritten. Sind sie nicht hier durchgekommen?«

Das waren sie nicht.

»Oh, Gott.« Sie spürte ein Brennen in ihrem Bauch. Ihre Hand zitterte. »Da ist noch ein Kundschafter im Wald.«

»Was meint Ihr damit?«, fragte der Sprecher, ein stämmiger blonder Kerl. »Einer von Conrads Leuten, der uns ausspionieren wollte?«

»Hat Herzog Conrad jetzt Aikha in sein Heer aufgenommen?«

»Was redet Ihr da? Aikha? Meint Ihr diejenigen, über die wir Geschichten gehört haben? Die an der Küste im Norden plündern?«

»Ich habe einen gesehen, und zwar so deutlich, wie ich Euch sehe«, sagte sie. Sie sah, dass er und seine Kameraden skeptisch waren. »Etwa eine Wegstunde zurück.«

Die anderen grinsten; sie glaubten, dass sie scherzte.

»Sie sah ihn ›so strahlend wie den Tag‹«, sagte einer, »was bedeutet, dass sie gar nichts gesehen hat.«

Aber ihr Anführer runzelte die Stirn. Er war für einen Anführer jung, aber er hatte ein kluges Gesicht und einen argwöhnischen Blick. »Entweder Ihr meint das ernst, oder Ihr erlaubt Euch einen Spaß mit uns. In beiden Fällen gefällt mir nicht, was ich höre.«

»Bringt mich bitte zu Prinzessin Theophanu. Ihr könnt meine Waffen als Sicherheit haben. Ich bin ein Adler und reite im Dienst des Herrschers. Ich habe Nachrichten, die Prinzessin Theophanu und König Sanglant so bald wie möglich erfahren müssen.«

»Ihr werdet heute nicht mehr bis Kessal reiten«, sagte der Witzbold.

Sein Anführer versetzte ihm einen Stoß mit dem Ellbogen. »Still! Also schön, gebt mir Eure Waffen, und ich bringe Euch hin. Hört zu, ihr schwerfälligen Hunde. Ich würde euch gern auftragen, euren Verstand zusammenzunehmen, wenn ihr welchen hättet. Macht euch bereit. Rechnet mit dem Schlimmsten. Kommt, Adler.«

Die anderen kauerten sich nieder, blickten unruhig die Straße entlang und in den Wald; da hier hauptsächlich Buchen wuchsen, konnte man weiter sehen. Hanna lenkte das Pferd um das

Hindernis herum, reichte ihrem Begleiter Schwert, Stab und Bogen. Dann stieg sie ab und folgte ihm in Richtung Westen die Straße entlang.

»Ich heiße Johan«, sagte er nach einer Weile.

»Ich bin Hanna«, sagte sie, und ohne es zu wollen, kicherte sie.

»Was ist so witzig?«

»Ich bin den Adlern beigetreten, um der Heirat mit einem Mann zu entgehen, der Johan hieß, das ist alles.«

Er musterte sie einen Augenblick, dann reichte er ihr die Waffen zurück. »Wenn ich Euch bisher nicht geglaubt habe, tue ich es jetzt«, sagte er höchst rätselhaft.

Sie nickte, hätte fast erneut gekichert. Sie war so angespannt, dass sie kurz davor stand, wie verrückt zu lachen oder in Tränen auszubrechen.

Schon bald erreichten sie ein zweites Hindernis. Sie roch Rauch weiter vorn und hörte das Klopfen von Axthieben, das Klirren von Hammerschlägen. Ein kurzes Stück danach kam das Lager in Sicht. Theophanu hatte sich auf dem höher gelegenen Gelände niedergelassen, ein kurzes Stück vor der Stelle, an der die Berge zum Tal von Kessal abfielen. Einst hatte sich hier ein Weiler befunden, und ein Dutzend Gebäude zogen sich die Straße entlang. Männer hoben in den sanften Hängen, über die Reiter zuschlagen mochten, Gräben aus. Zäune aus gespitzten Pfählen schlängelten sich von einem Vorratslager zum nächsten, folgten den Konturen des Bodens. An der höchsten Stelle des Dorfes hatte sich eine Gruppe von Leuten bei einer freien Stelle zwischen den Bäumen versammelt, die einen Blick auf die belagerte Stadt gewährte.

Wachen schritten vor dem alten Langhaus auf und ab; es sah aus, als wäre es einst von der wohlhabendsten Familie des Dorfes bewohnt worden. Als Johan sie zur Tür brachte, deuteten die Wachen zur Versammlung. Hanna ging begleitet von vier Soldaten dorthin. Johan begab sich zurück zu seinem Posten.

Adler mussten selten warten. Als die Edelleute und Hauptleute sie sahen, machten sie Platz, um sie zu Prinzessin Theophanu durchzulassen. Die Prinzessin trug einen Überwurf über ihrer Tunika, auf dem der rote Adler von Saony prangte. Die Haare waren straff geflochten und hochgesteckt, und der Umhang, den sie trug, wurde von dem Wind, der auf dieser Höhe herrschte, aufgepeitscht und schlug gegen ihre Knie. Hanna hatte vergessen, wie groß Theophanu war, beinahe so groß wie viele der Männer. Sie war die Tochter ihres Vaters, gut gewachsen und hübsch.

»Ein Adler«, sagte sie und sah Hanna mit schmalen Augen an. »Wer hat Euch geschickt?«

»Schwester Rosvita, Eure Hoheit.«

Die Leute um sie herum murmelten, als sie den Namen der Geistlichen hörten, aber falls Theophanu überrascht war, verbarg sie es. »Sie ist vor langer Zeit mit Henry nach Süden geritten und war dann verschwunden. Es hieß, dass sie in Darre gestorben wäre. Aber ich sehe, dass Ihr den Süden erreicht habt, wie ich es Euch befohlen hatte. Wie lange ist das her? Zwei Jahre? Drei? Aber jetzt seid Ihr zu uns zurückgekehrt.«

»Möchtet Ihr, dass ich vor diesen Leuten zu Euch spreche, oder wünscht Ihr mehr Abgeschiedenheit, Eure Hoheit?«, fragte Hanna.

Theophanu lächelte dünn. »Eure Neuigkeiten müssen schockierend sein. Am besten, Ihr sprecht vor diesen Leuten. Habt Ihr eine Nachricht für mich?«

»Nein, Eure Hoheit. Ich muss Euch sagen, was ich weiß, und was ich gesehen habe, und was und wen Rosvita mit sich führt, denn diese Gruppe reitet einige Wegstunden hinter mir. Es ist eine lange Geschichte. Zuerst muss ich Euch sagen, dass ich keine zwei Wegstunden zurück einen Kundschafter der Aikha im Wald gesehen habe.«

»Verdreifacht die Wachen«, sagte Theophanu zu einem ihrer Hauptleute. »Alle sollen sich bewaffnen. Schickt zweihundert Mann aus, um Schwester Rosvita und ihre Gruppe in Sicherheit zu bringen. Was die Übrigen betrifft, ziehen wir uns in die Halle zurück. Ich vermute, dass Ihr einen weiten Weg zurückgelegt habt, um uns zu erreichen, und schätze, Ihr werdet einen Platz zum Sitzen und einen Becher Wein willkommen heißen.«

Viele grobe Bänke standen in der Halle, was bedeutete, dass sie in ein Versammlungshaus und eine Kapelle verwandelt worden war. Sie war noch nicht lange verlassen, oder gar nicht verlassen; möglicherweise hatte man die große Familie, die hier wohnte, einfach nur weggeschickt.

Hanna erhielt einen Stuhl, auf den sie sich setzen konnte, und Wein zum Trinken. Erst als sie ihren Durst gelöscht hatte, bat die Prinzessin um Ruhe. Von draußen erklangen Axtschläge.

»Erzählt mir erst in wenigen Worten das Wichtigste. Dann werde ich mir Eure Geschichte ausführlich anhören.«

»Also gut, Eure Hoheit. Schwester Rosvita ist in Darre gefangen genommen worden, weil sie den Mord an Helmut Villam durch Hugh von Austra mit angesehen hat.«

»Ah!« Theophanu seufzte, zog eine Grimasse. Dann bedeutete sie Hanna mit einer Geste weiterzusprechen.

»Ich habe gehört, dass der Adler Hathui die Reise überlebt hat und bei Prinz Sanglant ist.«

»Das stimmt. Dann ist also alles so geschehen, wie sie es gesagt hat?«

»Hathui würde niemals lügen.« Aber als Hanna die Worte sprach, erinnerte sie sich, dass sie einmal daran gezweifelt hatte, und sie schämte sich dafür.

»Henry hat ihr mehr vertraut als allen anderen. Ihr sowie Villam und Schwester Rosvita. Sprecht weiter.«

»Als wir Darre erreichten, fand ich König Henry verändert vor. Er war der Gefangene seiner Königin und von Hugh von Austra. Diejenigen in der Gelehrtenschule, die Rosvita gegenüber treu waren, haben sich mit mir verbunden. In den Folgen eines schrecklichen Erdbebens haben wir Rosvita geholfen, dem Kerker zu entkommen. Wir sind nach Norden geflohen. Als wir das Kloster St. Ekatarina erreichten, haben wird dort Zuflucht gefunden, aber wir wurden von Edelmann Hugh verfolgt. Dann …« Sie hatte lange mit Rosvita darüber gesprochen, aber die Geistliche bestand darauf, dass sie die Wahrheit sprach. »Schwester Rosvita und Mutter Obligatia – die Äbtissin von St. Ekatarina – haben zusammen eine Krone gewebt. Auf diese Weise konnten wir entkommen. Wir sind in den Osten gelangt und mussten feststellen, dass wir von Soldaten vom Heer der Skopos verfolgt wurden.«

»Von der Heiligen Mutter Anne?«

»Ja. Wir sind vor ihnen geflohen, fürchteten um unser Leben –«

Viele um sie herum begannen zu sprechen, als sie hörten, dass die Skopos verleumdet wurde, aber Theophanu brachte sie zum Schweigen. »Nein, lasst den Adler ausreden. Diese Anschuldigungen haben wir zuvor gehört, von meinem Bruder Sanglant, von dem Adler Hathui und von Herzogin Liutgard und Herzog Burchard. Die Heilige Mutter Anne war ein Teil der Intrige, bei der König Henry von einem Daemon befallen und zu einer Marionette gemacht wurde, so dass jene, die ihn kontrollierten, ihm Worte in den Mund legen konnten.« Sie sagte dies so kühl, als wäre es nur eine interessante Geschichte, die sie zur Unterhaltung der Menge wiedergab. Als Hanna jedoch die Leute in der Halle musterte, als sie ihre Haltung sah und ihre Gesten und verärgerten Mienen, begriff sie, dass Henrys Tod aufrichtig betrauert wurde. Sie wagte zu hoffen, dass die Demütigung, die man ihm angetan hatte, gerächt werden würde.

»Sprecht weiter, Hanna.« Es war das erste Mal, dass die Prinzessin ihren Namen benutzte.

»Ja, Eure Hoheit. Wir sind vor dem Heer der Skopos geflohen, weil sie in den Osten gekommen war, um einen Bann in die Kronen zu weben, mit dem sie sich der bevorstehenden Umwälzung widersetzen wollte. Wir konnten ihr entkommen, wurden aber von den Arethusanern gefangen genommen. Viele Monate lebten wir als ihre Gefangenen. Dann wurden wir ins Lager bestimmter arethusanischer Edelleute – Edelfrau Eudokia und

Edelmann Alexandros – gebracht. Sie haben gegen ihren Kaiser rebelliert. Dort haben wir Eure Schwester Sapientia gefunden.«

»Lebendig?« Das Wort war kaum mehr als ein Flüstern.

»Verheiratet mit König Geza von Ungria, der jetzt ihr Verbündeter war.«

Theophanu lachte, erholte sich jedoch so rasch, als wäre es nicht geschehen. Die Leute um sie herum tuschelten, und sie hob die Hand, um sie um Ruhe zu bitten. »Sie ist zum Feind übergelaufen.«

Hanna ließ die Leute eine Weile auf dieser Bemerkung herumkauen, als alle durcheinandersprachen. Durch eine solche Deutung wurde Sapientia verleumdet. Es war am besten, keine Einwände zu erheben oder Entschuldigungen zu suchen. Oder gar daran zu erinnern, dass Sanglant seine Schwester im Lager eines noch schlimmeren Feindes zurückgelassen hatte, bei den Pechanek-Qumanern. Selbst wenn er ihr keinen Kummer hatte zufügen wollen, hatten seine Handlungen sie zerstört. Es würde für Sanglant am besten sein, wenn sein Hof nicht die ganze Wahrheit erfuhr.

Stattdessen nippte sie an einem zweiten Becher Wein, während sie daran dachte, wie sehr sie Bulkezu gehasst hatte und wie wütend sie gewesen war, als sie gesehen hatte, dass Sanglant ihn am Leben ließ, weil er ihm nützlich war. Schließlich versiegte das Gemurmel, und die Leute warteten darauf, dass sie weitersprach.

»König Geza hat versprochen, den Thron von Wendar und Varre in Sapientias Namen zu ergreifen, Eure Hoheit«, sagte Hanna.

Theophanu nickte. »Natürlich. Und nach ihrem Tod sollte sein Kind auf dem Thron sitzen. Sprecht weiter.«

»Nachdem der große Sturm ihr Lager zerstört hat, sind beide Heere geflohen. König Geza hat sich von Sapientia geschieden und sie in dem zerstörten Lager zurückgelassen.«

»Tatsächlich?«, fragte Theophanu ohne eine Spur von Häme

oder Schadenfreude. Sie hätte aus Holz sein können, unberührt von Feuer oder Wasser, ihr Gesicht ohne jedes Gefühl. Aber ihr Hof war in ein schreckliches, neugieriges Schweigen verfallen, hing an jedem Wort. »Und dann?«

»Wir haben sie gefunden, denn wir wurden ebenfalls zurückgelassen.« Sie machte eine Pause, beschloss, ihre eigenen Qualen – ihre zweite Gefangenschaft bei den Arethusanern – unerwähnt zu lassen, obwohl die Erinnerung an die Trümmer der großen Stadt sie verfolgte. »Wir sind nach Norden marschiert und dabei auf eine Kompanie gestoßen, die unter dem Befehl von Edelfrau Bertha von Austra stand.«

»Dann hat sie noch gelebt!«

»Ihr kennt die Geschichte?«

»Wir haben davon gehört. Ich dachte, sie wäre tot.«

»Sie ist auch tot. Ein vergifteter Pfeil hat sie in der Dunkelheit getroffen und umgebracht. Aber das fand erst später statt. Bertha ist in Avaria gestorben, nicht im Süden, als wir alle damit rechneten zu sterben.«

»Erzählt weiter.«

»Wir haben uns zusammengetan – Geistliche und Soldaten – und sind so rasch wie möglich nach Norden gereist. Wir haben es ganz gut geschafft, haben Ziegen mitgenommen und Hühner, um uns zu ernähren, und ein paar Hunde, die Wache hielten. Wir dachten, wir wären sicher nach Hause gekommen, aber als wir Wendar erreichten, wurden wir zweimal von maskierten Kriegern überfallen, Wesen, wie wir sie nie zuvor gesehen hatten. Liath sagte, dass es Ashioi wären.«

Jetzt war Theophanus Neugier geweckt. Hanna konnte jedoch nicht erkennen, ob sie erfreut oder verärgert war. »Liath? Ihr habt Liathano gesehen? Sie ist bei Euch?«

»Der König wird Euch belohnen, wenn Ihr sie ihm zurückbringt«, sagte ein Hauptmann, und andere lachten nervös.

Sie bekam die Worte nicht heraus. Besser, sie wechselte das Thema. »Prinzessin Sapientia reitet mit uns, aber sie hat sich sehr verändert.«

Theophanu folgte dem Wechsel mit Leichtigkeit. »›Verändert‹? Bitte, sprecht deutlich.«

»Es ist, als würde sie nicht einmal ihren eigenen Namen kennen.«

»Sie hat den Verstand verloren«, sagte ihre Schwester. »Wollt Ihr das damit sagen?«

Hanna nickte, fühlte sich so unbehaglich, dass sie den restlichen Wein trank, nur um irgendetwas zu tun.

Theophanu wirkte weder zufrieden noch kummervoll. Sie nickte lediglich, als hätte sie gehört, dass die Wäsche abgenommen worden war, weil sie trocken war. »Was ist mit Liathano?«

»Verschwunden«, sagte Hanna und würgte.

Eine schreckliche Stille entstand. Dann ertönte eine Stimme aus der Menge und sagte in der Weise eines Mannes, der schwer von Begriff war und jede Bemerkung wiederholt haben musste: »Ist sie *tot*?«

»Verschwunden«, wiederholte Hanna etwas kraftvoller. »Mutter Scholastika ist bei uns und bringt Prinzessin Sapientia mit.«

»Henrys Schwester unterstützt Henrys ältestes eheliches Kind.« Theophanu nickte. »Nun, es überrascht mich nicht, dass meine Tante sich entschieden hat, sie zu unterstützen, nachdem wir Übrigen längst akzeptiert haben, dass sie unfähig ist zu herrschen. Ist das alles?«

»Ganz und gar nicht. Es ist nicht sicher, welche Seite Mutter Scholastika unterstützt.«

»Wollt Ihr damit andeuten, dass meine Tante *Conrad* unterstützt?«

Hanna stellte fest, dass ihre Stimme heiser klang. Auch Husten half nichts.

»Bringt dem Adler mehr Wein«, sagte Theophanu. Ihre Stimme war so kalt wie der Winterwind, gar nicht warm und mitfühlend. Nicht so, wie Prinz Sanglants gewesen wäre, der auch den geringsten Diener unter seiner Herrschaft so behandelte, als wäre er in diesem Augenblick der wichtigste Mensch auf der

Welt. Theophanu ging ganz in ihrer Aufgabe auf. Sie erinnerte Hanna an Edelfrau Eudokia.

»Ich bleibe hier sitzen, bis Ihr alles erzählt habt, Adler. Conrad und Sabella stellen sich uns entgegen, und meine Tante kommt von hinten gekrochen. Welche Messer sonst darauf warten, uns treffen zu können, kann ich noch nicht erkennen. Ich muss wissen, was ich zu erwarten habe, bevor meine Tante Scholastika Gott – und Sapientia – wie eine Peitsche über uns schwingt. Ich muss alles hören. Von Anfang an. Lasst Euch Zeit.«

Hanna war noch nicht darüber hinausgekommen, die Geschichte des Erdbebens in Darre wiederzugeben, als sich die Tür erneut öffnete und ein Bote hereingerannt kam, ein junger Mann, dessen Wangen gerötet waren und dessen Augen vor aufrichtiger Furcht flackerten. Ein Hauptmann folgte ihm dicht auf den Fersen. Theophanu erhob sich, als sie die beiden sah, während der Junge auf die Knie sank.

»Was ist los?«, fragte sie.

Einen Augenblick hatte Hanna das Gefühl, als würde sie besorgt klingen.

Der Bote begann zu husten, und der Hauptmann legte ihm beruhigend eine Hand auf die Schulter und sprach an seiner statt.

»Ernste Neuigkeiten, Eure Hoheit. Dieser Junge ist losgeschickt worden, um Mutter Scholastikas Gruppe zu holen, wie Ihr befohlen hattet.«

»Und doch ist er hier.«

Der Junge fand seine Stimme. »Die Straße ist versperrt«, sagte er schwach. Er zitterte, biss sich auf die Lippe und reckte sich. »Eure Hoheit«, sagte er deutlicher. Der Hauptmann trat zurück. »Ich bitte Euch, ich bringe schlechte Nachrichten. Wir können die Gruppe nicht erreichen, von der Ihr gesprochen habt, weil die Straße versperrt ist.«

»Durch was?«, fragte sie.

Er stöhnte und bedeckte die Augen.

»Sprich weiter«, befahl der Hauptmann. »Du musst es sagen, denn du warst derjenige, der es gesehen hat.«

»Ein Heer, Eure Hoheit.«

Ein aufgeschrecktes Murmeln ging durch die Anwesenden, aber Theophanu bat um Ruhe. »Sind Conrad und Sabella zu unseren Flanken marschiert? Wir haben keine Bewegungen in ihrem Lager gesehen.«

»Dieses Heer ist nicht menschlich, Eure Hoheit. Es sind die Nordländer, die vor Jahren an der nördlichen Küste geplündert haben. Es ist eine Armee von Aikha, Eure Hoheit.«

»Wir haben keinerlei Hinweise von Aikha auf der Straße gesehen.«

Er schüttelte den Kopf. »Ich weiß nicht, wo sie herkommen. Wir sind vom Osten vollkommen abgeschnitten.«

Theophanu sah ihre Hauptleute und Kameraden an, die benommen schwiegen. »Sie sind aus dem Westen gekommen oder aus dem Norden, und wenn das so ist, haben sie den größten Teil des Tals von Kessal umzingelt. Wir sind zwischen ihnen und Conrad gefangen. Hauptmann, an die Waffen. Kümmert Euch um die Verteidigungsanlage im Osten – sofern wir eine haben. Wir müssen eine Möglichkeit finden, Sanglant zu warnen, damit er vorbereitet ist, wenn wir zum Angriff blasen.«

4

Nachdem Peter sich zu ihnen gesellt hatte, reisten sie etwa eine Wegstunde lang durch ruhiges Waldland, bevor ein Hornruf von der Nachhut sie warnte. Rosvita hörte jemanden rufen, als ein Reiter die Straße entlanggaloppierte.

»Heilige Mutter! Schwester! Ich bitte Euch, kehrt sofort zu den Wagen zurück!«

Rosvita wendete ihr Reittier, aber Mutter Scholastika starrte störrisch auf den geröteten und verängstigten Boten. »Was ist los? Was hat diese Warnung zu bedeuten?«

»Bewaffnete Männer verfolgen uns!«

»Haben sie sich zu erkennen gegeben?«

»Ich glaube, das haben sie gerade vor.« Zitternd deutete Bruder Fortunatus nach Westen.

Zwanzig Ungeheuer traten zwischen den Bäumen hervor und auf die im Schatten liegende Straße. Sie hatten dennoch bemerkenswerte Ähnlichkeit mit den Menschen. Sie besaßen knochenweiße Haare, zwei Arme und Beine und einen menschenförmigen Torso. Außerdem hatten sie Gesichtszüge, die man aus der Ferne für diejenigen eines Menschen halten konnte. Aber sie waren keine Menschen. Viele bleckten scharfe Zähne, die an Hunde erinnerten. Sie bewegten sich in keiner Weise bedrohlich, aber ihr Schweigen wirkte dennoch beängstigend.

»Oh, Gott!«, rief Peter.

»Das kann unmöglich Conrads Heer sein«, sagte Mutter Scholastika entrüstet.

»Zurück zu den Wagen«, sagte Schwester Rosvita leise zu den Reitern um sie herum. Die meisten waren Geistliche, die zu ihr oder der königlichen Äbtissin gehörten.

»Seht nur, bei den Bäumen!«, rief Fortunatus.

Die bleichen Haare verrieten sie. Reihen um Reihen standen im Wald, wie Statuen – und das hätten sie auch sein können, mit Zinn, Kupfer oder Gold überzogen.

»Ich glaube, wir sind umzingelt.« Rosvita stellte fest, dass sie angesichts des drohenden Unheils vollkommen ruhig war. »Ich bitte Euch, Mutter Scholastika, zieht Euch zu den Wagen zurück. Ich werde hierbleiben. Fortunatus, findet Feldwebel Ingo oder Feldwebel Aronvald. Wir sollten die Zeit nutzen, unsere Möglichkeiten zu besprechen, solange wir noch reden können.«

Sie warteten in fröstelndem Schweigen, Rosvita vorne mit Peter, der mutig an ihrer Seite blieb, während Mutter Scholastika die anderen zu den Wagen zurückführte.

»Wenn Eure Wagen alle in einer Reihe auf der Straße stehen,

werden sie nur wenig Schutz bieten«, sagte Peter mit der ruhigen Stimme eines Mannes, der sieht, dass er dem Tod nicht entkommen kann.

»Wir müssen darauf vertrauen, dass Gott uns beschützen«, erwiderte Rosvita. »Was glaubt Ihr, weshalb sie noch nicht angegriffen haben?«

»Wer sind sie?«, fragte er zurück. »Ich habe solche Männer noch nie gesehen, sofern es Männer sind.«

»Sie heißen Aikha.«

»Ich habe Geschichten über solche Ungeheuer gehört. Aber man weiß nie, ob man sie glauben soll.«

»Sie sind nur zu wahr. König Henry hat bei Gent eine Schlacht gegen die Aikha geschlagen und sie aus der Stadt vertrieben. Ein paar Jahre lang war es an der nördlichen Küste friedlich.«

»Sie haben ihre Wunden geleckt und sich auf den nächsten Feldzug vorbereitet.«

»So scheint es.«

Wind raschelte in den Blättern und Zweigen, aber die Aikha sprachen nicht und rührten sich auch nicht. Fortunatus kam mit Feldwebel Ingo von den Wagen zurück.

»Mögen Gott barmherzig sein.« Der Feldwebel musterte die versperrte Straße, dann spuckte er aus.

»Das müssen wir hoffen«, sagte Rosvita. »Haben sie die Nachhut oder die Wagen angegriffen?«

»Nein, sie stehen da, als wären sie aus Stein«, erwiderte Ingo. »Einige von uns Löwen haben früher gegen Aikha gekämpft, Schwester. Ich kann Euch sagen, dass wir nie ein solches Verhalten wie das hier erlebt haben. Sie waren immer still, aber ihre schrecklichen Hunde haben geheult und angegriffen, und sie selbst haben sich wie hungrige Wölfe in die Schlacht gestürzt. Es gibt mir zu denken.«

»Was meint Ihr damit?«

»Dass ich mich frage, welcher Verstand sie wohl beherrschen mag.«

Die Aikha-Soldaten auf der Straße machten Platz und ließen zwei vortreten. Der eine war ein Aikha-Krieger, deutlich schlanker und kleiner als die meisten seiner Kameraden. Um seine Hüfte hing ein Gürtel von überragender Schönheit, aus goldenem Flechtwerk und mit Perlen und Edelsteinen besetzt. Auf seiner Brust waren grässliche, spiralförmige Muster aufgemalt. Er bleckte die Zähne, während er die vier in der Vorhut anstarrte. Juwelen blitzten in den Zähnen. Er trug eine schauerliche Standarte, die an ein Kreuz erinnerte, von dem Banner aus Knochen, zerrissene Schleifen und ähnliche Trophäen hingen, wie eine Krähe sie für ihr Nest benutzen mochte.

Derjenige mit einer Waffenstillstandsflagge in der Hand trat vor. Er war ein junger Mann, entstammte der Menschheit, hatte schwarze Haare und eine dunkle Haut. Er war gekleidet wie ein Fremdländer.

»Ich komme als Gesandter«, sagte er in brauchbarem Wendisch und sehr höflichem und achtungsvollem Ton, »um zu fragen, ob es hier vielleicht irgendwelche Mütter gibt, Diakonissinnen der heiligen Kirche. Wenn dies so ist, möchte Kaiser Starkhand sie einladen, mit ihm zu sprechen. Er gewährt allen heiligen Frauen, die im Kreis der Einigkeit wandeln, sichere Weiterreise. Ihr werdet Euch jetzt beraten wollen, um einen geeigneten Gesandten zu wählen.«

»Das ist ein Hessi«, murmelte Fortunatus. »Ich habe in Autun Hessi gesehen. Ein Kaufmann aus Medemelacha hatte dort ein Unternehmen.«

»Sind sie nicht Ketzer?«, fragte Ingo leise.

»Nein«, flüsterte Rosvita. »Ungläubige, aber keine richtigen Heiden. Sie beten zu Gott, heißt es, aber sie erkennen den Translatus des heiligen Daisan nicht an.«

»Klingt für mich nach Ungläubigen«, murmelte Ingo.

»Sie schreiben verschlüsselt«, sagte Fortunatus. »Eine geheime Sprache, die keiner außerhalb ihres Stammes erlernen darf.«

»Habt Ihr es versucht?«, fragte sie mit einem Lächeln, während die Gesandten warteten.

Sein Lächeln kam rasch und währte kurz. »Ja, aber ich war nicht erfolgreich. Was werdet Ihr den beiden sagen?«

»Ich werde versuchen, mehr Informationen zu bekommen. Aber wir haben nur wenig Möglichkeiten. Wir können nicht gegen sie kämpfen.«

»Doch, das können wir!«, erklärte Ingo entschlossen. Dann, als er begriff, dass er laut gesprochen hatte, tat er so, als würde er husten.

Peter rieb sich die nackte Kehle.

»Bleibt hier.« Rosvita ging drei Schritte weiter. »Ist Euer Volk von den Aikha versklavt worden?«, fragte sie mutig.

Der Junge lächelte so flüchtig und feinsinnig wie zuvor Fortunatus. »Ich bin niemandes Sklave, weder der von Menschen noch von Aikha. Und mein Volk wird auch nicht von einem einzigen Herrscher regiert, wie es bei Euch ist. Was meine Mütter für mein Haus entscheiden, ist nicht unbedingt das, was andere Häuser für sich entscheiden.«

»Wieso sprecht Ihr von einem Kaiser? Taillefer ist tot, und König Henrys Kaiserkrone ist nach der Umwälzung im Süden verloren gegangen.«

»Wenn Ihr es wissen möchtet, kommt mit«, sagte der junge Mann mit einem bezaubernden, sorglosen Lächeln, als wollte er sie prüfen.

Er erinnerte sie an ihre besten Geistlichen. Diejenigen, die sie am meisten liebte, hatte sie sehr schnell ins Herz geschlossen. Obwohl sie wusste, dass es ein Fehler war, überhastet Urteile zu fällen, überließ sie sich diesem Fehler auch diesmal. Sie mochte ihn, was die Entscheidung, die sie treffen musste, nur noch schwieriger machte. Vielleicht war es eine Sünde – sicherlich war es das –, aber im Krieg musste man die Waffen einsetzen, die einem zur Verfügung standen. Diese Aikha würden Henrys treue Löwen töten und Sanglants Hoffnung zunichtemachen, dem Königreich seines Vaters wieder Frieden bringen zu können.

Sie trat ein paar Schritte zurück. »Ingo«, murmelte sie, »geht mit Peter zurück zu den anderen. Sagt allen, dass sie sich sofort auf den Boden legen und das Gesicht bedecken sollen.«

Er wurde bleich, aber er nickte.

Fortunatus berührte sie am Ärmel. »Ich werde bei Euch bleiben, Schwester.«

»Es wird gefährlich werden«, sagte sie, ohne ihn anzusehen. Stattdessen versuchte sie herauszufinden, ob Ingo verstanden hatte. Der Löwe nickte, und sie hielt ihm ihren Ring entgegen. Nachdem er ihn geküsst hatte, ging er rasch zu den Wagen und zu seinen Soldaten. Peter folgte ihm.

Sie wandte sich wieder an den Gesandten.

»Bitte, habt einen Augenblick Geduld.« Sie bedauerte die Lüge, denn er war ein lebhafter Bursche mit einer wachen Miene und klugen Augen. »Ich habe die Soldaten losgeschickt, um die heilige Äbtissin zu holen, die unsere Gruppe anführt.«

Der Gesandte blickte den Standartenträger an. Die beiden wechselten einen Blick, und es schien Rosvita, als würde der Gesandte den Aikha kaum wahrnehmbar um Erlaubnis bitten. So viel also dazu, keinen Herrn zu haben. Diese Geste verriet alles. Dieser Junge mochte gut und anmutig sein, aber er gehörte dennoch zum Feind.

Gott forderten zur Barmherzigkeit auf, aber Rosvitas Herz musste hart bleiben.

Ein leichter Wind fuhr flüsternd durch die Reihen der Aikha. Sie sah es daran, dass die knochenweißen Haare von der Brise hochgewirbelt wurden, hörte es am Klimpern ihrer hübschen Ornamente, als der Wind durch sie hindurchfuhr. Das Bimmeln wirkte höchst eigenartig und zerbrechlich gegenüber dem erschreckenden Schweigen und den verschlossenen Gesichtern der Aikha.

Der junge Hessi musterte sie interessiert. Er hatte einen hellen Blick, den er hierhin und dorthin fallen ließ, als könnte er seine Aufmerksamkeit nicht auf einer Stelle belassen. Dennoch misstraute Rosvita dem bloßen Schein, denn es war ein harter Blick.

Der Wind seufzte ein zweites Mal, dann veränderte er die Richtung und blies ihnen in den Rücken. Rosvitas Nackenhaare stellten sich auf. Ihre Haut prickelte.

»Richtet Euren Blick nach vorn«, flüsterte sie Fortunatus zu.

Er war blass. Seine Hand berührte ihre, und sie spürte etwas aufblitzen. Er zuckte zusammen. Sie hörte Geräusche, als Leute ergeben murmelten, Zweifel flüsterten, sich auf den Boden warfen und die Augen bedeckten.

So fielen auch die Toten, wenn sie ins Herz getroffen wurden.

Sie richtete den Blick weiterhin auf den jungen Gesandten. Wenn sie Tod heraufbeschwor, musste sie ansehen, was sie gewirkt hatte.

Sie hörte jemanden hinter sich rufen. Es klang einen Augenblick wie Ekstase, dann brach der Ruf abrupt ab. Ein Schrei folgte, ein Schluchzen – dann erstarb auch dieses Geräusch. Wagenräder rollten über die Straße, kamen näher.

Rosvita wusste, dass die Aikha jeden Moment zu fallen beginnen würden.

Die Augen des Gesandten weiteten sich, während sich seine Miene deutlich veränderte. Er schien etwas auf der Straße gesehen zu haben, irgendwo hinter Rosvita. Er neigte den Kopf zur Seite, als könnte er dadurch Gewissheit über etwas erlangen.

In die tödliche Stille hinein lachte der Standartenträger. Es war ein seltsames Lachen, und ein seltsam beunruhigendes, denn der Klang war überaus menschlich.

Er sprach in ausgezeichnetem Wendisch.

»Meine Schamanen haben einen Ort der Magie in Eurer Gruppe gespürt«, sagte er. »Deshalb bin ich selbst hergekommen. Ich wollte herausfinden, was es ist. Nicht das, was ich erwartet hatte, wie ich feststelle.«

Sie hörte das schwache Geräusch von Schritten über dem Klang der Wagenräder. Fortunatus schluckte hörbar. Er schwitzte und zitterte – sie konnte seine Angst riechen –, aber er hielt den Blick nach vorn gerichtet.

Keiner der Aikha und keiner der mit ihnen verbündeten Menschen war gefallen.

Der Wagen kam hinter ihnen zum Stehen.

Rosvita hatte Sorgatanis Stimme bereits zuvor gehört – Hanna hatte der Schamanin Wendisch beigebracht –, aber nur durch die Holzlatten hindurch. Jetzt, im Freien, wirkte ihre Stimme vollkommen anders, noch unheilvoller, weil sie so viel reiner und unschuldiger klang, obwohl ein solches Geschöpf nie und nimmer unschuldig sein konnte.

Der Standartenträger trat näher. »Welche Art Zauberei besitzt Ihr?«, fragte er aufrichtig interessiert.

»Wie seid Ihr geschützt?«, fragte Rosvita.

»Das ist mein Geheimnis. Was sollte mit meinem Heer geschehen?«

»Wer seid Ihr?«, fragte sie, verärgert darüber, dass sie ihre Seele vollkommen überflüssigerweise in Gefahr gebracht hatte. Wieso war es schiefgegangen?

Sorgatani, die hinter ihr stand, begann zu weinen.

»Wovor habt Ihr Angst, Geheiligte?«, fragte er.

Erst als Sorgatani antwortete, begriff Rosvita, dass er die Frage nicht an *sie* gerichtet hatte.

Die kerayitische Schamanin sprach mit zitternder Stimme. »Bei Eurem Volk bin ich frei. Alle anderen sterben, wenn sie mich sehen. Sogar hier, wenn sie vergessen, die Augen zu bedecken.«

»Ah. Wenn Euch das Probleme bereitet, kommt zu uns, Geheiligte. Ihr könnt in meinem Heer niemanden verletzen. Und ich glaube, dass Ihr eine mächtige Waffe seid, eine, die ich glücklich wäre, schwingen zu dürfen.«

Rosvita hätte sich beinahe umgedreht, um Sorgatanis Miene zu sehen. Sie hätte gern herausgefunden, ob das Angebot sie lockte und sie bereit war, die Seiten zu wechseln. Fortunatus hielt ihr Handgelenk fest und erinnerte sie daran – Gott mögen ihr helfen –, dass man den Tod fand, wenn man hinsah.

Wie ihn bereits jemand gefunden hatte!

»Wir hätten sie besser behandeln sollen«, flüsterte Fortunatus mit einem kleinen Hauch ironischer Bitterkeit.

»Ich habe meine Hilfe bereits den Wendanern versprochen«, sagte Sorgatani.

Er nickte und die Geste wirkte sehr menschlich. Seltsam, dass er im Gegensatz zu ihnen die Schamanin ansehen konnte. »Niemand kann zwei Herren dienen. Ihr werdet meine Gefangene sein und ehrenhaft behandelt werden. Ich führe ohnehin keinen Krieg gegen die Mütter. Jene, die sie bewachen, werden verschont werden, sofern sie die Waffen niederlegen.«

»Schwester Rosvita befehligt uns«, sagte Sorgatani. »Es ist ihre Entscheidung.«

Beschämt antwortete Rosvita schärfer, als sie beabsichtigt hatte. »Bitte, Sorgatani, kehrt in den Wagen zurück.«

Das Geräusch von Schritten war zu hören, als die junge Frau sich abwandte. Die Tür öffnete und schloss sich wieder.

»Sie hat sich wieder verborgen.« Breschius' Stimme stockte, und sie blickte ihn an. Es sah aus, als würde er sich eine Träne von der Wange streichen.

Jetzt sprach erneut derjenige, der die Standarte hielt. »Sie könnte Euch alle töten, und doch gehorcht sie Euch. Das ist interessant. Wem schuldet sie die Treue?«

Fortunatus ließ ihr Handgelenk los.

»Wir sind auf dem Weg zu König Sanglant, um ihn zu unterstützen.«

Er nickte. »Ihr seid umstellt. Eure Soldaten sind in der Unterzahl. Wir können sie töten und Euch zu Gefangenen machen, aber ich bin neugierig, was es mit dieser Schamanin auf sich hat. Deshalb lasse ich Barmherzigkeit walten.«

»Wie können wir wissen, dass Ihr Wort haltet?«

Er bleckte die Zähne in einer Grimasse, die einem Lächeln ähnelte, aber er wirkte mehr wie ein Hund, der davor warnte, dass er gleich beißen würde. »Ihr seid nicht in der Position, Euch zu weigern, aber ich verstehe Euren Argwohn. Ich spreche in dem guten Glauben Eures Kreises der Einigkeit.«

Mit der freien Hand hob er eine der Schlaufen über den Mustern, die seine Brust schmückten, und sie begriff, dass er einen schlichten Kreis der Einigkeit aus Holz an einem Lederband um den Hals trug.

Fortunatus schnappte nach Luft.

Sie schwankte auf den Fersen vor und zurück. Hoffnung ergriff sie. »Heißt das, Ihr steht im Licht?«

»Ich respektiere die Mütter, die Euch anführen. Bei ihrer Ehre, bei der Ehre Eurer Kirche der Einigkeit, bei der Ehre derjenigen, die Ihr als Constanze von Wendar kennt, sowie der heiligen Diakonissin Ursuline, die ihre Schützlinge in Rikin-Fjord bewacht, schwöre ich, dass ich die Waffen nicht gegen jene erheben werde, die sie nicht gegen mich erheben.«

»Wer seid Ihr?«, fragte Rosvita.

Er zuckte mit den Schultern, eine beiläufige, allzu menschliche Geste, die sie dazu brachte, in ihm jemanden zu sehen, der kaum anders war als der junge Hessi, der so vertrauensvoll neben ihm stand, oder die zwanzig menschlichen Männer, die in die Reihen zurückgekehrt waren. Er und seine Brüder hatten die Gesichtsform von Menschen; sie hatten eine menschliche Gestalt, abgesehen von den Klauen und dem metallenen Ton ihrer Haut und den knochenweißen Haaren. Die alten Legenden erzählten, dass die Aikha aus dem Blut der Menschheit und der Drachen geboren worden waren, das sich vor uralter Zeit vermischt hatte.

Vielleicht waren die alten Legenden wahr.

»Ich bin der, der ich erkläre zu sein: Starkhand, Kaiser meiner Aikha-Brüder und der Lande von Alba und bestimmter Gebiete entlang der Küste von Salia und Varre.«

Mit wie viel Selbstsicherheit und Macht er sprach!

Sie musste etwas sagen, um jene zu beschützen, für die sie verantwortlich war. »Ihr müsst verstehen, Edelmann Starkhand. Ich kann die mutigen und treuen Soldaten, die mit mir reisen, nicht bitten, ihre Waffen niederzulegen und so auf jede Möglichkeit zu verzichten, sich zu verteidigen.«

»Sie sind zu wenige, als dass sie mir schaden könnten. Lasst sie hier im Wald ein Lager errichten. Meine Soldaten werden eine Wache aufstellen, sich ihnen aber nicht nähern. Das wird mir genügen.«

»Was ist mit uns Übrigen?«

»Natürlich muss ich ein paar als Geiseln mitnehmen, um sicherzustellen, dass meine Wachen nicht belästigt werden. Die Übrigen können bei den Löwen bleiben. Die Löwen sind gute Soldaten. Ich habe sie kämpfen sehen.«

Umgeben von den Bäumen und keinerlei Hinweis auf irgendwelche Vögel, während lediglich ein leiser Windhauch durch die Zweige strich, fragte sich Rosvita kurz, ob sie in einen Traum hineingeraten war. In einen Traum, der so lebhaft war wie jene, die sie gelegentlich gehabt hatte, als sie zwischen den Kronen gewandelt war. Möglicherweise würde sie im nächsten Augenblick Bruder Fortunatus' Stimme hören: »Ich bitte Euch, Schwester, wacht auf.«

Aber Fortunatus blieb still.

Der Aikha-Edelmann verlagerte sein Gewicht von einem Bein aufs andere, neigte den Kopf, als würde er ein Geräusch hören, das ihr verborgen war.

Die Hand, mit der er den Stab seiner Standarte umfasste, öffnete sich. Der Stab begann, aus seinen sich öffnenden Fingern zu rollen, ohne dass er dieser Bewegung gewahr wurde.

Sie hätte fast gerufen, um ihn zu warnen, aber sie blieb stumm.

Die Hügel gleich nördlich von Kessal sind zerklüftet, die Höhen abgemäht vom Sturm des letzten Herbstes, der eine Schneise durch die Kiefern und Buchen geschlagen hat. Tote Bäume liegen wie Stöckchen herum. Niedriges Gebüsch wächst auf diesen Lichtungen, seit sie mehr Licht bekommen. Manchmal öffnen sich Ausblicke an Stellen, an denen zuvor Wald die Sicht behindert hat.

Die lange Kammlinie fällt nach Westen und Osten scharf

zu hügeligem Gelände ab. Es sind schöne, bewaldete Berge, die leicht zu durchwandern sind. Im Süden senkt sich der Grat in das breite Tal hinter dem El hinab, wo ein Jahrhundert zuvor Kessal auf den Trümmern eines dariyanischen Außenpostens gegründet wurde. Die Haupttore der Stadt befinden sich im Süden, denn im Norden, wo Alain auf einem Wildpfad wandert, schützt sie raues Land.

Er ist allein im Wald, abgesehen von seinen treuen Kameraden, den beiden Hunden und dem Guivre, das ihm wie ein Hund folgt, aber deutlich geräuschvoller ist. Das Guivre hat in der Nacht mit seinen Schwingen ein Zelt über ihm errichtet, um den Regen von ihm fernzuhalten. Sein tückischer Schnabel hat sich in das einzige Wolfsrudel gebohrt, das es gewagt hat, ihn in dem wilden Wald voller Tiere anzugreifen.

Das war Tage zuvor. Jetzt hat er sein Ziel beinahe erreicht.

Die ersten Regentropfen fallen wie ein Schauer aus Kieselsteinen durch das Blattwerk. Der Himmel über ihm wird dunkel, und der Waldboden versinkt im Dämmerlicht. Die wenigen Vögel – er ist stets dankbar, wenn er Vogelrufe hört – schweigen.

Vor ihm öffnet sich der Pfad zu einer Wiese, an der sich ein Bach durch hohes Gras und purpurne und blaue Blumen schlängelt. Er bleibt am Rand stehen. Wind flüstert im Gras, aber er bleibt unberührt davon. Rage jault. Kummer bellt ein einziges Mal. Beide setzen sich auf den Boden, durch das Wetter verunsichert.

Nebel strömt vom Bach zum Himmel hoch. Regen peitscht auf die Wiese, so kalt und hart, dass seine Wangen brennen, als würden Eisstücke eines Schneesturms dagegenprallen. Der Regen fällt seitlich, und der zunehmende Wind heult. Er kann nicht einmal mehr die Bäume auf der anderen Seite der Lichtung sehen.

Dies ist kein natürlicher Sturm.

Noch während er dies denkt, dringt Licht durch die Mauer aus Nebel. Der Regen versiegt zwischen dem einen Atemzug und dem nächsten. Über ihnen teilen sich Wolken so leicht, als wären sie entzweigeschnitten worden, um eine Sonne zu enthüllen, die so sehr strahlt, dass er die Augen vor ihrem Glanz beschatten muss. Regentropfen glitzern auf den Blütenblättern. Gras funkelt. Der Bach plätschert. Aus dem Nebel, der sich vom Wasser erhebt, taucht ein Reiter auf.

Das Pferd ist so weiß wie unberührter Schnee und blendet seine Augen beinahe. Die Frau hat viele Schlachten gesehen. Narben zeichnen ihr Gesicht und ihre Hände. Matsch tropft von ihren Stiefeln, als wäre sie kürzlich über ein regennasses Schlachtfeld geritten. Die Ringe ihres Kettenhemdes sind mit Rost bedeckt, abgesehen von jenen Stellen, an denen neue Ringe eingesetzt worden sind, um die Lücken zu füllen.

Sie zügelt ihr Schlachtross neben ihm. Ihr langes Schwert, das in einer Lederscheide steckt, schwankt vor seinen Augen. Ein zerbeulter Schild hängt neben ihrem Knie.

Ihr Blick ist zugleich fern und vollkommen durchdringend. Aber er hat keine Angst mehr, ihr in die Augen zu sehen.

»Was muss ich dir zahlen, damit du in den Krieg ziehst?«, fragt sie.

Er kann nicht sagen, ob sie ihn wiedererkennt.

»Ich habe Tod erteilt und Tod erlitten«, sagt er zu ihr. »Ich bin nicht länger dein Diener.«

Als die Wolken sich teilen, verlagert sich das Licht der Sonne, bis es auf sie trifft. Ihre Rüstung glänzt wie neu, strahlt so herrlich wie sie selbst. Sie zieht ihr Schwert. Es funkelt, als wäre es von Zauberei geschmiedet. Er weint, denn sie ist wunderschön.

»Alle dienen mir«, sagt sie. »Die Trompeten des Krieges erklingen. Schon bald wird zu den Waffen gegriffen werden. Freund und Feind werden sterben. Willst du sie ihrem Schicksal überlassen? Höre!«

Vom Himmel erklingt ein Klirren, beinahe zu schwach, um es zu erkennen, aber er weiß, dass es das Aufeinanderprallen von Schwertern und Schilden ist. Ein Grollen wie Donner treibt mit dem Wind, verliert sich rasch.

»Reite mit mir, Alain, Sohn der Rose. Entscheide dich, und

deine Entscheidung wird den Sieg bringen. Mit der Macht deiner Hand kannst du Sanglant zum Kaiser machen. Starkhand ist dein Blutsbruder. Wirst du sein Gebet erhören? Was ist mit dem Ehemann der Frau, die du einst geliebt hast? Gib ihm den Sieg, und erhebe sie zum Ruhm – oder ruiniere ihn, um sie zu ruinieren. Was ist mit dem Angebot, das dir gemacht wurde, Ehemann nach eigenem Recht zu werden? Entscheide dich, und du kannst König werden, Ehemann einer herrschenden Königin. Du bist nichts, der Sohn einer Hure, der von einer einfachen Familie aufgezogen worden ist. Ich biete dir Ruhm. Komm mit mir, und dein Antlitz und die Erinnerung an deine Heldentaten werden auf die Kirchenmauern gemalt werden, so dass das einfache Volk deine Siege besingen wird und die Geistlichen deine Taten loben werden. Von da an wirst du einer der großen Prinzen sein.«

Der Boden zittert unter wogenden Wellen. Das Guivre rückt näher zu ihm, breitet die Flügel aus und zischt die Edelfrau an.

»Ich gehöre dir nicht mehr«, sagt er.

»Du marschierst dem Krieg entgegen. Selbst wenn du den Frieden suchst, musst du das Schwert benutzen, um ihn zu erlangen. Lass mich im Stich, und du wirst diejenigen im Stich lassen, die du retten möchtest.«

»Das ist das, was du glaubst.« Er pfeift. Rage und Kummer treten hinter ihn, bereit weiterzugehen.

Sie lacht. Es ist ein helles Geräusch, das in den Himmel hinaufdringt und sich mit dem fernen Lärm verbindet. »Fordere mich heraus, wenn du willst. Jetzt wirst du meine Macht erleben.«

Der Nebel ergreift sie. Zwischen dem einen Atemzug und dem nächsten verschluckt er sie, und Alain findet sich auf dem schmalen Wildpfad wieder, der von kratzenden Zweigen und feuchten Blättern eingefasst ist. Die Wiese ist verschwunden, der Regen hat aufgehört, nur die schwarzen Wolken und der zunehmende Wind bleiben.

Starkhand hätte fast seine Standarte fallen lassen, die die Schamanen der Aikha-Stämme gewebt hatten, damit all jene, die unter dem Schild seiner Macht wandelten, vor Magie geschützt waren. Heute war sie geprüft worden, und sie hatte ihn vor einer schrecklichen Bedrohung geschützt. Der Gedanke erregte ihn. Sein Kinn machte einen Ruck zur Seite, als er wie ein aus dem Schlaf erwachendes Tier zusammenzuckte und die schwankende Standarte packte, ehe sie den Boden berühren konnte.

»Sie kommt!« Seine Stimme überschlug sich. »Rasch! Wir setzen uns in Bewegung!« Sein Blick heftete sich auf die Geistliche. »Haltet Euch an Euren Teil unserer Vereinbarung, und ich werde mich an meinen halten. Yeshu, sorg dafür, dass die Schamanin und ihr Begleiter mit uns kommen. Bring auch die Heilige Mutter mit, die für diese Gruppe verantwortlich ist.«

Er schritt zu den Reihen seines Heeres, das ihn verschluckte. So rasch, wie Wasser Steine in einer zurückweichenden Welle wegspült, strömten seine Soldaten nach Westen, den Klarweg hinunter oder in den Wald. Der Plan war lange zuvor in Bewegung gesetzt worden. Der Lärm, den sie beim Vorbeimarschieren erzeugten, knisterte, und wie durch Zauberei erhob sich Wind im Norden und setzte dem Wald zu. Zweige knackten und brachen ab. Die Wolken – sofern er sie über den Baumwipfeln sehen konnte – hatten ein dumpfes Grau angenommen und kündigten Regen an.

Eine Schlacht würde kommen – und auch Alain. Aber noch ein anderer Geruch kitzelte in seiner Nase, der Hauch der Schmiede. Das verwunderte ihn, denn obwohl sich ein Geschmack von Zauberei im Wind ausbreitete, verströmte diese ferne Anwesenheit nicht aus sich selbst heraus Zauberei.

Ein Kundschafter lief von Westen herbei. »Edelmann Starkhand. Auf der westlichen Flanke ist alles bereit, wie Ihr es befohlen habt. Es ist ein Bericht eingetroffen, dass eine Patrouille im Norden in ein Gefecht mit einer Gruppe von Vorreitern geraten ist und sich zurückgezogen hat. Scharfzunge von Moels Stamm hat einen weiteren Trupp ausgeschickt, um in dieses Gebiet einzudringen und sicherzustellen, dass unsere östliche Flanke nicht unvorhergesehen angegriffen wird.«

»Gut. Was ist mit Herzog Conrads und Edelfrau Sabellas Heer?«

»Macht sich zum Kampf bereit. Es gibt Bewegung in Kessal. Es sieht so aus, als würde die Schlacht zwischen den Belagerten und ihrem Feind beginnen. Und die Prinzessin auf dem östlichen Hang ist auf uns aufmerksam geworden.«

»Gut.«

»Weitere Befehle, Edelmann Starkhand?«

Er dachte an die tausende von Soldaten, eine Streitmacht aus Aikha und Menschen, die er aus den Stämmen des Nordens und den eifrigen albischen Soldaten geschmiedet hatte. Das größte Heer, das seit den Heeren des dariyanischen Kaiserreichs durch diese Lande marschierte. Er dachte an die langen Nachrichten- und Versorgungslinien, an sein unvollkommenes Wissen über die Streitigkeiten, die die wendischen und varrenischen Reiche aus dem Gleichgewicht gebracht hatten. Er dachte an Alain und an die letzten Worte der WeisMütter, die jetzt für immer für ihre Kinder verloren waren.

Begleiche die Schuld.

Er nickte, eine menschliche Geste, aber in diesen Tagen verspürte er ein gutes Gleichgewicht zwischen der kalten Rücksichtslosigkeit der Drachen, der verborgenen Kraft des Steines und den lebhaften Gefühlen, die die Menschen beherrschten. Früher einmal, vor langer Zeit, hatte jener Teil von ihm, der dem menschlichen Erbe entstammte, kaum bemerkbar in ihm geschlummert. Seine zufällige Begegnung mit Alain Henrisson hatte ihn jedoch verändert und am Ende vollständig gewandelt.

»Nein«, sagte er zu dem wartenden Kundschafter, der wie alle Aikha die Geduld eines Steines besaß. »Alles entwickelt sich so, wie ich es geplant hatte.«

»Auf den Wagen, Höchstgeheiligte«, sagte der junge Hessi freundlich, während er ohne das geringste Anzeichen von Beunruhigung zu Rosvita und Fortunatus ging. Natürlich hatte er hundert schweigende Aikha zu seinem Schutz hinter sich. Er brauchte keine Angst zu haben. »Ich glaube, beim Wagenlenker ist Platz für Euch, Geheiligte.«

Die Farbe des Himmels veränderte sich entsprechend ihrer Stimmung. Der einst helle Dunst der Wolken wurde rasch dunkler, als ein Sturm sich näherte.

»Bruder Fortunatus! Ihr müsst zum Haupttross zurückkehren und mitteilen, was passiert ist. Die Löwen sollen wachsam sein, aber auf keinen Fall eine überlegene Streitmacht angreifen, wenn sie nicht von mir oder König Sanglant persönlich dazu aufgefordert werden.«

Er nahm ihre Hände. »Ich verlasse Euch nur ungern, Schwester.«

»Beeilt Euch«, sagte der Hessi freundlich. Sein Lächeln war jedoch bitter und verriet, dass er seinen Befehl durchsetzen würde. »Ich werde mit dem guten Bruder zu Eurem Heer zurückkehren. Ich habe eine Nachricht zu überbringen.«

Fortunatus' altes Lächeln blitzte kurz auf, dann ließ er Rosvitas Hände los. Er hatte Tränen in den Augen, und die heitere Miene, mit der er den jungen Mann ansah, konnte Rosvita nicht über seine wahren Gefühle hinwegtäuschen. »Werdet Ihr mir die Buchstaben Eurer geheimen Schrift beibringen?«

Der Hessi lachte offen heraus, das angenehmste Geräusch, das Rosvita an diesem Tag bislang gehört hatte. Es war, als würde der Himmel heller aussehen, obwohl der Sturm aus dem Norden sich weiter näherte. »Es ist verboten, aber einen Buchstaben könnte ich Euch beibringen. Denjenigen, der von allen Geräuschen am Tag der Schöpfung der erste war.«

Er zog Fortunatus weg, ging mit ihm zum Rest der Gruppe. Wehklagen erhob sich von irgendwo tief in den Reihen bei den Wagen, Rufe der Ungläubigkeit und der Trauer.

»Was ist passiert?«, fragte Rosvita leise. »Ist jemand gestorben?«

Breschius zuckte mit den Schultern. »Möglicherweise. Aber

ich war vor Prinzessin Sorgatani. Ich habe nicht gesehen, was hinter mir geschehen ist.«

Sie machte einen Schritt in die Richtung, aus der die Schreie kamen, doch die Aikha-Soldaten umstellten sie und den Wagen. Die Pferde scheuten; sie hatten Angst vor dem schwachen, trockenen Geruch nach Stein, der unter einer heißen Sonne buk. Breschius sprach leise mit ihnen, und sie legten die Ohren zurück und begannen zu gehen, die Köpfe besorgt hin und her werfend.

Oh, Gott. Sie hatte Sorgatani hergeholt, um die Aikha zu besiegen, aber stattdessen waren einige ihrer eigenen Leute gestorben – und das auch noch für nichts. Nichts hatten sie erreicht, abgesehen davon, dass sie Gefangene eines feindlichen Heeres geworden waren.

»Schwester!«

Breschius reichte ihr zwei alte Äpfel, die ziemlich verschrumpelt waren.

Mit Geschäftigkeit hielt man den Geist davon ab, zu unsinnigen Gedanken abzuschweifen. Was sie getan hatte, konnte nicht rückgängig gemacht werden. Sie musste ihren Verstand für den Weg schärfen, der vor ihnen lag. Rosvita holte die Pferde ein und ging neben ihnen her, um sie durch die vorderen Reihen und weiter den Klarweg entlangzuführen, während sie in das unbekannte Herz des Aikha-Heeres schritten.

5

»Da ist irgendetwas, aber ich weiß nicht, was es ist.« Es war Mittag, als Sanglant auf dem Bogenschützen-Turm hin und her ging. Dieser Turm stellte die höchste Erhebung der Mauer von Kessal dar, von der aus man einen guten Überblick über das Tal hatte. Conrad und Sabella hatten ihren Standort klug gewählt, ohne sich um eine vollständige Umzingelung kümmern zu müssen, da die steilen Hänge im Nordosten der Stadt zu unsicher waren, als dass jemand sie auch nur zu Fuß hätte begehen können.

»Was für eine Art von ›irgendetwas‹ ist das?« Liutgard strich sich mit dem Unterarm Haare aus dem Gesicht. Sie hatte den größten Teil des Tages hier draußen verbracht; der Wind hatte die ganze Zeit an ihren geflochtenen Haaren gezerrt, hatte Locken herausgelöst, die bei jedem Windstoß herumflatterten. Sie blickte nach Norden. »Zieht ein Sturm herauf?«

»Ein Flüstern, als würden sich die Reihen des Todes nähern«, sagte er, und sie sah ihn verblüfft an. Erst jetzt begriff er, dass er laut gesprochen hatte. »Es schmeckt nach dem Vorabend der Schlacht.«

»Bist du deshalb so unruhig wie ein herumschleichender Hund? Sind es nicht nur diese dunklen Wolken? Werden wir heute gegen Conrad kämpfen?«

»Er hat keinen Boten geschickt. Keinen Versuch unternommen, einen Waffenstillstand zu erwirken.«

»Und keine Nachricht von meiner Tochter geschickt«, sagte Liutgard verbittert.

»Ich frage mich, was er vorhat. Aber da ist noch ein anderer Geruch im Wind. Ich bin nicht sicher, was es ist.«

»Wo ist Theophanu?«

»Ganz in der Nähe. Dort.« Er deutete nach Südosten. »Siehst du diese Farbe am Kamm? Da.«

Sie blinzelte, zuckte dann mit den Schultern. »Ich sehe nichts. Nur Bäume auf den Bergen.«

»Mein Bogenschütze Lewenhardt hat es gestern gesehen. Ich hätte es selbst nicht bemerkt, aber seine Augen sind sehr scharf. Ich glaube, sie hat ihr Banner aufgestellt, um uns zu warnen.«

»Zu weit weg, als dass wir es sehen könnten.« Sie starrte weiter angestrengt dorthin, schüttelte sich dann mit einiger Ungeduld und Enttäuschung. Schließlich richtete sie ihren Blick auf das Lager, das sich in einem Halbkreis über das Tal von Kessal erstreckte und sämtliche Straßen und Pfade einschloss.

»Näher kann sie nicht herankommen, da Conrad und Sabella

ihr den Weg versperren. Wenn wir unseren Angriff aufeinander abstimmen könnten, wäre es uns möglich, von zwei Seiten aus zuzuschlagen. Zu diesem Zeitpunkt hat kein Heer einen Vorteil. Wenn ich es richtig beurteile, kommt unser Heer zahlenmäßig etwa dem von Conrad und Sabella gleich.«

»Die Markgrafen hätten mit uns marschieren sollen.«

»Ja, das hätten sie wohl. Gerberga wird das Ergebnis in Austra abwarten und Anspruch gegenüber demjenigen erheben, der am Ende noch steht.«

»Gerberga kann verrotten! Ich dachte an Waltharia.«

»Sie hat drei Hundertschaften geschickt, alles, was sie entbehren konnte. Vergiss nicht, wie viele Leute sie verloren hat – ihren eigenen Ehemann –, als sie einen Trupp mit mir nach Süden geschickt hat.«

Es war, als hätte der lange Feldzug Liutgard nicht so sehr altern als vielmehr härter und freudloser werden lassen. Sie hatte früher mehr gelacht, und es war ihre Angewohnheit gewesen, Zitate in ihr Geplauder einzubauen, lebhafte Zeilen von den Dichtern oder Predigten aus den Mündern der Kirchenmütter. »Auch ich habe Soldaten in Henrys Kriegen verloren, Sanglant! Dennoch stehe ich neben dir. Sogar Burchard ist nach Hause zurückgekehrt.«

»Um zu sterben.«

Sie schnaubte. »Ich fange an zu glauben, dass das Sterben die Wahl des Feiglings ist.«

Er schüttelte den Kopf. »Ich bin viele Male ernsthaft verletzt worden. Vielleicht stimmt es, dass der Tod Frieden bringt, aber das Sterben selbst ist nicht so leicht. Bitte, Liutgard, vergiss nicht, dass ich deine Treue sehr schätze.«

»Natürlich tust du das!«

»Du hast nie versagt.«

»Nur in meinem Herzen.«

»Nun, dann hör mir jetzt zu. Wenn es an der Zeit ist zuzuschlagen, musst du hinter den Mauern bleiben. Bis deine Tochter befreit ist, musst du in Sicherheit bleiben –«

»Für den Fall, dass ich getötet werde und sie auch tot ist und das Erbe damit im Chaos versinkt? Nein. Ich werde genauso in die Schlacht reiten wie du. Ich will Rache.«

»Ich brauche einen starken Hauptmann, der diese Mauern hält!«

Sie deutete auf Fulk. »Da steht er.«

»Da!« Eine Wache rief. »Seht nur, Eure Majestät.«

Die Wachen auf der Mauer von Kessal rührten sich.

»Da!«, rief Liutgard und deutete auf etwas.

Die Wolken teilten sich so plötzlich, als wären sie von etwas auseinandergerissen worden. Sonnenlicht ergoss sich über das Tal, schärfte jede Einzelheit von Conrads Heer. Das Licht beleuchtete den südöstlichen Kamm. Eine Lücke in der Mauer aus Bäumen öffnete sich, als erst einer, dann zwei, dann ein Dutzend Bäume umstürzten. Banner, die aus der Ferne winzig wirkten, erweckten den Eindruck von strömendem Wasser, als sie hin und her wehten.

»Das ist ihr Zeichen!«, rief Sanglant. Er wandte sich an Hauptmann Fulk. »Lewenhardt soll hier Wache halten. Wir machen uns bereit. Verbreitet die Nachricht nur von Mund zu Mund. Keine Trompete oder Glocke, bis die Tore geöffnet sind.«

»Was ist mit Wichman?«, fragte Liutgard. »Glaubst du, dass er und seine Gruppe verloren sind?«

»Immer.« Er lächelte. »Wir werden mit ihnen nicht rechnen können. Aber ich erwarte sie dennoch.«

Als sie sich den Stufen näherten, um den Turm zu verlassen und sich bereitzumachen, veranlasste ein Kribbeln in der Mitte seines Rückens ihn dazu zu zögern – wie die Befürchtungen eines Mannes, der zum ersten Mal in einer Schlacht kämpfte und sich vorstellte, dass der Axthieb seinen Tod bedeutete. Er blieb abrupt stehen und sog die Luft ein. »Das ist der Geruch der Aikha.«

»Aikha?«, rief Fulk.

»Kann Sabella sich mit diesen Kreaturen verbündet haben?«, fragte Liutgard. »Es wäre vielleicht besser, im Schutz der Mauern zu bleiben, als in einen solchen Hinterhalt zu reiten.«

»Conrad würde nicht das gesamte Königreich einem solch leichtsinnigen Bündnis opfern. Das ist nur ein Grund mehr, loszureiten, und zwar schon bald. Schlimmstenfalls können wir wenigstens Theophanu und ihr Heer in den Schutz der Mauern bringen. Seid wachsam.« Er schüttelte den Kopf. »Dies ist nicht der einzige Geruch, den der Wind heute mit sich bringt.«

Sie machten sich vor dem Tor zur Schlacht bereit. Pferde wurden getränkt, Zaumzeug festgezurrt. Sibold reichte ihm den Drachenhelm. Als er ihn aufsetzte und befestigte, erhob sich Gemurmel von den Umherstehenden. Er rückte das Kettenhemd zurecht, so dass es über den Gürtel fiel, lockerte das Schwert in der Scheide, drehte die Lanze, suchte nach irgendwelchen Verformungen oder Rissen. Es kam ihm so vor, als wäre es erst wenige Augenblicke her, seit sich die Streitmacht auf das geflüsterte »An die Waffen« hin am Tor versammelt hatte, aber dann zog sich die Zeit endlos in die Länge, während sie auf Theophanus Zeichen warteten.

Was war, wenn er sich irrte? Vielleicht war ihr Heer bereits besiegt, oder sie hatte ihre Meinung geändert und sich entschieden, ihn nicht zu unterstützen. Der Ausgang dieses Tages hing von der Treue seiner Schwester ab.

Der Klang war erst nur schwach zu hören, wurde dann deutlicher, ein langgezogener Hornruf, der über dem Tal schwebte, gefolgt von drei lauter werdenden Tönen. Männer zogen mit aller Kraft an den Seilen, um die Tore zu öffnen. Innerhalb der Mauern erklang ein warnender Hornruf in Form von drei kurzen Tönen. Die Hunde der Stadt bellten zur Antwort. In der Zitadelle nahm eine Glocke den Ruf auf, und das Läuten verband sich mit den Rufen und dem hohen Klang der kleineren Hörner.

Sanglant presste die Fersen in Fests Flanken. Der Wallach preschte begierig auf das Feld. Die Sonne stand hoch, wurde auf allen Seiten durch finstere Wolken behindert. Das Tal war hell erleuchtet, aber der Wald dahinter lag im Schatten.

Von den Belagerungsmaschinen, die gegen einen Angriff gut

gerüstet waren, erklang Trompetengeschmetter als Antwort. Zäune aus kräftigen, zugespitzten Pfosten und halb ausgehobene Gräben schützten die Bollwerke, hinter denen sich die Banner von Sabella und Conrad befanden. Es gab nur zwei Schwachstellen. Sie hatten die rechte Flanke auf die steilen nördlichen Hänge verlagert, aber dort noch keine Verteidigungsanlagen errichtet, weil sie möglicherweise dachten, dass der Hang selbst ausreichen würde, um einen Angriff unmöglich zu machen. Im hinteren Bereich waren ein paar Gräben teilweise ausgehoben worden, aber keiner von ihnen vollständig. Die andere Schwachstelle in Conrads Verteidigung bestand natürlich darin, dass er sich sowohl nach vorn als auch nach hinten verteidigen musste.

Hundert Schritte weiter ließ Sanglant seine Streitmacht nach links abdrehen und auf den Hang zuhalten. Einige Bogenschützen schossen Pfeile ab, die aber niemanden trafen. Andere krochen durch ihre eigene Verteidigungsanlage, um den Abstand zu den Reitern zu verringern, die von vorn angriffen. Aber noch während sie das taten, näherten sich die Fußsoldaten im Laufschritt durch die Tore von Kessal, die Schilde hoch erhoben. Bogenschützen folgten ihnen, schossen ihre Pfeile ab und schlossen die Lücke. Die varrenischen Bogenschützen, die aus dem Schutz der Verteidigungsanlagen gekommen waren, zogen sich rasch zurück. Ein paar von ihnen starben.

Dort, wo die varrenische Linie an den Berg stieß, sprang Sanglant über den äußersten und flachsten Graben. Zwei Bogenschützen traten ihm entgegen. Er stieß dem einen die Lanze ins rechte Auge, während der Mann noch versuchte, einen Pfeil an die Sehne zu legen. Der andere Soldat stolperte taumelnd zurück. Als Sanglant vorbeiritt, zog er die Lanze heraus und trat den zweiten in die Kehle. Das Voranpreschen, das Donnern der Hufe um ihn herum, als sein Trupp sich in die varrenische Flanke warf, die ersten Schreie, die Bilder von Blutherz' Halle in Gent, die bei dem scharfen Steingeruch immer wieder in ihm aufflackerten – all das erweckte die Wut, die ihn stets in einer Schlacht antrieb. Er schluckte sie herunter. Er war der Herrscher. Er war der Hauptmann. Derjenige, der führte. Er drängte weiter, als seine Reiter hinter ihm alles niedermähten. Sie mussten vorwärtspreschen – keine Atempause für jene, die vorne waren, und keine Zeit, jene zu töten, die zurückgeblieben waren. Zur Rechten erhaschte er einen Blick auf Liutgards Reiterei, die dem Feind auf beiden Seiten zusetzte. Sie mussten durch die Reihen stoßen und den Fuß der Rampe erreichen, damit Theophanus Soldaten, die vom Klarweg herkamen, einen freien Abstieg hinunter in die Schlacht haben würden.

Der Wind wirbelte den Himmel auf. Bollwerke aus schwarzen Wolken erhoben sich in einem Ring um sie herum. Hanna zitterte, als sie vor der Halle wartete und ein kalter Regenguss über sie hereinbrach, aber kurz darauf hörte der Schauer auf, und lediglich die sich auftürmenden Gewitterwolken warnten noch vor dem bevorstehenden Sturm. Die Sonne schien nur über dem Tal von Kessal, nirgendwo sonst.

»Zauberei!«, flüsterten die saonischen Wachen.

Sie wischte sich Regentropfen aus den Augen. Theophanus Heer war in Aufruhr, die Einheiten liefen in alle Richtungen. Die Hauptstreitmacht der Fußsoldaten bewegte sich auf den Hang zu, auf dem wenige Augenblicke zuvor ein Dutzend Bäume gefällt worden war. Sechs Männer winkten dort mit Bannern, wo der Blick frei war, versuchten dadurch jene zu warnen, die in Kessal festsaßen. Ihre Gesichter wurden von der Sonne beschienen, aber ihre Rücken lagen noch im Schatten.

»Adler!« Theophanu kam aus der Halle. Sie war für die Schlacht gerüstet und wurde von einem Hauptmann begleitet, der ihren Helm trug. »Macht Euch bereit, Adler. Die Familienbande verlangen, dass wir Conrad und Sabella vor den Aikha warnen. Wir müssen uns gegen die größere Bedrohung verbünden. Ihr bekommt ein frisches Pferd.«

»Ich soll in die Schlacht reiten, Eure Hoheit?«

»Wenn es nötig wird, ja. Ihr werdet über den Klarweg reiten und als Bote Zugang zu Conrads Lager erhalten. Man wird Euch das Hindernis passieren lassen, das sich oben auf der Rampe befindet. Wenn Ihr nicht zu Conrad oder Sabella gelangen könnt, reitet zum Tor von Kessal. Ich werde meine Soldaten vor die Stadttore bringen, sofern sie keine Vernunft annehmen.«

Hanna bekam kaum Luft, als sie an den Aikha-Kundschafter dachte, den sie im Wald gesehen hatte. Wieso hatte er sie durchgelassen? Würden die varrenischen Soldaten ihr Adlerabzeichen und den Umhang anerkennen und achten? Aber sie nickte, schob ihre Zweifel und Ängste beiseite, denn das war die Pflicht eines Adlers. »Ich bin bereit.«

Man brachte ihr ein Pferd und reichte ihr die Zügel. Sie stieg auf. Es war ein kurzer Ritt bis zum Klarweg, und der leicht abschüssige Weg gewährte ihr einmal einen kurzen klaren Blick auf die Strecke, die sie zurückgelegt hatte.

Von der Hügelspitze, wo das Banner in der Morgenluft flatterte, erklangen Trompetenrufe. Theophanus Truppen begannen vorzurücken. Die Fußsoldaten machten sich daran, den Hang hinunterzusteigen, öffneten vor Bäumen und Felsen die Reihen und schlossen sich hinter ihnen wieder zusammen. Die meisten Reiter führten ihre Pferde an den Zügeln, aber Theophanu und ihre Befehlshaber ritten und überragten so alle Übrigen.

Hanna hörte aus der Richtung von Kessal Hornrufe zur Antwort, denen andere aus dem varrenischen Lager folgten. Sie trieb ihr Pferd weiter – glücklicherweise eine gelassene Stute – und preschte mit fliegenden Zöpfen und pochendem Herzen die Straße entlang und in den Wald hinein. Ein bronzefarbenes Gesicht starrte sie von den Bäumen aus an, aber sie blickte nicht näher in das dichte Blattwerk hinein. Es war besser, es nicht zu wissen. Sie rechnete damit, jeden Augenblick von einem kalten Pfeil durchbohrt zu werden, aber nichts geschah.

Das Gefühl in seinem Herzen war das, was die Menschen »Erheiterung« nannten. Wie viele Winter lang hatte er seine Streitkräfte zusammengezogen, Bündnisse geschmiedet, seine Feinde – die Baumpriester – vernichtet und die Bräuche der Feinde der Aikha studiert? Niemals wäre es ihm in den Sinn gekommen, dass sie sich derart hingebungsvoll ihrer eigenen Zerstörung widmen würden, ihrem eigenen armseligen Streben nach Macht, so dass sie ihre eigene große Halle in Brand setzten, während er gerade an die Tür klopfte. Ihre Kundschafter wussten über sein Heer Bescheid, und doch beendeten sie ihren Krieg nicht, den Kampf Stammesbruder gegen Stammesbruder.

Seine Soldaten waren eine Straße entlangmarschiert, die von den Erbauern als Klarweg bezeichnet wurde, weil sie so breit und so gerade war. Er hatte erfahren, dass dieser Klarweg auf einer uralten Straße errichtet worden war, die von den Dariyanern stammte, und dass er daher die rascheste und bequemste Verbindung zwischen Autun und Quedlingham war. Als er den Beginn der Schlacht vernahm, hatte er seine Streitmacht zwischen die Bäume zurückgetrieben. Die Reiterei war im Wald immer im Nachteil.

»Letzter Sohn«, rief er. »Wir marschieren zu der Erhöhung, wo die Straße den Wald verlässt und zum Tal hin abfällt. Die Straße ist dort versperrt. Wir werden diese Stelle erobern und von der Höhe aus zusehen. Aber niemand darf das Banner herausreißen, das dort weht. Ich will sie in dem Glauben lassen, dass noch immer ihre eigenen Leute die Barrikade kontrollieren.«

»Edelmann Starkhand! Ein Reiter nähert sich auf der Straße, kommt aus dem Lager des wendischen Heeres!«

Er sah sie, und er erkannte sie, denn er hatte einmal von ihr geträumt – dem einzigen anderen Menschen abgesehen von Alain, mit dem er sich jemals die Träume geteilt hatte. Sie gehörte zu den Boten, die sich Adler nannten, und war ihm in jeder Hinsicht ein Rätsel – bis auf die blonden Haare, die jedem guten Aikha-Bruder hätten gehören können.

»Lasst sie durch«, sagte er.

Er roch den Angstschweiß, und er bewunderte den beharrlichen Mut, der sie eine Straße entlangführte, von der sie wissen musste, dass sie von Feinden wimmelte. Sie galoppierte schnell.

Das Geräusch, das sie beim Vorbeireiten verursachte, verklang. Er hob sein Banner und klopfte dreimal mit dem Ende auf den Boden, um jenes unendlich kleine Beben zu erzeugen, mit dem er seine Brüder warnte, deren steingeborenes Erbe ihnen eine scharfe Wahrnehmungsfähigkeit für alles verlieh, das im Boden war.

In seiner Streitmacht dienten verschiedene Gruppen von menschlichen Verbündeten, von denen die meisten ehemalige Sklaven waren und arme Leute aus Alba und den Küstengebieten von Salia. Gut ausgebildet und begierig nach Ruhm und den Früchten des Sieges, rückten sie aus. Kundschafter liefen voraus und berichteten, dass es nur eine schwache Verteidigung gab, weil sich die Soldaten dort für den doppelzangigen Angriff des wendischen Heeres zurückzogen.

Er warf einen Blick zurück und sah, dass der Wagen mit der Schamanin in Sicht geriet, auf einer Straße, die für Pferdehufe und Füße gedacht war, aber nicht für Räder. Die Pferde waren nervös. Der einhändige Diener war abgestiegen, um sie zu führen, so dass nur die Geistliche auf dem Platz des Wagenlenkers saß. Seltsam, dass ihm alles so leicht in die Hände fallen sollte.

Als dieser Flügel seines Heeres vorandrängte, rief er Letzter Sohn zu sich und übergab ihm die Standarte. Gemeinsam rückten sie vor.

Die Barrikade versperrte die Straße genau dort, wo sie den Wald verließ. Gleich jenseits des Hindernisses senkte sich der Kamm steil nach unten. Hier führte die berühmte dariyanische Rampe hinab ins Tal.

Hanna dankte der Herrin und dem Herrn mit jedem keuchenden Atemzug, während sie zu den Wagen auf der Straße galoppierte, rief die zwei Männer an, die dahinterstanden.

»Lasst mich durch! Ich bin ein Adler im Dienst von Prinzessin Theophanu! Ich habe eine Nachricht für Edelfrau Sabella und Herzog Conrad!«

Sie erhielt keine Antwort.

Von dieser Stelle aus hatte sie einen guten Überblick über das Tal. Der Wind hier oben war stark. Hinter sich hörte sie das Trommeln des Regens, aber über dem Tal schien noch immer die Sonne. Reiter waren aus der Stadt geprescht und tief in den nordöstlichen Rand der varrenischen Linien vorgestoßen, wo die Verteidigungsanlage am schwächsten und der angrenzende Berg steil war. Sie drehte sich um und sah Farben aufblitzen, als Theophanus Heer sich von den östlichen Bergen löste. Als die Soldaten der Prinzessin die hinteren Verschanzungen erreichten, schlossen die Fußsoldaten die Reihen enger. Die Bogenschützen, die in Gruppen von zwanzig oder dreißig Mann in den Lücken standen, schossen ihre Pfeile direkt auf den Palisadenzaun und die Köpfe, die über den halb errichteten Erdwall spähten. Die Schilde rückten zu den Palisaden vor, und große Äxte wurden in dem Versuch vorgestreckt, jegliches Hindernis niederzuschlagen, das sich finden mochte. Wenige waren gefallen, soweit Hanna aus der Ferne erkennen konnte, aber die Antwort von der anderen Seite des Erdwalls bestand aus Spießen, Äxten und Pfeilen.

Die Schlacht hatte begonnen.

»Oh, Gott! Oh, Gott! Lauft!«, riefen die Soldaten, die die Barrikade besetzten. Sie waren nur ein Dutzend, aber sie rannten auseinander wie Kaninchen, wenn ein Falke kommt, einige stürzten die Rampe hinunter, andere stolperten seitlich der Straße ins Gebüsch und zwischen die Bäume.

Sie drehte sich um.

Die Vorhut des Aikha-Heeres trat vom Wald auf die Straße, näherte sich Schild an Schild und, abgesehen von dem Trampeln ihrer Füße, lautlos. Aber nicht einmal dieser Anblick konnte sie vor Furcht erstarren lassen. Das konnte nur etwas anderes.

Ein Wispern schwebte über dem Kampflärm, so schwach, dass sie es nur deshalb erkannte, weil sie es schon zuvor gehört hatte und wusste, was es war: das Läuten von Glockenstimmen, von denen jede einzelne ein Ruf war.

Sanglant.

Der Klang von Hörnern ertönte. Das varrenische Lager – soweit Ivar es erkennen konnte – geriet in Bewegung.

Edelmann Berthold wandte sich an die Wachen, die unruhig zu den königlichen Zelten hinübersahen. »Was ist los, Freunde?«

Aber die Wachen starrten zum Himmel hoch, als plötzlich die Sonne durch die Wolken brach. Sie beschatteten die Augen mit den Händen, blinzelten benommen ins grelle Licht.

Ein Hauptmann rannte vorbei. »Zu den Waffen! Zu den Waffen! Geht zu eurer Einheit!«, rief er den Soldaten zu.

»Was ist mit den Gefangenen?«, riefen sie zurück.

»Kümmert euch nicht um sie! Wir werden angegriffen!«

Sie schossen davon.

Berthold sank in die Hocke. Odei, Jonas und Berda knieten sich um ihn herum. Ivar stand an der Seite, aber Bruder Heribert durchsuchte immer noch das Mäusenest, hielt die toten Geschöpfe an den Schwänzen hoch und ließ sie hin und her baumeln, als könnte diese Bewegung ihnen das Leben zurückgeben.

»Hört zu«, sagte Berthold. »Wir müssen hierbleiben. Wir müssen auf Wulfhere warten.«

»Sollten wir nicht weglaufen?«, fragte Jonas.

»Nein. Die Varrener töten uns möglicherweise, wenn wir versuchen zu entkommen, und die angreifenden Wendaner könnten uns für Varrener halten und uns ebenfalls töten. Rührt euch einfach nicht vom Fleck.«

»Oh, Gott.« Jonas fuhr sich mit der Hand durch die lockigen Haare und zupfte unruhig daran, zog eine Grimasse, als er zu heftig zog. »Ich hasse es, mich nicht vom Fleck rühren zu dürfen.«

Heribert blickte auf; seine Finger hielten einen winzigen Körper am Schwanz hoch. »Er kommt.« Er ließ die Maus auf den Boden fallen, und als er sich erhob, trat er auf das Tier, offenbar, ohne es zu bemerken. Knochen knackten, aber es war keine Flüssigkeit mehr in ihr.

Jonas zuckte zusammen. Berda kroch zurück, als Heribert zwei Schritte näher kam. Berthold stand auf.

Schreie und Rufe drangen aus der Stadt. Das Donnern von angreifenden Pferden ließ die Luft erzittern. Sie rannten zu den Brettern und versuchten, durch die Ritzen zu spähen, um etwas von dem Schlachtfeld erkennen zu können. Als sie sich daranmachten, zwei der Bretter herauszunehmen, um den Spalt zu verbreitern, fing Ivar sich einen Splitter in dem Stumpf des fehlenden kleinen Fingers ein. Fluchend drückte er ihn zusammen mit einem Blutstropfen heraus.

»Seht Ihr etwas?«

»Es ist zu hell!«

»Könnt Ihr zur Seite rücken? Ich bin dran!«

Es krachte hinter ihnen. Alle drehten sich um, alle bis auf Heribert. Gleich jenseits des Scheunentors war bei einem Wagen die Achse gebrochen, und er war umgestürzt, hatte Fässer und Waffen auf dem Boden verstreut. Ein Fass rollte außer Sichtweite. Ein anderes war aufgebrochen, und Bier sickerte in den Boden. Männer schwärmten fluchend um die Trümmer herum. Ein Pfeil kam zischend aus der Luft und schlug in den Boden. Berda hob schnüffelnd den Kopf.

»Kommt rasch.«

Ivar schrie. Jonas kreischte. Berthold sprang auf und stolperte. Sogar Odei, der gewöhnlich ruhig und gleichmütig war, prallte rückwärts gegen die Wand. Berda drehte sich bereits zu Wulfhere um, der an der hinteren Mauer stand. Eine Wolke aus weißem Nebel, das wie Mehl um einen Bäcker strich, verdunstete, als er winkte. Licht schien durch eine Lücke der Bretter, beleuchtete seine Beine.

»Bleibt hinter mir. Wir laufen nach Osten. Wenn wir es bis zur Rampe schaffen, haben wir eine Chance, in den Bergen unterzutauchen.«

»Wie zuvor?«, fragte Ivar mit einem höhnischen Grinsen.

»Das ist immer noch besser, als hierzubleiben«, sagte Berthold. »Mittendrin gefangen zu sein.«

»Nehmt die hier.« Wulfhere legte sechs schlichte Amulette auf den Boden, die aus Gräsern und Kräutern bestanden. Er schob ein Brett zur Seite, duckte sich und schlüpfte durch die Öffnung. Heribert war ihm gefolgt, ehe jemand sonst sich bewegen konnte, und dann schoss Berthold vor, gefolgt von seinen Begleitern. Nur Ivar zögerte, aber er hatte nicht den Mut zurückzubleiben.

Er kniete nieder und hob mit der verletzten Hand das letzte Amulett auf. Es war so schlicht und hastig geflochten wie die Gänseblümchenkette eines Kindes. Als er es unter die Nase hielt und sich fragte, was für Pflanzen eingewoben sein mochten, musste er heftig niesen. Farn war mit Eisenhut verwoben worden; ein paar helle Blumen, die er nicht kannte, waren in dem Gewirr zermalmt worden.

Bei den Wagentrümmern tauchte ein Feldwebel auf. Er rief Befehle. Ivar zwängte sich zwischen den losen Brettern hindurch, dann kauerte er sich entsetzt hin, blinzelte ins Sonnenlicht, als er begriff, dass die anderen verschwunden waren. Um ihn herum rannten Soldaten zu den Verschanzungen, aber von Wulfhere und den anderen sah er zwischen den Gebäuden des Gehöfts, den schrägen Zelten und den vielen Wagen keine Spur. Vielleicht war es nur das Licht, das ihn blendete.

»He! Du da!«, rief ein Feldwebel, der um eine Ecke der Scheune kam. »Wir brauchen hier Hilfe!«

Ivar befestigte das Amulett um den Hals. Der Feldwebel blieb stehen, schwenkte den Kopf auf komische Weise nach links und rechts und kratzte sich am Schädel, dann gab er auf und stapfte davon.

Aber jetzt konnte Ivar einen verschwommenen Pfad sehen, der sich jenseits des Bauernhauses davonschlängelte, sich um Wagen und unter ihnen hindurchwand, im Zickzack über freies Gelände führte, um wie ein Betrunkener Hindernissen auszuweichen. Er folgte ihm, betete dabei im Stillen inständig. Seine Hand schmerzte. Blasen bildeten sich an der Handfläche, als hätte er sich verbrannt, und die Narben an den Stümpfen der Finger begannen zu bluten.

Er lief zwischen den Zelten hindurch, wurde durch ein Schlepptau ins Stolpern gebracht und wich zur Seite aus, als eine Reihe von Männern im Laufschritt vorbeimarschierte, ohne ihn zu sehen. Er blieb auf halbem Weg zu den Linien stehen, um Atem zu schöpfen, stemmte eine Hand in die Taille. Der Schmerz in seiner Hand war furchtbar. Sein Hals begann an der Stelle zu jucken, wo das Amulett die Haut berührte. Er zog es etwas nach unten, aber dadurch zerbrach es, ergoss sich wie Wasser auf den Boden. Dampf zischte über ihm in zwei raschen Kreisen, ehe er sich gen Himmel schwang und in einem blendenden Leuchten aus fallenden Funken verklang.

»He, du da!« Ein kräftiger Kerl schritt zu ihm; er trug ein Kettenhemd, aber keinen Überwurf, und schwang eine Axt in jeder Hand.

Ivar zog sein Schwert.

»Nein, du Narr! Nimm die Äxte, und geh nach Osten zu Hauptmann Sigulf, nördlich der Rampe. Kannst du auch noch zwei Speere tragen?«

»Am besten gehe ich nur mit denen hier, und du schickst jemand anderen mit den Speeren los«, sagte Ivar, während er sein Schwert in die Scheide zurückschob und die Äxte packte. Er lief davon. Ohne Amulett konnte er den Weg nicht erkennen, den die anderen gegangen waren. Er erreichte die Straße und lief zur Rampe, die so groß war, dass er sie sogar aus der Ferne sah. Nach einer Weile blieb er stehen, um Atem zu schöpfen und sich einen Überblick über das Gelände zu verschaffen.

Das Tal von Kessal war wie ein unebenes Becken, mit einem steileren, höheren Rand im Norden und Osten und einem niedrigeren im Süden und Westen. Der größte Teil im Westen bestand aus Feldern; das sich weit in die Ferne streckende Land endete vor den baumbewachsenen Hängen einer Anhöhe. Eine unordentliche Reihe von Obstbäumen zog sich durch die Mitte der Felder, verlief parallel zu einem schmalen Wasserweg. Das varrenische Lager war an der Stelle errichtet worden, wo die zerklüfteteren östlichen und nördlichen Hänge einigen Schutz gewährten und von der es außerdem möglich war, den Klarweg zu kontrollieren, der sich schräg von Nordosten nach Südwesten durch das Tal zog. Die Beschaffenheit des Geländes ermöglichte es Ivar, sowohl bergab als auch bergauf zu sehen, nach Südwesten und nach Nordosten.

An der nordöstlichen Flanke wurden die Belagerungsmaschinen von durch die Linien brechenden Reitern angegriffen. Er sah dem Kampf zu, erfüllt von Ehrfurcht vor der Kraft der Streitrosse. Fußsoldaten marschierten aus den Stadttoren, hielten auf die Gräben und Zäune in der Mitte zu. Im Osten und Südosten strömten Soldaten mit dem Rot und Gelb von Saony den Berg hinunter, um die äußeren Verteidigungsanlagen zu bedrängen. Das Banner von Arconia wehte über dieser Linie, bewegte sich vor und zurück, als die Soldaten Verstärkung benötigten.

Die berühmte Straße – der Klarweg – war von hier aus leicht zu sehen, wo die gewaltige Rampe sanft vom Talboden aufstieg und schließlich den niedrigen Kamm erreichte und von dort in den Wald führte. Irgendein Idiot hatte auf der Rampe eine Barrikade aus Wagen errichtet. Er sah kleine Gestalten zwischen den Wagen stehen. Ein Reiter – eine winzige, spielzeugähnliche Figur – galoppierte aus dem Wald die Straße entlang und machte vor dem Hindernis Halt.

»Ho! Ho! Für Conrad!«

Der Boden erzitterte. Einige hundert Pferde preschten vorbei, mit Herzog Conrad an der Spitze. Zwanzig ritten nebeneinander, strömten beiderseits um Ivar herum. Er schloss die Augen und blieb stehen und betete, aber sie waren an ihm vorbei, ehe er den Psalm beendet hatte. Sie donnerten zur nordöstlichen Flanke.

Nur ein Narr würde jetzt nach Osten laufen. Entlang der gesamten Linie des Tales wurde heftig gekämpft, von Norden nach Osten und weiter nach Ostsüdosten. Es fiel Ivar schwer, sich vorzustellen, wie Wulfhere davon ausgehen konnte, dass er diese Rampe hinaufkam, selbst mit Zauberei.

»Mögen Gott mir helfen.« Er warf die Äxte auf den Boden und lief nach Westen. Wenn er es bis zum Wald schaffte, konnte er sich dort möglicherweise verstecken und wegkriechen und wohlbehalten zum Kloster Herford gelangen. Das war immer noch besser, als hier zu sterben.

Die Belagerungsmaschinen im Westen wurden nur noch schwach bewacht, als die Männer in Zweier- und Dreiergruppen davoneilten, um die angegriffenen Verschanzungen zu verstärken. Ivar kroch unter einen Wagen, dessen Räder mit ein paar Holzstücken verkeilt worden waren. Er rutschte einen Graben hinunter und kroch auf der anderen Seite wieder hinaus.

»He! Du!«, rief ein Soldat von der Palisade aus.

Ivar erreichte das Feld, hielt den Kopf gesenkt und rannte. Er rechnete damit, einen Pfeil in den Rücken zu bekommen, aber es kam keiner. Schließlich war er vollkommen außer Atem, und ihm tat alles weh, so dass er auf die Knie sank. Er war ein gutes Stück weit weg, umgeben von Weizen- oder Haferschösslingen. Er konnte es nicht genau erkennen, denn er atmete schwer, und seine Augen tränten.

Seine Hand pochte, als wäre sie durchbohrt worden. Ein Schauer aus kaltem Regen traf ihn und zog weiter, ließ die Felder vor seinen Augen verschwimmen und rüttelte an den Obstbäumen, die einen Steinwurf weit weg von ihm standen. Ein flacher Bewässerungskanal bahnte sich gleich vor ihm seinen Weg. Er starrte auf das fließende Wasser, bis er das Gefühl hatte zu ertrinken.

Er musste weitergehen.

Er kämpfte sich hoch. Mit einem langen Spurt konnte er den Wald erreichen. Glücklicherweise waren die Aikha noch nicht die südwestliche Straße entlanggekommen.

Direkt vor ihm tauchten zahlreiche Reiter aus dem Schutz des Waldes auf und fegten über die Felder auf die jetzt zum größten Teil ungeschützte westliche varrenische Flanke zu. Hörnerrufe erklangen zur Warnung. Er drehte sich um. Arconias Banner bewegte sich von der Schlacht bei den südöstlichen Verschanzungen weg, kam mit einigen hundert Pferden herbeigeeilt, um der neuen Bedrohung zu begegnen.

Er war zwischen beiden Streitkräften gefangen. Es gab keine Möglichkeit zu entkommen. Mit einem Schrei stürzte er sich in den Kanal.

Nachdem sie die Flanke bedrängt hatten, säuberte Sanglants Reiterei die gesamte erste Verteidigungslinie. Die Varrener zogen sich zurück, oder sie kauerten sich auf den Boden oder starben, während sich die Fußsoldaten der zweiten Verteidigungslinie näherten, die gleich dort errichtet worden war, wo die Straße den östlichen Hang hinaufführte. Hier stießen sie auf Gräben und Barrikaden. Sanglant führte den Angriff durch die Breschen hindurch, die die Soldaten von Kessal in die Palisaden geschlagen hatten. Seine Lanze steckte längst in dem Körper irgendeines namenlosen varrenischen Soldaten, und er schlug jetzt mit seinem Schwert zu. Rechts von ihm setzte Liutgards Reiterei über flache Gräben und niedrige Palisaden, wurde aber sofort danach in einen Strudel aus Kämpfen gezogen und konnte nicht weiter vorrücken.

Ein Donnern erhob sich, als aus der Mitte des varrenischen Lagers hunderte von Reitern auf sie zukamen. Ein Banner mit einem roten Hengst wehte über der ersten Reihe. Conrad kam herangeritten, um ihm entgegenzutreten.

Eine einzelne Palisadenreihe trennte Sanglants Linie von der Straße, aber die Varrener hatten sich hier versammelt und kämpften heftig gegen Kessals Soldaten, die immer weniger wurden. Die Stadtsoldaten hatten die Hauptlast des Angriffs getragen und waren von Anfang an in der Unterzahl gewesen.

Staub wirbelte unter den Hufen von Conrads herandonnernden Reitern auf, verhinderte die Sicht auf den Kampf im Südosten, wo Theophanu versuchte durchzubrechen. Eile war geboten. Sanglant konnte Liutgards weißen Überwurf unter den hundert Reitern, die vor einem niedrigen Schutzwall auf der rechten Seite stecken blieben, nicht mehr sehen. Sie – oder ihr Hauptmann – versuchte, einige hundert Schritt weiter westlich auf die Straße zu gelangen, um von hinten aufzurücken.

»Gebt mir noch eine Bresche!« Seine heisere Stimme erhob sich über den Lärm. »Nur noch eine, und der Tag gehört uns!«

Aber ein kurzer Rundblick verriet ihm, dass er nur noch vierzig Reiter bei sich hatte und bestenfalls einige hundert Fußsoldaten, die zum Teil von Reitern verstärkt wurden, die ihre Pferde verloren hatten, aber noch kämpfen konnten.

Ein Ruf erhob sich, als die Soldaten von Kessal die Barrikade an drei Stellen bezwangen, die Pfähle umstießen und in den Gräben kämpften. Sanglant schwang herum. Fest sprang über einen Graben, den Wall hinauf und gelangte auf die Straße, wo sie allein waren. Niemand war vor ihnen und niemand hinter ihnen, während überall um ihn herum gekämpft wurde. Ein flacher Hang führte nach Süden zu dem offenen Gelände. Mehrere hundert Reiter galoppierten aus dem varrenischen Lager auf Sanglants Bresche zu.

Hufgetrappel erklang auf der Straße, als die vorderste Reihe von Conrads schwerer Reiterei – vier Soldaten nebeneinander – mit ihrem Angriff begann. Conrad ritt an der Spitze seiner Kompanie auf einem schwarzen Wallach; er trug ein schwarzes Kettenhemd und einen schwarzen Überwurf, reckte einen Speer hoch in die Luft.

Zwanzig von Sanglants Reitern kamen hinter ihm auf die Straße. Er drängte Fest erst zum Trab und dann zum Kanter, und schließlich setzte der Wallach in vollem Galopp zum Angriff an, obwohl Sanglant nichts weiter in den Händen hielt als ein Schwert und einen Schild, um den langen Speer abzuwehren.

Zum ersten Mal war Sanglant überrumpelt worden.

Als sie sich einander näherten, schleuderte Conrad seinen Speer und riss sein Pferd auf so engem Raum herum, dass es, obwohl er auf den flachen Hang zuhielt, stolpernd in die Knie ging, sich aber mit dem Reiter auf dem Rücken wieder aufrappelte.

Der Speer fand sein Ziel, durchdrang Fests Hals und blieb an Sanglants Kettenhemd in Höhe der Leiste stecken. Der Wallach brach zusammen, und Sanglant stürzte vornüber. Der Speerschaft zersplitterte, während Sanglant eine Rolle machte, den Schild von sich stieß und sich auf die Füße kämpfte.

Die Reihen trafen aufeinander, durchdrangen einander, wie es manchmal bei der Reiterei geschah. Nur wenige Männer fielen. Die übrigen zügelten ihre Pferde heftig und wendeten sie, um erneut anzugreifen.

Conrad näherte sich ihm hoch zu Ross, zog sein Schwert und pfiff scharf. Seine Männer rückten nach, aber keiner näherte sich Sanglants ungeschütztem Rücken.

»Ich will dich nicht töten, Verwandter«, rief Conrad. »Ergib dich, und ich werde dir ein Stück Land geben, die Frau, die du willst, und Frieden. Es war einmal das, was du gewollt hast.«

Die Worte trafen ihn wie ein Schwerthieb. Sie verspotteten ihn.

Ich will nicht König sein, hatte er seinem Vater in Werlida gesagt, viele Jahre zuvor. *Ich möchte ein Stück Land, Liath zur Frau und Frieden.*

Was hatte sich geändert? Befolgte er hier nur den Eid, den er seinem sterbenden Vater geschworen hatte? Oder hatte er seine Meinung geändert? Begehrte er jetzt, was er vor so langer Zeit verschmäht hatte?

All dies verging in einem Herzschlag, während er sein Schwert hob und sich zur Antwort bereitmachte. Es war seltsam, wie sehr die Sonne strahlte, wie hoch der Staub dort aufwirbelte, wo die Pferde trampelten, und wie die Musik des Krieges sofort verstummte, wenn ein Mann seinen Willen auf denjenigen richtete, der sich ihm entgegenstellte.

»Dein Sohn oder deine Tochter könnte meine Tochter oder meinen Sohn heiraten«, fügte Conrad hinzu. »Auf diese Weise würden dein und mein Geschlecht in den nächsten Jahren gemeinsam herrschen. Ich bin ehelich geboren, du aber bist ein Bastard. Das Heer liebt dich, nicht aber die Kirche. Ich habe Tallia und meinen eigenen königlichen Anspruch. Es ist das beste Angebot, das ich dir machen kann. Was sagst du, geliebter Verwandter?«

Oh, Gott.

Der Wind wirbelte einen Strudel aus heller Luft auf die Straße. Die Luft wogte um ihn herum, brachte ihn zum Blinzeln, dann zuckte er zusammen. Etwas Kühles berührte seinen Mund. Eine eisige Brise stach in seine Nase. Er taumelte.

Sie strömte in ihn hinein wie der Atem des Winters, und als sie seine Kehle packte, konnte er nicht sprechen, und als sie seine Augen verschluckte, konnte er nicht sehen, und als sie seine Glieder erfüllte, konnte er sich nicht rühren.

In der leeren Dunkelheit, die sich rasch über ihm schloss, hörte er nichts anderes mehr als eine widerhallende, unmenschliche Stimme.

»Wo ist der, den ich liebe? Wo versteckt sich Heribert? Ist er nicht hier? Wohin ist er gegangen?«

6

Hanna ließ ihr Pferd zurück. Sie kroch unter der Barrikade hindurch und lief die abschüssige Straße ins Tal hinunter, folgte den fliehenden varrenischen Wachen. Nur flüchtig kam ihr in den Sinn, wie dumm dies angesichts der Tatsache war, wer sich hinter ihr befand. Rechts von ihr tobte die Schlacht, und links von ihr galoppierten Reiter mit dem Banner Conrads. Im Osten kämpfte Theophanus Heer in den Verschanzungen. Es war unmöglich zu sagen, wer standhielt und wer zurückwich. Reihen von Reitern tänzelten durch die westlichen Felder, aber sie waren zu weit weg, um Genaueres erkennen zu können.

Die Männer, die entlang der Palisaden und Gräben im Nordosten kämpften, schienen müde zu werden. Ihre Schläge wurden langsamer, und sie parierten mehr und mehr, statt dass sie angriffen, als versuchten sie einfach nur noch, ihre Position zu halten. Hanna konnte nicht erkennen, wer gewann und wer verlor. Es war alles ein wirbelndes Durcheinander aus Männern und Pferden, die hin und her rannten, zwischen Gräben und toten Männern, zerbrochenen Pfählen und zerschmetterten Palisaden.

Sie war die Rampe zur Hälfte hinuntergelaufen und wundersamerweise von keinem einzigen Pfeil getroffen worden, als gleich jenseits des Fußes der Rampe auf ebenem Grund ein einzelner Reiter mit einem herrlichen Drachenhelm aus der Verschanzung auftauchte und die Straße erklomm. Weitere Reiter folgten ihm mühsam. Sie bückte sich, griff nach einem auf die Straße gefallenen Speer. Blickte auf. Benommen über das, was sie sah, sank sie auf die Knie.

Conrad griff an, ritt noch vor den Reihen seiner Männer. Der Rest seiner Reiterei donnerte von Süden herbei. Selbst wenn die Sanglant verbliebenen Reiter zu ihm aufschließen sollten: Der König war in arger Bedrängnis.

»Tsst! *Sorgatani ahn nai i-u-taggar.*«

Ein Wolkenstrudel aus Luft wirbelte von der Seite her die Rampe hoch. Eine stämmige Frau tauchte auf der Straße in einem rieselnden Nebel aus weißem Pulver auf, als würde sie aus dem Nichts kommen. Einen Moment zuvor war sie jedenfalls *nicht da gewesen.*

Sie war keine Wendanerin; sie hatte ein flächiges, rötlich braunes Gesicht und trug steife Kleider und schwere Stiefel wie die Kerayitinnen. Ein paar getrocknete Kräuter fielen von ihrem Hals, kamen mit einem Zischen auf den Steinen auf.

»Berda!« Eine junge männliche Stimme rief. Hanna hörte ein Scharren wie von Eichhörnchen, die auf Steinen krabbelten, aber sie sah nichts.

Unter ihr drängten die wendischen Reiter ihre Pferde auf die Straße, folgten ihrem König. Über ihr lief die Frau, die wie aus dem Nichts aufgetaucht war, die Rampe entlang.

»Kommt zurück!«, rief Hanna hinter ihr her. »Da sind Aikha –«

Zwei Aikha gerieten am oberen Ende der Rampe in Sicht. Sie blieben stehen und verfolgten den Kampf mit einer so lässigen

Haltung, wie ein Mann sie haben mochte, wenn er eine angenehme Jagd auf einem Feld verfolgte, das voller Waldhühner war. Einer hielt einen Speer in der Hand, der andere ein Banner mit einem Kreuzstück daran, das mit im Wind wehenden Streifen und Schnüren versehen war. Sturmwolken erhoben sich wie eine Mauer hinter ihnen, schwarze, bis hoch in den Himmel aufragende Türme. Die Frau lief die breite Straße entlang auf die Eroberer zu.

»Hanna!«

Sie erkannte die Stimme wieder.

Sie drehte sich um.

Wulfhere stand hinter ihr.

Sie schrie und machte einen Satz zurück, prallte gegen jemand anderen. Sie stürzten beide zu Boden. Jetzt, da sie ihn berührte, sah sie einen jungen Mann in der schönen Leinentunika eines Edelmannes vor sich, die grün gefärbt und hübsch bestickt war. Er trug außerdem Beinkleider und gute wadenhohe Stiefel, die vom Laufen abgetragen waren. Auf dem Hang unterhalb des Straßenrandes lagen noch zwei andere junge Männer, der eine ein Wendaner und der andere – sie würde dieses Aussehen stets wiedererkennen – ein Qumaner.

»Woher kommst du?«, fragte sie Wulfhere.

»M-müssen weg von hier!«, sagte der Junge abgehackt. Er war außer Atem. Blasen hatten sich an seinem Hals gebildet, an dem eine schlichte Kette aus getrockneten Blättern und Farnkräutern hing. »Aber wohin jetzt, Berthold?«

Sie löste sich von ihm und rappelte sich auf. Oberhalb von ihr waren Aikha, um sie herum tobte die Schlacht, und unterhalb von ihr bot sich ein Anblick, der ihren Blick so fesselte, als würde sie durch einen Tunnel sehen. Conrad, in schwarzer Rüstung und auf einem schwarzen Pferd, griff König Sanglant an. Die beiden Männer rückten mit erhobenen Waffen gegeneinander vor.

Noch ein Atemzug, und sie würden zusammenprallen.

»Es ist Zeit zu gehen, Freund«, sagte Wulfhere, als würde er zu sich selbst sprechen. »Geh und such ihn.«

Ein Atemzug, ein keuchendes Ausatmen – und dann sank ein Geistlicher neben Wulfhere mit gen Himmel gerichtetem Blick und geöffnetem Mund auf die Knie. Licht wirbelte in der Luft wie das Aufblitzen eines Spiegels, der das Sonnenlicht einfing. Als Hanna jedoch blinzelte, um die Augen zu schützen, verschwand es. Der Geistliche sackte zu Boden.

Klirren erklang, als Männer aufeinanderprallten. Ein Pferd stolperte, aber es stand wieder auf, trug den Reiter noch immer auf seinem Rücken, während das andere taumelte und stürzte, den Reiter zu Boden warf. Männer schrien vor Angst, während andere laute Jubelrufe oder hektische Befehle ausstießen.

Der junge Edelmann kroch wimmernd zurück zu seinen Kameraden, weg von der Straße. »Um Gottes willen, sehen wir zu, dass wir hier wegkommen. Wir sind mitten im Schlimmsten, und wir haben keine Waffen! Wir wären besser in der Scheune geblieben!«

Wulfhere kniete neben dem gestürzten Geistlichen und schüttelte, was jetzt nach kaum mehr als Haut und Knochen aussah, die nur noch von einem zerrissenen Gewand zusammengehalten wurden.

»Was ist mit ihm passiert?« Hanna kniete sich neben ihn.

»Er ist tot.« Wulfhere zog den Toten an den Knöcheln von der Straße weg.

»Was tust du da?«, rief Hanna. Sie war benommen, stand da und starrte Wulfhere an, dessen Verhalten keinen Sinn ergab. Dann richtete sie den Blick wieder auf die entsetzliche Szene: Sanglant, wie er, aus dem Sattel geworfen, allein auf der Straße stand, bewaffnet lediglich mit einem Schild und einem Schwert. Nicht mehr als zwanzig Reiter waren zu seinem Schutz bei ihm, gegen die hunderte von Berittenen, die unter dem Befehl von Conrad dem Schwarzen standen und mit Speeren und Lanzen bewaffnet waren.

Vielleicht konnte sie den Herzog erreichen, bevor es ihm gelang, den tödlichen Hieb zu führen.

Sie machte einen Schritt, dann einen zweiten. Eine Hand

schloss sich um ihren Knöchel und zog so heftig daran, dass sie flach auf den Boden stürzte und sich kaum mit den Händen abfangen konnte, ehe ihr Gesicht auf den Stein knallte. Der Aufprall zerrte an ihren Handgelenken und Armen.

»Was tust du da?«, rief sie voller Schmerz. »Ich muss ihm helfen.«

»Das kann ich nicht zulassen«, sagte Wulfhere. Sein Griff war so fest, als wären seine Hände Eisenketten. »Ich habe vor langer Zeit einen Eid geschworen. Jetzt endlich kann ich hoffen, dass er erfüllt ist.«

Starkhands Männer schlugen einen Pfad durch die Barrikade, der nicht nur für vier nebeneinandergehende Aikha breit genug war, sondern auch für den kleinen Wagen mit der kerayitischen Schamanin, in deren Körper eine tödliche Beschwörung gewoben war. Starkhand drängte sich durch die Vorhut und blieb mit Letzter Sohn dort stehen, wo die ebenerdige Straße auf die eindrucksvolle Rampe traf, die hinunter ins Tal führte.

»Leichte Beute«, sagte Letzter Sohn. »Sieh nur!«

Jemand in steifen Kleidern schoss auf die Straße und kam direkt auf sie zugerannt. Etwa auf halber Höhe der langen Rampe blieb der weißhaarige Adler, den seine Soldaten erst vor kurzem hatten ziehen lassen, zögernd stehen – an einer so offenen Stelle, dass sie für alle sichtbar und ein leichtes Ziel für jeden Pfeil und begierigen Speer war. Fünf andere Männer kletterten vom abfallenden Straßenrand herauf.

Letzter Sohn deutete jedoch nicht auf die Leute unterhalb von ihnen, sondern nach Westen. »Ich sehe die Zeichen am Waldrand.«

Licht blitzte auf, wo seine Soldaten das Sonnenlicht auf den Oberflächen von Obsidian-Spiegeln einfingen.

»Siehst du sie?« Starkhand hatte nicht nach Westen geblickt. Er betrachtete die Schlacht, die sich immer weiter im Tal ausbreitete, als einige Einheiten sich zurückzogen und andere angriffen, aber alles ohne jede Ordnung. Hier waren die Wendaner erfolgreich; dort scheiterten sie. Zwischen ihnen, mal auf der Seite der Wendaner kämpfend und mal auf der der Varrener, ritt eine Frau, die keinen besonderen Überwurf trug, lediglich ein schlichtes Kettenhemd, einen zerbeulten Schild und ein mächtiges Schwert. Er erkannte sie dennoch. Niemand konnte vor ihr bestehen, die zu allen Seiten hin den Tod austeilte: die Herrin der Schlachten, die Geliebte der Menschen.

»Wohin starrst du?«, fragte Letzter Sohn.

»Schon gut«, sagte Starkhand. »Unsere Arbeit wird uns abgenommen, da sie einander abschlachten. Halte die Männer auf allen Flanken zurück. Ich werde mich an mein Wort halten, dass wir nur gegen jene die Waffen erheben, die sie gegen uns erheben. Bring den kerayitischen Wagen her.«

Letzter Sohn reichte ihm die Standarte, ehe er durch die Vorhut davonstapfte. Andere Aikha traten neben Starkhand, einige schweigend, andere lachend, als sie das Gemetzel sahen, wieder andere gelangweilt, weil sie nicht kämpfen durften. Einer schnüffelte in der Luft und rieb sich ein Ohr, als würde er einen Wetterwechsel wahrnehmen.

Und es gab tatsächlich eine Veränderung, als ein kalter Wind von Osten her aufkam und einen kräftigen Eisengeschmack mit sich führte, der sich mit einem dumpfen Donnern verband, das abwechselnd verklang und erscholl. Regen rauschte in den Bäumen. Wind stöhnte und klapperte, als der Sturm an der unnatürlichen Leine zerrte, die ihn festhielt: Die Macht seines Stabes kämpfte gegen den Sturm, hielt ihn in Schach.

Da! Von weit hinter den letzten Reihen seines Heeres erhob sich ein Kreischen – schwer zu erkennen bei den Rufen und Schreien und dem Klirren der Waffen, die das Tal erfüllten –, wurde dann vom Lärm begraben und erstarb.

Das menschliche Wesen, das die Rampe heraufgelaufen kam, erreichte ihn jetzt. Es verriet keinerlei Angst, blieb vor ihm stehen und sprach auf Wendisch.

»Sie ist hier. Die Geheiligte ist bei euch. Ich bin von ihrem Stamm. Lasst mich zu ihr.«

Er lachte. »Was für ein Tier bist du?«, fragte er, denn die Kreatur war ganz und gar nicht so wie die Menschen, die er bisher kennen gelernt hatte. Sie trug die Kleidung, das Gold, die Perlen und die Kopfbedeckung, die üblicherweise von Frauen getragen wurden, und sie bewegte sich auch entsprechend den Verhaltensweisen, die er als typisch für eine Frau kennen gelernt hatte, aber sie roch wie ein Mann.

»Ich heiße Berda. Lasst mich zu der Geheiligten gehen, Edelmann.«

Ihr Mangel an Furcht beeindruckte ihn. Und er fand Treue lobenswert.

Er gab mit einer Handbewegung das Zeichen, dass sie sicheren Durchgang erhalten sollte. Das Wesen namens Berda drängte sich zwischen den Aikha-Kriegern hindurch.

Ein Duell zwischen Anführern war auf der Straße unterhalb von ihm ausgebrochen, dort, wo sie ebenerdig wurde, aber der Ausgang interessierte ihn nicht. Seine Nase brannte. Die Augen juckten. Er zuckte unsicher mit den Schultern, mochte den Geschmack der Luft ganz und gar nicht.

Er hob seine Standarte und prüfte den Wind. Eine alte Magie leckte an seiner Haut, verschwand rasch wieder. Dies war also keine Zauberei, sondern etwas Natürliches. Vielleicht war es nur die Spannung des Sturms, der über ihnen hing und nicht ausbrechen konnte. Nein, sie waren geschützt vor Magie, wie es seit dem Tag war, da er die Magie des alten Zauberers in seinem Stab gebunden hatte.

Er hielt seine Position, so reglos wie Stein, und wartete auf die Flut.

Das Donnern der marschierenden Aikha betäubte Rosvita, während der Wagen inmitten ihrer Reihen die Straße entlangrollte. Die Aikha kamen ihr vor wie der Ozean, denn sie erstreckten sich in alle Richtungen so weit, wie das Auge reichte: Zwei von ihnen duckten sich hinter dem Stamm einer alten Eiche; zwanzig befanden sich in einer Reihe beiderseits der Straße; Köpfe tauchten im Wald auf und verschwanden wieder; ein Meer von Aikha bewegte sich in geordneten Reihen vor ihr her.

Es war seltsam zu sehen, dass menschliche Soldaten gemeinsam mit den Aikha marschierten. Die meisten hatten die goldblonden Haare des albischen Volkes. Conrads erste Frau war eine ebenso schöne wie hochmütige Frau gewesen, deren lose Zunge ihn jedoch bezaubert hatte. Ihre milchig-weiße Haut, die sich so sehr von seiner dunklen unterschieden hatte, hatte bei Hof Unruhe verursacht, als sie das erste Mal dort eingetroffen war. Sie waren ein hübsches Paar gewesen und von allen bewundert worden, obwohl er die albische Königin verärgert hatte, indem er die Prinzessin aus ihrem Land und zu sich geholt hatte.

Seltsam, wie der Geist umherschweifte, wenn er gefangen war. Ein mächtiger Wind wütete in ihrem Rücken. Regen fiel, aber als sie schon mit einem Gewitter rechnete, verklang er auf unheimliche Weise. Sie zitterte, obwohl ihr nicht kalt war. Die Pferde spürten es ebenfalls, aber vielleicht beunruhigte sie auch nur die Gegenwart der Aikha, die den unnatürlichen Gestank von in der Sonne backenden Steinen verströmten.

Sorgatani sprach durch die Tür des Wagens hindurch. Obwohl Rosvita versuchte, die kerayitische Schamanin zu bedauern, fürchtete sie sich noch mehr vor ihrer erbarmungslosen Zauberei. *Ich bin nicht so offenherzig.*

»Hört Ihr, was da kommt?«, fragte sie mit ihrer hohen Stimme. »Nehmt Euch in Acht! Wir müssen fliehen! Sprecht mit Breschius.«

Alles, was Rosvita hörte, war das Getrampel von abertausenden marschierenden Füßen, von denen einige auf der Straße gingen und andere auf dem Waldboden, wo Zweige knackten und feuchtes Laub unter ihren Schritten knirschte.

Weiter vorn hatten sie freien Blick von der Stelle aus, an der der Berg abfiel. Die Soldaten teilten sich und ließen sie durch, als sie an einer behelfsmäßigen Barrikade aus alten Wagen vorbeirollten, die die Straße versperren sollten, aber inzwischen entweder beiseitegeschoben oder in Stücke gehackt worden waren.

Weiter vorn sah sie die Aikha-Standarte in den Händen desjenigen, der sich selbst Starkhand nannte. Er wirkte beinahe verloren zwischen den ungeschlachten Körpern seiner Soldaten, die aufgerückt waren, um zu beobachten, was immer sich im Tal unterhalb von ihnen abspielte. Was sie hörte – das Klappern von Schilden, das Klirren von Schwertern und Speeren, das Zischen von Pfeilen, die Schreie von Männern und Pferden, die niedergemacht wurden –, verriet ihr, dass dort unten eine Schlacht tobte.

Aber schließlich hörte Rosvita auch ein schwaches Geräusch, das auf unheimliche Weise dem Läuten von volltönenden Glocken ähnelte. Etwas bewegte sich im Wald rechts von ihnen. Ein Kaninchen stieß einen Todesschrei aus.

Oder war es überhaupt ein Kaninchen?

Der Geruch der Schmiede erhob sich um sie herum. Furchtbare Schreie erzitterten in der Luft, jeder von ihnen kurz und knapp. Breschius stolperte, hielt sich an den Zügeln fest und drehte sich mit offenem Mund um. Er blinzelte die Straße entlang, die sie gekommen waren. Die Ohren der Wagenpferde zuckten, und die Tiere machten einen Satz nach vorn.

»Oh, Gott!«, schrie er, stolperte an ihre Seite. »Hört Ihr sie, Schwester?«

Das Läuten der Glocken hatte eine Stimme. Die Stimme sprach einen Namen.

Sanglant.

»Was ist das?«, fragte Rosvita.

»Wir müssen fliehen! Das sind Galla!«

»Mögen der Herr und die Herrin uns beschützen!« Sie klammerte sich an ihren Sitz. Ein stechender Wind blies von hinten. Zu spät hörte sie die Schreie von Männern, die ganz in der Nähe starben. Furcht prickelte in ihrem Nacken. Der Schweiß brach ihr aus.

»Uralt und schrecklich!«, rief Breschius. »Wir haben keine Waffe, die ihnen Schaden zufügen könnte!«

Die Pferde traten um sich und versuchten davonzulaufen, aber das Geschirr hielt sie zurück. Aikha drehten sich um, um sich der von hinten kommenden Bedrohung entgegenzustellen. Zuerst sah sie nichts, wie auch sie nichts sahen – nichts, vor dem sie hätten davonlaufen können, nichts, gegen das sie hätten kämpfen können.

Dann schwankten Säulen aus Schwärze zwischen den Bäumen, schwärmten die Straße entlang. Es waren Türme der Dunkelheit, die sich bei Tageslicht voranbewegten, aus dem dunkelsten Sturm gerissene Fetzen, die Schneisen durch die Reihen der Lebenden rissen. Die meisten menschlichen Soldaten gerieten in Panik, fielen zu Boden oder lösten sich so schnell wie möglich aus den Reihen. Die Aikha jedoch begegneten der Bedrohung mit ruhiger Entschlossenheit, und Rosvita konnte nicht anders, als ihren Mut zu bewundern. Sie blieben standhaft, als die Galla den ersten und dann einen weiteren Mann umhüllten. Einige sprangen auf den Feind zu, nur um in ihm zu verschwinden. Andere tänzelten am Rand, nur um festzustellen, dass sie von hinten von einem anderen dieser Wesen verschluckt wurden. Niemand floh, wie jeder vernünftige Mensch es getan hätte. Soldaten wurden bis auf die Knochen gehäutet, obwohl die Überreste eines jeden Aikha nicht aus weißen Knochen bestanden, sondern die Farbe und Beschaffenheit von Stein hatten. Ein paar riefen ihren Brüdern eine Warnung zu. Die meisten starben schweigend.

»Rosvita!«, schrie Breschius. »Lauft! Ich kann die Prinzessin nicht verlassen, aber Ihr könnt Euch retten!«

Die Galla segelten durch den Wald und säuberten die Straße. Das Läuten der Glocken betäubte Rosvita. Sie hatte zu viel Angst und war zu verwirrt, um sich zu rühren, abgesehen davon, dass sie die Hände an die Ohren legte. Es machte keinen Unterschied. Dieses Geräusch wanderte nicht durch die Luft, sondern durch die Gebeine der Erde.

Sanglant.

Der Wagen rollte zur höchsten Stelle der Straße, dorthin, wo sie in die lange, schräge Rampe überging. Hier stand Edelmann Starkhand und starrte mit einer höchst menschlichen Miene auf die Galla, die über sie herfielen: Er war vollständig erstaunt, packte seine Standarte und schüttelte sie in ihre Richtung, als könnte er sie damit vertreiben. Ein Aikha-Soldat sprang auf ihn zu, schob ihn von der Rampe. Sie stürzten den steilen Rand hinunter, zusammen mit Kieseln und kleinen Steinen.

»Schnell! Schnell! Üble Dämonen kommen!« Wie aus dem Nichts tauchte eine Kerayitin auf der Straße auf, rief etwas, während sie Breschius die Zügel aus der Hand riss. »Die Geheiligte muss gerettet werden! Schnell! Schnell!«

Sie zog die Pferde mit sich, brüllte in einer Sprache, deren Worte bedeutungslos für Rosvita waren, die aber von Breschius und Sorgatani verstanden wurden. Breschius sank auf die Knie, machte Platz für die fremde Frau, die sich auf den Wagenlenkerplatz schwang. Als der Wagen an ihm vorbeirollte, streckte Rosvita die Hand nach ihm aus. Er hob seine Hand, und sie packte sie, aber seine Finger entglitten ihr, als die Frau die Pferde rücksichtslos antrieb.

»Ho! Ho!«, rief sie mit dunkler Stimme. »Platz da!«

Sie ließen Breschius zurück.

Rosvita schrie vor Angst, als der Wagen die Schräge erreichte. Das Gewicht trieb ihn in die Hinterbeine der Pferde. Die Tiere brachen in Panik aus und galoppierten wild davon. Ein paar Leute standen am Rand der Rampe, drehten die Köpfe und starrten voller Entsetzen auf den dahinrasenden Wagen. Weiter unten versperrten Reiter die Straße, lenkten ihre Pferde dann zur Seite, um auszuweichen. Es gab nur einen einzigen Menschen in der Mitte der Straße, der wie betrunken taumelte.

Die Fremde kämpfte mit den Zügeln, versuchte verzweifelt, die Pferde dazu zu bringen, einen Bogen um den Mann zu machen, der dort im Weg stand, aber die Tiere befanden sich in vollem Galopp und reagierten nicht – konnten es nicht.

Rosvita schloss die Augen. Sie flüsterte ein Gebet, bat um Vergebung für ihre Feigheit und ließ sich seitlich vom Kutschbock fallen.

Als sie auf dem Boden aufkam, raubte der Aufprall ihr beinahe den Atem; die Schulter und die Hüfte hatten die ganze Wucht abbekommen. Ein stechender Schmerz durchzuckte sie. Sie rollte bis an den Rand und stürzte darüber hinweg, blieb auf etwas Gras liegen, das zwischen den Felsen wuchs.

Oh, Gott, es tat so weh, als sie wieder hochkroch und keuchend liegen blieb. Breschius tauchte weit oben an der Rampe auf, rief nach ihnen. Einen Augenblick sah sie sein vertrautes Gesicht; er war ein guter Mann, der Gott sein Leben lang treu und voller Freude gedient hatte. Die Schwärze verschlang ihn, als die Galla durch den Raum glitten, den sein Körper einnahm.

Sie rief seinen Namen, zu spät, und weil sie ein Feigling war, hastete sie von der Straße weg, als ein Dutzend oder mehr Galla die Schräge hinunterströmten, alle auf ein einziges Ziel ausgerichtet.

Die Männer liefen auseinander. Bis auf einen.

Als der vollkommen außer Kontrolle geratene Wagen und die panischen Pferde die Stelle erreichten, an der die Schräge zu Ende war, hüpfte der Wagen auf und ab. Eine Achse barst. Ein Rad löste sich.

Alles prallte geradewegs gegen den Mann mit dem Drachenhelm, der mitten auf der Straße stand. Sein Körper wurde unter den Hufen zermalmt. Der Wagen schlingerte über ihn hinweg, fiel dann um und rutschte knirschend zur einen Seite, während die Pferde wieherten und in ihrem Geschirr mitgerissen wurden. Die Frau auf dem Wagen wurde davongeschleudert, kam hart auf und blieb reglos liegen. Ein Pferd versuchte mühsam aufzustehen, sank aber aufgrund eines gebrochenen Beines wieder zu Boden. Das andere rührte sich gar nicht.

Der Mann lag rücklings auf dem Boden, der Helm war weggerissen worden, die schwarzen Haare fielen ihm über das dunkle Gesicht. Ein lebloser Körper verströmte etwas, das auch aus der Ferne verriet, dass er tot war. Wenn die Seele geflohen war, war der Körper nur noch Fleisch.

Niemals hatte irgendein angehaltener Atemzug so lange gedauert. Es kam Rosvita so vor, als wäre sie vollkommen taub geworden oder als wären sämtliche Geräusche auf der Welt gedämpft worden.

Bis auf eines. Eine mit angegrauten Haaren bedeckte Hand schloss sich um ihren Arm. Schmerz zuckte durch ihre Schulter, und sie schnappte nach Luft und biss die Zähne zusammen.

»Gütiger Herr. Ist es möglich, dass Ihr das seid, Schwester Rosvita?«

Sie konnte nur verschwommen sehen, aber sie kannte die Stimme. »Wulfhere?«

»Rasch, wir müssen zurück. Hier ist es nicht sicher. Kriecht hierher, den Galla aus dem Weg.«

»Was ist passiert?«, fragte sie schwach, als er sie von der Rampe zog.

Sie blutete, hatte sich die Haut aufgeschürft und war verwirrt. Ein Kopfschmerz baute sich in ihrem Kopf auf, wie ein Sturm, der bald losbrechen würde. Aber sie war zu erschreckt, um diese kleinen Unannehmlichkeiten zu beachten. Der Atem der Schmiede drang in sie ein, als die Galla vorbeiströmten. Ihre Gegenwart brannte auf ihrer Haut wie Feuer. Sie sangen mit ihren tiefen Glockenstimmen, aber in dieser Melodie erklang nur ein einziges Wort, immer und immer wieder. Doch der Ton ihrer Stimmen hatte sich geändert. Sie hörte nicht mehr eine Aussage, sondern eine Frage, als würde ein Kind nach seiner verlorenen Mutter rufen.

Sanglant?

Wulfhere warf sich neben sie und zog den Kopf ein, so dass er nicht zu sehen war. »Es hat sich nicht so entwickelt, wie ich beabsichtigt hatte«, bemerkte er. Er sprach eigentlich nicht mit ihr, sondern mit sich selbst, wie ein Mann, der daran gewöhnt war, allein zu reisen und nur mit sich beschäftigt zu sein. »Ich habe einen verzweifelten Versuch unternommen, ohne zu wissen, ob es wirklich klappen würde. Aber es scheint, als wäre ich endlich doch noch erfolgreich gewesen. Er ist durch die Zauber gut geschützt gewesen, die seine Mutter in seinen Körper gewoben hat.«

»Was wollt Ihr damit sagen?«, fragte sie mit krächzender Stimme, starrte voller Entsetzen auf die Galla, die auf den Körper zuströmten, während die Soldaten zurückwichen. Selbst diejenigen, die ihrem Hauptmann und König am treuesten ergeben waren, waren zu entsetzt, um sich diesem Schrecken entgegenzustellen. »Was hattet Ihr vor?«

Seine Stimme kam von weit weg, als wäre sie durch Wolle gedämpft, aber sie war dennoch erstaunlich kühl, gelassen und voller Frieden.

»Sanglant zu töten. Ganz, wie König Arnulf es befohlen hatte.«

XI

Eine unnatürliche Menge an Glück

1

Der Bewässerungskanal war nicht tiefer als eine Elle und kaum breiter als seine Schultern. Er war schlammig und glitschig, und dennoch grub Ivar sich in ihn hinein, schluckte Wasser, das nach Erde und den üblen Resten der nächtlichen Abfälle schmeckte. Der Boden erzitterte unter den sich nähernden Hufen.

Die zwei Streitkräfte prallten genau über ihm aufeinander. Das Dröhnen und Krachen ihres Zusammenstoßes klang lauter als jeder Sturm. Hufe polterten um ihn herum, als Pferde zur Seite oder zurückgerissen wurden, während die Männer einander bedrängten. Wasser schwappte ihm über den Kopf. Er suchte an den rutschigen Seiten nach Halt, schluckte Wasser, hustete, versuchte, nicht unterzugehen. Als ein zerbrochener Speer auf seinen Rücken fiel, zog er sich aus dem Graben hoch und eilte in Richtung der Obstbäume. Er arbeitete sich im Zickzack durch das wogende Auf und Ab des Gefechts und löste sich davon, nur um danach über einen sterbenden Mann zu stolpern. Er riss dem Mann den Schild vom Arm und duckte sich darunter, während er zum nächsten Baum rannte. Eine Reihe von Reitern löste sich aus dem Kampf, als würde sich eine Peitsche entrollen. Er warf sich flach auf den Boden, als sie über ihn hinweggaloppierten.

Ein Huf strich an seinem Kopf vorbei, nur eine schwache Berührung wie das Streicheln der Hand der Herrin. Eine Gnade. Ein Segen.

Er kroch wie ein Wurm durch das Unkraut, den Schild über seinem Rücken. Sein Schutz erzitterte unter einem Schlag, den jemand im Vorbeireiten austeilte, aber er zerbrach nicht. Ivar schmeckte Unkraut, und aufgewirbelte Pollen drangen in seinen Mund. Vor ihm türmten sich die Bäume auf, und er stolperte unter ihr schützendes Dach, kauerte sich gegen den dicksten Stamm, den er finden konnte. Sein Oberschenkel ruhte schmerzhaft auf einem kleinen grünen Apfel, der zu früh abgefallen war. Er hatte nicht sehr viel Deckung, dazu standen die Bäume zu weit auseinander. Aber es war der einzige Schutz, den er vor dem um ihn herum tobenden Gefecht finden konnte. Er blinzelte über den Rand seines Schildes.

Er erkannte Wichman von Saony sofort. Niemand sonst kämpfte derart ohne jede Rücksicht auf sein eigenes Leben und seinen Körper. Der Edelmann schrie und lachte, als wäre dies die beste Unterhaltung in der Welt, während er ein Dutzend seiner Reiter in einem weiten Bogen durch ein Feld und zurück trieb, um die Flanke der Gruppe mit dem Guivre zu erreichen, bei der das Banner von Arconia wehte. Dieser Pfad führte ihn direkt zwischen den Bäumen hindurch. Er ritt voller Kraft, duckte sich unter den tief hängenden Zweigen und brüllte wie ein Wahnsinniger.

»Für den Phönix! Für den Phönix!«

Sabella ritt mit ihren Soldaten, aber sie hielt sich etwas zurück, überließ es der ersten Reihe, den Angriff zwischen dem Graben und den Bäumen abzufangen. Ein arconianischer Hauptmann beugte sich vor, um freies Schussfeld auf Wichmans Kopf zu erlangen. Edelmann Wichmans Lanze drang hoch oben in die Schulter des Mannes, bohrte sich in die Halsmulde und trat am Rücken von einer Blutfontäne begleitet wieder aus. Ihre Pferde prallten gegeneinander. Wichman flog über beide Tiere und den erschlafften Körper des anderen Mannes hinweg und landete keine zehn Schritt von Ivar entfernt rücklings auf der Erde. Sein Helm löste sich und rollte über den Boden. Arconianische Reiter stießen Freudenschreie aus und setzten ihm nach.

Unsicher erhob sich Wichman, rutschte dabei mit dem Rücken am Baumstamm hoch, während er nach seinem Schwert griff. Aber die Lanze eines Soldaten traf ihn in der rechten Schulter, durchdrang Rüstung und Fleisch und nagelte ihn an den Baum.

Das Gefecht wurde zu einem chaotischen Durcheinander, wogte nach allen Seiten, während Männer wild aufeinander einschlugen. Nur in der Mitte herrschte eine unheimliche Stille.

Ivar hielt den Atem an, während sein Blick über das Schlachtfeld schweifte. Er konnte alles sehen, bis hin zu den Mauern von Kessal. Die Kämpfe zogen sich ohne jegliches erkennbare Muster oder irgendeine Ordnung über die Felder hin, waren lediglich ein Wirrwarr von Bewegungen, die von Waffenklirren ergänzt wurden, von den Schreien der Verwundeten, den Hindernissen, die die inzwischen zerstörten Belagerungsmaschinen bildeten. Nur die riesige Rampe, die den östlichen Berg hinauf- und in den Wald hineinführte, war frei und von überall aus leicht zu sehen.

Seltsamerweise war die einzige bedeutsame Bewegung auf diesem Teil der Straße die eines außer Kontrolle geratenen Wagens, der die Rampe hinunterraste. Eine Mauer von Männern spritzte auf dem hohen Kamm auseinander, strömte von der Straße weg. Donner grollte, als das kräftige Trommeln, das die Luft hatte erzittern lassen, zu einem ungleichmäßigen Hämmern wurde. Glocken läuteten. Das tiefe Pochen verängstigte ihn so sehr, dass er sich auf die Beine kämpfte, um zu dem Wald im Westen zu rennen. Das hallende Geräusch brannte wie Feuer auf seiner Haut.

Zwanzig Mann oder mehr mit den Überwürfen der Arconianer rückten zu den Bäumen vor. Ein einzelner Reiter stieg ab und schob den Helm zurück. Edelfrau Sabellas Gesicht war von Schweiß befleckt, und sie war sichtlich erschöpft, hatte rote Wangen und vor Müdigkeit weiß umrandete Augen.

»Nun, Wichman.« Sie hob einen übel aussehenden Streitkolben, während sie sich dem hilflosen Edelmann näherte. »Das wird deiner Rebellion ein Ende bereiten. Du Schwein von einem Mann.«

Wichman grinste, aber es war eher ein Zähneblecken, als er gegen die Lanze ankämpfte, die sich durch seine Schulter gebohrt hatte. Er war am Stamm festgenagelt. »Solche Worte haben nicht viel zu sagen, wenn sie von Euch kommen, Verwandte.«

Sie schnaubte. Ihr Blick glitt über Ivar, aber dann hielt sie inne, sah ihn ein zweites Mal an – und starrte schließlich auf eine Weise herüber, die ihn zusammenzucken ließ. »Gütiger Gott im Himmel! Ich wusste doch, dass ich dich kenne! Du bist tot, treuloser Lügner! Es ist deine Schuld, dass ich meine edelsten Gefangenen und meinen hübschen Geistlichen verloren habe! Hundesohn!«

Ivar hatte nicht einmal ein Messer, um sich zu verteidigen. Sie hob den Streitkolben und kam näher.

Ein wildes Gebrüll erhob sich vom Schlachtfeld, als ein Sturm aus Wut und Angst über das Feld strich. Über alldem ertönte ein schriller Schrei vom Himmel her, wurde vom Wind herangeweht. Ein riesiger Schatten glitt über das Tal von Kessal. Männer blieben schlagartig stehen, wo er vorbeikam. Ivar konnte sich nicht rühren, aber er konzentrierte sich auf den hilflosen Versuch, seine Beine dazu zu bringen, sich zu bewegen. Sogar Sabella hielt inne, den Streitkolben über die Schulter erhoben, bereit zu dem Schlag, der Ivars Kopf zertrümmern sollte.

Alles wurde still. Das Donnern verklang. Das Trommeln erstarb. Männer hörten einfach auf, sich zu bewegen. Selbst die Pferde konnten vor Angst nur mit den Augen rollen. Stöhnen erhob sich von erschreckten Männern wie von einem Chor, aber diese Stimmen waren weich, gedämpft durch das schwere Gewicht, das sämtliche Geschöpfe auf dem Schlachtfeld förmlich erstickte.

Wichman ächzte. Seine Hand zuckte. Seine Finger krümmten sich um den Griff seines Messers, und er löste es aus der Lederscheide. Irgendwie konnte er seine Hand bewegen, während alle anderen vollkommen erstarrt waren, als hätten sie sich in Stein verwandelt.

Das Messer flog durch die Luft, blitzte auf.

Gott wusste, dass Wichman immer unnatürlich viel Glück gehabt hatte, obwohl nur Gott wusste, wieso ein so unangenehmer Mann etwas erhalten sollte, das anderen vorenthalten blieb.

Die Klinge grub sich tief in Sabellas Kehle.

Sie stand starr da, als würde sie von der gleichen betäubenden Kraft gehalten, die alle anderen ergriffen hatte. Ein einziger Tropfen Blut perlte aus der Wunde.

Der schrille Schrei erklang ein zweites Mal über dem Tal. Diesmal sah Ivar das Tier, das über ihnen flog. Das schuppenartige Fell schimmerte mit einem giftigen Glanz, der Schmerz in seinen Augen erzeugte. Der unheilvolle Blick lähmte alle, die zu ihm hinsahen, und weil es sowohl schön als auch schrecklich war, starrten alle hinauf, Männer und Frauen, um es fliegen zu sehen.

»Mich als Schwein zu bezeichnen«, murmelte Wichman. Er sackte vornüber, verdrehte die Augen.

Sabella sank zu Boden, den Streitkolben noch immer in der Hand, das Messer in der Kehle.

Ivar konnte sich nicht rühren, und er konnte auch nichts hören, nicht den Wind, nicht die Schreie der Menschen, nicht die Glocken. Er dachte schon, er wäre taub geworden, bis die Stille von einem höchst weltlichen Geräusch gestört wurde, das über diese Entfernung nur deshalb wahrgenommen werden konnte, weil alles so unheimlich still war.

Es war das fröhliche Gebell von zwei Hunden.

2

Selbst die Pläne des schlauesten Anführers schlagen manchmal fehl, weil niemand die Windungen des Schicksals vorausahnen kann. Und es ist immer der unerwartete Schlag, der einen zu Fall bringt.

Er hält die Standarte, die der alte Priester gemacht hat. Der Schaft besteht aus bemaltem Holz, das Kreuzstück ist mit Federn und Knochen geschmückt, mit Lederstreifen sowie der durchschimmernden Haut einer Schlange, gelblichen, auf Draht aufgezogenen Zähnen, den Haaren von RaschTöchtern, die zu Ketten aus Gold und Silber, Eisen und Zinn gesponnen worden waren, Perlen aus Amethyst und Kristallen, die an kräftigen roten Fäden hängen, und Knochenflöten, die so raffiniert gearbeitet und angebracht sind, dass der Wind in ihnen seufzt. Der Schaft summt an seiner Hand, als lebteb Bienen darin.

Dieses mächtige Amulett, das in den Holzstab mit seinem Kreuzstück gewebt worden ist und aus ihm besteht, schützt all jene vor Magie, die ihm untertan sind und sich unter seinen Fittichen befinden.

Aber es gibt Geschöpfe in der Welt, deren Macht – eingewebt in ihre Gebeine – der Magie ähnelt, ohne dass sie selbst Magie sind, denn sie werden von der Hand anderer geführt.

Diese Möglichkeit hat er übersehen.

Als die Glockenstimmen durch den Wald dringen, als die Säulen aus schwarzem Rauch zwischen den Bäumen hindurchgleiten und seine Soldaten häuten, lernt er zum ersten Mal Angst kennen. Seine Aikha sind die kühnsten Soldaten überhaupt; sie fürchten den Tod nicht, weil sie den Tod bereits verzehrt haben, um Männer zu werden und nicht Hunde zu bleiben.

Was sie jetzt heimsucht, ist nicht der Tod, sondern die Auslöschung, und dennoch springen sie auf, um zu kämpfen, obwohl sie vollkommen überwältigt werden. Was die Kreaturen der Dunkelheit essen, ist die Seele.

Er ist erschüttert. Er steht auf der Straße und sieht auf das, was er bis zu diesem Augenblick als seinen größten Sieg betrachtet hat. Er ist zu benommen, um aus dem Weg zu gehen, als die Türme aus schwarzem Rauch eine Bresche durch seine Soldaten schlagen und sich über ihm auftürmen.

Letzter Sohn stürzt sich auf ihn, reißt ihn mit sich über den Rand der Rampe, so dass sie in einer Kaskade von Kieseln und Erde herum und herum und herum rollen. Die Standarte zerbricht, zersplittert. Die einzelnen Stücke verteilen sich in alle Richtungen.

Vielleicht war es eine Wurzel, die ihn hatte stolpern lassen, oder seine eigenen Füße, oder ein Loch im Boden. Er fiel der Länge nach auf den Boden. Die Hunde schwärmten sofort um ihn herum, um ihm das Gesicht zu lecken und an seiner Kleidung zu zerren. Zu lang – einen Augenblick oder eine Ewigkeit – lag er benommen da, als ein zunehmender Wind die Bäume schüttelte. Das Guivre gab ein unruhiges Piepsen von sich, klopfte mit dem Schwanz auf den Boden.

Er war blind gegenüber dem, was außerhalb von ihm war, aber vor seinem inneren Auge erstand ein Bild der Vergangenheit, das stärker und stärker wurde.

Die Herrin der Schlachten und ihr weißes Schlachtross erklimmen den Drachenrückenkamm.

Bruder Gilles wird mit einem Speer von einem wütenden Aikha-Plünderer durchbohrt, der dem alten Mann das kostbare heilige Buch aus den zitternden Händen reißt.

Tante Bel steht auf der Türschwelle und starrt hinaus in die nasse Nacht, fragt sich, was aus ihrem Stiefsohn geworden ist.

Spatzen fressen Simplizius aus der Hand, während der Einfältige vor Freude stumm weint.

Starkhand ist angekettet und gefangen, heult auf, um die Hunde herauszufordern.

Lavastin sitzt am Tisch des Grafen und mustert Alain mit einem scharfen, traurigen Blick.

Edelfrau Sabellas Haare sind zurückgeflochten und mit goldenen und silbernen Bändern versehen, bleiben aber so unbedeckt wie die eines Soldaten.

Bruder Agius flüstert Händchen haltend bis spät in die Nacht mit Bischöfin Constanze; ihre Körper sind Gefangene ihres Feindes, ihre Herzen aneinandergekettet – eine Heirat, die lange zuvor verboten und unmöglich war. Hinter ihnen sieht Bischöfin Antonia mit offenen Augen zu, wie die beiden einander Trost spenden. Sie ist ein riesiges, gähnendes Maul, das Luft und Leben einsaugt, ein Tor, durch das die höchsten unnatürlichen Kräfte eintreten können. Neid ist der Schatten des Guivre, die Flügel des Todes.

Sie hat die Galla von einem weit entfernten Ort gerufen, der kein Teil dieser Welt ist, oder aus dem Äther, der durch alle Dinge strömt, durch den Kosmos selbst.

»Geh«, flüsterte er in den Boden. Er kämpfte sich hoch und sah das Guivre an, hielt es mit seinem Blick gefangen. »Geh! Ich, der dich einmal verschont hat, befehle dir, mir diesen Gefallen zu tun, den du mir als Gegenleistung schuldest. Geh zum Schlachtfeld. Fliege dort umher, bis ich dir etwas anderes befehle.«

Das Guivre war auf dem Boden ein ungelenkes Wesen, aber als es aufsprang und vom hohen Wind weggetragen wurde, flog es mit einer Anmut, die einen Menschen vor Freude zum Weinen bringen konnte, wenn man sah, wie viel Schönheit Gottes Hand in den Himmeln wirkte. Es schrie einmal auf, dann verlor Alain es aus den Augen, als es über den Bäumen verschwand. Er wischte sich die Unterarme und Beine ab, zog einen Zweig aus seinen Haaren. Kummer und Rage saßen wartend da, keuchten, obwohl der Wind heftig genug war, um die Augen zum Tränen zu bringen. Der Himmel über ihm war so dunkel wie Pech, aber es regnete nicht, obwohl es das eigentlich hätte tun müssen. Diesen Sturm hatte die Herrin gerufen; er folgte keinem natürlichen Lauf.

»Kommt.« Er lief los. Die Hunde rannten mit ihm, einer vor ihm und einer hinter ihm. Aber es war zu spät. Zu spät. Die

Schlacht hatte bereits begonnen; er hatte sie nun doch nicht verhindern können.

Abgesehen davon, dass es niemals zu spät war. Die Welt fuhr fort auf ihrem Weg, trotz der Tragödien und Freuden, die sich im Leben eines jeden Wesens ereigneten. Man musste voranschreiten, solange noch Atem in einem war. Sich in den Feldern plagen, die Gott am meisten schätzten. Man machte es so gut wie jeder andere.

Das hatte Lavastin gesagt. Aber Alain hatte Tallia verloren, und er hatte Lavastin verloren. Er hatte gesehen, wie der Graf sich in Stein verwandelt hatte, in sein eigenes steinernes Bildnis.

Erinnerungen verfolgten ihn, während er lief, Bilder, die im Rhythmus zu den Schritten kamen und gingen.

Eine erwachende Schlacht gegen die Aikha, als die Herrin der Schlachten neben ihm ritt.

Henri, der ihm vorgeworfen hatte zu lügen, um die Gunst eines Grafen zu erlangen.

Liath, die beim Herdfeuer weinte.

Die Schlacht bei Gent, der zerlumpte, halbwilde Prinz, der vom Siegesfest davontaumelte, sich erbrach, weil er nicht in der Lage war, Essen bei sich zu behalten, nachdem er so lange gehungert hatte.

Tallia in ihrer Hochzeitsnacht. Immer würde ein gewisses Maß an Schmerz da sein, wenn er sich daran erinnerte. Wenn er sich an den Nagel erinnerte, mit dem sie ihre eigenen Hände verletzt hatte.

Ich bin getäuscht worden.

Er hatte die Grafschaft Lavas am Ende verloren und war als Löwe nach Osten marschiert, wo er einen Mann getötet hatte, um Barmherzigkeit zu üben, und dann selbst getötet worden war.

Der Tod hatte ihn zu Adica geführt, und der Tod hatte ihm Adica entrissen – obwohl Adica ihm sicher niemals gehört hatte und auch er ihr nicht gehört hatte in diesen uralten Tagen, die jetzt in Vergessenheit geraten waren. Nur der Grabhügel war geblieben, eine Art Erinnerung, ein greifbares, aber stummes Etwas.

Er hatte für eine kurze Zeit Frieden im Kloster Herford gefunden, aber der Frieden besaß ein zerbrechliches Herz, und dieses wurde zu schnell zerbrochen. Er war in die Hände von Räubern gefallen, hatte den Mann getötet, der einst als Bruder Willibrod bekannt gewesen war, ein Wesen ohne Seele, das anderen das Leben ausgesaugt hatte, um seine eigene verrottende Hülle zu erhalten.

Danach war sein Gedächtnis zerbrochen. Er hatte die Anker verloren – Rage und Kummer –, und es kam ihm so vor, als hätten sich die Erinnerungen aus jener Zeit unentwegt weiterbewegt, in einem unendlichen Kreis, bis ein scharfer Schlag ihn in die Grube gerissen hatte. Er war einige Zeit in Dunkelheit gewandelt und danach im Licht, und einige Zeit war er in einem Käfig gewesen, und dann hatte sich der Sturm erhoben. Das Meer hatte ihn überschwemmt, und der Drache hatte sich aus der Erde freigerissen, die ihn für eine Zeit begraben hatte, die jenseits jeder Erinnerung lag. Jenseits jeder Erinnerung bis auf seine eigene, denn aufgrund des Eingreifens von Zauberei hatte er die uralte Beschwörung bezeugt, die alles in Gang gesetzt hatte.

Wer sonst erinnerte sich daran?

Zum einen: die Schamanin der Zentauren. Aber als er den Atem ihrer Seele in der Welt der Lebenden suchte, konnte er ihn nicht finden.

Zum anderen: die WeisMütter, die durch die uralte Feuersbrunst geboren wurden und die Nester ihrer Kinder über die nördlichen Lande verstreut hatten. Aber als er ihren langsamen Geist im Äther suchte, konnte er ihn nicht finden.

Es bleibt mir überlassen zu tun, was richtig ist. Das ist in den Augen Gottes Belohnung genug.

Als er den Waldrand hoch über den Feldern erreichte, waren die Linien der Schlacht bereits gezogen und überrannt worden, aber die Soldaten auf allen Seiten standen in unheimlicher Reglosigkeit da, erstarrt durch den Blick des Guivre. Er stand am Rand eines steilen Hangs, der durch einen Erdrutsch beschädigt worden war. Lose Steine waren da, zu gefährlich, um über sie hinunterzugehen.

Er rief. Das Guivre flog eine große Runde und kehrte zu ihm zurück. Er packte die Hunde an den Halsbändern und führte sie über einen Baumstamm, der umgestürzt war und einen gefährlichen Absatz über dem Hang bildete. Der Baumstamm rutschte unter ihrem Gewicht zur Seite. Die Hunde bellten vor Angst. Das Guivre flog tiefer, als der Baumstamm unter Alains Füßen nachgab und wegrollte. Die Klauen des Guivre krallten sich um seine Schultern, und die verblüfften Hunde schwiegen, als auch sie hochgerissen wurden und die Halsbänder sich tief in ihre empfindlichen Kehlen gruben. Ihr Gewicht drohte beinahe seine Schultergelenke auszukugeln, aber das Guivre stürzte mit benommen machender Geschwindigkeit den öden Hang hinunter und über die zersplitterten und durcheinanderliegenden Baumstämme hinweg, brach und zerriss Zweige und Flecken von Vegetation aus blühenden Sumpfdotterblumen oder Reben, die seit dem Sturm im vergangenen Herbst Wurzeln gefasst hatten.

Die Beschaffenheit des Geländes hatte die Mauern von Kessal vor der Zerstörung bewahrt – der steile Hang stürzte jäh zu einer Senke ab und war von drei Hügeln umstanden. Unten hatten sich Trümmer angesammelt und bildeten jetzt einen neuen Schutzwall. Das Guivre flog tief über der nordöstlichen Seite der Stadt. Die Soldaten auf den Mauern waren erstarrt. Niemand deutete auf sie, niemand schrie auch nur; die einzigen Geräusche, die zu hören waren, waren das Pfeifen des Windes und ein entferntes Murmeln, als würde die Menschheit noch versuchen, eine Stimme zu finden.

Vom Blick des Guivre stumm und reglos gemacht, standen alle Wesen hilflos da.

Vor ihm befand sich der Schauplatz eines schlimmen Gemetzels: eine Reihe von Belagerungsmaschinen, die bei einem Angriff umgestürzt waren. Überall lagen getötete Männer und Pferde, die aufgrund von Verletzungen und gebrochenen Gliedmaßen gestürzt waren. Reiter standen gebannt an der Straße – von der Höhe aus erkannte Alain die Pflastersteine und das Fundament des alten Straßenbetts, das so gerade verlief und in so genauen Winkeln Biegungen folgte, dass es leicht als Werk des alten dariyanischen Kaiserreiches zu erkennen war.

Eine Rampe zog sich über die Felsenklippe, die sich zwischen dem Tal und dem höher gelegenen Wald im Osten befand. Viele Soldaten standen erstarrt auf dieser Straße und zwischen den Bäumen. Auf den Bergen lagen erschreckend viele tote Aikha. Zwischen ihnen leuchteten die weißen Knochen von menschlichen Soldaten, deren Körper von den Galla verzehrt worden waren.

Zwanzig Galla strömten die Rampe hinunter. Der Klang ihrer Glockenstimmen verriet sowohl Verzweiflung als auch Schmerz.

Er stieß mit den Füßen gegen den Boden, als das Guivre am oberen Ende der Rampe aufsetzte. Als er ihre Halsbänder losließ, schossen die Hunde bellend davon, da sie wieder frei waren.

Unten am Fuß der Rampe lag ein umgestürzter, zerbrochener Wagen. Die Leichen der zwei Pferde und des Wagenlenkers hatten sich in dem Geschirr verheddert. Ein kleines Haus befand sich über dem Wagenbett, das zum größten Teil noch intakt war, aber die Achse war zerbrochen, die Räder waren in ein Dutzend Sparren und Scherben zerborsten. Ein einzelner Körper lag ausgestreckt mitten auf der Straße.

Nicht eine Seele rührte sich, abgesehen von den Galla. Sie waren durch einen Riss im Stoff des Universums in diese Welt gelangt; der Blick des Guivre konnte sie nicht bannen. Sie strömten die Rampe hinunter und wirbelten um den Wagen und die einzelne Gestalt herum.

Er hörte ihren Ruf: *Sanglant.*

Aber sie konnten Sanglant nicht finden – sie konnten sein

Wesen nicht finden, nicht die Substanz, die ihn veranlasste zu leben.

Alain ging die Straße entlang auf ihn zu, während – als Spiegel seiner eigenen Bewegungen – ein einzelner berittener Soldat sich ebenfalls näherte und ihn von der anderen Seite des Ringes aus Galla ansah. Die eisenartige Hitze, die von den Galla ausströmte, zwang ihn, ein gutes Stück entfernt stehen zu bleiben. Der Geruch der Schmiede verbrannte seine Haut und bedeckte seine Zunge mit einem sauren Geschmack. Aber die schwarzen Säulen – jede ein Turm aus Leere – wirbelten um den auf der Straße liegenden Körper. Sie näherten sich nicht, und sie zogen sich auch nicht zurück; sie schienen gefangen zu sein zwischen Entschlossenheit und Verwirrung.

»Er hat mir viele Jahre gut gedient, hat Tod ausgeteilt, ohne ihn zu erleiden«, sagte die Herrin der Schlachten. »Ich habe mich schon gefragt, ob irgendeine Hand ihn aufhalten kann, da der Fluch seiner Mutter ihn beschützt, aber ich glaube, jetzt ist er wahrlich gegangen.«

Sanglant war von den Rädern überrollt worden; außerdem war sein Bauch von einer spitzen Speiche durchbohrt worden, die bei dem Wagensturz abgesprungen war. Sein zermalmter Körper lag schlaff da. Der Riemen seines Drachenhelms hatte sich gelöst, und der hübsche Helm lag eine Armeslänge entfernt von ihm. Eine einzelne Greifenfeder lag auf seinem Körper; vielleicht war es dieser Wächter, der die Galla fernhielt.

Vielleicht war Sanglant noch am Leben.

Das kalte Lächeln der Herrin der Schlachten zog ihn näher heran. Die Hunde folgten ihm, obwohl sie erschreckt waren, und so befahl er ihnen, sich von dem Wirbel aus Schwärze fernzuhalten.

Er ging weiter, und dort, wo er ging, wichen die Galla in einem großen Bogen zurück. Seine Haut kribbelte von der Berührung, als sie an ihm vorbeistrichen, aber ihre Berührung verschlang ihn nicht. Während er durch ihre Reihen ging, lauschte er.

Sie hatten Stimmen, aber es waren keine richtigen Worte zu

verstehen. Sie sprachen nicht mit einer Sprache in der Art der Menschen und ihrer Verwandten. Es klang zuerst wie das Zischen von Schlangen, aber selbst das Zischen von Schlangen hatte eine Bedeutung. Tief im Innern des Glockenklangs hörte er, was sie versuchten, einander mitzuteilen.

Schmerz. Schmerz. Schmerz. Der Atem dieser Welt verbrüht uns. Wir leiden. Gehen wir nach Hause. Diese Seele namens Sanglant ist das Tor, durch das wir in die andere Welt gelangen. Wo ist sie jetzt?

Er kniete neben Sanglant nieder, legte eine Hand an seinen dunklen Hals, aber er fand keinen Puls. Um ihn herum türmten sich die Galla auf, tödlicher als Sturmwolken und so schwarz wie der Abgrund. Abgesehen von ihnen sah er nichts, nur dieses Stückchen Straße und den Prinzen. Es war, als wäre die Welt verschwunden oder als hätte sie nie existiert. Nur die Herrin der Schlachten stand strahlend da, eine Anwesenheit ohne körperliche Substanz, die dennoch die Welt durchdrang.

Am Beginn der Welt hatten nur die vier reinen Elemente existiert: Licht, Wind, Feuer und Wasser. Über ihnen befand sich die Kammer des Lichts, und darunter, in den Tiefen, war der Feind, der die Dunkelheit ist. Durch Zufall hatten die Elemente, als sie sich bewegt und vermischt hatten, die Grenzen überschritten, die ihnen gesetzt worden waren, und die Dunkelheit hatte den Vorteil der vorübergehenden Verwirrung genutzt, um sich aus dem Abgrund zu erheben und sie zu verderben.

»Du wirst immer bei uns sein«, sagte er, »aber dennoch werde ich in meinem Kampf gegen dich nicht nachlassen.«

»Bleib an meiner Seite.« Ihr Lächeln war das einer unwiderstehlichen Verführerin oder einer großzügigen Mutter. Es war leicht, dieses Lächeln für eine würdige Gabe zu halten, und eine noch würdigere Belohnung, aber er wusste es besser.

»Das werde ich tun. Du wirst mir nicht entkommen.«

Er nahm die Greifenfeder auf. Dann erhob er sich und trat zwischen die Galla.

»Geht zurück«, sagte er zu ihnen und streckte dabei den

Arm aus. Sie taumelten ihm entgegen, rückten näher, als er durch die schwarze Substanz des ersten Galla schnitt. Mit einem Krachen und einem Zischen, einem Windhauch der Schmiede, verschwand es. Die anderen folgten, eines nach dem anderen, bis auch die letzte gequälte Stimme die Welt verlassen hatte.

Als er sich umdrehte und hoffte, dass er auch die Herrin der Schlachten verbannt hatte, stand sie immer noch da. Die Greifenfeder hatte keine Macht über sie, und er legte sie auf Sanglants Körper.

»Das Guivre hält die Kämpfenden in Schach«, sagte sie und musterte ihn dabei. »Das kann es nicht ewig tun. Dann werden sie wieder kämpfen. Es gibt nichts, was du dagegen tun kannst. Du hast es selbst zugegeben. Dies ist der Lauf der Welt.«

»Du irrst dich.«

Sie lachte, wendete ihr Pferd und verschwand zwischen dem einen und dem nächsten Atemzug in einem Schauer aus Nebel. Regen fiel auf das Feld, wanderte rasch nach Westen weiter. Es donnerte. Das Guivre schrie auf, wartete auf seinen Befehl, während es sich im Aufwind höherschraubte.

Er pfiff. Die Hunde rannten zu ihm, stießen ihn mit ihren großen Köpfen an. Er kratzte sie an den Ohren und legte eine Hand an ihre feuchten Schnauzen. Sie wandten sich von ihm ab und näherten sich vorsichtig dem Körper des Prinzen, die Ohren angelegt, die Schwänze steif.

Der Tote öffnete die Augen.

Rage wich zurück. Kummer fing so heftig an zu bellen, dass Alain sich die Ohren zuhielt. Der Körper zuckte in höchst unnatürlicher Weise. Die Arme und Beine bewegten sich unbeholfen, als er sich auf die Beine kämpfte, in einer Weise, wie es kein Mensch je getan hätte. Die Greifenfeder fiel auf die Straße; er schien es nicht einmal zu bemerken.

»Wer bist du?«, fragte Alain. Ihm war übel, als er sah, dass eine Marionette in dem einst so stolzen Mann war.

»Wo ist er?«, fragte Sanglant.

Obwohl der kräftige Tenor mit dem heiseren Klang der gleiche war wie sonst, wusste Alain, dass dies nicht Sanglant war, der da sprach. Blut tropfte von seinem Bauch, verschmierte die Ringe seines zerrissenen Kettenhemdes. Graue Eingeweideteile quollen aus der Wunde hervor. Eine Hand war zermalmt, das linke Bein hätte nicht in der Lage sein dürfen, das Gewicht zu halten, da der Fuß bis zum Knie zur Seite abgewinkelt war und der Oberschenkel zerbrochen und so zerfetzt war, dass sich Fleisch und Knochen vermischt hatten.

»Wo ist der, den ich liebe? Sie haben mir gesagt, dass ich ihn finden würde, wenn ich hierherkomme, aber er ist nicht hier.«

»Wen suchst du?«

»Diejenigen, die aus der Erde geboren sind, haben ihn ›Heribert‹ genannt. Ich habe ihn geliebt, denn er hat mich gemocht, obwohl ich der hässlichste von meinen Verwandten bin, denn wir sind in der Sphäre von Erekes geboren, und viele von uns besitzen nicht die Schönheit unserer höher geborenen Brüder. Aber er hat freundlich mit mir gesprochen, im Gegensatz zu den anderen. Dann ist er jedoch auf Befehl des Prinzen der Hunde weggegangen, und als er zu mir zurückgekehrt ist, war er nicht mehr da. Nur noch seine Hülle. Wohin ist er gegangen?«

»Er ist tot, glaube ich«, sagte Alain sanft.

»Was ist das, tot?«, fragte er.

Das Wesen benutzte Sanglants Gesicht zum Sprechen, aber seine Grimassen verrieten weder Trauer noch Wut. Es verstand die Gefühle der Menschen nicht und konnte sie auch nicht nachahmen, wusste nicht einmal, dass es dies anstreben konnte. Es war ein Geschöpf aus dem Äther – dessen Substanz blau hinter den Augen des Prinzen loderte –, und obwohl Alain nicht wusste, wie es aus den Sphären auf die Erde gezwungen worden war, konnte er erkennen, dass es hier gefangen war, weil die Daemonen der oberen Sphären eines mit den Menschen gemeinsam hatten: Sie konnten lieben.

»Unsere Seelen verlassen diese Erde, wenn es an der Zeit ist, dass sie zur Kammer des Lichts aufsteigen, einem Ort, der über der höchsten Sphäre liegt«, sagte er. »Wo ist die Seele des Körpers, den du jetzt bewohnst?«

»Es ist keine Seele hier. Sie war hier, als ich hergekommen bin. Ich habe sie weggeschoben, während ich nach dem gesucht habe, den ich liebe. Aber dann ist etwas Schweres auf uns gefallen, und ich habe gespürt, wie die Fäden, die sie an das Fleisch binden, zertrennt wurden.«

»Wie ist das möglich? Keine Kreatur kann ihn töten, weder männlich noch weiblich. Bist du sicher, dass keine andere Seele in diesem Körper haust?«

Er neigte den Kopf auf grauenhafte Weise zur Seite, sah zum Himmel hoch. Blut tropfte von den geöffneten Lippen, aber ansonsten war das Gesicht unverletzt. Die Energie jedoch, die Sanglant so schön gemacht hatte, war erloschen. »Ich kann seine Spur erkennen. Sie hat die tieferen Sphären verlassen und ist in die von Erekes eingetreten.«

»Oh, Gott«, flüsterte Alain. Seine Tränen fielen herab, während Kummer jaulte und Rage zögernd mit dem Schwanz schlug. »Er ist ein guter Mann. Kannst du nicht hinter ihm herfliegen und ihn zurückbringen?«

Der Daemon sprach ohne Wut, ohne Neugier, ohne Begierde. »Wieso sollte ich das tun?«

Alain zuckte hilflos mit den Schultern. Die Hunde stießen seine Hände an, und er streichelte sie, die ihn liebten und die ganze Zeit bei ihm geblieben waren aufgrund der Zuneigung, die Geschöpfe aneinanderband. Diese Essenz konnte nicht berührt und nicht richtig benannt werden, aber sie existierte in der Welt ebenso wie die Herrin der Schlachten, war in die Gebeine der Erde und in die eines jeden lebenden Geschöpfes eingewebt, das auf der Erde oder im Himmel hauste.

»Weil Heribert ihn geliebt hat.«

Er starrte ihn an wie ein Mann, der verblüfft hörte, dass man in einer Sprache sprach, die zu verstehen er geglaubt hatte und dann doch nicht verstand. Er zwinkerte, aber die Bewegung war so gleichmäßig wie die einer sich in der Sonne räkelnden Echse.

Eine Schulter zuckte. Er hob eine Hand und betrachtete die Finger und die Handinnenfläche, ohne eine Miene zu verziehen.

Wortlos taumelte er, die Glieder zuckten, und er drehte sich in einem vollständigen Kreis herum, als würde er einen verschwundenen Freund suchen. Dann brach der Körper auf dem Boden zusammen. Leer.

Alain kniete neben ihm nieder, aber Sanglant war tot.

Weinend legte er dem toten Mann eine Hand auf die Stirn. Seine Stimme war kaum mehr als ein Flüstern. »Heilt ihn, Gott. Bitte.«

Aber der Körper atmete nicht, und er rührte sich auch nicht. Kein Blut pulsierte unter der Haut.

Der Atem des Guivre blies heiß über seinen Rücken. Es prallte so hart auf der Straße auf, dass das Beben durch seine Füße hinauflief. Die riesige, schnabelförmige Schnauze senkte sich, bis sie auf Höhe seines Gesichts war. Der Atem war heiß, aber nicht unangenehm; er roch nach beruhigendem Weihrauch.

Der lange Nacken schwankte hypnotisch hin und her, die Augen wirbelten, bis er in ihre Tiefen gezogen wurde und darin das Schlachtfeld unter sich sah und all den Wald und sogar noch darüber hinaus, während das Land kleiner und kleiner wurde und alle irdischen Geländemarken nur noch winzige Kratzer auf dem riesigen Teppich waren, den die Welt bildete. Flüsse wurden zu blauen Fäden, Wälder zu Flächen aus verschiedenen Grüntönen. Städte und Häuser rissen zerklüftete Löcher in leuchtenden Farben. Hier und da krochen die unzähligen Geschöpfe in den Zwischenräumen des Webstoffs herum, wie Mäuse in den Kirchenmauern und zwischen den Wiesenblumen. Es kam ihm so vor, als wäre jedes lebende Wesen ein unendliches Flackern von Licht und Wärme gegenüber der kälteren und schwereren Spanne aus Stein, die die Architektur des Lebens stützte.

Verteilt über die Lande befanden sich die vielen Steinkronen, ein riesiger Webstuhl der Zauberei. Schwache Wege verbanden sie. Fäden waren zwischen den Kronen gespannt, Sterne wurden festgehalten oder gelockert, während die Welt ihre Lage veränderte, sich immer weiter drehte, und die Sterne auf ihrer endlosen Runde auf- und untergingen. Eine strahlende Gestalt mit einem blauen Geist aus ätherischen Schwingen rannte in der Begleitung von in Dunkelheit gehüllten Kameraden einen unterirdischen Gang entlang; ihre Spur führte sie zu einer Krone, die über dem festen, vertrauten Gelände erstrahlte, das er als Kloster Herford wiedererkannte.

Aber größere Wunder zogen seinen Blick auf sich.

Einen Moment lang glaubte er, dass er die Spanne der Himmel und die Sphären selbst sehen konnte: die Perle, die der Mond war, den eisigen Erekes, die rosige Somorhas, die lodernde Schmiede der Sonne, Jedus wütenden Bau, die Halle von Mok, das blendende Licht von Aturna. Jenseits davon und um sie herum waren die Fixsterne mit ihrem schweren silbernen Glanz des Himmels und der Blitze befestigt, eine geschmolzene Oberfläche aus flüssigem Äther.

Und noch dahinter, jenseits von allem, mochte man das reine Herz des Universums finden, das Licht und Dunkelheit war und in einer so gewaltigen Stille wirbelte, dass sie sowohl etwas als auch gar nichts war, sowohl Substanz als Leere, eine unendliche Spanne, so unmöglich zu erfassen, aber auch so endlich wie ein Sandkorn, das in der Handfläche lag.

Dies war der Abgrund, in den alle Menschen am Ende fielen. Doch es war auch die Kammer des Lichts, leuchtend und umfassend, die Rose des Mitgefühls, deren Blüte die Welt wiederherstellte.

Das Guivre stieß ihn an, und er fiel flach auf das Gesäß, fand sich rücklings auf der Straße wieder. Die Hunde jaulten, und sein Kopf schmerzte von dem Atem, den das Guivre ihm geradewegs ins Gesicht blies. Was andere still werden ließ, erweckte in ihm eine nagende Unzufriedenheit. Unruhe regte sich in seinem Herzen.

Liath kehrte nach Wendar zurück, aber sie würde zu spät kommen, um ihren Geliebten zu retten.

Es spielte keine Rolle. Kummer und Wut würden stets in der Welt herrschen. Es gab immer etwas zu tun.

Er stand zitternd auf und hob beide Hände. »Ich lasse dich frei«, sagte er zu dem Guivre. »Geh, Freund. Du hast das Vertrauen geehrt, das ich in dich gesetzt habe.«

Das Piepsen war hoch und hell, klang wie das eines Jungvogels, passte ganz und gar nicht zu einem so riesigen und schrecklichen Tier. Das Guivre öffnete seine Schwingen, überspannte mit ihnen die Straße, zog die Beine an und sprang hoch. Der Luftzug presste Alain wieder auf die Straße. Die Hunde wurden davon an den Boden gedrückt, und Männer und Reiter, die bis jetzt wie Statuen dagestanden hatten, wurden zur Seite geworfen, fielen auf die Knie. Pferde stürzten seitwärts innerhalb des Kreises, den dieser mächtige Windstoß erzeugte. Das Guivre gewann an Höhe, zog einen Kreis und flog dann nach Nordwesten, zurück zu seinem alten Jagdgelände in dem wilden Wald, in dem nur wenige Menschen zu jagen wagten.

Alain strich sich den Staub von den Kleidern, stand auf, obwohl jeder Muskel schmerzte, und suchte nach der erstarrten Gestalt von Conrad. Der Herzog von Wayland war von seinem Pferd gestoßen worden und zog eine Grimasse. Er kniete, kämpfte darum, aufzustehen und sein Schwert zu packen, als der Einfluss des Guivre nachließ. Alain nahm ihm das Schwert aus der Hand und warf es zur Seite. Es kam klirrend auf dem Steinpflaster auf.

Conrad blinzelte, schüttelte sich und kam mit einem wütenden Gebrüll auf die Beine. »Was soll das?« Dann sah er den zermalmten Körper und den zerbrochenen Wagen. »Oh, Gott!«, rief er, stolperte zu der Leiche und kniete neben ihr nieder. »Was bedeutet das? Sanglant! Verwandter!«

»Ruft Eure Männer zurück«, sagte Alain.

Conrad sah überrascht zu ihm hoch, bemerkte die Hunde und erkannte ihn mit einem Kopfschütteln.

»Ruft Eure Männer zurück«, wiederholte Alain. »Die Schlacht ist vorüber.«

Bewegung kam jetzt entlang der Straße auf, bei den Belagerungsmaschinen und auf dem Kamm, während die Soldaten das Gefühl für ihre Beine wiederfanden und vorsichtig näher schlichen, um einen Blick auf das Schlachtfeld zu erhaschen. Die Stille war bedrückend, aber sie ließ die Männer auch zögern, den ersten Schlag zu tun, solange die anderen ebenso verwirrt und erschöpft waren wie sie selbst.

Alain ging zum Bannerträger von Wayland, einem flachshaarigen Burschen, der sich noch immer die Augen rieb, während er nach dem Banner suchte, das er fallen gelassen hatte. Es lag zusammengesunken im Schmutz. Er trug ein Horn an seinem Gürtel. Alain nahm es ihm ab, ehe der Junge genug Kraft wiedererlangt hatte, um Einwände dagegen zu erheben, und setzte es an seine Lippen.

Viermal blies er darauf. Der Ruf erhob sich über das Schlachtfeld. Als er versiegte, antworteten ein zweites Horn und ein drittes, das eine mit einem höheren Ton und das andere mit einem tieferen. Ein Hauptmann in den Farben der Wendaner sank neben Sanglant auf die Knie. Er hob ein Horn an die Lippen. Es kam ein stolpernder, schwacher, weinender Ruf, der abbrach, als er voller Qual vornübersackte. Conrad streckte die Hand aus, um den Hauptmann zu trösten, legte ihm die Hand auf die Schulter.

Im Südosten bewegte sich eine Prozession auf sie zu, die meisten von ihnen zu Fuß unter dem Banner von Saony. Es gab keinen Hinweis auf das Banner von Arconia. Einzelne Leute krochen aus dem Schutz, den sie gesucht hatten. Alle versammelten sich um den zerstörten Wagen: ein Geistlicher in zerrissenen und staubigen Gewändern; ein Dutzend Soldaten, die aufstöhnten, als sie ihren zerschmetterten edlen Anführer sahen; ein junger Adler mit weißen Haaren; zwei junge, benommen dreinblickende Edelleute, die einen ebenfalls jungen Mann stützten, der das Aussehen und die Kleidung eines Qumaners hatte; Aikha, die vorsichtig die Rampe herunterkamen, während oberhalb von ihnen ihre Brüder zwei Wagen auf den Hang zogen. Alain sah den einen, den er gesucht hatte, an der Spitze der Gruppe. Er hinkte, stützte sich beim Gehen auf den zerbrochenen Stab, der einst seine Standarte gewesen war. Alain reichte das Horn dem Standartenträger von Conrad und lief gefolgt von den Hunden auf ihn zu.

»Bruder!«, rief er.

Der Aikha hob eine Hand zum Gruß.

Als nur noch wenige Schritte sie voneinander trennten, blieb Alain stehen, wie auch Starkhand stehen blieb. Sie starrten einander an, denn in diesem Augenblick und auf diese Weise waren sie kaum mehr als Fremde füreinander, obwohl sie so viele Jahre lang in ihren Träumen tief in das Leben des anderen eingetaucht waren. Starkhand hatte sich verändert. Er hatte die Haltung eines Aikha, war so kühn wie alle Jäger, die an das Töten gewöhnt waren, aber er hatte die Miene eines Menschen.

»Ich bin gekommen.« Starkhand musterte das Schlachtfeld mit einem Blick, der ebenso müde und schmerzerfüllt war wie der eines jeden menschlichen Hauptmanns, der seine Soldaten direkt vor seinen Augen hatte fallen sehen. »Ich bin gekommen, wie die AltMütter und WeisMütter es mir, ihrem gehorsamen Sohn, befohlen haben.«

3

Die Soldaten rückten zur Seite, als Hanna sich zwischen ihnen hindurchdrängte, um zur Leiche zu gelangen. Nicht mehr als zwanzig Menschen hatten das Wrack des Wagens erreicht, aber es kamen weitere herbeigeschwankt, die ihre Benommenheit erst noch abschütteln mussten. Einige Männer weinten hemmungslos, während andere mit trockenen Augen einfach nur entsetzt auf den Toten starrten. Die Leiche war von dem Aufprall des Wagens furchtbar zugerichtet. Es gab nichts mehr, was man für Sanglant hätte tun können.

Aber Sorgatani, die in dem umgestürzten Wagen gewesen war, lebte möglicherweise noch.

Hanna drehte sich um, starrte in das Gesicht eines schlanken Aikha-Kriegers. Wie alle von seiner Art verströmte er den Geruch von in der Sonne backenden Steinen. Er kniff die Augen zusammen.

»Ich habe Euch schon einmal gesehen.« Es war verblüffend, menschliche Worte aus einem unmenschlichen Mund zu hören.

Sie trat zur Seite, ohne zu antworten, errötete dann. Er hatte keine Waffe in der Hand, aber er wirkte so gefährlich wie ein scharfes Schwert. Abgesehen davon kamen viele Aikha hinter ihm die Rampe herunter. Die ersten Reihen dieses stummen Heeres blieben in einem sicheren Abstand stehen, statt sich unter die mitgenommenen wendischen und varrenischen Soldaten zu begeben.

Sorgatani konnte sie mit ihrer Zauberei beschützen, falls ein Kampf ausbrach. Es war der Instinkt eines Feiglings, aber Hanna war bis auf die Knochen betäubt, befand sich noch immer in der Erstarrung, die sie ergriffen hatte, als das Guivre über ihr geschrien hatte. Ihre Haut brannte, eine verblassende Erinnerung an die Galla, die an ihr vorbeigestrichen waren. So nah, dass sie sie hätten verschlingen können wie so viele andere auch.

Alle weg, und sie wusste nicht, was die Galla vertrieben hatte. Sanglant war tot, sein Körper nicht verzehrt.

Sie zitterte, machte einen zu raschen Schritt zur Seite und stolperte über ein am Boden liegendes Geschirr. Eine starke Hand fing sie auf. Sie sah in die Augen eines jungen qumanischen Kriegers. Fluchend riss sie ihren Arm aus seinem Griff los und sprang von ihm weg.

»Hanna! Ganz ruhig!« Eine Hand stützte sie.

»Wulfhere!«

»Es sieht so aus, als wäre Sanglant wirklich tot.« Das vertraute Gesicht und seine sanfte Miene trösteten sie.

»Wie ist das möglich? Ich dachte, seine Mutter hätte ihn mit einem Zauber versehen, demzufolge keine Kreatur ihn töten kann.«

Er zuckte mit den Schultern, betrachtete die Trümmer. »Was für ein Wagen ist das? Sieht nicht wie ein wendischer aus. Was für ein Wesen verbirgt sich darin? Da ist Zauberei in die Wände eingewebt.«

Hanna errötete. »Eine kerayitische Schamanin, weiter nichts. Sie hat sicher nichts davon gewusst. Es war ein Unfall, bei dem ihr Wagen den Prinzen getroffen hat – den König. Du darfst sie nicht dafür verantwortlich machen.«

»Eine Frau also«, murmelte er. »Das ist nicht ungewöhnlich.«

Er starrte auf die Wagenlenkerin, die unter das noch lebende Pferd geraten war. Die Hinterbeine des Tieres waren gebrochen, und jedes Mal, wenn es versuchte aufzustehen, brach es wieder auf der Wagenlenkerin zusammen. Das andere Pferd war eindeutig tot, hatte den Hals in einem unnatürlichen Winkel verrenkt. Fliegen summten um die geöffneten Augen, aber seltsamerweise flogen keine um Sanglants Leiche herum. »Edelmann Berthold, hier ist Eure Heilerin. Ich fürchte, sie ist tot.«

Drei junge Männer kamen näher und traten zu der kerayitischen Frau, die den Wagen gelenkt hatte.

»Wo ist sie hergekommen?«, fragte Hanna. »Gott im Himmel! Wo kommt ihr alle her?«

Sie trat zurück, als der Qumaner hinter ihr vorbeiging. Er kniete sich neben die Tote und legte seinen Mund an ihren Mund, in einer Geste, die nicht die geringste Ähnlichkeit mit einem Kuss hatte.

Er ließ sich auf die Fersen nieder und sprach zu seinen Kameraden. »Sie ist tatsächlich tot, Edelmann Berthold. Es ist kein Atem mehr in ihr.«

»Eine treue Dienerin«, sagte derjenige namens Berthold ruhig. »Wenn auch die seltsamste Frau, die ich jemals gesehen habe.«

Der Qumaner zuckte mit den Schultern. »Sie war eine jener. Ich kenne Euer Wort dafür nicht. In unserer Sprache sagen wir, dass solche Menschen zwei Seelen haben.«

Hanna sah Wulfhere an. Der Adler heftete seinen Blick jetzt auf den jungen Qumaner. Sein Atem wurde schneller, und er beugte sich über ihn und musterte stirnrunzelnd die Leiche. Die Kerayitin hatte tatsächlich ein herbes Gesicht und große Hände; ihre Filzkleider, die durch die Art ihres Sturzes hochgerutscht waren, enthüllten dicke Wadenmuskeln, die nicht einmal zu einer besonders kämpferischen Frau zu passen schienen.

»Was meinst du damit?« Der Adler griff nach den Kleidern, um sie hochzuziehen, aber der Qumaner zog sein Schwert halb heraus, eine verborgene Geste, die nur für diejenigen sichtbar war, die sich um die tote Kerayitin scharten. Die Bewegung genügte, um zu zeigen, dass er keine Entweihung der Leiche dulden würde.

»Die Kerayiten sind die Feinde meines eigenen Volkes. Aber wir respektieren diejenigen mit den zwei Seelen. Es bringt Unglück, jene zu belästigen, die von den Göttern berührt worden sind.«

»Odei!« Edelmann Berthold sprach ungeduldig, als er sah, dass Leute sich nur einen Steinwurf von ihnen entfernt um die Leiche des Königs scharten. »Ehren wir sie, die uns treu gedient hat, aber lass uns hier nicht über nichts reden. Wenn du etwas zu sagen hast, sag es.«

»Habt Ihr solche Leute nicht in Euren Stämmen? Einen Menschen, der mit dem Körper eines Mädchens geboren wird, aber die Seele eines Mannes hat? Wenn sie das Leben eines Mannes führt, wer kann dann sagen, dass sie kein Mann ist? Diese hier. Sie hat die Seele einer Frau und lebt das Leben einer Frau, aber sie trägt den Körper eines Mannes.«

»Was sagst du da?«, rief Berthold.

Wulfhere erhob sich mit einem grimmigen Lächeln. »Damit ist das Rätsel also gelöst. Und die unerwartete Waffe gefunden. Keine Kreatur, ob männlich *oder* weiblich, kann ihm Schaden zufügen. Es scheint, als hätte ich mehr Glück als Verstand.« Er berührte Hanna am Ellbogen. »Viel Glück, Hanna. Bleib stark, denn die Adler werden dich brauchen.«

»Was willst du damit sagen?«, fragte sie, aber seine Miene verriet nichts, und sein Blick wanderte bereits weiter zu den Soldaten und Edelleuten, die in einer gewaltigen Prozession alle zum Herzen der Schlacht strömten: zu dem gefallenen König.

»Ja, was meinst du damit, Odei?«, fragte Edelmann Berthold. »Soll das heißen, dass Berda in Wirklichkeit ein Mann war? Und sich nur als Frau gekleidet hat? Und wir haben das die ganze Zeit über nicht bemerkt?«

Odeis Sprung aus der Hocke in den Stand errang Hannas Aufmerksamkeit. Qumanische Soldaten waren bekannt dafür, dass sie höchst selbstbeherrschte Männer waren, unempfindlich gegenüber Strapazen, geschützt vor Gefühlen, aber er war jetzt wirklich wütend. »Berda war eine Person mit zwei Seelen. So ist es bei unserem Volk bekannt, das jene respektiert, die derart begünstigt sind. Wir müssen ihr ein angemessenes Begräbnis bieten.« Als er den verzweifelten Blick des jungen Edelmannes sah, wurde seine Miene weicher. »Ihr könnt das nicht wissen. Ihr seht nur mit dem äußeren Auge. Mein Onkel ist ein Schamane. Er hat seinen Neffen beigebracht, auch mit dem inneren Auge zu sehen.«

»Wulfhere«, sagte Hanna und drehte sich um.

Der alte Adler war verschwunden. Sie drehte sich einmal im Kreis herum, aber er war nirgendwo in der wogenden Menge zu sehen. Viele Leute waren unterwegs, und das Banner von Saony und das von Fesse bewegten sich zielgerichtet in ihre Richtung. Alle kamen her. Alle wollten jemandem die Schuld geben.

»Oh, Gott.« Der Wespenstich brannte in ihrem Herzen.

Die Achse war gebrochen. Die Räder waren zersplittert. Der Sitz des Wagenlenkers hatte sich gelöst. Schlimmer noch, der Wagen war auf die Seite mit der einzigen Tür gefallen. Sie schlug den Filzstoff zurück, der über das Gerüst des Wagenbetts gespannt war.

»Sorgatani! Sorgatani! Kannst du mich hören? Ich bin es, Hanna!«

Überlebte das Glück einer kerayitischen Schamanin deren Tod? Oder war es andersherum? Niemand konnte überleben ohne ein gewisses Maß an Glück. Sie erinnerte sich an die Geschichten, die sie über den Tod von Prinz Bayan und seine mächtige Mutter gehört hatte.

»Sorgatani!«

Eine schwache Stimme drang zu ihr. »Hanna. Ich bin hier. Aber ich bin gefangen unter …« Rasselnder Husten brachte Hanna dazu, vor Angst den Kiefer anzuspannen. »Ich hänge fest. Ich kann mich nicht befreien.«

»Hab Geduld! Versuch, dich nicht zu bewegen.«

Sie griff nach dem ersten Arm, der in Reichweite war, und zufällig war es der von Edelmann Berthold, wer immer das war – der Name klang vertraut, aber sie hatte keine Zeit, Genaueres herauszufinden.

»Edelmann! Ich bitte Euch, stellt eine Gruppe von Männern zusammen, die diesen Wagen wieder aufrichten.« Als er zögerte und sie verwirrt ansah, fügte sie in dem Ton, den sie von ihrer Mutter gelernt hatte, hinzu: »Sofort!«

Die Ereignisse hatten sie alle mitgenommen. Er taumelte zurück, winkte seinen Kameraden und begann, Befehle zu erteilen. Der qumanische Junge zog die Leiche der Kerayitin zur Seite, damit sie zur Beerdigung vorbereitet werden konnte, und der andere Junge winkte vorbeigehende Soldaten zu sich und forderte sie zur Mithilfe auf.

Sie zitterte, spürte, wie ihr abwechselnd heiß und kalt und kalt und heiß wurde. Sie hatte gesehen, wie Breschius von den Galla verschlungen worden war. Oh, Gott! Wer sollte Sorgatani jetzt dienen? Sie musste rasch Verbündete finden, wenn sie die Schamanin retten wollte.

So viele Stimmen waren um sie herum, jammernde Männer, befehlende Frauen, das Trampeln von Füßen, ein Chaos von frei herumlaufenden Pferden und Hunden. So viele Gerüche bedrängten sie, aber der Geruch des Todes quälte sie am meisten.

Tränen verschleierten ihren Blick. Nebel wirbelte von den

sich auftürmenden Sturmwolken, die das Tal umgaben, und der strahlende blaue Flecken des Himmels über ihr verfärbte sich allmählich weiß, als die Wolkendecke sich wieder schloss. Der Wind verlagerte sich von Westen nach Osten, und von Osten nach Norden, und von Norden nach Süden, peitschte ihren Zopf in heftigen Stößen hin und her. Männer stellten sich an den Wagen, stemmten sich mit Schultern, Stiefeln und Händen dagegen und hoben ihn von unten hoch, um Hebel aus Holz und Eisen in Lücken und Löcher der Straße zu legen.

Während sie die Männer rufen und arbeiten hörte, wanderte ihr Blick zum oberen Teil der Rampe. Dort versammelten sich die Aikha-Soldaten, bildeten beiderseits der Straße Reihen, während Wagen mit dem langsamen und vorsichtigen Abstieg begannen.

Sie entdeckte Bruder Fortunatus. Wohlbehalten! Sie weinte, als sie ihn und andere sah, die sie kannte. Hinter ihnen wehte die stolze Standarte der Löwen.

»Hanna! Hanna!«

Aber es waren nicht ihre Stimmen, die ihre Aufmerksamkeit zu erlangen versuchten. Ihre Blicke wurden, wie alle Blicke, zur Mitte des Strudels gezogen. Zu dem Toten.

Sie schaute nach Westen, sah dort eine Gestalt auf eigenartige Weise hinken und mit den Händen herumfuchteln, um ihre Aufmerksamkeit zu erringen.

Er war schmutzig, als hätte er im Matsch gelegen, und triefte. Kleine Stücke von Pflanzenresten, Exkrementen und Schleim blätterten von ihm ab. Aber trotz des Schmutzes konnte jeder die flammend roten Haare sehen, als er jetzt auf die Straße sprang, ihre Ellbogen packte und sie ungläubig anstarrte. Er war größer geworden, seine Schultern waren breiter, und insgesamt war er ein anderer Mensch in Statur und Ausdruck, aber er war immer noch der gleiche voreilige, dumme Junge, mit dem sie aufgewachsen war.

Den sie immer geliebt hatte.

»Hanna!« Er starrte sie an, als würde ihr Anblick ihn vor ein Rätsel stellen.

Zu ihrer Überraschung – und offensichtlich auch zu seiner eigenen, denn er wirkte immer noch benommen – zog er sie zu sich heran und küsste sie eine sehr lange Zeit.

»Bitte entschuldige.«

Sie lösten sich voneinander. Ivar errötete, und Hanna taumelte. Das Wetter hatte sich verändert, oder die Welt hatte sich verändert. Sie war nicht sicher, was es war, aber es war plötzlich heiß geworden.

Dann sah sie einen Mann neben sich stehen, bei dem zwei riesige schwarze Hunde waren, oder vielmehr, bei dem zwei Hunde sich duckten, als sie die näher kommenden Wagen anstarrten. Der eine jaulte, der andere winselte; beide hatten den Schwanz eingezogen wie Hunde, die damit rechneten, geschlagen zu werden. Der Mann streichelte sie voller Zuneigung mit der einen Hand, während er sich mit der anderen über das Kinn rieb und dabei Hanna und Ivar entschuldigend ansah. Eine solche Geste machte jemand, der verlegen war.

»Vergebt mir«, sagte er. »Aber seid Ihr nicht der Adler namens Hanna? Kennt Ihr nicht Liathano?«

Sie blinzelte. Sie wusste, dass sie noch immer benommen war. Ihre Lippen waren warm.

Ivar starrte sie nach wie vor an wie ein Verrückter, die Augen weit aufgerissen, die Lippen schlaff. Er schien die Frage gar nicht gehört zu haben. »Ihr seid derjenige, der zum Erben von Lavas ernannt worden ist«, sagte er jedoch, ohne den anderen Mann anzusehen.

»Ja, der bin ich. Ich heiße Alain.«

»Liath ist verschwunden«, weinte Hanna. »Sie ist verloren.«

»Sie lebt.« Er sagte es mit einer so ruhigen, sicheren Stimme, dass sie ihm glaubte. »Ich muss Euch um einen Gefallen bitten, Adler. Nehmt den Pfad nach Westen, und reitet zum Kloster Herford.«

»Ich kenne diesen Pfad«, sagte Ivar.

»Warum?«, fragte Hanna. »Und was ist mit den Aikha?«

»Eine Gruppe von Aikha wird dafür sorgen, dass Ihr wohlbehalten dorthin gelangt. Obwohl ich vermute, dass Ihr bei Euren Haaren ohnehin keine Probleme mit ihnen haben werdet, denn sie müssen Euch für eine Verwandte halten.«

»Was soll ich tun?«, fragte sie.

»Liath kommt nach Herford. Ich gehe davon aus, dass sie von dort aus hierherreiten wird.«

»Oh, Gott.« Hanna sah zu der Leiche hinüber.

Das Banner von Saony hatte die Straße erreicht, und die Menge teilte sich, um Prinzessin Theophanu durchzulassen. Sie blieb neben der Leiche ihres Bruders stehen, starrte ihn mit einem solchen Mangel an Gefühlen an, dass Hanna sofort Kummer in ihren Rippen aufflackern spürte.

»Sie verbirgt ihre Gefühle«, bemerkte Alain. »Aber die Strömungen reichen tief.«

»Oh, Gott«, sagte Ivar. »Liath weiß es nicht!«

»Ich werde gehen.« Hanna hatte gedacht, dass nichts schlimmer sein könnte, als Sanglant zu erklären, dass Liath verschwunden war. Aber jetzt wusste sie, dass das nicht stimmte. Es gab etwas noch viel Schlimmeres. »Ich werde gehen«, wiederholte sie, denn es war besser so, besser, dass Liath nicht unwissend nach Kessal ritt.

»Wenn Ihr sie noch im Kloster erreicht, versucht sie dazu zu bringen, dort zu bleiben«, fügte Alain hinzu. »Ich werde mich darum kümmern, dass Ihr Pferde bekommt und eine Gruppe von Aikha. Wartet bitte am Straßenrand.«

»Was ist mit Sorgatani?«

»Wie meint Ihr das?«, fragte er und drehte sich um.

»Ich spreche von der kerayitischen Schamanin. Sie ist in dem Wagen und möglicherweise verletzt.«

»Ich sorge dafür, dass sich jemand um sie kümmert.«

»Nein, Ihr versteht nicht! Sie ist an eine schreckliche Zauberei gebunden. Ihr Blick wird Euch töten, ebenso wie jeden anderen Mann und jede Frau. Diejenigen, die mit uns gekommen sind, fürchten sie. Aber sie ist für uns keine Bedrohung! Jemand muss sich um sie kümmern. Nur ich kann das tun.«

Er berührte ihre Wange mit dem Handrücken. Er hatte dunkle Augen und einen unnachgiebigen Blick, der sie am Boden festhielt. Sie atmete nicht. »Hanna. Hört zu. Ich werde dafür sorgen, dass es ihr gutgeht.«

Sie nickte benommen, und er ging davon. Einen Moment später schüttelte sie sich und ging zu der Stelle, an der sie auf ihn warten sollte.

»Ich begleite dich«, sagte Ivar und folgte ihr. Er war immer noch rot im Gesicht. Er war immer noch schmutzig, verlor Dreck und Zweige bei jedem Schritt. Ein Teil des Matsches war jetzt an ihrem Umhang und ihrem Gewand. Aber er nahm ihre Hände zwischen seine, beugte sich herunter und küsste sie auf die Stirn, unendlich zärtlich. »Ich lasse dich nicht allein gehen. Nie wieder, Hanna.«

Teurer Ivar.

Sie versuchte zu sprechen, aber sein Anblick, sein Aussehen, seine Berührung erstickten ihre Kehle, und sie konnte lediglich weinen.

4

Sie schafften Sanglant zu sechst auf einer Trage vom Feld: Prinzessin Theophanu, Herzog Conrad, Herzogin Liutgard, Hauptmann Fulk und zwei junge Edelmänner, einer von jedem Heer, um die erschöpften Soldaten auf diese Weise wissen zu lassen, dass ein Waffenstillstand ausgerufen worden war.

Sie schritten mit der Bürde durch das Tor und über Kessals breite Nordsüd-Allee, dann die steile Straße hinauf, die in den Berghang schnitt und zum befestigten Palast führte, dem Heim der Herzöge von Fesse. Viele weinten, als sie vorbeigingen. Einige der Stadtbewohner, die auf die Straße strömten, tuschelten miteinander, als sie ihre Herzogin mit unbedecktem Haar sahen, das Gesicht voller Kummer, schmutzig und tränen- und blutverschmiert. Soldaten mit den Helmen unter dem Arm starrten entsetzt drein, als sie ihren Befehlshaber und König auf der Trage sahen. Einer mit einem Bogen brach zusammen und musste von seinen Kameraden gestützt werden. Selbst die Straßenhunde drückten sich an den Mauern herum, wimmerten vor ängstlicher Ehrfurcht.

Rosvita ging direkt hinter der Trage. Danach folgte Edelmann Alain mit seinen Hunden neben Starkhand, der am Kopf einer Gruppe von hundert treuen Kriegern marschierte. Stille kehrte unter den Menschen ein, als sie sahen, wie diese Wesen die Stadt durch offene Tore betraten. Einige Leute schlichen in ihre Häuser zurück, suchten Schutz, während andere – viele von ihnen waren Soldaten – nachdenklich an ihren Waffen herumfingerten. Bei den hundert Aikha marschierten auch ein Dutzend menschlicher Soldaten, albische Männer mit glänzenden goldenen Haaren und dunkelhaarige Soldaten, die Salianisch sprachen. Sie gingen nicht als Sklaven mit ihnen, sondern als Waffenbrüder.

Hier sind tiefere Kräfte am Werk, dachte Rosvita und spürte, dass sie Angst vor ihnen hatte.

Ihre Schulter und ihre Hüfte schmerzten, als sie sich zum Palast hochquälte, aber sie presste die Kiefer zusammen und weinte ein bisschen, um den Schmerz ertragen zu können. All ihre Aufmerksamkeit war darauf gerichtet, einen Fuß vor den anderen zu setzen. Ein scharfes Stechen schoss durch die rechte Hüfte, wann immer sie mit diesem Bein auftrat. Ihre rechte Schulter hatte sich bereits zu einem schmerzhaften Knoten verspannt. Sie schwitzte und weinte gleichzeitig, zu verwirrt und benommen, um zu erkennen, weshalb sie eigentlich weinte.

Bevor die Träger durch die breiten Doppeltüren in den Palast eintraten, machten sie im Vorhof eine Pause, um zu Atem zu kommen. Rosvita seufzte dankbar. Als sie sich umdrehte, schnappte sie nach Luft. Sie hatte diesen Anblick schon Jahre zuvor einmal bewundert, als Henry gegen Sabella gekämpft und sie besiegt hatte. Auch damals war ein Guivre auf dem Schlachtfeld erschienen, aber der Ausgang war vollkommen anders gewesen.

Wie rasch sich der äußere Anschein änderte. Kessals Bevölkerung war in den vergangenen Jahren gewachsen, zum großen Teil erst kürzlich, wie an den neuen Hütten und Häusern zu erkennen war, die im Schutz der Stadtmauern standen. Es gab weniger freien Raum innerhalb der Mauern, und außerhalb wurden mehr Felder bewirtschaftet. Jetzt war die Hälfte von ihnen – jene, auf denen Roggen und Gerste ausgesät waren – von Belagerungsmaschinen zerfurcht worden, während andere niedergetrampelt worden waren. Überall lagen Trümmer der Schlacht herum, als wäre eine Flutwelle über das Tal gekommen.

Gleich außerhalb der Stadttore versammelten sich die wendischen und varrenischen Soldaten. Sie waren erschreckend wenige, verglichen mit den vielen Toten, die auf dem Boden neben den Palisaden oder auf den Erdwällen oder den flachen Feldern lagen. Was sie sah, als sie ihren Blick weiterschweifen ließ, waren Aikha, die ein Netz über das Tal spannten, das aus unzähligen Reihen von Fußsoldaten bestand, die aus dem Wald kamen. Der Teil des Heeres, der mit Edelmann Starkhand über den Klarweg marschiert war, war eindeutig geschwächt worden, aber offensichtlich hatte er sehr viel mehr Krieger mit sich geführt – zu viele, um sie zählen zu können. Tausende, schätzte sie. Selbst aus dieser Entfernung konnte sie unter den Aikha jene Menschen erkennen, die der Menschheit den Rücken gekehrt hatten, um mit dem Feind zu marschieren.

Die Aikha, so schien es, waren rechtzeitig eingetroffen, um das Gemetzel zwischen dem varrenischen und dem wendischen Heer mitzuerleben. Edelmann Starkhand hatte lediglich abwarten müssen, bis andere die Arbeit für ihn erledigt hatten.

Sie stellte fest, dass der Aikha-Edelmann jetzt direkt hinter Alain stand. Er hatte ein scharfes, kluges Gesicht, und auch er musterte die Lage des Geländes und die Verteilung der Streitkräfte im Tal. Sie konnte seine Miene nicht deuten, nur dass er Maß nahm und etwas berechnete. Er rückte zur Seite, sprach leise mit zwei Hauptleuten, die wie er Aikha waren, aber einen halben Kopf größer.

Die Prozession schritt die Stufen hinauf. Rosvita eilte hinterher, keuchte und schnaufte vor Schmerz. Der Türsturz aus Stein, der die zweiflügelige Tür zur großen Festhalle überspannte, kam in Sicht, ein höchst willkommener Anblick, und sie glitt unter ihm hindurch und in die Halle, wo eine Schar von Palastverwaltern und Bediensteten sich daranmachte, Bänke für die Versammelten aufzustellen. Der Leichnam wurde auf das Podest getragen.

Hathui, Sanglants treuer Adler, trat zu ihr und nahm ihre Hände. »Schwester Rosvita!« Sie weinte.

Oh, Gott, sie war so müde. Zu müde, um nachzudenken. Zu müde, um verwundert zu sein oder zu trauern. Sie konnte nichts anderes tun, als sich von Hathui nach vorn führen zu lassen; ihrer Autorität als geehrte Geistliche der Gelehrtenschule des Herrschers entsprach es, dass sie am Kopf der Trage stand, die auf drei parallel nebeneinanderstehende Bänke abgestellt worden war.

»Er würde sich wünschen, dass Ihr die Wache über ihn haltet, seit seine Seele aus seinem Körper geflohen ist«, sagte Hathui mit erstickter Stimme.

»Wie ist das möglich?«, fragte Rosvita. »Ich dachte – wir alle hatten gedacht –, dass der Segen seiner Mutter ihn immer beschützen würde.«

Hathui zuckte mit den Schultern. Sie konnte nichts mehr sagen. Sie drehte sich zur Seite und verbarg das Gesicht.

Aus der größer werdenden Menge kam ein junger Edelmann mit einem Stuhl, den er hinter ihr abstellte. »Schwester Rosvita«, sagte er und lächelte. »Ihr seht müde aus. Bitte setzt Euch.«

Sie blinzelte. Es schien, als würde sie an diesem Tag von Erscheinungen verfolgt werden, denn dieser Junge sah genauso aus wie der junge Berthold Villam. »Ihr seid vor Jahren verschwunden«, sagte sie und kam sich ziemlich dumm vor, dass sie zu einem Geist sprach, obwohl allerdings ein Geist gewöhnlich keinen Stuhl holen konnte.

»Das stimmt, Schwester Rosvita, aber ich wurde wiedergefunden. Bitte, setzt Euch. Ich werde Euch die Geschichte später erzählen.«

Berthold Villam!

Das war ein echtes Wunder, unmöglich zu glauben, aber als er wegging und sich zu zwei jungen Männern gesellte – der eine ein Fremder und ziemlich sicher ein Qumaner –, sah sie, dass er wie Berthold Villam ging und wirklich wie Berthold Villam aussah. So ein guter Junge, der den Charme seines berühmten Vaters hatte und die süße Lebendigkeit der Jugend. Der Anblick machte sie benommen. Dankbar ließ sie sich auf den Stuhl sinken, obwohl sie jetzt gezwungen war, aus der Nähe auf den zermalmten Körper zu blicken.

Sein Gesicht war unverletzt, aber sein Rumpf und die Beine waren aufgerissen und verrenkt. Ohne von einer Seele belebt zu werden, war er nicht mehr als eine Ansammlung von Teilen und Stücken; der gutaussehende Mann, der andere mühelos bezaubert und seine Truppen voller Entschlossenheit und Zuversicht geführt hatte, war in diesem leeren Fleisch nicht zu finden.

Mehr und mehr Leute strömten in die Halle. Stühle für die großen Prinzen wurden beiderseits der Pritsche aufgestellt, auf der er lag, und nacheinander nahmen sie dort Platz: Prinzessin Theophanu, Herzogin Liutgard, Herzog Conrad. Gemurmel erhob sich, als der Aikha-Befehlshaber sich auf einen Stuhl neben die anderen setzte, hinter sich zwei Menschen und zwei Aikha, die sich beratend immer wieder zu ihm hinabbeugten und ihm etwas ins Ohr flüsterten.

Noch mehr Leute traten ein. Mutter Scholastika brachte furchtbare Wut mit. Obwohl sie älter war als Rosvita, schien sie keinerlei Schmerzen zu haben!

»Tot!«, rief sie, blieb stehen und musterte die Leiche. »Dann ist es also wahr!«

»Mutter Scholastika«, sagte Rosvita leise und hob die Hand, um ihre Aufmerksamkeit zu erlangen. »Ich bitte Euch. Was ist mit meinen Kameraden?«

»Sie leben«, erwiderte sie kurz angebunden. »Ebenso wie die Löwen, die uns beschützt haben. Prinzessin Sapientia hatte nicht so viel Glück.«

»Was meint Ihr damit?«

»Sie ist ebenfalls tot. Getötet durch die Zauberei dieser Hexe, der Ihr Obdach gegeben habt.«

Das war zu viel.

»Ich vermute jedoch, dass Gottes Barmherzigkeit auf eine Weise arbeitet, die wir nicht verstehen«, sprach Scholastika weiter. »Sowohl Bruder als auch Schwester eigneten sich nicht als Herrscher. Nun, jetzt sind sie weg, und wir können hoffen, dass wir mit Conrad und Tallia auf dem Thron Frieden finden.«

Rosvita versuchte zu sprechen, einen Gedanken zu formen, ein Gebet, einen Einwand vorzubringen, aber sie schaffte es nicht. Dies hatte sie herbeigeführt, und alles war umsonst gewesen.

Mutter Scholastika wandte sich bereits ab und betrachtete die Edelleute auf dem Podest. Sie ließ ihren Blick geringschätzig über sie hinwegschweifen, deutete dann auf den Aikha, ohne ihn jedoch anzusehen.

»Wie kommt es, dass bei euch ein solches Geschöpf sitzt, als wäre es ein großer Prinz des Reiches?«

Edelmann Starkhand hatte eine Weise, die Zähne zu blecken, die an ein menschliches Lächeln erinnerte, aber keines war. Edelsteine blitzten in den Zähnen auf, der Schmuck von Barbaren, aber seine Worte waren ruhig und kühl. »Mutter Äbtissin, bei allem Respekt, den ich einer WeisMutter Eures Ranges und Eurer Autorität zugestehe, möchte ich doch darauf hinweisen, dass es sicherlich die Stärke meines Heeres ist, die mir einen Platz in dieser Ratsversammlung verschafft.«

Theophanus Mund zuckte. »Habt Ihr nicht selbst gesagt, dass die Gesetze in Anwesenheit der Waffen schweigen, Tante?«

»Lass mir von deinen Verwalterinnen einen Stuhl bringen«,

sagte Scholastika und schenkte Theophanu einen angewiderten Blick, dann richtete sie ihre Aufmerksamkeit auf Liutgard. »Wenn es eine Ratsversammlung gibt, werde ich die Leitung übernehmen.«

»Jawohl, Mutter Scholastika«, murmelte Liutgard und gab einer Verwalterin ein Zeichen, während Conrad seufzte und sich mit dem Handrücken die Stirn wischte.

Starkhand musterte Theophanu interessiert, die seinen Blick aufnahm, ohne dass ein Gefühl hinter ihrer Maske zu erkennen war. Es war kein Wunder, dass ihr niemand traute, nicht einmal nach all den Jahren, in denen sie ihrem Vater und seinen launischen Wünschen treu gedient hatte.

Rosvita, die hinter den anderen und der Pritsche saß, hatte sich vorgenommen, alles genau zu beobachten, ohne sich selbst bemerkbar zu machen. Jetzt musste sie jedoch ihre ganze Kraft aufwenden, um auch nur die nötige Aufmerksamkeit aufzubringen. Ein schreckliches Wispern nagte an ihrem Geist, erklärte ihr, dass Mutter Scholastika recht hatte und es für alle am besten war, dass Sapientia gestorben war. Das arme, geistlose Wesen hatte nicht einmal auf Befehl die Augen verbergen und den Blick von etwas abwenden können, das tödlich gewesen war. Sie war zuletzt nicht klüger gewesen als ein Kleinkind. Wie hätte es möglich sein sollen, dass sie am Ende nicht jenen in die Hände fiel, die sie hatten auf den Thron setzen wollen, um sie als Marionette zu benutzen, durch die sie selbst hätten herrschen können?

Es erschreckte sie, dass sie so etwas auch nur denken konnte. Der Tote äußerte sich barmherzigerweise nicht dazu. Zweifellos war auch er nicht frei von Sünde, denn er hatte Sapientia in der Wildnis alleingelassen. So hatten sie also beide, die eine lebendig, der andere tot, Henrys ältester Tochter ein Ende beschert, das sie nicht verdient hatte.

Als hätte der Feind ihre Gedanken gehört und seine Anhänger ausgeschickt, um sie zu quälen, trotteten zwei riesige schwarze Hunde zu ihr und ließen sich beiderseits von ihr nieder. Sie klopften freundlich mit den Schwänzen auf den Boden, aber deshalb hatte sie nicht weniger Angst vor ihren furchterregenden Zähnen. Einen Augenblick später kam der junge Mann herein, der einst der Graf von Lavas gewesen war, und stellte sich ruhig hinter ihren Stuhl. Sie konnte sein Gesicht nicht sehen, ohne sich umzudrehen, aber Edelmann Starkhand nickte ihm zu, während ein überraschter Ausruf von der Tür kam.

Conrad sprang auf. »Constanze!«

Constanze, Bischöfin von Autun und später Herzogin von Arconia, war die Jüngste von Henrys Geschwistern, etwa im gleichen Alter wie Liutgard. Jetzt wirkte sie jedoch älter als Scholastika. Sie wurde auf einem Stuhl getragen, der auf Stäben befestigt war. Ihre Träger waren erstaunlicherweise Aikha. Mit der größten Sorgfalt stellten sie den Stuhl neben Edelmann Starkhand ab, den sie mit einem Nicken begrüßte.

Bänke wurden herbeigeschafft. Geistliche und Edelleute nahmen Platz, während Hauptleute und andere höherrangige Personen sich hinter sie stellten. Da war Fortunatus! Er machte mit der Hand ein Zeichen, damit sie erkennen konnte, dass es ihm gutging, und die Erleichterung in seinem Gesicht verriet ihr, dass die Übrigen ihrer wertvollen Gelehrtenschule den Angriff ebenfalls unbeschadet überstanden hatten. Weiter weg entdeckte sie Feldwebel Ingo von den Löwen neben dem einhändigen Hauptmann Thiadbold, der jetzt wieder allein gehen konnte.

Aber wo war Mutter Obligatia? Welcher Obhut hatte man sie übergeben? Und was war mit der Schamanin? Was würde mit ihr geschehen?

Sie wusste nicht, ob sie ein Zeichen gegeben hatte, aber eine Hand berührte ihre Schulter, und die kurze Berührung beruhigte sie.

Schließlich wurden zwei Pritschen mit einiger Mühe durch die Menge getragen. Die eine von vier Hauptleuten aus Arconia, die andere von kräftigen Geistlichen, vier Leibwachen von Scholastika. Ein bleicher Mann hinkte hinter ihnen her, dessen Schulter in einem Leinenverband steckte; noch immer sickerte Blut aus dem Stoff. Edelmann Wichman war vom Blutverlust so geschwächt, dass er ohne Hilfe nicht stehen konnte, sondern sich auf einen seiner Hauptleute stützen musste. Er schwankte die Stufen hinauf, ließ sich schwerfällig auf einen Stuhl hinter Conrad sinken und schien sofort das Bewusstsein zu verlieren. Er hatte die Augen geschlossen und den Kopf in den Nacken gelegt.

Die Hauptleute legten die Leiche von Sabella, Tochter von Arnulf und Berengaria, neben die Leiche ihres Neffen. Die Geistlichen stellten die Bahre mit Prinzessin Sapientia neben ihre Tante.

Obwohl bereits der Gestank der schwitzenden und blutverschmierten Körper die Halle erfüllte, traf der Gestank des Todes Rosvita hart genug, dass sie zusammenzuckte. Der starke, säuerliche Geruch von getrocknetem Blut, entleerten Därmen und Blasen – all die Unwürdigkeiten, die die Toten erlitten – strömte offensichtlich von den beiden toten Frauen aus, obwohl Sabellas Körper nur eine einzige Verletzung erlitten hatte und der von Sapientia gar keine. Aber nicht der geringste Geruch ging von Sanglant aus, der eigentlich um einiges schlimmer hätte riechen müssen, da er so viele klaffende Wunden erlitten hatte.

Mutter Scholastika erhob sich. »So sind wir also alle versammelt.«

Die Anwesenden in der Halle – und jene, die noch dabei waren, sich in die Nischen und den schmalen Raum vor den Wänden zu drücken – wurden still.

»So sind wir also alle versammelt. Alle, die einen unversehrten Körper und einen unversehrten Geist haben. Viele Jahre wurde uns gesagt, dass die Mutter dieses Prinzen einen Zauber über sein Fleisch gelegt hat, so dass keine Kreatur, ob männlich oder weiblich, ihn töten könnte. Aber jetzt sehen wir, dass es lediglich eine Geschichte war, die Henry erzählt hat, um sein Lieblingskind größer zu machen. Sanglants Glückssträhne ist beendet. Jetzt liegt der Mann, der den Thron von Wendar und Varre beansprucht hat, obwohl er nicht das Recht dazu hatte, tot vor uns.«

»Schämt Euch«, sagte Liutgard. »Schämt Euch, Mutter Scholastika! Jene von uns, die an seiner Seite geritten sind und seine Ernennung anerkannt haben, werden sich nicht so einfach beiseiteschieben lassen! Er hatte sehr wohl das Recht dazu. Henry hat ihn mit seinem sterbenden Atem zum Herrscher ernannt.«

»Es stimmt, dass mein Bruder Henry eine besondere Zuneigung für dieses Kind empfunden hat, das entsprechend dem Brauch des wendischen Volkes für ein anderes Schicksal bestimmt war. Niemand von euch glaubt ernsthaft, dass Henry diese Entscheidung erst mit seinem sterbenden Atem getroffen hat. Henry hat an dem Tag, da Sanglant geboren wurde, bereits gegenüber seinem Vater, König Arnulf, die Absicht geäußert, dieses uneheliche Kind zu seinem Erben zu machen. Ich erinnere mich sehr genau!«

Sie musterte die Anwesenden mit dem Stolz und dem Hochmut, die sie sich in den vielen Jahren erworben hatte, die sie Äbtissin des heiligen und einflussreichen Klosters Quedlingham war.

»Ich erinnere mich, denn ich war bereits der Kirche beigetreten und sollte bald darauf Äbtissin werden. Ich war in den Ratsversammlungen zugegen und auch in den vertraulicheren Versammlungen des Königs. Und daher erkläre ich, dass diese Bitte gegen sämtliche Bräuche und Traditionen von Wendar verstoßen hat! Das uneheliche Kind muss zum Drachen des Königs werden, nicht zum König selbst. Dieses Kind ist außerdem von einer fremdländischen Frau geboren worden und war somit ohne mütterliche Verwandte, die es hätten unterstützen können. Ferner existierte eine uralte, verdächtige Geschichte über eine alte Feindseligkeit, die ihm auf den Fersen folgte. Er ist nie vertrauenswürdig gewesen.«

»Und doch war er der Beste von uns«, sagte Theophanu mit ihrer kühlen Stimme.

Ihre schlichte Bemerkung brachte Conrad dazu, wieder zu weinen, und alle seine Gesten waren so groß, dass jeder andere Mensch mit in sie einstimmen konnte. Viele weinten in der Halle, manche lauter als andere.

»Arnulf wusste, dass man dem Kind nicht trauen konnte«, wiederholte Scholastika. Sie machte eine ausschweifende Handbewegung und erhob ihre Stimme noch ein bisschen mehr. Sie hatte einen kräftigen Sopran, der über dem Kummer und der Wut der Anwesenden gut zu hören war. »Henry war von der Aoi-Frau besessen, aber es war für alle offensichtlich, dass sie ihn nicht liebte, sondern an einem verborgenen Plan wirkte. Arnulf hat das erkannt und versucht, es zu verhindern. Und nun ist mein Neffe tot.«

Wichman erwachte aus seiner Benommenheit. »Er ist heute nicht der einzige Tote!« Er lachte wie ein Wahnsinniger, der von Schmerzen gequält wurde.

»Nein, das ist er in der Tat nicht. Auch Prinzessin Sapientia ist getötet worden, durch Zauberei. Und Sabella – meine ältere Schwester.«

Wichman hustete Blut. Mit dem Ärmel seines Wamses wischte Conrad ihm den Speichel vom Kinn und rief nach Bediensteten, die Wichman jedoch wegwinkte.

»Ich will alles hören. Alles!«, krächzte er. »Jetzt, da Sanglant tot ist, gibt es niemanden mehr, der mich im Kampf besiegen kann.«

»Nun gut«, sagte Scholastika. Der Blick, den sie auf ihn richtete, war nicht freundlich. »Er soll zuhören, wenn er will. Alle diese Ansprüche sind jetzt nichtig. Ihre Seelen sind zur Kammer des Lichts aufgestiegen. Sprechen wir in ihrem Angedenken ein Gebet.«

Rosvita wischte sich über die Stirn, und selbst diese kleine Bewegung erzeugte einen heftigen Schmerz in ihrer Schulter. Sie murmelte die Antworten, während die Äbtissin das Gebet anstimmte, aber ihr Herz war taub und ihre Gedanken schweiften umher.

Woher war Constanze gekommen? Wie kam es, dass sie von Aikha-Soldaten begleitet wurde? Hatte Sorgatani überlebt?

Rosvita hatte das Schlachtfeld verlassen, als Soldaten sich bemüht hatten, den Wagen aufzurichten. Als sie jetzt ihren Blick über die Versammlung schweifen ließ, fand sie keinen Hinweis auf Hannas weißblonde Haare, obwohl sie mehrmals den Atem anhielt, wenn sie glaubte, sie gefunden zu haben. Jedes Mal jedoch begriff sie, dass die Haare der Aikha genauso hell waren.

Wo war Wulfhere? Er hatte auf der Straße rätselhafte Worte gesprochen, und Rosvita begann zu glauben, dass viele ihrer Fragen beantwortet werden würden, wenn sie sich seine Worte nur genau in Erinnerung rufen könnte. Die Erschöpfung benebelte jedoch ihren Geist. Sie hatte das Gefühl, als würden ihre Augen tränen, als würde ein schwacher Duft wie von Rosenwasser von dem toten Mann ausströmen, ein lieblicher und angenehmer Duft. Sie bedeckte benommen die Augen.

Eine Hand stützte sie. »Geduld«, murmelte er.

Die Stimme beruhigte sie; ihre Gedanken klärten sich, als Mutter Scholastika wieder um Ruhe bat.

»Ich möchte bekanntgeben, dass über verschiedene Hände ein Schreiben der Exkommunikation zu mir gelangt ist. Die Skopos in Darre hat gedroht, Wendar und Varre mit einem Bann zu belegen, wenn das Volk von einem unehelichen Halbblut regiert wird, das von dem alten Feind der Menschheit geboren wurde. Diese Bedrohung ist jetzt vorüber.«

Edelmann Berthold sprang von der vordersten Bank auf. »Lasst mich sprechen!«, rief er. »Ich bin die letzten Monate in Aosta gewesen. Lasst mich Euch die Wahrheit über diese Frau sagen, die sich selbst als Skopos bezeichnet! Sie ist keine Heilige Mutter. Sie ist die gleiche Antonia, die als Bischöfin von Mainni aus der Kirche ausgestoßen wurde, weil sie ihre Hände mit Zauberei beschmutzt hat. Sie weiß, wie man die Galla ruft. Mit ihnen hat sie ihre Feinde getötet, ohne Rücksicht auf die unschuldigen Seelen, die ebenfalls von den Galla verschlungen werden. Sie ist keine Heilige Mutter! Sie hat sich selbst dazu ernannt, aber sie wurde nicht von einer Versammlung von Presbytern dazu gewählt. Sie sind alle tot!«

»Ruhe!«, rief Mutter Scholastika sichtlich schockiert. »Was wollt Ihr damit sagen?«

Er brüllte weiter. Es war erstaunlich, dass ein so sanftmütig wirkender Junge eine so eindringliche Stimme haben konnte. »Darre ist zerstört. Die heilige Stadt ist unbewohnbar, verschlungen vom Abgrund. Sie ist ein Ort des Feuers, der Gruben aus Rauch und Gift. Welche Autorität kann diese Frau haben, die sich selbst Skopos nennt? Mit welchem Zepter herrscht sie?«

»Ruhe!«, verlangte Mutter Scholastika, während sie rot anlief. »Wer seid Ihr?«

»Ich bin Berthold. Der Sohn von Helmut Villam, sein jüngstes Kind.«

»Berthold von Villam ist verschwunden. Tot.«

»Ich wurde gefunden. Und ich bin noch nicht fertig! Dies habe ich noch zu berichten. Gnade, Sanglants Tochter, lebt. Sie lebte ebenso wie ich und meine Kameraden viele Monate als Gefangene in Novomo. Sie wurde von Hugh von Austra verschleppt, der am gleichen Tag Elene von Wayland umgebracht hat.« Seine Stimme zitterte, aber er fing sich wieder.

»Ich werde diese Respektlosigkeit nicht dulden –«, setzte Scholastika an.

Conrad erhob sich, verlangte mit einer knappen Geste Ruhe. Obwohl er in gemäßigtem Ton sprach, hatte die darin verborgene Wut solche Kraft, als würde er schreien. »Wo ist der Adler Wulfhere? Er kennt die ganze Geschichte, und ich würde sie jetzt gern ganz hören.«

»Ich weiß nicht, wo er ist. Ich habe seine Spur nach dem Ende der Schlacht verloren. Aber was Elenes Tod angeht, kann er Euch nichts sagen, was nicht auch ich Euch sagen könnte, denn ich bin dabei gewesen.« Er versuchte sichtlich, Tränen zu unterdrücken, wischte ein paar schroff beiseite. »Das ist nicht alles, obwohl es für mich das Schlimmste war. Auch dies gibt es noch zu berichten: Königin Adelheid von Aosta hat sich mit dem arethusanischen General Alexandros verbunden. Er ist vor dem Bürgerkrieg in Arethusa geflohen und jetzt mit der Königin von Aosta verheiratet. Ich habe auch gehört, dass die Stadt Arethusa bei dem Sturm im letzten Herbst vollständig zerstört worden ist. So wie Darre.« Er machte eine Pause, keuchte vor Aufregung, errötete und schwitzte.

»Ist das alles?«, fragte Conrad. Dann schüttelte er den Kopf mit einem freundlichen, schnaubenden Lachen, das jemand von sich geben mochte, wenn er voller Kummer und zugleich von der Ironie des Lebens fasziniert war. »Allein die Vorstellung, dass Villams Sohn diese seltsame Reise gemacht hat. Oh, Gott, meine arme Elene.«

Als Antwort darauf setzte Berthold sich wieder hin und legte die angespannten Hände in den Schoß.

Scholastika nickte Conrad zu, und er lächelte spöttisch, aber er setzte sich ebenfalls.

»So werden wir also zur Rechenschaft gezogen«, sagte sie. »Henrys Besessenheit ist gestürzt worden. Aosta und Arethusa haben Gottes Zorn erlitten. Wie wir auch.« Sie warf dem Aikha einen Blick zu – das erste Mal, dass sie auf diese Weise seine Anwesenheit anerkannte –, aber sie nahm seinen neugierigen Blick nicht auf.

Der Aikha hörte und sah mit einer glühenden und klugen Aufmerksamkeit zu, die Rosvita unruhig machte. Trotz der äußeren Anzeichen – die schlichte Standarte, das grelle Flechtwerk um seine Hüften und Oberschenkel, die Juwelen in seinen Zähnen, die mit Spiralen und Kreuzstrichen versehene nackte Brust – war er nicht das, was er zu sein schien. Er mochte wie ein Wilder wirken, aber weit gefährlichere Strömungen wogten in ihm.

»Es ist Zeit, einen geeigneten Herrscher zu ernennen. Jemanden, der das Land heilen kann und nicht teilen wird. So hat es mein Vater Arnulf, gesegnet sei sein Andenken, vor seinem Tod zu mir gesagt. Wenn Henrys Besessenheit ihn überwältigt, so sagte er, und meine Wünsche nicht befolgt werden, wäre es immer noch besser, wenn das Geschlecht von Conrad herrscht, als das eines Halbblutes.«

»Das ist für mich annehmbar«, sagte Conrad sanft. »Und was

meine Erben betrifft, stammen alle wie ich vom ersten Henry ab. In den Adern meiner Tochter Berengaria fließt durch ihre Mutter, Tallia von Varre, auch Arnulfs Blut.«

Und so geschah es. Die Maske zerbrach. Theophanu erhob sich in klarer, errötender Wut, eine wundervolle Gestalt, die in diesem Augenblick ihrem Vater in seinen berühmten Zornesausbrüchen ähnelte.

»Es ist aber für *mich* keinesfalls annehmbar. Ich liebe Conrad als meinen Verwandten, ganz gewiss. Aber in der Abwesenheit von Sanglant und meiner älteren Schwester Sapientia bin *ich* Henrys rechtmäßige Erbin. Ich habe zu lange gewartet. Ich bin zu viele Male beiseitegeschoben worden. Ich werde nicht ruhig dasitzen und zusehen, wie das, was rechtmäßig mir gehört, an meinen entfernten Verwandten geht.«

Eine solche Stille wie die jetzt einkehrende konnte man nur während der Messe zur Erinnerung an die Toten finden, wenn die Trauernden und Gläubigen über ihre Sünden nachdachten. Der Friede dauerte lange, wurde schließlich durch Mutter Scholastika gestört, als sie die Hände öffnete. Rosvita hatte nicht gesehen, wann sie sie zu Fäusten geballt hatte, aber die angespannte Gestalt verriet die große Beherrschung und verbitterte Wut, mit denen sie Theophanu musterte.

»Hütet euch vor den Geschenken der Arethusaner. Du bist zu sehr die Tochter deiner Mutter. Niemand liebt dich.«

Theophanu reckte das Kinn, um den Schlag einzustecken. »Vielleicht. Aber das Geschlecht meiner Mutter war von höchstem Rang. Sie war eine Tochter des Kaiserreiches. Es war Arnulf persönlich, der sie in dieses Land gebracht hat, damit sie seinen Sohn heiraten konnte.«

Wichman rührte sich, bellte ein heiseres Lachen. »Ein seltsamer Einwand, Tante, da Conrad ebenfalls von einer fremdländischen Hexe geboren worden ist.«

Mit einem lauten Brüllen sprang Conrad auf, stieß seinen Stuhl um, aber als er herumwirbelte und den Arm hob, um Wichman einen Schlag zu versetzen, fing er sich wieder.

Wichman gluckste, dann hustete er erneut rosafarbenen Schleim.

»Tragt ihn nach draußen«, sagte Conrad angewidert. »Er ist ernsthaft verwundet.«

»Nein, nein«, rasselte Wichman. »Ich habe gemeint, was ich sagte. Ich will zuhören. Tatsächlich würde ich dafür mein Leben riskieren, denn ich möchte gern hören, was meine Tante zu dieser verwirrenden Frage zu sagen hat.«

Seine Worte hatten Scholastika nicht verunsichert. Sie betrachtete ihn voller Verachtung. »Edelfrau Meriam war untadelig. Sie ist als Kind hierhergebracht worden und hat den wahren Glauben voller Aufrichtigkeit und Weisheit angenommen. Ich finde keinen Fehler in ihr. Sophia jedoch ist niemals eine von uns gewesen. Es ist besser so. Conrad wird herrschen, und die Tochter, die er durch Tallia bekommen hat, wird die Erbin sein.«

Theophanu machte einen Schritt nach vorn, so dass sie die großen Prinzen auf ihren Stühlen leicht sehen konnte. Und auch die Leichen ihres Bruders, ihrer Tante und ihrer Schwester, die das gleiche Blut hatten wie sie.

In Friedleben gab es einen Spruch: Das Blut der Mutter war das Entscheidende.

Die Prinzessin streckte ihre linke Hand mit nach oben geöffneter Handfläche aus, obwohl nicht klar war, wen sie mit dieser Geste einschloss. Ihre Miene war leer, ihre Wut beherrscht. Ihre Stimme klang klar und fest.

»Da Sanglant und Sapientia tot sind, bin ich Henrys ältestes überlebendes Kind. Henry war euer Herrscher. Er hat über euch geherrscht, über euch alle, bevor die Strömung ihn weggetragen hat. Man liebt mich nicht so wie meinen Bruder, und man wird es auch niemals tun. Aber ich bin weise und klug. Ich werde als vorausschauende und umsichtige Verwalterin in diesen unruhigen Zeiten herrschen. Wir müssen wiederherstellen, was verloren gegangen ist. Wir müssen gegen das Chaos kämpfen, das der Sturm in seinem Gefolge hinterlassen hat. Sanglant hat das gewusst. Deshalb ist er ernannt worden. Deshalb bin ich zu seinen Gunsten beiseitegetreten, obwohl ich einen rechtmäßigen Anspruch hatte. Conrad ist ein guter Krieger, aber ich bin eine bessere Verwalterin. Das ist mein Anspruch.«

Conrad lächelte, als wäre dies nur eine Unterhaltung, um ihn zum Lachen zu bringen. »Und werdet Ihr uns auch führen, wenn es eine Schlacht gibt, Theophanu? Oder werden die Heere von Wendar und Varre sich entscheiden, mir zu folgen?«

»Welche Schlacht? Die Schlacht ist vorüber. Wir haben verloren. Wollt Ihr gegen jene kämpfen, die uns zehnfach überlegen sind? Sollen unsere Männer niedergemäht werden, wenn wir sie doch dringend dazu benötigen, zu pflanzen und aufzubauen? Wenn wir sie dazu brauchen, uns vor den Tieren und Abtrünnigen zu beschützen, die in den vergangenen Jahren aufgekommen sind? Vor der Bedrohung aus Aosta und Arethusa? Vor der Bedrohung unserer ältesten Feinde, der Verfluchten?«

Conrad gab ein zischendes Geräusch von sich, ein verächtliches Geräusch. Er deutete auf den schweigenden Starkhand. »Welche Lösung schlagt Ihr dann vor, um gegen deren Heer zu kämpfen? Verwandte?«

Sie lächelte, aber es lag keinerlei Freundlichkeit darin. »Die einzig vernünftige.«

Nur der Hauch einer Verlagerung ihrer Füße und Schultern verriet, dass sie mit der ausgestreckten Hand auf den Aikha-Prinzen deutete, der sie mit lebhafter Erheiterung ansah, als hätte er ihre Absicht bereits erraten.

»Wenn Edelmann Starkhand sich einverstanden erklärt, mein Gemahl zu sein, wird er an meiner Seite herrschen.«

Der Aikha lachte; es war ein erschreckend menschlicher Klang.

Der Aufruhr, der nun ausbrach, ertränkte alle anderen Worte.

5

Starkhand achtete Mutter Ursuline und ihre Kirchenschwestern wegen ihrer Stärke, und er bewunderte die Kauffrauen von Hessu wegen ihrer raschen Auffassungsgabe. Er hatte jedoch bisher noch keine Frau unter den Menschen gefunden, deren Klugheit ihn tatsächlich an die außerordentliche Gerissenheit erinnerte, die in den Müttern wirkte, die das Schicksal der Aikha lenkten.

Vielleicht kam diese ihnen sehr nahe.

Der Angriff war so elegant und so brutal, dass er ihn nur einen kurzen Augenblick zuvor hatte kommen sehen. Die anderen in der Halle waren blind gewesen und wurden vollkommen überrascht.

Er erhob sich und bedankte sich mit einem höflichen Nicken.

Sie sah ihm in die Augen, stellte mit der Art und Weise, wie sie leicht das Kinn reckte, eine Frage. Die anderen großen Prinzen waren benommen, aber ganz offensichtlich waren einige von ihnen eher nachdenklich als empört.

Als auch nach einer Weile weder er noch sie etwas sagten, als seine Reihen von Kriegern in vollkommenem Schweigen auf sein Zeichen warteten, erstarben die Ausrufe und das Gemurmel der Menge, bis er sprechen konnte und wusste, dass er gehört werden würde.

»Das Angebot ist besser, als ich erwartet hatte. Welche Bedingungen schlagt Ihr vor?«

»Das werde ich niemals befürworten!«, schrie Mutter Scholastika.

Bischöfin Constanze antwortete ihr. »Bitte, Tante. Ich möchte etwas sagen.«

Beim Klang einer so starken, festen Stimme von einem so verkrüppelten Körper lauschten die Leute respektvoll. Sogar Mutter Scholastika winkte mit der Hand, um anzudeuten, dass sie sie nicht unterbrechen würde. Starkhand hatte natürlich immer gewusst, dass man den Müttern der Stämme mit voller Aufmerksamkeit lauschen musste.

»Lasst mich kurz meine Geschichte erzählen. Ihr wisst, dass ich vor Jahren zur Bischöfin von Autun erhoben worden bin. Nicht ganz so lange ist es her, dass Henry mich nach Sabellas fehlgeschlagener Rebellion zur Herzogin von Arconia ernannt hat. Später wurde ich des Amtes enthoben und in ein abgeschiedenes Kloster namens Königinnengruft geschafft, dessen Name darauf hinweist, dass keine Frau, die dort eingetreten ist, es je wieder verlassen hat. Die alten Königinnen haben dort oft Zuflucht vor ihren grausamen Ehemännern oder habgierigen Verwandten gefunden. Obwohl ich keinen Groll ihm gegenüber hege, möchte ich darauf hinweisen, dass Conrad von meiner Gefangenschaft wusste und zugestimmt hat.«

Der Herzog von Wayland rührte sich unbehaglich auf seinem Platz, aber weder entschuldigte er sich, noch leugnete er.

»Das weiß ich«, erklärte Mutter Scholastika. »Deiner Gefangennahme wegen ist viel böses Blut zwischen Wendar und Varre geflossen.«

Constanze nickte. »Sabella befindet sich jenseits der Möglichkeit, Vergebung oder Rache zu üben. Lassen wir die Sache ruhen.«

»Wie seid Ihr befreit worden?«, fragte Herzogin Liutgard.

»Das ist eine Geschichte für einen anderen Tag. Ich habe Zuflucht auf Gut Lavas gefunden, bei Edelmann Jeoffrey, der als Regent für die junge Gräfin, seine Tochter, einsteht. Sabella hat dies herausgefunden und einen Trupp Soldaten geschickt, um mich holen zu lassen. Ich bin mit der Eskorte nach Autun gegangen, weil ich nicht das Leben von unschuldigen Kindern aufs Spiel setzen wollte, die Sabella als Geiseln hält. In Autun stellten wir fest, dass Sabella bereits mit einem Heer nach Osten marschiert war. Auf unserem Weg hierher sind wir von den Aikha gefangen genommen worden. Daher kann ich einiges über sie und ihren Anführer sagen.«

»Was möchtest du uns sagen?«, fragte Theophanu.

Menschliche Frauen waren nicht schön. Die geringste der RaschTöchter war herrlich, verglichen mit einem Körper, dessen Fleisch so weich und matt war wie halb gebackener Teig. Aber diese hier umgab eine gewisse Kühle, die sie von ihren Schwestern unterschied. Sie war nicht von dem ständigen Auf und Ab der Gefühle gezeichnet, die über die Gesichter der anderen spielten. Man konnte sie ansehen und Ruhe finden.

Constanze saß links von ihm. Sie hob eine Hand – jede Bewegung schmerzte sie, denn ihr Körper hatte in den vergangenen Jahren große Qualen erlitten. Das war die Schwäche des menschlichen Fleisches. Aber ein starkes Licht brannte in ihrem Innern.

»Edelmann Starkhand hat uns am Leben gelassen, weil wir Geistliche sind. Er hat mich der Obhut seines Rates übergeben, der sowohl aus Aikha als auch aus Menschen besteht. Er hat höchst respektvoll mit mir gesprochen, und im Verlauf einiger Nächte haben wir lange und fruchtbare Unterhaltungen geführt.«

»Gott im Himmel!«, sagte Mutter Scholastika. »Man könnte sich genauso gut Anweisungen von einem Wolf geben lassen. Worüber könntet ihr gesprochen haben?«

Constanze wirkte kein bisschen eingeschüchtert durch die ältere Frau, was daran liegen mochte, dass ihre Autorität der gleichen Quelle entsprang.

»Nun, wir haben über Gott gesprochen, Tante. Und über die Verwaltung des Landes und der Güter. Wir haben über den Handel und die Handelswege geredet. Wir haben die Legende des Phönix besprochen und die Geschichten, die das Ausbrüten der Aikha in früheren Zeiten betreffen. Wir haben über die Verfluchten gesprochen und über den Sturm, der im letzten Herbst über diese Lande getobt ist. Und über vieles andere. Ich frage dich, Mutter Scholastika. Leidet Wendar? Hungern die Menschen in Varre und sterben sie? Seit ich aus Königinnengruft befreit wurde, habe ich verschiedene Geschichten gehört. Ich habe Zeugnisse gehört. Es scheint mir, dass Seuchen und Hungersnot uns zusetzen. Dörfer werden von Gesetzlosen geplündert, und die Verfluchten tragen die Masken von Tieren. Das Korn wächst nicht ohne Sonne. Der Sommer ist kalt. Bestimmte Seewege haben sich im Gefolge des Sturms verändert. Kreaturen schleichen herum, die einst schliefen. Gott ermutigen uns, zu bauen und zu säen, zu ernten und anzubauen. Wir sollten Verwalter sein. Dies ist eine Zeit für besonders gute Verwaltung, wenn wir nicht wollen, dass noch mehr Menschen sterben und das Land in Trümmern liegt.«

Mutter Scholastika hatte einen scharfen Blick, den sie jetzt zuerst auf Constanze richtete und dann, mit einem Stirnrunzeln, auf Starkhand. »Ich habe dich immer für jemanden gehalten, der sich durch nichts verführen lässt, Constanze, aber vielleicht irre ich mich. Hat die jahrelange Gefangenschaft deinen scharfen Verstand verwirrt?«

Constanze nahm keinen Anstoß an den Worten, obwohl sie offensichtlich das Ziel hatten, sie zu beleidigen. Starkhand hatte in den letzten Tagen begonnen, sie zu achten. Obwohl sie in beständigem Schmerz lebte, besaß sie einen Geist von größter Klarheit.

»Vielleicht solltest du dir eine Frage stellen. Wie kommt dieses Aikha-Heer an diesen Ort, zu dieser Zeit? Wie hat die Schlacht geendet, die so gut begonnen wurde?«

»Die Schlacht hat geendet, als die üblen Kreaturen – diese Galla, die Antonia von Mainni erhoben hat, die sich als Skopos bezeichnet –, als diese Kreaturen des Feindes auf uns gekommen sind und so viele verschlungen haben. Die Schlacht hat geendet, als Sanglant getötet worden ist. Das war entsetzlich genug!«

Constanze schüttelte den Kopf. Den Kiefer gegen den Schmerz angespannt und die Stirn in Falten gelegt, versuchte sie aufzustehen. Starkhand machte Anstalten, ihr zu helfen, aber ihre Bediensteten waren bereits bei ihr, vier von denen, die so weit mit ihr gereist waren: zwei Männer und zwei Frauen. Der Versuch – sie wurde kreidebleich vor Anstrengung – erzeugte ein entsetztes Schweigen bei den Versammelten.

»Da ist einer, der unter uns wandelt.« Ihre Stimme drang bis in die Ecken der Halle, sogar bis in die Dachsparren. »Der Gesandte des Phönix, der stirbt und im Glanz von Gottes Ruhm erneut lebt. Diese Zeichen habe ich gesehen: Wunder, die im Land erblüht sind. Die Rose des Heilens blüht. Ich habe mich für eine kurze Zeit geirrt, geblendet durch das Äußere, und ich glaubte, ich hätte das heilige Gefäß erkannt. Aber jetzt verstehe ich, dass es nicht an mir ist, von etwas zu sprechen, das seine Anwesenheit noch nicht enthüllt hat.« Die jüngere ihrer weiblichen Bediensteten – das kaninchengesichtige Mädchen – hatte angefangen, still zu weinen. Sie richtete den Blick hartnäckig auf den Boden.

»Dieses Gerede vom Phönix ist Ketzerei«, sagte Mutter Scholastika, aber sie wirkte eher verblüfft als verärgert.

Constanze schüttelte den Kopf. »Es ist die Wahrheit. Diese Auseinandersetzung muss bei einer anderen Zusammenkunft geführt werden. Eine Kraft ist in diese Versammlung eingetreten und hat einen zeitweiligen Frieden über uns gebracht. Es ist an uns, diese Chance zum Guten – oder zum Bösen – zu nutzen. Denken wir ernsthaft über diese Heirat nach, denn Edelmann Starkhand ist ein ehrenwerter Mann.«

Theophanu nutzte die Bresche. Sie nickte ihren Verwandten zu, jenen, die auf dem Podest saßen, und auch verschiedenen Gesichtern, die von den Zuhörenden zu ihr hochsahen. Sie musterte ihre Mienen. Constanzes Rede hatte den Ton der Versammlung geändert. Die Leute waren jetzt bereit, über einen Richtungswechsel in unbekanntes Land nachzudenken.

»Ich möchte mich zuerst zu Conrads Einwand äußern. Er hat Krieg nach Wendar gebracht, und darüber hinaus hat er Sabellas Angriff auf seinen Verwandten und meine Tante, Bischöfin Constanze, unterstützt. Dennoch ist sein Anspruch stark. Mein Bruder Sanglant wäre der Erste, der Conrad einen ehrenvollen Mann nennen würde.« Sie sah ihn an, aber Conrad war argwöhnisch, wie ein Hund, der sich nicht von ihr einschüchtern ließ, aber unsicher war, ob sie einen Knochen oder einen Stein in seine Richtung werfen würde.

»Glaubt Ihr«, fragte sie ihn, »dass die Aikha und die Menschen Nachfahren hervorbringen können? Ich nicht. Deshalb ist es unwahrscheinlich, dass ein Kind aus unserem Bündnis entstehen wird. Wir sind Verwalter, dazu gedacht, diese Lande durch die bevorstehenden Stürme zu lenken. Benennen wir also als Teil der Bedingungen jetzt unsere Erben und lassen sie salben und krönen. Sorgen wir dafür, dass es keinen Zweifel an der Nachfolge gibt.«

Conrad zuckte mit den Schultern. »Ich bin nicht habgierig um meiner selbst willen«, sagte er und breitete dabei die Arme in einer ausladenden Geste aus. »Aber ich muss mich um die rechtmäßigen Ansprüche meiner Kinder kümmern. Auf dem Schlachtfeld habe ich Sanglant ein Angebot gemacht, und ich bin bereit, dazu zu stehen, wenn eines der Kinder, die ich mit Tallia habe, zur Erbin ernannt wird.«

Sie sah Starkhand an.

Er nickte leicht. »Noch höre ich zu. Ich habe mich noch mit nichts einverstanden erklärt. Auch ich muss diese Frage stellen. Was ist mit meinen Kindern? Ich herrsche über ein großes Land. Es ist eine anstrengende Sache, ein Reich zusammenzuhalten.«

Sie lächelte nicht, und sie runzelte auch nicht die Stirn oder wölbte sorgenvoll die Brauen. Sie hatte das Talent, direkt auf das Wesentliche zuzugehen, ohne Vorbemerkungen oder nutzloses Philosophieren und verzweifeltes Ringen. »Habt Ihr einen Vorschlag diesbezüglich?«

Oh, sie war unbarmherzig und entschlossen. Eine Rose unter den Dornen, wie die Kirchenmütter zu sagen pflegten.

Er wusste, was er zu tun hatte. »In der Tat, den habe ich. Ich möchte, dass dieser Mann namens Alain, der still bei uns steht, als Vermittler zwischen uns handelt. Ich werde alle Bestimmungen, Abmachungen und Bündnisse annehmen, die er gutheißt.«

Constanze nickte. Das kaninchengesichtige Mädchen schluchzte laut auf, dann holte es geräuschvoll Luft, als würde es seine Tränen hinunterschlucken, während ein Kamerad es tröstete.

Starkhand hatte ein gutes Gehör, wie alle seiner Art. Er hörte das schwache Seufzen von Alain; es war die Art von Geräusch, die jemand machte, der gerade begriffen hatte, dass er die verfluchten Baumstämme tatsächlich den Berg wieder hochrollen musste und dass jedes Klagen über den harten Herrn nutzlos war.

Er hatte zu vermuten begonnen, dass die WeisMütter an einem tieferen Spiel wirkten, als er es jemals wahrhaft begriffen hatte. Sie hatten auf ihre langsame Weise, in der Jahre wie Tage waren und das Leben der männlichen Kinder und der RaschTöchter in einem Augenzwinkern verging, gepflügt. Ihr Geist war in den Himmeln auf den Schwingen des Äthers gewandelt. Ein Sterblicher würde niemals wissen, wie weit ihre Sicht reichte.

Die Aikha waren Kinder der Umwälzung, und die Menschheit war groß. Er hatte keine Illusionen, was sein Reich betraf. Die Nachrichten- und Versorgungslinien würden schwächer werden, und im Laufe der Jahre würde die schlichte Anzahl der Menschen sie überholen. Die Ebbe hatte sie auf bloßgelegten Felsen zurückgelassen, wie zuckende Fische, die auf die Gnade habgieriger Möwen angewiesen waren. Es musste einen Weg geben, sich zu retten, ehe die Möwen zu ihnen herunterstießen, um ein Festmahl zu halten.

Eine Verbindung blieb. Vor vielen Jahren waren er und der Junge namens Alain Henrisson Brüder geworden, in gewisser Weise.

So musste es sein: *Brüder, in gewisser Weise.* Die Straße mochte jetzt dunkel wirken, aber das war nur deshalb so, weil sie im Schatten von etwas blieb, das noch nicht bekannt war. Kein Sterblicher konnte in die Zukunft sehen. Vielleicht war es eine Gnade, obwohl jeder Befehlshaber gern eine solche Waffe zur Verfügung gehabt hätte.

Theophanu musterte Alain mit Interesse und ohne Furcht. »Der Erbe von Lavas«, sagte sie. »Ich weiß, wer Ihr einst gewesen seid. Ich frage mich, wer Ihr jetzt seid. Nun gut. Ich bin einverstanden.«

Alain trat vor. Seine Kleidung war schlicht, ein bisschen abgetragen von der Reise. Er machte keine großen Gesten. Er erhob die Stimme nicht. Dennoch beobachteten ihn alle, und alle lauschten, als er sprach.

»So sei es also.« Seine Autorität war nicht die eines Schwertkämpfers oder Hauptmanns, auch nicht die einer Bischöfin oder eines Edelmanns. Sie kam von einer tieferen Quelle. Sogar die bissigen schwarzen Hunde liebten ihn, nicht aus Unterwürfigkeit, sondern einfach aus Liebe zu seinem reinen Herzen.

»Ich werde tun, um was ich gebeten wurde«, sagte er. »Wenn alle einverstanden sind.«

Er wartete. Nicht einmal Mutter Scholastika widersprach.

Also nickte er, nicht hochmütig, sondern eher ergeben. Als würde er sein Schicksal annehmen. So wie Theophanu und Starkhand die Bedingungen annehmen würden, die er ihnen vorlegte, weil dies an diesem Tag wichtig war.

Kein Sterblicher kann in die Zukunft sehen.

Dies waren die Worte, die er in der stillen Halle sprach.

»Dem Aikha-Heer werden Unterkünfte zur Verfügung gestellt werden, aber die Halle und der Thron werden von dem Herrn und der Herrin benutzt.

Morgengaben werden überreicht werden, jeweils in gleichem Maß.

Beide werden Belohnungen unter dem Gefolge des anderen Heeres ausgeben, Geschenke entsprechend der Ehre und dem Rang der Kameraden. Auf diese Weise werden Bande des Vertrauens und der Verpflichtung geknüpft.

Wenn eine Seite angegriffen wird, wird die andere zu Hilfe eilen.

Bei Eurem eigenen Volk und in Euren eigenen Ländern werdet Ihr entsprechend den jeweiligen Bräuchen und den Notwendigkeiten herrschen. Ein solch riesiges Gebiet wird sich nicht leicht zusammenhalten lassen. Wenn überhaupt. Solange also dieses Bündnis durch die lebenden Körper dieser beiden besiegelt ist, soll kein Speer geworfen werden, der dazu gedacht ist, die Schuld auf den anderen zu lenken.

Keine Herausforderung wird unter den Überlebenden geduldet. Alle haben ehrenvoll gekämpft. Kein Wort und keine Tat, keine Anspielung darf als Beleidigung dienen.

Was beide in das Bündnis einbringen, wird an ihre eigenen Erben gehen, solange sie es halten können. Um den Frieden zu gewährleisten, sollen zehn geliebte Kinder aus jedem Geschlecht im Herzen der Halle der anderen aufwachsen.

Das ist alles.«

Er hatte den Blick eines Guivre, dessen Eindringlichkeit die Kraft besaß, alle Geschöpfe in ihren Bewegungen innehalten zu lassen. Umso leichter, sie zu verschlingen. Aber als er die Versammelten musterte, nickte er einfach nur, eine bescheidene Geste zu den letzten Worten, mit denen er die Anwesenden entließ.

»Dieser Vertrag soll besiegelt werden. Die Toten sollen beerdigt werden. Die Überlebenden sollen nach Hause zurückkehren.«

XII
Die *Lebensgeschichte* von St. Radegundis

1

Liath schritt als Letzte durch den Bogen, der in die Krone bei Novomo gewebt worden war. Blaues Feuer zerriss zu dunstigen Schwaden. Funken blitzten im dunkler werdenden Himmel auf, als sie in die kühle, dämmrige Brise trat. Das lange Gleiten in die Nacht hatte begonnen.

Sie fand sich auf einer breiten Lichtung inmitten von Menhiren und Grashügeln wieder, die wie alte Hügelgräber aussahen. Die Lichtung war vollständig von Wald umgeben, der Boden feucht von kürzlichen Regenfällen. Tropfen hingen an Grashalmen, die sich unter dem Gewicht des Wassers neigten.

Die Maskenkrieger hatten sich auf der Lichtung verteilt, waren bereits mit der Spurensuche beschäftigt. Ein Dutzend kämpfte sich durch das Gras jenseits des Steinkreises.

Scharfkante winkte. »Seht nur! Hier haben Ashioi kürzlich ein Lager aufgeschlagen. Eine Kriegsgruppe ist hier durchgekommen.«

»Irgendein Zeichen von Hugh?«

Sie suchten in der Dämmerung nach Hinweisen, fanden aber

nichts, abgesehen von den unmissverständlichen Resten eines kleinen Lagers – eine Feuergrube mit Kohlesplittern, ein paar weiße Federn mit einem Klebstoff, durch den sie am Armschutz befestigt wurden, eine zerbrochene, blutverschmierte Fuchsmaske.

Zuangua kam zu ihr gehumpelt. Er hielt sich immer noch den linken Arm mit der rechten Hand. »Es ist gut möglich, dass ein Mann und ein Kind noch vor dem Regen hier durchgekommen sind und deshalb keine offensichtlichen Hinweise vorhanden sind. Morgen am Tag werden wir genug Licht haben, um suchen zu können.«

»Wir müssen verhindern, dass sie sich zu weit von uns entfernen!«

Er schüttelte den Kopf, dann ging er zurück zu dem verlassenen Lager und setzte sich hin. Ein Maskenkrieger rieb Salbe in seine Wunden und bettete seinen Arm in eine Schlinge.

Liath beobachtete und suchte weiter, bis sie das Gefühl hatte, als würden ihre Augen Löcher in die Steine brennen, aber nicht einmal ihre Salamanderaugen förderten etwas zutage. Am Ende kehrte auch sie zum Lager zurück. Die Verzweiflung ließ sie frösteln, aber die Wut brachte sie zum Brennen, und mit einem Gedanken rief sie Feuer in die Grube. Ihre Kameraden machten einen Satz zurück, als die Kohle sich entzündete, krachte und knisterte.

»Kannst du mir das auch beibringen?«, fragte Scharfkante atemlos.

»Am besten ruhen wir uns aus, Strahlende«, sagte Zuangua, der sich nicht gerührt hatte, als das Feuer aufgeflackert war.

»Und dann?«, wollte sie wissen.

Die Flammen erhellten die Maskenkrieger auf eine Weise, dass sie tatsächlich wie Tiere und weniger wie Menschen aussahen. Während sie vergeblich weitergesucht hatte, hatten die anderen bereits Wachposten eingeteilt, Schlafstellen errichtet und weitere fünf Feuer entfacht.

»Meine Spurenleser suchen mit anderen Fähigkeiten, aber

dazu brauchen sie Tageslicht. Wir werden nicht versagen. Hast du eine Ahnung, wo wir sind?«

»Ich bin sicher, dass wir in Wendar sind«, sagte Liath. »Wenn wir morgen keinerlei Hinweis auf Hugh oder meine Tochter finden, bleibt uns nichts anderes übrig, als Sanglant zu suchen.«

»Das kannst du tun. Aber wenn die Suche nach dem Bleichen Sonnenhund abgesagt ist, werden wir in unser eigenes Land zurückkehren, sofern du uns den Durchgang webst.«

Liath sah Scharfkante an, und auch er tat das.

Die junge Ashioi-Schülerin blickte trotzig drein. Wie Anna und die vier Maskenkrieger, die Ältester Onkel Liath mitgegeben hatte, war sie bei Hughs Angriff nicht verletzt worden. »Ich möchte nicht zurückkehren«, erklärte sie.

»Sie hat sich mir aus freiem Willen angeschlossen«, sagte Liath. »Ich habe sie zu mir genommen und unter meinen Schutz gestellt.«

»Das sehe ich. Es ist ihre Entscheidung, welchen Pfad sie wählt. Ich werde sie – oder sonst jemanden von meinem Volk – nicht zwingen, mit uns Übrigen zurückzukehren.« Er zuckte mit den Schultern – eine Bewegung, die ihm sichtlich Schmerzen bereitete – und wandte sich an den Leutnant mit der Fuchsmaske. Jetzt, da sie sich für den Abend bereitgemacht hatten, hatten die meisten Krieger die Masken abgenommen und enthüllten ihre gewöhnlichen Gesichter.

Liath und Scharfkante entfernten sich ein Stück.

»Er wird keinen Ärger machen«, sagte Scharfkante leise. »Ich kann tun und lassen, was ich möchte. Und ich möchte bei dir bleiben.«

»Dann freue ich mich darauf, dich an meiner Seite zu haben. Du bist die Dritte.«

»Die dritte was?«

»Die Dritte in meinem Nest des Phönix. So werde ich euch nennen, was immer andere auch sagen mögen.«

»Wer sind die beiden anderen?«, fragte Scharfkante mit einer bockigen Grimasse. »Ich will Erste sein!«

»Das bist du auch. Was dein Volk angeht, bist du die Erste, wenn wir Secha nicht mitzählen.«

»Ich zähle sie nicht mit!«, sagte Scharfkante mit einem Lachen. »Wer beansprucht sonst noch einen Platz vor mir?«

»Eine kerayitische Wetterwirkerin und ihr Sklave. Er ist ein Geistlicher – ein heiliger Mann – von meinem eigenen Volk.« Sie starrte zur Krone, zählte die Steine und musterte die Gräber, die sich wie kleine Hügel am Rand des Fackellichts erhoben. »Ich habe das Gefühl, als müsste ich diesen Ort kennen, aber ich erinnere mich nicht, dass ich jemals zuvor hier gewesen bin. Sieh nur, wie gerade und aufrecht diese Steine stehen!«

Sie waren Hugh so eilig gefolgt, dass sie losmarschiert waren, ohne genügend ausgerüstet zu sein für diese Reise. Sogar Zuanguas Krieger beklagten sich schließlich über die Kälte, auch wenn sie dies nur scherzhaft taten. Es war eine Form der Kameradschaft. Alle beklagten sich, abgesehen von Anna, die ihren Anteil vom Essen abseits von den anderen zu sich nahm. Die Maskenkrieger wachten abwechselnd entsprechend der Einteilung, die Zuangua vorgenommen hatte, aber Liath blieb die ganze Nacht wach und starrte zum trüben Himmel hoch. Sie konnte nicht schlafen, denn wenn sie die Augen schloss, erinnerte sie sich an die Vision, in der Gnade in der Gewalt von Hugh gewesen war. Gnade verheiratet mit Hugh. Ihr wurde übel, und sie würgte, aber sie erbrach sich nicht. Es waren nur die Nerven.

»Strahlende, bist du krank?« Scharfkante hockte sich neben sie.

»Krank im Herzen«, murmelte sie.

Zuangua schlief, oder er tat zumindest so. Die anderen kauerten beieinander, um sich warm zu halten. Eine Brise fuhr seufzend zwischen den Steinen hindurch. In dem Klang hörte sie das Stöhnen der vergessenen Toten, die seit langem unter der Erde begraben waren. Sie waren umgeben von Toten, jenen, die in uralten Gräbern lagen, und anderen in der Welt dahinter, die in neuen Gräbern lagen – die tausende Legionen, die im Gefolge der Umwälzung gestorben waren, und die Heere der Leidenden, die in den kommenden Monaten sterben würden.

»Wie hat er diese Blitze herbeigerufen? Wie hat er diesen Sturm herbeigerufen?«, flüsterte Scharfkante. »Kannst du solche Zauberei wirken?«

Ihr Kinn war angespannt, ihre Stimme verbittert. »Ich weiß es nicht.«

2

Der Tod hat einen Geruch und einen Geschmack, und er kann als Flüstern gehört und als Berührung der Lippen gespürt werden, wenn der letzte Atem sich vom zurückgelassenen Fleisch erhebt. Ein Mensch, der über das von der Dämmerung verschluckte Schlachtfeld wandelt, sieht nur einen Hauch dessen, was Tod wirklich bedeutet. Mit seinen Hunden mag er sich erst neben den einen und dann einen anderen knien, und er mag sich wünschen, dass er sie alle heilen könnte, aber bei ihm reitet eine andere Gestalt, die bei einigen dieser Verwundeten bereits die Fäden durchtrennt hat, die die Seele an den Körper binden. Sie sind bereits tot, auch wenn jene um sie herum das noch nicht wissen. Auch wenn sie selbst immer noch zum Himmel und auf ihre Kameraden starren mögen, auf Hilfe oder Wasser oder ein tröstendes Wort wartend.

In dieser Sache, an diesem Tag, wird die Herrin der Schlachten ihn besiegen. Ihre Hand schweift über das Schlachtfeld, ehe er es erreicht. Seine Möglichkeiten nach der Schlacht sind begrenzt. Als er an diesem Abend die Versammlung der Edelleute verlässt und von Kessal aus zu den umliegenden Feldern geht, weiß er, wer leben wird und wer sterben wird. Da ist ein junger Wendaner mit einem leichten Kratzer am Bein und einem schwachen und verwirrten Lächeln auf dem angenehmen Gesicht, aber er ist niedergetrampelt worden und hat schwere in-

nere Verletzungen erlitten. Dort ist ein junger, weinender Varrener, dessen Schulter aufgerissen ist. Das Fleisch glänzt, als eine Feldscherin die Wunde mit Nadel und Faden verschließt und ihre Gehilfin eine Paste aus Wundkraut bereithält, um sie in die Wunde zu reiben. Sofort bessert sich die Verfassung des Jungen.

Er hofft, dass diese schreckliche Bürde schon bald wieder von ihm genommen werden wird, dass er am Morgen erwachen und die Blindheit zurückkehren wird, aber möglicherweise wird er für immer auf diese Weise verflucht sein. So sei es. Er nimmt den Weg an, den Gott ihm auferlegt hat.

Die Hunde zupfen an seinen Ärmeln, führen ihn an einer Reihe erkaltender Leichen und einem Kontingent Soldaten vorbei, die ein langes Grab unter der Aufsicht eines müden, Psalmen sprechenden Geistlichen ausheben. Da ist eine winzige Kapelle oben auf den alten Grundmauern; Eichenschösslinge schieben sich um sie herum ins Freie. Ein paar Gräber sind mit Steinen markiert, an denen Flechten hängen; die Steine sind jetzt unleserlich, als wäre dieser Friedhof vor einem Jahrhundert benutzt und dann verlassen worden. Viele werden ihn in dieser Nacht bevölkern.

Die Hunde trotten an den Zelten des varrenischen Lagers vorbei und betreten das Gelände mit den zerstörten Belagerungsmaschinen, die die südöstliche Flanke des varrenischen Lagers geschützt haben. Sie schnüffeln sich zu einem halbfertigen Graben durch. Wasser sickert in den Boden. Da die Schatten sich bereits in die Länge ziehen, ist es leicht, Soldaten zu übersehen, die bei den eingestürzten Palisaden gefallen sind. Ein Mann liegt im Graben, dessen Beine von einem Holzstamm festgehalten werden. Sein Gesicht ist nur wenige Zoll davon entfernt, im ansteigenden matschigen Wasser unterzugehen.

»Hierher! Hierher!«, ruft Alain und erregt damit die Aufmerksamkeit dreier schmutziger Soldaten, deren Überwürfe den Hengst von Wayland zeigen und die gerade zufällig vorbeigehen.

Sie wissen nicht, wer er ist, aber sie reagieren wie Soldaten. Als sie den Mann sehen, lassen sie sich neben ihm nieder; alle vier fluchen zu dem Gebell der Hunde, während sie den Holzstamm anheben und den Mann – er ist stämmig, kein Leichtgewicht – aus dem Graben ziehen.

»Tzz«, sagt einer von ihnen mit dem vorwurfsvollen Blick eines Veteranen. »Ein saonischer Bastard, na gut.«

Das ist er, mit einer unbeholfenen Darstellung von Saonys Drachen auf dem dunklen Überwurf. Als Alain ihm den Matsch aus dem Gesicht wischt, stellt er fest, dass er jung ist, und die Soldaten von Wayland murmeln und kratzen sich die Köpfe und untersuchen ihn schließlich mit einer gewissen schicksalhaften Ergebenheit auf Verletzungen hin. Er hat eine tiefe Wunde gleich oberhalb der Hüfte, und ein Fuß ist gebrochen. Besonders die Verletzung der Eingeweide wird sich vermutlich von unausgewogenen Körpersäften schwarz färben, obwohl der Junge bisher noch nicht schlimmer riecht als die übrigen Toten, Sterbenden und Verwundeten.

Er sieht sie: Die Herrin der Schlachten reitet durch das Lager, gerät zwischen zwei Feuerstellen in Sicht. Sie eilt auf sie zu.

»Was tun wir mit ihm?«, fragt einer der Soldaten von Wayland.

»Da ist ein wendisches Lager«, sagt der Veteran. »Wenn welche von ihnen hier durchkommen, können sie ihn mitnehmen.«

»Dann finden sie ihn vielleicht erst morgen«, sagt der Jüngste der drei. »Wegen der Dunkelheit.«

»Am besten bringen wir ihn zu ihnen«, sagt Alain. »Das würdet ihr euch doch auch für einen von euren Männern wünschen, der von einem Wendaner gefunden wird. Er muss sofort versorgt werden.«

Sie sehen ihn an. Blut beschmutzt ihre Rüstung und ihre nackte Haut, Blut, Schmutz und Erschöpfung. Sie sagen nicht, was sie an diesem Tag gesehen und erlitten haben, aber nach einer Weile finden sie ein Stück Zeltstoff – der einmal ein Vordach gewesen ist – und rollen den Mann darin ein. Jeder von ihnen hält eine Ecke fest, und so schlurfen sie zum Lager hinüber und finden eine Gruppe von Saony-Zelten unter dem Befehl eines Hauptmanns, dessen rechter Arm in einer blutverschmierten Schlinge steckt.

»Gesegnet sei Gott!«, ruft der Hauptmann. »Das ist Johan! Ich dachte schon, wir hätten ihn verloren! Mein Dank an euch. Hier, ein Schlauch Bier für eure Mühe.«

Die Dankbarkeit des Mannes bringt die Soldaten von Wayland in Verlegenheit, aber sie nehmen das Bier an und gehen weg, zurück zu dem nächsten Graben und suchen weiter. Alain bleibt noch beim saonischen Lager und sieht zu, wie der junge Soldat zum Zelt des Feldschers getragen wird. Feuer flackert an hundert Stellen, feste Ringe, an denen sich Kompanien überall im Lager und entlang der Felder zusammentun. Weiter entfernt kennzeichnet eine Reihe von Feuerstellen die Linie der Aikha am Waldrand. Die Luft ist eigenartig ruhig, riecht nach Regen, obwohl kein Regen fällt. Der drohende Sturm ist verklungen, als eine steife Brise das Wetter weiter gen Westen drängt. Die Himmel sind wieder bewölkt, und es scheint eine ungewöhnlich kalte Nacht zu werden, obwohl es mitten im Sommer ist, da die Tage lang und heiß sein sollten und die Nächte feucht und warm. Männer werden heute unter einem dunklen Himmel zittern, und der Mond und die Sterne werden verhüllt sein wie die Toten.

»Bruder«, erklingt eine weiche Stimme in der Dunkelheit.

Er dreht sich um und sieht die zwei Soldaten der Aikha, die ihm die letzte Stunde gefolgt sind. Einer ist ein kräftiger blonder albischer Junge mit einer hässlichen Narbe auf der Wange; der andere ist ein großer, muskulöser Aikha mit bronzener Haut, wie sie besonders beim Rikin-Stamm vorherrscht.

»Brauchst du eine Eskorte zurück zur Halle?«

»Hat Starkhand euch geschickt?«, fragt er sie, erheitert über ihre feierliche und unerschütterliche Kameradschaft.

»Das hat er, Bruder«, sagt der Aikha.

»Und er hat uns aufgetragen sicherzustellen, dass du wohlbehalten zur Halle zurückkehrst«, fügt der albische Junge hinzu, der ihn neugierig beäugt. »Wie kommt es, dass du die albische Sprache beherrschst? Nicht viele von deinem Volk tun das.«

»Es liegt mir im Blut«, erwidert Alain. »Wie heißt ihr beiden?«

»Ich bin Aestan, Sohn keiner Frau, die mich ihr Kind genannt hat«, sagt der albische Junge. »Einst war ich Sklave des Grafen von Mittelland, aber jetzt bin ich ein freier Mann und ein Soldat mit den Rechten, die mir unter dem Vertrag des neuen Königs, Edelmann Starkhand, zugesprochen worden sind.« Er deutet mit dem Daumen zu seinem Kameraden. »Dies ist mein Bruder Flutläufer. Ich nenne ihn jedoch nur Eagor, wie wir in meinem Land die Flut nennen.«

»Obwohl es seine Zunge ist, die alles überflutet«, sagt der Aikha mit einem Grinsen, das die vier glitzernden Juwelen in seinen scharfen Zähnen offenbart.

Aestan versetzt ihm einen Stoß gegen den Arm, und sie schattenboxen einen Augenblick, ehe sie sich daran erinnern, wo sie sind und wie ihr Auftrag lautet.

»Habt ihr Lampen?«, fragt Alain.

»Zwei«, sagt Aestan und fügt dann hinzu: »Sie sind noch nicht entfacht.«

»Als könnte er das nicht selbst sehen!«, erwidert sein Kamerad.

»He! Mit dir als Kameraden fange ich an zu glauben, dass alle Menschen blind sind!«

Alain pfeift. Die Hunde stehen mit erhobenen Köpfen und aufgestellten Ohren da, schnüffeln in der Luft. »Es liegen vielleicht noch mehr verwundete Männer da draußen, die gerettet werden könnten, wenn sie schnell genug gefunden werden.«

Sie nicken gehorsam.

Er sieht sie in der Ferne. Sie reitet eine Flanke entlang, wo Männer durch zerbrochene Palisaden stolpern und nach Überlebenden suchen. Die Schwingen der Dämmerung senken sich über die Herrin der Schlachten, bis er sie nicht mehr sehen kann, aber er weiß, dass sie noch immer das Schlachtfeld heimsucht. Sie wird für immer und ewig reiten. »Wir sind noch nicht fertig miteinander, du und ich«, sagt er zu ihr. Er weiß, dass sie ihn aus jeder Entfernung hören kann. »Ich fordere dich heraus. Ich fordere dich heraus.«

Er wendet sich an die Soldaten. »Entfacht bitte eine Lampe«, sagt er.

Feuerstein knistert. Eine Flamme springt vom Docht auf, und die Lampe erwacht, verteilt ihr Licht. Er führt sie hinaus, um das dunkler werdende Schlachtfeld zu durchsuchen.

»Er kommt«, sagte Starkhand.

Herzogin Liutgard und Herzog Conrad waren schon einige Zeit zuvor zum varrenischen Lager marschiert, um Liutgards Tochter zu holen; danach waren sie in ihre jeweiligen Unterkünfte in diesem Teil des neuen Palastes zurückgekehrt. Die Heiligen Mütter hatten für den nächsten Morgen ein Konklave anberaumt.

Theophanu und Starkhand saßen in Stühlen beiderseits eines geöffneten Fensters im mittleren Zimmer der Gemächer, die für den Herrscher bereitstanden. Ihre Bediensteten und Verwalterinnen und seine Wachen und Ratsmitglieder warteten zusammen mit einem halben Dutzend Adlern.

Die ganze Nacht hatten er und sie allein zusammengesessen und sich unterhalten. Sie hatte das bevorstehende Konklave ausführlich beschrieben – und zwar mit einem feinen Humor, der ihn wiederholt erheiterte. Und mit Begriffen, die nahelegten, dass es sich um nichts weiter als einen Ringkampf handelte, der mit Worten statt mit dem Körper ausgetragen wurde. Er hatte die Geschichte der Eroberung von Alba erzählt. Es gab Gerüchte über Aosta, die mit Vorbehalt aufgenommen werden mussten. Sie sprach liebevoll von ihrem Vater, dem König, aber doch auch mit einer gewissen bitteren Zurückhaltung, die vielschichtige Gefühle verriet. Er erzählte ihr, was er in Gent gesehen hatte, als sein Vater noch gelebt hatte, der grausame Kriegsherr. Zuletzt kamen sie auf die Versammlung des Nachmittags zu sprechen, als sie beide zu einer so abrupten und unwillkürlichen Übereinkunft gekommen waren.

Die Dämmerung würde bald einsetzen.

Kerzen schwelten in den Wandleuchtern, verströmten Rauch und den wachsartigen Geruch von Kräutern, die in sie eingearbeitet worden waren. Ein Feuer brannte in zwei Kohlenpfannen, denn die Menschen empfanden die Nachtluft als kalt, während sie ihm nichts ausmachte.

Sie trug einen Schal über den Schultern; ihre Haare waren unbedeckt, zu einem einfachen, dicken Zopf geflochten. Es war angenehm, sie anzusehen, denn sie war anders als die anderen Menschen, die immerzu zappelten oder das Gesicht zu Grimassen verzogen, die sie Lächeln und Stirnrunzeln nannten. Sie hatte die Geduld und das glatte Äußere von Stein. Es war angenehm, ihr zuzuhören, denn sie hatte einen äußerst klugen Verstand, und sie offenbarte auch nicht zu viel auf die Weise eines Menschen, der sich bei jemandem einschmeicheln wollte, wenn er sich unterlegen fühlte. Er bemerkte die gleiche Ausgewogenheit: Sie mussten genug voneinander lernen, um ein gutes Maß an Vertrauen zu erringen, aber nicht zu viel, damit das Bündnis nicht zerfallen würde, ehe es bekräftigt werden konnte.

»Wenn er nicht der Sohn und Erbe von Graf Lavastin ist«, sagte sie, »wer ist er dann? Wer ist seine Mutter? Wer ist sein Vater?«

»Spielt es eine Rolle?«

»Nun, für Euch spielt es eine Rolle, von welchem Stamm Ihr abstammt. Ihr benennt Euren Geburtsstamm und die verwandten Stämme und jene, die sich mit Euch früher verbündet haben, jene, die zu spät gekommen sind oder gar nicht. Ihr erinnert Euch an ihre Namen. Die Verwandtschaft spielt immer eine Rolle. Er ist auf irgendeine Weise an die Grafschaft Lavas gebunden. Ich würde gern wissen, wie. Der Graf von Lavas herrscht über ein großes Gebiet entlang der nordöstlichen Küste von Arconia und ein Stück landeinwärts. Derjenige, der dort herrscht, würde ein willkommener Verbündeter sein.«

»Gegen Conrad und den Erben von Arconia?«

»Ja. Conrad hat verschiedene Ansprüche. Seine älteste noch lebende Tochter wird nach ihm Herzogin von Wayland sein. Seine jüngere Tochter, die er mit Tallia hat, kann das Herzogtum Arconia beanspruchen. Der kleine Junge – wenn er noch lebt – hat ebenfalls einen Anspruch.«

»Glaubt Ihr, dass es weise ist, der Abmachung zu folgen, die er mit Sanglant vor dessen Ende gemacht haben will? Dass Conrads kleiner Sohn, wenn er überlebt, Sanglants junge Tochter heiraten wird, wenn sie überlebt?«

»Wir müssen Erben haben.«

»Meine Söhne im Norden und Westen und Eure Verwandten hier im Süden und Osten.«

»In jeder Generation heiratet eine Tochter aus Wendar einen Sohn der Aikha, um das Bündnis zu bewahren.«

»Sollte es halten«, sagte er mit einem Aufblitzen seiner Zähne.

»Es liegt jenseits unserer Macht, dieses Versprechen einzuhalten. Wir müssen diejenigen, die nach uns kommen, dazu erziehen, die Vereinbarung zu ehren, und können nur hoffen, dass sie es tun.«

»Ja, nach unserem Tod greifen unsere Hände nichts weiter als Staub … Ihr bleibt argwöhnisch, was Conrad betrifft, wie es scheint.«

»Ich halte es für klug, ihm zu misstrauen. Er ist ein liebenswürdiger Mann. Aber wir haben auch Waffen gegen ihn. Wenn Lavas uns unterstützt und wir die Grafschaft mit bestimmten Gütern und Zollstraßen ausstatten, die zurzeit von Arconia beansprucht werden, wird Lavas Conrads Macht einschränken.«

Er nickte. »Und ein Handelszentrum nördlich von Medemelacha – in der Meerenge von Osna – könnte uns eine weitere Plattform für eine Flotte bieten. Unterstützt von den Soldaten von Lavas. Ihre Platzierung entlang der Küste würde eine Brücke zwischen den Gebieten des Bündnisses bilden.«

»Wir nehmen Arconia in die Zange und halten es geschwächt. Schneiden seinen Zugang zum Handel ab. Die Handelswege führen über die Nordküste, die Lavas kontrollieren kann.«

»Ein guter Plan. Besonders, wenn wir eine Erhebung durchführen, damit wir wissen, wer überlebt hat und welche Steuern, Zehnten und Zölle wir zu erwarten haben, welche Gebiete am meisten und welche am wenigsten gelitten haben. Aber wir müssen vorsichtig bleiben. Die Nordküste hat sich verändert. Es wird Jahre dauern, bis sich herausstellt, wie diese Umwälzung die Natur und die Benutzbarkeit der Häfen und der Küstenabflüsse verändert hat.«

»Ja. Als wir in Gent waren, Sanglant und ich, haben wir festgestellt, dass es nötig sein könnte, Gent als Seehandelsstadt aufzugeben, auch wenn es ein Kreuzungspunkt im Inland bleiben kann. Vieles hat sich geändert.«

Das hatte es.

Als er das Kratzen von Krallen auf den Stufen hörte, als die Hunde zur äußeren Tür der Gemächer kamen, erhob er sich. Jetzt hörte auch Theophanu Stimmen von draußen, als eine ihrer Bediensteten die Besucher hereinließ. Sie stand auf und trat zum Fenster. Sie legte eine Hand auf den Fenstersims, blickte über einen Garten, der im Dunkeln nur vage zu erkennen war, wo zwei Lampen neben einem trockenen Springbrunnen an Dreibeinen hingen. In diesem Garten standen der mitgenommene kerayitische Wagen und das Dutzend schweigender Aikha, die ihn den ganzen Weg hierhergezogen hatten und jetzt Wache hielten. Die Tür des Wagens blieb verschlossen, weil er nicht mehr sicher war, was geschehen würde, wenn die Zauberin herauskommen sollte. Seine Standarte war im Gefolge der Galla in Stücke zerbrochen.

Die Tür zum Vorzimmer öffnete sich. Papa Otto schaute herein, und Starkhand nickte ihm zu. Der Mann trat zurück und sprach ein paar Worte zu jemandem, der hinter ihm war. Dann betrat Alain den Raum, gefolgt von den Hunden, die beiderseits der Tür stehen blieben. Sie keuchten. Kummer legte sich hin und begann, an einer Pfote zu lecken, aber Rage war ruhelos und bewegte sich, um eine bequemere Position zu finden.

»Wieso gewähren wir dieser Zauberin Schutz, wenn sie uns doch so leicht töten könnte?«, fragte Theophanu. Sie zitterte im kalten Nachtwind, aber ihre Stimme war unbeeinflusst von Angst oder Wut. Sie war einfach nur neugierig, suchte nach einer Antwort, um dann zu sehen, was sie damit anfangen könnte.

»Der Anspruch auf Mitgefühl allein könnte eigentlich genügen«, sagte Alain, »aber wenn Ihr einen praktischen Grund braucht, bedenkt Folgendes: Sie ist eine Wetterwirkerin mit großer Macht. Ein Sturm hat den Wechsel des Wetters herbeigeführt. Der Himmel bleibt bewölkt. Ihr habt selbst gesehen, dass das Korn nicht reift. Vielleicht könnte eine Tempestari mit ihren Fähigkeiten Wendar auf irgendeine kleine Weise helfen.«

»Wieso sollten wir der Zauberei jetzt trauen, wenn wir es vorher nie getan haben?«, fragte Starkhand.

»Dass sie existiert und benutzt wird, hat nichts mit Vertrauen zu tun, sondern ist eine Wahrheit. Denkt auch daran, dass die Kerayiten die Verbündeten des Pferdevolkes sind. Ihre Kinder haben sich, wenn man so will, vor langer Zeit in den Stamm adoptiert.« Er machte eine Pause. Starkhand sah, wie er die Augen schloss und tief einatmete. Dann schüttelte er sich, als würde er aufwachen. »Die Anführerin des Pferdevolkes, ihre mächtigste Schamanin, ist jetzt tot. Diese Frau dort muss zu ihrem Volk zurückkehren, weil es ihre Pflicht ist. Vielleicht wird sie ihre Anführerin werden. Wollt Ihr, dass sie als Eure Verbündete von hier weggeht oder als Euer Feind?«

»Sie könnte im Sterben liegen«, sagte Theophanu. »Niemand weiß, wie schlimm sie bei dem Zusammenprall verletzt worden ist.«

»Sie wird überleben«, erwiderte Alain.

»Wir könnten sie töten«, schlug Starkhand vor. »Es wäre die vernünftigste Vorgehensweise.«

»Wir könnten es versuchen«, sagte Theophanu. »Ich vermute, wir müssten den Wagen in Brand setzen, um sie zum Aussteigen zu zwingen, und Bogenschützen überall um ihn herum postieren. Aber wer immer sie ansieht, um einen Pfeil auf sie abzuschießen, würde bei ihrem Anblick sterben.«

»Es würde schwierig werden«, pflichtete Starkhand ihr bei, »aber mit etwas sorgfältigem Nachdenken und genauer Planung könnte man es dennoch schaffen.«

Sie betrachtete ihn, dann sah sie wieder zum Wagen hin. Das Lampenlicht brachte die bunten Zeichen auf den Wänden, die von dem Zusammenprall bereits verschrammt und verschmiert waren, zum Schlingern, als wären sie lebendig und würden sich auf dem Holz bewegen. »Wenn sie lebt, wird sie stets eine Bedrohung sein, wie weit weg sie auch ist.«

»Jeder Verbündete kann sich in einen Feind verwandeln«, erwiderte Starkhand, »deshalb muss man Bündnisse auf eine Weise pflegen, dass sie wachsen und nicht schrumpfen.«

»Wir müssen herausfinden, was sie will und was sie an uns binden wird. Wo ist dieser Adler? Der mit Namen Hanna. Ich habe gehört, dass sie die Zauberin ansehen kann und am Leben bleibt. Sie muss als Vermittlerin wirken.« Sie sah ihn an, und er sah sie an, und sie nickten beide.

»Eine vernünftige Idee«, erklärte er.

Eine kurze Weile sagte sie nichts, sah ihn einfach nur mit festem Blick an. »Es ist eine seltene Gabe, eine Frage von allen Seiten zu betrachten, ohne sich dem Vorurteil oder dem Gefühl zu ergeben, bevor die beste oder praktischste Lösung gefunden wurde«, sagte sie.

Sie streckte die Hand aus. Er machte einen Schritt auf sie zu und legte seine Hand auf ihre. Sie musterte sie gedankenvoll. »Bitte, Edelmann Starkhand. Zeigt mir Eure Klauen.«

Er machte einen Schritt zurück, hob die Arme quer vor seinen Körper und ließ die Klauen ausfahren, die in ihm lebten.

Sie wich nicht zurück. »So sind wir alle mit unsichtbaren Waffen gerüstet. Versuchen wir besser zunächst einmal, eine Vereinbarung mit ihr zu erlangen. Später, wenn sie nach Hause zurückgekehrt ist, wie sie es tun muss, ist sie weit weg und dadurch eine geringere Bedrohung.«

»Ich bin einverstanden«, sagte er und fuhr die Klauen wieder ein. »Es ist die praktischste Lösung. Zunächst einmal.«

»Aber wo ist dieser Adler?«, fragte Theophanu.

»Sie reitet zum Kloster Herford«, sagte Alain. »Bitte, Eure Hoheit. Lasst eine Prozession bereitmachen, die so schnell wie möglich nach Autun aufbrechen kann.«

»Ja. Mutter Scholastika hat bereits das Recht beansprucht, Sapientia in Quedlingham begraben zu dürfen. Es ist am besten, wenn wir Sabellas Leiche sofort nach Arconia schaffen, damit die Nachfolge in Gang gebracht werden kann. Wir müssen darüber nachdenken, wo wir zuerst gekrönt und gesalbt werden wollen. Quedlingham oder Autun? Und was ist mit Sanglant? Wo sollen wir ihn begraben? Er hat kein richtiges Zuhause, der arme Mann.«

Feuchtigkeit glänzte in ihren Augen, das einzige echte Aufwallen von Gefühlen, das Starkhand in ihr gesehen hatte. Hierin zumindest war ihr Herz stark: Sie hatte ihren Bruder geliebt und war ihm treu geblieben. Wie er, auf seine Weise, Alain treu geblieben war.

»Lasst ihn ebenfalls nach Westen schaffen«, sagte Alain, »mit einer angemessenen Eskorte. Am besten wäre es, wenn er auf einem anderen Weg weggebracht wird als Edelfrau Sabella und ihr Gefolge. Es gibt einen Pfad weiter nördlich, der ebenfalls nach Westen führt. Er überquert den El in der Nähe des Klosters Herford.«

Er war klar und deutlich, wie ein gezogenes Schwert, wunderschön und mit einer tödlichen Anmut und von einer unsichtbaren Hand geschwungen. Es war Starkhand ein Rätsel, das er nicht verstand, aber eigentlich kein größeres Rätsel als der Tag, an dem die Aikha vor vielen Jahrhunderten zum Leben erwacht waren, als Folge des ersten Webens. Es gab Kräfte im Universum, die man nicht vollständig verstehen konnte.

»Wer seid Ihr, Edelmann Alain?«, fragte Theophanu.

Er lächelte sanft. »Meine Mutter ist tot, aber sie war nichts weiter – und nichts weniger – als ein hungernder Flüchtling. Sie hat die Münzen benutzt, die sie besaß, um sich zu ernähren. Ich weiß nicht, wer mein Vater ist.«

»Ihr habt meine Frage nicht beantwortet.«

Er ging zur Tür. »Dass ich hier bin, ist die einzige Antwort, die ich kenne. Bitte, vergebt mir, aber es gibt jemanden, den ich noch treffen muss.«

»Bevor was?«, fragte sie, denn sie hörte auch den unausgesprochenen Teil seiner Worte.

»Ich möchte Sanglants Leichnam begleiten.« Er nickte ihnen zu wie Ebenbürtigen, und ging hinaus. Sie hörten, wie er durch den anderen Raum schritt und dann die Treppe hinunterging.

Zwei Soldaten warfen einen Blick herein. »Wacht weiter über ihn«, sagte Starkhand.

»Und während Ihr das tut, schickt den Adler namens Hanna zu mir«, sagte Theophanu.

Sie nickten und gingen, schlossen die Tür hinter sich.

»Hat Constanze recht?«, fragte Theophanu. »Ist er ein Bote Gottes?«

»Ich bin mit solchen Wesen nicht vertraut«, sagte Starkhand, »daher weiß ich nicht genau, was Bischöfin Constanze meint.«

»Und doch tragt Ihr den Kreis der Einigkeit.«

Er berührte den Holzkreis, der um seinen Hals hing, fuhr mit den Fingern darüber. »Das tue ich. Ich trage ihn, um mich daran zu erinnern, was einst war und was sein könnte.«

Sie hatte die Angewohnheit, den Kopf nur einen Fingerbreit zu drehen und zu neigen, um anzudeuten, dass ein neuer Gedanke in ihr aufgeblitzt war, eine Idee, über die nachgedacht werden musste. »Die Edelleute und das Volk von Wendar und Varre werden Euch nicht akzeptieren, wenn Ihr nicht mit dem Licht gereinigt worden seid, unter der Autorität der Kirche.«

»Also schön. Ich werde mich reinigen lassen, in der Zeremonie, die dazu notwendig ist.«

Sie wölbte eine Braue. »Glaubt Ihr an die Heilige Botschaft und das Licht der Einigkeit?«

»Ist der Glaube eine Voraussetzung?«

Sie lachte, und er lächelte auf menschliche Weise, und sie errötete, ein überraschendes Aufflackern von Farbe auf ihren Wangen, rasch unter Kontrolle gebracht, als sie weitersprach.

»Die Geistlichen würden sagen, dass der Glaube notwendig ist, aber Gottes Meinung dazu kenne ich nicht. Müssen wir wissen, dass wir glauben, oder genügt es, Gottes Vorschriften zu befolgen und entsprechend dem Gesetz zu leben?«

Er nickte. »Die WeisMütter meines Volkes hatten die Fähigkeit, hinter den Schleier zu blicken, der ihre kurzlebigen Kinder blendet. Vielleicht besitzen die weisen Mütter Eures Volkes ebenfalls diesen weitreichenden Blick.«

»Vielleicht. Manche sind weise und ehrlich, aber andere streben nach Macht wie wir Übrigen. So ist es immer. Wir sind unvollkommene Gefäße, die durch Gier und Wut oder Begierde oder Neid oder Qualen oder Angst leicht zerspringen. Aber einige von uns sind auch standhaft und aufrichtig. Sanglant war ein solcher Mensch. Deshalb trauere ich um ihn, der der Beste von uns war.«

Sie weinte, ohne zu schluchzen oder zu wehklagen. Sie blieb würdevoll in ihrer Trauer.

Er konnte nicht trauern. Er hatte diesen Mann nur als Gefangenen von Blutherz gekannt, damals bei den Hunden. Die Aikha weinten nicht.

Tatsächlich kam es ihm entgegen, dass der Hauptmann namens Sanglant tot war, weil auf diese Weise ein mächtiger Rivale verschwunden war, ein Mann, der ihm auf dem Feld des Blutes, das man Schlacht nannte, hätte überlegen sein können. Er war nicht glücklich darüber, aber er war auch nicht traurig. Er benutzte einfach nur die Waffen, die sich ihm boten.

Die unsichtbare Strömung zog Menschen ans Ufer oder in das tiefe Gewässer, in dem sie ertranken. Er und seine Stämme waren ans Ufer gespült worden, verwaist auf den Schwingen des gleichen Sturms, der die uralten Fäden zerstört hatte, die die WeisMütter an den Äther gebunden hatten, der ihr Leben war. In dem Fjell der Himmel hatten die WeisMütter von der Vergangenheit geträumt und von der Zukunft, ein zu steiler Aufstieg für sterbliche Beine. Ihre Kinder würden aus diesem weitreichenden Blick keinen Nutzen mehr ziehen können.

Aber auf ihrem Marsch hatten sie eine neue Generation von ErstMüttern hervorgebracht, die Drachenart, deren Blut vor langer Zeit Feuer in Stein und Fleisch gebrannt und so die Aikha erschaffen hatte. So wandelte sich die Strömung. Wer wusste, welches Wrack aus der unergründlichen Tiefe aufsteigen und ans Ufer gespült werden würde?

Mit einem bestickten Stück Leinen wischte Theophanu sich über die Wangen. »Nun«, sagte sie. »Alle sterben, die auf der Erde wandeln. So auch wir, wenn es Gottes Wille ist.« Sie blickte nach draußen und schnappte nach Luft. »Seht nur!«

Er trat neben sie. Er berührte sie nicht, aber ihre Schultern – auf gleicher Höhe – waren so dicht beieinander, dass ihr Schal über seinen nackten Arm strich, als sie nach draußen deutete.

Der Wind hatte tatsächlich zugenommen und sämtliche Wolken vertrieben, bis auf die am Horizont. Sterne leuchteten vor dem Hintergrund des Schleiers der Nacht.

»Einige sagen, dass die Sterne die Seelen der Toten sind.« Sie umklammerte den Sims so fest, dass ihre Knöchel weiß wurden.

»Wir nennen die Sterne ›die Augen der ältesten Mütter‹.«

Sie entspannte sich, ließ die Schultern leicht sinken. »Wachen sie über Euch, wie freundliche Mütter es tun?«

»Nein. Jene, deren Gedanken in die Himmel aufgestiegen sind, sind gleichgültig uns gegenüber, die hier auf dem strömenden Wasser und der stummen Erde leben. Es ist kalt im Tal des schwarzen Eises, das wir den Fjell der Himmel nennen. Der Nordwind erhebt sich dort. Er ist so scharf wie ein Messer, sein Atem so bitter, dass er tötet. Würden wir sie für schön halten, wenn sie nicht so kalt und so fern wären?«

Als sie darauf nicht antwortete, wandte er ihr, die dicht bei ihm stand, den Kopf zu und sah sie an. Eine letzte Träne lief über ihre Wange, eine, die sie nicht wegwischte, und sie sah ihn an, nicht den herrlichen Himmel.

»Vielleicht nicht«, sagte sie mit ihrer kühlen, ruhigen Stimme, die nichts verriet. »Und doch gewöhnen wir uns daran, die Dinge zu bewundern, die wir niemals richtig erfassen können, die wir auch nie richtig zu besitzen hoffen können.«

Es war offensichtlich, dass sie noch mehr sagen wollte, in der Weise der Menschheit, aber er konnte die Gebeine ihrer Worte nicht ganz erkennen. Die Lebensspanne war kurz und beschwerlich zum größten Teil, weil es weit mehr zu verstehen gab als Zeit, es zu begreifen.

Er nickte leicht, um anzudeuten, dass er sie gehört hatte. »Heute haben wir einen großen Sieg errungen. Was das Übrige betrifft, müssen wir, wie wir in meinem Land sagen, es einen Stein nach dem anderen angehen.«

3

In der Morgendämmerung übernahm Zuangua den Befehl.

»Wir dürfen das Lager nicht verlassen, ehe er uns nicht die Erlaubnis dazu gegeben hat«, sagte Liath zu Anna. »Er hat gesagt, dass wir bereits wertvolle Spuren verwischt haben.«

Anna gehorchte, ohne Einwände zu erheben. Was konnte sie auch sonst tun? Sie war dankbar, dass sie aus dem Land der Ashioi gerettet worden war, aber sie hätte genauso gut Treibgut in der Strömung sein können, das herumgewirbelt und mitgerissen wurde. Sie stand bei der Feuerstelle und beobachtete, weil sie sonst nichts tun konnte.

Die Spurensucher bestanden aus einem Mann und einer Frau. Sie trugen keine Masken und waren nackt bis auf die Sandalen und den Lendenschurz, den sie zwischen den Beinen zusammengebunden hatten, damit er nicht über den Boden schleifte. Sie machten einen Bogen um die Steinkrone und erweiterten die Spirale langsam, um auch das grasbewachsene Gelände einzuschließen. Hier, bei einem der Grabhügel, blieb die Spurensucherin stehen, während ihr Kamerad sich rasch einen Pfad entlangbewegte, der die Lichtung am südlichen Rand verließ und zwischen den Bäumen verschwand.

»Hierher!«, rief die Spurensucherin.

Anna folgte Liath und Zuangua, die zu der Spurensucherin eilten. Die Frau deutete auf umgeknickte Grashalme neben einer der schmalen Öffnungen, die unter den Grabhügel führten. Sie berieten sich, dann sahen sie die Maskenkrieger an, die sich um sie scharten.

»Anna«, sagte Liath. »Du eignest dich dafür am besten.«

Sie gaben ihr eine Fackel, die die Herrin mit einer Berührung entfachte. Die Art und Weise, wie die Fackel aufflackerte, brachte Anna zum Zittern. Sie dachte an die Macht, die damit verbunden war, und wagte nicht, zu widersprechen.

Im Osten war Prinz Sanglant in der Lage gewesen, durch den Gang zur zentralen Kammer des Grabhügels zu kriechen, in dem er Gnade und ihre sechs Begleiter zurückgelassen hatte. Er hätte niemals in diesen Tunnel gepasst. Selbst die Ashioi, von denen keiner richtig groß war, hatten breite Schultern und waren stämmig, zu breit, um leicht hineinzupassen.

Anna ließ sich auf Hände und Knie nieder. Sie schob die brennende Fackel vor sich her, zog sich mit den Ellbogen voran. Der Geruch der Erde überwältigte sie. Mit jedem Atemzug atmete sie auch Erdkörner ein, die uralte Luft des Grabes. Steine berührten ihren Kopf. Ein Käfer krabbelte über ihre Hand, und sie schluckte einen Schrei hinunter.

Was, wenn Gnade ermordet worden war und man sie in dieses Loch gesteckt hatte? Wenn ihre Leiche hier lag und sich zersetzte, befallen von Würmern und Maden?

Aber die Fackel traf auf keinen Widerstand. Sie kam an der niedrigsten Stelle der Tunneldecke vorbei, wo sie sich wie eine

Schlange über den Boden winden musste. Dann plötzlich hob sich die Decke. Sie war ins Herz des Grabhügels gelangt.

Die Flammen wisperten, hallten von dem niedrigen Gewölbe des Gesteins wider. Leere Augen starrten sie vom Rand der Kammer aus an. Hohle Gesichter gafften, die Münder zu breitem Grinsen aufgerissen. Skelette, die noch ihre schöne Kleidung trugen und büschelige Haare auf den knöchernen Köpfen hatten.

Sie schrie, schlug die Hände vors Gesicht.

Es war alles eine Vision, ein Albtraum. Stöhnend versuchte sie, die Hände wegzunehmen, aber sie konnte sich nicht bewegen, sie konnte nicht denken, sie konnte nicht atmen.

Sie schlurften über den Boden. Sie bewegten sich, krochen zu ihr, griffen mit ihren weißen Fingern nach ihr, um ihr das Fleisch von den Knochen zu ziehen, um sie zu einer der ihren zu machen …

Etwas berührte ihre Schulter.

Sie schluchzte hysterisch.

»Anna! Anna! Sie sind tot. Sie können dir nichts tun!«

Sie stöhnte.

»Komm, Anna. Geh zurück. Ich werde mich weiter umsehen. Gott im Himmel! Sie tragen den Silberbaum, das Zeichen der Villams! Könnten es die Kameraden von Edelmann Berthold sein, die hier verschwunden sind?«

Zitternd und immer noch weinend senkte Anna die Hände.

Liath war ihr gefolgt. Sie stand jetzt vornübergebeugt da, damit ihr Kopf nicht die Decke berührte, hielt eine Fackel vor sich und untersuchte der Reihe nach die Überreste der sieben toten Menschen. Das Fleisch war zum größten Teil verschwunden, aber an manchen Stellen waren Stücke getrocknet, und sie hatten noch fast alle Haare. Die Kleidung hatte sich nicht so schnell zersetzt. Die Zeichen des Silberbaums waren leicht auf ihren schönen Überwürfen zu erkennen. Ein blankes Schwert lag über den Beinen des einen; Rost hatte ihm die Farbe geraubt.

»Diese zwei hier sind anders gekleidet«, sagte Liath und blieb bei den letzten beiden stehen, die in einem unpassenden Winkel zu den anderen lagen, als gehörten sie nicht hierher. »Oh, Gott!« Sie hielt die Fackel näher, um einen besseren Blick auf sie zu erhaschen.

Diese beiden trugen Überwürfe, auf die der schwarze Drache gestickt worden war, wie sie von den Gefolgsleuten von Prinz Sanglant getragen wurden. Einer der Überwürfe war an drei Stellen geflickt, wie leicht zu erkennen war: ein großer Flicken in der rechten Klaue des Drachen, ein kleiner an der Schnauze und ein dritter an der Schulter.

Anna hatte diesen Riss geflickt. Es waren ihre Nähte.

»Das ist sehr seltsam«, sagte Liath. »Wie kommen diese sieben toten Männer hierher? Ich weiß, dass diese Gräber damals nach dem Verschwinden von Edelmann Berthold durchsucht worden sind. Niemand ist gefunden worden. Diese armen Burschen müssen auf der Suche nach Unterschlupf hierhergekrochen sein und sich verirrt haben.«

»Nein«, flüsterte Anna.

Liath drehte sich zu ihr um. Im Fackellicht sah sie nicht so furchterregend aus. Die Dunkelheit, die von allen Seiten herandrängte, ließ sie verletzlicher wirken. Sie war nicht viel älter als Anna. Sie war ebenso weit gereist, hatte schreckliche Gefahren überstanden.

»Für wen hältst du sie?«

Anna wischte sich über die Wangen, aber die Tränen flossen weiter. Sie hatte diesen Überwurf geflickt. Sie kannte ihre eigenen Nähte.

»Diese fünf müssen die sein, die Ihr genannt habt«, sagte sie heiser. »Edelmann Bertholds Kameraden, die fünf, die er zurückgelassen hat. Ich habe Euch gesagt …« Sie holte Luft, sammelte ihren Mut und sprach weiter. Tief in ihrem Herzen hatte sie die Wahrheit immer gekannt. Jetzt musste sie sie annehmen. »Ich habe Euch gesagt, dass wir laufen mussten. Dass die Höhlen um uns herum eingestürzt sind.«

»Ja, das hast du«, sagte Liath mit einem leichten Stirnrunzeln. »Wer sind dann diese anderen beiden?«

Sie hatte nicht Prinz Sanglants Talent für Namen und Gesichter; er hätte es sofort gewusst, er hätte nicht fragen müssen. Und nach allem, was sie durchgemacht hatte, konnte Anna die Namen nicht laut sagen, obwohl sie in ihrem Herzen hallten.

Thiemo und Matto.

Sprachlos bedeckte sie das Gesicht mit den Händen.

4

Als Liath die Höhle wieder verlassen hatte, klopfte sie sich den Staub von der Kleidung und wartete gemeinsam mit Scharfkante, während die Spurensucherin sich weiter auf der Lichtung umsah. Die arme Anna kauerte benommen auf dem Boden, sie weinte weder, noch sprach sie. Es war, als wäre sie durch einen Schlag auf den Kopf verstummt.

»Da ist ein riesiges Labyrinth, das alles miteinander verbindet«, sagte sie zu Scharfkante. »Ein Teil liegt tatsächlich unter der Erde und besteht aus Stein, aber bei dem anderen muss es sich um die ätherischen Nebenflüsse handeln, die durch die Kanäle fließen. Wir haben Gnade und ihre Kameraden in einem Grabhügel weit weg im Osten untergebracht, um ihr das Leben zu retten, was wir ja auch getan haben. Edelmann Berthold und seine Kameraden sind oberhalb vom Kloster Herford in die Grabhügel gekrochen. Wenn also stimmt, was Anna gesagt hat – und das glaube ich –, ist es einer Gruppe von zwei Leuten aus Herford und fünf aus dem Osten gelungen, der Umwälzung bei Verna im Alfar-Gebirge zu entkommen. Ich frage mich, wie das möglich ist.«

»Es sollte doch möglich sein, eine Karte von diesen Kanälen zu erstellen«, sagte Scharfkante. »Ich würde das gerne tun!«

Liath schüttelte den Kopf. Sie lächelte leicht. Scharfkante hatte eine starke Persönlichkeit, die ein bisschen schwer zu fassen war, aber ihr Eifer war wie guter Wein: Man wollte mehr davon haben.

»Eine Karte«, sagte Zuangua, »würde es unseren Kriegsgruppen ermöglichen, wirkungsvoller zuzuschlagen.« Er war bleich, voller Schmerzen, aber ungebeugt.

Ein aus der Ferne erklingendes »Hallo« erregte seine Aufmerksamkeit. Die Spurenleserin stand am nördlichen Rand der Lichtung bei einem schmalen Pfad, der durch kaum mehr gebildet wurde als auseinandergezogene Äste und Zweige.

»Sie hat eine Spur gefunden«, sagte Zuangua. »Li'at'dano, folge Tarangi. Nimm zwei Krieger mit, aber wenn du auf den Feind triffst, stell dich ihm nicht ohne mich entgegen. Ich werde Calta und ein Bündel auf den großen Pfad schicken, um dort nachzusehen. Die Übrigen werden mit mir hierbleiben.«

Liath blieb kurz bei Anna stehen, aber das arme Mädchen war so mit sich selbst beschäftigt, dass es auf die leise gestellte Frage nicht antwortete. Mit einem Schulterzucken eilte Liath hinter der Spurensucherin her, die bereits zwischen den Bäumen verschwunden war. Bussardmaske und Falkenmaske stapften hinter ihr her, die Augen weit aufgerissen, während sie dieses fremde Land betrachteten. Zu ihrer Überraschung verließen sie den Wald kaum hundert Schritte später und traten auf eine Felsnase. Eine Quelle sickerte aus einer Ritze, bildete eine Lache zwischen den Steinen. Der Kamm stürzte vor ihnen in einem Gewirr aus terrassenförmigen Klippen ab. Im Schutz des höchsten Vorsprungs des Grates und gegen Bäume und Felsen gelehnt befand sich eine einzelne, winzige Hütte. Moos wucherte auf dem strohgedeckten Dach. Die Wände leuchteten, als wären sie erst kürzlich getüncht worden.

Tarangi erhob sich und strich sich Erde und Grashalme von der nackten Brust.

»Nichts«, sagte sie zu Liath. »Derjenige, den wir suchen, ist nicht hierhergekommen. Alte Magie schützt diesen Ort. Kannst du es riechen? Sie ist mächtig, aber nicht wütend. Sie ist nicht gegen uns, aber sie wird uns keine Geheimnisse enthüllen. Ich werde nicht in diese Hütte gehen.«

»Ist es ein schlechter Ort? Hat er ein schlechtes Herz?«

»›Schlecht‹? Nein. Es ist friedlich, aber sehr stark. Wie Blitze, die von jenseits der Erde kommen. Ich werde nicht dorthin gehen.« Sie zog sich zwischen die Bäume zurück und hockte sich in den Schatten, um auf sie zu warten.

»Gehen wir zurück?«, fragte Falkenmaske. Ihr gesamtes Gewicht ruhte auf ihren Zehenspitzen, wie bei einem Hund, der an einer Leine zerrte.

Es wäre klug gewesen, sich zu beeilen, aber Liath hatte das Gefühl, angeleint zu sein, als würde sie etwas an diesen Ort binden. »Nein. Ich will mich erst umsehen.«

Falkenmaske schoss sofort zu der Felswand hinter der Hütte und begann hinaufzuklettern. Sie hatte ein irres Lächeln im Gesicht. Bussardmaske schritt zum Rand der freien Fläche. Der Pfad führte nicht weiter. Er endete hier, wo die Hütte endete, abgeschnitten von dem steilen Abhang und der Felswand. Wald bedeckte das Land unterhalb davon. In der Ferne sah Liath Rauchschwaden.

Sie ging zur Hütte hinüber. Vorsichtig schob sie die Tür aus zusammengebundenen Zweigen auf; sie widerstand zwei Atemzüge lang, dann gab sie nach. Liath hielt den Atem an. Sie wusste, wo sie war. Die Skelette unter dem Grabhügel hatten ihr verraten, was sie wissen musste. Dies bestätigte es nur. Sie wusste, wer lange Jahre in einer so engen Behausung gelebt hatte, dass man der Länge nach nicht bequem liegen konnte. War sein Körper woanders begraben, oder lagen seine Gebeine noch im Innern?

Sie trat über die Schwelle.

Nichts war auf dem kleinen Boden zu sehen, es gab nicht einmal Fußabdrücke von Tieren, die auf der Suche nach etwas Fressbarem hierhergekommen waren, wie man es hätte erwarten können. Eine Holzschale und ein Holzlöffel hingen an einem hölzernen Haken, daran gebunden mit einem so dünnen, zerfransten und trockenen Seil, dass Liath Angst hatte, es würde bei der leichtesten Berührung zerkrümeln und zerbröseln.

Ein Ledereimer lag in der einen Ecke. Ein schwacher süßlicher Geruch strich von dort aus zu ihr, aber der Luftzug in der Hütte verwehte ihn. Sie ging weiter ins Innere, stellte den Eimer aufrecht hin. Er war leer, aber am Boden beschädigt. Irgendeine Kreatur hatte ein Loch in den Boden gegraben, wie ein Hund auf der Suche nach einem Knochen. Es gab keinen anderen Hinweis auf den heiligen Mann, der so viele Jahre hier gelebt hatte.

Dieser Mann musste der einzige Sohn und Erbe von Taillefer und Radegundis sein; der Vater von Anne; der Ehemann von Mutter Obligatia, so kurz und verboten die Ehe auch gewesen war. Einst hatte Liath geglaubt, dass Bruder Fidelis ihr Großvater gewesen war, aber jetzt wusste sie, dass es nicht so war. Alles, was ihnen gemeinsam war, war die Tatsache – sofern sie den Geschichten glauben konnte, die sie gehört hatte, und sie glaubte sie –, dass er einst im Kreis der Sieben Schläfer gewesen war. Dass er ihren Rat verlassen hatte, weil er die Sieben Schläfer für unredlich und schlecht gehalten hatte.

Er hatte den schwierigeren Pfad eingeschlagen, hatte das Leben eines Asketen geführt. Jemand hatte ihn einen Heiligen genannt, ihn mit dem Heiligenschein der Rechtschaffenen gesegnet, den die Kirchenmütter die Krone der Sterne nannten.

Es lag Ironie darin, dass Bruder Fidelis das zweifache Recht hatte, eine solche Krone zu tragen, einmal als Erbe von Taillefers Reich und dann als heiliger Mann, der die Verbindungen zum Hof der weltlichen Macht durchtrennt hatte, um für die Seelen der Lebenden und der Toten zu beten.

Die Schale, der Löffel und der Eimer waren alles, was von ihm übrig geblieben war, abgesehen von seinem kostbaren Buch, der *Lebensgeschichte* von St. Radegundis, die Schwester Rosvita mitgenommen hatte und die sie noch immer aufbewahrte.

»Strahlende!« Die Stimme von Bussardmaske klang atemlos, beinahe ängstlich.

Sie trat seitwärtsgewandt aus der Hütte und drehte sich um.

Der Schock ließ sie vollkommen erstarren. Keine sechs Schritte von ihr entfernt lag ein kühner, goldener Löwe auf dem Boden, der mit der Zunge seine Tatzen leckte.

»Strahlende!«, zischte Falkenmaske ein Stück rechts oberhalb von ihr. »Tritt zur Seite. Ich habe einen Pfeil angelegt.«

»Spring zurück«, sagte Bussardmaske links von ihr. »Ich werde ihm einen Stich ins Herz verpassen.«

»Wartet.«

Der Löwe rührte sich nicht im Mindesten, er leckte einfach nur weiter seine Pfoten. Eine Armeslänge entfernt von seinem gewaltigen Kopf und den furchterregenden Zähnen befand sich ein ziemlich gewöhnlicher Holzstab.

»Wenn er mich angreifen wollte, hätte er das längst getan.«

Sie trat einen Schritt auf ihn zu und hielt inne. Ging in die Hocke und hielt erneut inne. Sie hätte der Wind sein können, so wenig Aufmerksamkeit schenkte er ihr. Er war mit seinen Pfoten beschäftigt. Sie streckte die Hand aus und berührte den Stab. Der Löwe hob die gewaltigen Schlitzaugen, starrte sie eine Ewigkeit lang an. Sie fiel in diesen Blick hinein, fiel und fiel.

Ein Mann steht in der Dunkelheit, hält ein Neugeborenes im Arm. Eine in Roben gewandete Frau sieht ihn an, ihre anmutigen Hände sind vor der Brust gekreuzt. Er ist besorgt und beunruhigt. Sie ist so geduldig und friedlich wie der Tod.

»Es ist ein Mädchen«, sagt er angewidert und bestürzt. »Ich werde nicht zulassen, dass ich nach all den Jahren und Hoffnungen von einer schreienden Blage verdrängt werde. Aber ich traue mich nicht … ich traue mich nicht … es wäre falsch, sie zu töten …«

Die Geistliche antwortet sanft und überzeugend. »Ich habe eine Verwendung für sie. Sie wird verschwinden. Niemand wird jemals erfahren, dass sie existiert hat, Herr. Ich werde ihre Umwandlung begleiten. Ihr Zwillingsbruder wird Euch genügend dienen. Niemand wird vermuten, dass es ein zweites Kind gegeben hat. Eure Mutter ist bereits tot, die arme Seele. Die Mühe war zu viel für sie.«

»Ja, es muss sein«, sagt er. »Es ist besser so. Ich bin alt genug. Mein Volk vertraut mir. Die Leute rechnen damit, dass ich das Erbe übernehme und sie nicht von einem Kind regiert werden, nur weil meine Mutter auf einem alten Brauch bestanden hat. Es ist besser, jetzt unter einem Herrscher zu leben, als viele Jahre unter der Regentschaft zu leiden, mit all der Ungewissheit, die damit verbunden ist. Aber welches Siegel wirst du mir geben? Welches Versprechen, das mir garantiert, dass du nicht in fünfzehn Jahren zurückgeschlichen kommst und mich mit ihrem Anspruch belästigst?«

Draußen – hörbar durch ein Fenster – hebt ein Hund seine Stimme zu einem klagenden Geheul, und ein Dutzend ähnlicher Hunde antwortete ihm. Der unheimliche Klang lässt ihn erzittern, aber er rührt sich nicht.

»Kommt, Herr. Lasst mich Euch die Hunde zeigen. Dann werde ich das Kind nehmen, und Ihr und Eure Erben werdet durch das beschützt werden, was unseren Handel besiegelt.«

»Es ist besser so«, wiederholt er, zittert, weil er seinen eigenen Worten nicht ganz glaubt, aber dann folgt er ihr durch die Tür hinaus in die Nacht.

Liath taumelte und fiel, als der Löwe sich erhob und sich vor ihr auftürmte, mit all der zusammengeballten Kraft, die vor einem Sturm herrschte. Sein heißer, trockener Atem stieß ihr entgegen; er gähnte wie die Tore des Abgrunds, zeigte seine scharfen weißen Zähne.

»Strahlende!«

Der Löwe sprang weg und verschwand zwischen den Felsen.

Falkenmaskes Pfeil schlitterte über den Boden und geriet jenseits des Felshanges außer Sicht. Liath hörte den Schaft zerbrechen, dann ein Klappern und dann Stille. Einen Augenblick später begriff sie, dass sie den Atem anhielt und den Stab umklammerte.

Die beiden jungen Maskenkrieger sprangen mit erhobenen Waffen in ihr Blickfeld. Ihre Augen flackerten vor Aufregung und Angst. »Wo ist er?«

»Er kommt nicht zurück.« Sie stand auf.

»Was ist das?«, fragte Falkenmaske.

Der Stab war hübsch gestaltet und bestand aus glattem, poliertem Hartholz, vielleicht Eiche. Eine wunderschöne Schnitzerei krönte ihn: zwei kleine Hundeköpfe, die den Köpfen der Lavas-Hunde bemerkenswert ähnlich sahen. Eine Kerbe war in den Schaft geschnitten, so zerklüftet, als würde sie von einem Schwerthieb stammen.

Tarangi kam zwischen den Bäumen hervor. Sie schüttelte den Kopf. »Ich habe es gesagt. Eine Kraft, die so mächtig ist wie der Blitz. Du hast Glück, dass du überlebt hast.«

Der gereizte Ruf einer Seeschwalbe erklang. Tarangi machte sich nicht einmal die Mühe, hinter sich zu blicken, aber die beiden Maskenkrieger ließen die Waffen sinken. Bussardmaske hob seine Maske, legte die zwei kleinen Finger an die Lippen und erwiderte den Ruf mit zwei scharfen Pfiffen.

Scharfkante kam in Sicht. »Beeilt euch!«, rief sie und winkte. »Calta hat ihre Spur gefunden!«

Sie lief den Pfad wieder zurück, ohne eine Antwort abzuwarten. Tarangi und die beiden Maskenkrieger rannten wie abgeschossene Pfeile hinter ihr her.

Liath folgte langsamer. Als sie zwischen den Schatten der Bäume verschwand, hörte sie ein tiefes Husten hinter sich. Sie blieb stehen und sah sich um. Auf dem staubigen, offenen Platz stand nur die Hütte, aber eine Bewegung zog ihren Blick zur Spitze der Felsnase. Dort ging der Löwe, aber noch während sie hinsah, kroch er anmutig über die Felskante und aus ihrem Blick.

Ein kalter Schauer lief durch sie hindurch. Das Holz des Stabes wirkte unnatürlich warm in ihrer Hand.

»Strahlende!« Zehn Schritte weiter tänzelte Scharfkante von einem Fuß auf den anderen und winkte ungeduldig.

»Seltsamer Ruhm hat mich berührt«, sagte Liath.

Scharfkante sah sie von der Seite an und hüpfte ein paar Schritt näher. Blut sickerte aus einem Schnitt unterhalb ihres rechten Auges, als hätte ein Ast sie getroffen, als sie zu schnell gelaufen war. »Haben deine Götter dir eine Vision gegeben?«

»Vielleicht haben sie das.«

Die Lichtung war verlassen, abgesehen von der einzelnen Gestalt, die zusammengerollt auf dem Boden lag. Bussardmaske, Falkenmaske und Tarangi liefen an ihr vorbei und auf den Hauptpfad zu, aber Liath blieb bei dem Mädchen stehen.

»Anna?«

Sie antwortete nicht.

»Anna!«

Nichts.

Scharfkante kehrte um, stieß das Mädchen etwas rüde mit dem Fuß an und zuckte mit den Schultern. »Sie ist nutzlos. Sie kann nicht einmal mehr sprechen.«

»Doch, das kann sie.«

»Sie kann unsere Sprache nicht sprechen. Es heißt, sie hätte einige Monde bei unserem Volk gelebt und dennoch nichts gelernt. Wie könnte sie dir nutzen?«

»Sie hat sich viele Jahre um meine Tochter gekümmert. Ich werde sie nicht zurücklassen.«

Scharfkante ging weiter, blieb stehen und drehte sich zu Liath um. Wartete und klopfte mit dem Fuß auf den Boden.

»Anna, wir müssen gehen.« Sie kniete neben ihr nieder.

Anna hatte die Augen zusammengepresst, die Arme um den Körper geschlungen. Sie hatte sich in sich selbst zurückgezogen, wie eine Blume es tat, wenn die kalte Nachtluft über sie hinwegstrich.

»Anna. Ich brauche deine Hilfe. Bitte.«

Verzweifelt packte Liath ein Handgelenk des Mädchens und zog es von ihrem Körper weg. »Komm! Komm! Du musst das hier für mich tragen. Ich kann den Stab nicht halten und gleichzeitig meinen Bogen benutzen, wenn es nötig werden sollte.« Sie löste die zusammengerollten Finger und legte sie um den Schaft ihres hundeköpfigen Stabes.

Anna schnappte nach Luft. Öffnete die Augen und setzte sich auf. Zuerst starrte sie – für einen kurzen Moment – den Gegenstand an. Dann blickte sie zu Liath.

»Sie sind tot«, sagte sie so leise, dass es kaum zu hören war. »Ich wusste, dass es so sein musste, aber ich hatte immer noch Hoffnung. Dass sie vielleicht hatten entkommen können. Aber sie sind tot.«

»Sie haben treu gedient«, sagte Liath. »Ihre Seelen sind sicherlich zur Kammer des Lichts aufgestiegen. Anna, wir müssen gehen. Wir müssen Gnade finden. Wir dürfen keine Zeit verlieren.«

»Ja.«

Sie kämpfte sich auf die Beine, packte den Stab und begann, in der Weise eines Menschen zu gehen, der weiß, dass er keine andere Wahl hat, als weiterzumarschieren. Ohne Freude, aber voller Entschlossenheit. Scharfkante rollte mit den Augen, dann lief sie davon, zu ungeduldig, um zu warten. Liath bildete den Schluss, und schließlich, nachdem sie ein Stück den Weg durch den Wald entlanggegangen waren, blieb Anna stehen.

»Danke, Herrin«, murmelte sie und zog den Kopf ein.

»Danke? Wofür?«

Ihre Miene wirkte so mitgenommen und müde, dass es einem das Herz hätte brechen können. »Dafür, dass Ihr mich nicht zurückgelassen habt.«

Liath schüttelte niedergeschlagen den Kopf; sie wusste nicht, was sie sagen sollte. »Sanglant hätte dich niemals zurückgelassen«, erklärte sie schließlich. »Und so kann auch ich es nicht tun, in dem Wissen, wie sehr du dich um meine Tochter gekümmert hast. Komm, gehen wir.«

Sie kamen schließlich zu einer Stelle, von der aus man weit sehen konnte. Hier hatte Zuangua seine gesamte Streitmacht versammelt, fünf Bündel von Maskenkriegern. Sie blickten auf das Tal unter ihnen. Wald aus leuchtendem Grün erstreckte sich auf den Berghängen. Ein Fluss schnitt durch das Tal, ein paar Höfe und Weiler befanden sich an seinem Lauf. Weiter entfernt war ein Gut zu sehen, der Struktur der Gebäude nach ein Kloster. Eine Palisade mit Vieh befand sich in einem Ring darum, und es gab Streifen von Feldern und einige Obstgärten.

Ein Vogel zwitscherte in den Bäumen. Ein paar Mauersegler flogen von der Lichtung herbei, als wären sie aufgescheucht worden.

»Das ist Kloster Herford.« Sie schloss die Augen. Während sie durch den Palast ihres Gedächtnisses ging, kletterte sie die Tore hinauf, bis sie zu dem Kreis des Schwertes der Wahrheit kam. Dort bahnte sie sich den Weg in die hölzerne Halle, deren Boden sie vollständig mit einem umrandeten Becken ausgestattet hatte, das mit feuchtem Sand bedeckt war. Auf dieser formbaren Oberfläche hatte sie die vielen Spuren und Wege verzeichnet, auf denen sie als Adler geritten war und von denen sie von anderen Adlern gehört hatte. »Herford liegt eine Woche oder zwei Wochen entfernt von Autun, von dem wir uns fernhalten müssen. Aber es liegt nur ein paar Tagesmärsche südwestlich von Kessal. Wohin Sanglant und Liutgard gehen wollten.«

»Was ist mit Hugh von Austra?«, fragte Zuangua.

Sie öffnete die Augen. Im Tageslicht sah er furchterregend aus. Die eine Hälfte seines Gesichts hatte Blasen bekommen, und die Spitze seiner zusammengerollten Hand wirkte wie eine Klaue, wo sie aus der Schlinge lugte. Die Verbrennungen ließen ihn noch grimmiger und entschlossener wirken.

Scharfkante und die vier Maskenkrieger, die sie begleitet hatten, sahen Liath an, warteten auf ihre Worte. Die anderen – sogar Anna – blickten Zuangua an, ihren Befehlshaber.

»Du bist ein starker Mann«, sagte sie zu ihm, »dass du mit diesen Verletzungen noch gehen kannst.«

»Der Hass macht mich stark.« Er deutete auf das ferne Kloster. »Was ist damit?«

Als sie eingehender daraufstarrte, sah sie, dass die im Innern liegenden Felder voller Menschen waren, die sich zwischen etwas bewegten, das Zelte und behelfsmäßige Unterstände sein mussten. »Dahin würde ich als Erstes gehen, wenn ich Hugh von Austra wäre. Er braucht Vorräte, vielleicht ein Pferd. Er ist ein Kirchenmann wie sie. Sie werden ihm Unterkunft für die Nacht geben.«

»Und danach?«

Sie zuckte mit den Schultern. Sie brannte, als sie an Gnade dachte, die jetzt so nah war. »Ich weiß nicht, vor wie vielen Tagen er hier angekommen ist, wie schnell er durch die Kronen gereist ist. Wie weit er uns voraus ist. Ich muss hinuntergehen. Wenn er weg ist, werden sie wissen, in welche Richtung er geritten ist.«

Zuangua nickte seinen Spurensuchern zu, die bereits ein Stück voraus waren. »Er wird uns nicht entkommen.«

5

Der Hof war an drei Seiten von Unterkünften umgeben, wo Alain sich Gesicht und Hände waschen sowie den Hunden Wasser und etwas zu fressen geben konnte. Aestan und Eagor folgten ihm immer noch, aber die Müdigkeit hatte Aestans Zunge erlahmen lassen. Beim Trog schrubbten sich die beiden Soldaten den Schmutz der nächtlichen Arbeit von ihren Händen. Wendische Soldaten beäugten sie argwöhnisch, aber sie sprachen kein schlechtes Wort, hielten sich an die Vereinbarung, die von ihren Anführern am Tag zuvor verkündet worden war. In einer der anderen Unterkünfte standen Aikha-Soldaten an offenen Fenstern und Türen, aber sie riefen ihren Brüdern keine Grußworte zu, sondern nickten nur, als Aestan und Eagor unter einem Portal hindurch den riesigen zentralen Hof innerhalb des ältesten Teils von Kessals Palastbezirk betraten.

Bedienstete waren bereits aufgestanden und eilten geschäftig hin und her. Die meisten, vermutete Alain, hatten in dieser Nacht nicht geschlafen. Er und seine Eskorte näherten sich der großen Halle von Osten. Die Halle war riesig, hatte dicke Holzbalken und ein massives Dach; sie stammte aus der Zeit von

Königin Conradina. Der zweite Stock des neuen Palastes, in den Theophanu und Starkhand sich zurückgezogen hatten, erhob sich hinter dem Hof der einstöckigen Unterkünfte, der die beiden Teile des Palastes voneinander trennte. Ein gleichmäßiger Wind wehte aus Osten und brachte die Banner und Fahnen an den hohen Dachspitzen zum Flattern. Es war unnatürlich kalt.

Eine Ehrenwache stand im Hof, wo sich ein leerer Wagen befand. Es waren Sanglants verbliebene Wachleute und vierzig Löwen. Einige hielten die Köpfe gesenkt, andere hatten sie erhoben. Viele weinten. Die Kleidung von einigen war noch voller Blut von der Schlacht am Tag zuvor. Mehrere der Löwen musterten Alain, als sie ihn vorbeigehen sahen, aber niemand sagte etwas.

Der Haupteingang befand sich um die Ecke an der schmalen Seite der Halle, von wo aus man über die Stadt blicken konnte, die jetzt von einem Flügel des alten Palastes verborgen war. Alain folgte dem Strom der Bediensteten, die mit Tabletts voller Speisen und Getränke zu einer Seitentür gingen. Als sie sich dieser Tür näherten, jaulten die Hunde verdrießlich. Auf der Schwelle musste er sie zwei-, dreimal auffordern, dann sogar ein viertes Mal, und selbst jetzt traten sie so ungern ein, dass ihre Bäuche fast über den Boden schleiften, als sie vorwärtsschlichen. Sie hatten die Ohren angelegt, die Hinterviertel angespannt. Rage knurrte unsicher; Kummer gähnte wiederholt als Ausdruck des Unbehagens.

»Kommt!«, sagte Alain mit strenger Stimme. Seine zwei Begleiter blieben bei der Tür stehen. Mit gekreuzten Armen wirkten sie wie finster dreinblickende Statuen.

Gott liebten die Menschen so sehr, dass Sie ihnen Ohren zum Hören gegeben hatten, einen Mund zum Sprechen und Hände und Arme, damit sie zur Unterstützung ihrer Bemerkungen ausdrucksvolle Gesten machen konnten.

Mindestens vierzig Geistliche befanden sich in der Halle. Es war eine überraschend streitsüchtige Versammlung in Anbetracht der Tatsache, dass es so früh am Tag war und ein toter König aufgebahrt worden war. Ganz offensichtlich achtete jedoch niemand auf ihn. Er lag in den Schatten im hintersten Teil der Halle, wohin das Licht nicht dringen konnte. Die Leichen von Sabella und Sapientia waren bereits weggeschafft worden, damit sie gewaschen und einbandagiert wurden, aber es schien, als hätte sich noch niemand gefunden, der bereit war, sich um Sanglants Leichnam zu kümmern.

Der größte Teil des Konklaves hockte auf Bänken zu Füßen des Podestes, aber ein unruhiger Mann schritt beim kalten Herdfeuer auf und ab, blieb nur stehen, wenn die Unterhaltung besonders hitzig wurde und er aufmerksam lauschen wollte. Die Übrigen teilten sich in Gruppen entsprechend den drei Frauen auf, die am Rand des Podestes saßen.

Die größte Gruppe war Mutter Scholastika verpflichtet: Mönche, Nonnen, edle Geistliche, zwei eingeschüchterte Bischöfinnen, die Alain nicht kannte. Eine kleinere, aber ebenfalls lautstarke Gruppe – hauptsächlich junge Leute, die allesamt geistliche oder klösterliche Kleidung trugen – hatte ihre Blicke auf Bischöfin Constanze gerichtet, deren schmerzerfülltes Gesicht vom früh drohenden Tod gezeichnet war, wie Alain jetzt sah. Sie war noch nicht sehr viel älter als dreißig Jahre, aber er wusste, dass sie in einem Jahr tot sein würde, und angesichts des Nachdrucks ihrer Bemerkungen, der Heftigkeit, mit der sie ihre bedeutende Tante schalt, vermutete er, dass auch sie das wusste. Hathumod stand hinter ihr; sie hielt einen Becher in der Hand und richtete ihre Aufmerksamkeit so sehr auf Constanze, dass sie Alain nicht bemerkte.

Links von ihr saß Schwester Rosvita; sie sprach am wenigsten und wurde am wenigsten beachtet. Drei Bücher lagen auf ihrem Schoß, wurden von ihren Armen bewacht. Auch sie hatte eine Gruppe von treuen Anhängern bei sich, aber es waren insgesamt nur fünf Personen, und diese hörten eher aufmerksam zu, als dass sie selbst sprachen. Es waren zwei Männer und drei junge Frauen.

»Der Erlass der Exkommunikation stellt jetzt, da Sanglant tot ist, kein Problem mehr dar«, sagte Mutter Scholastika.

»Er stellt ein Problem dar, wenn es keine Skopos gibt, die bereit oder in der Lage ist, die Exkommunikation aufzuheben«, wandte Constanze ein.

»Müssen wir denn überhaupt davon ausgehen, dass Antonia von Mainni das Recht hatte, sich selbst zur Skopos zu ernennen? Oder dass sie die Macht hatte, ihre Edikte durchzusetzen? Ich glaube nicht.«

»Wieso müssen wir dann davon ausgehen, dass der Erlass überhaupt eine Rolle spielt? Das hast du getan, als Sanglant noch am Leben war, wie ich gehört habe.«

»Jeder Erlass muss ernst genommen werden! Du wirst nur noch mehr Leiden verursachen, Constanze, wenn du weiter so störrisch auf dieser Ketzerei beharrst. Nicht nur Exkommunikation könnte die Folge sein, sondern sogar Krieg. Wir sind schwach und können nicht davon ausgehen, dass wir uns an verschiedenen Fronten verteidigen können. Mir gefällt Theophanus Verbindung nicht, aber ich gebe zu, dass sie uns damit vor einem Bürgerkrieg bewahrt.«

»Sie hat getan, was notwendig war. Ich glaube, dass wir es nicht bedauern werden, sie unterstützt zu haben. Was das andere betrifft, müssen wir ein Konzil einberufen. Die Beweise müssen abgewogen werden. Ich habe alles niedergeschrieben!«

»Ein Konzil? Unter welcher Zuständigkeit? Unter welcher Autorität? Liegen wir immer noch im Krieg mit Aosta? Wird die Skopos einen Gesandten schicken? Oder stimmt es, dass Darre dem Abgrund anheimgefallen ist?«

»Ich erkläre es dir noch einmal«, sagte Constanze. »Wir müssen eine Gruppe ausschicken und uns selbst überzeugen. Wie sonst können wir die Wahrheit erfahren? Wie sonst können wir entscheiden, wie wir handeln sollen? Wieso bist du so stur, Tante? Wir müssen handeln, und zwar entschieden. Schick eine Gruppe nach Darre. Berufe ein Konzil ein, das in Quedlingham stattfinden soll, wenn es dir gefällt.« Sie drehte sich um – selbst bei der leichtesten Bewegung wurde ihr Gesicht blass – und streckte eine Hand in Rosvitas Richtung aus.

»Schwester Rosvita! Ihr habt die Geistlichen in König Henrys Gelehrtenschule angeführt. Er hat Euch mehr getraut als jeder anderen, das hat er mir mehr als einmal erzählt, wegen Eures klaren und umsichtigen Verstandes. Was sagt Ihr?«

»Ja«, sagte Mutter Scholastika mit einem gewaltigen Stirnrunzeln. »Was ratet Ihr, Schwester Rosvita? Bedenkt, was Ihr sagt, denn an die Worte, die Ihr jetzt sprecht, wird man sich stets erinnern.«

Rosvita hatte Alain und die Hunde im Schatten bei den Dachvorsprüngen gesehen, aber sie lenkte nicht die Aufmerksamkeit auf ihn. Sie wartete mit ihrer Antwort, während Hathumod den Becher an Constanzes Lippen hielt, ihr beim Trinken half und die Lippen mit einem Tuch abwischte. Mutter Scholastika starrte sie an, eine Eule, die ungeduldig darauf wartete, dass ihre Beute sich offenbarte.

»Wir werden von Gott beauftragt, die Wahrheit zu sprechen«, sagte Rosvita. »Ich bin Gottes gehorsame Dienerin, und danach die des Herrschers.«

»Sprecht weiter!«

»Der Glaube an den Phönix hat sich weit verbreitet und ist in seltsame Nester gelangt. Ich habe in meinem Besitz« – ihre Arme schlossen sich fester um die Bücher – »ein Buch, in dem sich ein uralter Text befindet, der in einer fremden Sprache verfasst und ins Arethusanische übersetzt worden ist. Die Worte, die ich dort lese, beunruhigen mich zutiefst. Sie legen die Glaubwürdigkeit jener nahe, die die Doktrin der Erlösung unterstützen.«

»Eine Fälschung! Eine Lüge!«

»So etwas ist immer möglich. Der Feind kann uns Schwerter in der Hoffnung zuwerfen, dass wir die Hand nach dem verführerischen Griff ausstrecken und alles andere beiseitelegen. Aber es ist auch möglich, dass dies die Wahrheit ist.«

»Unmöglich! Diese Schlacht ist vor dreihundert Jahren geschlagen und gewonnen worden!«

»Von Frauen und Männern, die anders waren als wir. Wir sind

unvollkommene Gefäße, Mutter Scholastika. Manchmal irren wir uns auch.«

»Nein! Ich werde nicht zulassen, dass die Ketzerei Wendar vergiftet. Möglicherweise ist dieses Gift der Grund für all die Leiden, die in diesen Tagen der Stürme und Unruhen auf uns niederkommen.«

»Möglicherweise«, pflichtete Rosvita ihr bei. »Deshalb unterstütze ich die Empfehlungen von Bischöfin Constanze. Schickt eine Gruppe nach Darre, um herausfinden zu lassen, in welchem Zustand sich die heilige Stadt befindet. Wir wissen, dass die Heilige Mutter Anne tot ist. Falls keine Presbyter mehr leben, die eine neue Skopos wählen könnten, ist es nicht annehmbar, dass eine ehrgeizige Frau sich einfach selbst dazu ernennt. Wir können die Edikte nicht akzeptieren, die von Antonia von Mainni ausgegeben wurden, die sich selbst zweimal mit ihren eigenen Taten als Malefika erwiesen hat.«

Es trat eine lange und unangenehme Stille ein, während die Geistlichen an ihren Bechern nippten und Alain den vergossenen Wein und einen schöneren, zarteren Geruch von Rosenwasser aufnahm. Die Hunde rührten sich nicht; sie schienen sich in Stein verwandelt zu haben, richteten die Köpfe in Richtung der Bahre, die halb von den Schatten verborgen war.

»Ich bin einverstanden.« Scholastikas Stimme hätte nicht gepresster klingen können. »Eine Gruppe muss nach Aosta reisen, unsere Auseinandersetzung und unsere Bitten in den Palast der Skopos tragen und herausfinden, ob er – und der Rat der Presbyter – noch existiert. Aber was ein Konzil betrifft, das die Ketzerei des Phönix untersucht, werde ich eine solche Diskussion nicht dulden, solange ich die Äbtissin von Quedlingham bin!«

Diese Worte schüchterten alle ein.

Oder zumindest schien es so, denn dann sprach Schwester Rosvita wieder, und zwar mit einer überaus ruhigen Stimme. »Wovor habt Ihr Angst, Mutter Scholastika? Es kann unmöglich sein, dass Ihr die Wahrheit fürchtet.«

»Diese Lügen sind das Werk des Feindes.«

»Vielleicht. Niemand von uns ist ohne Sünde in dieser Angelegenheit, glaube ich. Ihr selbst, Mutter Scholastika –«

»Ich?«

»Ihr habt Sanglant gekrönt und gesalbt, aber gleichzeitig habt Ihr offenbar gemeinsame Sache mit Herzog Conrad und Edelfrau Sabella gemacht. Theophanu weiß jetzt, dass Ihr bereit und willig wart, sie zu übergehen, obwohl ihr Anspruch stärker ist als der aller anderen. Wer wird Euch trauen, in dem Wissen, dass Ihr jenen, die Eure Unterstützung gesucht haben, zwei Gesichter gezeigt habt?«

Die Äbtissin zog die Lippen zurück, und die Zähne blitzten auf. Es sah beinahe aus wie ein Fauchen. »Ich bin Wendar und Varre immer treu gewesen. Ihnen allein gilt meine Sorge. Vermutet Ihr etwas anderes, Schwester Rosvita? Wessen klagt Ihr mich an?«

»Wessen klagt Ihr Euch selbst an?«, fragte Rosvita sanft.

Alle Blicke hefteten sich jetzt auf die Äbtissin – alle, abgesehen von Rosvitas. Die Geistliche starrte auf die einsame Bahre. In diesem Augenblick veränderte sich das Licht auf bemerkenswerte Weise. Der bisher schwache Schein wurde gelblich und grell, als die Sonne durch die niedrigen Wolken drang. Zum ersten Mal sah Alain, dass der tote Mann gar nicht allein und verlassen war. Begleiter waren an seiner Seite: zwei Nonnen und eine dritte Gestalt, die so vornübergebeugt beim Kopf der Leiche kauerte, dass er nicht erkennen konnte, wer es war. Kummer jaulte. Rage bewegte den Schwanz und versuchte, zur Tür zu schleichen, aber Alain schnippte mit den Fingern, und sie kam zurück.

»Dann sollten wir es rasch durchführen«, sagte Scholastika heiser. »Wir werden so bald wie möglich ein Konzil abhalten, beginnend am ersten Tag des Sommers im nächsten Jahr. Ich vermute, dass die Presbyter, Bischöfinnen, heilige Äbtissinnen und Geistliche innerhalb einer so kurzen Zeitspanne nach Autun gelangen können, wenn sie jetzt dazu aufgefordert werden.«

Rosvita nickte. »Das ist für mich akzeptabel.«

»Autun?« Constanzes Hände zitterten, ihr Gesicht war sehr bleich. »Hoffst du immer noch auf Conrad, Tante? Er bleibt Herzog von Wayland. Es ist Tallia, die dem Geburtsrecht nach jetzt Herzogin von Arconia ist. Du wirst feststellen, dass sie der Geschichte des Phönix besonders aufgeschlossen gegenübersteht.«

»Ich habe meine Entscheidung getroffen«, sagte Scholastika. Ihr Gesicht war weiß. Sie griff nach einem Becher Wein, leerte ihn in einem Zug. »Boten sollen ausgeschickt werden. Nun, ich vermute, dass wir hier fertig sind.«

Ein großer Adler mit einer Falkennase durchquerte die Halle von der Haupttür aus, schritt zu Rosvita, flüsterte ihr etwas ins Ohr und zog sich dann zurück. Rosvita sah Alain an, dann hob sie die Hand, ehe Mutter Scholastika die Versammlung aufheben konnte.

»Es bleiben noch Fragen bezüglich der Toten. Sowohl Edelfrau Sabella als auch Prinzessin Sapientia sind letzte Nacht von Verwalterinnen und Bediensteten weggebracht worden, um für ihre letzte Reise gewaschen zu werden.«

Der Mann, der beim Herdfeuer auf und ab gegangen war, trat jetzt vor. »Ich bin ein treuer Diener in Edelfrau Sabellas Gelehrtenschule. Wir warten nur darauf, dass der Wagen und die Pferde bereit sind und ihre Eskorte sich versammelt. Am besten wäre es, wenn wir sofort aufbrechen würden. Im Sommer verwest das Fleisch schnell. Die Herrin muss in Autun begraben werden, neben ihrer Mutter und ihrem Onkel – den letzten Erben von Varre.«

»Sapientia wird nach Quedlingham gehen«, sagte Scholastika. »Sie wird bei den Ahnen ihres Vaters begraben werden, wie es angemessen ist.«

»Was ist mit Sanglant?«, fragte Rosvita.

»Niemand traut sich, ihn anzufassen«, sagte Scholastika mit harter Stimme. »Aus Angst vor dem Fluch seiner Mutter.«

»Viele Männer warten draußen, die keine Angst davor haben«, entgegnete Constanze scharf. Hathumod tupfte ihr mit einem Stück Stoff die Stirn ab, und nach einer kurzen Pause sprach die Bischöfin weiter. »Aber ich möchte gern die Aussage der Heiligen Mutter hören, die die ganze letzte Nacht bei seiner Leiche gesessen hat.«

Eine uralte Frau schlurfte aus den Schatten herbei, beiderseits von zwei dünnen Nonnen gestützt. Die Frau selbst war so zerbrechlich und gebeugt, dass es bemerkenswert war, dass sie überhaupt stehen konnte; ein Windhauch mochte sie umwehen. Das Alter hatte seine eigene Autorität. Sogar Mutter Scholastika gab ihr gegenüber nach und erhob sich mit aufrichtigem Respekt, um der alten Frau ihren Stuhl zur Verfügung zu stellen.

So, wie die Gesichtszüge eines Kindes bereits das erwachsene Gesicht durchschimmern lassen, bewahren die alten und zerfurchten Gesichter die Erinnerung an die Jugend. Sie wurde vom Licht beschienen, als sie sich auf den Stuhl setzte, und es waren die Augen und das Kinn, die Alain die Ähnlichkeit erkennen ließen.

Ihm blieb fast das Herz stehen, und seine Augen schwammen in Tränen. Sein Atem war gefangen wie in einem Käfig, so dass er sich daran erinnern musste zu atmen. Seine Hände kribbelten. Einen Moment lang kam er sich vollkommen schwerelos vor, als würden seine Füße die Erde nicht mehr berühren.

Sie sprach mit einer erstaunlich kraftvollen Stimme, wenn man bedachte, dass sie eine so zerbrechliche, winzige Gestalt hatte. »Ich habe diese Nacht Wache bei ihm gesessen, um des Wohls meiner Enkelin willen, die es selbst getan hätte, wäre sie jetzt hier. Dies sind meine Beobachtungen. Wenn ich meine Hand auf seine Brust oder an seine Kehle lege, fühle ich keinen Herzschlag. Kein Blut strömt aus seinen offenen Wunden. Kein Atem löst sich von seinen Lippen oder streicht durch seine Nase. Ein Mann kann nicht leben, dessen Herz stumm ist und der keinen Atem hat. Er ist sicherlich tot. Dennoch wird er weder steif, noch verfault er. Er riecht nach Rosenwasser, als wäre er frisch gewaschen worden. Ich schwöre, dass seine Wunden heilen, dass sie sich auf eine höchst unnatürliche Weise zusammenfügen und schließen.«

»Zauberei!«, erklärte Scholastika. »So bleibt also der Fluch, auch wenn sein Geist geflohen ist. Dies ist das Werk eines Malefikus oder von Daemonen der oberen Sphären. Ich bin dafür, ihn nach Gent zu bringen, wo er hätte sterben sollen, aber nicht gestorben ist. Dort befindet sich eine Krypta, in der er aufbewahrt werden kann.«

Rosvita sah Alain an, aber sie wandte sich nicht an ihn und gab auch sonst nicht zu verstehen, dass sie wusste, dass er da war und wahrgenommen werden sollte. »Bringt ihn über den nördlichen Pfad nach Westen«, sagte sie, als er es nicht tat. »Ich werde ihn begleiten, wenn Ihr es gestattet.«

»Nach Westen?«, fragte Constanze. »Wieso nach Westen?«

»Was für ein Plan verbirgt sich dahinter?«, fragte Scholastika.

»Ich werde ihn ebenfalls begleiten«, sagte die alte Frau. »Wie es mein Recht als Verwandte dieses Mannes ist.«

»Als *Verwandte* dieses Mannes?« Respekt war schön und gut, aber Mutter Scholastika hatte sicher genug Demut gezeigt und ertrug nicht noch mehr. »Mutter Obligatia, ich bitte Euch, vergebt mir, dass ich zu einer Frau Eures Alters und Eurer Autorität so frei spreche. Aber Ihr seid aus Eurem Kloster in Aosta geflohen und habt hier in Wendar Zuflucht gefunden. Von welcher Verwandtschaft sprecht Ihr?« Sie sah Rosvita vorwurfsvoll an. »Gibt es etwas, das man mir nicht gesagt hat?«

Rosvita öffnete das oberste der drei Bücher, die auf ihrem Schoß lagen.

Jetzt endlich war die Zeit gekommen.

Alain machte sich bereit, einen Schritt vorzutreten und seinen Eid zu erfüllen. Er drehte sich zu den Hunden um, damit sie ihn begleiteten.

Und fand heraus, dass sie ihm schließlich entkommen waren. Er blickte sich um und sah, wie Kummers Hinterviertel durch die Tür verschwand. Rage war bereits weg. Aestan und Eagor streckten kurz ihre Köpfe in den Hof und starrten den Hunden nach. Aestan kratzte sich verwirrt am Bart. Eagor machte Alain ein Zeichen, dann verschwanden beide Soldaten nach draußen.

Alain eilte hinter ihnen her, aber die Hunde waren tatsächlich weggelaufen, und niemand war bereit, sie zum Stehenbleiben aufzufordern. Er konnte nicht Schritt halten mit ihnen, als sie zur Stadt Kessal hinunterliefen, durch das Tor hinaus und den Klarweg entlang.

Er folgte ihnen, so gut es ging, unwillig, ihre Spur aufzugeben. Schließlich holte ihn eine Eskorte von Reitern mit zusätzlichen Pferden auf der Straße ein. Hinter ihnen sah er zwanzig Aikha-Soldaten in ihrer unermüdlichen Art und Weise laufen.

Dies waren mächtige Verstärkungen, aber dennoch musste ein Mensch hin und wieder stehen bleiben und Luft holen, eine Scheibe Brot und Käse essen, wenn er am Tag zuvor nichts gegessen hatte, und etwas trinken. Die Pferde mussten getränkt werden. Die Männer murmelten, dass diese Hunde die Brut von Dämonen wären, sicherlich, denn wie sonst konnte man ihre unnatürliche Zähigkeit erklären?

Am Ende brauchte er bis zum Mittag, um sie einzuholen, weit östlich auf dem Klarweg mitten im Wald. Doch ein einziges scharfes Wort genügte, um sie mit eingezogenen Schwänzen beschämt zu ihm zurückkehren zu lassen.

6

Die Palisade um Kloster Herford war errichtet worden, um wilde Tiere draußen und das Vieh drinnen zu halten. Das Tor würde jedoch nie dem Angriff einer bewaffneten Streitmacht standhalten. Dennoch war es geschlossen, als Liath sich die Straße entlangschleppte und außerhalb einer Pfeilschusslänge stehen blieb. Die Anstrengungen des vorherigen Tages hatten einen brennenden Schmerz in ihrem Oberschenkel entfacht. Er war immer noch nicht vollständig verheilt. Vielleicht würde er auch nie richtig heilen, seit das Gift in das Gewebe gedrungen war.

Anna war ihre einzige Begleitung. Die Dienerin hielt noch

immer den Stab in der Hand, als wäre es das Einzige, was sie weitergehen ließ.

Leute standen auf der Palisadenmauer, hielten Sensen, gespitzte Stöcke und Schaufeln in den Händen; drei hatten sogar Mistgabeln bei sich. Sturmwolken türmten sich jenseits der Klostergebäude am östlichen Horizont auf, aber da der Wind von hinten kam, war Liath vor dem Regen geschützt.

»Ich bitte Euch«, rief sie. »Ich bin Liath, Tochter von Bernard. In früheren Zeiten bin ich als Adler auf Befehl von König Henry geritten. Ich bin eine treue Dienerin Wendars.«

Niemand antwortete.

»Ich suche einen Mann namens Hugh von Austra. Bei ihm ist ein Mädchen, das dem Anschein nach zwölf oder vierzehn Jahre alt sein muss.«

In schwierigen Zeiten begegnete man Fremden mit Misstrauen, und dem Schweigen nach vermutete Liath, dass die Menschen hinter der Palisade sehr argwöhnisch waren. Ein Mann in Klosterkleidung trat schließlich durch das Tor und ging auf sie zu; er blieb in einem Abstand stehen, der es ihm ermöglichte, ihre Gesichtszüge zu erkennen, aber auch rasch zurückzulaufen, sollte sie sich als gefährlich erweisen.

»Ich bin Prior Ratbold. Diese heiligen Brüder und armen Flüchtlinge stehen unter meinem Schutz. Es sind andere bei Euch, die sich im Wald verbergen. Wer sind sie?«

Sie war klug genug, sich nicht umzudrehen, aber natürlich tat Anna es, die überrascht war, da sie schließlich vor einiger Zeit beschlossen hatten, dass die Ashioi sich verbergen sollten.

Der Prior lächelte schief, als er einen Blick zur Palisade warf. Als er nickte, wurden Schaufeln, Stöcke und Fäuste erhoben und trotzig geschwenkt.

»So wurden wir gewarnt«, sagte er, wandte sich dabei wieder Liath zu. »Geht. Dieses Kloster gehört den Flüchtlingen. Es widerspricht Gottes heiligstem Gesetz, jene im Stich zu lassen, die Sie um Schutz ersucht haben.«

Der Wind drehte sich, kam jetzt von Norden. Obwohl es Sommer war, war der Wind immer noch kühl, und Liath zitterte. In der Ferne war Donnergrollen zu hören.

»Das Mädchen, das er gefangen hält, ist meine Tochter, Bruder Ratbold. Ich werde hineingehen und sie holen, was immer Ihr sagt. Ich würde es vorziehen, es auf friedliche Weise zu tun.«

»Das Mädchen, das er vor den Verfluchten gerettet hat? Das wie eine Wilde bemalt und in Fetzen gekleidet war? Knurrend und um sich beißend wie ein Hund? Er hat sie aus den Klauen des Feindes befreit!«

»Das mögt Ihr glauben. Er hat Euch Lügen erzählt und sie zu Wahrheiten gewebt. Lasst mich durch. Wenn ich meine Tochter habe, werde ich Euch in Ruhe lassen.«

Der Prior hatte den hartnäckigen Blick eines Hundes, der dazu ausgebildet war, Abschaum zu jagen, und er hatte auch die breiten Schultern eines Mannes, der es einmal gewohnt gewesen war, einen Stab oder Speer zur Verteidigung der Unschuldigen zu schwingen. Er sah nicht zu Boden. »Jeder, der eine Waffe tragen kann, hat sich heute zur Verteidigung des Klosters erhoben. Sie alle sind durch die Geschöpfe des Feindes aus ihren Häusern vertrieben worden. Viele sind tot, noch mehr werden vermisst, und schlimmer noch, das wenige gesäte Korn bleibt unversorgt. Hungersnöte werden uns im nächsten Winter zusetzen.«

»Er könnte sich hinter uns geschlichen haben«, murmelte Liath zu Anna.

Das Mädchen schüttelte den Kopf. »Edelmann Zuangua hat seine Maskenkrieger in einem Bogen um das Kloster geschickt. Wir hätten ihr Zeichen gehört, wenn dort Kämpfe stattgefunden hätten. Was werdet Ihr tun, Herrin?«

Prior Ratbold hatte aufgehört zu reden, als er sah, dass sie miteinander sprachen. »Was werdet Ihr tun?«, fragte er als Widerhall zu Annas Worten.

Liath machte einen Schritt auf ihn zu, und er wich einen zurück. »Ich bin nicht Euer Feind. Was immer Hugh von Austra Euch erzählt hat, ist eine Lüge.«

»Ihr seid eine Zauberin. Ist das eine Lüge?«

»Er ist auch ein Zauberer.«

»Ihr habt Männer getötet, indem Ihr sie bei lebendigem Leib verbrannt habt – mit Feuer, das Ihr von Euren eigenen Händen gerufen habt. Ist das eine Lüge?«

»Es ist wahr. Gott mögen mir beistehen. Aber auch er hat getötet. Die Spur seiner Morde reicht viele Jahre zurück.«

»Wieso sollte ich Euch glauben? Ihr seid exkommuniziert worden, oder nicht? Ist das eine Lüge?«

Sanglant hätte diese Schlacht der Worte besser gefochten als sie. Jetzt, da sie Hugh gefunden hatte und wusste, dass Gnade in seiner Gewalt war, verlor sie die wenige Geduld, die sie hatte aufbringen können. Sie hob die linke Hand, streckte Daumen und Zeigefinger vor.

Sie drehte sich nicht um. Sie musste es nicht tun. Dass ihre Verbündeten ihr Zeichen gesehen und befolgt hatten, sah sie an der Angst in Prior Ratbolds Gesicht. Er wich langsam zurück, wie ein Mann, der von einem tollwütigen Hund davonschleicht. Einige Leute auf der Palisadenbrüstung riefen vor Entsetzen, während andere ihre Wut hinausschrien. Ein Kind brüllte. »Gott helfe uns!«, rief einer.

»Aufpassen!«, rief der Prior. Er rannte auf das Tor zu, aber statt sich ins Innere des Klostergeländes zurückzuziehen, nahm er einen festen Stab, den ein anderer Mönch ihm reichte, und umklammerte ihn mit beiden Händen. »Die Herrin wird uns beschützen.«

Die Maskenkrieger kamen herbei und stellten sich neben Liath. Alle hatten die Masken gesenkt und zeigten eine wilde Ansammlung von Tiergesichtern: Adler und Raben, Hunde und fleckige Katzen, Füchse und Geier, Echsen und scharfzüngige Frettchen. Zuangua hatte eine Reserve-Streitmacht in einem Kreis um die Palisade herumgeführt. Er hatte Liath eine Knochenpfeife gegeben, die an einem Lederband um ihren Hals hing. Jetzt führte sie sie an die Lippen und blies dreimal darauf – *Schrii, schrii, schrii*. Eine Antwort schrillte vom östlichen Waldrand.

»Sie glauben, Ihr wärt im Bunde mit dem Feind«, flüsterte Anna.

Liath achtete nicht auf sie. All dies war lediglich ein Scharmützel, das sie von dem ablenkte, was wirklich zählte. Sie schritt weiter, achtete auf jede Bewegung auf der Palisade, die auf einen Pfeilschuss hindeuten mochte. Pfeile waren die einzige Waffe, die sie wirklich fürchtete, abgesehen von den Galla. Sie vermutete, dass bei dieser Gruppe der eine oder andere Mann stand, der daran gewöhnt war, im Wald zu jagen, und als sie sich der Palisade näherte, ließ sie ihren Blick an ihr entlangschweifen. Sie sah jedes Gesicht der Reihe nach an, nicht länger als ein Augenzwinkern, und sie rührten sich unsicher und verrieten durch das Heben und Senken und die Neigung ihrer Schultern, welche Waffe sie verbargen.

Da.

Sie suchte mit dem geistigen Auge nach der Sicht, die in das Wesen der Dinge blickte, fand jene Substanzen, die am meisten nach Feuer dürsteten. Sie hatte im Laufe der Zeit gelernt, wie diese Gewebe und Formen sich aus der Ferne anfühlten: der kalte Schlummer des Eisens, das träge Flüstern des Steins, der Eifer von Holz in der warmen Umarmung von Fleisch. Dort war ein Bogen, der Atem der Flamme zitterte in seinen Schichten. Sie ballte ihre Aufmerksamkeit zu einem Höchstmaß an Kontrolle zusammen und rief Feuer der Länge nach hinein.

Ein Schrei. Klappern, als jemand den Bogen fallen ließ. Rufe und Schreie der Bestürzung brachen etwa zwanzig Schritt rechts vom Tor aus. Ein Mann begann hysterisch zu schluchzen. Jemand wurde geschlagen.

Sie erreichte Prior Ratbold. Er rührte sich nicht, aber seine Augen waren weit aufgerissen. Seine Angst erinnerte sie an Edelfrau Theucinda, doch er war ein mutiger Mann, bereit, sein Leben herzugeben, um jene zu verteidigen, die unter seinem Schutz standen.

»Ich will niemandem Schaden zufügen«, sagte sie. Er starrte sie an wie eine Natter, und wie bei einer Natter rührte auch er sich nicht, als fürchtete er, sie mit einer Bewegung zu provozieren. »Ich will meine Tochter, und ich werde sie bekommen. Wenn ich auf irgendeine Weise von einer Waffe berührt werden sollte, die von Euren Leuten geschwungen wird, wird dieser Ort in Flammen aufgehen.«

»Es ist falsch, sich zu ergeben«, keuchte er. »Wir müssen gegen den Feind kämpfen. Es ist besser zu sterben, als zuzusehen und nichts zu tun, während Unschuldige den Tod finden.«

»Ich habe nicht vor, irgendjemandem im Schutz der Mauern etwas zu tun, es sei denn, Hugh von Austra widersetzt sich mir. Lasst mich meine Tochter holen, und Euch und all jenen, die bei Euch sind, wird nichts geschehen. Das verspreche ich Euch beim heiligen Namen Gottes.«

»Ihr wandelt mit den Dienern des Feindes«, krächzte er, löste eine Hand vom Stab und deutete auf die Reihe der Ashioi. »Dort sind sie! Dort sind sie! Hinweg mit euch, üble Dämonen!«

Er krümmte den Daumen über den Mittel- und Ringfinger, um das Zeichen des Tieres zu machen, hob den Zeigefinger und den kleinen Finger als Hörner: das Zeichen des Phönix, das Zeichen der Ketzer, deren Worte sich im ganzen Reich verbreitet hatten.

»Seht Ihr nicht?«, fragte sie mit einem weichen Lachen. »Ich bin keine Dienerin des Feindes. Ich bin der wandelnde Phönix aus lebendem Feuer.«

Sie suchte tief im Herzen des Himmels und der Erde. Der Äther floss flach, von der Umwälzung ausgetrocknet, aber mit einiger Mühe fand sie den Strom, der durch die ferne Steinkrone lief. Sie sammelte so viel wie möglich davon, zog ihn zu sich heran, wie wenn man gestrichene Wolle zu Fäden spinnen würde – und ihre ätherischen Flügel erblühten.

Der Klang ihrer sich entfaltenden Flügel war wie ferner Donner. Funken tanzten in der Luft, und einen Augenblick loderten die Flügel so hell, dass der Prior zurücktaumelte und sich die Augen bedeckte. Die Leute weinten, schrien laut und beteten. Hunde begannen zu bellen.

Aber der Atem des Äthers war zu schwach, um sie lange aufrechtzuerhalten. Die Herrlichkeit verklang so rasch, wie sie gekommen war. Der kurze Blick genügte jedoch. Die Leute wichen zurück, verbargen ihre Augen. Sie senkten ihre unbeholfenen Waffen, und der Prior fiel auf die Knie und wappnete sich wie für einen Hieb.

Das war nicht Ehrfurcht. Das war Entsetzen.

Sie drückte das Tor auf. Ein breiter Weg führte vorbei an den Außengebäuden, vorbei an dem Gästebereich, von dem aus ein Dutzend Gesichter sie durch Lücken im Zaun anstarrten, vorbei an Bienenstöcken, vorbei an den Stallungen mit einem halben Dutzend Pferden, die ihre Köpfe herausstreckten, um zu sehen, was da vor sich ging, vorbei auch an einer Gruppe von Zelten, die dort standen, wo in friedvolleren Zeiten wohl Schafe grasen würden. Ein kalter Wind setzte ihr zu, wurde stärker. Die heftige Winterluft wurde zu Eis, als sie zu rennen begann. Seine kühlen Finger griffen nach ihr. Seine kühle Stimme flüsterte.

Komm jetzt herein.

Der Wind stieß die Zeltklappen des Flüchtlingslagers auf. Eine Tür wurde von einem Windstoß aufgeweht. Die Kälte kam so plötzlich, dass sie nicht normal sein konnte. Erinnerungen überkamen sie, ihren Geist wie auch ihren Körper. Die Kälte schmerzte in ihren Knochen. Sie traf sie heftig und schmerzhaft. Das Gehen tat weh, als die Kälte ihre Gelenke erstarren ließ, jede Bewegung zu einer Qual machte. Die Kälte trocknete ihre Lippen, bis sie aufplatzten und bluteten. Die Berührung des Windes auf ihrer Haut war wie ein roher, brennender Schlag.

Sie war nicht die Einzige, die litt.

Die Leute kauerten sich zusammen, wickelten sich in die Kleidung, die sie besaßen. Andere wichen zurück, als sie sie kommen sahen, während einige Mönche neben dem Pfad stehen blieben. Sie sahen ihr beim Vorbeigehen zu, aber sie unternahmen keinerlei Anstalten, sie aufzuhalten. Jeder ihrer anklagenden Blicke stach mehr als der frostige Wind. Sie war das Ungeheuer, vor dem sie sich fürchteten. Hugh hatte ganze Arbeit geleistet.

Er hatte nicht nur mit Worten gewirkt. Die Furcht vor ihr, vor dem, was er über sie gesagt hatte, konnte die Leute nicht zurücktreiben, aber das schroffe Wetter konnte es. Sie zitterten in dem Sturm, der aus Norden über sie herfiel. Sie zogen sich zu den Veranden zurück, wo die Wände dürftigen Schutz boten. Aber je näher sie dem Hauptgebäude kam, desto schwerer wurde es, den Winter zu bekämpfen. Die Menschen bemühten sich weiterzugehen. Sie beugten sich vornüber, während sie auf Gebäude zuhielten, die ihnen Schutz bieten mochten.

Der Wind heulte. Mit jedem Atemzug, mit jedem Schritt spürte sie, wie sich das Eis ausbreitete. Sie fand zwei Novizen im Gang, der zu zwei Schlafsälen und dann in den mittleren Hof führte; sie lagen zusammengerollt und schlafend auf dem Boden, die Lippen waren blau und die Finger weiß von der Kälte. Ihr Atem schickte weiße Wölkchen in die Luft.

Die Kälte konnte töten, aber sie wagte es nicht, ihnen zu helfen.

Ihre Füße klopften über den Stein, als sie in den berühmten Einhorn-Innenhof mit dem Säulengang trat, dem Rosengarten, der gestutzten Zypressenhecke. Vier steinerne Einhörner bäumten sich auf den Hinterbeinen auf. Sie strahlten, waren gesäubert worden seit damals, als sie sie das letzte Mal gesehen hatte. Alle Schmierstreifen waren aus dem Mosaikbecken entfernt worden. Wasser ergoss sich in vier gebogenen Strömen aus ihren Hörnern, aber während sie das leere Kloster durchquerte, verwandelten sich die dünnen Wassersäulen in Eis, fielen unter lautem Krachen zu Boden und zersprangen.

Und noch immer drückte der kalte Wind vom Himmel herunter, bis es so wirkte, als wäre die Luft messerscharf.

Der Geruch von Verbrennendem – gesegnete Wärme mit dem Duft von Lavendel – lockte sie mit dem Hauch von Magie. Zauberei, wie der Wind, verteilte sich über sie, über sie alle. Dies war Hughs Werk. Was kümmerte es ihn, wie viele starben, solange er bekam, was er wollte? Immer machte er, was er wollte, gegenüber jenen, die hilflos darin waren, sich ihm entgegenzustellen.

Der Wind zerrte die Spur der Wärme weg. Liath drängte weiter, vornübergebeugt, während sie sich über den Hof kämpfte, um das Stiftshaus und den Seiteneingang der Kirche zu erreichen. Ihre Augen wurden von einer Frostschicht überzogen, obwohl sie sie geöffnet hatte.

Es war so kalt.

Die Kälte hatte sie einmal besiegt, als nur die Schweine ihr Trost gewährt hatten. Aber der Funke ihrer Willenskraft war niemals ganz gestorben, nicht einmal mitten in diesem schrecklichen Winter in Friedleben, obwohl sie sich am Ende gefügt hatte, um ihr Leben zu retten.

Nicht diesmal.

All die Schuldgefühle und der Kummer jener Tage, die sie so lange mit sich herumgetragen hatte, waren weggebrannt. Jetzt war die Kälte, war die Zauberei nur eine weitere Schlacht, die sie schlagen musste.

Ein Mönch lag auf der Türschwelle zur Kirche, schlief oder war bewusstlos. Er war erschreckend hübsch, hatte ein so vollkommenes Antlitz, dass sie sich kurz veranlasst fühlte zu lächeln, aber sie konnte die Lippen nicht richtig bewegen. Sie kniete sich neben ihn und legte ihre Hände an seine Wangen. Er hatte so viel Wärme verloren, dass seine Haut tatsächlich kälter war als ihre aufgesprungenen und rissigen Hände. Mit der sanften Berührung, mit der man eine Nadel und nicht ein Messer bewegen mochte, zog sie Wärme aus ihrem Innern und ließ sie in sein Fleisch strömen. Seine Haut färbte sich rot, er röchelte und rührte sich, und ein Nebel aus milchigem Atem strömte aus seinem Mund, als er hustete und nach Luft schnappte. Seine Augenlider flatterten, aber er erwachte nicht. Die Magie verhinderte, dass er aufwachte und sich in Sicherheit brachte.

»Ivar«, murmelte er.

Verblüfft sank sie auf die Fersen und starrte ihn an. Hatte sie ihn schon einmal gesehen? Sein Gesicht war schwer zu vergessen, und Ivar hatte viel Zeit in einem Kloster verbracht und hätte sich gut mit einem solchen Mann befreunden können. Aber Ivar war ein gewöhnlicher, üblicher Name. Ihre Gedanken wanderten verträumt umher, denn es war tatsächlich nicht so sehr die Kälte, die ihr zusetzte, sondern eher das Gewicht der überwältigenden Erschöpfung. Es wäre so schön, schlafen zu können. Es wäre am besten, sie würde einfach schlafen.

»Liath.«

Die Stimme weckte sie auf. Diese Stimme war selbst wie Eis, das sich in ihren Körper bohrte, ein heißer Schmerz, der kalt aufflackerte. Das Aufstehen schmerzte in den Knien und Hüften, die jetzt so steif waren, dass sie sich fragte, ob sie zu Eisblöcken gefroren waren.

Feuer war etwas so Zartes. Stein, Wasser und Erde konnten Feuer ersticken.

»Liath«, sagte er erneut.

Sie war sich nicht sicher, ob er sie aufwecken oder in einen Schlaf locken wollte, der sie so hilflos werden ließ wie die anderen. Am besten, sie wartete nicht darauf, es herauszufinden.

Sie stapfte durch die geöffnete Tür und betrat die Kirche. Herford rühmte sich einer bescheidenen Kirche mit schönen Friesen an den Kapitellen, geflochtenen Kränzen aus Blättern, Reben und Vögeln. Sie betrat das Podest und näherte sich der Apsis mit der Kuppel und den Pfeilern. Drei breite Stufen führten zum Altar hoch. Eine schlanke Gestalt lag quer über diesen Stufen, ein Mädchen in einem schlichten Leinenkleid. Seine groben schwarzen Haare waren auf dem Kopf zu einem Knoten zurückgebunden, wie die Ashioi es taten, aber dieses Mädchen war Gnade, und sie war so schlaff und leblos, als wäre sie tot.

Liath rannte, ließ sich neben Gnade sinken und drückte ihre Wange an ihre Brust, legte eine Hand an ihre Kehle. Die Lippen waren so kalt wie Eis. Wie die Lippen einer Leiche. Liaths eigener Atem versiegte, ihr Herz schien stehen zu bleiben, als sie lauschte, aber schließlich vernahm sie die gleichmäßigen Atemzüge des Kindes, die so schwach waren wie die des Herzens einer Maus.

Sie war nicht tot, sie schlief nur. Sie erfror, wie alle anderen.

Wut loderte hell in ihr auf, aber sie schluckte sie hinunter. Wut würde ihr jetzt nicht helfen. Sie stand auf.

Licht strömte durch das Rosenfenster, das den heiligen Kreis der Einigkeit darstellte, der an allen Seiten durch die herrliche Weisheit Gottes begrenzt wurde. Das weiche Licht ergoss sich um den Altar herum, und dort kniete – natürlich – Hugh in der vollkommenen Haltung eines Mannes, dem die Engel zulächelten, der selbst wie ein Engel aussah, friedlich ruhend in Gottes Barmherzigkeit. Er hatte die Hände zum Gebet aneinandergelegt, berührte mit den Fingern die Stirn.

»Liath«, sagte er, ohne sie anzusehen. Seine Stimme war so weich und warm wie die eines Mannes, der einem Kind oder einem verletzten Hund schmeichelte. »Komm jetzt herein. Komm herein.«

Er erhob sich, drehte sich um und sah sie an.

Sie stand in der eiskalten Kirche und starrte in sein hübsches Gesicht, während der Wind durch die offene Tür hereinwehte und das Licht über ihn strömte.

Mochten Gott ihr helfen. All die Jahre zuvor hatte er sie missbraucht. All die Jahre danach hatte er sie in Angst und Schrecken versetzt und gequält. Die Erinnerungen hatten noch immer die Macht, etwas in ihr anzurühren, aber jetzt war sie voller Mitgefühl und Wut wegen der Hilflosigkeit, die sie hatte erleiden müssen. Sie war nicht mehr diejenige, die einst unter diesen Händen gelitten hatte, und sie war auch nicht die Einzige, die jetzt litt. Rauchschwaden stiegen von einer Kohlenpfanne auf, die gleichmäßig ein paar Schritte vom Altar entfernt brannte. Der Geruch der Bindungen und des Webens, der durch das Kloster strömte, versetzte so viele Unschuldige in einen gefährlichen Schlaf, als die heftige Kälte, die er mit seiner Wettermagie aus dem Norden herbeigerufen hatte, in ihr schlafendes Fleisch drang.

Als er sah, dass sie ihn beobachtete, sprach er mit seiner wunderschönen Stimme den Psalm: »›Du, die du in meinem Garten sitzt, meine Braut, lass mich auch deine Stimme hören.‹«

»Ich habe dir viel zu sagen«, erwiderte sie. Sie trat die letzte Stufe hinauf und blieb vor ihm stehen. Sie hätten auch ganz und gar allein auf der Welt sein können. Auf eine bestimmte Weise war sie viel zu lange mit ihm allein gewesen. Sie war jahrelang mit der Bürde der Erinnerung an das, was er getan hatte, herumgelaufen, einer Bürde, die sie niemals abschütteln konnte.

Nicht mehr. Sie würde diese Bürde nicht länger tragen.

Ihre Stimme war klar und stark. »Ein Prinz ohne ein Gefolge ist kein Prinz. Ein Edelmann ohne ein Gefolge ist kein Edelmann. Du bist allein, Hugh. Du hast jedes Band durchtrennt, jede verwandtschaftliche Verbindung abgeschnitten. Jeden Verbündeten betrogen. Ich bin gekommen, um meine Tochter zu holen. Wenn ich wieder weggehe, wirst du nichts haben.«

Er ließ sich nicht beirren. Seine ernste Miene verlieh ihm eine Autorität, die seinen Worten großes Gewicht gab, fast wie eine Segnung. »Ich wusste, dass du irgendwann zu deiner Macht kommen würdest. Jetzt siehst du, was du bist – etwas, von dem ich immer wusste, dass du es sein könntest.«

Sie schüttelte den Kopf. »Ich weiß, was du willst. Aber es gehört dir nicht, und es wird dir auch niemals gehören. Aber es ist Barmherzigkeit in mir. Geh jetzt. Geh, und ich werde dich nicht töten. Suche dir einen Schutz – sofern du der Rache der Ashioi entkommen kannst. Sie warten vor der Palisade.«

Sie war grausam genug, den Anblick zu genießen, als in seinen Augen Entsetzen aufblitzte und sich die glatte Selbstgewissheit seines himmlischen Lächelns verzerrte. Aber er erholte sich rasch wieder. Wie immer.

»Wie ist es möglich, dass du es nicht siehst, meine Rose? Mir Schaden zuzufügen ist so ähnlich, als würdest du dir selbst Schaden zufügen. Wir sind einander gleich, du und ich.«

»In der Weise, wie die Natter einem Phönix gleicht, indem sie beide zwei Augen haben.«

»Indem du es leugnest, gestehst du es. Wir sind einander gleich. Du hast Angst vor der Wahrheit, weil du weißt, dass es wahr ist.«

»Es ist wahr, dass wir uns in unserem Streben nach Wissen gleichen. Das gebe ich zu. Ich habe erlebt, dass es wahr ist. Aber der äußere Anschein spiegelt nicht unbedingt das innere Herz wider. Und so sind wir einander doch nicht gleich, denn du strebst danach, zu besitzen, ich aber will verstehen.«

»Glaubst du das? Du, die du alles haben könntest, was du haben möchtest? Kennst du die Wahrheit über dich selbst nicht, Liath?«

»Ich weiß, dass meine Mutter eine Feuerdaemonin war und mein Vater aus dem Hause Bodfeld stammt. Was gibt es mehr zu wissen?«

Er lachte. »Du weißt es nicht! Du ahnst es nicht! Das ist die höchste Ironie! Taillefers Enkelin trägt nicht den Goldreif, wie es ihr Geburtsrecht wäre!«

»Ich bin nicht Taillefers Nachfahrin! Anne war nicht meine Mutter.«

»Nein, das war sie nicht. Aber wer war die Mutter deines Vaters? Und wer war die Mutter der Mutter deines Vaters?« Er öffnete die Hände in der Pose eines Bittstellers. Seine Stimme war angenehm, und seine Anmut und seine Eleganz hätten eine Frau oder einen Mann dazu bringen können, zuzuhören und zu glauben. »Bist du jemals den Hunden von Lavas begegnet?«

Und hier stand sie, sprach und sprach und sprach, während die tödliche Kälte das Kloster und seine Bewohner ertränkte. Sie fand das Herz des Feuers in der Kohlenpfanne und erstickte es. Es ging aus, und die Rauchschwaden stiegen ein letztes Mal mit einem scharfen Lavendelgeruch auf.

»Genug! Deine Schönheit steht außer Zweifel. Deine Stimme ist schön. Deine Worte und deine Beredtheit erstaunen mich. Aber ich habe keine Angst mehr vor dir, ich werde dir niemals trauen können, und ich werde dir nicht zum Opfer fallen, auf welche Weise auch immer. Nichts, was du sagst, kann mich erschüttern. Dies ist meine letzte Warnung. Geh.«

»Nichts kann dich erschüttern?«, fragte er. »Nichts, was ich sage? Ich bin noch nicht fertig mit dir, Liath. Niemand wird dich bekommen, wenn ich dich nicht bekommen kann. Sanglant ist tot.«

»Ist das das Beste, was du zustande bringst? Oh, Gott. Du bist armselig.«

Sie war nicht dumm genug, ihm den Rücken zuzudrehen. Sie wich vorsichtig zurück, tastete mit dem Fuß nach der Stufe und kniete sich hin, um Gnade in die Arme zu nehmen. Das Mädchen war vollkommen schlaff. Es war schwierig, sie zu tragen, aber sie war nicht besonders schwer.

Er rührte sich nicht, zog es vor, im Licht des Rosenfensters stehen zu bleiben, das ihm einen angenehmen Glanz verlieh. »Ich hätte gedacht, meine wunderschöne Liath, dass du nach allem, was geschehen ist, klug genug bist, meine Worte nicht einfach beiseitezuschieben. Ich habe Bruder Heribert nach Norden geschickt, weil er von einem Daemon besessen war. Heribert ist tot. Ich weiß nicht, wie er gestorben ist oder wann der Daemon in seinen Körper gelangt ist, aber ich glaube, dass es in Verna geschehen ist. Dieser Daemon sucht Heribert, den zu lieben er bekannt hat. Ich habe dem Daemon gesagt, dass er Heribert in dem Körper von Sanglant suchen soll. Wenn der Bastard erst einmal besessen ist …«

Sie setzte das Mädchen ab.

Sie erhob sich.

Sie trat von Gnade weg, aus Angst, dass sie von dem augenblicklichen Impuls ungezügelter Wut und Furcht verschlungen werden könnte.

Hugh war bereit. Ein kalter, heulender Wind fuhr durch die offene Tür. Er war so kräftig, dass die Bänke im Mittelschiff umkippten und auf den Steinboden polterten. Ihre Kleidung wand sich um ihren Körper, verfing sich zwischen den Beinen, und die Kraft des Windes zwang sie, sich nach hinten zu biegen, um nicht vor ihm auf die Knie zu fallen.

Donner grollte draußen. Schreie und verängstigte Rufe zerrissen die Luft, Leute schrien und brüllten, als Herfords Bewohner aus ihrem magischen Schlaf erwachten und sich mitten in einem Sturm wiederfanden. Der Wind fuhr schreiend durch das Tal, zerrte am Kirchendach, blies in das Mittelschiff wie ein wütender Wasserstrom. Hughs Hände arbeiteten, schlossen sich zu Fäusten und öffneten sich erneut, ein Teil der Magie seines Bindens und Wirkens.

Wie immer erstickten seine Finger, was er zu beherrschen versuchte. Wie immer erwürgte er, was ihm nicht gehorchte.

Liath kämpfte gegen den heulenden Wind an und stellte sich vor ihre Tochter, die Füße beiderseits des ausgestreckten Körpers fest auf den Boden gestemmt. Sie kämpfte gegen die Zauberei an, vor der sie nicht mehr durch den Schild der Magie ihres Vaters geschützt war.

Wie war es möglich, dass er die Geheimnisse der Tempestari gefunden hatte und sie nicht? Was würde sie hergeben, um dieses Wissen zu erhalten? Wie viel würde sie dafür aufgeben?

Sie waren einander gleich, letztendlich. Oh, Gott. Es war wahr.

»Ich habe Angst!«, schrie sie mit einer Stimme, die über den brüllenden Wind und den krachenden Donner hinwegtrug. »Ich habe Angst, dass ich so werden könnte wie du! Aber ich werde niemals so werden!«

Bei diesen Worten sah sie die Wahrheit in seinem Innern: die verdrehte Wut, die seine Miene verzerrte, als sie sich ihm widersetzte.

»Besser, du bist tot, als verloren für mich!«

»Gott mögen mir helfen!«, krächzte sie. »Du hast meine Tochter nur mitgenommen, um mich zu dir zu locken. Du hast meinen Geliebten bedroht, weil du hoffst, mich damit zu schwächen, in dem Wissen, dass ich einmal schwach war. Aber ich bin in den Sphären gewandelt. Ich habe den Sturm überlebt. Ich bin nicht mehr schwach.«

»Und das bin ich auch nicht, meine Rose. Fürchte dich vor mir, wie du es einst getan hast.«

Blitze erhellten das Rosenfenster. Das Krachen schickte eine

Druckwelle durch das gesamte Steingebäude. Es war, als wäre der Donner zwischen ihnen, direkt in der Kirche. Das Rosenfenster zerbarst. Die Scherben regneten wie Eisstücke herab.

Sie rief Feuer in das Glas, und die Brocken strömten wie Sternschnuppen herunter, bedeckten die glatten Schieferplatten der Apsis. Hugh taumelte rückwärts gegen den Altar. Er schlug die brennenden Reste von seinen Ärmeln und den goldenen Haaren. Aber als er aufsah, hob er eine Hand gegen das blendende Licht, das in seine Augen schien.

»Mich vor dir fürchten?« Die Wut in ihr brannte mit einer so gewaltigen blauweißen Hitze, dass sie sie nicht länger in sich bewahren konnte. Ihre Flügel entfalteten sich ungebeten und unaufgefordert. »Du wirst mir keinen Schaden zufügen! Aber wie viele Unschuldige werden noch deinetwegen leiden müssen? Gott mögen mir vergeben, dass ich daran gedacht hatte, dich unbeschadet ziehen zu lassen. Denn du *wirst* rennen, und wer wird in der Lage sein, dich zu finden, wenn du die Sterne weben und in den Kronen gehen kannst?«

Er sah sie an, oder er sah jenseits von ihr in das Herz ihrer lodernden Schwingen. Er sah, was sie geworden war und was sie wirklich war, und seine Miene veränderte sich. In den Trümmern des Rosenfensters rutschte er aus und rappelte sich auf.

Er floh vor dem, was er sah.

Sie wurde – so schändlich das auch war – von einer Woge wilden Triumphes überwältigt, als sie erkannte, dass er sie fürchtete, wie sie einst ihn gefürchtet hatte. Wie leicht es war, ihn dazu zu bringen, vor ihr zu kriechen und zu betteln, ihn zum Gehorsam zu zwingen und sich auf dem Boden winden zu lassen.

Aber sie tat es nicht. Sie musste loslassen. Hass machte blind.

Sie tastete, und mit der Berührung, mit dem Wissen des Feuers, das in allem Erschaffenen ruhte, fand sie die Spalten in seinen Augen, in denen die kleinsten Nachrichten von der Welt zum Verstand geleitet wurden.

»Bitte.« Er sank auf die Knie.

Sie fand die Tiefen in seinen Augen, die die Gänge des Lichts bildeten, und an dieser Stelle suchte sie nach dem schlummernden Feuer. Sie rief Feuer, mit der Berührung einer Nadelspitze, genau und zart.

Sie verbrannte ihn.

Hass machte blind. Und blind würde er werden, der sein ganzes Leben lang von Hass und Neid geblendet gewesen war.

Mit einem erstickten Schrei fiel er in Krämpfen auf den Boden, als der Schmerz ihn traf, aber sie hatte bereits losgelassen.

Gnade hustete, setzte sich spuckend und knurrend wie ein wildes Tier auf. Schritte erklangen, und draußen riefen Stimmen. Die Maskenkrieger strömten ins Mittelschiff, angeführt von Zuangua, der das Obsidian-Schwert zum tödlichen Schlag erhoben hatte.

»Halt!«, rief sie.

Sie kamen polternd zum Stehen, wichen dann vor ihr zurück, bis auf Zuangua, der kühn zum Podest trat und zu dem verletzten Mann ging. Der Ashioi lächelte breit; es war ein unheimlicher Anblick. Hier war ein Mann, der seine Rache genoss.

»Ich habe einen Schwur geleistet – ich habe geschworen, dass er am Leben bleiben würde«, sagte Liath. Sie spürte bereits, wie die Schwingen sich zusammenrollten, wie sie erstarben, denn die schwache Strömung des Äthers konnte das Lodern nicht aufrechterhalten.

Er sah sie an, und die unverbrannte Gesichtshälfte verzerrte sich zu einem ungläubigen Blick, obwohl die andere, noch immer rot und roh, angespannt und reglos war. »So dumm kannst du nicht sein.«

»Die Worte sind gesagt. Ich habe gesagt, dass ich ihn nicht töten werde.«

Es war klar, dass er nicht vorhatte, sie zu erzürnen, indem er sie herausforderte. »Ich bin nicht gierig, Strahlende. Ich sehe, dass du ihn verkrüppelt hast. Du hast ihm die Sehfähigkeit genommen. Das bedeutet, dass er niemals wieder die Webstühle weben kann. Er ist keine Gefahr mehr für uns. Das akzeptiere ich. Ich brauche nur einen Beweis für mein Volk, dass wir uns unseren Anteil geholt haben, dass wir ein Maß an Rache für den Tod von Federkleid erhalten haben.«

Er war so schnell, dass sie ihn nicht davon abhalten konnte. Er bückte sich, zerrte Hughs rechten Arm vor und hackte die Hand gleich oberhalb des Gelenks mit einem kräftigen Schlag ab.

Hugh schrie. Er brach zusammen und zuckte.

Die Ashioi lachten und heulten, während sie mit den Speeren auf die Pflastersteine klopften und mit den Füßen aufstampften. Sie sprang neben Zuangua, legte ihre Hand auf den Stumpf, aus dem helles rotes Blut über den Boden floss, und versiegelte ihn. Hugh keuchte – der einzige Laut, den er herausbekam – und wurde bewusstlos.

Der Geruch bereitete ihr Übelkeit, und sogar Zuangua machte einen Satz nach hinten, um von dem zischenden Gestank wegzukommen. Er zog sich zurück, als sie sich mit blutverschmierter Hand erhob.

»Dein Volk hat die Wendaner ermordet«, sagte sie. Jetzt begriff sie die Reaktion der Mönche und Dorfbewohner. »Ganze Rudel, wie reißende Wölfe. Deshalb hatten sie Angst vor mir, und deshalb hassen sie dich. Wie konntest du nur so dumm sein und das Bündnis ablehnen, das Sanglant dir angeboten hat?«

Zuangua hielt die abgetrennte Hand hoch. Blut tropfte, obwohl der Schnitt erstaunlich glatt war. Die Finger waren blass und zusammengekrümmt, und da war – wie sie bemerkte – nur ein einziger schlichter Goldring an diesen schönen Fingern. Hugh hatte nie nach Reichtümern gestrebt. Es war seltsam, dass ihm dieses Laster erspart geblieben war.

»Ich bin zufrieden«, sagte Zuangua.

Aber sie war es nicht. »Fordere mich und die meinen nicht heraus, Zuangua. Ich werde den Frieden bewahren, wenn du es tust.«

Er zuckte mit den Schultern. »Unser Waffenstillstand ist vorüber.«

»Ist das alles, was du zu sagen hast?«

»Das ist alles. Diejenigen von meinem Volk, die mit mir zurückkehren möchten, sollten jetzt zu mir kommen.«

Scharfkante trat aus der Menge. »Ich werde ihm beim Weben helfen, aber ich bleibe bei dir, Strahlende. Sofern du mich haben willst.« Sie sagte die Worte mit einem neckenden Lächeln – jener Art, derentwegen Männer ganze Wegstunden weit marschierten, wenn sie die Möglichkeit dazu hatten. Zumindest ein junger Maskenkrieger stöhnte hörbar, und ein paar andere murmelten und verlagerten die Speere in ihren unruhigen Händen.

Liath sah sie an und nickte. »Du hast ein Heim bei mir.«

»Was ist mit dem Kind, meinem kleinen Ungeheuer?«, fragte Zuangua. »Ich mag es.«

Das Mädchen hatte alles mit angesehen, während es auf den Stufen lag. Aber statt zu antworten, hob es den Kopf. Auch Liath hörte Schritte. Anna kam ins Mittelschiff gerannt, kämpfte sich mit Hilfe ihres Stabes zwischen den Soldaten hindurch. Sie war außer Atem und weinte.

»Herrin! Prinzessin Gnade! Sie wachen alle auf! Und sie wirken so wütend!«

Das Mädchen sah zuerst seine Mutter an, dann seinen Onkel und schließlich Anna. Es war Anna, zu der es kroch, schluchzend und hustend zwischen Keuchen und Stöhnen.

Zuangua machte ein Zeichen. Er und seine Krieger liefen zur Tür, ließen Reglosigkeit hinter sich zurück, die Ruhe nach dem Sturm. In dieser benommenen Stille hätte man den sanften Atem Gottes hören können.

Liath schwankte, gedrängt von einem kribbelnden Schauer, der über ihre Haut lief und sie auch gegen Tränen ankämpfen ließ. Sie konnte das Zittern nicht unterdrücken, das ihre Hände befiel.

»Gehen wir rasch, Anna. Nimm sie mit.«

»Wohin gehen wir jetzt, Herrin?«, fragte Anna, während sie Gnade in eine Umarmung zog, die Liath sich wünschen ließ, sie könnte weinen. Gnade klammerte sich auf vertrauensvolle Weise an Anna, ohne ihrer eigenen Mutter auch nur einen zweiten Blick zu schenken. »Ist er … tot?«

Hugh lag ausgestreckt auf dem Boden. Der Stumpf war barmherzigerweise unter dem Ärmel verborgen. Sein Blut verschmierte den Steinboden. Rußflecken von dem zersprungenen und verbrannten Fenster befleckten sein Gewand und seine Haare. Er atmete noch.

»Nein, aber er ist zweifach verkrüppelt worden. Er wird nie wieder die Kronen weben. Er wird nie wieder ein Buch lesen. Gehen wir, rasch. Ich möchte keinen Ärger mit den armen Menschen, die hier leben und Gott so treu dienen.«

Die Furcht beherrschte sie bereits. Weil sich schließlich Hughs letzte Beschwörung doch in ihr Fleisch gegraben hatte und an ihrem Herzen fraß, wie man jemanden von innen verbrennen mochte, bis er schrie und heulte, während sein Fleisch wegschmolz. Er war noch nicht am Ende. Sie hatte ihn verletzt, aber er hatte noch einen letzten Schlag ausgeteilt.

»Rasch«, wiederholte sie. »Wir müssen die Pferde nehmen, die wir gesehen haben, und nach Kessal reiten. Oh, Gott. Sanglant. Ich fürchte … ich fürchte …«

Sie konnte es nicht sagen. Die Furcht erstickte sie, wie Hugh es gehofft hatte.

XIII

Der Abgrund

1

Es war Liath unmöglich, durch den dichten Wald zu reiten, ohne immer wieder einen Blick über die Schulter zu werfen. Sie konnte den Daemon nicht vergessen, der sie heimgesucht hatte, oder die Galla, deren Dunkelheit Seelen verzehrte. Sie konnte die Verlorenen nicht vergessen, die vor vielen Jahren ihr Pferd getötet hatten, obwohl sie wusste, dass die Schemen nicht mehr in den Schatten lauerten.

Nein, sie wandelten jetzt im Sonnenlicht, und sie waren immer noch erzürnt.

Liath hatte neun Pferde für sich beschlagnahmt – alle, die Herford besessen hatte –, aber ihre zwei Ashioi-Kameraden waren schreckliche Reiter. Wieder und wieder ritt sie weit voraus, nur um wie jetzt ungeduldig darauf zu warten, dass die beiden Ashioi sie zusammen mit Anna und Gnade einholten. Gewöhnlich hörte sie sie kommen, denn Gnade hatte eine durchdringende Stimme und schien wild entschlossen, zu allem eine Bemerkung abzugeben, aber jetzt wurde es dunkler, und vielleicht würde sie sich doch umdrehen und zurückreiten müssen.

Gott, sie hätte sie am liebsten zurückgelassen und wäre vorausgeritten. Sie hätte mit ihren Salamanderaugen die ganze Nacht durchreiten können. Aber sie musste bei den anderen bleiben. Sie konnte Gnade nicht wieder zurücklassen, und sie konnte auch nicht erwarten, dass die beiden Ashioi ohne Begleitung allein nach Kessal ritten. Abgesehen davon könnten Räuber auf der Straße sein, oder Zuangua hatte vielleicht doch noch seine Meinung geändert und folgte ihnen. Oder sie wurden von noch Schlimmerem verfolgt, hungernden Wölfen und räuberischen Guivre, wenngleich sich Liath nichts Schlimmeres vorstellen konnte als die Furcht, die ihr jetzt im Nacken saß. Ihr Kiefer schmerzte von dem Versuch, Tränen hinunterzuschlucken. Sie hatte keinen Grund zu glauben – keinen Grund –, dass er tot war.

Nur, dass Hugh es gesagt hatte. Nur, dass Hugh einen solchen Plan ausführen konnte. Er allein mochte einen Daemon erkennen, mochte auf den Gedanken kommen, ein so fein verwobenes Geflecht von Sphären in Bewegung zu setzen und zu hoffen, dass die gewünschte Konjunktion auf die gleiche Weise zustande kommen würde, wie ein sich drehendes Orrery zur Ruhe kam.

Es war überaus ruhig hier, dunkel und friedlich. Ein Vogel zwitscherte, machte ihr Mut. Es war gut, wieder Vogelrufe zu hören. Eine Damhirschkuh und ein Rehkitz kamen in Sicht, sahen in ihre Richtung und verschwanden wieder. Von den anderen hörte sie nichts.

Da.

Hinter ihr schritt ein Auerochse auf den Pfad. Er blieb stehen, und der Wind erstarb. Für einen Augenblick spürte sie eine Stille, die die ganze Welt hätte ausschließen können, so schwer und durchdringend war sie, verwoben mit all den wilden Orten, die von Menschenhand noch unberührt geblieben waren. Unter der weiten Himmelskuppel war ein einzelnes Menschenleben nichts, nicht mehr als ein Atemzug, eine vergossene Träne, ein fallendes Blatt. Die Strömungen der Welt stiegen ungeachtet von ihm an und ebbten ab. Menschenleben wogen sogar noch weniger als die Trümmer am Ufer.

Und dennoch waren sie eine gesegnete Gabe, so klein und so kurzfristig sie auch sein mochten.

Der Auerochse schoss ins Unterholz davon, wo er von den Bäumen verschluckt wurde.

Sie hörte das Klappern von Hufen aus östlicher Richtung. Während sie herumschwang, zog sie ihren Bogen heraus und legte einen Pfeil an die Sehne. Das zusätzliche Pferd schritt zur Seite, suchte am Rand nach Futter, aber das Pferd, auf dem sie saß, blieb ruhig. Es war für den Krieg ausgebildet worden. Wie sie.

Der Reiter geriet in Sicht, wo der Pfad eine Biegung machte. Er war ein gewöhnlicher Mensch und trug einen grauen, scharlachrot gesäumten Umhang. Er führte ein Ersatzpferd bei sich, das mit zwei Satteltaschen beladen war.

»Wulfhere!«

Er kam näher. »Bitte, Liath. Lass den Bogen sinken.«

Verblüfft steckte sie den Pfeil zurück in den Köcher. »Gott im Himmel. Wie kommst du hierher, Wulfhere? Wo warst du? Was gibt es Neues? Oh, Gott. Oh, Gott.«

Natürlich bekam sie die Worte nicht heraus. Er kam von Kessal. Woher sonst? Dorthin führte dieser Pfad. Sie hatte Angst, ihn zu fragen, sämtlicher Mut und sämtliche Luft hatten sie verlassen.

»Bist du allein?«, fragte er.

Sie wies hinter sich nach Westen, sprach mit einer Stimme, die brüchig klang. »Ein paar Leute sind bei mir, aber sie sind zurückgefallen.«

»Wer ist bei dir?«

Erst jetzt erinnerte sie sich an die Umstände, unter denen er sich im arethusanischen Hafen von Sordaia von Sanglant und dessen Heer getrennt hatte. »Wo bist du die ganze Zeit gewesen? Stimmt es, dass du versucht hast, Gnade zu entführen?«

Er zuckte zusammen, hob eine Hand. »Sieh her, Liath. Ich bin keine Bedrohung für dich. Ich bin allein.«

»Was ist mit Anne? Du warst die ganze Zeit ihr Geschöpf, einer der Sieben Schläfer!«

Er schwieg eine Weile. Grüppchen von Glockenblumen wuchsen in dem Schatten zwischen der Straße und dem Unterholz. Ihre Köpfe nickten, als der Wind durch sie hindurchstrich. Ein Falke schrie über ihnen, aber er war von den Bäumen verborgen. Schließlich zuckte Wulfhere mit den Schultern.

»Ich habe schon früher darüber gesprochen. Ich bin mit Anne aufgewachsen. Wir haben beide von früh an gelernt, dass ich mein Leben in ihren Dienst stellen muss, in den Dienst der Sieben Schläfer, die die von Bischöfin Tallia und Schwester Clothilde begonnene Arbeit fortgeführt haben. Es ging ihnen nur darum, die Rückkehr der Aoi zu verhindern.«

»Es scheint, als wärt ihr nicht erfolgreich gewesen. Anne ist tot, die Ashioi sind zurückgekehrt, und die Sieben Schläfer sind zerstreut oder tot. Du bist möglicherweise der Letzte von ihnen, der noch lebt.« Sie unterließ es, Hugh zu erwähnen.

»Ich bezeichne mich nicht länger als ihr Mitglied. Ich war nichts weiter als die Cauda Draconis.«

»Der Schwanz des Drachen. Der Geringste von ihnen.«

Er lächelte schwach. Aber da war etwas an diesem Lächeln, dem sie stets vertraut hatte, selbst jetzt, da sie wusste, dass sie es nicht tun sollte. »Wie du sagst. Ich habe angefangen, Anne zu misstrauen, obwohl ich nie aufgehört habe, sie zu lieben, wie man es mir beigebracht hat. Manche Bande können nicht zerbrochen werden, selbst wenn sie verraten werden.«

Sie wartete, vergab ihm nichts und fragte sich dennoch, was er als Nächstes sagen würde. Eine unsichtbare Kette band sie an ihn, da er derjenige war, der sie von Hugh befreit hatte. Das sollte einiges Gewicht haben. Aber sie wartete auch auf den Klang von Pferdehufen hinter ihr. Wenn er und Gnade sich wiedertreffen sollten, würde sie dabei sein und aufpassen.

»Als sie diese irregeleitete Frau in ihren Rat geholt hat, Antonia von Mainni, wusste ich, dass ich ihr nicht länger dienen konnte. Deshalb habe ich die Sieben Schläfer verlassen und bin meinen eigenen Weg gegangen.«

»Wem dienst du dann, Wulfhere?«

»Ich stehe im Dienst des Königs, wie ich es immer getan habe.

Meine erste Loyalität galt stets ihm, den ich am meisten und treuesten geliebt habe. Alles, was ich getan habe, geschah letztlich auf seinen Befehl.«

Ein Zweig knackte, und sie zuckte zusammen. Ihr Pferd scheute, aber es war nur ein Hirsch, der im Wald davonschoss.

Er zog sein Ersatzpferd näher zu sich heran, öffnete eine der Satteltaschen und zog einen unhandlichen Gegenstand heraus, der gegen den Regen in Öltuch eingewickelt war.

»Das gehört dir.« Er streckte die Hand aus. Sein Arm zitterte, so schwer war der Gegenstand.

Oh, Gott, er war wirklich schwer. Sie legte ihn auf ihren Oberschenkel und wickelte ihn aus. Ein rundes, spitzes Ding kam zum Vorschein, das in purpurne Seide von kostbarster Beschaffenheit eingewickelt war. Die Seide war so fest gewebt, dass kaum zu erkennen war, dass es sich um einen gewebten Stoff handelte.

»Was ist das?«, fragte sie. Während sie die Stofflagen abnahm, wusste sie, dass die Frage überflüssig war. Das Pferd zuckte mit den Ohren, als sie nach Luft schnappte.

Selbst im dämmrigen Wald unter einem bewölkten Himmel ohne jedes Sonnenlicht leuchtete die Krone. Sie war massiv und keinesfalls zart, eine Ermahnung an die Bürde des Herrschens. Eine Krone war eine Form der Bindung, wie sie wusste. Die Sternenkrone besaß sieben Spitzen mit jeweils einem Edelstein: einer leuchtenden Perle, einem kräftigen Lapislazuli, einem hellen Saphir, Karneol, Rubin, Smaragd und einem orange-braun gestreiften Sardonyx. Sie hätte beinahe aufgelacht, als sie sah, wie sich das Muster entfaltete. Sogar Kaiser Taillefer hatte nach den Geheimnissen der Mathematiki gestrebt. Seine Krone spiegelte sowohl die Steinkronen wider, die in der alten Zeit das große Weben geschmiedet hatten, als auch den sagenumwobenen irdischen Palast der Windungen, dessen Pfad die Leiter abbildete, die durch die Sphären hinaufführte: der Mond, Erekes, Somorhas, die Sonne, Jedu, Mok und Aturna.

»Wieso gibst du sie mir?«, fragte sie schließlich. »Ich bin nicht Taillefers Erbin.«

»Nein?«

Verärgerung blitzte in ihr auf. »Du weißt das besser als ich, da du dabei warst, als meine Mutter gerufen und gefangen genommen wurde. Ich bin das Kind des Feuers. Nicht Annes Tochter.«

»Nein, du bist nicht Annes Tochter«, pflichtete er ihr bei. »Aber wer ist die Mutter deines Vaters?«

Sie lächelte gereizt. Gnade würde kommen, und sie wollte keinen Streit, nicht jetzt, nicht, wenn sie nach Kessal gehen und Sanglant finden, aber in einem quälend langsamen Tempo reiten musste, um jene zu beschützen, für die sie verantwortlich war.

»Ich traue dir nicht, Wulfhere«, sagte sie, als wäre das die Antwort. »Aber wie auch immer, ich weiß, wer die Mutter meines Vaters ist. Ich bin ihr begegnet. Sie ist eine sehr alte Frau, eine heilige Frau.«

»Die Hand der Herrin hat dich geleitet«, sagte er überrascht. »Wie kommt es, dass du ihr begegnet bist?«

»Das ist eine Geschichte, von der ich nicht sicher bin, ob ich sie dir erzählen möchte, solange ich nicht weiß, wie du heute Abend hierhergekommen bist. Und wie du in den Besitz dieser Krone gelangt bist. Und was bei Kessal geschehen ist.«

Er war in der Stimmung für eine Auseinandersetzung. Da war heute Abend ein Dämon in ihm, der ihn noch undurchsichtiger und unerträglicher machte als sonst. »Was ist dann mit *ihrer* Mutter? Mit der Mutter der Mutter deines Vaters?«

»Ich weiß es nicht. Auch sie weiß es nicht. Sie war ein Waisenkind, das der Kirche übergeben wurde.«

Er nickte, wie ein Lehrer es tun mochte, wenn die Schülerin die ersehnte richtige Antwort gab. »Genau. Diese Krone gehört dir. Es ist dein Recht zu entscheiden, wer sie besitzen und wer sie tragen wird. Und wenn du mir nicht glaubst, frag die Hunde von Lavas.«

Immerzu hatte er die Mittel, sie zu verwirren!

Eine hohe Stimme erklang in der Luft und erstarb wieder. Liath drehte sich um, als das Geräusch von sich nähernden Reitern ihre Aufmerksamkeit erregte. Ihr Gehör war nicht scharf genug, um hören zu können, wie viele es waren und wie schnell sie waren, so wie Sanglant es konnte, aber sie erkannte die Tonlage der einen Stimme sofort. Sie drehte sich wieder zu Wulfhere um. Seine Hände umklammerten die Zügel. Sein Kinn war gereckt, die Augen verengt, als er nach Westen die Straße entlangblinzelte.

»Wenn du meine Tochter bedrohst«, sagte sie leise, »werde ich dich töten. Ich habe zu viel durchgemacht. Meine Geduld ist erschöpft.«

Er neigte den Kopf, ohne zu antworten; seine rechte Hand glitt in seinen linken Ärmel, und er seufzte, ließ den Arm dort ruhen, als hätte ihm die Übergabe von Taillefers Krone sämtliche Kraft geraubt. Sie wendete die Pferde und ritt ein paar Schritte den Weg zurück, den sie gekommen war, um eine bessere Sicht auf den Pfad zu haben. Die Krone wickelte sie wieder ein und verstaute sie in einer der zur Hälfte mit Vorräten gefüllten Satteltaschen, die sie in Herford erhalten hatte. Sie weigerte sich, die Begegnung mit Hugh zu erwähnen, solange Wulfhere nicht alles erzählte, und er schien dazu nicht bereit zu sein.

Schweigen war eine verschlossene Truhe.

Ohne ein Wort zu sagen, warteten sie, bis die Gruppe mit Falkenmaske an der Spitze in Sicht geriet. Dahinter ritt Anna, die die Ersatzpferde hinter sich führte, und dann kam Gnade auf ihrer eigenen kleinen Stute. Bussardmaske war zurückgefallen und bildete die Nachhut.

»Ho!«, rief Falkenmaske mit einem breiten Grinsen. »Wir dachten schon, du wärst uns entkommen, Strahlende!«

»Sie sind zu langsam!« Gnades Stimme hatte keinerlei Kraft, abgesehen davon, dass sie bockig klang. »Ich habe versucht, ihnen beizubringen, schneller zu reiten. Sie sind so langsam! Wie lange dauert es, bis wir bei Papa sind?« Sie warf den Kopf zurück und atmete tief durch die Nase ein. »Was ist das für ein Geruch? Scharf, wie Magie.«

Anna nieste.

Bussardmaske trottete herbei, klammerte sich an den Sattel

wie ein Sack, der kurz davor stand herunterzurutschen. »Oh! Oh! Oh!«, schrie er, während er an den Zügeln riss, aber sein Pferd hatte sich bereits entschieden, bei den anderen stehen zu bleiben, und er rutschte jetzt tatsächlich herunter, verblüffend langsam zunächst, ehe er hart aufprallte, unfähig, sich vor dem heftigen Sturz zu schützen. »Ah!« Er gab eine Reihe von kraftvollen Flüchen von sich.

Anna stieg ab und reichte ihm eine Hand, aber er strich sich über die Beine, zupfte mit angewidertem Blick die kurze Tunika gerade, die Liath ihm über dem ansonsten nackten Oberkörper aufgezwungen hatte, und lächelte Anna dankbar an. Er war jung, wie Falkenmaske, gesund und wegen seiner Jugend attraktiv. Anna errötete und wich zurück. Sie packte den hundeköpfigen Stab, als wäre er das Einzige, woran sie sich festhalten konnte.

Falkenmaske saß steif und in einem unbeholfenen Winkel im Sattel, während sie mit der einen Hand den Hinterzwiesel packte und mit der anderen auf falsche Weise die Zügel hielt. »Ich kann nicht absteigen!« Ein wildes Grinsen verzerrte ihr Gesicht; wie ihr Landsmann genoss sie diesen scharfen Grat zwischen Triumph und Unheil.

»Wieso sind wir stehen geblieben?« Gnade strich sich die dunklen Haare aus den Augen. Blaue Flecken waren an ihren Handgelenken, Hinterlassenschaften von Hugh. Ihre Wange war aufgerissen, wo sein Ring sie getroffen hatte, und das eine Bein war steif. Aber sie forderte Liath mit ihrem Blick heraus. Anna, die diesen Blick sah, eilte zu ihr und packte Gnades Knie, als könnte diese Berührung dem Mädchen die Stimme nehmen. »Wir sind in Eile. Wir müssen schneller reiten!«

Anna zog ihre Hand zurück und lief zu Liath. »Ich bitte Euch, Herrin«, flüsterte sie. »Prinzessin Gnade hat Schmerzen. Deshalb ist sie so gereizt.«

»Ich will weiter!«

»Wir müssen ausruhen«, sagte Liath. »Wir müssen die Pferde tränken und ihnen etwas zu fressen geben. Es wird schon bald dunkel. Wir werden uns etwas Zeit nehmen, um Fackeln herzustellen, damit wir unseren Weg in der Nacht sehen können. Wirst du mit uns reiten, Wulfhere?«

Sie sahen sie an, als wäre sie verrückt geworden.

»Wulfhere?«, fragte Anna. »Herrin. Geht es Euch gut? Vielleicht sollten wir eine längere Pause machen, wenn Ihr Schlaf benötigt.«

Jetzt blickte sie sich um und stellte fest, dass die Straße hinter ihr leer war. Wulfhere war weg. Selbst die Abdrücke der Pferdehufe, die im Boden hätten zu sehen sein müssen, waren verschwunden.

»Und natürlich hat er keine meiner Fragen beantwortet«, sagte sie später zu Falkenmaske.

Sie hatten einen Platz hinter einer dichten, nicht in Blüte stehenden Geißblatthecke gefunden, die sie vor etwaigen Blicken von der Straße schützte. Gnade war schon bald eingeschlafen, nachdem sie ein Stück trockenes Brot und scharfen Käse gegessen hatte; die anderen hatten Zweige und Halme zusammengesucht und sie auf einen Haufen geschichtet. Einige davon hatte Liath in Brand gesetzt, und jetzt widmete sich Anna neben dem Feuer emsig ihrer Arbeit, als sie grüne und trockene Zweige zu leicht tragbaren Fackeln zusammenband.

Bussardmaske übernahm die erste Wache. Seine gerade Silhouette erhob sich parallel zu einer schlanken Birke, die neben der Straße wuchs. Er hatte gute Sicht in beide Richtungen und genug Licht, um etwas sehen zu können. Der Himmel war in dieser Nacht eigenartig verzaubert; die Wolken standen so hoch und waren so dünn, dass Liath, obwohl sie den Mond nicht sehen konnte, seinen nebligen Schimmer beinahe einatmete.

Falkenmaske drehte die Sternenkrone einmal ganz herum und schüttelte den Kopf. »Ziemlich hässlich«, sagte sie. »Ich würde sie den Feuerarbeitern übergeben und daraus etwas Besseres schmelzen lassen. Die Edelsteine sind allerdings gut.«

Liath lachte. »Gib sie mir wieder zurück!«

Falkenmaske grinste und setzte sich die Krone auf den Kopf.

Sie blieb auf ihrem Haarknoten stecken, und sie zog eine Grimasse. »Viel zu schwer! Ah! Davon würde ich einen steifen Hals kriegen! Wer könnte so etwas wollen?«

Bussardmaske johlte zweimal, ein Zeichen, auf das sie sich verständigt hatten. Zweimal für den Osten, dreimal für den Westen, viermal für den Wald. Liath erstickte das Feuer. Die Flammen erstarben, und dünne Rauchschwaden stiegen auf, sogar für Liaths scharfe Augen kaum sichtbar. Falkenmaske steckte die Krone weg, ging geräuschlos in die Hocke und zog ihr Messer. Anna kniete sich neben Gnade, während Liath dem Pfad zu der geschützten Stelle folgte, die sie bei Sonnenuntergang gefunden hatten und an die Bussardmaske sich als Wache zurückgezogen hatte. Sie kauerte sich neben ihn.

Zwei Lampen, eine vor der anderen, schwangen wie Gespenster die Straße entlang. Die zwei Gestalten sprachen nicht, aber sie hatten Pferde bei sich: eins, zwei, drei – vielleicht sogar vier. Als ihre Schemen näher kamen, konnte Liath sie deutlicher erkennen. Es waren zwei Menschen und tatsächlich vier Pferde. Reisende, die es eilig hatten und hofften, schneller voranzukommen, indem sie für ein zusätzliches Pferd und die Möglichkeit gesorgt hatten, auch nachts reisen zu können. So wie sie.

Sie klopfte ein viereckiges Muster auf seinen Arm: *Lass sie vorbei*. Er erwiderte das Muster auf ihrem Unterarm, um zu zeigen, dass er verstanden hatte. Er wich etwas zurück, während sie sich nach vorn beugte, um einen besseren Blick zu bekommen. Vermutlich waren es Boten, aber es war sinnvoll, vorsichtig zu sein, bis sie sicher sein konnte, dass es keine Feinde waren.

Der Wind raschelte in den Bäumen, und das leise Klopfen ihrer Schritte überdeckte ihre Worte. Liath merkte daher erst, dass sie leise miteinander sprachen, als sie nur noch einen Steinwurf weit entfernt waren. Es klang wie das beständige Murmeln eines Baches. Sie konnte die Worte nicht verstehen, wie Sanglant es hätte tun können. Die Lampen in ihren Händen schwankten. Sie hielten sie tief, damit sie den Weg beleuchteten. Die schwankenden Lichter fingen nur Blitze eines Kinns oder einer Wange ein, bis plötzlich einer von ihnen sie hochhielt und erstarrte. Das Licht beleuchtete das Gesicht.

»Was ist?«, zischte ihr Kamerad, der einen Schritt weiter ebenfalls stehen blieb, während die Pferde aufstampften und warteten. »Ich habe dir gesagt, dass wir nicht so schnell gehen können. Wir werden uns verletzen. Oder die Pferde.«

»Sie ist hier!«, sagte die Frau mit einer Stimme, in der Überraschung und Bestürzung mitschwangen.

Liath erhob sich mit einem scharfen Atemzug und trat auf den Pfad. »Hanna! Ivar!«

Ivar zuckte zurück. »Gott sei gelobt. Du leuchtest!«

Keine Begrüßung wurde ihr zuteil. Die Botschaft, die sie mit sich führten, stand in Hannas Gesicht geschrieben, befand sich in der festen Linie um ihren Mund und in den tiefen Schatten unter ihren Augen. »Bitte, Liath, dies ist nicht die Art und Weise, wie ich dich finden wollte.«

»Was ist los?«, fragte Liath mit heiserer Stimme.

»Oh, Gott.« Hanna brach ab, sie konnte nicht sprechen.

Und so fand der Pfeil sein Ziel, Sucher der Herzen, tödlich und gezielt. An Ort und Stelle getroffen, wurde sie blind, stumm, taub, während der dunkle Wald, die Nachtbrise, der staubige Pfad und alle Leute um sie herum in Bedeutungslosigkeit versanken. Es gab nur das weiße Licht des aufblühenden Schmerzes, obwohl es noch nicht auf die Weise schmerzte, wie es der Fall war, wenn das Blut zu fließen begann.

»Ich glaube das nicht«, sagte sie, weil Worte manchmal wie eine Beschwörung waren, die das Gewebe des Universums veränderte, ein Schussfaden, der durch die festen Kettfäden des Schicksals führte. »Keine Kreatur, ob männlich oder weiblich, kann ihm etwas tun.«

Hannas Miene war vor Kummer verzerrt, aber unnachgiebig. Wenn diejenigen, die einen wahrhaft lieben, einem die schlimmsten Nachrichten überbringen, weiß man, dass man ihnen nicht entrinnen kann.

»Komm«, sagte Hanna sanft. »Wir warten am besten beim

Kloster Herford. Dort wird es friedlich sein. Hast du Kameraden – oh!«

»Meine Freunde«, sagte Liath leise. »Sie sind meine Freunde, meine Verbündeten. Und das Kind ist hier. Bring uns zu ihm. Bitte.«

Ihre Kameraden tauchten zögernd zwischen den Bäumen auf, aber was sie taten oder welche Übereinkunft sie mit Hanna und Ivar erlangten, konnte Liath nicht erkennen, nur dass Gnade sich an Anna klammerte und kein einziges Wort sprach, als wäre ihre Stimme wie die ihres Vaters vor langer Zeit in der Schlacht verloren gegangen, für immer verändert durch einen Pfeilschuss in die Kehle.

Wie auch Liath verändert war. Was sie am meisten befürchtet hatte, war eingetreten. Es gab kein Zurück. Nie gab es ein Zurück.

Die Welt hatte sich zu einem Tunnel aus Schatten verengt, den sie entlangschreiten musste.

»Nicht dahin«, sagte sie beharrlich. »Nicht dahin!«

Aber niemand hörte auf sie, und sie hatte nicht die Kraft, das Schicksal zu ändern oder auch nur den Weg und die Richtung ihrer Schritte zu bestimmen.

Weinend nahm Hanna ihren Arm und führte sie zum Kloster Herford zurück, hinein in die Dunkelheit.

2

Alain holte die Beerdigungsprozession am späten Nachmittag ein, kurz bevor sie das östliche Tor des Klosters Herford erreichte, denn ein einzelner Mann mit zwei Hunden kam rascher voran als ein Zug mit Wagen – selbst dann, wenn die Hunde nur widerstrebend folgten. Es war eine feierliche, beachtliche Prozession. Im hinteren Teil marschierten vierzig Löwen, angeführt von einem einhändigen Hauptmann mit leuchtend roten Haaren. Sie sahen Alain am Straßenrand vorbeigehen, und wenn sie auch nichts sagten, so nickten sie doch und begegneten seinem Blick, jeder Einzelne, so wie man einen Kameraden begrüßt.

Am Ende der Wagenreihe befand sich der verschlossene Wagen, hinter dessen Wänden sich die kerayitische Schamanin aufhielt. Starkhand hatte ihr eine Eskorte aus vierzig Kriegern gegeben – Aikha und Alben –, die den vierzig Löwen entsprach. Diese Soldaten grüßten ihn weder, noch sprachen sie mit ihm, denn sie waren niemals Seite an Seite mit ihm in eine Schlacht marschiert.

In der Mitte der Reihe befand sich der Wagen mit Bischöfin Constanze und ihren Begleitern. Auch sie schwiegen, als er an ihnen vorbeimarschierte. Hathumod sah ihn an, aber sie weinte nicht mehr, sie bemerkte ihn nur. Sie musste sich um die Herrin kümmern, die bei jedem Ruck erschüttert wurde. Es war ein unablässiger Kampf, der verkrüppelten Bischöfin ein gewisses Maß an Behaglichkeit zu gewähren. Einer von ihnen, ein dürrer junger Mann, der kaum größer als ein Kind war, machte das Zeichen des Phönix, als die Hunde vorbeigingen, bevor er bescheiden den Blick senkte.

Sie würden das glauben, was ihnen Trost spendete. Das taten die Menschen immer.

Dann folgten die verbliebenen Reihen von Sanglants Leibwache – etwa dreißig Mann vor und hinter dem Wagen, auf dem sich sein Körper befand, vorsichtig zwischen Kornsäcken aufgebahrt, auf Leinen gebettet und mit einer Seidendecke bedeckt. Als diese Männer ihn vorbeikommen sahen, richteten sie ihre Aufmerksamkeit jedoch nicht auf ihn, sondern auf die Hunde, vor denen ihre Pferde scheuten.

Treue, aufrichtige Männer. Sie würden bis ans Ende mitgehen.

Die Vorhut hatte inzwischen das Tor erreicht. Mönche, Novizen und Laienbrüder kamen herausgelaufen, um den stolzen Vater Ortulfus zu begrüßen. Er ging zusammen mit Schwester Rosvita und ihren robusten Kameraden neben dem ersten Wagen her, begleitet von einem Dutzend Soldaten, auf deren vielgeflickten Überwürfen das Wappen von Austra zu sehen war. Alain erkannte niemanden von ihnen.

Eine Schar von verwundert und verwirrt dreinblickenden Flüchtlingen hatte sich hinter der Palisade versammelt. Kirchenleute und Hausbesitzer redeten und riefen, weinten und lobten Gott, machten das Zeichen des Phönix als Danksagung, bis Prior Ratbold seine Stimme über den Lärm erhob.

»Entgegen aller Erwartung bist du zu uns zurückgekehrt, Vater Ortulfus! Wir sind belagert worden! Aber mit dem Segen Gottes und mit der Hilfe des Phönix sind die Verfluchten verjagt worden!«

Ein Wunder!

Das mussten sie glauben, und vielleicht stimmte es sogar. Da stand Bruder Iso unruhig zwischen den demütigen Laienbrüdern. Als er Alain und die Hunde bemerkte, weiteten sich seine Augen, und er stieß seine Brüder an, bis auch sie zu ihm hinsahen. Sie sagten nichts. Vater Ortulfus drehte sich um, als er sah, wie sie ihre Aufmerksamkeit auf etwas anderes richteten. Er trat beiseite, um Alain anzudeuten, dass er vor ihm durch das offene Tor gehen sollte.

Aber die Hunde waren an eine Pflicht gebunden. Sie gingen nur zögernd, die Ohren angelegt, die Hinterbeine langsam bewegend, wie es bei Hunden der Fall war, die ihre Unterwerfung andeuten wollten. Jaulend krochen sie zum ersten Wagen. Obwohl die Leute ihre deutliche Ergebenheit sahen, fürchteten sie sich vor ihren kräftigen Körpern und den wilden Zähnen. Soldaten und Geistliche rückten gleichermaßen beiseite.

Der Anblick der riesigen Hunde erheiterte die zerbrechliche alte Frau in dem ersten Wagen. Als sie auf den Wagen sprangen und ihn zum Schwanken brachten, schrien die Geistlichen auf, und die Soldaten riefen, aber Mutter Obligatia streckte nur beide Hände aus und ließ sich von den sich duckenden Hunden die Finger lecken.

»Wer sind diese armen, lieben Geschöpfe?«, fragte sie. Als

sie sich umsah, bemerkte sie, dass alle anderen zurückgewichen waren. Beschämt darüber, dass sie sie im Stich gelassen hatten, bissen die Soldaten die Zähne zusammen und reckten die Schultern, zwangen sich, in ähnlicher Haltung wie die Hunde, näher zu kommen.

»Ihr könnt nicht ernsthaft glauben, dass sie gefährlich sind!«, sagte Obligatia und kicherte, während sie ihre Köpfe rieb und sie hinter den Ohren kraulte. Als die Hunde sahen, dass sie freundlich behandelt wurden, ließen sie sich beiderseits von ihr nieder, so gut es auf den Säcken mit Korn möglich war, die für Obligatia aufgeschichtet worden waren. Sie rollten sich herum, offenbarten ihre Bäuche und Kehlen.

»Was hat das zu bedeuten?«, fragte Schwester Rosvita. »Sie ist mit dem Sohn von Taillefer verheiratet worden. Sie war nicht selbst ein Kind von Taillefer. Wenn diese Hunde von der Meute des Kaisers abstammen, wieso verbeugen sie sich dann vor ihr?«

»Dies sind die Hunde von Lavas, Schwester Rosvita«, sagte Alain ruhig. »Sie wissen, wer über sie herrscht. Wie sie zu ihr gelangt sind, weiß ich nicht.«

Der Wagen mit der alten Äbtissin wurde in das Gelände des Klosters gezogen. Die Menge wich zurück, als die berittenen Wachen einen Pfad für den Wagen mit der Leiche ihres toten Herrschers freimachten, und einige Leute liefen sogar weg, als sie die Aikha-Soldaten dahinter sahen.

»Aus dem Weg! Aus dem Weg!«, rief Vater Ortulfus.

Prior Ratbold nahm den Ruf auf, als Brüder und Bauern sich verteilten und Plätze beiderseits des Weges einnahmen, der vom östlichen Tor zum zentralen Gelände führte.

Es war ein warmer Tag, trotz des Dunstes, der den Himmel weißlich färbte. Die Dunstschicht war dünner geworden, bis die im Westen untergehende Sonne als leuchtender Flecken jenseits des Schleiers zu sehen war. Die Szenerie öffnete sich mit einer Klarheit vor Alain, die ihn überraschte: die weiß getünchten Gebäude, die in sauberen Winkeln zueinander standen; die überdachte Veranda vor den Unterkünften der Laienbrüder; der viereckige, massive Kirchturm aus Stein; der breite Pfad, der zum Haupttor führte, vorbei an dem zweistöckigen Gästehaus und den Bienenstöcken, der Schmiede und den Stallungen und der Scheune; die spät blühende Obstwiese, die jetzt von Unterständen aus Stoffen übersät war, die wie Unkraut zwischen den Bäumen aufragten und die Flüchtlinge beherbergten.

Ein vertrauter Ort für jemanden, der hier einst mehrere Monate lang gelebt hatte. Hier hatte er ein gewisses Maß an Frieden gefunden, nachdem er – für immer und ewig – diejenige verloren hatte, die er geliebt hatte.

Er wusste, wie hart ein solcher Schlag war.

Er sah sie mit zwei Kameraden aus dem Gästehaus treten. Die Menge wich zurück, um den Pfad breiter zu machen, auf dem sie gehen würde. Das Geräusch ihrer sich entfaltenden Schwingen, die Berührung des Äthers, erklang wie eine leise Musik in seinem Körper. Sie waren wunderschön, aber es mangelte ihnen an wahrer Existenz, sie waren mehr Gedanke als Substanz. Sie loderten wie sie selbst, aber mit dem Feuer der Verzweiflung. Vielleicht war er in diesem Augenblick der Einzige, der sie sehen konnte.

Als sie den Wagen und die Reiter bemerkte, blieb sie stehen, als wäre sie getroffen worden. Die beiden, die bei ihr waren, stützten sie. Sie hielten sie fest, weil sie nicht gehen konnte. Der Wagenlenker brachte den Wagen würdevoll mitten auf dem grasigen Feld zum Stehen. Sie riss sich von den beiden los und rannte zu ihm, stürzte mit lautem Poltern an seine Seite, riss den Seidenstoff von seinem Körper und sah sein erschlafftes Gesicht.

Wind fuhr durch die Bäume und zerrte am Gras.

Was für eine größere Umwälzung konnte es geben als diese, die die Welt zerriss?

Dies ist das Gift, das tief trifft, der Stich der Biene, der Nektar der Qual. Wie ist es möglich, dass das Leben weitergeht? Was für ein Sinn liegt darin zu leben? Oh, Gott. So fallen wir in die Grube, wenn der schwarze Abgrund sich unter unseren Füßen auftut.

3

Tot. Tot. Tot.

Alles andere, die vielen Hände, die sie berührten und hierhin und dorthin schoben, die murmelnden Stimmen, die in Sicht geratenen und wieder verschwindenden Gesichter, das Brüllen des Windes, das Schlurfen von Füßen und die knirschenden Wagenräder, die sich schließenden Türen und das unerwartete Lachen eines Kindes aus der Ferne, das tröpfelnde Geräusch von Wasser und ein Husten, all das war Lärm.

Sie versank in der Strömung.

»Lass mich zu ihr gehen.«

Hanna, die an der stürmischen Unterhaltung nicht teilnahm, die nach der Ankunft von Sanglants Prozession begonnen hatte, blieb in Liaths Nähe, bis der Körper auf einer Bahre im Mittelschiff der Kirche von Herford niedergelegt wurde. Lampen wurden in den Gängen entfacht und leuchteten beim Herdfeuer am östlichen Ende, als die Dämmerung einsetzte. Liath klammerte sich an seine tote Hand. Sie sagte kein Wort; sie war verloren. Vater Ortulfus hatte Zypressenzweige über seinem Körper verteilt. Mutter Obligatia wurde hereingetragen; an ihrer Seite waren ihre Begleiterinnen und Schwester Rosvita. Als Hanna sah, dass andere sich um Liath kümmerten, suchte sie Sorgatani.

»Ist das eine gute Idee?« Ivar blieb ihr auf den Fersen, als sie über den Kiesweg ging, der an einer Seite des Dormitoriums entlangführte. Sie war sich nicht sicher, ob sie seine Anwesenheit als Wohltat empfand oder als Belastung. »Ich habe gerade erst eine schreckliche Geschichte über sie gehört. Man ist ein toter Mann, wenn man von ihr angesehen wird.«

»Ich bin nie ein toter *Mann*, Ivar, und abgesehen davon ist es der Blick des Guivre, der dich lähmt. Du musst allerdings draußen bleiben. Es stimmt, dass du sterben würdest, wenn du sie ansiehst.«

»Nun, dann werde ich nicht zulassen, dass du sie ansiehst! Ich werde nicht riskieren, dass du stirbst, nicht jetzt!«

»Es ist dir bisher sehr gut gelungen!«

»Das meine ich nicht!«

Bevor sie sich auf dem überdachten Weg umdrehen konnte, der zwischen den beiden Dormitorien hindurch zu dem berühmten Einhornhof führte, wo man, wie sie gehört hatte, Sorgatanis Wagen hingeschafft hatte, blieb Ivar stehen und hielt sie fest.

»Du kannst sowieso nicht ins Kloster gehen. Nur Männer können das – dies ist ein Mönchskloster.«

»Halt den Mund, Ivar«, sagte sie und küsste ihn, was ihm lange genug den Mund verschloss, so dass sie in der Lage war, ihm ihre Hand zu entziehen und sich fünf Schritte zu entfernen.

Wasser lief leise aus dem Springbrunnen, plätscherte über Hörner und Vorderbeine. Der Rosengarten war ordentlich und sauber, aber nur ein paar Rosen blühten, deren Farben im dunkler werdenden Licht des sterbenden Nachmittags zarter wurden. Draußen war es heller als drinnen; es war immer noch möglich, Bienen um die Blumen herumfliegen zu sehen.

Sie war sich nicht sicher, wieso sie Sorgatanis Wagen bis in diesen Hof mit dem Springbrunnen gezogen und ihn neben einer Zypressenhecke abgestellt hatten, aber es hieß, dass Zypressen vor dem Tod schützten. Und tatsächlich hatte jemand zwei Kohlenpfannen beiderseits des Wagens aufgestellt und einen immergrünen Zypressenast in jede gelegt. Der Geruch kitzelte in ihrer Nase, und sie wischte sich über die Augen.

Oben auf dem mitgenommenen Wagen hockte eine riesige Eule. Sie blinzelte, wurde dann zu einer Rauchschwade, die sich himmelwärts wand.

Die überlebenden Wachen von Edelfrau Bertha hatten ihr Lager im Hof aufgeschlagen, aber Hanna war sich nicht sicher, wen sie vor wem beschützten. Sie nickte Feldwebel Aronvald zu. Der Wagen quietschte unter ihrem Gewicht, als sie einen Fuß auf die Stufe setzte. Das Holz gab ein helles Knacken von sich und verzog sich leicht.

»Vorsicht«, sagte er. »Es ist angebrochen.«

Die Männer wichen zurück, verbargen sich hinter der Hecke, als sie die Tür öffnete und über die Schwelle trat. Sie schloss die Tür hinter sich.

Das Innere des Wagens war ein Trümmerfeld. Die große Kiste mit den Schubladen war umgefallen; zwei von den Schubladen waren zerbrochen. Seide und Silberschüsseln lagen auf einem Haufen. Das eingebaute Bett neigte sich, da ein Bein zerbrochen war, aber das Bett auf der anderen, leeren Seite der Kammer war noch ganz und schien unberührt zu sein. Der goldene Becher auf dem Altar lag auf der Seite, die Flasche ruhte an der Handglocke, und ein Riss zog sich durch die glänzende Oberfläche des runden Spiegels.

Sorgatani saß auf dem Bett. Ein Arm hing in einer Schlinge, ihr Kopf lehnte an den Kissen, die sie auf dem Sattel gestapelt hatte. Als sie Hanna sah, beugte sie sich vor, setzte einen Fuß auf dem Boden auf und zuckte zusammen.

»Nein, nein, beweg dich nicht! Gott im Himmel! Du bist schlimm gestürzt.«

»Aber ich habe überlebt.«

»Was kann ich tun? Wie hast du etwas zu essen und zu trinken bekommen?«

Sorgatani deutete auf das Fenster, das in der Tür eingelassen war. Es war mit einem Stück Holz versehen, das man aufschieben und schließen konnte, und mit Perlenschnüren, die einen Vorhang bildeten. Der Geruch in dem geschlossenen Wagen war schwer von Schweiß und Schimmel. Hanna öffnete den Fensterladen, und die Brise brachte die Perlen zum Klimpern.

»Hilf mir, dorthin zu gehen«, sagte die Schamanin. »Ich möchte sehen, wohin ich gekommen bin.«

»Ruh dich einen Moment aus«, sagte Hanna. »Ich werde dir aufhelfen. Wie hast du die Schlinge um den Arm gelegt?«

»Er ist in den Wagen gekommen, als er aufrecht hingestellt wurde. Ich hatte Angst um ihn, aber letztendlich war seine Magie stärker als meine.«

»Wer ist gekommen?«

»Ich kenne seinen Namen nicht. Zwei schwarze Hunde waren bei ihm. Er hat sich um meine Verletzungen gekümmert. Ich habe eine schlimme Prellung an der Hüfte. Mein Arm ist oben an der Schulter gebrochen. Er hat mir gesagt, dass alles verheilen würde. Er hat mir auch gesagt, dass die Geheiligte – meine Lehrerin Li'at'dano – dieses Leben verlassen hat.«

Sie sagte die Worte ohne Tränen. Es war einfach nur eine Bemerkung. Eine Bürde.

Rauch sammelte sich um den zentralen Pfosten, der trotz des Zusammenpralls noch heil und gerade war. Hanna zitterte, als kalte Luft um sie herumwehte. Das Gefühl, beobachtet zu werden, prickelte an ihrem Rücken. Sie drehte sich um und sah die Eule auf dem Sattelbaum hocken. Einen Moment zuvor war sie nicht da gewesen.

»Du siehst also«, sagte Sorgatani. Ihre Kopfbedeckung befand sich am anderen Ende des Sofas, und ihre Haare waren durcheinander. Ein Kamm aus Elfenbein lag auf dem Bett, schwarze Haarsträhnen waren um die Zinken gewickelt, aber sie war nicht sehr weit darin gekommen, sich zu kämmen. Vielleicht hatte es zu wehgetan. »Die Ankunft der Eule ist ein Zeichen, dass ich zu meinem Volk zurückkehren muss. Sie ist die Botin der Schamanin. Meine, jetzt.«

»Deine?«

»Ich bin die Erbin der Geheiligten. Die Eule ist letzte Nacht zu mir gekommen und hat mich den Blumenpfad entlanggeführt, der zur anderen Seite führt. Dort habe ich die Geheiligte getroffen. Sie ist tot, wie er gesagt hat. Ich hatte gehofft ... eine Weile ... hier bei denen bleiben zu können, die mich verstehen.« Sie biss die Zähne vor Schmerz zusammen und lächelte schwach.

Als Hanna sich neben sie setzte, packte Sorgatani Hannas Unterarm mit der unverletzten Hand. »Ich muss zu meinem Volk zurückkehren. Ich kann nicht hierbleiben. Wirst du mit mir kommen, Hanna?«

Tränen stiegen in ihr auf. »Nein, das kann ich nicht.«

Sie seufzte, als hätte sie diese Antwort erwartet. »Muss ich dann allein gehen?« Sie lachte leise, aber es lag nur Trauer darin. »Du solltest mir einen Pura bringen, Hanna. Breschius hat mir gedient, und dafür ehre ich ihn, aber er war alt. Ohnehin kann ein Mann in seinem Leben nur der Pura einer einzigen Frau sein. So wie bei Liath und Sanglant.«

»Er hätte diesen Vergleich nicht freundlich aufgefasst«, sagte Hanna mit einem Kichern, das zu Tränen wurde, rasch vergossen und rasch getrocknet. »Ich habe dir nicht sehr geholfen, Sorgatani.«

»Nein. Du bist mein Glück. Wichtig ist, dass es dich gibt.«

»Ivar! Was tust du da? Weißt du nicht, dass dieser Wagen verflucht ist?«

Die wohlklingende Stimme eines jungen Mannes drang durch den Perlenvorhang. Sorgatani setzte sich auf und zupfte an Hannas Arm.

»Lass mich sehen«, sagte sie.

Die beiden jungen Männer, die draußen waren, verfielen in eine eifrige Unterhaltung, die hauptsächlich aus Ivars gestammelter Darstellung der Geschichte bestand, wie er nach Kessal geritten war und die Schlacht miterlebt hatte, während der andere ihn immer wieder mit Fragen unterbrach, die keinen Sinn ergaben.

»... wir sind von dem Gefecht weggeritten, wurden aber im Wald von Herzog Conrads Männern –«

»Wieso sollten Reiter den Wald angreifen?«

Sorgatani bewegte sich langsam, aber entschieden, zog das eine Bein nach. Sie stützte sich auf Hanna und schob ein paar Perlenschnüre zur Seite, um einen Blick nach draußen werfen zu können, ohne dass andere sie sahen. Hanna sah Ivar sofort. Er zupfte an seinen Haaren, wie er es immer tat, wenn er unruhig, aufgeregt und verärgert war. Ein erstaunlich hübscher junger Mann hielt seinen Ellbogen in besitzergreifender Weise, die einen kleinen Hauch von Eifersucht in ihrem Herzen aufflackern ließ. Wie konnte jemand so gut aussehen? Es war nicht recht. Es war nicht gerecht. Engel mochten so aussehen, mit ihren vollkommenen Antlitzen und ihrem sonnenbeschienenen Haar.

»Sieh nur!«, murmelte Sorgatani mit rauer Stimme, vielleicht, weil es sie schmerzte zu stehen. »Das ist vielleicht ein gutaussehender Hengst!«

Er gehört mir, platzte Hanna beinahe heraus, aber natürlich bezog Sorgatani sich nicht auf Ivar. Keine Frau würde Ivar einen gutaussehenden Hengst nennen, wenn er neben diesem Geschöpf stand, obwohl Ivar für sie der hübscheste Mann auf der Welt war, auch wenn sie sehr gut wusste, dass er das nicht wirklich war.

Sie errötete und wandte ihre Aufmerksamkeit wieder Baldwin zu, der jetzt wild gestikulierte, als er Ivar irgendeine Geschichte erzählte, an der Ivar offensichtlich nicht sonderlich interessiert war. Ivar starrte auf den Wagen und zupfte weiter an seinen Haaren. Er hatte die Veränderung des Perlenvorhangs nicht bemerkt.

Nun gut. Es war keine Überraschung, dass Sorgatani Edelmann Baldwin bemerkte. Er bot tatsächlich einen atemberaubenden Anblick, aber während sie ihn beim Reden beobachtete, kam es ihr so vor, als würde etwas in seinem hübschen Gesicht fehlen.

»Ist er in irgendeiner Weise verkrüppelt oder verletzt?«, fragte Sorgatani atemlos. »Ist er verwundet worden? Oh, sieh nur! Seine Hand ist abgeschnitten worden. So wie bei Breschius! Vielleicht ist es ein Zeichen.« Sie stützte sich auf Hanna, und der Griff ihrer Finger wurde stärker, wie es bei Leuten war, die nach dem Seil griffen, das sie vor dem Ertrinken bewahrte. »Was hältst du davon?«

Sorgatani sah nicht Baldwin und Ivar an. Sie sah auf eine Stelle hinter den beiden, wo das verblassende Licht eine goldene Aura über einen Teil des Springbrunnens und den gepflasterten Weg verströmte. Zwei kräftige Laienbrüder trugen einen Mann auf einer Trage aus den Mönchsunterkünften heraus. Sie nahmen einen der diagonal verlaufenden Pfade, der dicht am Wagen vorbeiführte. Vielleicht waren sie unterwegs zum Hospital. Sie hatten es nicht eilig. Die Anwesenheit des fremden Wagens schien sie nicht zu interessieren, und sie hatten auch keinerlei Interesse an ihrem Patienten. Sie machten eine Pause, starrten auf die Kirche, ohne dass Hanna begriff, was sie glaubten, dort zu sehen.

Der Mann auf der Trage war von den Füßen bis zur Hüfte mit einer dünnen Decke bedeckt. Ansonsten war er von der Taille an nackt. Seine linke Hand ruhte auf seinem festen Bauch und dem rechten Arm, der leicht erhöht war durch eine an seiner Seite zusammengerollte Decke und in einem Stumpf endete. Er hatte kräftige Schultern und eine helle, hübsche, rosengerötete Haut. Seine Augen waren geschlossen, aber in der Weise eines Menschen, der – obwohl er wach war – es vorzog, die Wahrheit von sich fernzuhalten. Seine goldenen Haare waren gewaschen und gekämmt worden, und sie glänzten, als er aus dem Schatten getragen wurde und in das letzte Sonnenlicht geriet, das über den nach Westen deutenden Gang strömte.

»Kann ich ihn haben?«, fragte Sorgatani mit einem rauen Lachen.

Oh, Gott. *Hugh.*

»Gibt es irgendeinen Mann, der hübscher ist als du?«, flüsterte Hanna.

»Unmöglich«, murmelte Sorgatani. Ihre Lippen hatten sich geöffnet, und sie beugte sich so weit vor, dass ihr Gesicht fast gegen die Perlenschnüre strich, als die Mönche vorbeigingen.

»Er ist gefährlich. Unversöhnlich, unfreundlich, hochmütig, eitel, stolz, besessen und grausam. Vergiss ihn, Sorgatani.«

»Aber er ist so schön. Ich bin eine Kerayitin, eine Tochter des Pferdevolks. Ich kann den bösartigsten Hengst zähmen, der auf der Erde wandelt. Es liegt mir im Blut und in meiner Aufzucht und meiner Ausbildung. Ich fürchte ihn nicht.«

Die Mönche gerieten außer Sicht. Ivar riss sich von Baldwins Hand los, packte sein Handgelenk und zog ihn vom Wagen weg.

Es kam ihr vor wie ein Trick der Luft, dass sie seine Antworten hören konnte, aber nicht Baldwins Fragen.

»Ja, es stimmt, sie haben alle überlebt. Ja, Sigfrid, Ermanrich und Hathumod. Sie sind alle hier bei Bischöfin Constanze. Im Gästehaus, vermute ich. Komm, ich bringe dich zu ihnen, denn dort gehörst du hin. Nein. Nein. Ich bleibe nicht in der Kirche. Ich werde ein Bote werden, genau wie du, für den Phönix, nur nicht in der Kirche. Es ist am besten so, Baldwin. Vertrau mir.«

Sorgatani wandte sich vom Perlenvorhang ab und packte Hannas Hände, obwohl die Geste ihr Tränen in die Augen trieb und sich ihr hübsches Gesicht vor Verzweiflung und Schmerz verzerrte. »Du bist noch immer ein Adler des Königs, Hanna. Und mein Glück. Das ist es, was ich mir von dir wünsche. Lass ihn meinen Pura werden, damit ich weiß, dass ich nicht allein sein werde, wenn ich zu meinem Stamm zurückkehre.«

4

Die Trauer ergreift jeden auf eine andere Weise. Eine lange Zeit trieb Liath in Benommenheit dahin, hielt die kalte Hand fest und versuchte vergeblich, den Leichnam zu erwärmen und den Lebensfunken zu entfachen, der nicht mehr in ihm brannte. Die Leute um sie herum wisperten, glitten in ihr Blickfeld und wieder hinaus, aber ihre Bewegungen waren bedeutungslos und zufällig. In keiner Weise bewegten sie sich mit den sicheren, vorhersehbaren Schritten der Sterne. Und doch erhoben sich die Sonne und der Mond und das Himmelszelt über ihnen, ohne jede Freiheit, sich selbst zu regieren. Sie sind dem Gesetz unterworfen: Sie tun, was zu tun ihnen aufgetragen wurde, sonst nichts.

Wie viel leichter war es dann, das Schicksal zu erkennen, das einen erwartete, und sich zu wappnen. War es nicht besser, den Pfad im Voraus zu sehen, statt in so etwas wie das hier hineinzustolpern?

Oh, Gott! Oh, Gott!

Das Kind schrie. Sie hörte es jetzt, und es kam ihr so vor, als währte sein hysterisches Schreien schon eine lange Zeit.

Sie musste die Hand loslassen, aber sie befürchtete, ihn für immer zu verlieren, wenn sie es tat. Und doch musste sie loslassen.

Da.

Sie versuchte, stehen zu bleiben, aber ihre Beine bestanden aus Nadeln und Spitzen. Arme stützten sie. Sie suchte und fand das Kind im Mittelschiff, wo es sich auf den Boden geworfen hatte. Andere Leute bildeten einen Ring um es herum, wichen vorsichtig zurück, während es schrie und schrie, ungeachtet der Tatsache, dass es die Stille der heiligen Kirche störte, während es mit den Füßen und Händen in den Fängen heftiger Qual auf den Boden donnerte.

»Wir waren zu langsam! Wir sind nicht schnell genug gekommen!«

»Gnade«, sagte sie.

Sie teilten sich, um sie durchzulassen. Anna kniete gleich außer Reichweite der herumwedelnden Hände und Füße.

»Vorsicht, Herrin«, sagte sie mit rauer Stimme. Ein blauer Flecken war auf ihrem Kinn, und sie schonte einen Arm. »Sie ist außer sich.«

»Hat der Bruder Hospitalus nicht ein Schlafmittel?«, fragte Liath schließlich in die Luft.

Es waren so viele Leute in der Kirche, bedrängten und erstickten sie, dass sie zu glauben begann, dass einige aus echtem Fleisch bestanden und andere nur aus Schatten und Licht, Seelen und Wesenheiten waren, die von höheren Sphären stammten, sich wie ein Licht ins Dasein und wieder hinausschoben, das von einer Hand abwechselnd verdeckt und nicht verdeckt wurde.

»Herrin? Liathano?« Eine Stimme strömte zu ihr. Eine Hand berührte ihren Ellbogen. »Ich glaube, sie wird ohnmächtig.«

Es war leichter, die Sonne zu sein, die niemals sagte: »Ich werde nicht mehr zur gewohnten Zeit aufgehen.« Leichter, der

Mond zu sein, dessen Aufgehen und Untergehen entsprechend dem Gesetz erfolgten, das ihn in Bewegung setzte. Leichter, die Sterne zu sein, die so auf- und untergingen, wie es ihnen befohlen wurde, und der Wind, der blies, und die Berge, die an dem Ort blieben, an den sie gestellt worden waren. Sie waren Werkzeuge der Macht, die sie in Bewegung gesetzt hatte.

»Hier, Herrin. Trinkt.«

Sie kämpfte sich auf die Füße.

Gnade schluchzte noch immer. Ihre Lippen waren feucht, und Flüssigkeit war auf ihrem Kinn. »Ich hätte nicht bei Onkel bleiben dürfen! Ich hätte eher weggehen müssen! Dann hätte ich zu ihm gehen können. Ich hätte ihn retten können! Ich hätte ihn retten können! Ich hätte es gekonnt!«

»Ihr müsst mehr trinken, Hoheit.« Anna hockte neben Gnade, hielt einen Becher außer ihrer Reichweite. »Ihr müsst trinken.«

Hauptmann Fulk stand neben Liath, eine Hand war nur einen Fingerbreit entfernt von ihrem Arm.

»Bitte, Herrin«, sagte er leise. »Ich muss dringend mit Euch sprechen.« Sie nickte, weil Gott der Menschheit die Freiheit gegeben hatten, sich für das Gute oder das Schlechte zu entscheiden, für den Segen oder den Fluch. »Prinzessin Theophanu wird Herrscherin, indem sie diesen Aikha-Edelmann namens Starkhand heiratet. Es ist beschlossen worden, dass die Prinzessin Gnade als Erbin adoptiert und dass das Mädchen Conrads Kind heiratet, sofern der kleine Junge überlebt.«

»Gnade soll Herrscherin werden?«

Der Hauptmann wirkte müde. Sein Gesicht war beschattet, die Augen waren dunkel, während er auf das Mädchen sah, das jetzt in den Schlaf sank. »Ich weiß nicht, was ich von diesem Bündnis mit den Aikha halten soll. Allerdings waren sie in der Überzahl und hatten uns umzingelt. Sie hätten den Heeren von Wendar und Varre großen Schaden zufügen können, aber ihr Anführer, dieser Starkhand, hat sie vom tödlichen Schlag zurückgehalten. Es gibt eine Gruppe von ihnen bei uns, die diese Zauberin begleitet. Um sicherzustellen, dass ihr nichts geschieht, vermute ich, obwohl sie gefährlicher für uns ist als wir für sie.«

Die Worte folgten wie die Sterne am Himmel ihrem Lauf und verschwanden in der Nacht. Sie wusste, dass sie sich konzentrieren sollte, aber es war so schwierig.

»Was ist mit Sanglant?«, fragte sie. »Hanna, bring mir die Krone.« Und dann schließlich erinnerte sie sich daran, dass er tot war.

»Sie ist alles, was von ihm übrig ist.« Fulks Gesicht war nass, und er lächelte traurig. »Der kleine Trotzkopf. Zu denken, sie hätte ihn retten können! Arme Maus!«

»Nein, er ist nicht tot«, sagte sie, aber als sie sich umdrehte und ihn still und reglos im Ring des Lichts liegen sah, wusste sie, dass er es war. »Ich ertrage es nicht«, wisperte sie.

»Niemand von uns erträgt es, Herrin, aber das müssen wir dennoch. Oh, Gott! Wir müssen es!«

5

Hauptmann Fulk trug Prinzessin Gnade ins Gästehaus, wo ein weiches Bett auf sie wartete. Anna kniete sich neben sie. Als das Mädchen schlief, löste sie den schrecklichen Haarknoten und kämmte seine schwarzen Haare, so gut es ging. Sie ertrug es nicht, Gnades Haare nach Art der Wilden hochgesteckt zu sehen.

Fulk sprach leise bei der Tür, er kümmerte sich um etwas zu essen und zu trinken, um Wasser zum Waschen, eine Wache für das Mädchen. Zwei Lampen wurden entfacht, eine auf ein Dreibein bei der Tür gestellt, eine andere an einem Haken in der Ecke aufgehängt, damit es nicht dunkel sein würde, wenn das Mädchen erwachte. Es würde gut geschützt sein. Sanglants Leibwache würde dafür sorgen.

Anna hörte sie reden: Gnade war zur Erbin von Theophanu

ernannt worden. Sie würde den Sohn von Conrad und Tallia heiraten, der jetzt ein Kind war. Eines Tages würde sie mit Gottes Willen Herrscherin sein.

Anna erhaschte die Aufmerksamkeit von einer der Wachen, Sibold, dem Mann mit der verletzten Kehle, der jetzt nur noch mit einer heiseren, krächzenden Stimme sprechen konnte, die sie immer an Prinz Sanglant erinnern würde. »Stimmt es, dass Prinzessin Theophanu einen ... Aikha-Prinzen heiraten wird?«, flüsterte sie.

Sibold war immer lebhaft und kühn gewesen, hatte dazu geneigt, einfach draufloszustürmen, ohne sich umzusehen, aber jetzt war sein Gesicht blass, er war erschöpft, mitgenommen vor Trauer. »So ist es«, sagte er kurz angebunden, dann schüttelte er den Kopf und wandte sich ab.

Anna saß mit gekreuzten Beinen neben der Pritsche des Mädchens, strich ihm über die schwarzen Haare, zu unruhig, um selbst zu schlafen, als die Nacht anbrach. Mit der anderen Hand fuhr sie immer wieder über den Hundekopf ihres Stabes. Etwas an dem glatten und glänzenden Holz schenkte ihr Trost.

Von draußen erklang das leise Bellen eines Hundes. Stimmengemurmel ertönte auf der Veranda. Die Tür öffnete sich, und ein Mann betrat den Raum. Sie erkannte ihn, obwohl seine beiden schwarzen Hunde jetzt nicht bei ihm waren.

Er sah zuerst Gnade an. Die Prinzessin hatte einen Arm ausgestreckt, und ihre Beine hatten sich zwischen den Laken verfangen. Er kniete sich neben sie, berührte ihre Wange mit einer Hand, lauschte und seufzte. Dann sah er Anna an. Neigte den Kopf und zog die Augen zusammen.

»Ich kenne dich«, sagte er sanft. »Du warst in Gent.«

Sie konnte nur mit erstickter Kehle nicken. Aber als ihre Hand sich fester um den Stab klammerte, fand sie ihre Stimme.

»Ihr habt Euren Heiligen Kreis einem Aikha-Prinz gegeben«, sagte sie.

Er lächelte. Seine Augen weiteten sich vor Überraschung. »Das habe ich.«

»Ich … ich habe es gesehen. Ihn. Er war in der Kathedrale von Gent. Er hat Matthias und mich entkommen lassen. Er hat uns gehen lassen, obwohl er uns hätte töten können. Jeder der anderen hätte es getan. Aber er hat uns gehen lassen.«

Die Augen des jungen Mannes waren dunkel. Wie ein Guivre hielt sein Blick sie fest, als würde er sich in sie hineingraben, bis tief nach unten, bis sie keine Geheimnisse mehr übrig hatte. Sie klammerte sich an den Stab, und von der Bewegung aufmerksam geworden, blickte er an ihr vorbei und sah ihn.

Er schnappte nach Luft. Er zuckte zusammen, als hätte er einen Schlag ins Gesicht erhalten, riss die Augen auf und warf den Kopf zurück.

Aber der Stich, so scharf er auch war, währte nur kurz.

Er hustete, wischte sich über die Stirn und berührte seine Kehle. Ein Hund bellte.

»Bitte«, sagte er mit leicht abgehackter Stimme, »woher hast du diesen Stab?«

Musste sie es ihm sagen? Er starrte ihn besitzergreifend an, und sie klammerte beide Hände um den Schaft, zog ihn linkisch näher zu ihrem Körper. Worte steckten in ihrer Kehle fest, aber sie wusste, dass sie sprechen musste. Sie durfte nicht schweigen.

»Ich … Edelfrau Liathano hat ihn mir gegeben.«

»Woher hat sie ihn? Weißt du das?«

»Ich … wir hatten ihn vorher nicht. Im Land der Ashioi. Sie hat ihn oben bei der Krone gefunden, die, bei der wir aus dem Süden angekommen sind. Ich habe gehört, wie sie gesagt hat, dass sie ihn bei der Hütte eines Einsiedlers gefunden hat. Sie sagte – sie hat gesagt …« Die Worte kamen ihr so lächerlich vor, dass sie Angst hatte, sie auszusprechen, aber er sah sie so fest an, dass sie weiterstolperte. »Sie hat gesagt, ein Löwe hätte ihn ihr zu Füßen gelegt.« Sie machte sich auf seinen Spott gefasst, auf sein Lachen, seine Verärgerung.

Er setzte sich auf die Fersen, ließ allen Atem aus sich herausströmen und fuhr sich mit einer Hand durch die Haare. »Nein.

Nein.« Und dann sagte er, zögernd zwar, aber offensichtlich konnte er nicht anders: »Er hat einmal mir gehört.«

Sie schluchzte beinahe.

Er wischte sich Feuchtigkeit aus einem Auge. »Darf ich kurz … einen Augenblick nur …« Er streckte die Hand aus, zögerte.

Schließlich, steif vor Furcht, den Stab zu verlieren, legte sie ihn in seine Hände. Er tastete über die geschnitzten Köpfe, den Schaft entlang, den Schnitt, an dem das Holz eingekerbt worden war. Er schloss die Augen, öffnete sie einen Moment später wieder. Gnade schnarchte leise im Schlaf und drehte sich um.

»Lass ihn dorthin gelangen, wo er am meisten benötigt wird«, sagte er, während er ihn ihr zurückreichte.

Sie schämte sich dafür, wie sie ihn aus seinen Händen riss, aber er lächelte sanft. Dann stand er auf, ging einen Schritt weg. Er drehte sich noch einmal um.

»Du bist nicht die einzige Überlebende aus Gent, die sich heutzutage im königlichen Umfeld aufhält, fällt mir gerade ein. Edelmann Starkhand hat einen Mann in seinem Rat, der aus Gent stammt. Er heißt Otto. ›Papa Otto‹ nennen ihn die anderen. Er ist mit dem Rest von Starkhands Heer in Kessal.«

Dann ging er.

Sie starrte die geschlossene Tür an, während die Lampen zischten. Papa Otto! Wenn Prinzessin Gnade die Erbin war, und Prinzessin Theophanu und dieser Edelmann Starkhand herrschen sollten, und wenn Papa Otto in Edelmann Starkhands Rat war, dann würden sie und Papa Otto sicher irgendwann irgendwie zusammenkommen.

Sie sprang auf und lief hinter ihm her. Er war noch auf der Veranda, sprach leise mit Hauptmann Fulk, dessen Augen vom Weinen gerötet waren.

»Es tut mir leid«, sagte sie und packte seinen Arm. »Hier. Hier.«

Sie drängte ihm den Stab auf. Er nahm ihn unwillkürlich an. Dann versteifte er sich, hielt ihn, strich über ihn. Auch er hatte Tränen in den Augen.

»Ich habe, was ich brauche«, erklärte sie. »Ihr habt es mir gerade gegeben. Bitte. Er gehört Euch. Ihr müsst ihn behalten.«

Eine lange Weile rührte er sich nicht, als wäre er benommen. Aber dann lächelte er. Er berührte ihre Stirn mit zwei Fingern.

»Für dieses Geschenk danke ich dir«, sagte er.

Und dann ging er davon.

6

Während der Vesper blieb Rosvita bei Mutter Obligatia, die auf Kissen gestützt auf einer Trage ruhte, die über zwei Bänke neben die Bahre gelegt worden war.

»Ich werde bei meiner Enkelin bleiben«, sagte die alte Äbtissin. Hauptmann Fulk hatte die Prinzessin weggetragen, während Liathano weiter bei der Bahre kniete.

Rosvita nickte. »Ich muss zum Gästehaus gehen. Zu Bischöfin Constanze.«

Sie verließ die Kirche und ging allein zum Gästehaus.

Obwohl die oberen Gemächer gewöhnlich den hochrangigen Gästen vorbehalten waren, hatte Bischöfin Constanze die Räume unten genommen, weil sie die Stufen nicht hinaufgehen konnte. Sie begrüßte Rosvita von ihrem Stuhl aus. Hin und wieder rieb sie die Hände aneinander, als wollte sie die Kälte vertreiben. Das Lampenlicht glättete die vor Schmerz verzerrten Linien auf ihrer Stirn und um die Augen und den Mund. Sie lächelte sogar, obwohl das Lächeln rasch wieder hinter einem Ausdruck des Schmerzes verschwand.

Rosvita küsste den Ring der Bischöfin. Die jungen Nonnen, die beständig in ihrer Nähe waren, schüttelten Kissen auf und rieben Constanzes Schultern, versuchten, es ihr bequem zu machen.

»Ich breche morgen auf, um nach Autun weiterzureisen.« Obwohl Constanzes Körper schwach war, blieb ihr Wille stark. »Ich muss meinen Platz als Bischöfin wieder einnehmen. Die Verlobung zwischen Conrads Sohn und Sanglants Tochter besiegeln. Die Vorbereitungen für die Krönung und Salbung überwachen.«

»Haben wir weise geurteilt oder voreilig?«, fragte Rosvita.

»Wir haben so gut geurteilt, wie wir konnten. Dieser Aikha-Edelmann ist weit raffinierter und weitsichtiger, als er auf den ersten Blick zu sein scheint. Wie auch immer, sein Heer hätte sowohl das von Wendar als auch das von Varre zermalmen können, hätte Theophanu nicht so rasch gehandelt.«

»Habt Ihr vorher mit ihr gesprochen? Wusstet Ihr, was geschehen würde?«

»Nein. Ich bin ebenso überrascht worden wie Ihr. Die Geistlichen meiner treuen Schule werden mit den Vorbereitungen für das Konzil beginnen, das nächsten Sommer zusammentreten wird. Es wäre am besten, wenn es in Autun stattfindet, im Schatten des alten Kaisers und des Konzils von Narvone.«

»Bei dem Bischöfin Tallia zurückgewiesen wurde und die Künste der Mathematiki und Malefiki – jede Zauberei außerhalb der Aufsicht der Kirche – verdammt wurden.«

Constanze streckte die Hand aus, packte mit einiger Anstrengung die von Rosvita und sah sie forschend an. »Werdet Ihr mich unterstützen? Ihr wisst, dass ich an das Wunder des Phönix glaube.«

»Ich werde gerecht urteilen. Die Schriften der Kirchenmütter wiegen schwer, aber ich muss mich vor der Wahrheit verbeugen, wenn sie sich enthüllt.«

Sie küssten sich wie Schwestern.

Nachdem Rosvita sichergestellt hatte, dass das Kind schlief und die Dienerin zu essen und zu trinken und eine Pritsche hatte, auf der sie selbst schlafen konnte, ging sie nach oben zu Bruder Fortunatus, Bruder Jehan und den drei Mädchen, die die Bücher geöffnet hatten: die *Lebensgeschichte* von St. Radegundis, ihre Abschrift von den *Chroniken* von St. Ekatarina und die *Annalen von Autun*, die aus der Bibliothek von Darre gerettet worden waren.

»Fortunatus hat eine Abschrift von der *Chronik* von Vitalia in der Bibliothek hier gefunden.« Heriburg schwenkte den Band triumphierend in der Luft. »Es stimmt also, dass Taillefer vier Töchter hatte, die das Erwachsenenalter erreicht haben. Drei sind in die Kirche eingetreten, eine davon war Bischöfin Tallia. Die vierte, Edelfrau Gundara, heiratete den Herzog von Rossalia. Sie hatte drei Kinder mit ihm. Das älteste hat das Herzogtum geerbt, das zweite ist in die Kirche eingetreten, und das dritte – ein Junge namens Hugo – hat die kleine Tochter des Grafen von Lavas geheiratet, Lavastina.«

»Es stimmt also, dass die einzigen verbleibenden Abkömmlinge von Taillefer in Wendar und Varre diejenigen des Geschlechts von Lavas sind«, sagte Ruoda und bezog sich damit auf Heriburgs letzten Satz. »Aber das haben wir bereits in Darre erfahren, Schwester Rosvita. Wieso ist es jetzt von Interesse?«

»›Die Welt teilt jene, die einst kein Raum geteilt hat.‹« Rosvita stellte fest, dass Fortunatus ihr einen Stuhl gebracht hatte, und ließ sich dankbar daraufsinken. Sie rieb sich mit dem Handballen die Stirn, schloss die Augen. »Es ist alles offen vor uns und doch verborgen gewesen. Wir wissen, wessen Kind Bruder Fidelis gewesen ist. Er war der Erbe von Taillefer und Königin Radegundis. Wir sind von seiner Frömmigkeit und seinem langen Leben geblendet gewesen, seinem guten Namen und seinem Ruf. Deshalb haben wir uns nie über das Mädchen Gedanken gemacht, mit dem er kurz verheiratet gewesen ist.«

»Wieso verbeugen sich die Hunde von Lavas vor Mutter Obligatia?«, fragte Gerwita. »Wir alle haben gesehen, was geschehen ist.«

Rosvita nickte. »Die einfachste Erklärung ist gewöhnlich die richtige.«

Der Raum war schlicht eingerichtet, mit seilumrandeten Betten, Bänken, einem Tisch und einer Truhe. Die Fensterläden waren von beiden Fenstern heruntergenommen worden. Sie hatten die Tür offen gelassen, um frischen Wind hereinwehen zu lassen. Abgesehen von den Schreibutensilien und den kostbaren Büchern nahmen sie auf ihrer Reise nichts weiter mit als ein paar zusätzliche Gewänder und Tuniken, zwei Kämme, Spangen und Nadeln für Umhänge, Decken, Flaschen, Nähnadeln und Faden, Essutensilien, Schlägel und Schleifstein, eine Blase mit Lanolin, einen Beutel Kerzen und einen Eisentopf.

Mehr brauchten sie nicht.

Rosvita musterte ihre treue Schule: Fortunatus, der so viel ausgehalten und sich nie beklagt hatte; die drei schlauen Mädchen; der junge Jehan, der von der Reise zerbrechlich geworden war, aber weitermachte. Schwester Amabilia war vor langer Zeit gestorben, und Bruder Constantin hatte die Rundreise des Königs nicht überstanden. Aurea war zusammen mit Bruder Jerome bei dem ersten Überfall gestorben, aber es würde andere geben, die in Theophanus Schule warteten oder ihre Lektionen in irgendeiner Novizenhalle lernten, die sich zu ihnen gesellen würden.

Jemand musste eine Lampe entfachen, um die Dunkelheit zu vertreiben. Jemand musste sich vor allem darum kümmern, dass die Wahrheit erleuchtet wurde.

»Er weiß es«, sagte Rosvita.

»*Wer* weiß es?«, fragte Gerwita, aber die anderen nickten bereits.

»Ich habe ihn gesehen«, sagte Heriburg. »Als ich nach oben gegangen bin. Er war in diesem Haus, aber er ist wieder gegangen, zum Zeltlager der Flüchtlinge. Ist er ein heiliger Mann, Schwester?«

»Er ist ein Geheimnis, geschickt von Gott, damit wir es enträtseln. Er kennt die Wahrheit. Ich muss es tun, wie es uns vom Herrscher befohlen ist, dem wir dienen. Prinzessin Theophanu wünscht, dass der rechtmäßige Erbe der Grafschaft Lavas gefunden wird. Ich werde dafür sorgen, dass es geschieht. Um des Wohles von König Henry willen, den ich geliebt habe, der seinen unehelichen Sohn mehr als alle anderen Kinder geliebt hat, auch wenn es unklug war, das zu tun.«

»Liebe ist nicht klug«, sagte Fortunatus, dessen Hand auf ihrer Schulter ruhte. »Liebe ist das Unklügste überhaupt.«

»Und doch ist sie es, die uns am Leben hält.«

7

Der Nachtwind wisperte in den Bäumen. Leute kauerten unter dem spärlichen Schutz der Zeltstoffe, die zwischen Stangen aufgespannt waren. Einige Kinder schliefen tief und fest zusammengerollt in Decken, aber eins hatte die Augen geöffnet und schluchzte.

Alain kniete sich neben die Frau, die sich um das Kind kümmerte. »Ist das dein Kind?«

»Nein. Es ist das Kind meiner Schwester. Das Mädchen hat gesehen, wie seine Mutter umgebracht worden ist, Herr. Es hat Albträume. Seht Ihr?« Sie wedelte mit einer Hand vor den offenen Augen des Kindes, aber das kleine Mädchen reagierte nicht. »Sie schläft. Ich wecke sie immer, aber sobald sie wieder schläft, geht es von vorne los.«

Alain legte dem Kind eine Hand auf die schmutzige Stirn. Die Haare waren zurückgekämmt und geflochten, fettig, weil ungewaschen, aber ansonsten ordentlich. Das lange Hemd, das das Kind trug, war schmutzig, aber einige Risse waren mit geraden Stichen geflickt worden.

Er schloss dem Mädchen sanft die Augen. Kurz darauf hörte es auf zu schluchzen, seufzte und fiel in einen ruhigen Schlummer.

»Kannst du schlafen?«, fragte er ihre Tante. Sie war eigentlich jung, aber offensichtlich durch das, was sie erlebt hatte, gealtert. Sie konnte nicht älter sein als seine Stiefkusine Agnes, aber ihre Wangen waren eingefallen, ihr Blick trostlos.

»Es ist schwer, bei alldem zu schlafen«, gab sie zu.

»Du hast doch sicherlich einen Namen. Was ist passiert?«

»Ich heiße Liesl. Ich muss mich um sechs Nichten und Neffen kümmern. Meine beiden Schwestern sind umgebracht worden, und mein Schwager wurde von einem herabfallenden Ast erschlagen. Der andere Schwager wird vermisst. Gott möge ihm beistehen. Ich bin mit Karl verlobt, der bei der Linde gewohnt hat – das ist ein halber Tagesmarsch von unserem Dorf entfernt. Aber ich habe ihn seither nicht mehr gesehen. Dort, wo wir wohnen, ist das Land gut, aber es gibt keine Männer, die die Felder bestellen könnten. Und ich kann mich nicht gleichzeitig um das Haus und die Felder kümmern. Ich weiß nicht, wie wir es diesen Winter schaffen sollen.« Sie starrte durch die Dunkelheit zu dem schwarzen Schatten der Kirche und dem hohen Turm. »Es heißt, dass der Phönix gekommen ist und dass er ein Zeichen Gottes wäre. Aber ich weiß es nicht, Herr. Es hat mir Angst gemacht. Es ist so kalt gewesen, wie ein Wintersturm. Vielleicht war es auch der Feind. Drei Dämonen wandeln hier mit ihren Masken. Sie begleiten die Frau mit den Flügeln. Es sind die gleichen Wesen, die meine Familie getötet haben. Wie kann ich glauben, dass sie von Gott geliebt werden?«

»Diese Samen sind vor langer Zeit gesät worden«, sagte er und nahm ihre Hand. »Aber es ist unser Schicksal, uns um die Ernte zu kümmern. Gewähre denen Frieden, die hierbleiben. Gottes Barmherzigkeit erreicht viele Herzen. Was ist mit dir, Liesl, was brauchst du?«

Sie zuckte mit den Schultern; statt Kummer strahlte sie jetzt bittere Notwendigkeit aus. »Ich brauche einen Ehemann. Wenn Karl tot ist – und das vermute ich, da er nicht gekommen ist und ich gehört habe, dass Linde ganz und gar niedergebrannt worden ist –, muss ich einen anderen finden. Es ist ein ordentlicher Haushalt, mit gutem Land und zwei Walnussbäumen und sechs Obstbäumen. Wir hatten fünf Schafe und vier Ziegen, aber sie sind auch verloren gegangen. Hühner. Ein Fluss ist in der Nähe. Das Haus hat ein gutes Strohdach. Drei andere Familien wohnen nicht weit weg, aber es sind keine Verwandten von uns. Eine Familie von Fremdländern, die zur Zeit meiner Großmutter aus dem südlichen Teil von Autun hergekommen sind und sich niedergelassen haben.«

»Unter den Flüchtlingen könnte jemand sein, der seine Frau verloren hat und wieder heiraten muss.«

Sie hatte einen nüchternen Blick, der bar jeder Illusion war.

»Da ist jemand, der mir aufgefallen ist. Er kommt aus Kien, oben im Hochland. Aber er ist in seiner Trauer versunken, mehr ein stummes Tier als ein Mann. Ich weiß nicht, ob ich ihn durchkriege.«

»Verwundete Tiere können gesunden, wenn sie mit Geduld und Achtung behandelt werden. So ist es auch bei den Menschen. Du bist stark.«

»Habe ich eine Wahl? Ich bin alles, was von meiner Familie noch übrig ist. Ich will nicht, dass der Name meiner Familie mit mir stirbt und das gute Land an irgendjemanden geht, denn wir haben nicht einmal Verwandte. Wenn ich das Land verliere, werden die Kinder zu Leibeigenen oder Dienern.«

Er verließ sie und ging weiter, sprach mit jenen, die wach waren, und fand jene, die krank waren. Weiler, Dörfer und Höfe überall in diesem Gebiet waren verwüstet worden, erzählten sie ihm, das Saatkorn wurde nicht ausgesät, das Vieh war zerstreut und viele, viele Leute waren tot. Der nächste Winter würde hart werden, aber immerhin hatten sie jetzt die Ruhe des Sommers, um wiederaufzubauen und einen gewissen Grad an Frieden zu erlangen. Immerhin konnten sie sich jetzt an ein bisschen Hoffnung klammern.

Später in der Nacht ging er zum Hauptbereich zurück. Die Dunstschicht war dünner geworden. Der Viertelmond verschwand immer wieder hinter hohen Wolkenschwaden. Über den Zenit wanderte ruhmvoll die Königin mit ihrem Schwert, ihrem Stab und dem juwelenbesetzten Becher. Der Drache war bereits untergegangen.

Löwen hielten auf der Veranda Wache. Ihr Hauptmann begrüßte Alain.

»Edelmann Alain. Ihr seid noch spät unterwegs.«

»Heute Nacht schlafen viele unruhig«, erklärte er. »Da fällt mir ein, Hauptmann Thiadbold, gibt es irgendwelche Männer unter den Löwen, die bereit sind, sich aus dem Dienst des Herrschers zurückzuziehen? Es gibt mindestens eine junge Hausbesitzerin mit einem großen Erbe, die verzweifelt nach einem

Ehemann sucht, der ihr hilft, ihr Land und ihren Titel zu behalten.«

»Ihr Rang ist zu hoch für mich«, sagte der Hauptmann mit einem verblüfften Lachen.

Jetzt war Alain verblüfft. »Wie meint Ihr das?«

»Schwester Rosvita hat es verkündet. Vor nicht allzu langer Zeit ist die gute Geistliche zu den Trauernden gegangen.«

»Und was hat sie verkündet?«

»Wer die rechtmäßige Erbin der Grafschaft Lavas ist. Wer hätte so etwas vermutet! Die heilige Äbtissin wird wohl nicht lange leben, und daher wird die Enkelin die Krone erhalten. Es ist ein Wunder – findet Ihr nicht? –, dass die Wahrheit nach so langer Zeit bekannt wird.« Er machte eine Pause, sah, dass die wachhabenden Männer näher gerückt waren, um zuzuhören. »Es ist dennoch schwer, sich darüber zu freuen, angesichts der Trauer.«

»Seht nur.« Feldwebel Ingo deutete zum Himmel über dem Dach des Dormitoriums. »Der Phönix geht auf.«

Dort, wo die Dunstschicht aufriss, breitete die Konstellation, die Alain immer als den Adler gekannt hatte, ihre großen Flügel aus. Niemand berichtigte den Mann.

»Es heißt, Ihr hättet die Hunde von Lavas deshalb hergebracht«, sagte der Hauptmann. »Niemand traut sich, sie anzufassen, nur der rechtmäßige Erbe von Lavas. So heißt es.«

»Was werdet Ihr jetzt tun, Ihr Löwen?«, fragte Alain.

Die Lampen auf der Veranda beleuchteten das schiefe Lächeln und die flammend roten Haare des Hauptmanns. »Königin Theophanu hat mich zu sich gerufen, bevor wir aufgebrochen sind. Sie hat mich gebeten, als Hauptmann zu bleiben. Es ist das Einzige, worin ich gut bin. Neue Löwen auszubilden, meine ich. Ich werde es tun. Was die anderen betrifft, liegt es an ihnen. Sie haben lange Zeit treu gedient.«

»Da ist eine junge Frau namens Liesl im Flüchtlingslager. Sie sucht einen Ehemann, der bereit ist, mit ihr das Land zu bestellen, das sie geerbt hat, und ihre Neffen und Nichten großzuziehen.« Er nickte den Männern zu. Dann ging er die Stufen hinauf und betrat die Kirche.

Es herrschte Stille, unterbrochen nur von leisen Geräuschen. Zwei Mönche murmelten Gebete, und die Lampen entlang der Gänge wisperten beim Abbrennen der Dochte, aber ansonsten wirkte der Anblick wie ein Wandgemälde.

Die Bahre stand fest auf dem Boden; sie beherbergte den Tod, der für alle Sterblichen ein schweres Gewicht darstellt. Das Gesicht des Toten war unbedeckt und wirkte friedlich. Die schwarzen Haare waren ordentlich vom bartlosen Gesicht zurückgekämmt. Er war in gutes Leinen gekleidet, ein geeignetes Beerdigungsgewand. Eine glitzernde Sternenkrone lag auf der reglosen Brust. Die kalten Hände hielten den Gegenstand, der jetzt für immer außer Reichweite war.

Zwei Frauen waren bei ihm, die eine in der Haltung der Verzweiflung, während die Hände der anderen auf ihren gebeugten Schultern ruhten. Aber es war die Jugend, die gefällt worden war, und das Alter, das Unverwüstlichkeit zeigte. Mutter Obligatia hatte in den wenigen Stunden, seit sie das Kloster betreten hatten, bemerkenswert an Kraft gewonnen. Es mochte eine verwirrte Ader der Zauberei am Werk sein, aber vielleicht war es auch nur ihre Freude darüber, wieder mit ihrer Enkelin zusammen zu sein.

Die Hunde saßen beiderseits der alten Frau. Sie waren es, die ihn eintreten sahen. Sie klopften mit den Schwänzen leicht auf den Boden, sahen ihn liebevoll an, aber sie rührten sich nicht. Er packte den Stab fester, den Kel vor so langer Zeit für ihn geschnitzt hatte, dass diese Tage der Erinnerung anheimgefallen waren, wie es auch mit diesen Ereignissen geschehen würde. Nur die Daemonen der oberen Sphären können in alle Richtungen sehen: Norden und Süden, oben und unten, Vergangenheit und Zukunft.

Aber die Erinnerungen treiben uns an. Vieles von dem, was wir sind und für was wir uns entscheiden, hat mit dem zu tun, an was wir uns erinnern. Vor gar nicht so langer Zeit hatte Alain neben der Bahre in der Kirche von Lavas gekniet; er hatte Lavastins kalte rechte Hand berührt und den Atem des Steins gehört.

Was tot zu sein scheint, mag vielleicht nur erstarrt sein.

Er ging zu ihnen. Viele hatten sich der Totenwache angeschlossen, aus Liebe oder Achtung dem Mann gegenüber. Schwester Rosvita hatte ihre Gelehrtenschule mitgebracht. Zwei Adler warteten an der Seite – nein, es waren nur der Adler namens Hanna und ein rothaariger Kamerad, den er zuvor einmal gesehen hatte, an dessen Namen er sich aber nicht erinnerte. Vater Ortulfus betete beim Herdfeuer zusammen mit Prior Ratbold und all den anderen Mönchen und Laienbrüdern. Hauptmann Fulk stand Wache bei Prinzessin Gnade, die offenbar nach einer Zeit der Ruhe im Gästehaus zurückgekehrt war. Das Kind hatte die Augen geöffnet und sah Alain vorbeigehen. Hauptmann Thiadbold, Feldwebel Ingo und drei andere Löwen folgten ihm in die Kirche.

Sie alle waren aufrichtige Beobachter.

Mutter Obligatia drehte sich um, als er hinter sie trat. Sie war zerbrechlich, klein und sehr alt, aber dennoch eine Frau von gewaltiger geistiger und innerer Kraft. Sie lächelte in der Weise jener, die jede Form des Verrats erlitten hatten und dennoch in der Lage waren, den Menschen zu vertrauen, zumindest dem einen oder anderen. Ihr Vertrauen musste man sich mühsam erringen, aber wenn man es einmal besaß, wurde es einem ohne Vorbehalte gewährt.

»Wer seid Ihr?«, fragte sie.

Die Hunde kamen schwanzwedelnd zu ihm, um ihn zu begrüßen. Er bemerkte zum ersten Mal, dass Rages Bauch rund zu werden begann. Die Wahrheit, so scheint es, ist ein fruchtbarer Boden. Er kraulte sie hinter dem Ohr, wie sie es am liebsten hatte. Kummer drückte seinen großen Kopf gegen Alains Bein.

»Herrin«, sagte er und grüßte sie. »Lavrentia, Gräfin von Lavas. Urenkelin von Kaiser Taillefer.«

»Wie ist das möglich?«, fragte sie. »Ihr seid nicht der Erste, der das sagt.« Sie nickte in Schwester Rosvitas Richtung.

»Es gibt einige Glieder in der Kette, die ich noch nicht ganz verstehe«, erklärte Schwester Rosvita. Die Mitglieder ihrer Schule versammelten sich um sie. Sie hielt ein Buch in der Hand, umklammerte es so fest wie einen Talisman. »Mit diesen Chroniken kann ich beweisen, dass die Grafen von Lavas einen Urenkel von Taillefer als Ahnen für sich in Anspruch nehmen. Es ist der Schatten, der über der Nachfolge von Charles dem Älteren liegt, der sich mir widersetzt.«

»Ich weiß nur, was ich in einer Vision gesehen habe. Aber es ist die gleiche Vision, die sich auf einem Wandteppich in der Halle von Lavas findet.«

Als Alain zu sprechen begann, brach Vater Ortulfus sein Gebet ab und trat mit dem Prior zu der Bahre, um zuzuhören.

»Stellt Euch einen Jungen vor, der als einziges Kind eines mächtigen Grafen geboren wird. Er wird mit der Erwartung großgezogen, dass er der Erbe ist. Dann wird seine Mutter – nach achtzehn Jahren Unfruchtbarkeit – spät in ihrem Leben schwanger. Sie stirbt im Kindbett und wird niemals die Wahrheit erfahren: dass sie nicht nur einen zweiten Sohn geboren hat, sondern Zwillinge, einen Jungen und ein Mädchen. In Varre herrscht der alte Brauch, dass ein Mädchen Vorrang vor dem Jungen hat, denn nur durch den Körper der Frau kann die Fortführung des Geschlechts sichergestellt werden.«

Rage jaulte. Kummer gab ein schwaches Knurren von sich, das fast wie Stöhnen klang.

»So gelangt Schwester Clothilde, die Begleiterin und Verbündete von Bischöfin Tallia, nach Lavas. Sie brauchen eine geeignete Braut für den letzten Erben des seit langem toten Taillefer, um die Verteidigung gegen die bevorstehende Umwälzung zu gewährleisten, die nur sie wahrnehmen. Es muss ein Mädchen von höchstem Rang sein. Wie diese, die selbst von Taillefer abstammt.«

»Sie wären zu nah verwandt gewesen«, wandte Schwester Rosvita ein. »Die Kirche hätte so etwas nie gebilligt.«

»Nichts davon ist unter Aufsicht der Kirche geschehen. Der

ältere Charles – der jetzt verzweifelt ist – erhält die Hunde als Sicherheit für den Handel. Er gibt ihnen das Mädchen. Die Mutter ist tot. Das Schicksal der Amme kenne ich nicht. Es ist, als hätte das Mädchen nie existiert, als wäre es nie geboren worden. Er wird Graf, heiratet, zeugt einen Erben. Sein jüngerer Bruder zeugt eigene Kinder, ohne die Wahrheit zu kennen.«

»Ihr behauptet also, dass ich dieses kleine Mädchen war«, sagte Mutter Obligatia.

Die Hunde gingen zu ihr und leckten ihr die Hände. Sie hätten sie mit einem leichten Stoß ihrer riesigen Köpfe umwerfen können, aber ihre Berührung war so sanft wie die von Mäusen.

»Und dass deshalb meine Enkelin meine Erbin ist. Dass Liath die Erbin der Grafschaft von Lavas ist.«

Wind fuhr durch die dunkle Öffnung, wo einst das Rosenfenster gewesen war. Die Flammen der Lampen erzitterten. Eine kalte Brise berührte Alains Gesicht, flüsterte um ihn herum. Ein Hauch kühler Luft drang in seine Ohren, in Mund und Nase. Einen Moment lang atmete in seinen Gliedern und in seiner Brust die Essenz, die der Äther ist, umarmte ihn und verschwand dann aus ihm und ging in ein anderes Gefäß.

Liath sprang auf, als Sanglant die Augen aufriss. Sie schimmerten mit einem scharfen blauen Feuer, das im dämmrigen Licht leicht zu sehen war.

Sie schrie auf vor Zorn. »Weg da! Weg! Verschwinde aus seinem Körper!«

Alain trat zu ihr und legte ihr beruhigend eine Hand auf den Arm.

»Du bist zurückgekehrt«, sagte er.

»Ich habe gefunden, worüber wir gesprochen haben«, sagte der Daemon mit Sanglants Lippen, mit einer Stimme, die genauso und zugleich vollkommen anders war als die, die man sonst von Sanglant gewohnt war. »Ich habe sie zurückgebracht.«

»Dann hast du getan, was er getan hätte.«

Der Kopf nickte, eine linkische Bewegung, die wie eingeübt

wirkte und gar nicht natürlich. »Ich habe getan, was er getan hätte.«

»Dann geh in Frieden«, sagte Alain.

Die Flamme in den toten Augen flackerte. Der Mund bewegte sich, und nach einem Moment erklang erneut die Stimme. »Werde ich ihn jemals finden?«

Alain führte das kühle Holz des Stabes an seine Wange. Es war Adica, die er sah, wie sie den Pfad entlangging, der zu dem Land führte, wo die Wiesenblumen blühten. Ein Platz, weit weg und lang zurückliegend und verloren für ihn. Er blickte auf, starrte in die Augen des Daemons.

»Manchmal sind wir für immer getrennt von denen, die wir lieben. Aber tatsächlich weiß ich nicht, was jenseits des Schleiers liegt.«

»Dann werde ich weitersuchen.«

Ein Atem strich seufzend zwischen den Lippen hindurch.

Liath stöhnte auf, als der Körper erschlaffte. Sie brach auf dem Boden zusammen.

Hin und wieder gleicht die Stille einem angehaltenen Atemzug, während die gesamte Schöpfung zwischen dem einen Herzschlag und dem nächsten verharrt. Niemand sprach. Niemand rührte sich. Die Lampen brannten, aber sie konnten die Schatten nicht auslöschen.

»Er atmet«, sagte Gräfin Lavrentia, einst bekannt als Mutter Obligatia.

Sanglant öffnete die Augen, die so dunkel waren wie die des Volkes seiner Mutter. Er blinzelte, als versuchte er, etwas zu erkennen, und als er es dann tat, kämpfte Liath sich auf die Beine und starrte ihn ungläubig an.

»Liath«, sagte er und streckte die Hand nach ihr aus.

XIV

Die Krone

1

»Bitte, Schwester. Wacht auf.«

Rosvita seufzte, wünschte sich in diesem Moment, die Augen nicht öffnen zu müssen, den neuen Tag nicht beginnen zu müssen.

Fortunatus kicherte. »Ihr müsst aufwachen. Es ist bereits vor drei Tagen entschieden worden. Habt keine Angst. Wir werden bei Euch sein. Aber kommt rasch. Schwester Hathumod hat nach Euch gefragt.«

Sie öffnete die Augen und sah in sein liebes Gesicht. Er hatte im letzten Jahr an Gewicht zugenommen. Er sah gut aus. Die Mädchen – tatsächlich hatten sie das Recht, junge Frauen genannt zu werden, aber sie würden für sie immer Mädchen bleiben – warteten ungeduldig mit strahlenden Gesichtern und glänzenden Augen. Da waren Bruder Jehan und der neue Schreiber, der scheue Baldwin, der zerbrechliche Gelehrte Bruder Sigfrid, der kluge Bruder Ermanrich und darüber hinaus Geistliche, Presbyter, Diakonissinnen, Fratres, Äbtissinnen und Äbte, Mönche und Nonnen, Bischöfinnen und sogar die demütigen Laienbrüder und Laienschwestern, die die heiligen Güter bewirtschafteten.

Die jetzt ihr gehörten. Alle.

Die Kammer war üppig mit Seide und Wandbehängen ausgestattet. Das Sofa, auf dem sie ein Nickerchen gemacht hatte, war im salianischen Stil mit Szenen bestickt worden, die Episoden aus dem Leben von Kaiser Taillefer zeigten. In der einen ging er zu Pferde mit seinen schwarzen Hunden auf die Jagd; in einer anderen stand er mit Stab und Buch da, die eine Hand erhoben, und sah zu den Sternen empor; in einer weiteren saß er mit der Sternenkrone auf dem Kopf da, während er den berühmten Streit zwischen zwei Bienenzüchtern schlichtete; und in noch einer anderen heiratete er zum vierten Mal, und schließlich war er zu sehen, wie er starb. Er hielt das Handgelenk seiner jungen Königin Radegundis, die schon bald danach als Heilige bekannt wurde.

Die Reise war lang, und niemand konnte wissen, wann und wo sie endete.

Sie halfen ihr beim Aufstehen, kleideten sie in schwere Gewänder, die sie nicht mochte. Sie sehnte sich nach ihren Büchern. Sicherlich würde sie dann und wann eine Stunde finden, um die *Taten der Großen Prinzen* weiterzuschreiben, wenn sich der Trubel erst einmal gelegt hatte.

Sie begleiteten sie einen breiten Korridor entlang, die Stufen zum unteren Stockwerk hinunter und durch einen Garten, in dem der schwere Duft von Rosen hing.

Im letzten Sommer war es kühl gewesen, und der erste Frost war früh gekommen. Der Winter war schwer gewesen, und viele waren gestorben. Der Frühling hatte spät eingesetzt, aber der Himmel hatte sich zu klären begonnen. Den ganzen Sommer lang hatten sie Glück gehabt, denn eine angenehme Wärme hatte die Blumen veranlasst, in wilder Farbenpracht zu erblühen.

Sie hörte die Menge in der achteckigen Kapelle murmeln, beständig wie das Gemurmel des Meeres am Ufer, aber Bruder Fortunatus führte sie zu den Gemächern neben dem Rosengarten. Die Läden waren geschlossen, weil das Licht die Augen der sterbenden Frau schmerzte.

Mutter Scholastika war gerade dabei zu gehen. Sie blieb bei der Tür stehen und trat beiseite, um Rosvita hindurchzulassen. Sie neigte den Kopf, wie sie es jetzt tun musste, obwohl Rosvita keinerlei Triumph dabei empfand. Tatsächlich hatte nichts davon in ihrer Absicht gelegen.

»Man ist übereingekommen, dass – mit Eurem Segen – Schwester Hathumod Bischöfin von Autun werden wird«, sagte die Äbtissin.

Rosvita nickte. »Seid Ihr im Frieden mit Euch, Mutter Scholastika? Ihr habt Eure Stimme viele Male als eine derjenigen erhoben, die am heftigsten gegen die letztendliche Entscheidung des Rates gestimmt haben.«

Die Äbtissin sah zu dem Sofa, das in den Schatten lag. Ihre Miene blieb missbilligend, aber ihre Worte waren fest. »Ich habe die letzten Riten über sie gesprochen. Zur Stunde des Todes kann ein Mensch das Herz Gottes sehen und wahre Worte sprechen. So steht es geschrieben.«

Sie ging in Richtung der Kapelle davon. Rosvita durchquerte das Zimmer und kniete neben dem Sofa nieder, aber Constanzes Augen waren geschlossen. Ihre Brust hob und senkte sich so schwach wie das Echo des Meeres.

Schwester Hathumod küsste Rosvitas Ring. »Heilige Mutter.«

»Hat sie etwas gesagt?«

»Seit drei Tagen nicht, Heilige Mutter, als sie sich mit den Letzten besprochen hat, die gegen die Wahrheit waren.«

»Weiß sie, dass die Abstimmung gestern Abend stattgefunden hat?«

»Ich habe es ihr nicht gesagt, Heilige Mutter.«

Rosvita nahm die erschlaffte Hand und hielt sie fest. Sie spürte Fortunatus hinter sich, seine unerschütterliche Gegenwart. Es gab andere in diesem Zimmer, und es kam ihr so vor, als würden viele andere hier sein, solche, die lebten, und solche, deren Geist hier war, die darauf warteten, Constanzes Seele durch die Sphären zur Kammer des Lichts zu bringen.

»Ich werde rasch erzählen, Constanze. Es ist so geschehen, wie Ihr es vorhergesagt habt. Die Aussage vom *Buch der Geheimnisse* hat sich uns offenbart. Der Rat hat gesprochen. Die Welt hat sich verändert. Von diesem Tag an wird die Kirche dem Pfad der Erlösung folgen. So sei es.«

Constanze rührte sich. Sie öffnete die Lippen. »Wer seid Ihr?«, flüsterte sie.

Rosvita lächelte schmerzlich, warf einen Blick über die Schulter zu Fortunatus und den anderen. Es war zu dunkel im Zimmer, um mehr als Schemen zu sehen, Gestalten, die ein Traum oder real sein konnten, Vergangenheit, Gegenwart oder Zukunft.

»Ich bin zur Heiligen Mutter gewählt worden, entsprechend der Entscheidung des Rates und des Kollegiums der Presbyter. Darre liegt in Trümmern. Es ist unbewohnbar, wie unsere Kundschafter gesehen haben. Autun wird der Sitz der Skopos sein. Was gibt es sonst noch zu sagen? Nichts und alles.«

»Ihr seid die Rose«, murmelte Constanze als Antwort auf ihre eigene Frage, und Rosvita erkannte, dass ihr Blick bereits über die Grenzen der sterblichen Welt hinausgelangt war. »Aber wohin seid Ihr gegangen?« Dann öffneten sich ihre Augen, und ihr Gesicht machte eine Wandlung durch, als wäre es vom Licht berührt worden. »Ah! Da ist Eure Krone!«

Der Atem verließ sie. Sie starb.

Die Reise würde lang werden, wenn sie die Stufen der Sphären hinaufstieg.

Rosvita betete über dem Leichnam, und dann mussten sie gehen. Viele warteten.

Es war ein heller Tag; die Sonne schien. Die achteckige Kapelle war voll besetzt, und es strömten immer noch Leute hinein, die aus vielen Ländern stammten: Wendar und Varre, dem Norden der Aikha, den Marklanden, Karrone, Polenie, Diakonissinnen und Mönche aus Salavii, eine Handvoll abtrünniger salianischer Geistlicher, die sich von den übrigen Bischöfinnen von Salia – die sich geweigert hatten, auch nur eine offizielle Gesandte zum Rat zu schicken – getrennt hatten, ein paar vereinzelte Kirchenleute aus Aosta, die nicht die unbekannte Skopos unterstützten, die von Königin Adelheid ernannt worden war, und eine Gruppe umstrittener Beobachter aus Arethusa, die dennoch immer wieder versöhnliche Worte geäußert hatten. Auch sie hatten gelitten. Auch sie hatten danach gestrebt, sich von der Umwälzung zu erholen. Alba blieb hartnäckig auf seinem heidnischen Weg, abgesehen von den Gebieten, in denen die Aikha herrschten, und es hieß, dass der König schon bald Segel setzen lassen würde, um eine Rebellion im Hinterland von Alba zu bekämpfen.

Im Augenblick regierten die Königin und der König zusammen mit anderen Edelleuten des Landes – Prinz Ekkehard, den Herzögen und Markgrafen und Edelleuten und Bischöfinnen und Mönchen und Nonnen, all jenen, die erkennen konnten, welch großer Nutzen darin lag, dass Wendar und Varre den Sitz der geistigen Macht vom Süden in den Norden geholt hatten. Die Sternenkrone war wieder im Besitz von Taillefer, ruhte auf seinem aus Stein gemeißelten Kopf, denn sie war nach Autun zurückgekehrt, zum Gedenken an sein Kaiserreich. Aber letztendlich war sie nur ein Gegenstand aus Gold und Juwelen. Die wahre Sternenkrone hatte keine irdische Substanz. Sie konnte nicht besessen und nicht gehalten werden, umkämpft oder zerbrochen, sondern nur von jenem getragen werden, dessen Herz rein war.

Er war nach dem Wunder von Sanglant verschwunden. Niemand wusste mehr als das.

Fortunatus berührte sie am Ellbogen. »Bitte. Wacht auf.«

Sie erwachte aus ihrer Versunkenheit. Dies war nicht das, was sie erwartet hatte, es war auch nicht das, was sie gewollt hatte. Aber es war dennoch geschehen. So sei es also.

Sie machte sich mit einem tiefen Atemzug Mut und schritt hinein in die Versammlung, die auf sie wartete.

2

Hanna war schon zuvor in der Grafschaft Lavas gewesen, aber noch nie mit einer solchen Eskorte. Den ganzen Morgen waren sie durch Wälder geritten, hier und da an verlassenen oder niedergebrannten Höfen und Weilern vorbeigekommen. Die letzten drei Tage waren sie durch unbewohntes Land gereist und hatten niemanden mehr gesehen. Hanna erinnerte sich von früher an die Straße und wusste, dass sie Lavas in zwei oder drei Tagen erreichen würden.

Gegen Mittag sahen sie plötzlich frisch abgeerntete Felder am Straßenrand, die von niedrigen Zäunen umgeben waren. Weiter vorn bog ein breiter Pfad von der Straße ab. In der Ferne hörte sie Axtschläge. Jemand rief, bevor das Krachen eines gefällten Baumes erscholl. Dann war wieder die Axt zu hören.

Ein Wagen bog von der Hauptstraße auf den Pfad ab, hoch mit Heu beladen und begleitet von einem Karren, auf dem zusammengerolltes Seil lag. Einer der Männer, die daneben hergingen, sah sie um die Biegung kommen. Er löste sich von den anderen und schlenderte ihnen entgegen, hielt die Sense so, als wüsste er, wie man sie als Waffe benutzte.

Hanna löste sich von der Vorhut und ritt zu ihm. Er war ein schlaksiger junger Mann mit dunklen Haaren und einem angenehmen Gesicht.

»Schön, Euch zu treffen«, rief sie. »Ich bin ein Adler und komme aus Autun.«

»Ihr seid in Begleitung«, sagte er. »Ich erinnere mich, dass Adler diese Straße einmal allein entlanggeritten sind.«

»Das ist noch nicht so lange her«, erwiderte sie. »Aber wie Ihr wisst, ist es jetzt nicht mehr sicher. Das Gebiet hinter uns ist rau und von aufrichtigen Leuten nach dem Sturm verlassen worden.«

Er grunzte, dann blinzelte er, als die Gruppe sich näherte. Er zählte die Leute mit den Fingern ab: ein Dutzend Reiter und ein

Dutzend Aikha, die auf eine Weise leichtfüßig liefen, dass sie viele Wochen lang so weiterlaufen könnten, wie es schien. Im Laufe des Tages mussten sie sich zurückhalten, um den Pferden nicht davonzueilen.

»Einige haben ihr Land verlassen«, bemerkte er, betrachtete dabei die Aikha argwöhnisch. »Die anderen sind verhungert oder wurden von Wilden und Gesetzlosen ermordet.«

»Sie sind unsere Verbündeten.«

»Ja, das sind sie jetzt. Aber ich war in Gent.«

Darauf hatte sie keine Antwort, also wechselte sie das Thema. »Es waren nicht so viele Siedlungen, als ich das letzte Mal hier vorbeigekommen bin. Neue Felder. Was liegt am Ende dieses Pfades?«

»Oh, da liegt Gut Ravnholt. Es ist vor einer Generation aus dem Wald geschlagen worden, lediglich ein kleiner Besitz, aber jetzt wächst er schnell. Ein paar Leute sind mit dem Segen des Grafen von Lavas hierhergekommen, einige andere sind von weiter östlich zu uns geflüchtet, wie Ihr gesehen habt. Wir haben eine massive Palisade und Platz zum Pflanzen. Wir haben sogar unseren eigenen Pflug!« Er grinste, dann plötzlich strahlte er, hob eine Hand und winkte heftig. »Ivar! Ivar!«

Ivar löste sich von der Gruppe – er hatte mit diesem unmöglichen Plappermaul Aestan von Alba darüber gesprochen, ob der Phönix nun zwei Schwingen hatte oder sechs – und trabte zu ihnen. Oh, Gott! Sie lächelte, als sie sah, wie seine mürrische Miene sich in ein breites Grinsen verwandelte.

»Erkanwulf!«

»Was hat das zu bedeuten? Reitest du jetzt etwa im Dienst des Herrschers, Ivar?«

»Ich bin ein Adler«, sagte er.

»Das ist unmöglich. Du bist ein Edelmann. Herr.« Das Letzte sagte er mit einem Grinsen.

Ivar schwang sich vom Pferd. »Mag sein, aber mein Bruder Gero ist froh, dass er mich los ist. Guter Gott, Erkanwulf! Du siehst gut aus!«

Dann gab es jede Menge Begrüßungen und freundliche Schläge auf den Rücken und alle möglichen Segenswünsche zwischen den beiden, die Hanna erdulden musste, während sie einfach nur nach Lavas gelangen wollte. Schließlich kam man überein, dass Ivar über Nacht auf Gut Ravnholt bleiben würde, um mit Erkanwulf die neuesten Neuigkeiten auszutauschen.

Sie ritt mit der Eskorte weiter. Sie befanden sich jetzt bereits in der Grafschaft Lavas. Es war Hochsommer, die Bäume standen in vollem Laub, und dicke, saftige Beeren hingen an den Büschen, wo die Sonne hingelangt war. Weiler tauchten immer wieder am Straßenrand auf, jeweils von einer Palisade umgeben. Ziegen grasten, steckten die Köpfe in die Brombeeren. Die Kinder, die sie hüteten, winkten ihr zu, liefen aber davon, als die Aikha in Sicht gerieten.

Am nächsten Tag stießen sie auf freies Land, das von Wald und Unterholz umgeben war, in dem Schafherden grasten. Danach ritten sie an frisch abgeernteten Feldern vorbei, die Männer und Frauen von Steinen befreiten, damit sie sie für den Winterweizen pflügen konnten. Schneller, als sie es erwartet hatte, brachten sie den Hang hinter sich und sahen vor sich die riesige Fläche von gestreiften Feldern, die Gut Lavas umgab. Eine neue Palisade verbarg die alte Kirche, die lange Zeit außerhalb des alten Erdwalls mit seinen vier Holztürmen gestanden hatte. Leute bauten zwei Häuser an einer ungepflasterten Straße, die direkt vom alten Tor herführte. Hanna kam an zwei erst kürzlich gepflanzten Obstwiesen mit Schösslingen und einem Feld mit Stangen vorbei, auf denen gewalkte Stoffe zum Trocknen hingen.

Ein Ruf erscholl vom Wachturm. Sie entfaltete das Banner, und sie ritten durch das äußere Tor, entlang einer staubigen Hauptstraße und unter dem alten Tor hindurch, bis sie auf einen geschäftigen Platz kamen. Stallburschen kamen zu ihnen gerannt und nahmen ihnen die Pferde ab, führten die Soldaten zu den Unterkünften.

Hanna lief die Stufen zur Halle hoch, in der es jetzt, am späten Nachmittag, leer und still war. Tische standen für ein Fest bereit.

Ihre Schritte auf den Holzdielen wirkten schrecklich laut. Eine Verwalterin führte sie über einen winzigen Hof, der voller bunter und duftender Kräuter und Blumen war, und sie wollte schon durch den Bogengang hindurch in den Hof mit den Ställen gehen. Stattdessen wurde sie jedoch zur Tür des alten Steinturms geführt, der ein Relikt aus einer anderen Zeit war. Sie versuchte, die geschwungene Treppe zur Kammer im oberen Stock so leise wie möglich hinaufzugehen.

Im Eingangsbereich blieb sie stehen. Zwei schräg zueinander stehende Fenster ließen Licht in den weiß getünchten Raum. Das eine Fenster war ein Glasgemälde, eine herrliche Darstellung des Martyriums von St. Lavrentius, das andere dagegen ein richtiges Fenster, das eine kühle Brise hereinließ. Durch dieses Fenster sah sie die Dachbalken eines zweistöckigen Flügels, der an das Hauptgebäude angebaut wurde, aber im Augenblick arbeitete dort niemand. Zwei Wandteppiche hingen beiderseits der Tür. Der eine zeigte das Wappen von Lavas – zwei schwarze Hunde auf einem silbernen Feld –, aber die düsteren Farben des anderen verbargen die Szene beinahe, die eine Prozession zu zeigen schien, die sich durch einen dunklen Wald kämpfte.

Nach dem ständigen Klappern der Pferdehufe und dem geschäftigen Treiben auf dem Hof kam ihr die Stille fast bedrückend vor. Nichts war zu hören oder zu sehen außer dem Kratzen einer Feder auf Pergament und dem Druck, mit dem Stifte über Wachstafeln glitten. Dies war das Zimmer des Grafen, mit einem Tisch, einem gepolsterten Stuhl und einem Dutzend Bechern und zwei Flaschen auf einem Nebentisch. Der Raum ähnelte allerdings mehr einem Schulzimmer, wie man es in einem Kloster finden mochte. Die meisten Leute, die hier arbeiteten, waren jedoch keine Kinder, sondern Erwachsene, sowohl junge als auch alte. Hin und wieder blickte einer von ihnen auf und bemerkte sie, wandte sich dann wieder seiner Arbeit zu. Eine junge Frau mit der Hautfarbe und dem Aussehen der Ashioi lächelte Hanna kurz an, dann zwinkerte sie einem gutaussehenden jungen Mann zu, der heftig errötete. Es war seltsam, jemanden von dem Feind in wendischer Kleidung zu sehen, obwohl die Frau weder Schuhe noch Beinkleider unter der knielangen Tunika trug.

Auf der einen Seite stand ein schönes Sofa, auf dem die alte Gräfin lag; sie schlief, während die anderen arbeiteten. Schwester Hilaria saß neben ihr und nähte. Sie begrüßte Hanna mit einem freundlichen Lächeln. Eine Meute einjähriger Hunde hatte sich um das Sofa herum ausgestreckt; drei lagen auf der Seite, einer auf dem Rücken, und der fünfte leckte sich eine Pfote.

Zwei hellhaarige Mädchen tuschelten miteinander, aber sie sprachen so laut, dass Hanna sie hören konnte.

»Ich finde es nicht gerecht, dass sie weggehen kann.«

»Und wir müssen drinbleiben! Aber ich vermute, sie kriegt immer, was sie will.«

»Sie ist die Erbin. Sie hat nie etwas Gemeines zu mir gesagt, Blanche. Sie ist nicht annähernd so gemein wie du.«

»Ich bin nicht gemein!«

»Bist du doch!«

»Ich sage nur die Wahrheit. Das ist nicht gemein!«

»*Blanche.* Lavrentia. Arbeitet weiter, bitte«, sagte Liath von ihrem Schreibtisch aus. Sie war so vertieft in ihre Arbeit, dass sie als Einzige nicht gesehen hatte, dass jemand den Raum betreten hatte. Von ihrer Stelle aus konnte Hanna nur Schleifen und Kreise sehen und das Gekritzel, das auf Buchstaben und Zahlen verwies.

Ein Horn erklang in der Ferne. Die jungen Hunde sprangen auf, liefen zur Tür und an Hanna vorbei, schossen dann die Stufen hinunter. Die zwei Mädchen stellten laut klappernd die Tafeln ab und rasten hinter ihnen her, bevor irgendjemand sie daran hindern konnte.

Inzwischen sahen alle – abgesehen von der schlafenden Frau und der selbstvergessenen Liath – entweder zu Hanna oder zum Fenster. Schließlich stand der junge Mann auf und streckte den Kopf aus dem Fenster.

Aus irgendeinem Grund zog diese Bewegung Liaths Aufmerksamkeit auf sich, und sie sah zuerst zum Fenster und dann zur Tür.

»Hanna!« Sie legte eine Hand auf den Mund und blickte zum Sofa, aber ihre Großmutter war nicht aufgewacht.

Der Junge kam zurück. »Habt Ihr eine Nachricht von der Königin? Oder meiner Schwester?« Er war ein junger Mann von etwa achtzehn Jahren, ruhelos und mit einem bezaubernden Lächeln und tintenverschmierten Fingern.

»Angst vor Nachrichten über deine Verlobung, Berthold?«, fragte einer der anderen Schüler.

Er sah zu der Ashioi-Frau, die ihn jetzt absichtlich nicht beachtete, und errötete erneut.

»Still«, sagte Liath ernst. »Weckt meine Großmutter nicht. Geht. Hinaus mit euch.«

Hanna trat zur Seite, als sie aus dem Zimmer strömten. Liath seufzte und lächelte sie glücklich an, mühte sich dann vom Stuhl hoch. Die Position des Tisches hatte ihren runden Bauch verborgen. Sie ging zu ihrer Großmutter und küsste sie unbeholfen auf die Wange.

»Ich werde bei ihr bleiben«, sagte die Nonne.

»Danke, Schwester.« Sie eilte zu Hanna.

»Du bist so dick, dass ich dich nicht umarmen kann«, erklärte Hanna mit einem Lachen und küsste sie.

»Komm«, sagte Liath zu Hanna. »Du kannst mir helfen, diese Stufen hinunterzugehen. Ich habe Angst, dass ich stolpere. Oh, Gott. Es ist schön, dich zu sehen. Was gibt es Neues?«

Hanna wartete mit der Antwort, bis sie den Garten betraten. Bienen summten, und eine Fliege belästigte sie, bis sie sie verscheuchte. »Der Rat von Autun hat sich dafür ausgesprochen, die Erlösung anzuerkennen.«

Liath hielt die Luft an, sagte aber nichts.

»Ich habe das Buch deines Vaters mitgebracht, eine Liebenswürdigkeit der Heiligen Mutter, die Abschriften hat anfertigen lassen.«

»Der Heiligen Mutter?«

»Sie haben Schwester Rosvita gewählt. Autun wird der Sitz der Skopos sein. Zunächst. Sie hat den Kirchenbann aufgehoben.«

Liath strich sich über den schwangeren Bauch. »Gott sei Dank, um das Wohl meines Kindes wie auch meines eigenen willen. Wenn es noch mehr zu erzählen gibt, bitte ich dich, damit bis später zu warten, damit alles auf einmal gesagt werden kann. Meine Großmutter soll dabei sein, um es zu hören.«

»Geht es ihr gut?«

»Sie ist sehr alt und sehr müde, aber ihr Geist ist noch klar. Sie könnte morgen sterben oder in fünf Jahren. Ich weiß es nicht. Ich bete, dass sie so lange wie möglich bei uns bleibt.« Sie blieb bei einem Rosenbusch stehen und berührte eine Blüte, deren Blätter scharlachrot waren. »Oh, sieh nur, noch eine Blüte.«

Eine Bewegung kam vom Stallhof her, Gelächter und Gestalten, die durch das gewölbte Tor und in den Garten hineinströmten, allen voran der Prinz.

Er bemerkte Hanna sofort und lächelte. »Gibt es Neuigkeiten bezüglich meiner Tochter?« Es war ein Schock, ihn sprechen zu hören. Der kraftvolle Tenor war geblieben, aber die vertraute Heiserkeit war vollkommen verschwunden.

Die jungen Hunde liefen zu Liath und ließen sich die Köpfe kraulen, aber dann kehrten sie sofort zu Sanglant zurück, warteten darauf, von ihm gestreichelt und gekrault zu werden.

Nach einem Augenblick hatte Hanna sich wieder gefangen, und dann sah sie die Prinzessin unter dem Bogengang in einem schattigen Flecken bei Edelmann Berthold stehen, der dortgeblieben war und mit Hauptmann Fulk sprach. Sie war ein großes Mädchen geworden, runder als zuvor.

»Ja, es gibt Neuigkeiten«, sagte Hanna. »Königin Theophanu schickt ihrem toten Landsmann freundliche Beileidsgrüße. Der König ist unterwegs nach Alba. Er wird Prinzessin Gnade auf den Feldzug mitnehmen.«

»Ich möchte, dass Berthold mitkommt«, sagte Gnade in ihrer unerschrockenen Art. Manche Dinge hatten sich nicht verändert.

Verblüfft drehte der junge Mann sich zu ihr um. »Nach Alba? Mit dem Gör?«

»Er wird mitgehen«, sagte Hanna, »da eine Verlobung für ihn arrangiert worden ist. Mit einer der Töchter der albischen Königsfamilie.«

Liath sah Sanglant an. Der Prinz zuckte mit den Schultern, zog eine Braue hoch. Berthold sah zu der Ashioi-Frau hinüber, die sich den Nacken in der Art und Weise einer Frau rieb, der es gefiel, Männer zu necken. Gnade holte scharf Luft.

Einen Moment lang war es, als würden sämtliche Anwesenden im Garten, ja sogar der Garten selbst, den Atem anhalten und auf Gnades Wutausbruch warten, aber dann biss sich das Mädchen auf die Lippe und sagte nichts. Sie ging zu ihrer Mutter, küsste sie zaghaft und trat danach zu ihrem Vater, wie es auch die Hunde taten.

»Wie bald dürfen wir Edelmann Starkhand erwarten?«, fragte Sanglant. Er legte seiner Tochter einen Arm liebevoll um die Schultern, und sie lehnte sich gegen ihn.

»Er wird zum Fest des Königs hier eintreffen.«

»Hauptmann Fulk, bringt Gnade am besten zum Waffenschmied und lasst ihre Ausrüstung überprüfen. Wir haben nicht viel Zeit.«

»Jawohl, mein Prinz.«

Sanglant nickte, musterte Hannas Kleidung und den Staub, dann rief er eine Verwalterin herbei. »Sorgt dafür, dass sie bekommt, was sie braucht, etwas zu trinken und ein Bad, wenn sie das möchte. Könnt Ihr warten, bis die Gräfin aufgewacht ist, und uns dann Bericht erstatten?«

»Gern, Prinz Sanglant«, erwiderte sie.

»Oh!«, sagte Liath. »Du musst durstig sein. Komm, ich begleite dich.« Sie nahm Hannas Arm, dann wandte sie sich an den Prinzen. »Und deine Jagd?«

Er schüttelte den Kopf. »Sie sind uns wieder entwischt. Etwa zwanzig, wie wir glauben. Der Anführer ist gerissen. Ich habe vor, ihnen eine Falle zu stellen.«

»Was jagt er denn?«, fragte Hanna, als sie von Liath an den Unterkünften vorbei zum Badehaus geführt wurde. »Wölfe?«

»Gesetzlose. Eine ganze Meute plündert bei den Höfen im Norden. Es hat im letzten Winter viel Ärger an der östlichen Straße gegeben, so dass wir schließlich die Leute hierherholen mussten, um sie in Lavas und Ravnholt anzusiedeln. In diesem Frühjahr wird kräftig an der Palisade gearbeitet. Es gibt auch Wölfe, aus dem Süden. Und einen Plünderungszug an unserer südwestlichen Grenze, von Salia aus.«

»Ich habe gesehen, dass neue Felder bereitgestellt wurden.«

»Wir haben viele neue Siedler aufgenommen und verfügen – mit Genehmigung der Königin – auch über hundert Soldaten, die wir ernähren müssen. Du wirst Sanglant fragen müssen, was die Pflüge betrifft. Wie sieht es beim Rat der Adler aus?«

»Du meinst, was die Idee betrifft, dass Adler durch die Kronen geschickt werden? Nicht viele wollen es. Nicht mehr als einer oder zwei, wie ich gestehen muss. Es ist zu viel. Sie haben Angst.«

»Dann lass es ruhen, zunächst einmal. Die Königin und der König werden ihre Nützlichkeit erkennen, wenn erst einmal genügend Adler über die Fähigkeit verfügen.«

Sie sprachen über alles und nichts, während Hanna badete und Liath auf einem Stuhl neben ihr saß. Lange Zeit später, als sie sauber war und sich abgetrocknet hatte, kehrten sie zum Turm zurück.

Gräfin Lavrentia war wach. Sie stützte sich auf die Kissen, widmete sich gemeinsam mit dem Prinzen und einer Kastellanin den Angelegenheiten der Grafschaft. Die Gräfin und ihr Schwiegerenkel passten hervorragend zusammen, und es war gut, dass Sanglant einen Sinn für das Verwalten hatte, denn Liath war abgelenkt, und schon bald nach Hannas langem Bericht schlüpfte sie mit zwei Kameraden aus dem Zimmer: der Ashioi-Frau und einem Mann, in dem Hanna einen Bogenschützen erkannte, der lange Zeit mit dem Prinzen gekämpft hatte.

Eine Zeitlang wurden Streitereien geschlichtet, Kapitularien besiegelt, ein Zuchtbulle von einem nahen Herrenhaus erbeten, zwei Kaufleute aus Medemelacha angehört und das Recht erteilt, bei Osna ein Handelshaus zu eröffnen, der Zehnte vom Kloster St. Thierry erhoben, einige Fragen über die Bauarbeiten geklärt und ein Bericht von der Küste bei Osna angehört, demnach fünf Boote in die Klosterruine gezogen worden und wieder verschwunden waren, ohne dass jemand wusste, wer diese Leute waren und woher sie gekommen waren oder was sie gesucht hatten. Alle hatten Angst vor der Pest, seit sich Gerüchte über diese Krankheit entlang der salianischen Grenze und in Teilen von Wayland und Varingia breitgemacht hatten.

»Du bist müde, Großmutter.« Sanglant schickte die Verwalter weg und beugte sich zu der alten Frau hinunter, um ihr einen Kuss auf beide Wangen zu geben. »Ruh dich aus. Ich werde dafür sorgen, dass sie nicht in einen Brunnen fällt.«

Sie kicherte, aber sie wirkte tatsächlich blass und zittrig vor Müdigkeit, obwohl sie nicht mehr als drei Stunden wach war. »Ich hoffe, das Kind kommt nach dir, Sohn«, sagte sie liebevoll zu ihm.

Die Hunde klopften hoffnungsvoll mit den Schwänzen auf den Boden, als er zur Tür ging, und sie ließ sie los, damit sie ihm folgen konnten.

Draußen zog der späte Nachmittag bereits lange Schatten über den Hof. Die nackten Dachsparren des neuen Gebäudes erzeugten Schraffuren auf dem Boden. Die Spitze des Turms der alten Kirche war über der Palisade zu sehen. Hammerschläge erklangen von der äußeren Stadt. In der Nähe sägten zwei Männer Holzbretter aus Stämmen. In den Küchen wimmelte es von Geschäftigkeit, und der Geruch von gebratenem Hühnchen erfüllte die Luft.

Sanglant pflegte rasch zu gehen, aber Hanna hielt Schritt mit ihm. Er pfiff eine fröhliche Melodie – tatsächlich erinnerte sie sich an die unzüchtigen Worte, als sie sie erkannte. Obwohl er fünfmal stehen blieb, um seine Meinung zu der einen oder anderen Angelegenheit abzugeben, blieb er mit einer angenehmen Entschiedenheit auf seinem Weg, die sie schon bald jenseits der Scheune und der neuen Palisade auf einen Pfad brachte, der einen steilen Hügel hinaufführte. Ein Ruf erklang hinter ihnen, und sie blieben stehen, während ein Soldat den Hang hochstieg. Sanglant strich sich Haare aus den Augen, musterte das breite und offene Tal, in dem sich Gut Lavas befand. Die Leute waren von den sich allseits erstreckenden Feldern, Obstwiesen und Wäldern zurückgekehrt.

»Ist es so für Euch in Ordnung, Prinz?«, fragte sie ruhig, nicht sicher, ob er sich zu einer Antwort herablassen würde.

Zuerst blickte er sie verblüfft an. Dann lachte er. »Gott haben mir gewährt, was ich mir am meisten gewünscht habe. Wie kann es nicht in Ordnung für mich sein?«

»Es schien …« Er war ein großzügiger Mann, warmherzig und bezaubernd, dem man leicht vertraute. Er wirkte und handelte zufrieden, aber ein Mensch konnte sein inneres Herz leicht hinter einer Maske des äußeren Scheins verbergen. »Man könnte sagen, dass Ihr eine ganze Menge verloren habt.«

Eine Krone. Eine in Euer Fleisch gewebte Beschwörung, die Euch unverletzbar gemacht hat.

Sie sprach es nicht laut aus.

»Ich habe nichts verloren, was ich bedauere, verloren zu haben.« Er lächelte, sah nicht sie an, sondern Gut Lavas. »Ein Stück Land, Liath als meine Frau und Frieden. Ihr könnt sicher sein, dass ich daran festhalten werde. Ich bin keine Zwiebel, Hanna. Ich bin, was Ihr seht.«

»Prinz Sanglant!« Der Soldat hatte die heisere Stimme eines Mannes, dessen Kehle in der Schlacht verletzt worden und nie richtig verheilt war. »Sie haben mir versprochen, dass ich als Erster gehen kann, und jetzt ist Lewenhardt vor mir dran! Soll er in die Grube fahren!«

»Was heute Nacht sehr gut möglich ist. Gott im Himmel! Werdet ihr zwei euch jemals vertragen?« Er klang vergnügt; offensichtlich war er erheitert.

»Es ist mir versprochen worden!«, sagte der Soldat hartnäckig.

»Komm«, sagte Sanglant. »Beeilen wir uns.«

Es war ein ziemlich langer Weg den Hügel hinauf und in den Wald dahinter, von dem ein großer Teil zurückgeschnitten worden war. Der Pfad war verbreitert worden, so dass jetzt zwei Wagen nebeneinander fahren konnten.

Die Baumreihe endete abrupt am Rand von Ruinen. Hinter einer Steinmauer befand sich eine uralte Festung im Stil des dariyanischen Kaiserreiches. Das Licht schien jetzt, im Sommer, noch lange, und die umgestürzten Mauern und Gebäude schimmerten golden, wo die Sonnenstrahlen sie berührten. Der Stein der meisten Gebäude war körnig und dunkel, aber das zentrale Gebäude – dessen Dach schon seit langem eingestürzt war – war aus marmoriertem weißem Stein, der einen weichen Glanz hatte. Die Außenmauern waren beseitigt worden und gaben den Blick frei auf den gepflasterten Boden, einen eiförmigen Altarstein und die sechs Säulen, die einst das Dach getragen hatten.

Hier hatte Liath sich mit ihren Schülern versammelt. Vier Pferde waren in der Nähe angebunden. Als Hanna, der Prinz und der Soldat sich näherten, hörten sie Liath sprechen.

»Nennt die sieben Sphären und ihre Reihenfolge.«

»Die Sphäre, die der Erde am nächsten ist, ist die des Mondes!«, rief Scharfkante, ehe jemand anders etwas sagen konnte.

Es war ein unruhiger Haufen. Die meisten waren jung und unbekümmert, abgesehen von zwei älteren und weiseren Köpfen, für die Liath dankbar war. Dabei war es ihr eigener Fehler. Abgesehen von Zähigkeit, Stärke, Mut und Abenteuerlust mussten sie auch Geduld und den Verstand und den Wunsch haben, die Kunst der Mathematiki zu erlernen. Manchmal war es nicht leicht, mit ihnen umzugehen. Sie war genauso wie sie.

»Die zweite ist die des Planeten Erekes, und der dritte Planet ist Somorhas, die Herrin des Lichts. Die vierte ist die Sphäre der

Sonne. Die fünfte ist Jedu, Engel des Krieges. Die sechste ist Mok. Die siebte und letzte – Aturna.«

»Das Reich der Fixsterne«, fügte Berthold hinzu. Er war verärgert über Scharfkante, verständlicherweise. Sie konnte das Necken nicht lassen, womit sie sich keinen Gefallen tat, aber sosehr die jungen Männer sie dafür hassten, sosehr kamen sie auch keuchend zurück, um mehr zu erhalten. »Und hinter alldem liegt die Kammer des Lichts, das Heim Gottes und des Phönix.«

»Und die Leiter, über die der Magier aufsteigt«, sagte Scharfkante leicht spöttisch. »Zuerst die Rose, die Berührung der Heilung –«

»Genug!« Liath riss sich zusammen und stand auf. Sie wurde unbeholfen, aber sie fühlte sich gut, stark und kraftvoll. Ihr war nicht einen einzigen Tag übel gewesen während dieser Schwangerschaft. »Oh, da ist Sibold!«

Lewenhardt stöhnte.

Der andere Mann stieß den Bogenschützen an der Schulter an, als er vorbeiging. »Hast du gedacht, du könntest dich an mir vorbeimogeln?«

»Genug!«, wiederholte sie, sah die Veränderung des Lichts, als der Nachmittag in die lange Dämmerung des Sommers überging. »Nehmt eure Plätze ein. Shar. Sibold. Holt die Pferde.«

Holz brannte, wenn es von Fäden aus Sternenlicht berührt wurde, und so konnte keine Krone aus Holz ihr dienen. Sie hatten jedoch in diesen unruhigen Zeiten nicht die Zeit, eine Schar auszuheben, um Menhire aufzurichten, wie es vor langer Zeit gewesen war. Es stellte sich jedoch heraus, dass die alten Dariyaner die Leiter der Himmel in ihrer Architektur abgebildet hatten. Ein Oval aus sechs hohen Steinsäulen konnte ebenso gut wie jede andere Krone ein Tor darstellen.

Ein Glühen säumte den westlichen Horizont, aber sie fing das Auge des Guivre ein, als es über den nordöstlichen Rand der Welt blinzelte, und webte seinen Faden in einen Kettfaden. Sie befestigte das Tor am ausgestreckten Arm des Heilers, der sich im Südosten erhob. Die Schüler hinter ihr sahen zu; sie mussten erst noch lernen, es selbst zu tun. Sie hatte bisher zwölf Schüler, aber mehr würden kommen und mehr würden geboren werden. Adler waren mutige Seelen und zähe Boten, aber die Phönixe konnte große Entfernungen überbrücken, solange sie die Möglichkeiten und das Wissen besaßen, die Kronen zu erwecken.

Ein Tor erblühte über dem Altarstein.

Ihre Augen waren seit der Umwälzung schärfer geworden, und der Ätherstrom gewann an Kraft, ein Aufwallen aus dem Herzen des Universums. Eine mit blauem Feuer gepflasterte Straße führte direkt nach Osten, wurde durch die Konjunktion dieser Sterne für kurze Zeit offen gehalten. Dort, am Ende eines langen Korridors aus Licht, wartete eine verhüllte Sorgatani auf die Boten, die zu ihr kommen würden.

Aber es gibt viele Straßen und viele Abbiegungen. Manchmal wählen wir den Pfad, den wir entlangschreiten, und manchmal zwingen fremde Kräfte uns einen unerwarteten Weg entlang. Nicht alles geschieht entsprechend unserem Willen, aber weder sind wir Sklave des Gesetzes noch bloßes Werkzeug des Bewegers.

Hier wandern wir in einem riesigen Weben, das sich wie ein Palast aus Windungen schlängelt, in dem Fenster sowohl Vergangenheit als auch Zukunft erkunden, ein Anblick, der den Sterblichen versagt ist. Nur Daemonen, die oberhalb des Mondes leben, können in alle Richtungen sehen.

Wir sind nicht die Einzigen, die diese Pfade entlangschreiten.

Die Kobolde hämmern in ihren Hallen aus Eisen. In der Tiefe des Meeres scheiden die Merwesen eine Substanz aus, die sie in perlenartige Gebäude formen, während weit über ihnen ein schlankes Drachenboot durch die Wogen des Mittleren Meeres gleitet. Dort ist Secha, die ein Astrolabium studiert!

Der Pfad macht eine scharfe Biegung. Ein Löwe bleibt in einer ebenen Felsenwüste stehen und blickt sich um, aber es ist kein Löwe – er hat den Rumpf einer Frau –, und als er sie sieht, wirbelt er herum und stürzt davon, verschwindet im Rauschen von

Schwingen, als zwei goldene Drachen die vielen Fäden zu Wellen aus Licht verwischen, während sie auf einem Nest landen, das sich in einer Mulde aus heißem Sand befindet.

So viele Rätsel zu entwirren! So viel zu entdecken!

Beinahe verlor sie die Straße, aber sie zog die Fäden wieder straffer.

»Geht, geht«, rief sie ihnen zu.

Scharfkante und Sibold zögerten nicht. Sie waren beide kühn und begierig. Sie traten unter den glitzernden Bogen und gingen nach Osten, Scharfkante, um bei der Verborgenen zu lehren und zu lernen, und Sibold, um sie zu bewachen und sich um die Pferde und die Ausrüstung zu kümmern.

Die Fäden strafften sich, als die Sterne auf ihrer nächtlichen Runde weiterzogen. Es war Zeit, das Tor zu schließen, und doch war sie gefangen zwischen hier und dort. Immer war da die Sehnsucht zu gehen, und immer auch die Sehnsucht, zu bleiben.

Da!

Ein alter Mann reitet allein auf einer einsamen Straße. Er hat ihr den Rücken zugewandt. Sie kann sein Gesicht nicht sehen, aber sie weiß, wer er ist, der Letzte seiner Art. Beinahe ruft sie ihn, aber da verschwindet er aus ihrem Blick.

Sie hört den zögernden Lärm von Leuten, die mit den Füßen schlurfen, gähnen und ein Lied murmeln. Sich gutherzig streiten. Ein Magen knurrt vor Hunger. Jemand hustet.

Sanglant lacht, ein wohlklingendes Geräusch, das die Welt erhellt, und natürlich lachen jene, die nicht in dem Weben gefangen sind, mit ihm.

Ein Hund jault.

Sie sieht den schwarzen Hund, der stehen bleibt und sie durch die Sternenkrone hindurch anblickt. Seine Kameradin verharrt neben ihm. Die Hunde können sie sehen, weil sie die Erbin von Lavas ist. Sie haben ihr einen Wurf Welpen geschenkt, aber sie selbst haben ihr nie gehört.

Vor ihnen auf dem Pfad geht ein dunkelhaariger Mann zu einer Wiese. Die Sonne scheint noch, die Schatten sind lang, aber sie überwältigen das Gras und die Brombeeren noch nicht, die am Waldrand wachsen. Er muss weiter nach Westen gehen, wo noch Tag ist, oder vielleicht ist dies ein anderer Tag, einer, der noch nicht gekommen ist. Mit den Salamanderaugen, die sie von ihrer Mutter erhalten hat, kann sie Schemen erkennen, wenn für die Menschen dunkelste Nacht herrscht.

Er bleibt bei einem wilden Brombeerbusch stehen, der sich aus dem Gras erhebt. Die Reben haben nur eine einzige zarte, blutrote Blüte, aber sie genügt, um den verschlungenen Zweigen eine eindringliche Schönheit zu verleihen. Weil er sich bückt, um sie genauer anzusehen, sieht sie viele Knospen in den blassen Blättern, die noch nicht blühen. Man muss geduldig sein, und entschieden.

Er richtet sich auf, ruft seine Hunde und geht weiter, in den Dunst hinein, der über dem Land dahinter liegt. Sie macht einen Schritt, und noch einen, um ihm zu folgen.

»Liath«, sagte Sanglant hinter ihr. »Wohin gehst du?«

Und damit zerplatzte das Tor, brach in eine wilde Gischt aus leuchtenden Funken aus, und sie drehte sich um und kehrte nach Hause zurück.

Epilog

Ein Steinring befand sich auf dem Hügel, der an drei Seiten von Wald und an der vierten von einer zerfallenen Festung umgeben war. Einige sagten, es wären die Reste einer Burg, die so tief vergraben war, dass man nur die Zinnen des höchsten Turmes aus dem Erdboden ragen sehen könnte. Andere behaupteten, dass schlafende Jugendliche dort in verborgenen Kammern tief unter der Erde schlummern würden.

Die meisten bezeichneten sie einfach als die Flügel des Phönix.

Am Nachmittag des zwölften Tages des Monats Setenter, des Festtags von St. Ekatarina, begann es gerade zu dämmern, als eine Gruppe von Reitern die Furt durchquerte und durch die Ruine ritt. Zwei Wachfeuer brannten beiderseits des Flusses, kennzeichneten die Wachtürme des wohlhabenden Dorfes, das sich in Sichtweite des von Steinen gekrönten Hügels befand.

»Seid Ihr sicher, Prinz?«, fragte der älteste der Reiter, ein von Schlachten gezeichneter Mann mit dem schwarzgoldenen Überwurf der Elite der Drachengarde. »Dies ist die dritte Nacht, und wir haben noch immer nichts gesehen. Vielleicht sollten wir uns besser ausruhen und bereitmachen. Die Rundreise der Königin wird morgen von Thersa aufbrechen.«

Die ersten Fäden waren nur schwach zu sehen, wurden erst strahlender, als der Bogen vollständig erstand.

»Ha!«, rief der Jugendliche und drängte sein Pferd vorwärts. Gleich hinter ihm ritt sein bester Kamerad, dann folgten die älteren Männer, deren Mienen verkündeten, dass sie einst, vor langer Zeit, ebenso stürmisch gewesen waren.

Sie tauchte inmitten eines Funkenschauers auf, als das Tor sich um sie herum auflöste. Ihr Begleiter war ein alter Mann, gut gerüstet und erfahren. Er führte drei Pferde bei sich, wie ein

Reisender, der an lange Reisen gewöhnt war. Beide trugen den schwarzen Umhang mit dem goldenen Saum, der sie als Boten des Phönix auswies, und darunter eine schlichte Wolltunika im wendischen Stil. Statt Beinkleidern trug sie jedoch eine Hose wie jemand aus dem Osten, und ihre schwarzen Haare waren zu Zöpfen geflochten und zurückgebunden und mit einem goldenen Perlennetz bedeckt, das ihr verblüffend dunkelhäutiges Gesicht mit den erstaunlich blauen Augen umrahmte.

Die herrlichste Frau auf der ganzen Welt!

Er stieg ab, ließ die Zügel fallen und lief zu ihr. Als sie ihn sah, blieb sie an der niedrigen Mauer stehen, die die Festung von der Krone trennte.

»Fulk! Was tust du hier?«

Er hüpfte von einem Fuß auf den anderen, wollte ihre Hand berühren, ihr Gesicht oder ihre Haare, aber dann schließlich ließ er es sein und rieb sich stattdessen verlegen das bartlose Kinn. »Sie haben mich für die Zeit der persönlichen Reife an den Hof geschickt.«

»Jetzt? Aber du bist doch längst – achtzehn?«

»Als wärst du so viel älter«, erwiderte er und hasste sich sofort für die Art, wie er klang.

»Eine ganze Welt älter!«, sagte sie mit jenem Lachen, bei dem er sich immer wie ein Kind fühlte. »Ich könnte genauso gut deine Tante sein.«

»Aber das bist du nicht«, fügte er verwegen hinzu, errötete dann angesichts seiner Unverblümtheit.

Die Übrigen der Gruppe führten ihre Pferde auf ebenen Boden, begrüßten den anderen Boten und nahmen ihn in ihren Reihen auf. Dann warteten sie, während vier Männer Fackeln entzündeten.

»Schön, Euch zu sehen, Hauptmann«, sagte sie.

Der Hauptmann von Fulks Gruppe hob grüßend die Hand. Er lächelte leicht.

Welcher Mann täte das nicht!

Als sie zurückritten, plauderte sie leichthin mit den Männern aus seinem Gefolge, die sie kannte, Soldaten, mit denen sie viele Jahre verbracht hatte, als sie auf Lavas großgeworden war. Die neuen Männer sahen sie misstrauisch an, weil sie nicht das Aussehen ihres eigenen Geschlechts hatte, an das sie sich gewöhnt hatten, sondern eigenartiger wirkte. Sie war die Tochter der Verborgenen, aber in ihr floss Blut, das zu gleichen Teilen aus dem Blut des östlichsten Ostens und dem des Westens bestand.

»Seit wann bist du wieder bei der Rundreise der Königin?«, fragte sie ihn, als sie die Straße erreichten und sie die Soldaten verließ, um neben ihm zu reiten.

»Seit zwei Jahren.«

»Dann musst du zur Rundreise gekommen sein, nachdem es –«

»Ich möchte nicht darüber sprechen, bitte. Ich war da, als es geschehen ist.«

Sie zuckte mit den Schultern. Eine Weile ritten sie schweigend dahin, begleitet von dem ständigen Klappern der Pferdehufe. Zwei Männer gingen vor ihnen, trugen Fackeln, ebenso wie zwei andere ein paar Reihen hinter ihnen. Die Straße schlängelte sich zwischen den Bäumen hindurch, verschwand immer wieder in Nebelschwaden.

Das Goldnetz, das ihr Gesicht umrahmte, schimmerte im Fackellicht. Sie sah aus, als wäre sie vollkommen abwesend, als würde sie über einen verlorenen Liebhaber oder eine besonders faszinierende mathematische Aufgabe nachdenken, aber dann schüttelte sie sich und wies auf den Mann, der rechts von ihm ritt.

»Wer ist das? Wir sind uns noch nicht begegnet.«

»Das ist mein bester Freund Henry.«

»Henry?« Sie schien lächeln zu wollen, ließ es dann aber bleiben. »Ich heiße Chabi, aber du kannst mich auch Judith nennen, nach der Mutter meines Vaters, wenn du willst. Meine Mutter war Sorgatani, Prinzessin der Kerayiten.«

»Da wäre ich nie drauf gekommen, angesichts der Tatsache, dass Fulk den ganzen Monat von nichts anderem spricht.«

»Henry!«

Sie lachte.

Der junge Mann nickte auf seine ruhige Weise. »Schön, dich zu sehen.«

»Du bist neu bei der Rundreise, nicht wahr?«

»Er ist seit fast drei Jahren bei mir«, sagte Fulk. »Er ist nach Lavas gekommen, gleich nachdem du das letzte Mal von dort weggegangen bist.«

Sie sah ihn nicht an. »Woher kommst du?«

»Aus Rikin-Fjord«, antwortete Henry.

»Er ist ein Urenkel von Starkhand«, sagte Fulk.

»Bist du das?«, fragte sie mit neuem Interesse.

Henry war magerer und kleiner als die meisten Aikha und hatte eine reine, goldfarbene Haut. Aber er trug wendische Kleidung, die seinen Körper und seine Gliedmaßen zum größten Teil bedeckte. Seine Klauen waren höflicherweise eingefahren, und er saß mit einer solchen Selbstverständlichkeit auf dem Pferd, dass Fulk Schwierigkeiten hatte, sich vorzustellen, dass in den alten Tagen alle Pferde vor dem Geruch der Aikha gescheut hatten.

»Ja«, fügte Henry hinzu. »Manche sagen, ich würde ihm ähneln, aber natürlich bin ich ihm nie begegnet. Ursprünglich sollte ich ein Geistlicher in der Gelehrtenschule der Königin werden.«

»Ein Geistlicher?« Sie schien beinahe ins Stottern zu geraten, als würde die Vorstellung eines männlichen Aikha, der betete und kniete, sie belustigen, aber dann fing sie sich wieder. »Und jetzt sollst du das nicht mehr?«

Henry zuckte mit den Schultern. Es war eine Geste, die bei ihm sowohl seltsam als auch vertraut wirkte, aber er war ebenso sehr bei den Menschen aufgewachsen wie bei seinen Aikha-Brüdern.

»Der Mann meiner Schwester ist diesen Frühling am Lungenfieber gestorben«, sagte Fulk rasch, um die Aufmerksamkeit wieder auf sich zu ziehen. »Es scheint, als hätte sich die Königin daraufhin an den alten Vertrag zwischen Königin Theophanu und Edelmann Starkhand erinnert, denn sie sprach davon, Henry mit Constanze zu verheiraten, um die Vereinbarung zu erfüllen, dass in jeder Generation ein Aikha-Prinz in die königliche Familie einheiraten soll.«

»Was nur geschehen wird, wenn die Nachfolge gesichert ist«, sagte Henry ruhig.

»Nun!«, sagte sie. Und dann noch einmal: »Nun!« Sie sah Fulk forschend an. »Und ist die Nachfolge gesichert?«

Er konnte nicht verhindern, dass er eine Grimasse zog. »Ich bin noch immer das Ersatzpferd. Constanze ist schwanger – das war sie natürlich bereits, als Thietmar gestorben ist –, aber wir haben seither nichts mehr gehört. Ich bete zu Gott, dass ihr nichts geschieht! Es ist bald so weit.«

»Sicherlich hat die Königin eine Verbindung für dich im Sinn, Fulk.«

Henry kicherte. Fulk versetzte ihm einen Schlag, aber dann ließ sich der Hauptmann vernehmen. »Ihr werdet nie einen guten Schlag austeilen, wenn alles nur vom Arm kommt.«

Henry sah zur Seite, um seine Erheiterung zu verbergen – er hatte eine besondere Art, die Schultern zu recken, wenn er versuchte, nicht zu lachen. Chabi prustete. Fulk fand Zuflucht im Reden.

»Es wird davon gesprochen, mich mit einer albischen Prinzessin in den westlichen Grafschaften zu verheiraten, die ins Gebiet der Aikha drängen. Was immer noch besser ist als der Plan, über den sie den ganzen Sommer gesprochen haben, nämlich mich ins Land der Ashioi zu schicken, um mich mit dem neuen Federkleid zu verheiraten!«

Chabi dachte darüber nach. Vermutlich war sie erst vor kurzem durch jene Lande geritten und besaß eine genauere Kenntnis über die unruhige Lage dort, als er sie hatte. »Wenn du eine Wahl hättest, wen würdest du dann nehmen?«

Dich! Dich! Dich!

Er lächelte fest. »Ich bin ein gehorsamer Sohn. Ich tue, was man mir aufträgt.«

»Es tut mir leid, das zu hören!«

Henry lachte.

»Du könntest ein Phönix werden, wie ich«, fügte sie hinzu.

Laut ausgesprochen, wirkten die Worte hart.

»Ein Prinz kann nicht fliegen«, sagte er verbittert. »Obwohl ich es tun würde, wenn ich könnte.«

»Jeder mit einem bereitwilligen Herzen und einem dickköpfigen Verstand kann lernen, Zauberei zu weben und durch die Kronen zu gehen.«

»Leichte Worte aus deinem Mund! Du bist ein drittes Kind und deshalb freier als wir alle. Wie auch immer, deine Mutter war eine mächtige Schamanin, und dein Vater –«

»Ihr Pura, nichts weiter als ein Sklave, über den man besser nicht spricht«, sagte sie in einem Ton, der ihm das Wort abschnitt.

»Wir sind da«, erklärte Henry. »Und ich fürchte, Fulk, deine Mutter wartet auf dich.«

Sie verließen den Wald und sahen die Mauern und Wachfeuer von Thersa, wo Königin Gnade und ihre Rundreise sich die vergangenen vier Tage ausgeruht hatten. Die Palisade und der Palast waren alt, aber das Gut war größer geworden und hatte sich in den vergangenen Jahren ausgebreitet, als nach dem großen Erdbeben mehr Leute aus dem Süden hergekommen waren. Jetzt war das Gästehaus natürlich voll besetzt, und auf dem Weideland standen Zelte und Wagen.

Im Schein der Lampen über dem Wachhaus war eine Gruppe zu sehen, die bei dem noch offenen Tor stand: die Königin und ihre Drachengarde. Sie besaß nicht die Warmherzigkeit, die ihren Vater so beliebt gemacht hatte, aber sie wurde geachtet. Und sie war sehr besitzergreifend, wenn es um das ging, was ihr gehörte.

Wie auch er ihr gehörte. Ihr einziger noch lebender Sohn.

Zuerst hatte sie Benedict geheiratet, den Sohn von Conrad und Tallia. Mit ihm hatte sie ihre Erbin hervorgebracht, Constanze, und zwei Jungen. Vor nicht ganz so langer Zeit hatte sie zum dritten Mal geheiratet, sich wegen der feindlichen Einfälle aus Aosta mit der königlichen Familie von Karrone verbündet.

Fulk, der als viertes Kind geboren worden war, hatte seine beiden älteren Brüder überlebt und eine jüngere, halbkarronische Schwester erhalten, als er acht gewesen war.

Aber weil er das einzige Kind ihrer kurzen zweiten Ehe mit dem Mann war, den sie am meisten geliebt hatte – abgesehen von ihrem Vater –, liebte die Königin ihn so sehr. Zu sehr, wie manche flüsterten, wenn sie glaubten, dass er nicht zuhörte. Er hätte niemals seinen Großeltern in Lavas übergeben werden sollen, um dort aufzuwachsen, aber er war dort groß geworden und geliebt worden, und er hatte sich hoffnungslos in eine junge Frau verliebt, die keine fünf Jahre älter war als er und ebenso außer Reichweite für ihn war wie die Hoffnung, fliegen zu können. Dabei war es nicht bloß jugendliche Schwärmerei, nicht irgendeine unreife Verliebtheit!

Als sie weiterritten, beugte sich Chabi zu ihm herüber und murmelte ihm eine letzte Bemerkung ins Ohr.

»Deine Großmutter hätte niemals um Erlaubnis gebeten. Sie hätte es einfach getan.«

Er brannte. Aber er sagte nichts.

»Fulk«, sagte die Königin, als er abstieg, um sie zu begrüßen. Sie küsste ihn auf beide Wangen und wandte sich dann an den Phönix. »Da seid Ihr ja. Ich vermute, dass Ihr etwas zu trinken und zu essen haben möchtet und vielleicht auch ein Bad nehmen wollt, um Euch von dem Staub der Reise zu befreien.«

»Sehr gern, Eure Majestät. Zumal es keine dringenden Nachrichten zu überbringen gibt. Ich habe mich nur gefragt …« Sie zögerte, und er sah zum ersten Mal, dass ihr Herz voll war und sie nicht sprechen konnte.

Schließlich schluckte sie, zwang ein paar Worte heraus. »Ich hatte eigentlich nach Lavas gehen wollen, aber jetzt … bin ich mir nicht mehr so sicher. Ich bin lange Zeit weg gewesen.«

Die Königin nickte. Sie war gezeichnet, aber zäh. »Man wird Euch dort willkommen heißen und brauchen, denke ich. Meine jüngere Schwester ist eine starke Gräfin, eine gute Verwalterin ihrer Ländereien, aber ich fürchte, sie ist nicht sehr gut darin, eine unruhige Schule zu leiten. Sie brauchen dort eine feste Hand, die Ordnung hält. Ihr wart immer die beste Schülerin meiner Mutter.«

Sie wurde bleich. »Ich bin an ein anderes Leben gewöhnt, Eure Majestät. Ich bin nicht daran gewöhnt, an einem Ort zu bleiben.«

Die Königin nickte. »Und doch ist es mein Befehl, Phönix. Ich möchte, dass Ihr nach Lavas geht und der Schule dort als Lehrerin vorsteht. Es ist das, was ich jetzt von Euch benötige. Hauptmann, bitte.«

Der Hauptmann nahm die Pferde und Soldaten und führte sie zu den Unterkünften. Henry entschuldigte sich und ging zur Kapelle, von wo Fulk zwei schöne Stimmen die abendliche Reihe von Psalmen singen hörte, die Mutter und Sohn feierten.

Die Königin nahm Fulks Arm und zog ihn mit sich. Chabi folgte ihnen, überquerte mit ihnen den Hof und betrat die inneren Gemächer, die der Herrscherin vorbehalten waren. Von dort aus gelangte man zu einem Garten, der in der Dunkelheit unsichtbar blieb. Der Duft von Blumen wehte in der abendlichen Brise herein. Er gähnte, fühlte sich sowohl benommen als auch eigenartig angespannt.

Als hätte die Strömung bereits kehrtgemacht und er wäre gefangen in ihr, hinausgezerrt aufs Meer.

»Setz dich«, sagte sie zu ihm, aber sie selbst blieb stehen, ebenso wie Chabi. Es war der Phönix, an den sie die nächsten Worte richtete.

»Lasst mich rasch sagen, was ich sagen möchte, denn sonst werde ich es gar nicht sagen. Der Junge ist ruhelos. Er ähnelt seinem Vater sehr mit seinem raschen Verstand und dem eifrigen Herzen. Sein Vater hat ein Jahr auf Lavas studiert, in jenem allerersten Jahr, und er hat viel gelernt und hätte noch mehr gelernt, aber er ist auf Befehl von Königin Theophanu – gesegnet sei ihr Andenken – weggeschickt worden, um eine albische Prinzessin zu heiraten. Es war notwendig, um die Bündnisse zu bewahren und einer Reihe von Rebellionen Hindernisse in den Weg zu legen. Ich erkenne das jetzt natürlich. Er hat getan, was man ihm befohlen hat. Er trauerte immer noch um Conrads Tochter. Ich erkenne es jetzt.«

Sie wandte sich ab, verbarg ihre Miene im Schatten. Die Lampen zischten. Eine Drachenwache bei der Tür, einer der qumanischen Jugendlichen, die in diesem Jahr mit der Erhebung aus dem Osten gekommen waren, trat mit einem Krug Wasser und einem anderen mit Wein ein.

Schließlich räusperte sie sich und drehte sich wieder zu ihnen um. »Als nach vielen Jahren seine albische Frau gestorben war und er nach Hause zurückkehren konnte, bat er darum, wieder der Schule in Lavas beitreten zu können. Aber damals war ich gerade Witwe geworden, da Benedict, der arme Mann, an der Grippe gestorben war. Zudem war die Markgräfin der Villams darauf erpicht, ihre Familie so weit zu erheben wie möglich. Mein Vater hörte natürlich auf sie – er hörte nur auf meine Mutter noch mehr –, und natürlich war ich nur zu begierig auf die Partie. Allein der Gedanke, was es für ihn bedeutete ...«

Wieder brach sie ab. Sie berührte Fulk liebevoll am Arm, aber er lächelte nicht.

»Und dann ist er nach drei Jahren Verlobung und Ehe gestorben. Ich möchte nicht, dass sein Sohn gezwungen wird, den gleichen Weg zu gehen. Ich habe damals keine Versprechungen abgegeben, denn wie Ihr wisst, ist Berthold sehr überraschend gestorben.«

Es war noch immer eine offene Wunde, obwohl Berthold Villam bereits vor sechzehn Jahren gestorben war.

»Liath hat immer voller Zuneigung von Edelmann Berthold gesprochen«, erklärte Chabi.

Die Königin lächelte traurig. »Danke, dass Ihr das sagt.«

Die abendlichen Mahle auf Lavas waren immer warmherzig und ausgelassen gewesen. Es war ein lebhafter Ort, und Fulk bemerkte den Unterschied zu den stillen Korridoren von Thersa. Es hatte ein Fest gegeben am ersten Abend, als sie hergekommen waren, damit die Ortsansässigen sie begrüßen und ihrerseits vorgestellt werden konnten, aber letztendlich bevorzugte die Königin Ruhe. Sie richtete ihre Aufmerksamkeit auf die Urkunden und Kapitularien und Streitigkeiten, die ihr von den vielen königlichen Gütern und Klöstern in diesem Teil Wendars vorgelegt wurden.

Sie seufzte. Weil er seine Kindheit und Jugend auf Gut Lavas verbracht hatte, kannte er seine Mutter nicht gut. Es war üblich, ein Kind anderswo großziehen zu lassen, um Bündnisse zu schmieden, aber er wunderte sich, wieso sie behaupten konnte, ihn so sehr zu lieben, und ihn dann doch so früh und für so lange Zeit weggeschickt hatte. Noch dazu nicht einmal zu einem entfernten Verbündeten, um tatsächlich ein Bündnis zu bekräftigen, sondern ins Haus ihrer eigenen geliebten Eltern.

»Ich habe heute von einem meiner Adler Nachrichten über Constanze erhalten. Sie hat in Gent eine gesunde Tochter zur Welt gebracht. Wenn das Kind lebt, hat sie zwei eigene Kinder, und Fulk tritt in der Nachfolge noch einen Schritt zurück.«

»Möge Gott das Kind und die Mutter segnen«, sagte Chabi, und Fulk tat es ihr gleich, obwohl er seine ältere Schwester kaum kannte und nicht mehr als einen Monat in seinem ganzen Leben mit ihr verbracht hatte.

Die Königin nahm einen Schürhaken und schwenkte ihn, als wäre er ein Schwert, stocherte in den Kohlen des Herdfeuers herum, bis Flammen aufflackerten. Zwei Kohlenpfannen bekämpften ebenfalls die zunehmende Herbstkühle.

»Ich bin müde, Phönix«, sprach sie weiter. »Ich habe zwei Ehemänner überlebt, und der dritte ist ganz und gar nicht nach meinem Geschmack, abgesehen von der Bedeutung des Bündnisses und des Kindes, das wir hervorgebracht haben. Ich wünsche meinem Sohn so etwas nicht. Ich möchte ihm nicht die Bürde auferlegen, die mir auferlegt worden ist. Ich möchte, dass er das erhält, was sein Vater nicht haben konnte. Wenn er es möchte.«

Plötzlich war es zu heiß in dem Zimmer. Fulk errötete, sein Herz raste. Aber die ernste Miene der Königin ließ ihn innehalten.

Er hatte sie nie weinen sehen; eine Träne, das war alles, als er vor zwei Jahren zur Rundreise der Königin gestoßen war. Die hohen Dachsparren verschluckten jedes Geräusch und verzehrten das Licht. In den Ecken herrschte tiefe Dunkelheit. Er spürte eine Woge von Zärtlichkeit ihr gegenüber.

Sie hat mich an den Ort geschickt, den sie am meisten geliebt hat.

»Ich m-möchte bei dir bleiben«, stammelte er.

Sie prustete los. Und eine Maske verzerrte ihre Miene, die Schlangenzunge und der Schwertstoß, vor dem die Leute sich fürchteten. »Das ist nicht wahr!«

Noch nie hatte sie diese Maske gegen ihn gewandt.

Sie schmolz sofort dahin. »Oh, armer Junge. Ich habe es nicht so gemeint. Ich wollte nur sagen, dass ein Junge, der im Stallhof Trübsal bläst und zu jeder Krone reitet, die er finden kann, sich nicht gerade nach seiner Mutter sehnt. Wie sehr er sie auch liebt. Wie auch immer, es dient meinen Zielen, wie mein Onkel Edelmann Starkhand zu sagen pflegte, und in diesen Tagen, vermute ich, besitze ich ebenso wenig Herz wie er.«

Chabi war die ganze Zeit über still geblieben, zeigte weder Überraschung noch Angst. »Und wie dient es Euren Zielen, Eure Majestät?«

»Wenn ich einen Sohn im berühmten Nest von Phönixen meiner Mutter habe? Wenn ich einen aus der königlichen Familie die Geheimnisse in der Hand halten lasse, jetzt, da meine Mutter gegangen ist? Natürlich dient es mir! Die Welt ist ein unruhiger Ort. Die Nacht kommt rasch.«

»Und doch erstrahlt der Himmel in seiner Schönheit.«

»Vielleicht für Euch, Phönix, aber ich habe die Angewohnheit zu stolpern, wenn es dunkel ist. Also, Fulk, was sagst du?«

Er suchte nach Worten, aber er war zu benommen, um etwas zu sagen, und nach einigen Augenblicken lächelte sie sanft, nahm seine Hand und küsste ihn, als wollte sie sich verabschieden.

An dem Tag, an dem ihr Sohn die Rundreise der Königin verließ, ging die Königin in den Achteckigen Garten, um seiner Abreise allein zuzusehen. Jahrzehnte zuvor hatte Königin Sophia einen Garten in Werlida im arethusanischen Stil errichten lassen. Er besaß acht Mauern, acht Bänke, acht ordentlich gepflegte Gartenbereiche, die im Frühling und im Sommer in herrlichen Farben blühten, aber jetzt im Herbst braun waren. Acht strahlenförmige Wege führten zur Mitte, wo ein imposanter Springbrunnen in der Gestalt eines Kuppelturms stand, der von Engeln umgeben war, die auf acht Stufen standen, herumhüpften und Trompeten bliesen. Entsprechend der Legende hatte dieser Springbrunnen an dem Tag aufgehört zu fließen, als Königin Sophia gestorben war, aber tatsächlich hatte der Mechanismus bereits Jahre zuvor versagt, als der arethusanische Handwerker, der ihn entworfen hatte, eines Winters am Lungenfieber gestorben war und niemand sonst wusste, wie man ihn reparieren konnte.

Zumindest hatte Königin Theophanu das Gnade erzählt, vor vielen Jahren, als der König im Sterben gelegen hatte. Es war ein Rätsel gewesen. Eines Nachts hatte ein demütiger Besucher den König aufgesucht, unsichtbar für jeden abgesehen vom König, der über ihre lange Unterhaltung in ausschweifenden Einzelheiten gesprochen hatte, obwohl alle davon überzeugt waren, dass er das Delirium erreicht hatte. Aber der Springbrunnen hatte in dieser Nacht wieder zu laufen begonnen, und er plätscherte jetzt noch, viele Jahre später. Sie konnte die letzten Worte geradezu hören, die Starkhand ihr ganz am Ende zugeflüstert hatte: *Sei barmherzig.*

Die Erinnerung tröstete sie, als sie auf dem Kiesweg stand und zusah, wie Fulk mit seinem Gefolge die Abzweigung der Straße erreichte und sein Banner sich nach Norden wandte.

Ein atemberaubender Blick bot sich ihr. Unterhalb von ihr breiteten sich Felder und Dörfer aus, Weideland und Büsche und

Wäldchen, und noch weiter weg war der ferne dichte Wald. Der Fluss verlor sich im Dunst der Bäume.

Von diesem Palast aus hatten sich etwa fünfzig Jahre zuvor ihre Eltern mitten in der Nacht davongestohlen, als sie sich König Henry widersetzt hatten, und irgendwann während ihrer Reise nach Süden oder in Verna war sie empfangen worden. Es war ein geeigneter Ort, um ihren Sohn auf einen neuen Weg zu schicken. Fulk war ein guter Junge, aber es war tatsächlich ihre andauernde Liebe zu Berthold, die sie veranlasst hatte, ihn ziehen zu lassen. Wie auch immer, es stimmte, dass es ihren Zielen diente, einen Sohn in den Künsten der Mathematiki ausbilden zu lassen. Mit dieser Strategie konnte sie sich unzählige kleine und große Vorteile verschaffen.

Im Laufe der Zeit hatte sie herausgefunden, dass sie mehr Starkhands Erbin war als die ihres eigenen geliebten Vaters. Impulse durften nicht die Taten bestimmen, hatte Starkhand ihr beigebracht; es war ein Kampf, aber sie hatte irgendwann gelernt, sich zu beherrschen.

Sie hatten einen Teil von Alba verloren und wieder zurückerlangt, und jetzt kämpften sie darum, dort endgültig Fuß zu fassen. Im Gefolge der Überschwemmungen und ernsthaften Veränderungen der Ozeanströmungen hatte sich das Gebiet der Aikha in vier unbedeutende Königreiche aufgesplittert. Schiffe, die an der Küste entlangsegelten, waren auf rätselhafte Weise verschwunden, nur um Monate später vollkommen unbemannt in einem Hafen einzulaufen. Ein Teil von Varingia war von Salia geschluckt worden, Wayland hatte sich ein paar Jahre lang als unabhängiges Königreich mit der Unterstützung von Mathilda von Aosta behauptet, während die Villams sich jetzt als Herzöge bezeichneten, deren Rang dem von Saony, Fesse und Avaria entsprach. Die Nordmark war von einer zehnjährigen Dürre heimgesucht worden, gefolgt von Überschwemmungen. Polenie im Osten war von den Salavii überrannt worden. Der gesamte südliche Teil von Aosta lag noch immer in Trümmern, gezeichnet von beständigen Vulkanausbrüchen, und Karrone war in dem großen Erdbeben, das so viele Flüchtlinge nach Norden getrieben hatte, schlimm getroffen worden. In der Zwischenzeit drängten ihre eigenen Verwandten unter den Ashioi weiter nach Norden, in einem langsamen, aber gleichmäßigen Tempo, was die Arethusaner veranlasst hatte, zunehmend verzweifelte Bitten um Bündnisse und Verträge mit gegenseitigen Hilfsversprechen nach Wendar zu schicken.

Und so weiter und so fort. Das Rad drehte sich endlos weiter.

Aber es hätte noch schlimmer kommen können. Conrads Tochter hatte ihre Meinung geändert und alle Verbindungen zu Mathilda abgebrochen, die nur einen kleinen Streifen Land in der Nähe von Novomo ihr Königreich nennen konnte. Die Ashioi hatten eine Gesandtschaft mit der Bitte um ein Heiratsbündnis geschickt. Verschiedene Handelsgilden hatten sich an den Aikha-Küsten niedergelassen, und es schien, als würden die Aikha das Handeln ebenso lieben wie das Kämpfen. Furchterregende Merwesen schwammen in die Häfen und fragten nach der Gesundheit von Brüdern und Schwestern, Söhnen und Töchtern und geliebten Ehegatten, die sie ganz sicherlich niemals gesehen haben und mit denen sie auch nicht verwandt sein konnten, besonders angesichts der Tatsache, dass sie die Erinnerungen von Menschen zu haben schienen, die auf See verloren gegangen waren. Dennoch wurden an einigen Orten seltsame, aber dauerhafte Bande zwischen Fischern und Händlern und diesem wilden Wasservolk geschlossen und gegenseitige Unterstützung vereinbart. Ein qumanischer Aufruf zur Eroberung der Marschlande war abrupt beendet worden, als zwei Greifen den kriegerischsten Anführer verschleppt hatten. Der Bürgerkrieg in Salia – der über drei Jahrzehnte dauerte – war schließlich verklungen, zweifellos vor Erschöpfung, und der beständige Strom von Flüchtlingen nach Varre hatte in den letzten Jahren nachgelassen. Erst letztes Jahr war eine besondere Gruppe von Gesandten in Autun eingetroffen, von einem verkümmerten, deformierten Volk, das sich selbst als die Uralten bezeichnete und behauptete, Bergleute und Gelehrte der Naturgeschichte zu sein. Der junge Henry war von Rikin-Fjord nach Süden gekommen, und sie glaubte, dass er einen guten, ruhigen Einfluss auf die unbeständige Constanze haben würde.

Es gab also ein gewisses Maß an Frieden. Sie hatten sicherlich das Schlimmste überstanden. Die Umwälzung hatte sie vor vierzig Jahren hart getroffen, und in vielerlei Hinsicht erholten sie sich noch immer davon.

Ihre Drachenwachen breiteten sich entlang der Speichen des Rades aus und genossen die Sonne, obwohl es kalt genug war, dass die Hände weiß waren. Da war ihre qumanische Aushebung, die nach dem Versprechen, das Gyasi vierzig Jahre zuvor gegeben hatte, alle fünf Jahre erneuert wurde; da waren ihre Aikha-Neffen, wie sie sie nannte, die tatsächlich Enkel und Urenkel aus Rikin-Fjord waren; ein paar blasse Alben; ein dunkelhaariger Salavii, der eines Tages mit einer goldenen Phönix-Feder in der linken Hand aufgetaucht und seither nicht wieder gegangen war. Einmal hatte sie zwölf kühne Ashioi-Maskenkrieger unter ihren Wachen gehabt, aber sie waren in ihr eigenes Land zurückgerufen worden. Jetzt bestand der überwiegende Teil aus wendischen und varrenischen Soldaten, die alle das Wappen des schwarzen Drachen trugen, das Zeichen ihres Vaters.

Besonders die Qumaner konnten nicht genug bekommen von den ernsten, kleinen Statuen der Heiligen und Engel, die den Garten bevölkerten, einige freistehend und andere halb verborgen in Mauernischen. Was ihr Interesse erregte, hatte sie nie verstanden, aber es war immer das Gleiche. Sie gingen zu zweit herum und musterten jede einzelne Skulptur, knieten häufig neben einer nieder und deuteten auf Besonderheiten im Aussehen. Vier hatten sich auf der anderen Seite des Brunnens versammelt und starrten auf etwas. Sie rührte sich, neugierig, was sie so gefangen nahm, und stellte fest, dass ein anderer Mensch Frieden im Garten gesucht hatte. Er saß allein auf einer Bank in der Sonne, mit einem Buch und einigen losen Pergamentblättern auf seinem Schoß.

Alle wussten, dass sie diesen alten Geistlichen am liebsten von allen mochte und dass dies schon seit Jahren so war. Trotz seines Alters hatte er sich eine bemerkenswerte Schönheit bewahrt, aber was am seltsamsten an ihm war, war sein Mangel an Eitelkeit trotz seines hohen Ranges in der Rundreise der Königin. Einige unfreundliche Gerüchte gingen herum, dass er in Wahrheit nicht sehr klug war und sich seine herausragende Position nur durch sein Äußeres errungen hätte, dass er nicht einmal schlau genug wäre, um den Grund seiner Macht zu erkennen. Aber auch diese Zweifler mussten zugeben, dass er eine elegante Handschrift besaß, wie es nicht einmal in der Schule der Skopos eine schönere gab, von der er gekommen war. Er schrieb Urkunden, Diplome und Briefe ab, diente ihr seit Jahrzehnten auf diese Weise, bis er schließlich einer der Letzten derjenigen war, die sich wirklich noch an das Jahr der Umwälzung erinnern konnten. Viele waren damals Kinder gewesen, so wie sie, aber die Erinnerungen eines Kindes waren dehnbar und flüchtig.

Sie ging hinüber und setzte sich neben ihn auf die Bank. »Was lest Ihr, Bruder Baldwin?«

Er hatte einen schlafenden Rosenbusch gemustert, mit jenem tatsächlich leicht leeren Ausdruck, aber er lächelte freundlich und strich über den Buchrücken.

»Ich habe das nachgelesen, was ich gestern geschrieben habe, Eure Majestät.« Er deutete auf die ungebundenen Blätter.

Nach einem Augenblick sagte sie geduldig: »Und was war das?«

»Was ich der Heiligen Mutter versprochen habe – möge sie in Frieden ruhen. Die *Geschichte der Taten der Großen Prinzen* weiterzuschreiben und meinen Auftrag weiterzugeben, wenn es für mich an der Zeit ist, mich über diese Welt zu erheben und zur Kammer des Lichts aufzusteigen. Ich hinke etwas hinterher wegen der Angelegenheiten in diesem Sommer.«

»Lest es mir vor.«

Er nahm eines der Blätter, musterte die hübschen Kringel und runzelte die Stirn, legte es dann weg und nahm ein anderes. »Ich werde hier beginnen«, sagte er.

»Nein«, sagte sie, jetzt neugierig geworden. Abgesehen davon wurde sie schon immer von einer gewissen Gemeinheit getrieben. »Lest mir vor, was Ihr zuerst geschrieben habt.«

Er seufzte, während er sie mit seinen erstaunlich blauen Augen ansah.

»Kommt schon!« Sie herrschte jetzt viele Jahre und war nicht mehr daran gewöhnt, dass man sich ihr widersetzte. Vielleicht hatte sie sich nie richtig daran gewöhnt. Alle wussten, dass sie als Kind ein Gör gewesen war.

Er zögerte, legte einen Finger unter das erste Wort und begann zu lesen. Er las stockender, als man hätte denken können angesichts seiner flüssigen, schönen Schrift.

»›Zu jener Zeit verwüsteten Räuber die Küste von Osna. Obwohl er siebzig Jahre alt war, nahm er sein Schwert und führte seine Soldaten in den Kampf, um die Eindringlinge zu vertreiben. Keine Waffe berührte ihn, aber die Anstrengung setzte ihm sehr zu. Er wurde nach Lavas gebracht, und nachdem er sich dort eine Weile ausgeruht hatte, erhob er sich wieder, gab den Armen Almosen und setzte sich freudig an den Tisch. Dann bekam er Fieber und wurde müde. Er neigte den Kopf nach vorn, als wäre er bereits tot, aber er war noch in der Lage, um das heilige Sakrament zu bitten, den Kuss des Phönix. Danach verließ der Atem seinen Körper, und mit großer Gelassenheit und Heiterkeit entließ er seinen Geist, damit er zur Kammer des Lichts emporsteigen würde. Sie trugen ihn von diesem Platz zur Kirche, legten ihn neben die Bahre von Lavastin dem Jüngeren. Obwohl es schon spät war, machten sie seinen Tod überall bekannt.

Voller Lob wurde von seinen großen Taten gesprochen, wie er die Aikha aus Gent vertrieben hatte, wie er die qumanischen Horden bei Osterburg zerschlagen hatte, wie er das Heer nach der Umwälzung aus Aosta zurückgebracht hatte, wie er im Namen der Heiligen Mutter und ihres Sohnes Kirchen errichtet und Klöster gegründet hatte.

In der Nacht, da die Gräfin Totenwache bei ihm hielt, brannte die Kirche nieder, ließ nur die Steinbahre des jüngeren Lavastin unberührt zwischen den Trümmern zurück. Jene, die Zeugen dieser Feuersbrunst wurden, erklärten, dass ein Phönix sich aus den Flammen erhoben habe, aber andere sagten, dass es ein Drache war, und wieder andere sprachen von einem Engel.

Die Grafschaft ging auf Lavrentia die Jüngere über, Tochter von Gräfin Liathano und Prinz Sanglant. Lavrentia ist mit Druthmar verheiratet worden, dem Sohn von Waltharia Villam.‹«

Der Springbrunnen verströmte seine Engelstränen. Gänse flogen schreiend über sie hinweg, zogen für den Winter nach Süden. Die Drachen schritten auf und ab, aus Langeweile oder um die Kälte aus ihren Gliedern zu vertreiben, und sie vermutete, dass sie die Kälte stärker spüren sollte, aber das war nicht so. In diesen Tagen wurde sie oft von Hitzewellen überfallen.

»Da ist noch eine Seite«, sagte sie, von dem Wunsch geleitet, das Messer herumzudrehen. »Lest auch das.«

Er war die Ruhe nach dem Sturm. Wie scharf ihre Zunge auch war, er blieb stets ungerührt. Vielleicht aber bemerkte er all die Stöße auch gar nicht. Er lächelte lieblich, ganz das Bildnis der Weisheit, und las mit größerer Leichtigkeit weiter.

»›Es ist nichts verborgen, was nicht enthüllt werden wird, kein Geheimnis, das nicht bekannt werden würde.

Im Jahr 778, zwei Jahre, nachdem sie den größten Teil der Ernte verloren und fast verhungert wären, wurden die Leute von Osterburg von einer üppigen Ernte überrascht.

Flüchtlinge, die vor den Kämpfen östlich von Machteburg geflohen waren, wo die qumanische Vorhut angegriffen hatte, überquerten wohlbehalten den Fluss, ohne einen einzigen Menschen an den Kampf oder das Wasser zu verlieren. Sie wurden von zwei schwarzen Hunden durch die Wildnis und über die Furt geführt.

Ein Rudel Wölfe versetzte die Königsstraße im Bretwald in Angst und Schrecken, aber es wurde von einem einsamen Reisenden und seinen Hunden vertrieben.

Der Engel der Pest ritt in das Tal der Alse. Er trug ein Schwert, und so oft, wie er an eine Tür klopfte, so viele Menschen erkrankten und starben im Haus. Aber dort, wo die Straße zum nächsten Dorf abbog, begegnete er einem Wanderer, der den Weg versperrte. Deshalb wurden die anderen Täler verschont, und der Engel verschwand jenseits des Schleiers und belästigte in dieser Jahreszeit niemanden mehr. Es heißt, dass der Reisende in das Tal der Alse ging und den Kranken Hilfe brachte und dann nie wieder gesehen wurde.‹«

»Was ist das, was Ihr da gerade schreibt?«, fragte sie.

»›Eine Veränderung durch die Hand der Höchsten‹«, sagte er. »Ich erstatte Bericht, wie es mir von Bischöfin Constanze, gesegnet sei ihr Andenken, aufgetragen wurde.«

Er beugte sich so plötzlich vor, dass sie, ausgebildet für die Schlacht, ihre Füße verlagerte und sich zum Sprung bereitmachte. Die Drachen in Sichtweite veränderten ihre Haltung und wurden argwöhnisch, und Bewegung wogte durch ihre Reihen. Sie fing sich wieder, als er zwischen den Dornen und den letzten, verwelkten Blättern des Rosenbusches nach etwas suchte.

»Seht.« Eine blasse Knospe schob sich durch das Grün des letzten Jahres.

Sie hob die Hand, und die Drachen entspannten sich.

»Da ist noch eine«, sagte er und betastete sie mit der genauen und geübten Berührung eines Schreibers. »Und da. Können Rosen im Winter blühen?«

Sie dachte an Fulk und neigte den Kopf.

Sie sah auf das Pergament. Natürlich konnte sie selbst lesen. Ihre Mutter hatte darauf bestanden, dass sie es lernte. Da stand noch mehr auf der Seite in seiner klaren und hübschen Schrift.

Es gab immer noch mehr. Das eine Leben mag enden, aber ein anderes beginnt.

Die Zweige des Rosenbusches zitterten im Wind. Ein Hornruf erklang weiter weg, mochte eine Begrüßung oder einen Abschied bedeuten. Oder es war ein Haufen junger Reiter, die auf der Herbstjagd waren, begierig darauf, ihre Fähigkeiten zu erproben, ungeachtet der Strömungen um sie herum.

Die Erinnerung eines Kindes war formbar und flüchtig, und sie hatte ihn nur dieses eine Mal wirklich gesehen, in der dunklen Kirche bei Herford, als ihr Vater aus dem Abgrund erwachte, in den er gefallen war, auch wenn die meisten Leute ihn den Tod nannten.

Wir alle werden durch den Sturm verwandelt, auf die uns eigene Weise.

Die Impulse dürfen nicht unsere Taten beherrschen.

Sei barmherzig.

Dann hast du getan, was er getan hätte. Gehe in Frieden.

Einige sagen, er wäre in diesem fernen Tal gestorben und würde in einem unbekannten Grab liegen. Einige sagen, dass er durch die Hand Gottes, unserer Mutter, zur Kammer des Lichts erhoben wurde, wegen seiner großen Heiligkeit. Einige sagen, er hätte ein Schweigegelübde abgelegt und sich in ein abgeschiedenes Kloster zurückgezogen, um zu beten und durch sein Beispiel Demut und gute Taten zu lehren. Aber bei den gewöhnlichen Leuten, denen er entstammte, hält sich die Geschichte, dass er noch immer umhergeht, unsichtbar für die Augen der sterblichen Frauen und Männer, nur von jenen zu sehen, die hungern, die leiden, die in Not sind. Es heißt, dass er, wenn er unter den gewöhnlichen Leuten umhergeht, einige wenige berührt und dass bei dieser Berührung die Rose des Mitgefühls in ihren Herzen erblüht.

Danksagung

In anderen Bänden habe ich denjenigen Menschen gedankt, deren Recherche oder Bemerkungen mir bei diesem Unterfangen geholfen haben. Ich möchte ihnen allen erneut danken – sieben Mal – und zwei Menschen erwähnen, die ich vergessen hatte: Robert Glaub, dessen Buch über Umwälzungen eines Tages unerwartet in meiner Post auftauchte und sich als sehr nützlich erwiesen hat, und Maria, eine Geologie-Studentin, mit der ich mich während des Entwicklungsstadiums dieser Serie in einem Café am State College, Pennsylvania, getroffen und über die geologische Umwälzung unterhalten hatte. Es tut mir leid, dass ich ihren Nachnamen vergessen und nicht an einem sicheren Ort vermerkt habe.

Alle Abweichungen und Fehler sind mir zuzuschreiben und wurden entweder absichtlich oder aus Unkenntnis begangen. Ich habe mich bemüht, zumindest innerhalb der Geschichte Widersprüche zu vermeiden, obwohl ich zugeben muss, dass ich beim nächsten Mal vielleicht einen Rechercheur anstellen sollte.

Ich möchte auch den begeisterten Leuten der *Official Kate Elliott Fan Page* danken. Jetzt seid ihr dran, Leute.

Wie immer muss ich meiner wunderbaren Familie danken, besonders meinem lang leidenden Ehemann (er weiß, warum) und meinen ziemlich geduldigen Kindern.

Und schließlich möchte ich meinen Lesern danken. Ihr seid die Besten, wie ihr wisst.

blanvalet

Das verbotene Land

Fulminanter Auftakt einer neuen
High-Fantasy-Trilogie!
Margaret Weis ist die Schöpferin der Drachenlanze und eine der erfolgreichsten Fantasy-Autorinnen der Welt

24338

www.blanvalet-verlag.de